ダニエル・ジェイムズ・ブラウン

遥かなる山に向かって

日系アメリカ人二世たちの第二次世界大戦

森内薫訳

みすず書房

FACING THE MOUNTAIN

A True Story of Japanese American Heroes in World War II

by

Daniel James Brown

First published by Viking, 2021

カッツとルディとフレッドとゴードンに。
そして暗闇がやってきたとき
自由の光を高々と掲げ、私たちが山を越えるのを
導いてくれたすべての人々に。

そうだな、私は、生き残れなかったみんなの存在を感じた。
私が願うのは、彼らが天国からこちらを見ながら、
「おれたちが成し遂げたことを見てみろ」と楽しげに言えることだ。

ルディ・トキワ

二〇〇二年三月二四日

目次

凡例

一　日系人名は、原則カナ表記とし、名・姓の順で記した。

一　著者による脚注は、文中の対応個所に「＊」記号と通し番号を付し、傍注とした。ただし、「カミサマ」や「バカタレ」など、日本語話者には自明な語句の説明は割愛した。

一　訳者による注は本文中に〔　〕で記した。

一　ヤード・ポンド表記はメートル・グラム換算を（　）で併記し、気温の華氏は摂氏に換算して記載した。

序文

今から二五年前の一九九五年、まだグーグルもスマートフォンもなかったころ、私は心あるボランティアのグループを率いて、ある試みをしていた。第二次世界大戦中に強制収容されていた私たち日系アメリカ人の祖先に聞き取りを行い、それぞれの個人的な物語をデジタルで保存し、共有することだ。私たちはこのプロジェクトを、日本語で「未来の世代に遺産を伝える」ことを意味する「伝承(デンショウ)（Densho）」と名づけることにした。そのとき私の父が、苦しげな表情を浮かべてこう言った。それは良くない考えではないだろうか。地域の人間は、戦争のことやあのときの苦痛をもう忘れたがっている、と。

私に対して何かをしろとほとんど命令することがなかった父との長い議論が、そこから始まった。議論のたび、最後に私はこう言った。僕は父さんが理解してくれることを願っている。でもこのプロジェクトは、やらなくてはならない。アメリカの歴史のこの部分は学校でほとんど教えられず、一二万人の日系アメリカ人が強制収容されていた事実を耳にすらしたことがない人があまりに多い。そうした経験を経て生き延びた人々は今、死に絶えつつある。彼らの物語を聞き、記録する必要があるはずだ――。私が実際に聞き取りを始めようとしているのを見た父は、これだけはわきまえておきなさい、と言った。「この地域には、人々が語りたがらないだろう深い溝が存在している。よく気をつかうこと。そして、自分が知っていると思っていることを土台に判断を下さないことだ。人生は瞬時に変わりかねない」

この会話から数年間で、父は私にとって最良の助言者になった。父は、自分が聞き取り調査を受けることも了承してくれたし、経験の共有をためらう日系のお年寄りとデンショウとを結ぶ重要な架け橋にもしばしばなってくれた。

二〇年後、私はシアトルセンターの陽光降り注ぐ野外ステージに立っていた。デンショウがこうした歴史の保存および共有の功を認められ、シアトル市長芸術賞を授与されることになったのだ。私は客席に目を凝らし、会場に一緒に来た八八歳の父の姿を探した。私の立っている背後には、日系アメリカ人の著名な芸術家、ポール・ホリウチが制作した象徴的な壁画があった。高さ一七フィート（五・二メートル）、幅六〇フィート（一八・三メートル）の色鮮やかなガラスのモザイクだ。私は六年前に、ポールの未亡人であるバーナデットにインタビューを行ったので、ポールがワイオミング州に住んでいた当時、日系アメリカ人として仕事をとるのに苦労した話を知っていた。あまりに貧しかったので、アイダホ州のミニドカ強制収容所に隔離されている親類を訪れたとき、バーナデットは収容所の子どもらが少なくとも温かい食べ物と雨露をしのぐ屋根とミルクを与えられていることをうらやましく感じたという。このアメリカの収容所に暮らしたいと思った、とバーナデットが語ったとき、私は当惑を感じたのを覚えている。そして、戦争中の数年間がバーナデットの一家にとっていかに厳しいものだったかを、それまで以上に深く理解した。自分で判断はせず、人の話に耳を傾けろと語った私の父は正しかったのだ。

背後の壁画から聴衆のほうに向きなおったとき、私の目をとらえたのは、かつてシアトルに暮らしていた建築家、ミノル・ヤマサキが一九六二年のシアトル万博のさいに制作した高さ五〇〇フィート（一五二・四メートル）のゴシック様式のアーチの優美な曲線だった。「ヤマサキ・アーチズ」と呼ばれるこの建築は本来一時的なものとして作られたが、あまりに美しかったためにそのまま残され、歴史的な名所になった。皮肉なことに、ヤマサキが制作した他の二つの作品であるニューヨーク市のツインタワーは、本来永続的なものとしてつくられたのに、二〇〇一年九月一一日にテロリストによって破壊された。あの日とそれに続く数カ月間、ムスリムやアラブ系のアメリカ人が恐れられたり遠ざけられたり敵視されたりするのを見て、私は、第二次世界大戦中の日系アメリカ人が感じただろう恐怖を改めて思った。ムスリムやアラブ系のアメリカ人が受けた仕打ちは、当時日系アメリカ人が受けた仕打ちをほうふつとさせた。そして私は、父の「人生は瞬時に変わりかねない」という言葉を思い返した。

セレモニーが始まり、シアトル市長がデンショウの功績と私のことを聴衆に紹介した。私は父親への感謝の言葉からスピーチを始めたが、話しながらずっと、聴衆の中に父親の顔をさがし続けていた。そしてようやく、後ろから三列目の端で手を振っている姿を見つけた。きっと父はＶＩＰの席を邪魔しないように、そんな端の席に座ったのだろう。その日いちばん重要な人物が自分であることに、父は気づいてもいなかった。

壇上の座席に戻ったとき、隣にいたのがもう一人の受賞者であるダニエル・ジェイムズ・ブラウンだった。穏やかで優しい声の彼は、ワシントン大学のボートクルーを題材にした作品 *The Boys in the Boat*〔邦訳『ヒトラーのオリンピックに挑め（上・下）』森内薫訳、早川書房、二〇一六年〕を書いたことで表彰されていた。その本は私の愛読書だった。ブラウン氏の豊かなストーリーテリングと歴史調査に私は感銘を受けていた。私たち二人は、同じ時期にマイクロソフト社に勤め、どちらも志の追求のために離職していたことを知って、すぐに打ち解けた。ダンは私に、第二次世界大戦中の日系アメリカ人の経験にずっと関心を持っていることを、そしてそれを次の本のテーマにしようと考えていることを話した。式が終わる直前に私たちは名刺を交換し、この先も連絡を取り続けようと約束した。

　それから五年が過ぎた今、私は、少なくとも部分的にはあのときの会話から生まれた本書のために序文を書いている。私とダンは、デンショウの歴史家であるブライアン・ニイヤも交えて長い時間をともに過ごし、物語のアイデアや、本書を歴史的に可能なかぎり正確かつ信頼に足るものにするための提案を共有した。そのさいにデンショウの口述歴史（オーラル・ヒストリー）資料や、ハワイやカリフォルニアの豊かなリポジトリも活用した。ダンと彼の妻のシャロンが何年もかけて調査をしたりあちこちに足を運んだりして、戦争中に日系アメリカ人が経験したことの全容を描き出そうとしているのを、私は目の当たりにしてきた。ある時点から、彼ら二人と過ごす時間は私にとって、ゆっくり座って何かを学ぶための機会と化した。私は、第四四二連隊の従軍牧師の生活や手紙についての話を聞くのが好きだった。そしてフレッド・シオサキやルディ・トキワ、ゴードン・ヒラバヤシについて、より多くを知ることができたのを幸運に思った。彼らは私が聞き取り調査を行ったとき、たくさんの時間をともに過ごしてくれた人々だ。そして今、彼らの物語はダンの本の一部になった。

　デンショウを立ち上げたとき、私は自分たちの集めた物語が他者に、人間らしくあるすべや不正義に立ち向かうすべを教えるのを夢見ていた。本書は深刻な不安の時代に――未来の選択を導くうえで、他者への共感が強く必要とされる時代に――私たちのもとに届けられた。この本は人々の心をきっと開いてくれる。ダン、どうもありがとう。

トム・イケダ

トム・イケダ：シアトルを本拠地に活動する非営利団体、デンショウの事務局長〔当時〕。同団体は日系アメリカ人の歴史の収集と保存および共有につとめ、社会正義や公正の促進を行っている。

著者からの言葉

第二次世界大戦後の一九四六年四月、ジョージ・オーウェルは次のように書いた。「政治的な言語は——そしてこれは、保守派からアナーキストまでさまざまな政治政党すべてに形はちがえどあてはまることだが——嘘を真実らしく見せるように、そして殺人を尊敬すべきものに見せかけるようにつくられている」

本書の中心にある出来事は、この点を豊かに物語っている。アメリカ政府は数万人の日系アメリカ人を自宅から追い、遠く人里離れた収容施設に閉じ込めたとき、過酷で不都合な事実の数々にフィルターをかけたり穏便にしたり、あいまいにしたり歪めたりするように計算した言葉でそうした行為を包んだ。軍事・政治リーダーは、一般市民が強制されたこの移動を「退避」と呼んだ。リーダーたちはこれらの市民の親を——そのおおかたは米国に暮らして数十年になる人々だったが——「敵性外国人」と呼んだ。市民やその親たちが最初に隔離された、鉄条網で囲われた用地や競馬場は「集合センター(アセンブリ)」と呼ばれた。戦争のあいだ、一〇万を超える人々が収容されたもっと恒久的な施設は「転住センター(リロケーション)」と呼ばれ、人々は砂漠の荒れ地につくられた転住センターの粗末なバラックに押し込まれて、戦争を生き延びた。当時の報道機関はほぼ例外なくこうした言い替えを採用した。そして続く数十年のあいだ、歴史書の書き手たちもそれに倣(なら)った。

真実を物語るためには、正しい言語を用いなければならない。そのため私は本書の中で、これらの婉曲な表現をより正直な言葉に置き換えるよう努めた。たとえば、上記のような施設について時おり言及するときは、「強制収容所（コンセントレーション・キャンプ）」という表現を使った。誤解しないでほしいが、私は、これらの施設をアウシュヴィッツやダッハウのようなナチ・ドイツの恐ろしい絶滅収容所（デス・キャンプ）や強制労働収容所（スレーヴ・レイバー・キャンプ）と同等に考えているわけではけっしてない。それらの強制収容所で起きた悲惨な現実は、現代史に二つとない。だがそれでも、言葉の公正な定義によれば「集合センター」や「転住センター」がたしかにアメリカの強制収容所であったという事実は変わらないはずだ。

私はまた、会話の再現を正確かつ正直に行うことにも心を砕いた。本書で私が描いた対話はすべて聞き取り調査の書きおこしや一次資料から直接引いたものだ。だから、それらは語られた言葉に忠実であるのはもちろん、話者の語り口にも忠実だ。ことさらにこんなことを言うのは、これから読者が本書で出会う登場人物の多くが、ハワイ諸島内では「ピジン語」として知られているハワイのクレオール語で話しているためでもある。よく知らない人にはピジンは、粗野な、あるいは無知な言葉にすら聞こえるかもしれない。だが、それはどちらもちがう。ピジンはハワイ独特の文化のるつぼの中で育った、あたたかくて打ち解けた言葉だ。それは民族的・言語的な境界を超えてコミュニケーションをとる実用的な手段として、英語やポルトガル語、ハワイ語、広東語、日本語、朝鮮語、タガログ語、そして若干のスペイン語からも語彙や表現をつなぎあわせて生まれた言葉だ。ピジンはハワイの大きな「オハナ（家族）」を結びつける。そして、読者がこれから見ていくように、本書の物語の中で重要な役目を果たすことになる。

ダニエル・ジェイムズ・ブラウン

プロローグ

私たちは犠牲を払った。それはこんな感覚だ。「なあ、私はそれだけのことをした。私のおかげで君らの今があるとは言わない。それは――みながそれだけのことをしたからだ」

フレッド・シオサキ

こうした種類の本を書く数々の喜びの一つは、これから書こうとしている物語をじっさいに体験した非凡な人々に会えることだ。ふつう、そうした出会いは彼らが残した手紙や日記や映像記録を通じた間接的なものに限られる。時おり、運が良ければ、そうした人々にじっさいに会えることもある。

まさにそうした出会いが訪れたのは、二〇一八年のある日、いかにもハワイ的な光あふれる昼下がりだった。友人のマリコ・ミホが、ホノルルのマッカリー＝モイリイリ界隈のメイプル・ガーデン・レストランに私を案内してくれた。店内には皿がカチャカチャ鳴る音が響き、壁沿いに並んだビュッフェからあたたかい香りが心地よく漂っていた。ビュッフェに並ぶ人のほとんどは、週の真ん中の正午のシニア割引を目当てにそこに来ていた。私たちは、人に会うためにそこに来ていた。

マリコは私を店の奥へと導いた。大きな丸テーブルが二つあり、みな九〇代だろうとおぼしき白髪の男性が五、六人、妻や息子や娘に伴われて座っていた。マリコが人々に私を紹介した。彼らはにっこり微笑み、わずかにはにかむように手を振ると、またそれぞれの会話に戻った。マリコは私を二人の男性の隣に座らせ、こちらがロイ・フジイ氏とフリント・ヨナシロ氏ですと紹介した。二人は第四四二連隊戦闘団（RCT）の退役軍人だった。第二次世界大戦のあいだ、同連隊はヨーロッパのファシスト勢力と果敢に戦い、アメリカの歴史上もっとも多くの勲章を授与された連隊の一つになった。ロイとフリントは少なくとも七五年来の知り合いで、ずっとたがいを気遣いあってきた。二人はともに戦い、ともに友人を失い、ともに血を流し、ともに地獄を切り抜けた。

ほどなく二人は私を相手に昔語りをはじめ、私は彼らに質問を投げかけた。ロイは、一〇五ミリ榴弾砲の射角設定をどのように行うのかを辛抱強く私に説明してくれた。二人は、砲弾が迫ってくるときの恐ろしい音について語り、飢えた子どもたちにキャンディ・バーを渡したイタリアでの思い出を語り、地中海で泳いだことを語り、ドイツの地雷原を命がけで通り抜けたことを話した。私が何枚かの地図を引き出すと、二人はすぐに身を乗り出し、記述を熱心に見比べたり、フランスのいくつかの地域の特徴――彼らが登った山々や、渡河中に友が命を落とした河川など――を指摘したりした。会話は一時間かそれ以上に及んだが、そのあいだずっと二人は目を輝かせ、明晰に思考し、生き生きとした表情を浮かべていた。九〇代の二人はそのとき、二〇代に戻ったかのように見えた。彼らがかつてそうだったであろう血気盛んで大胆で、気のいい青年を思い描くのはたやすいことだった。

昼食が終わり、退役軍人たちが椅子をテーブルから離し始めると、家族らは急いで歩行器や杖を準備した。娘たちは――彼女ら自身、もう六〇代か七〇代になっていたが――急いで父親のもとに近寄り、立ち上がるのに手を貸した。息子らは車椅子が通れるように通路を空けた。ロイ・フジイは立ち上がったとき、わずかにふらついた。彼と扉の間には椅子が一つあったが、ロイにそれが見えていたかは定かでなかった。私が動き出すより早く、九四歳のフリント・ヨナシロがぱっと立ち上がり、テーブルのまわりを小走りで移動し、椅子をわきに押し出し、ロイの体を支え、杖を手渡した。

小さな出来事だったが、私はそれが忘れられなかった。その動作の中には、私がこの五、六人の男性からだけでなく、彼らと同じような数千もの人々から学んだすべてが集約されていた。四分の三世紀ものあいだ、アメリカ中で彼らは、昼食や夕食やルアウ〔ハワイの祝宴やパーティー〕の席で、あるいはだれかの家やレストランや退役軍人会館で、折にふれ集まってきた。彼らは血のつながった兄弟がそうするように、たがいの無事を確認し、たがいへの愛情を改めて示し、たがいを気遣ってきた。その日の午後、彼らがレストランを後にしたとき、まわりの人々は彼らのために道を空けた。そして部屋は静かな尊敬の念で満ちた。私たちはみな、彼らがもう長いことこの世にとどまらないだろうと知っていた。そしてみなが、彼らが世を去るのを辛く思っていた。だからこそ私はこの本で——彼らの何人かの、あるいはその息子や娘や友人や同胞の多大な助けを得て——持てる力を尽くして彼らのすばらしい物語を語り始めるのだ。

彼らの何人かは小さな町の出身で、何人かは大きな町の出身だった。アメリカ西部で家族が営む農場で育った者もいれば、ハワイの広大なパイナップル農園やサトウキビの農園で育った者もあった。おおむね彼らは他のアメリカの少年と同じように育ち、野球やアメフトで遊び、土曜の午後には昼興行（マチネ）に行った。七月四日の独立記念日にはマーチングバンドで演奏し、地域の祭りに行き、ハンバーガーやフライドポテトをほおばり、車のボンネットの陰でふざけまわり、ラジオでスウィングの調べに耳を傾けた。大学に行こうと計画していた者もあれば、家業を継いだり、いつか農場を経営しようと夢見たりする者もいた。学校の廊下で、本を抱きしめて教室へ向かう可愛い少女に目を奪われたりもした。アメリカの歴史を学び、英文学を学び、生産工学の試験を受け、商業の授業を受け、週末を楽しみにしていた。そして一九四一年の休暇のシーズンが近づいたころ、彼らの前には全世界が開けているように見えた。

だが、日本が真珠湾を攻撃してから数時間で、そうしたすべては変わった。数日後にＦＢＩは彼らの家の扉をたたき、家を捜索し、父親をどこか知らない場所に連行した。数週間後、移民である彼らの親の多くは家を二束三文で売るよう強制されたり、数十年かけて築いた家業をたたむよう強いられたりした。数カ月後には何万人もの人々が家族ぐるみで、鉄条網で囲われたバラックに暮らすことになった。あるいは家族のだれかが、そうした境遇になった。

彼らは本質的にはアメリカ人だった。にもかかわらず、その一二月の衝撃的な出来事は人々がずっと知っていた何かを浮き彫りにした。それは、アメリカ社会における彼らの立場がいまだに脆弱だという事実だ。無数の同国人が彼らを見る目には、際限のない敵意が潜んでいた。それは、マスコミや政治家の口から数十年にわたって吐き出されてきた強烈な反アジアのレトリックがもたらしたものだ。地元の法令は、日系人が居住できる場所とできない場所を定めていた。労働組合は日常的に、多くの産業において彼らの雇用を禁じていた。事業の経営者は意思一つで、日系人が構内に入るのを禁じることができた。公的な施設は時おり、彼らに対して扉を閉ざした。州の法律は彼らの親が不動産を所有することを禁じた。多くの州では、人種の境界を越えて自由に婚姻することができなかった。国の政府は彼らの親がアメリカ市民になることを禁じていた。

そして彼らは、自分の生活やアイデンティティが己のルーツに断ちがたく結びついていることも知っていた。両親から教えられた価値観——たとえば他者への接し方、成功をはかる基準、義務感、年長者への尊敬、伝統の賛美、そして個人および集団としてのアイデンティティにまつわる他の無数の側面——はどれも、捨てようとして捨てられるものではなかったし、彼らもあえて捨てようとはしなかった。それらは、彼らが大切にしているものごとだったのだ。

彼らの多くには日本に住む親族がいたため、ほかの大半のアメリカ人よりずっと前から、太平洋上に暗雲が立ち込め始めていることに気づいていた。そして彼らはこの一九四一年一二月最初の日曜日に即座に悟った。突如として敵味方になった二つの世界の双方に足をかけていることが、生活を根幹から揺るがすようなやり方で自分たちを脅かすだろうと。

当時若者だった日系二世（ニセイ）の目の前に、明白な道はなかった。生活を続けるための正しい道も間違った道も存在しなかった。彼らの何人かは、合衆国憲法が定める権利を剝奪されたことに対する良心的抵抗運動に乗り出した。その他の——何千人もの——若者はヨーロッパの戦場で軍務に就き、祖国への忠誠を証明しようと戦い、そして何人かは死んでいった。多くの母親は、暗い顔をした将校が鉄条網の向こうからやってきて悲痛な知らせを告げたとき、涙に暮れた。だが二世のほとんどは、法廷で戦ったか塹壕（ざんごう）で戦ったかを問わず、人生の終わりまでにはアメリカの英雄として認められることになった。

本質的に、本書はこれらの若者の物語だ。史上もっとも勇敢なアメリカ人の一部であり、第二次世界大戦に従軍した二世兵士であった若者らの物語であり、その彼らが、アメリカ人であるとは正確にいかなることかを行動を通してどのように世界に示したかにまつわる物語だ。だが本書は同時に、彼らの移民の両親の物語でもある。「一世（イッセイ）」と呼ばれた彼らの両親は、それ以前の——アイルランドやイタリアや北アフリカやラテンアメリカから来た——移民たちと同じように、アメリカに到着した瞬間から疑いの目や偏見に直面した。本書には、彼らがアメリカ社会の中で自身の居場所を勝ち取るためにどんな努力を重ねたかが描かれている。彼らは夜明けから夕暮れまで雑用に取り組み、差別や人種的な罵り言葉に黙って耐え、言葉を身につけようと努力し、事業を立ち上げ、作物を育て、家族の絆を強め、子どもたちに食べさせ、家庭をつくった。本書はまた、極限的状況下で家族を一つに結びつけた妻や母親や姉妹たちの物語でもある。そしてまた一八三八年のチェロキー族以来、自宅からの大規模な強制退去や生活手段の剝奪、そして大がかりな強制収容に直面させられた最初のアメリカ人の物語でもある。

だが、究極的にはこれはけっして犠牲者の物語ではなく、むしろ勝者の物語だ。奮闘する人々や抵抗する人々、主義にもとづいて立ち上がる人々、自分の人生を捧げる人々、耐える人々、そして打ち勝つ人々の物語だ。本書で讃えられる若きアメリカ人たちは、己の名誉心や忠誠心が正しいと命じることを行おうと決意した人々であり、己の最善を尽くし、良心の要求を受け入れ、故郷や家族と離れて戦いに身を投じ、行く手に突如あらわれた困難の山に直面し、それを乗り越えようと決意した人々なのだ。

第一部
衝　撃

真珠湾攻撃のさいに爆発する米海軍の駆逐艦ショー

第一章

もしおれが日本兵に出くわしたら、ぶっ倒して、またぐらを蹴りつけてやるさ。
テッド・ツキヤマ　ハワイ大学の学生　一九四一年一二月七日

「カッツ」ことカツゴ・ミホは、人好きのする青年だった。嫌味のない整った顔立ちで、ハワイ大学の女子学生らは彼がまだ軍服を着るようになる前から、カッツを映画スターのように素敵だと思い、「日本風ケーリー・グラント」と噂した。髪を後ろになでつけたカッツが、うちとけた楽しげな微笑みをこちらに向けたときにはことにそうだった。だが彼の魅力は、けっしてその外見だけではなかった。手の差し伸べ方。浮かべる表情。仲間に誘うときの口調。「知り合いになろう。話をしよう。一緒に何かをしよう」と言うときのようすが、人を引きつけてやまなかった。

さりげない優美と天性の楽観、そしておおらかな自信が、カッツのまわりに自然と人を引き寄せていた。

一九四一年一二月七日の早朝、カッツはホノルルのチャールズ・アサートン・ハウスで眠っていた。ＹＭＣＡによって大学の学生寮として運営されていたチャールズ・アサートン・ハウスは、シェルピンク色の立派な建築で、寮というよりイギリスの荘園領主の邸宅のようだった。その朝、オアフ島の空に太陽が昇るころ、カッツはベッドの中で目覚め、これから始まる一日を思った。いつもなら日曜はもっと朝寝をする。だが友人らの話では、通りの少し先にあるクロスロード教会に面白い牧師が来たそうだし、何より、ハワイ島出身の美人姉妹がその朝の礼拝でピアノを弾くのだという。カッツと仲間の何人かはその朝、教会に行こうと決めていた。その後、期末試験の勉強をして、それからクリスマス休暇でマウイの実家に帰る準備を始めるというのが彼の心づもりだった。

家に帰るのは楽しみでならなかった。大学での最初の学期はすばらしかった。予備役将校訓練課程（ROTC）にも入り、キャンパスでも寮のアサートン・ハウスでも友人ができた。成績も上々で、人生のまさに春だった。それでもカッツは母親の料理が恋しかったし、きょうだいに会いたかった。マウイ高校時代の古い友人と海岸をぶらつくのも楽しみだった。友人たちは高校を卒業してすぐ、サトウキビやパイナップルの農園で働き始めていた。彼らとは、子どものころと同じように裸足でアメフトをしたり、キヘイの海岸でバーベキューをしたりできるはずだった。

その朝の六時二六分、カッツがちょうど目を覚ましかけたころ、アメリカ海軍の重量物運搬船アンタレスが、五〇〇〇トンの鋼鉄のはしけを曳航しながら真珠湾の航行制限水域に到着した。ぼんやり灰色がかった夜明けの光の中で船長のローレンス・グラニスは、右舷から一五〇〇ヤード（一三七〇メートル）ほど離れた水中に、葉巻のような形をした奇妙な物体を視認した。朝の薄明りの中ではそれが何かはっきりわからなかったが、どこかの潜水艦ではないかと疑ったグラニスは、近くを航行していた駆逐艦ウォードに無線を送り、ウォードの艦長、ウィリアム・アウターブリッジと艦員に調査を提案した。ちょうど同じころ、海軍の哨戒機PBYで上空を飛んでいた海軍少尉ウィリアム・タナーもまた、その物体に気づいた。アメリカの潜水艦がトラブルに陥っていると思ったタナーは、近くの水中に発煙筒を二つ落とし、位置をマークした。駆逐艦ウォードは発煙筒の煙のほうに回頭し、二五ノット（時速四五キロメートル）に速度を上げた。問題の物体に急接近するうち、夜明けの光の中で、それがたしかに潜水艦であることがだれの目にも明らかになった〔実際は日本海軍の特殊潜航艇〕。だが、とても奇妙でとても小さなそれは、断じてアメリカのものではなかった。六時四五分、ウォードが砲口を開き、爆雷投下を開始。最初の一撃は失敗し、砲弾は潜水艦の上を滑っていったが、二発目は潜水艦の司令塔と船体の交差部を直撃した。潜水艦はすぐに傾き、沈み始めた。それとほぼ同時に、さらに一発の爆雷が直下で爆発したらしく、油が海面に流出し、沈没が確認された。六時五四分、ウォードは真珠湾の第一四海軍地区の当直将校、海軍少佐ハロルド・カミンスキに打電した。「防衛海域を航行中の潜水艦一隻を攻撃。爆雷を投下」

カミンスキは驚き、戸惑った。その知らせが正しいのか、確信がもてなかったのだ。この数カ月、敵の潜水艦を目撃したという誤情報が多数寄せられている。ただ、この数週間、東アジアからの知らせがきな臭さを増しているのも事実だ。カミンスキは受話器を取り上げた。そこから始まったのはさながら、多くの将校を巻き込んだ長大な電話メッセージ・ゲームだった。事件についての知らせはじりじりと命令系統をのぼり、太平洋艦隊司令長官の海軍大将、ハズバンド・エドワード・キンメルのもとに一時間後にようやく届いた。

いっぽう、駆逐艦ウォードの最初の打電からわずか八分後、オアフ島北端にある陸軍のオパナ移動式レーダー基地では、ジョージ・エリオット二等兵がオシロスコープの画面をのぞき込み、目を疑っていた。画面には、エリオットがその最新式の機器でこれまで見たことがないほど巨大なブリップ〔レーダー画面に現れる光点〕が映し出されていた。彼の目にそれは、約一三二マイル（二一二キロ）北から島にまっすぐ向かう、編隊を組んだ航空機の群れのように見えた。その数は五〇機かそれ以上だろうか。仰天したエリオットは勤務中のもう一人（しかいなかった）の人員であるジョセフ・ロッカード二等兵に、画面を見てみてほしいと頼んだ。ロッカードはオシロスコープをのぞき込み、それから、機器が正しく動いているかどうかを確認した。彼もまた、そこに見えているようなものを目にしたことはなかったが、おそらくアメリカの航空機だろうと推測し、報告には及ばないのではないかと言った。だがエリオットは受話器を取り上げ、フォート・シャフターにある陸軍航空軍の情報センターに電話をした。そして、電話の折り返しを待つようにと言われた。時間は刻々と過ぎ、ようやく七時一五分ごろ、カーミット・タイラー中尉がロッカードに電話をかけてきた。タイラーは、エリオットとロッカードが見たのはおそらくB－17の機影だろうと考えた。その朝、本土からハワイに複数のB－17が到着する予定だった。タイラーはロッカードに「心配はいらない。大丈夫だ」とだけ言った。ほぼ同じころ、ウォードが例の小型潜水艦に遭遇したという知らせが、ようやくキンメル海軍大将のもとに届いた。カミンスキと同様、キンメルはその報告の信憑性に疑問を抱いた。キンメルは、当座は何もせず、確認がとれるのを待つことを選んだ。

その朝はたしかに、カリフォルニアからオアフに向けてB－17が飛んでいた。だが、エリオットとロッカードの見ていたレーダーにブリップを発生させたのは、B－17ではなかった。レーダーがとらえたのは、日本の一八三機の軍用機の反射だ。それらの機体の操縦士はラジオのチューナーを調節し、ちょうどハワイの音楽を聴き始めたところだった。エンジンの轟音の中に、スチール弦のギターとウクレレの柔らかな音が響く。ハワイのラジオ局、KGMBの放送だ。陸軍の要望に応じてラジオ局のトップは前日の晩、その夜はずっと放送を行い、音楽を流し続けるのに同意していた。そうすればカリフォルニアから飛んでくるB－17の操縦士はラジオ局の信号を、ホノルル地区にまっすぐ向かう道しるべに使うことができる。今、日本の軍用機の操縦士がし始めたのは、まさにそれだった。彼らは音楽を追いながら、真珠湾をめざしていた。

だが、彼らがオアフに到着するまでにはまだ半時間あった。ホノルルのヌウアヌ通りにある日本語学校の中央学院では日曜の授業がちょうど始まり、教師がピアノを弾き、生徒が校歌を歌っていた。ワイキキの海岸では早起きのスイマーが柔らかな珊瑚砂の上にタオルを敷き、ターコイズ色の波の中へと進んでいった。三〇分のあいだ、日のあたるキッチンではコーヒーが淹れられ、人気のない日曜の朝の通りを犬がうろつき、ハウの木の黄色い花がゆっくりと開き、教会の鐘が鳴り、ヤシの木の葉のあいだでマイナ鳥がかしましく鳴いた。真珠湾や近郊の軍事基地やホノルルの町では、また一つの美しい朝に挨拶する仕事が始まっていた。アサートン・ハウスではカッツ・ミホがシーツの上で寝がえりを一つ打ち、起き上がり、シャワールームに向かった。


生き延びた多くの人々にとって、そのあとオアフに起きた出来事は、残りの人生のあいだ永遠にそのまま凍りついていた。

最初それは、何でもないものに見えた。まるで、黒い虫の群れが早朝の薄青い空を漂っているかのようだった。だがじきにそれは、海や山の上を旋回するように進み、降下を始めた。五機か六機からなる群れが螺旋を描いて降りてきて、機体の腹から黒い何かをばらばらと落とした。海面には白い水柱が立った。人々は事態を理解しようと必死に頭を巡らせた。水兵も将校も兵士も市民もみな、それまでやっていたことを止め、空を見つめ、同じことを考えた。あれはいったい何だ？　虫ではなく飛行機？　でもなぜ？　曲芸飛行か何かか？　飛行機乗りたちがまた、のんきに遊んでいるのか？　日曜の朝のいっぷう変わった軍事訓練か？だが、近づくにつれ、機体は一つまた一つと突然恐ろしい形を明らかにした。それは、灰色の鋼鉄と滑らかなガラスと、轟音を立てる巨大な黒いエンジンで構成された何かだった。機体は低空で接近してきた。いくつかの機体は水面から五〇～六〇フィート（一五～一八メートル）まで迫り、船や建物やトラックや家屋や、口をあんぐり開けて滑走路に立ち尽くす人々にまっすぐ向かってきた。それは、運悪くそこにいただれかに向かい、頭上で唸り音をあげ、火を吐き、光を点滅させた。翼の下と機体の側面には大きな赤い丸が見えた。そうして人々はようやく、事態を理解せざるをえなくなった。

日本の零戦はまず、真珠湾の北東一六マイル（二六キロ）に位置するカネオヘ湾の海軍航空基地を襲った。時刻は七時四八分。零戦は、駐機していた航空機に機銃掃射を行い、燃え上がらせ、立ちのぼる黒煙の中を旋回しながら、その場にあらわれたものを片端から撃った。現場に向かって走る車両が撃たれ、何かの遮蔽物を探して滑走路を転がるように走る人間や、民家までが撃たれた。およそ七分後、高高度爆撃機や急降下爆撃機や雷撃機など、さらに多くの軍用機がほぼいっせいに真珠湾の真ん中にあるフォード島の海軍航空基地のほか、エヴァ海兵隊航空基地やウィーラーおよびベローズの陸軍飛行場を、そして湾のわずか南に位置するスコフィールド兵舎（バラックス）陸軍基地とヒッカム陸軍飛行場を襲った。これらの場所の多くで米軍の航空機は、破壊工作に備えてまとまって——翼端と翼端をつなげるように——駐機していた。そうして並んだ機体は攻撃者にとって格好の標的になり、数分のうちに米軍は、炎とガラスの破片とねじれた金属と飛び散った人体が渦を巻く大混乱の中で、効果的な防空能力を完全に失った。フォード島では司令室の責任者ローガン・ラムゼイが、窓のすぐ外で爆発が起きるや無線室に走り、当番兵に向かって暗号化されていない平文を早急にワシントンDCに送れと叫んだ。「真珠湾、空襲される。これは演習ではない」

その後、攻撃者は機体を旋回させ、アメリカ艦隊とその主要な標的へと向きを変えた。主要な標的とは、フォード島に沿って停泊した七隻の巨大な戦艦および、乾ドックに無防備にたたずむもう一隻の戦艦だ。それらの戦艦の一つ、ネヴァダの甲板の上では軍楽隊が午前八時に国旗を掲揚し、国歌「星条旗」を演奏する儀式を行っていた。そこに突然、日本の雷撃機が轟音をたててあらわれ、水上六〇フィート（一八メートル）の高さから甲板に向けて機関銃を撃ちまくった。弾は奇しくも軍楽隊員にはあたらず、旗竿を半分まで上った国旗をズタズタにした。軍楽隊はそのまま演奏を続け、国歌の演奏が終わるや楽器を放り出し、われ先に遮蔽物を探して走った。これはその朝、アメリカ人が手にした最後の幸運だった。

戦艦オクラホマの上では一人の水兵がPAシステムに向かって「戦闘配置につけ！　ちきしょう！」と叫んだ。だがその直後、左舷に魚雷が二発続けて撃ち込まれ、艦体は傾き始めた。続けて三発目を被雷し、数分後、完全に転覆した。数百人を甲板の下に閉じ込めたまま、大きな灰色の艦体は死んだ鯨のように腹を空に向けた。ほぼ同時刻、七発の魚雷と二発の航空爆弾が戦艦ウェストヴァージニアを襲った。こちらもたちまち沈み始め、六六人が甲板の下に閉じ込められて溺れた。数分間で八隻の戦艦すべてと、その他多数のもっと小型の艦船が攻撃を受けた。

最悪の事態はまだこれからだった。八時四分から八時一〇分のあいだのどこかで、すでに損傷を受けていた戦艦アリゾナの前甲板を徹甲弾が貫通し、前方の弾薬庫でおそらく重量一〇〇万ポンドもの高性能爆薬が爆発。艦は炎に包まれ、真珠湾全体に衝撃波が走った。近くの艦船の甲板にいた人々は吹き飛ばされた。およそ三万トンの鋼鉄の塊でできたアリゾナは、一〇フィートか一五フィート（三〜四・六メートル）も空中に跳ね、大破し、見る間に沈んだ。水面には大破した上部構造が浮かんでいるだけだった。ほんの一瞬で一一七七名の乗組員が死亡し、その数は、その日に亡くなった戦死者全体の半数近くを占めた。

あちこちで男たちは命令も待たずに、五〇口径の機関銃や対空砲、ライフル、拳銃など、鉛や鋼を空に投げつける能力のあるあらゆる種類の銃をわれ先に手にした。電気系統を失った戦艦ニューオリンズの上では、従軍牧師のハウエル・フォージェイが「神を称え、武器を遣わせ！」と怒鳴りながら、艦上の五インチ砲に手動で砲弾を込めるよう艦員をせきたてていた。武装していない米軍のＢ－17一三機がカリフォルニアからオアフに近づいたころ、事態に驚いたＢ－17のパイロットらは、日本の零戦が放つ機銃弾と地上からの友軍砲火の両方を避けようと、必死に機体を縦横に動かした。

日本軍の銃砲撃と、誤った方向に向けられた米軍の対空砲弾による死の雹（ひょう）は、ホノルルの民間地域にも落下し始め、家屋を燃やし、車を捻（ね）じ曲げ、四九人の民間人の命を奪ったと言われる。ヌウアヌ通りの日本語学校では、砲弾が講堂を直撃した。爆風で机や通学鞄や本や、子どもたちまでもが宙を舞った。瓦礫（がれき）の下で、当時七歳だったナンシー・アラカキは失血死した。八歳のジャッキー・ヒロサキは学校から祖母が営む近くの食堂「チェリー・ブロッサム」まで走って帰ったが、別の砲弾が店の前の通りで爆発し、榴散弾の破片があたりに飛び、ジャッキーと父親と兄弟と、わずか二歳の妹シャーリーの命を奪った。

そして今度は、一六七機からなる攻撃の第二陣がオアフ島の北に停泊していた日本の空母から発艦し、島へと迫った。それから二時間、港とホノルルではさらなる惨劇が繰り広げられた。それはまさに、恐怖の万華鏡だった。煙をあげるアリゾナの艦体の上では、大柄でがっしりした炊事兵（コック）がぺたんと座り、もがれた足の断面を無言で見つめていた。血まみれの甲板の上を水兵らが、ゾンビのようにさまよった。衣服も皮膚も

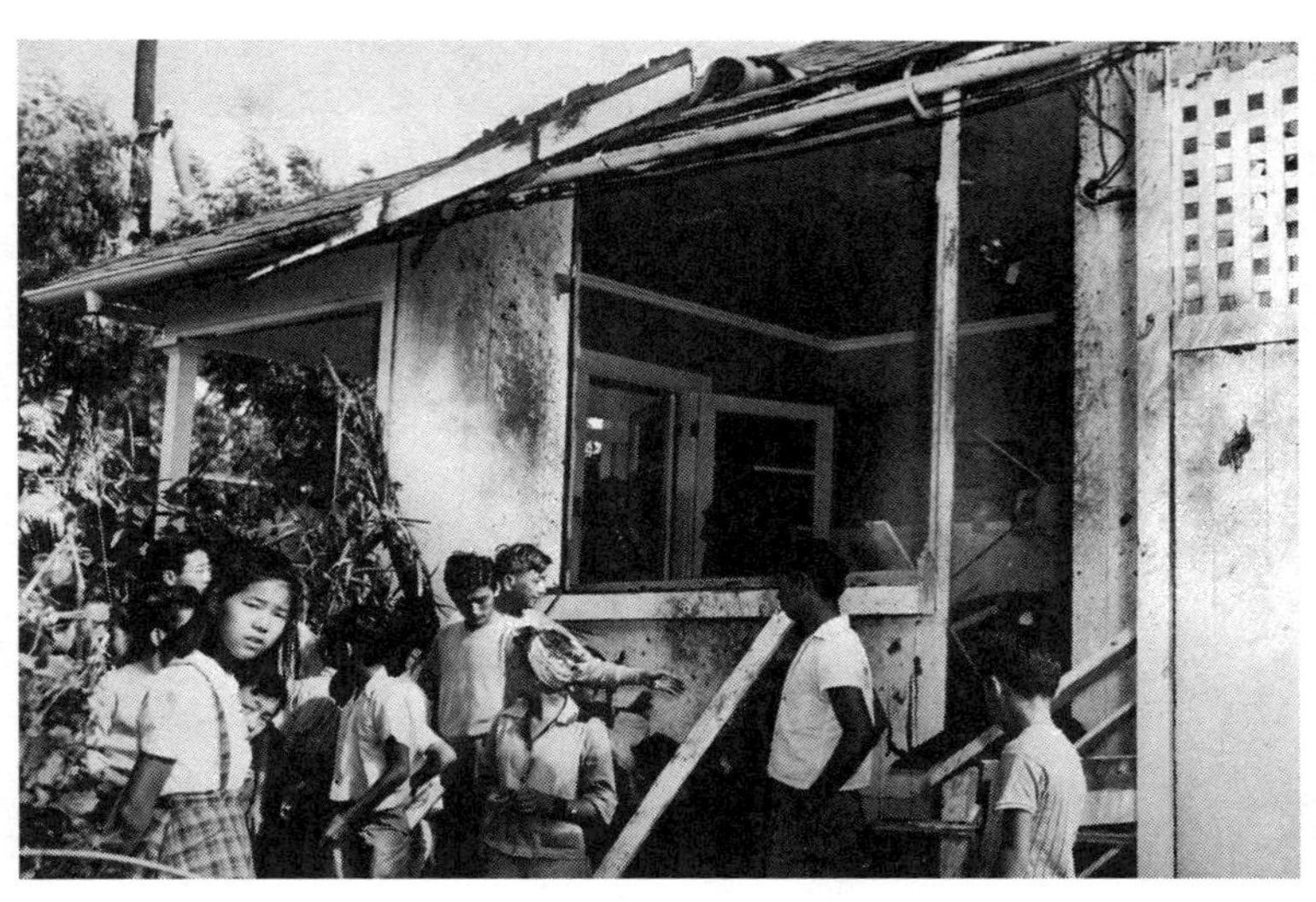

真珠湾攻撃で被害を受けた民家

焼かれた彼らの裸の体は、幽霊のように白い。水中の人間は黒い油にまみれていた。水面を覆う油は燃えており、それが水中の人々を囲み、包囲する。黒煙が喉をふさぎ、衝撃音が耳をつんざく。オクラホマの内部では、閉じ込められた人々が外への脱出口を作ろうと艦体を打つカンカンという音がむなしく響いた。ホノルルの病院では救急車の運転手が制服を血まみれにしながら、うめき声をあげる負傷者を運んだ。負傷者の体は黒焦げだった。病院内の安置所には、赤いセーターを着た裸足の小さな女の子の遺体があった。女の子の手は焼け焦げた縄跳びの端を握りしめていた。

日本軍のパイロットの多くはその日の朝、あまりに低空を飛行したので、地上にいる人々はパイロットがこちらを振り返るのを見ることができた。目をあわせるパイロットもいれば、石のような表情の者もいた。にやりと笑う者もいれば、頭上を通過するときに手を振る者さえいた。そして地上を見下ろしたパイロットのほうは、自分を驚きの表情で見返す人々の顔がおおかたの場合、日本の故郷の人々と非常に似ていることに気づかずにいられなかった。

一九四一年当時、ハワイの住民の三分の一近くは純粋な日系の人々に占められていた。[*1] その日、地獄絵図が繰り広げられているあいだ、彼らの圧倒的多数は他のアメリカ人と同じように驚きと怒りを感じていた。米軍兵士だったアキジ・ヨシムラはのちに、その朝多くの日系人が感じたことを次の言葉に集約した。「(そのとき感じたのは)深い悲しみと絶望だった。両親からいつも敬うように教えられてきた国が、自分の愛する国に戦争を仕掛けたのだから」

ホノルルのダウンタウンにあるイオラニ・スクールの最上級生だったロナルド・オオバはその朝、いつものように家族と日曜のごちそうのパンケーキを食べていた。そのとき、何か物音がした。ロナルドは最初それを花火だと思った。だが、音が大きくなるにつれて、これはきっと軍事演習にちがいないと考え直した。さらに大きな爆発音で家が揺れ、窓がガタガタ鳴ると、ロナルドは椅子から飛びあがり、カウハレ通りを全力で走った。線路を走って横切り、真珠湾の東岸で足を止める。そしてフォード島から立ち上る真っ黒い煙の柱と、その向こうにある戦艦アリゾナの残骸を呆然と見つめた。事態を理解しようとロナルドがその場に立ち尽くすうち、さらに数回の爆発が戦艦泊地を激しく揺さぶった。そして日本の飛行機の一機が機体を片側に傾けながら、ロナルドのほうにまっすぐ向かってきた。大日本帝国の日の丸印がロナルドの目に入り、彼は思った。「ちきしょう! なんでおれたちの祖先が、おれらのところに来て、攻撃するんだよ!」

一七歳のダニエル・イノウエはそのころ、ラジオ局のKGMBがB-17を誘導するために一晩中流していたハワイ音楽にのんびり耳を傾けながら着替えをしていた。その時突然、アナウンサーのウェブリー・エドワーズが速報を伝えるために放送に割りこんだ。エドワーズはマイクに向かって叫んだ。「これはテストではありません！　本物です！　真珠湾が日本軍に爆撃されています！　道路から離れて！」イノウエは助言を無視してホノルルのモイリイリ界隈の自宅を飛び出した。彼もまた、頭上を過ぎる零戦の翼に日の丸の印を見た。そしてたちまち、怒りと恐怖の波に呑まれた。「人生が終わったと思った」とイノウエはのちに語った。彼は自転車に飛び乗り、ルナリロ・スクールに設けられた救護所へと急いだ。そして、それからの三日三晩のおおかたをそこで、負傷者を治療したり遺体を安置所に運んだりする手伝いに明け暮れた。

真珠湾の北岸にある古いプランテーション・タウンのワイパフでは高校生のフリント・ヨナシロが、飛行機の轟音が低く迫るのを聞いた。フリントは、母親がアイスクリームとサイミンという麺料理を売っている小さな料理屋から外に飛び出した。そのときちょうど目の前で、二筋の弾丸が音を立てて地面に衝突した。跳弾はフリントにはあたらず、音を立てながら舗装道路を横切り、埃を巻き上げた。別の日本人パイロットが、燃料用タンクと間違えたのか、近くの糖蜜貯蔵タンクを銃撃した。飛行機が去っていくのをフリントは見た。そしてその場に立ち尽くしたまま、フォード島付近の水面一帯から巨大なオレンジ色の炎がまるで花が開くように噴き出してくるのを、何かに魅入られたかのように見つめた。心には恐怖と怒りが渦巻いていた。

ジェシー・ヒラタはその朝ラジオの速報を初めて聞いたとき、アメリカ陸軍に入隊してわずか五週間だった。

＊1　一九四〇年の米国の国勢調査によれば、ハワイ諸島の全人口四二万三三三〇人のうち、日本に祖先をもつ者は一二万八九四七人いた。

た。彼は友人の車に乗り込み、スコフィールドバラックスの基地をめざした。ホノルル中の道路はひどい渋滞だった。まだ軍服を着てもいなかったヒラタ二等兵はしびれを切らし、真珠湾の混乱をもっとよく見ようと車を降りた。あたりを見まわしていると、陸上警備隊の一人がヒラタの肋骨に拳銃を突きつけ、上司に向かって「こいつはジャップだ！　どうしてやりますか？」と叫んだ。ヒラタは、のど元までこみあげた悪態をのみこみ、自分は米軍の兵士だと説明した。解放されたヒラタがスコフィールドバラックス基地に到着すると、軍服を着た若者らがあちこちに駆けまわり、大混乱が起きていた。何をするべきか指示を求める者。トラックから弾薬を荷下ろしする者。閲兵場に一心不乱に塹壕を掘る者。ジェシーが自分のテントに向かうと、そこには日本軍の薬莢が散らばり、ベッドの上にも二つ転がっていた。ジェシーとほかの数人は開けた場所に水冷式機関銃を設置し、銃を空に向け、その銃をただ見つめた。だれ一人、その使い方を知らなかったのだ。

アサートン・ハウスでは当時一八歳のタケジロウ・ヒガが、カフェテリアで朝食の給仕をしていた。そのとき突然、白人の女性が「戦争、戦争！　コーヒー、コーヒー！」とわけのわからない叫び声をあげながら店内に駆けこんできた。だれかがコーヒーを手渡した。だが、女性の手はひどく震えていて、コーヒーの大半はソーサーにこぼれてしまった。「夫を、さっき、真珠湾で降ろしてきたの」。女性はどもりながら言った。事態をまだよく理解していなかったタケジロウは、カフェテリアで働いていたほかの少年たちを見て、首を横に振り、小さな声で言った。「おい、あの女の人、ちょっとやばくないか？」

同じアサートン・ハウスの上階でカッツ・ミホが髭（ひげ）を剃っているとき、下の階で騒ぎが起きた。何人かのわめき声や階段をばたばたと駆けおりる音や、ラジオの大きな音が聞こえた。不審に思ったカッツは階段の手すりから身を乗り出し、吹き抜けを見下ろしながら、「おい、下で何が起きているんだ？」と怒鳴った。だれかが怒鳴り返した。「ラジオをつけてみろ！　聞いてみろ！」別のだれかが怒鳴った。「攻撃されてるんだよ！」

ラジオの前に戻ったときにはもう、カッツは低いとどろきが遠くから聞こえるのに気づいていた。ラジオのスイッチを入れると、アナウンサーが真珠湾に関する何かを叫んでいた。髭剃りクリームをまだ顔につけたまま、カッツはアサートン・ハウスの屋根に這いのぼり、北西の真珠湾の方角を見た。黒煙が何本も空高く上っている。階下にいたタケジロウ・ヒガやほかの青年らもカッツに倣って屋根に上った。何人かは双眼鏡をもっている。彼らはまだ自分の見ているものを正確に理解できずにいたが、もっと近い、寮からわずか一マイル（一・六キロ）のヌウアヌ通りの近くに砲弾が落ちたとき、ようやく事態をのみこんだ。鉄製の波型の屋根がくるくる回りながら空を飛んでいる。それからドスンと音がした。閃光が走り、煙が上がり、地面にくぼみができ、火の手が上がった。アサートン・ハウスの真ん前に新たな砲弾が落とされたのだ。

カッツは大急ぎでラジオの前に戻り、ふたたび臨時ニュースを聞いた。予備役将校訓練課程の学生は全員、ハワイ大学の体育館に至急集まれと指令が出ていた。カッツはカーキ色の軍服を急いではおり、ユニバーシティ・アベニューを駆け抜け、キャンパスに到着し、大勢の若者たちと合流した。その多くは日系アメリカ人の若者で、彼らは体育館へと慌ただしく向かった。

体育館の中には五〇〇人か六〇〇人あまりの青年らがひしめいていた。みなアドレナリン全開で、ばたばたと動き回っていた。最初、統率をとる者はどこにもいないように見えた。だが、カッツは群衆を肘で押し分けながら進み、予備役将校訓練課程の分隊のリーダーであるフランシス・アイウォイをようやく見つけた。三〇歳のアイウォイはハワイ大学のアメフトチームのコーチを務めていた。だれかが、いくつかの木箱を引きずってきた。中には、古いボルトアクション式ライフルのスプリングフィールドM1903が、石油ベースのねっとりした防錆剤であるコスモリンを塗られて入っていた。アイウォイは分隊のメンバーに、ツンと匂うこの薬を銃から拭き取るよう命じた。それから彼らは、この銃にどうやって撃針を差し込むかで頭をひねり始めた。さらに困惑が生じた。彼らの訓練はまだその時点では、武器の使用を許可されるところまで進んでいなかったのだ。時おり、日本の飛行機のエンジン音が頭上低くに聞こえた。次に何が起こるのか、そして外でいったい何が起きているのか正確にわかっている者は一人もいなかった。アイウォイは隊員に、ライフル用の弾薬筒を五つずつ手渡した。

体育館の堅木張りの床に、銃を握りしめて不安そうに座っていた青年らの輪から輪へとさざ波のように言葉が広まり始めた。青い軍服を着た日本の落下傘部隊が、キャンパスにほど近いセントルイスハイツの丘に上陸したと報道があったという。青年らは外に駆けだし、丘を見上げた。たしかに上方に、キワベの木々の間を通り抜ける複数の人間の姿が見えた。あぜんとしている若者たちにだれかが、散兵線を作って丘のふもとに進み、敵の強襲を撃退する準備をせよと命令した。カッツ・ミホは銃を握りしめたまま、呆然と丘を見上げていた。

第二章

子どものころ、私にこっそり白い肌をくださいと何度もお祈りしたことを覚えています……「黄色い肌をもっていたら、ある一定のレベルより上には行けない。分をわきまえなくてはならない」という不文律があったのです。

フミエ・ミホ

「我が家」とはカッツの記憶のかぎりにおいて、マウイ島の港町カフルイで両親が営む小さなホテルのことだった。ミホ・ホテルは小さくて――そのうえ、白アリがせっせと土台を食うおかげで少々ガタついていたが――それでも幸福な我が家であり、愉快な訪問者と、楽しい会話で一年中にぎわっていた。ホテルでは客も家族も広島(ヒロシマ)風の手製の和食を食べ、大きな木製の、薪で沸かす風呂に入ることができた。夜はヤシの葉が貿易風でさやさやと揺れる音を聞きながら眠りに落ち、朝は、サトウキビを積んだ小さくて頑丈な蒸気機関車が町を通り抜ける甲高い警笛の音で目覚めた。

二階建てで一四の小さな客室をもつミホ・ホテルは、カフルイの大通りにトダ・ドラッグストアとア・フック食料品店に挟まれるように立っていた。ホテルの裏には家族の住まいがあり、畳敷きの大きな一室のまわりに小さな部屋がいくつかあった。ホテルの真ん中には小さいが緑豊かな中庭があり、そこで母親のアヤノは見事なランの花や南国の花を育てていた。深い緑の葉の中にピンク色や薄紫色や赤色の花が甘やかに、はじけるように咲いていた。

ホテルを経営するのはカッツの父親であるカツイチだ。彼はやせ型で、口髭をいつも完璧に整え、身なりもきちんとしている男だった。日本で教育課程を受け、学校の校長をしていたカツイチはハワイへ移住後、必要に迫られて商売人になった。カツイチは仏教と神道と儒教の教えを真剣に学び、人生について深く考えてきた。自分の意見を堂々と述べ、議論から逃げることのほとんどないカツイチを、マウイの巨大な日本人社会は深く尊敬した。自由な時間のおおかたは町のあちこちをまわって――成人した子どものだれかがカツイチを車で送った。彼自身の運転は、命を脅かすほど危ういので――過ごし、地域のもめごとを解決したり、日本語の新聞を配ったり、日本文化を教えたり、昔ながらの流儀が絶えないようにつとめたりした。カツイチはそういうことを重視した。故国の家とつながりを保ち、祖先を敬うためにお盆(オボン)の行事をし、昔から教えられたように正しくふるまうのは、カツイチにとって大切なことだった。

お金にはほとんど関心を払わなかった。度が過ぎるほど寛容なカツイチは、思うままに小切手を書き、いっぽうで自分の口座の残高をほとんど認識せずにいた。ホテルの経営者は彼だったが、切り盛りの大部分をしているのは妻のアヤノだった。アヤノがお金の動きに目を光らせ、請求書の支払いをし、わずかな社員の監督をし、おいしい料理を作ってミホ・ホテルを、ホノルルから仕事で訪れる客だけでなく、時には東京から訪れるビジネスマンにも人気の宿にのしあげた。

カフルイの町はあらゆる実用的な目的のため、封建的な構造をしていた。それを言うならマウイ島のほぼすべては――サトウキビの巨大なプランテーションも含めて――封建的な支配物であり、究極的にはボールドウィン家という一八三〇年代に島にやってきたキリスト教の宣教師の子孫が所有と経営を行っていた。ボールドウィン一族は、もう一つの宣教師の家系であるアレクサンダー一族と姻戚関係を結び、この二つの家のあいだで事業や政治王朝を築き、それが二〇世紀半ばに至るまで実質的にマウイを支配した。彼らの大部分はカフルイのごみごみした界隈とは離れて住み、静かな奥地にあるいくつかの落ち着いた地所で、身を隠すように暮らしていた。彼らは有り余る時間を、ポロをしたり、ポメラニアン犬をかわいがったり、本土からの著名な訪問者をつぎつぎと、豪華な宴やマウイ・カントリークラブでのゴルフのラウンドでもてなしたりして過ごした。

ボールドウィン家は、アレクサンダー&ボールドウィンという企業の後ろ盾や、ハワイ商業さとうきび会社とカフルイ鉄道会社をはじめとする子会社との密な結びつきを通じて、間接的に島を支配した。カフルイできわめて重要なのは、カフルイ鉄道会社だった。カフルイはマウイ島の中でも主要な、水深のある港に面した町で、積み下ろしを主な事業としていた。事業の大部分は、カフルイ鉄道で運ばれてくる大量のサトウキビやパイナップルを荷下ろしし、本土行きの貨物船に積み替える作業だった。

周辺の田舎にあるプランテーションと同様、カフルイは実質的には、アレクサンダー&ボールドウィンの多様な子会社の所有する安普請な家屋が集まった複数の「集落(キャンプ)」に分けられた町だった。プランテーションの中と同様、キャンプは人種で分離され、そうした場所に住まないほぼ唯一の人間は、地元の言葉で「ハオレ」と呼ばれる北米系の白人だった。彼らが暮らす快適な家は、地元民が「ハオレ・ビーチ」と呼ぶ白い砂浜沿いに植わった背の高いハイビスカスの生け垣の向こうに、隠れるように建てられていた。

町の中心にある最大のキャンプはカフルイ鉄道会社の所有で、そこには日系の積み下ろし人足とその家族が住んでいた。周辺部に位置する他のキャンプには、住民の人種や職業をうかがわせるような名前がついていた。港に近い「生魚(ロー・フィッシュ)キャンプ」にはポルトガル系の漁師が住み、「アラバマ・キャンプ」にはアメリカの深南部から来た黒人の労働者が住んでいた。ハワイ人が住む「コロ・キャンプ」では可能な限り、先祖代々の暮らし方が受け継がれていた。彼らはアウトリガー・カヌーでカフルイ湾を定期的に行き来し、家族で集まってタロイモの球茎を蒸し焼きし、木製の長い厚板の上で昔ながらの玄武岩の打ち器を使ってそれを叩きつぶし、ポイと呼ばれる料理を作った。

大通り沿いでは、カフルイ鉄道会社が商人たちに——その大半は日系と中国系の移民だった——土地を貸し、個人事業を営むことを認めていた。ア・フック食料品店やトダ・ドラッグストアやミホ・ホテルはその一部だった。そうした事業を営むことでミホ家のような人々は、「キャンプの人間」よりも「町の人間」に近くなり、それゆえいささか高い社会的地位を与えられた。だが、これは危うい利得だった。土地のリースは一カ月ごとの短期契約だった。会社は意思一つでどんなときでも、何かの理由をつけて——あるいは理由など何もなくても——店子から土地をとりあげることができた。

ハオレ・ビーチ沿いに建つ豪邸の中でもひときわ大きいのは、カフルイ鉄道会社の支配人であるウィリアム・ウォルシュのものだった。ウォルシュは実質上、カフルイの町のすべてのものと人を支配していた。ミホ家の人々は町のすべての住民と同じく、次の三〇日間事業を継続したければ、ボスであるウォルシュともめごとを起こしてはいけないと知っていた。あるいはさらに言うなら、ウィリアム・ウォルシュの妻であるメイベルとのいざこざは禁物だった。

便宜を図ることは必須だった。たとえばカフルイ劇場の支配人は、ウォルシュ夫妻が映画を見に来ると知っていれば必ず、通りに案内係を送り、自身も緊張で汗をかきながら夫妻の到着を待った。そして、夫妻が到着してゆったりと席に座るまでは、映画の上映を遅らせた。元旦の日は毎年、ミホ家を含む町の住民は、海岸沿いにあるウォルシュ家の豪邸に贈り物を届けた。ある年には一ガロン〔三・八リットル〕の酒(サケ)を届け、翌年にはメイベル・ウォルシュがミホ・ホテルのロビーで賞賛した優美な赤い漆塗りの鏡台を届けた。少しばかりの貢物をすることが、将来の安全の助けになっていた。

カフルイの――そしてマウイ全体の――階層化された社会構造は、ハワイ諸島全体のレプリカでもあった。白人の宣教師が最初に島に来たときから、ハワイ諸島の歴史はすべて、土地と住民の搾取の歴史だった。宣教師の大半はニューイングランドの出身だったので、ボールドウィン家もアレクサンダー家も「富は神に愛されたしるしである」というピューリタン的な考えにどっぷり漬かっていた。一九世紀後半ごろまでに両家の子どもや孫は、そうした考えをしっかり守りつつ、さらに社会的ダーウィニズムも支持するようになった。とりわけ彼らが信じたのは、アングロサクソンは他の人種より生来優れており、それゆえ社会を支配するのにもっとも適しているという考えだ。

自身やその子孫が土地を支配し、サトウキビやパイナップルを栽培するようになると、彼らは事業を動かすために膨大な労働力が必要なことをほどなく理解した。彼らの世界観からすれば、それが意味するのは、自分たちより肌の色が濃い人間を探してきて現場の仕事をさせるということだった。これは、ハワイ諸島における人種の関係を定義する概念だった。ホノルルの実業家、ウォルター・ディリンガムは一九二一年に率直な言葉を残している。「もしあなたが、熱帯のそよ風が吹く場所から日の照りつけるサトウキビ畑に行けと言われたら、それは、白人に行わせようと神が思っていなかった何かを白人が強いられていることになる。もし神がそう思っていたなら、世界全体の人間はさまざまな肌の色ではなく、みな同じ白い肌をもつことになっていたのではないか」

当初、農園主が労働力として着目したのはハワイの先住民だった。だが、無秩序に広がったプランテーションで働かせるには、先住民の数はあまりに少なかった。一八五三年にハワイ王国で行われた調査では、ハワイ諸島の人口の九六パーセントはハワイ人で占められていた。だが一八八四年には、その割合はわずか五〇パーセントまで低下し、一八九六年には、ハワイ人が人口に占める割合はたったの二五パーセントになった。これはハワイ人の数が減ったというだけではなく、農園主によっておおむねアジアから取り入れられ始めた移民の波に先住民が圧倒されたためでもあった。それらの移民は中国やフィリピン、朝鮮や日本などからやってきた契約労働者だった。これまでのところ、中でもいちばん数が多かったのは日本からの移民だった。

プランテーションの制度が成熟するにつれ、農園主はこれらの民族集団をたがいに反目させるのが有効だと気づいた。人々を人種別のキャンプに住まわせることで、農園主は一種の分割統治戦略を採用した。こうして彼らは、労働者が何らかの有益なやり方で自らを組織するのを防ぐと同時に、乏しい給料を巡って各集団間の憎悪をあおった。この有効だが往々にして無慈悲なシステムは、少数の有力な一族からなる寡頭制が、彼らを裕福にしてくれた人々の生活に強大な権力を巧みにふるうことを可能にした。

カフルイでの生活には根深い人種的・経済的不平等があったが、カッツ・ミホは——ともに育った多くのキャンプ・キッズらと同じように——活発な子ども時代を送った。一九二二年、カッツは八人きょうだいの末っ子として生まれ、兄や姉から溺愛されて育った。特にカッツを可愛がったのは姉のフミエと兄のカツアキだった。[*2] ミホ・ホテルはいつも一家の子どもたちの騒々しい活気で満ちていた。彼らはみなエネルギーにあふれ、楽観的で、世界に自分の爪痕を残すという意欲に燃えていた。その世界観の大部分は父親と、父親の哲学の核心から引き継がれたものだった。父親が重んじたのは、「義理（ギリ）」と「人情（ニンジョウ）」のあいだで繰り広げられる永遠のダンスにおいて正しい姿勢を保つことだ。「義理」とは厳格なルールや社会の規範に従う義務であり、仲間への自然なあたたかい気持ちや同情を意味する「人情」とはしばしば衝突する。カツイチは、大半は生活を通じて、義理と人情のそれぞれを正しい程度と正しいタイミングで用いることを、自ら手本を示しながら子どもに教えた。だが、おそらく同じほどミホ家の子どもらの行動に影響を与えたのは、父親が「大人しい（オトナシイ）」という美徳を重んじなかったことだ。広く支持されている「大人しい」という美徳は、ですぎたことをせず、いつも静かにし、知りすぎたり意見を口にしすぎたりするように見えるのを避けることだ。ミホ家の子どもはみな、ものごとに進んでかかわり、意見を口にし、責任を引き受けるのをよしとした。分をわきまえるのは、彼らがいちばん嫌うことだった。

　この幸福な環境の中で、カッツは文字通り裸足でのびのびと育った。彼にとって最大の楽しみの一つは実際、ハワイ式に裸足でアメフトをすることだった。少年たちはヘルメットもパッドも靴もなしで、マウイの赤い土埃を巻き上げながら、夢中で戦った。夏のあいだは、サトウキビ畑で働くために午前二時に起きなけ

＊2　カッツには全部で四人の兄がいた。カツト（日本で生まれ育つ）、カツロウ、カツソ（通称ポール）、カツアキである。父親はすべての息子たちに、自身の名前と同じように「カツ」から始まる名前を付けた。それは、息子たちが父親に、そしてたがいに負っている家族としての忠誠をあらわすためだった。

ればならないことも時おりあった。雑草をとったりサトウキビを刈ったりして午後二時まで働くと、運が良ければ一二時間の労働に対して一ドルの給金を得られた。週末には朝から夕まで長い幸福な時間を、マウイの珊瑚砂の海岸でボーイスカウトの仲間と一緒に過ごした。少年たちは暖かい海に思うさま身を投げ出し、水の中で取っ組み合いをし、あたりが暗くなるまでだらだらと波間で過ごし、それから岸辺で火をおこし、コーンビーフとキャベツの料理を作った。ウクレレやギターをかき鳴らし、歌を口ずさみ、ハワイの巨大な夜空を見上げ、焚火の揺れる炎のすぐ向こうで波が砂を打つのを聞きながら、小さな声でうちあけ話をしたりした。そういうときにカッツが話すのは学校で教わる正しい英語ではなく、仲間内でいつもしゃべってきた気取りのないくだけたピジン語だった。海岸に行けない日はカフルイ港の桟橋の下で、曲げたピンを釣針代わりにしてマニニと呼ばれる黄色いニザダイを釣ったりした。小さなスナガニを集めることもあった。集めたスナガニは、母親たちが衣をつけて熱いごま油の中に落とし、さっくりと香しい天ぷらにした。

平日にはカフルイ公立の、英語の学校に通った。午後には日本語学校に通った。両親の話す日本語の習得ははかばかしくなかったが、日本の倫理である「修身(シュウシン)」には深い興味を抱いた。日曜日には一家で、きちんと靴を履き上等な服を着てカフルイ・ユニオン教会に行き、「主、我を愛す」などの賛美歌を歌った。礼拝の後は通りを歩いて仏教の寺に行き、袈裟を着た僧に招き入れられた。一家は靴を脱いで畳の間に上がった。寺の僧はみなを中に導きながら、ときおりふざけて「主」を「ブッダ」に換えて「ブッダ、我を愛す」と賛美歌を歌ったりした。

一カ月に一度くらい、ドンドンという太鼓の音とチラシを配る若い男たちを先頭に、数台のトラックが町を通り抜けた。チラシには、その晩サトウキビ畑で日本の無声映画が上映されるという知らせが書かれてい

ミホ家の子どもたち。マウイにて：（左から右へ）ポール、カッツ、フミエ、カツアキ

た。暖かなマウイの夜、カッツは兄のカツアキと一緒に、まわりに見とがめられないように腹ばいになってサトウキビの間を進んだ。手のひらほどの大きさがあるアシダカグモを音をたてないようにはたきながら、カンバス地の天幕までたどり着くと、こっそり中に忍び込み、映画を見た。映画は大体が『四十七士』や『忠臣蔵』などのサムライ物で、白いシーツの上に映し出され、そのかたわらで「弁士(ベンシ)」が日本語で、ドラマチックな動作とともにナレーションを行った。ミホ兄弟には日本語はほぼ理解できなかったが、そうした映画を見ることで、彼らは武士の伝統の神髄を吸収した。そしてそれは、想像もできないようなかたちでのちに彼らの役に立つことになった。

だが、カッツが年中夢に見たり楽しみにしたりしていたのは、マウイのカウンティ・フェアのほうだった。本土で行われる縁日と同じく、この祭りはまさに五感の饗宴だった。牛や豚の鳴き声が聞こえ、バーベキューやグリルド・オニオンの香ばしいにおいが漂い、蒸気エンジンのメリーゴーランドからはゼイゼイいうようなメロディーとピーッという笛の音が聞こえた。アマチュアのボクシングの試合が開催され、空中ブランコ芸人が技を披露し、競馬や農産物の品評会やドッグ・ショーが開かれた。子どもたちはポップコーンやホットドッグをほおばり、冷たいコーラやルートビア〔炭酸飲料の一種〕をゴクゴクと飲み干し、ピンク色の綿菓子の中に顔を突っ込んだ。

ここは本土のアイオワではなくハワイなので、綿菓子に加えてカッツと友人が手にする円錐型の紙の容器入りのかき氷には、底に日本風に小豆の餡（あん）がひと掬い入っていた。本土の祭りにつきもののファンネルケーキ〔生地を油の中に漏斗（ファンネル）から出して揚げたドーナツの一種〕の屋台の代わりに彼らが並ぶのは、マラサダと呼ばれるポルトガル風ドーナツの店で、熱い油から揚がったばかりのドーナツにシナモンと地元産の砂糖をまぶして食べた。熟したパパイヤのオレンジ色の甘い果肉をすくって食べさせる店もあった。農産物の品評会では、マンゴーやパイナップルや「ウアラ」と呼ばれた沖縄の紫のサツマイモが山と積まれていた。サトウキビの品評会では、若い男たちが鋭く尖らせたサトウキビ用ナイフを日光にきらめかせながら、制限時間内にだれがいちばん多く種木を切れるかを競った。

祭りのときには、カッツだけの楽しみもあった。これは彼ののちの人生に大きく影響することになった。祭りのときにやってくる芸人は、髭女も世界一背の高い男も、曲芸師もピエロも、二つの胃をもつ男も、ほとんどがミホ・ホテルに滞在した。それはカッツの母アヤノの料理がめあてでもあったが、町の人々に無料の見世物を行わなくてすむように、人目を避けて過ごしたいという願望ゆえでもあった。

彼らはカッツにやさしかった。ホテルの中庭でランの花のそばに置かれたカードテーブルに彼らは何時間も座り、タバコを吸ったりドミノをしたり、酒をすすったり、旅芸人の生活を大げさに面白おかしくカッツに話して聞かせたりした。二つの胃をもつ男は、どうやってものを呑み込んだり、必要に応じて特定のものを逆流させたりできるのかを、実地で教えてくれた。髭女は、自分はじつは女ではないのだとこっそり教えてくれた。メンフィスから来た陽気な「世界一背の高い男」ウィリー・キャンパーはカッツに、三三サイズの靴を誇らしげに示し、幅一二インチ（約三〇センチ）もある手のひらで一〇個の卵を一つも落とさずにつかめるのを見せてくれた。最初カッツは、芸人たちを滑稽な人だと思い、後で友人と海岸で遊ぶときくすくす笑いの種にしたりしたが、自分が大人になるにつれ、そして彼らが毎年のようにホテルを訪れるにつれ、彼らに共感を抱き始めるようになった。「異形の者」の目から世界を見ること、その人間性を理解すること、そして彼らがカッツに示してくれた善意の温かさを感じることは、それまで父親から学んできた「思いやりを持って他人を扱え」という教訓をさらに強めた。

だが、カッツの本領が真に発揮されたのは、マウイ高校入学後だった。学校が位置するのは島の巨大な楯状火山、ハレアカラ山のふもとで、大半の日は貿易風が涼しく吹きわたった。学校はおよそ学校らしくない建物だった。カリフォルニア発祥のミッション・リバイバル風の優美な、ブドウの蔦（つた）におおわれた建築が、海のように広がるサトウキビ畑の中にまるで失われた文明の寺院のようにそびえたっていた。学校は実際、一種の寺院のようでもあった。毎朝、数百人の生徒は学校の前にある旗竿の近くに到着すると――彼らの多くはプランテーションから、サトウキビ畑の埃っぽい道を裸足で歩いて登校した――ラッパ隊の音を合図に円形に集まった。そして手を胸にあて、アメリカの国旗が掲揚されているあいだ、忠誠の誓いを唱えた。それがすむと生徒はメインキャンパスにつながる巨大な階段をのぼり、一時間目の授業の教室へとぞろぞろと向かった。

マウイ高校でのカッツ・ミホ

授業もいっぷう変わっていた。その建築を別として、マウイ高校を特徴づけているのは教員だった。本土からやってきた意欲溢れた若い教師がホメロスや英文学やラテン語を、そして天文学や哲学や細胞生物学や世界史を、農園の労働者の子弟にも鉄道職員の子弟にも分け隔てなく教えた。カリキュラムの充実度があまりに高かったので、ボールドウィン一族の子弟さえも何人かは、農園主の子どもなら本土にある私立の寄宿学校に通うのが普通だったところを、あえてマウイ高校に在籍していたほどだった。

入学してすぐ、カッツは学校生活に全力で取り組んだ。アメフトを――今度はユニフォームとヘルメットと、スパイクのついたきちんとした靴を履いて――プレーした。クラブに入り、劇に参加し、生徒会にもかかわった。そしてすぐに、自分が人前で話したりリーダーシップをとったりするのに向いていることに気づいた。それから四年間、カッツはクラスでの議論でいつも、自分の意見をはっきり大胆に話した。人とのつながりも積極的に結んだ。そして最高学年になるころには、全生徒の総代として一〇〇〇人近い生徒の前で議長の小槌（こづち）をふるった。友人はカッツを、からかいとその成功への賞賛を込めて、「プレジデント」をもじった「プレジィ」と呼ぶようになった。

卒業後カッツは、お金を貯めるために一年間、カフルイにあるマウイ・パイナップル缶詰工場で整備員として働いた。一九四一年の秋には——姉のフミエと兄のカツアキの後を追って——ホノルルに移り、大学に入った。そしてアサートン・ハウスに入寮した。

彼のそれまで知っていたすべてを変え、ミホ・ホテルをつぶし、両親を引き裂き、兄の命を奪い、姉を孤立させ、自身のアイデンティティを揺るがせ、彼を世界の向こう側で起きている悪夢の奥深くに送り込むきっかけになった事件が起きたあの朝、カッツがその場にいたのはこういうわけだった。

第三章

私の父がじきに連行されるという知らせが広まりました。父は準備を万端整え、コートとネクタイ姿で待ちました。彼らは銃剣をつけていました。そして「おい！　逮捕だ！　一緒に来い！」と言い、父を連れていきました。ああ、私たちは恐怖でいっぱいで、どうすればよいかなどわかりませんでした。

ローラ・イイダ・ミホ

一九四一年には、アメリカ全体に四五〇〇万台のラジオが存在しており、日曜日にはいつも、その大半にスイッチが入れられた。ラジオ番組は国中でたいへんな人気で、とりわけ日曜の午後、人々が教会から帰るころにはそうだった。働くアメリカ人はこの時間、ようやくゆったり椅子に座ることができ、編針や新聞を手にしたり、さやをとらなければならない鍋いっぱいの豆を手元においたりして、ラジオの放送を楽しんだ。だがその日、真珠湾についての最初の速報が電波に乗って届いたとき、人々がそのときしていたことや聞いていたことは何であれすべて、一瞬で色と意味を失った。それは大勢のアメリカ人と、世界中の同盟国にとっても同じだった。ロサンゼルスで、オマハで、ロンドンで、トロントで、人々はラジオに近く耳を寄せ、まわりの人々を呼び寄せ、熱心に放送に耳を傾けた。最初の数分で人々の大半は、このニュースが意味するのがたとえ何であれ、それが一つの世代を——彼らの世代を——永遠に定義することになるだろうと悟った。

その日、スイッチを入れられたラジオの一つは、小さなクリーニング店の上にある小さなアパートに置かれていた。クリーニング店が建っているのはワシントン州スポケーンのさびれた側にある、「ヒルヤード」と呼ばれるごみごみした界隈だった。

ヒルヤードは粗ごしらえの町だった。ジェームズ・J・ヒルの創設したグレートノーザン鉄道の五〇〇エーカー（二〇二ヘクタール）ほどもある広大な車両基地沿いに古いレンガ造りの店先が一マイル（一・六キロ）ほど続き、雑草が生えた区画に小さな木造の家がしゃがみ込むように建てられていた。車両基地には、一度に二〇の機関車を収容できる円形機関車車庫があり、もっとたくさんの機関車の製造と修理ができる巨大な車庫があり、石油を貯蔵する巨大なタンクがあり、鉄道の枕木を作る製材所があり、砂利坑があり、機械を売る店があり、車輪を外されて労働者のための安価な住宅に転用される有蓋貨車の列があった。そこには昼夜を問わず、鉄のカンカンいう音やピーッという汽笛の音が響き、エンジンが蒸気を噴き出していた。あたりは汚れとグリースと砂利と、すすと汗と、たえまなく染みのつくオーバーオールと汚れたワークシャツの世界だった――要するに、近くにクリーニング店が必要な場所だったのだ。

ヒルヤード・ランドリーは車両基地からわずか半ブロックのところに、イーストオリンピック通りに面した狭い二階建ての建物の一階を借りて営まれていた。店を忙しく切り盛りするキサブロウとトリのシオサキ夫妻はその朝、長かった一週間の労働から解放されてのんびりくつろいでいた。店は月曜から土曜まで週に六日間営業しており、夫妻はいつも夜明け前に起きて仕事を始め、一日に一六時間も働いた。まず店の巨大なボイラーに火を入れ、回転式の脱水機を操作して数百ポンドの重さがある濡れた衣類やシーツから大半の水分を絞り、まだ濡れている洗濯物を二つの大きな電気乾燥機に入れ、引き出し、アイロンをかけ、パタパ

ヒルヤード・ランドリーで働くトリとキサブロウのシオサキ夫妻

タと振ってから折りたたむという作業を朝の七時に店が開くまでにすませ、朝一番の客を迎えるのだ。

お客のほとんどは——そしてヒルヤードの住民のほとんどは——新しい移民で、主にドイツ、アイルランド、スカンジナビア、イタリアの出身で、大半は何かの形でグレートノーザン鉄道にかかわる仕事をしていた。日本人の数は少なく、彼らは線路の反対側にある鉄道労働者が住む一帯で有蓋貨車の家に暮らしていた。ドッグタウンと呼ばれるその地帯は、スポケーンの中でヒルヤードよりも一段落ちるとされる唯一の場所だった。線路のどちら側から来ていようと、お客はほぼみなシオサキ夫妻を気に入っており、二人のことをあだ名でカイとミセス・カイと呼んでいた。夫妻もその名前を気に入っており、自らそう名乗ったりもした。町の多くの人々は、シオサキ・ランドリーに数分立ち寄って軽いおしゃべりをしたり、朝のささやかなゴシップを夫妻と口にしたりしてから洗濯物を渡し、その日の仕事にとりかかった。

だが、一二月のその日曜日はキサブロウにとって休息の一日だった。のんびりくつろいで《スポケーン・スポークスマン＝レビュー》を読んだり、お気に入りの葉巻「ホワイト・アウル」を数本くゆらせたりする日だった。その日、ヒルヤードは肌寒く、ほぼ晴れていたが、零下ではないもののそれに近い気温だった。一週間前の嵐の雪はほぼ融けていたが、通りはまだ凍っていて地面は岩のように固く、ネブラスカ通りにあるジェームズ・J・ヒル公園の植物は茶色くしなびていた。白に近い空の高みを、冷たい北風に乗って数片の雲が高速で動いていた。店の上にある住まいは、二つの寝室と居間と台所しかない小さな空間だったが、快適で居心地が良く、階下の巨大なボイラーから立ち上る蒸気で暖かく、窓ガラスは湯気で曇っていた。そして、いつもの快適な日曜日の朝と同じ匂いで満ちていた。卵が焼ける匂いやトーストの焦げる匂いがし、ストーブの上でお茶が沸く香りがした。もし時間があったらダウンタウンまで足を運び、スポケーンのメソジスト教会に行って日本人のご婦人の何人かに会いたいとトリ・シオサキは思っていた。週日、英語でお客とのやり取りにつとめたトリは、日曜日にはいつも日本語で話せることを楽しみにしていた。

その日ラジオのスイッチを入れたのは、シオサキ家の一七歳の息子、フレッドだった。フレッドは翌朝が来るのが憂鬱だった。学校に行く日はいつも憂鬱だった。ジョン・R・ロジャーズ高校においてフレッドは優秀ではあったが、とくに熱意のある生徒ではなかった。学校の写真部では副部長をつとめ、陸上競技でも活躍したが、実際の彼は週末のために——とりわけ土曜日のために——生きているようなものだった。フレッドの土曜の朝は、平日の朝と同じように、夜明けの雑用とともに始まった。雑用の大半を占めるのは、ボイラーに必要な無数に思えるほど大量の薪を切ったり割ったりすることだったが、午後には仕事から解放され、町のあちこちにあるたくさんの空き地の一つで友人と野球をしたり、町を巡って写真を撮ったり、ダイアモンド通りにあるリアルト劇場まで自転車を走らせ、昼興行（マチネ）でウェスタン映画を見たり、スポケーンの乾いた埃っぽい丘の上でヤマヨモギやポンデローサマツのあいだを歩いたり、二二口径のライフルでブリキ缶を撃ったりしていた。

フレッドは身長五・六フィート（約一七〇センチ）のやせ形で、眼鏡をかけており、肌は色白で、寒い天気のときや興奮したときにはすぐ頬が紅潮した。輝く瞳に優しい笑顔と、驚くほどあたたかい笑い声の持ち主で、自分自身を茶化すようなところもあった。初めて会う人には本能的に礼儀正しく、丁寧に接した。ヒルヤードのような荒っぽい町では——ヒルヤードは実際とても荒っぽい町だった、とりわけ、穴ぼこだらけの道で必死に転ぶまいとしている子どもにとっては——フレッドのような少年は一見、喧嘩を吹っかけるのに格好の、楽勝でぶちのめせる相手に見えた。そういう計算でフレッドに喧嘩を売るヒルヤードの少年はこの数年、少なからずいたが、ほぼ全員がじきにそれを後悔した。

元来善良なフレッドはしかし、芯は強かった。自分のことをだれかがカモにしようとすると、いつもの礼儀正しさはたちまち消えた。あまりに多くの喧嘩に巻き込まれたので、父親は息子に、これ以上眼鏡を壊して帰ってくるようならもう新しいのは買わないと脅しまでした。当時眼鏡は一五ドルだったので、家計には痛手だったのだ。そうした喧嘩が起きる原因は往々にして、多様な民族が入り乱れるヒルヤードにおいて人種と民族性が、いじめっ子らにまず狙われる最大の標的だったからだ。フレッドは黙っていじめられてはいなかった。「ジャップ」と呼ばれるのは、何より我慢ならなかった。だれかにそうした言葉を投げつけられると、相手の体がどんなに大きくても、フレッドの中には挑戦的な気持ちがコブラのように頭をもたげた。

目を細め、口を引き結んでフレッドは、頭に最初に浮かんだ悪態をつぶやくと、こぶしを固め、一瞬のうちに敵に殴りかかった。いつも勝つとは限らなかったが、引き下がることは決してなかった。

午前一一時三〇分、フレッドはラジオでCBSの定時のニュース番組「ワールド・トゥデイ」のオープニングに耳を傾けていた。そのとき急に、焦った声が放送に割り込んできた。「ニューヨーク、どうぞ！」続いて、別の声が突然流れてきた。番組の司会、ジョン・チャールズ・デイリーだった。切迫した音声が、パチパチというノイズ音とともにスピーカーから流れた。「日本軍がハワイの真珠湾を空襲したと、ローズヴェルト大統領が発表しました」。フレッドは驚いて顔を上げ、事態を理解しようとした。デイリーは続けた。「攻撃はオアフ島のすべての海上および陸上の軍事活動に対しても行われました[*3]」。フレッドは隣の部屋にいる父親に声をかけた。「ねえ、父さん。日本がハワイを攻撃した」。両親と兄のフロイド、姉のブランチがみな、フレッドとラジオのまわりに集まってきた。両親の顔は一瞬のうちにひきつり、青ざめ、緊張しているように見えた。しばらくラジオに耳を傾けた後、父のキサブロウはつぶやいた。「きっと長くは続かないだろう」。だが、父親は確信をもっているようには見えず、フレッドは父親の意図が正確に読み解けなかった。どうして長く続かないとわかるのかと、不安な思いが胸に去来した。うちの店には何が起こるのだろう？友人や近所の人々はどう反応するだろう？　明日、学校では何が起きるのだろう？

時刻は正午を過ぎ、フレッドはやりかけの宿題を脇にやり、ラジオの正面に座り、ラジオから何度も何度

＊3　実際にはデイリーは、島の名前を「オハウ（Ohau）」と読み間違えていた。

も「ジャップ」「汚いジャップ」「汚い、黄色いジャップ」という言葉が漏れてくるのをあぜんとしながら聞いていた。繰り返されるたび、その言葉は悪意を増すように感じられた。しかも、それを口にしているのは、ヒルヤードの通りで会う青臭いいじめっ子たちではなく、大の大人なのだ。ニュースのアナウンサーのまじめな声が、緊急宣言を発する軍の当局者が、尊敬を集めている人物や権威のある人物が「ジャップ」と口にしているのだ。それはまじめに、謹厳に、冷酷に、公式に発せられた言葉であり、アメリカの本心であるように感じられた。

フレッドの両親にとってその言葉と口調は、けっして驚くべきものではなかった。もともと日本で暮らしていた二人がここに来るまでには、長く苦しい道のりがあった。アメリカに到着して以来、あまりにしばしば受けてきたひどい扱いや投げつけられてきた言葉から二人はヒルヤードのお客がどんなに友好的であろうと、自分たちのような外見の人間に対して国の大半が、冷たい感情を長いあいだ抱き続けてきたことを知っていた。トリ・シオサキは本能的に二階の部屋の小さな二つの窓にブラインドを下ろした。ヒルヤードのみすぼらしい通りを見下ろす窓だった。

日本では、真珠湾攻撃についての知らせが朝の仕事を始めた市民の耳に届いたとき、すでに一二月八日になっていた。カッツ・ミホの姉であるフミエは、東京の郊外にある女子大学の教室で英語を教えていた。そのとき、もう一人の教師であるミス・ザブリアスキーという若いロシア人女性が教室に駆けこんできた。

「ミス・ミホ！　ミス・ミホ！　日本とアメリカ、戦争！」

フミエは微笑み、茶化すように「ノー、ノー。ただのプロパガンダ」と英語で言い、授業を続けた。英語があまり得意でないミス・ザブリアスキーは怒ったような顔をして、ロシア語で何かをぶつぶつ口にすると、教室から駆け出して行った。

マウイでの子ども時代、人種差別にいやというほど遭遇してきたフミエは、ハワイ大学を卒業してほどない一九四〇年の春に日本にやってきた。日本に来る大きなきっかけになったのは、オックスフォード大学で学んだ著名な仏教学者の高楠順次郎（たかくすじゅんじろう）博士がハワイ大学を訪問し、フミエの学術面でのすばらしい潜在性に目をとめ、日本の最高峰の大学である東京帝国大学の大学院に入ってはどうかと提案したことだった。フミエはこのチャンスを大喜びで受け入れ、一も二もなく日本行きの船に乗った。だが横浜に到着して初めて、新しい師が重要な細部を見落としていたことに気がついた。女性は、東京帝大への入学を認められていなかったのだ。それでもフミエはそのまま、姉のツキエと歯科医だったその夫の家に住むことになった。

フミエは新しい生活にうちこんだ。パートタイムで英語を教える仕事を見つけ、生け花の上級の稽古を受け、毎週金曜日の茶道の稽古では義務的に着物を着た。歌舞伎に強い関心を抱くようにもなった。家で姉のツキエ[*4]と英語で話すのもやめた。新生活のリズムとチャンスに、フミエはわくわくした。生まれて初めて、暮らしている社会のたしかな一部になった気がした。まるで、真に属するところにやってきたような気持ちだった。もう外見で判断されたり、人種を理由に何らかの制限を受けたりはしないだろうと――。

自分の生まれた国とこれから生きていくと決めた国のあいだで緊張が高まっていることは、知っていた。

＊4　ツキエは日本で生まれたがマウイで育ち、マウイ高校に通っていた。その当時はロザリンを通称にしていた。だが、日本で生まれた移民はアメリカ市民になることができなかったため、ツキエは一九三四年に日本に帰国していた。

だが、日本の報道によれば連日起きているらしい武力的な威嚇について、フミエはほとんど関心を払っていなかった。それは老人や政治家のおおげさなレトリックのように感じられたし、自分の属する二つの世界が何らかの現実的な形で衝突するなど、とても考えられなかった。フミエはどちらの国にも、あまりに多くの善良で親切な人々を知っていた。だからその朝、ミス・ザブリアスキーが戦争について叫びながら教室に駆けこんできたとき、フミエは即座にそれを心から締め出し、生徒へと関心を戻した。

だがその午後、家路につきながらフミエは、たしかに何か普通でないことが起きているのを感じとり始めた。人々は道のあちこちで小さな輪になって、わいわいと興奮したように会話をしていた。開いた窓の前を通ると、ラジオが流す軍隊風の音楽が大きな音で聞こえてきた。店先には、ラジオを買い求める人の列ができていた。人々は変化を、笑顔で受け入れていた。空気には何か緊迫したものが感じられた。そしてフミエが一台のラジオの前を通り過ぎたとき、日本の国営放送であるNHKが公式の速報を放送した。「帝国陸海軍は、本八日未明、西太平洋においてアメリカ、イギリス軍と戦闘状態に入れり」。街角では、ハワイのすべてのアメリカ艦隊が破壊されたという衝撃的な見出しを目にした。

フミエは家までの残りの道を走って帰り、家に駆けこみ、姉の腕の中に飛び込んだ。二人の女性はむせび泣きながらたがいをなぐさめ、がたがた震えながら、ハワイにいる両親ときょうだいに何が起きているかを、声に出して、あるいは無言で案じた。

ラジオ速報があったにもかかわらず、アメリカの多くの人々にその知らせが届いたのは、意外に遅かった。日曜日だったので、多くのアメリカ人はそのころ教会にいたり、午後一番の映画を見るために劇場にいたりした。いくつかの劇場では一瞬画面(スクリーン)にスライドで速報を出したり、ＰＡシステムに乗せて発表をしたりしたが、それをしない劇場も多かった。映画に行っていた大勢の人々はその午後、建物から外に出て初めて、新聞売りの少年が大声で叫びながら号外を売っているのを見て仰天した。号外の見出しは次のようなものだった。《オークランド・トリビューン》は「ジャップが宣戦布告。ハワイ爆撃される。死者多数」と見出しをつけ、《サンフランシスコ・クロニクル》はもっとシンプルに、四インチ（約一〇センチ）の巨大な文字で「戦争（ＷＡＲ）」という見出しを載せた。そのほかに、家族からの電話で戦争勃発を知らされ、別の家族にそれを電話で伝えた人もいた。国中の電話交換局につとめる若い女性たちは、次々かかってくる電話をつなぐのにてんやわんやになったが、日曜の午後は勤務するオペレーターの数が元来少なく、とても仕事をこなしきれなかった。静かな街区や農場や町では、人々の口から口へと直接言葉が伝えられた。日曜の夕食の後にドアベルが鳴って隣人がニュースを告げたり、生け垣や垣根越しに短い驚愕の会話が交わされたりした。

最初の数時間でアメリカ人の反応は、怒りや恐怖から安堵まで大きく変化した。最後の「安堵」は、それをもっとも切実に感じた人々にとってさえ、時に驚きとして訪れた。アメリカは第一次世界大戦以来何年も、よその世界で起きていることを無視しようと根気強くつとめてきた。世界で高まりつつある大混乱はあくまで他人の問題だと、アメリカは自身に言い聞かせようとしてきた。それが他人事ではないのが日に日に明らかになっても、そうした姿勢は変わらなかった。その論法の道筋が今、突然消滅した。終わりのない不確実さには終止符が打たれた。その日、サンフランシスコのマーケット通りに立っていた若き警官、ベンジャミン・フォックスはそのときの感情を、引き伸ばしすぎた輪ゴムがようやくパチンと切れたときの気持ちになぞらえた。「やっとそれが来た。これは良いことだ。みんなも同じように思っていると私は思う」。ボストンでウェイトレスをしていた女性は、お客に「これまで、ぐだぐだした話ばかりで行動があまりなかったけれど、これでやっと動き出すわ」と告げた。多くの若者は——とりわけすでに軍服に身を包んでいた者は——突然自分の未来を、それまで思っていたよりはるかに興味深い、わくわくしたものに思い始めた。西の地平線のすぐ向こうには、栄光が自分たちを待っているかもしれないのだ。ちょうど休暇中でアトランタのリアルト劇場に来ていた兵士は、誇らしげに「おお、いよいよか！」と言った。それにつけ足すように一人の水兵は、「われわれはずっとこれを待っていたんだ」と言った。オレゴン州のポートランドでは、一人の兵士が友のほうを向き、笑顔でこう言った。「いよいよ火器に磨きをかけたほうがいいな」

だが大半の人々は、当然ではあるが、単純に怒っていた。人々は深く憤り、何か行動を起こすことを切望していた。セントルイスの巡礼者会衆教会では日曜の礼拝に集まった人々が、「日本の艦隊をのしてしまえ」と声をそろえた。カンザスシティでは新聞の号外を呼び売りする少年が「ジャップをたたきのめせ！」と叫び、お客がそれにうなずき、コインを渡し、新聞を受け取った。バッファローでは九五歳の——南北戦争を戦ったほど高齢の——ジョン・カウデルが怒りを込めた声で記者に言った。「やつらを血祭りにしてやらんとな。いや、祭りではいかん。祭りなんてものじゃない」

そして、人々が事態を理解した瞬間からもう、長いあいだアメリカで——とりわけ西部で——くすぶり続けてきたアジア人種に対する憎悪は一挙に表面化し、無数の人々の怒りを燃え上がらせる燃料になった。サンフランシスコでは、ガソリンスタンドに来たドライバーが「この通りをずっと行ったところで、さっき、自転車に乗ったジャップとぶつかりかけたんだ。いっそ、ぶつかってくりゃよかったよ。そうしたらおれもささやかな貢献ができていた」と語気荒く言った。カンザス州のトピーカでは狩猟犬の野外実地試験をしていた男が、「われわれが狩る相手は今この時から、あのくそいまいましいつり目野郎どもに限定されるだろうよ」と怒鳴った。

すべての震源であるホノルルでは、カッツ・ミホがその夜、町の中で恐怖に襲われていた。今回の空爆はハワイに対する本格的な侵略のさきがけにすぎないという、もっともらしい噂がすでに広まっていた。午後四時二五分にジョセフ・ポインデクスター知事が戒厳令を敷いたため、すべての電気は消され、町は完全な暗闇の中にあった。真珠湾付近を照らしているほぼ唯一の光は、破壊された戦艦の上や格納庫の残骸の中でなお燃え続けている炎の灯りだった。サイレンの甲高い音が暗闇の中で響く。時おり、真珠湾にいる不安に駆られた砲兵隊員が、飛行機のように見えたものを狙ったのだろうか、対空砲が轟音とともに発射され、空を照らした。街灯も信号も消えて真っ暗になった道路の上をドライバーたちが——外出禁止令が出ていたにもかかわらず——早く家に戻って愛する人々の顔を見ようと車を飛ばす。時おり入る速報を除けば、民放のラジオ局はその夜、放送を停止していた。これ以上日本の戦闘機がラジオの信号を辿ってオアフにやってくるのを防ぐためだ。

暗闇の町は公式的には静まり返っていたが、噂は闇を抜けて縦横無尽に町を駆け巡っていた。ハワイに住んでいる日本人が上水道に毒を入れたとささやかれ、毎年ホノルルとカリフォルニアを結んで何千人という人々を運んでいるマトソン社の豪華客船ラーラインが八四〇人の乗客を乗せてロサンゼルスに向かう途中で沈められたという噂が流れ、[*5]プランテーションで働く日本人労働者がサトウキビを巨大な矢印型に刈り、敵機が真珠湾に向かうのを助けたという噂が流れた。オアフ島の北岸のどこかの浜に日本軍が上陸したという噂が流れ、カウアイ島はすでに占領されたという噂が流れた。サンフランシスコが空爆されているという噂が流れ、機関銃で武装した日系人が牛乳配達車からヒッカム飛行場に銃撃を始めたという噂が流れた。

カッツは闇の中、イヴィレイの町外れの道端に立っていた。イヴィレイはホノルル港に近く、燃料貯蔵タンクや線路やクレーンや錆びた機械が並ぶ殺風景な産業地帯だった。使い方もまだよく知らない古いライフル銃をもったカッツは、夜空を見上げた。海岸はワイキキからダイヤモンドヘッドまでずっと真っ暗で、海岸沿いの大きなホテルの灯りも消えていた。港にある赤と緑の航海灯さえ消えており、月明かりだけを頼りに影やシルエット以上のものを見定めるのは難しかった。時おり、予想外の音にカッツはぎくっとした。それは突然聞こえる犬の鳴き声だったり、だれかが何かを屑入れに落とす音だったり、ドアがバタンと閉まる音だったりした。そのたびカッツはたじろぎ、身をかがめ、引き金の上に指を置いた。

その日のもっと早い時間、彼とハワイ大学の予備役将校訓練課程の仲間——そのほぼすべては日系人だった——は、ハワイ準州警備隊というまったく新しい隊に編入された。彼らの使命は、発電所や揚水場や燃料貯蔵庫など、オアフの主要なインフラを、予測される日本軍の攻撃から守ることだった。落下傘部隊がセントルイスハイツに上陸したという少し前の情報は、誤報だと判明していた。真珠湾のようすを少しでもよく見ようと丘に登ってきた人々が、落下傘部隊に間違えられたらしかった。だが、この暗闇の中では、動くものはみな、そしてあいまいな形のものや予想外の物音もすべて、こちらの命を奪う可能性を秘めているように見えた。海岸沿いにはほぼ五〇ヤード（四六メートル）おきに、カッツのような青年たちがもっとたくさん配置されていた。みなそわそわしており、ささいなことですぐ発砲しようとした。時おりだれかが実際に引き金を引き、パンッという銃声が闇を切り裂いた。うっかり撃たれるのは、月明かりの中を歩いたりのろのろ進んだり這ったりする犬や猫やネズミらだった。
それでも、カッツは誇らしかった。怒りと無力感にさいなまれた一日を経て、今彼は軍服を着て武器をもち、ようやく何かをしていた――自身の国に尽くし、国に害をなそうとするものから国を守っていた。だが、カッツは知らずにいた。彼がホノルルで銃を携え警備をしているあいだに、銃をもった別の男たちがカッツの父親に銃剣を突きつけ、カフルイの夜の中に連れて行ったことを。そして、母のアヤノがホテルの入り口に立ちつくし、泣いていたことを。父親のカツイチはドアから外に連れ出されたとき、自分は処刑されるのだと信じ、妻のほうに向かい、急いで最後の助言を口にした。「家と日本民族の恥になることは決してするな。何であれ、最善を尽くせ。自分の品格を下げるような真似はしてはいけない」

カツイチ・ミホはその晩自宅から連行された何百人もの、多くは年長の男性の一人にすぎなかった。そしてまた、以後数週にわたって連邦捜査員がハワイとアメリカ本土の両方で日本人を逮捕および投獄したとき、連行された数千人の一人でもあった。そのほぼすべては「一世(イッセイ)」と呼ばれる移民の第一世代の男性であり、一家を支える大黒柱たちだった。彼らの大部分は数十年にわたってアメリカの法を順守して暮らしてきたが、そもそもその法は彼らにアメリカ国籍取得を認めていなかった。次の世代で「二世(ニセイ)」と呼ばれるアメリカ生

＊5（四七頁）　実際には「ラーライン」は一二月一〇日の午前二時を少し過ぎたころ、サンフランシスコ港の三二番埠頭に無事に到着していた。出航前、乗組員は船のすべての入り口を黒く塗り、乗客には日没以降はマッチ一本を擦ることも固く禁じた。そして船長がジグザグの航路を最大速度で航行したため、恐怖におののいた乗客らは洋服を着こみ、ライフジャケットを身につけたうえで何とか眠ろうと無益な努力をした。

まれの子どもたちにはアメリカ国籍が認められており、それにより彼らは理論的には憲法によって、不当な逮捕から守られているはずだった。それが幻想だったことはじきに明らかになる。

真珠湾攻撃が起こるずっと前からアメリカ政府は、有事のさいに敵対国からの外国人居住者をどう扱うかについて詳細な計画を立てていた。一七九八年に制定された外国人・治安諸法を典拠として、海軍情報局と陸軍省の軍事情報部門およびＦＢＩは一九三〇年代からすでにアメリカに在住する日本人、イタリア人、そしてドイツ人のリスト作りを始めていた。日本との緊張が高まった一九三六年までにはもう、ハワイに住む日系移民は特別な監視によってだれがだれと関連しているかを当局によって精査されていた。大きな焦点の一つがあてられたのは、ホノルルに立ち寄る日本の商船だった。しばしばそうした船には、地元の一世や二世と交流のある日本海軍の人間が乗っており、日本にいる家族からのニュースや手紙を携えてきた。一九三六年八月一〇日には、ローズヴェルト大統領がアメリカ海軍作戦部長に対して次の提案をした。それは「［ハワイに到着した］これらの日本船舶に接触したオアフ島在住のすべての日本国籍保持者および非保持者、もしくはそれらの船の船長や船員とつながりを持つ者をすべて極秘に、しかし必ず身元を確認し、その名前を有事のさいにまっさきに強制収容所に送られる特別な人員リストに載せる」というものだった。一九四一年までに軍事情報機関およびＪ・エドガー・フーバー長官が指揮するＦＢＩは、危険だと疑われた人物の身元を解明し、カテゴライズする大掛かりで階層的なシステムを発展させていた。拘禁リストと名づけられたこの名簿は、疑わしいとされた人物の名前をＡ、Ｂ、Ｃの三つのカテゴリーに分類していた。Ａのカテゴリーに入るのはもっとも危険とみなされた人物で、ドイツとイタリアと日本の超国家主義組織のメンバーに加え、ファシストや共産主義の国際的な組織のメンバーもここに区分された。その一段階下のＢのカテゴリーには、日系の地域自治会や仏教の寺院や神道の神社など、「外国の」価値観を促進する文化的・宗教的組織のメンバーが区分された。もう一つ下のCのカテゴリーには、日本で仕事をしている人や、だれかから「怪しい」と言われただけの個人など、さらにもっと多様な人々が含まれていた。

真珠湾攻撃以後、ハワイでもアメリカ本土でもＦＢＩはさらに大きな網を放ち、リストを可能なかぎり迅速に活用して、リストに名が載っている三つのカテゴリーすべての人間を、祖先が日本人かドイツ人かイタリア人かを問わず、一網打尽にしようとした。[*6] ハワイやアメリカ西海岸では、リストに名前があるのは圧倒的に日本人だった。ＦＢＩの捜査員は各地に散り、仏教や神道の僧侶／宮司をとらえ、日本語学校の教師やビジネスのリーダーや、日本の領事館と連絡を取ったことがあるすべての人、漁船の保有者、日本語新聞の編集者、日本文学協会や生け花クラブやその他多数の団体の会員を逮捕した。捕まった人々の多くは男性で、彼らは自宅や職場からほとんど着の身着のまま、そして何の罪状もないまま、これからどこに連れていかれるのかについて本人にも家族にも一言も告げられずに連行されていった。逮捕の突然さと手当たり次第ぶりは、本土とハワイの両方で日本人の家庭に恐ろしい衝撃を与え、人々を不安に陥れた。だれが連れていかれ、だれが連れていかれないか、確信できる者は一人もいなかった。

スポケーンで結婚式を挙げていたスミ・オカモトによれば、披露宴の席に捜査員が押し入り、数人の一世

＊6　当時アメリカには、ドイツ生まれの人が一二〇万人以上おり、両親ともドイツ人の人は五〇〇万人ほどいた。アメリカにおけるイタリア人のコミュニティは、さらにもっと大きかった。戦争のあいだ司法省は、ドイツに祖先をもつ約一万一五〇〇人の人々、およびイタリアに祖先をもつ三〇〇〇人の人々を強制収容した。だが、イタリア系アメリカ人もドイツ系アメリカ人も、日系アメリカ人とその両親に適用されたような、全面的かつ包括的な強制収容を課されることはなかった。

一世の男性を逮捕する捜査員

の招待客をその場で連行していったという。カリフォルニア州のサン・ペドロでは、ハワイで何が起きたのかまったく知らずにいた数百人の漁師が、船から降りるなり連行され、金網で囲まれた海辺の一角に押し込まれた。サンディエゴではサンディエゴ高校の生徒、マーガレット・イシノが、自分の家を連邦捜査員が捜索するのを目撃した。マーガレットの弟、トーマスを生んだばかりの母親はベッドの中にいた。ベッドにだれかがかくまわれているのではと怪しんだ捜査員の一人が、毛布とシーツを引き剝き、母親の姿をあらわにした。それから捜査員は、父親をどこかに連行した。オレゴン州のフッドリヴァーでは捜査員が月曜の午前三時三〇分に民家の扉を激しくたたき、家の中を荒らし、地域のリーダー約一〇人を連行した。息子のジョージがそのときアメリカ陸軍で軍務に服していたトメシチ・アキヤマも、連行を免れなかった。[*7] カリフォルニア州のストックトンでは、ヤサブロウ・サイキが自身の経営する下宿屋から連れ出された。ヤサブロウはそのとき、カリフォルニア大学バークレー校の学生だった息子のバリーに「待て待て、これが必要になるだろう」と言い、ポケットを探り、攻撃が起きる前に買っておいたアメリカの戦時国債の束を息子に手渡した。ホノルルのワイアラエ界隈では、病気のマツジロウ・オオタニがパジャマ一つでベッドに寝ていたところに、ＦＢＩが踏み込んできた。捜査員はオオタニの横腹に拳銃を突きつけ、ベッドの外に出るよう命じた。そしてそのまま裸足で外に歩いていかせた。オオタニの妻は捜査員に「夫を連れていくなら、私も一緒に連れて行ってください！」と懇願した。捜査員は「下がれ」とぴしゃりと言うと、外で待っている車へとオオタニを押していった。オオタニの妻は家の中に駆け戻るとレインコートと靴を一足ひっつかみ、車の扉が閉まり、走り出す寸前にそれを車の中に投げ入れた。ホノルルのダウンタウンでは、マーチャント通りにある横浜正金銀行が占領され、次々連れられてくる一世を登録する施設に転用された。連行された男性の一人は寺の僧侶で、高齢で背中も腰も曲がり、まともに歩くこともままならなかった。その僧侶には日系アメリカ人の若い兵士が付き添っていた。自分に求められていることがあまりに腹立たしく、その兵士はむっつりと地面を見つめ、だれともそれについて話すのを拒否していた。高齢の男性の何人かは尋問をされてもほとんど英語が話せなかったり、自分の身に何が起きているのかまったく理解していなかったりした。一人の男性は息子と義理の娘に向かって、「ジャップとはなんのことだ？」と尋ねていた。

＊7　ジョージ・アキヤマはその後、戦闘での非凡な勇気を称えられ、銀星章を授与された。

第四章

私はテントの外に足を踏み出し、夜空にまたたく星を見上げた。星はまるで、人間の惨めな状況を笑っているかのようだった。地球は回り続ける。狂人のようにふるまう二〇億余の住民をのせて回り続ける。今日の次には明日が来るだろう。われわれのテントはヌウアヌを吹く風に揺さぶられ、きしんでいる。私は祈りの言葉を口にしたくなる。

オトキチ・オザキ　サンド・アイランド抑留センターにて

スポケーンでフレッド・シオサキは月曜の朝、目を覚ました。前の晩は眠れはしたが、あまりに心配で落ち着かず、胃がきりきりと痛んだ。結局月曜日は学校には行かず、一日中家にこもっていた。一対一の喧嘩ならだれにも負けない自信はあったものの、ロジャーズ高校では自分は少数の日系人の一人にすぎなかったし、校舎に足を踏み入れたとたんに学校中の人間が彼に飛びかからないという確信も持てなかった。突然、生まれて初めてフレッドは、ヒルヤードの道路に足を踏み出したが最後、自分はまったくの孤立無援なのだと感じた。

その日、クリーニング店の一日はなかなか始まらなかった。両親はいつも通り朝の七時に店を開けたが、午前の中ごろまでお客は一人もやってこなかった。キサブロウは車をウィル・シンプソンの家まで転がし――シンプソンは印刷所のオーナーで、《ヒルヤード・ニュース》の編集者でもあり、キサブロウの長年の友でもあった――毎週月曜日の朝にそうしてきたように、シンプソン家の洗濯物を回収に行った。二〇年以上にわたりシンプソンはキサブロウの第一の師であり、町における重要な味方でもあった。民主党員として著名であり、フランクリン・デラノ・ローズヴェルトによってスポケーンの郵便局長に任命されたシンプソンは、ヒルヤードはもちろんワシントン州全体でも、さらにはそれ以外の土地でも広く人望を集めていた。その日、キサブロウが家の裏口にあらわれると、シンプソンは家から出てきて《スポケーン・スポークスマン＝レビュー》の一面を掲げた。四インチ（一〇センチ）大の文字で「戦争被害甚大」の見出しが書かれていた。その下には、真珠湾攻撃による最初の恐ろしい犠牲者の数があった。「カイ、これを見ろよ！　どう思う？」シンプソンがたずねた。キサブロウは目を落とした。何といえばよいのかわからなかったのだ。そしてようやく小さな声でつぶやいた。「愚かなやつらです。でも、きっとじきに終わります」。シンプソンはキサブロウを、まるで初めて出会ったかのように、じっと、強く見つめた。そして言った。「カイ、悪いが、あんたのところにはこれ以上仕事は頼めない。私には政治的な立場があり、用心しなくてはならないんだ」。そしてシンプソンは家の中に戻り、キサブロウの目の前で扉を閉めた。

キサブロウ・シオサキが店に戻ってくると、家族が彼を待ち受けていた。キサブロウが何かするべき仕事を携えて戻ってくるのを、みな期待していた。だがフレッドは一目で、父親が手ぶらであることに、そしてひどく意気消沈していることに気づいた。キサブロウはぼそぼそと「シンプソンさんから、もううちとは仕事をしないと言われたよ」と言った。それからキサブロウはカウンターの後ろに静かに腰を下ろし、午前中はそのままそこで考えごとをしていた。アメリカに来て三〇年かけて築いてきたすべてが崩れてしまったように思えた。フレッドは父親がこれほど打ちひしがれているのを見たことがなかった。

フレッドの父親は柳行李（やなぎごうり）一つを携え、たくさんの夢を頭に詰め込み、それを叶える志をもってアメリカにやってきた。静岡県掛川（カケガワ）市の近郊の村に小作農家の三男として生まれたキサブロウには、日本にいるかぎり、過酷な農業労働と極貧の生活を送る以外、将来の展望は何もなかった。

一八七〇年代の終わりから一八八〇年代にかけて日本は深刻な経済不況に襲われた。一八八三年には大規模な日照りが起こり、地面は干からび、何百万円にも相当するコメやその他の農作物が軒並み枯れた。悪いことは重なるもので、翌一八八四年には大きな台風が発生し、広域に洪水を引き起こし、さらに多くの農作物を壊滅させた。一八八〇年代の中ごろには、日本の農民の中でも最貧の人々は、コメのもみ殻と、野草や海藻を入れた薄い味噌汁で食いつなぐというところまで追い込まれた。彼らは狭くて暗い家の中で、炭を入れた火鉢だけで暖を取りながら暮らした。そんな折、日本の大部分の地域で移住の気運が高まり、数千人の若い男性が日本の外に活路を求めて、蒸気船に乗り込んだ。最初の船が出港したのは一八八〇年代で、行先はハワイのサトウキビやパイナップルのプランテーションだった。二〇世紀の最初の一〇年間は、そうした船が向かうのはアメリカの西海岸だった。

そんなわけで、村に東洋貿易会社の勧誘員がやってきて、カナダ太平洋鉄道で働く人間を募集していると話したとき、シオサキ・キサブロウはすぐにチャンスに飛びつき、蒸気船に乗り込んだ。カナダまでの渡航費は会社が支払ったが、キサブロウが船中で亡くなった場合に会社が投資を回収できるように、彼はまず生命保険の契約を結ばなくてはならなかった。

キサブロウがなんとか無事ヴァンクーバーに到着したのは一九〇四年だった。鋼のような強い意志を瞳にたたえた二一歳の青年は、鉄道に枕木を敷いたり修理したりする仕事に就いた。恐ろしくきつい仕事で、しかも日給は一ドルか二ドルという安さだった。キサブロウと仲間の日本人移民は有蓋貨車やテントで野営をし、ブリティッシュ・コロンビアやアルバータの暗く長くて厳しい冬に耐えた。地べたにかがみこむようにして働き、無慈悲に吹きつけるみぞれや雪の中で、かじかんだ手でつるはしやシャベルをふるった。夜は焚火のまわりに集まり、米やわずかな魚や、乏しい給金で買える何らかの食材を調理した。夏はうだるような暑さの中、シャベルで砂利をすくい、重い枕木を運び、大槌を振りまわし、鉄道用の犬釘を打ちこんだりした。カナダの内陸部では野菜が手に入りにくく、高価だったため、多くの仲間が壊血病に苦しんだ。爆薬のせいで体の一部を吹き飛ばされたり、大量の岩の落下で体を押しつぶされたりした人もいた。悲惨そのものの生活だった。単に生き延びることが、人々が望みうる最善だった。

仕事をする線路の区間がアメリカとの国境に近づいたとき、キサブロウはもううんざりだと心に決めた。彼は国境をこっそり抜けてアメリカに入り、グレートノーザン鉄道沿いに西に向かい、ワシントン州をめざした。雑用をし、あらゆるチャンスを探し、夢をかなえる方法を求め続けた。ようやくそれが見つかったのは、雪深い森の中でも荒涼とした線路の上でもなかった。太平洋岸の北西部の、とある場所にそれは見つかった。まさに御殿とも呼ぶべきものだった。

スポケーンのダヴェンポート・ホテルはその当時、ミネアポリスとシアトルのあいだでもっとも贅沢な建物であり、レストランもすばらしかった。多くの人々がこのホテルをミシシッピー以西では最高の、洗練されていて趣味が良く、優雅なホテルだと思っていた。スポケーンの砂利道を外れて、まるで洞窟のようなスパニッシュ・リバイバルと呼ばれる建築様式のロビーに入ると、そこにはひそやかで洗練されて優美な別世界が広がっていた。日中は乳白色のガラスの天井越しに自然光が広い室内に降り注ぎ、磨かれた大理石の床や光沢のある真鍮（しんちゅう）の手すりや額縁のついた巨大な鏡に反射した。夜は、一〇フィート（約三メートル）の高さがある金メッキの柱に載せられた白いホタテ貝型のランプが、暖かい黄色の光で部屋を満たした。彫刻を施されたクルミ材やマホガニーの家具には繊細な刺繡を施した布がかけられ、そこに座って輝きを堪能するようお客に誘いかけた。映画俳優や資本家や、産業界の大物や政界の巨人らがみな定期的に、大陸横断の旅の途中でグレートノーザン鉄道を降り、ホテルの正面玄関の扉をくぐった。それはひとえに、ダヴェンポート・ホテルの豪華な設備と美食を楽しむためだった。

そうした著名な訪問者にとっては、ダヴェンポート・ホテルに一、二泊するのはちょっとした贅沢にすぎなかった。だが、日本の農村部に生まれ、水田に身をかがめるようにして働き、みすぼらしく窮屈な貧困生活を送ってきた青年にとっては、そのホテルのロビーに足を踏み入れるだけで目のくらむような思いがした。それはキサブロウ・シオサキが、自分の目で見るまで夢にすら見たことのなかった世界だった。そのホテルに職を得たことは、キサブロウにとって救済だった。彼もそれを知っていた。

仕事は優雅とはほど遠かった。同じ年頃の男性が、彼のことを「ボーイ」と呼んだ。テーブルを片づけ、床にこぼれた食べ物のかすを拾い、油で汚れた皿の山を厨房に運び、タバコの吸い殻を掃き、痰つぼや灰皿を空にした。手洗いにモップをかけ、皿を洗い、やれと言われたことは一日に九時間か一〇時間、一週間に六日、何でも行った。だが鉄道の厳しい仕事を何年もしてきたキサブロウにとって、ホテルに雇われたのは千載一遇のチャンスに思われた。彼はどんなにつまらない仕事でも、心を込めてやりとげた。

一年もしないうちにその働きぶりがホテルの支配人らの目に留まり、彼らはキサブロウに立派な推薦状を書いてくれた。それを手にキサブロウは日本に戻り、嫁探しをした。シアーズ・ローバックのぱりっとした新しいスーツに身を包み、絹の傘をもった彼はいかにも羽振りがよさそうで、結婚相手はほどなく見つかった。故郷から歩いていける距離の初馬（ハツマ）という村に住む、イワイ・トリという一八歳の美しい娘だった。二人はすぐに、双方の家から祝われて結婚した。キサブロウは単身スポケーンに戻り、一九一七年、ヒルヤードにあるクリーニング店を買った。じきに妻のトリも夫を追ってアメリカに来た。二人は手を取り合って、突然明るく開けた未来へと飛び込んだ。夫妻は毎日長時間働き、地域に友人をつくり、カイとミセス・カイと呼ばれるようになり、そして家庭をつくった。

一九四一年の初めまでは、シオサキ家の生活は安定していた。もちろん彼らはダヴェンポート・ホテルに滞在できるような類の人間ではなく、そこで食事をすることさえできない。西部の多くの町と同じようにスポケーンでも、一部のスケートリンクやレストランやスイミングプールには、シオサキ家のような人々は親も子どもも入場できないと看板に書かれていたりした。近隣には自治体の条例により、シオサキ家のような人々が――たとえそのためのお金をもっていたとしても――家を買うことが禁じられている場合もあった。通りを歩いていてたまたますれ違った人からあざけられたり、「ジャップ」と呼ばれたりすることは、夫妻がアメリカで暮らし始めた最初のころから変わっていなかった。だが、少なくとも一家には繁盛している家業があり、家も車もあり、便利な現代的機器も少しはあり、子どもたちには、いずれ彼らがアメリカの中流階級に入るのを可能にするだろう教育を施せていた。家族でリアルト劇場に行って映画を見たり、午後にフエリス・フィールド球場に行ってスポケーン・インディアンズの野球の試合を観戦したりすることも可能だった。野球が特に好きなのはトリで、今や彼女はスポケーンの「イッセイ」女性の中でいちばんの野球通になっていた。アメリカでの生活は、人種の壁による制限はなおあったものの、少なくともようやく、キサブロウが数十年前に夢見たものに近づき始めていた。だがそれは、一九四一年一二月の最初の日曜日が来るまでのことだった。

一二月八日の月曜の朝、ホノルルの空気には不安が重く垂れこめていた。油にまみれた真珠湾の水面から今もまだ、真っ黒な煙がもくもくと立ち上っていた。ワイキキビーチの豪奢なホテルは幽霊のように静まり返り、近くの通りもほとんど人気(ひとけ)がなく、攻撃以来初めて思い切って外に出る、当惑したようすの宿泊客がちらほらといるだけだった。彼らの顔には衝撃と恐怖と不信が刻まれていた。海岸にも、日光浴をする人の姿はなかった。そのかわりに兵士らがすでに砂浜にコンクリートの防壁を建てたり、防壁と防壁のあいだに鉄条網を張ったりしていた。侵攻が迫っているという恐れは、その朝、さらに高まった。必死に波間を漂っていた日本の特殊潜航艇の司令官——二四歳の酒巻和男(さかまきかずお)少尉——が、オアフ島東岸のワイマナロビーチに倒れこんだのは、その日の夜明けの直後だった。砂浜からあたりを見上げた酒巻は、ハワイ準州警備隊の若き隊員デイヴィッド・アクイから向けられた拳銃の銃身を凝視し、自分が第二次世界大戦の日本人捕虜第一号になったことを知った。デイヴィッド・アクイの顔にも驚愕の表情が浮かんでいた。

アサートン・ハウスでは、ホノルルの海岸で一晩ずっと不安を感じていたカッツ・ミホが、ようやく休息をとっていた。急ごしらえのハワイ準州警備隊が最初の晩の見張りで出した唯一の死傷者は、給水所の近くをさまよっていた一頭の牛だった。青年たちは何度も止まれと命じたが牛はそれに応じず、結局ライフル銃の連射を受けた。その牛以外には銃で撃たれたものはなかった。カッツは過去二四時間に起きた出来事を思い返し、それが自分の人生をどう変えてしまうのかと考えた。その朝、父親がマウイ郡の拘置所に座っていることを、カッツはまだ知らずにいた。

カッツの父親は三保(ミホ)家に生まれたわけではなかった。彼は一八八四年に広島の南数キロの呉(クレ)という村に、イマムラ・カツイチとして生まれた。青年になったカツイチは学校に通う途中で毎日、ある家の前で足を止めるようになった。そこは海苔の商店として繁盛していた三保家で、アヤノという魅力的な娘が住んでいた。二人は垣根越しに言葉を交わすようになった。カツイチがアヤノに書いた恋文を家のお手伝いが見つけたことで、三保家は大騒ぎになった。当時の日本では、恋愛で妻を見つけるのは普通の方法ではなかった。それは危険で、破滅につながりかねないとされていた。だが、アヤノの父親は相手の青年について調査をしようと決意し、そして調査をするほどにその青年を気に入るようになった。両家は話し合いをし、たがいに好意をもった。そしてついにカツイチとアヤノは、一つの条件付きで結婚を認められた。アヤノの父親には三保家の名前と海苔の事業を継がせるべき息子がいなかった。もしカツイチが三保家の長女であるアヤノとの結婚を望むなら、三保家の養子になり、家名を継ぐことに同意しなければならなかった。

カツイチはそれを受け入れ、若い二人は結婚した。二人はどちらも学業を終え、広島県の教員になった。その後、アヤノは息子一人と娘二人を生み、カツイチは広島県のフジサキ小学校の校長になった。一家の暮らしはすっかり落ち着いたように見えた。だがその後、カツイチが二八歳、アヤノが二六歳のとき、カツイチは移住熱にとりつかれた。

ハワイの、サトウキビとパイナップルのプランテーション農業が行われている地域で、数十年前に日本から現地に移住した労働者のもとに生まれた数千人の二世の子どもたちのために、教育者が必要とされているという話だった。プランテーションから支払われる教師としての給金は日本の田舎のよりずっと高いと評判で、カツイチとアヤノにはまたとないチャンスに思われた。問題は、カツイチが義父の了承を得なければならないことで、それはなかなか難しく思われた。もしカツイチが日本を離れたら、ミホ家の家名と事業を受け継ぐ人がだれもいなくなってしまう。家名と事業を受け継がせるためにこそ、アヤノの父親はカツイチを婿養子に迎えたのだ。

たくさんの議論と交渉を経て、父親と婿は一つの合意に達した。だが、条件はかなり厳しかった。カツイチとアヤノが移住するなら、家を継がせるために長男のカツトと長女のヒサエを日本に残していかなければならなかった。二人はやむなく了承し、末の娘のツキエだけを連れていき、お金を貯めたら数年後に日本に戻って、上の二人の子どもをふたたび養育すると約束した。

一九一一年一〇月、三人は神戸から蒸気船で出発し、二、三週間後にホノルルに到着した。一家は、これまで何千人もの日系移民がハワイのサトウキビ畑に向かう途中で通過した入国管理施設で手続きを受けた。だが、入国管理施設から解放されるなり、夫妻は失望に直面した。彼らがもっているような高い教育を必要とする仕事は、オアフ島には容易に見つからなかったのだ。一家の生活を支えるため、カツイチはやむなく、マカダミアナッツを収穫する仕事に就いた。

続く数年のあいだ、カツイチはさまざまな仕事をした。一時はカリフォルニアまで出稼ぎに行き、最初は鉄道敷設の仕事をし、次にはイチゴ農家で働き、最後は養蜂をした。やがてホノルルに戻ったカツイチは、自分の受けた教育に見合う仕事をやっと見つけ、大きな安堵を感じた。それは、日本語学校の校長職だった。

これでようやく、裕福ではなくても安定した未来が手に入りそうに思えた。だが、カツイチの終身在職権は──いかにも彼らしい理由ではあったが──倫理的な事情で突然打ち切られてしまった。

日系人は人種的な偏見にハワイのあちこちで遭遇していた。とりわけサトウキビやパイナップルのプランテーションでは、農園主や「ルナ」と呼ばれる親方が日系人を好き放題に搾取した。にもかかわらず、当の日系移民の一部も、ある種の偏見を抱いていた。日本の特定の県の出身者はしばしば、別の県の出身者を見下した。そうしたピラミッドの最底辺に位置するのは、沖縄出身の人々だった。外見も方言も文化も料理も独特な沖縄の人々は、多くの日本人──とりわけもっと都会の県の出身者──から、まるで外国のように、そして自分たちより劣っているもののように見なされていた。カツイチ・ミホにとってその種の不寛容や不正義は嫌悪すべきものであり、受け入れがたかった。カツイチがスティーヴン・チネンという沖縄系の少年を、学校を訪問する日本の水兵たちにスピーチをする栄えある役に選んだとき、学校のＰＴＡは怒り狂った。「だめ、だめ、だめ。ありえません。彼は沖縄の出身なのだから」と父兄たちは言い募った。それは、学校中を巻き込んだ騒ぎに発展した。だが、並外れて強い信念を持つカツイチは、父兄らを前に毅然として言った。「だから、何だというのですか？　これは県と県との争いではないし、地方と地方の争いでもありません。われわれはただ、学校を代表する生徒を選んでいるだけです」。それでも父兄の怒りは収まらなかった。ついにカツイチは両手をあげた。「彼を代表として受け入れてもらえないなら、私は学校をやめます」。父兄は反発した。カツイチは教師の職を辞した。

そのころまでに、ミホ家の子どもたちは急速に増えていた。日本で生まれた三人の子どものほかに、アメリカでさらに五人の子どもが生まれていた。だから、以前に増してお金が必要だった。一家はマウイ島のカフルイに引っ越し、カツイチはまず巡回教師として雇われ、サトウキビ畑の赤土の道を馬車でプランテーションからプランテーションへと移動して働いた。次には税理士として働き、最後にはよろず屋「オオニシ・ストア」の管理を任されることになった。その店は、のちにミホ・ホテルとなる建物のちょうど通りを挟んだ向かいにあった。だが、ミホ家の運命がようやく回り出し、アメリカン・ドリームの実現へと大きく動き始めたのは、一九二九年にアヤノがカツイチに「あのホテルを買ってはどうか」と話をしたときからだった。もちろん、ホテルが建っている土地を所有はできず、KRRとボールドウィン家から借りるほかない。だから、いつでも取り上げられてしまう危険はあった。それでも、一家はそのホテルにようやく居を定め、繁栄しはじめた。この地でミホ家の子どもたちはのびのびと、裸足で、野心に燃えて育った。そしてこの地でカツイチは一九四〇年代の初頭には、地域でもっとも信頼され、尊敬されている年長者の一人になっていた。カツイチは、その信念にもとづいた態度ゆえに尊敬され、知恵を貸してほしいとしばしば相談をもちかけられた。だがそれも、彼が連行されるまでのことだった。

一二月七日にFBIが彼を連行しにきたとき、カツイチは怯(おび)えてはいたが、正直驚きはしなかった。それまでの二年間で、連邦捜査員がミホ・ホテルにあらわれ、日本の家族とのつながりについて尋問してきたのは一度にとどまらない。捜査員は、他の移民家庭を助けるためにカツイチが行った仕事についてもたずねてきた。カツイチは、よその家に子どもが生まれたとき、日本領事館への出生登録を手伝っていたのだ。その点からカツイチは——FBIのABCリストについて、彼は何も知らなかったのだが——自分が怪しげな存在に見えかねないと承知していた。日本文化を移民のあいだで生かし続けることをめざした自分の活動が、スパイや破壊工作員を探し出そうとしているアメリカ当局にとって、悪しきものに映るかもしれないこともわかっていた。それはアメリカ人でないのにアメリカに住んでいる代償のようなものだ。実際には、アメリカ人になるのを禁じられていたのだが――。日本風に言えば、ここは「我慢（ガマン）」のしどころであり、これが仕方のないことの一つであるのを認めるしかないとカツイチは思っていた。だが捜査員に連行され、しかも彼らにこちらを処刑する意思がないとわかると、カツイチはいつまた妻子に会えるのか、あるいは再会はそもそも可能なのかを知らないまま別離の生活を送るのが、それはそれできわめて辛いことだと思い知った。

カツイチはマウイ郡の拘置所からサンド・アイランドに移送された。サンド・アイランドは、カツイチが三〇年前に最初にこの国に入国した場所であるホノルルの入管から干潟をちょうど越えたところに広がる、砂と死んだ珊瑚の荒涼とした一帯だった。そこでは、銃剣を着剣した兵士がカツイチやその他四五〇名ほどの日系一世を、てっぺんに有刺鉄線のついた高さ一五フィート（四・六メートル）のフェンスに囲まれた五エーカー（二ヘクタール）ほどの場所に押し込んだ。収容されたのはすべて男性で、ハワイの各地から集められていた。監視塔が八つあり、それぞれに機関銃をもった兵士が配置され、兵士らは等間隔を空けて立ち、周囲を取り囲んでいた。一世たちが携えてきたわずかな所持品はすべて取り上げられ、八人で一つの帆布のテントを割り当てられた。テントの中には、泥や珊瑚の上に直接、八つの簡易ベッドが置かれていた。

一二月の終わりには何日も雨が降り、テントはたちまち水浸しになった。一日に何度も男たちは激しい雨の中、点呼のために外に立たされた。替えの衣類はほとんどなく、長いじめじめした夜をベッドの上で、濡れた衣類をまとってぶるぶる震えて過ごした。見張りの兵士は彼らのことを「戦争捕虜（POW）」と呼んだ。素手で便所を掃除するよう強要された者もいた。スプーンが一本でもなくなれば、身ぐるみをはがされて所持品検査が行われた。電話もラジオも新聞も、ペンも紙も腕時計も、そして一個の石鹼さえも、手にすることはできなかった。外界で何が起きているかはほとんど何もわからず、自分らの身にこれから何が起きるのかも皆目わからなかった。数週のあいだ、家族の訪問もいっさい許されなかった。わずか四マイル（六・四キロ）西に真珠湾とヒッカム飛行場があるため、軍用機が頭上を低く飛ぶ轟音が響き、ママラ湾内をあちこち曳航されるはしけの上で海軍が昼夜を問わず砲撃の演習をするたび、地面はびりびりと震えた。

雨に打たれ、飛行機の轟音や雷鳴のような大砲の音を聞きながらカツイチは毎日、ここサンド・アイランド抑留センターを取り巻くフェンス沿いを歩き、狭い水路の向こうにあるホノルルを眺めた。彼には知る由もないことだったが、そこから石を投げればあたるほどの距離で息子のカッツが毎晩、古いカービン銃を携えていつでも敵を撃退する準備を整え、水際で警備をしていたのだ。

スポケーンではフレッド・シオサキが、不承不承学校に戻った。母親がそうするよう強く言ったからだ。学校に向かうあいだ、フレッドは最悪な気分だった。ヒルヤードの荒涼とした冬の通りを、学校までの長い道のりをフレッドはとぼとぼと歩いた。学校はごたごたした車両基地沿いにマーケット通りを四ブロック進み、右に曲がり、イースト・ウェルズリー通りに面した小ぎれいな家の列を一四ブロックかそれ以上通り過ぎたところにあった。家々を通り過ぎながらフレッドは、人々がカーテンの向こうからこちらを覗き、フレッドが通り過ぎるのを見ているように感じた。学校に一歩近づくたび、校舎に足を踏み入れるのがどんどん怖くなった。ついにジョン・R・ロジャーズ高校の前にたどり着き、赤と黄色のレンガのアールデコ風のファサードの前に立ったとき、心臓は早鐘のように打ち、胃は痛んだ。彼は深呼吸をして、四つの巨大な正面扉の一つを押して中に入り、ざわざわした廊下へと歩みを進めた。生徒たちは数人ずつ集まって、興奮したように戦争の話をしていた。彼らは、最新の死傷者数を報じた見出しと、仲間のだれかがじき入隊するかもしれないという考えで頭がいっぱいで、フレッドに特別な関心を払っていないようだった。どちらかといえば、フレッドから目を背けているようでもあった。フレッドは一時間目の授業に向かった。午前中の中ごろまでは、友人はまだ友人のままで、フレッドはほっと胸をなでおろした。陸上部の仲間はむこうから、次のシーズンについてフレッドに話しかけてくれた。写真クラブの仲間はもう、次の六月に出る卒業アルバムに載せる写真の割り当てをしていた。

だが、そうしてくれたのはもともとの友人だけだった。そしてそれも、最初の数時間だけのことだった。その日が終わり、続く数日が過ぎるうち、フレッドは理解した。学校ではだれもフレッドに攻撃をしかけたりはしなかったが、自分は今や、ジョン・ロジャーズの生徒の大半から孤立していた。フレッドが仲間に入ろうとすると、会話はぴたりと止まった。親しげな視線を送っても、うつろなまなざしが返ってくるだけだった。フレッドが近づくと、突然仲間は背を向けるようになった。教師が戦争の話をしたときは、消えてなくなりたいと思った。校舎を歩くと、いつも黒い雲が後ろについてくるような気持ちがした。毎日、重い足どりで学校から帰ると、クリーニング店はいつも火が消えたようだった。機械は音を立てず、店の棚には何も置かれておらず、レジは空っぽだった。両親は何もすることがなく、落胆していた。

戦争のニュースは悪化の一途をたどっていた。日本帝国軍の侵攻はまさに破竹の勢いだった。真珠湾攻撃が始まる数時間前、日本軍はマレー半島の海岸を襲った。オアフを空爆しているとき、彼らはウェーク島をも爆撃していた。そして真珠湾で艦船の残骸が炎に包まれていたのと同じ日に、香港を制圧し、タイに侵攻し、グアムや、フィリピンの飛行場も爆撃していた。一二月一〇日には日本軍はマレー半島の沖合で、イギリスの二隻の戦艦プリンス・オブ・ウェールズとレパルスを撃沈、八〇〇人以上が死亡した。一二月一二日には、フィリピンのルソン島に日本軍が上陸を開始。一二月一四日にはビルマ（ミャンマー）への侵攻が行われた。日本軍はハワイに戻ってきさえした。一二月一五日の未明、マウイ島の沖に日本の潜水艦一隻が姿をあらわし、一〇発の砲弾をカフルイに向けて撃ち、カッツが前年に働いていたパイナップルの缶詰工場に被害を与えた。この攻撃で命を落としたのは二羽の鶏だけだったが、狙った効果は得られた。ミホ・ホテルの客や町の住民は恐怖で震えあがり、日本軍はほどなくハワイに攻めこむだろうという思いを強めた。

クリスマス・イヴまでにはダグラス・マッカーサー将軍はマニラを捨て、マニラ湾を越えてコレヒドール島に逃げた。同じころ、ジョナサン・ウェインライト将軍は数千人の連合軍を率いてバターン半島へと退却。クリスマスの朝にはマニラ郊外の青く澄んでいた空に巨大な火柱がいくつも立ち、煙があがった。迫りくる日本軍の手に燃料が落ちるのを防ぐために、フィリピン軍が石油貯蔵施設に火を放ったのだ。

悪い知らせが続々と入るにつれて、米国内のもっとも怒れる声はほどなく、もっとも大きな声になった。そうした人々が人種差別的なレトリックを縦横に駆使したせいで、まだ一歩下がって友人と敵の区別ができていた人々の声はほぼかき消された。新聞には、日本人をネズミや虫や、スカンクやサルや、ノミや狂犬として描いた風刺漫画が登場するようになった。「ジャップの見分けかた」と題された漫画には、日系アメリカ人と中国系アメリカ人を見分ける方法が載った。「ジャップは背が低く、まるで胸から直接足が生えているように見える……ジャップは出っ歯だ……中国人は大股で歩き、ジャップは足を引きずって歩く」。レストランの正面の窓には「このレストランではネズミとジャップに毒をやる」という張り紙がされた。張り紙の作り手や風刺漫画家は「ジャップ」だけでは罵り言葉として不十分だと思ったとき、「ニップ」や「黄色い害獣」などの、さらにひどい言葉を使った。国内でもっとも影響力のある論説委員の何人かは、人々の憎悪をさらにあおり始めた。アメリカ生まれの日系二世について論じたとき、《ロサンゼルス・タイムズ》は「毒蛇は、たとえどこで卵から孵ろうと、毒蛇に変わりはない」と述べた。もっと小さな新聞も同調した。フレッド・シオサキの地元の《スポケーン・スポークスマン＝レビュー》には、彼の両親のような人々の投獄を求める論説が載った。「われわれの国に住む日本人を残らず逮捕し、戦争のあいだ、強制収容所に閉じ込めておくべきだ」

人種的憎悪が選挙運動の燃料になることを、そして立法上のもしくは個人的なアジェンダを推し進める助けになることを長きにわたって知っていた政治家たちは、この絶好の機会に乗じ、彼らのレトリックはたちまち、あからさまな毒を帯びた。ミシシッピー州の連邦議会議員ジョン・ランキンは「これは人種戦争だ……私は言う。すべての日本人の排除がきわめて重要なのだと……ちくしょう！　今こそやつらを厄介払いしようではないか！」と宣言した。オクラホマ州のジェド・ジョンソン下院議員は、アメリカ合衆国に住むすべての日本人を強制的に断種することを要求した。アイダホ州の知事であるチェイス・クラークは、「ジャップはネズミのように暮らし、ネズミのように子を産み、ネズミのように行動する」と言った。

相手を貶めるようなこうした比喩やイメージや感情はいずれも、おおかたのアメリカ人にとって、けっして目新しいものではなかった。一九世紀にアジア系移民がアメリカ合衆国にやってきた当初から、最初は紙のメディアで、のちにはハリウッドで、「黄禍論」という概念が広められてきた。黄禍論とは、容赦なく押し寄せるアジア系移民の波がアメリカ合衆国のみならず西洋世界全体を圧倒し破壊する危険があるという考えだ。とりわけ一八八〇年代以降、主要新聞の風刺漫画は常時、アジア系の人物を、アメリカの海岸に上陸しようとする齧歯類(げっし)やゴキブリや蛇や他の害獣の群れとして描くようになった。雑誌の表紙には、手の爪を長く伸ばした不気味なアジア人男性が白人女性を襲ったり薄汚いアヘン窟に誘惑したりする恐ろしげな絵が描かれた。ハリウッドでは一九二九年に始まったシリーズ作品の中で、西洋世界の破壊をめざす悪の権化、フー・マンチューが描かれた。ほどなく他の多くの不快な、卑屈だったりぺこぺこしていたり不可解だったり脅迫的だったりするアジア人のキャラクターが——ほとんどの場合、それを演じたのは白人俳優だった——アメリカの映画館で定期的に画面(スクリーン)に登場するようになった。

そうしたレトリックがエスカレートし続けた結果、古い固定観念と憎悪は無数のアメリカ人の心にすでに深く根づいており、日系アメリカ人とその一世の両親への風当たりは急速に、さらに悪化した。ハワイでは戒厳令が、全島で継続された。人身保護令状の請求権は一時的に停止された。軍事法廷が文民法廷にとって代わり、大勢の一世と二世が国家への不忠の疑いで即座に逮捕された。一世の男性が突然大量に逮捕されたことは、とりわけ日本人社会ではリーダーの欠落を意味し、地域のあちこちのコミュニティで大規模な、組織上の混乱が起きた。仏教の寺は閉鎖を命じられた。日本語学校やコミュニティセンターも同様だった。日本語の新聞は発行が停止された。銀行口座は凍結された。一世の漁師は舟を海に出すことを禁じられた。

アメリカ本土では日系の子どもたちが、学校に行く途中で嫌がらせにあったり、公共の遊園地に入るのを禁じられたり、劇場の扉を閉ざされたりした。レストラン、床屋、美容院、自動車修理店、薬局、動物病院、歯医者など、各種の小規模な事業を営むアメリカ人が、日系人の顧客を受け入れるのを拒否した。日系人やその親が営んでいる商売は、多くの人々からボイコットされた。アリゾナ大学の学長は「これらの人々はわれわれの敵だ」と宣言し、日系人の学生に図書館の本を貸すのを禁じた。

大半は高校生か大学生くらいの年齢でしかない二世たちは、市民権に守られていない自分たちの親の運命を案じた。一世である親たちは、新たな経済的苦境が生活を荒廃させている今、まだ若いアメリカ国籍の子どもらをどう支えていけばよいのかと案じた。鉄道会社やレストラン、植木職人や庭師や採掘会社、そしてあらゆる種類の産業プラントが突然、それまで何十年もまじめに働いてきた人々を解雇した。数週間後にはあちこちの市で、日本人のオーナーに対する事業の許可が取り消され、食料品店やクリーニング店やビアホールや花屋やその他の小規模な店が閉店に追い込まれた。アメリカ財務省は日本の銀行の支店を閉鎖し、資産を凍結し、出納係や事務員や顧客担当者らを職場から追った。日系人の世帯が銀行口座から一カ月に引き出せる額は、一〇〇ドルまでに制限された。移動にも制限がかかり、日系人は本人がアメリカ国籍をもっている場合もそうでない場合も、自宅から数マイル以上離れた場所に行くことや、発電所やダムなどの重要な施設に近づくことを禁じられた。[*8] シアトルのすぐ西のベインブリッジ島ではブラックボール・フェリーラインが、日系人を——アメリカ国籍の有無にかかわらず——船に乗せるのをやめた。

シオサキ家はヒルヤードのはずれで、ひっそりと暮らしていた。一九四二年が近づくにつれて彼らの世界は、火の消えたようなクリーニング店とごく近所だけに縮小した。銀行口座から自由にお金を引き出すこと

＊8　二〇世紀初頭には移民一世が国籍や人種の異なる人と結婚するのはきわめてまれだったため、事実上、日本の姓を持つことは祖先が日本人である証拠だと見なされていた。

もできず、店の収入も雀の涙ほどになり、キサブロウが日曜日に釣りを楽しんでいたスポケーン郊外の湖に足をのばすこともできなくなった今、両親はフレッドとそのきょうだいに、慎重に行動し、怪しく見えるような振る舞いは避けろと話した。「人が群れているところには行くな。そういうところにはおまえたちが知らない人がいて、そういうやつがあからさまに何かをしてくる可能性もある。知らない人からは離れていることだ」

新しい年が始まると、軍隊に入ろうという大勢の若いアメリカ人男性が、一日一六時間から一八時間開いている徴兵事務所に続々と押し寄せ、長い列を作り、歩道の上で眠り、自分の番が来るのを待った。そしてしばらくして、満面の笑みを浮かべ、入隊の書類を手にして建物から出てきた。アメリカ各都市の通りやレストランやバーやダンスホールは突然、海軍の白い制服や陸軍の緑の制服を誇らしげにまとった男でいっぱいになった。行く先々で海軍や陸軍の新兵は賛辞を集め、部屋に入ればそこにいる人々から親しげに頷かれ、高齢で自身は戦争に行けない男性から背中をポンとたたかれ、道ですれ違った若い娘から賞賛のまなざしを送られた。

おそらくそうした若者の中でも、制服をまとったときにだれよりも誇らしく感じたのは、ハワイ準州警備隊の隊員だった。その四分の三以上は日系アメリカ人で、そのため、彼らは特別な誇りを抱いて制服に袖を通した。真珠湾攻撃のニュースを初めて聞いたときから――あるいは攻撃をその目で見たときから――この戦争で自分たちが特異な重荷を背負うことになると彼らはわかっていた。彼らは、自分たちの顔や名前が敵との類似を想起させることを知っており、自分が隣のジョーと同じくらいアメリカ人であることを、そして同じくらい熱心に戦おうとしていることを証明しなければと躍起になっていた。だからこそそれから六週間近く、カッツ・ミホと仲間の見張り兵は――その大部分は一八歳から一九歳の青年だった――主に夜間にオアフ島をパトロールし、古いボルトアクション式のライフルを携えて、貯水池や電話局や、燃料貯蔵施設や発電所や、病院や桟橋を守っていたのだ。

だがその後、一九四二年一月一九日、月のない夜が明ける前、彼らが予想もしていなかった衝撃がもたらされた。カッツと分隊の仲間は学校通りの変電所の裏にピラミッド型のテントを張り、野営をしていた。いつもと変わらない夜だった。青年たちは順番で二人ずつ、銃剣を着剣して変電所の前に立っていた。時おり、夜勤の警備隊員が学校通りを歩いて持ち場に向かった。彼らはみな歌ったり大きな声で話をしたり、フェンスを叩いたりして自分たちが来たことを準州警備隊の青年らに知らせ、うっかり銃撃されないようにしていた。用心のために、ひもに結びつけた缶を引きずってわざと音を立てる者もいた。

午前二時ごろ、分隊は無線電話を受けた。荷物をまとめて退去の準備をせよとの知らせだった。いつもとはまったく違う指令に驚きながらも興奮しつつ、これから自分たちがどこに配置されるのか、なぜ配置が替わったのかと首をひねりながら、青年たちは準備をした。そして彼らは待った。一台の平台型トラックがようやく学校通りにガタガタ音を立ててあらわれたのは、朝の五時半のことだった。彼らはトラックに載せられ、ラナキラ・スクールに連れていかれた。そこには準州警備隊の全員が、まだ暗い中、校庭にひしめいていた。いったい何が起きているのかと、彼らはあれこれ考えていた。

ようやく司令官の一人、ノーレ・スミス大尉が説明を始めた。大柄で、ハワイ大学のアメフトチームでハーフバックをつとめていた彼は、つかえながら話を始めた。目には涙が浮かんでいた。アフリカ系アメリカ人であるスミスは、差別についてなにがしかを知っていた。彼は言った。これから起ころうとしていることを、自分は止めようとした。地元の将校らもみな、止めようとした。だが、ワシントンにいるだれかに却下されてしまった――。別の将校、ラスティ・フレイジャーがあとを続け、ことの核心を率直に告げた。本土から訪問していたお偉方のだれかが、日本人の顔をもつ若者が銃を担いでいるのを見て、おかんむりになったそうだ。それで、指令が来たのだと。「今朝、諸君にここに来てもらったのは、諸君が――日本人の祖先をもつアメリカ人の諸君みなが――その人種的背景ゆえに、これより除隊されるからだ。現時点で、諸君はハワイ準州警備隊の任を解かれた」

カッツ・ミホは驚きのあまり口をぽかんと開け、石のように立ち尽くしていた。仲間もみな、あっけにとられていた。怒り。失意。屈辱。テッド・ツキヤマ青年は後年、それは人生で最低の瞬間であり、戦争のあいだに遭遇した数多くの辛い瞬間の中でも心にとりわけ大きな傷を残したと語った。「たとえ、われわれのいるど真ん中で爆弾が爆発したとしても、これほどの衝撃はもたらさなかっただろう」と彼は回想した。一二月七日以来彼らが望んできたのはただ、国に尽くし、国じゅうの若者がしているのと同じことをし、ほかのみなと同じように背筋を伸ばし、誇りをもつことだったのだから。だが、この一瞬でそのチャンスは消え、かわりに突然彼らは、自分たちが信頼されていないのだと思い知らされた。それだけではなかった。自分たちは真のアメリカ人だとさえ思われていなかったのだ。

一瞬、みなが沈黙した。そしてカッツを取り囲む闇の中で、青年たちが静かに泣く声が聞こえ始めた。

第二部
追　放

列車に日系アメリカ人が乗り込むのを上から眺めるシアトルの人々

第五章

一人の男が私の小さな裁縫道具を取り上げました——旅行用の小さな裁縫キットです。それを取り上げられて、私は言いました。「私はそれで爆弾など作れません。でも、それが必要なのです」。男は私を、「おまえには何も言う権利はない」とでも言いたげに見つめていました。

リリー・ユリコ・ハタナカ　二〇〇九年一二月一四日

カリフォルニアのサリーナス渓谷に一九四二年の春は、よくあるように足早にやってきた。渓谷にはレタスやフダンソウ、ホウレンソウ、そしてアーティチョークの広大な畑が東はガビラン山脈から、西は大きな青い三日月のようなモントレー湾まで広がっていた。二月初めには、日中の気温はほぼ摂氏一五度を超え、ときには二〇度を超えることもあった。ガビラン山脈は秋の茶色から春の緑へと色を変えていた。明るい黄色のマスタードの花が、谷の灌漑用水路沿いに早々と咲いていた。トラクターを運転する男たちが、ほの甘い香りのする黒土を掘り起こす。すると、それを追いかけるように甲高い声で鳴くカモメの大群が渦巻く雲のごとく地上へ急降下し、太ったミミズをついばんだ。マキバドリがフェンスの支柱にとまり、春の歌を練習する。澄んだ鐘のようなマキバドリの歌声は薄青い空の高みへとのぼっていった。

ここはスタインベックの国であり、数年前に谷に押し寄せた何千人ものダストボウル〔開墾によって発生した砂嵐〕難民にとっては、長く過酷な旅の終着点でもあった。彼らの叙事詩的な旅は写真家ドロシア・ラングによる印象深い写真や、三年前の一九三九年に発表された『怒りの葡萄』によって歴史に足跡を残すことになった。多くの人から嘲笑的に「オーキー（オクラホマ野郎）」と呼ばれたこれらの人々は、やせ衰え、目は落ちくぼみ、憔悴しきったようすで、おんぼろ自動車や壊れかけたトラックに揺り椅子や洗面器や古いミシンをうずたかく積み、アメリカのエデンを見つけるという期待を胸にこの地にやってきた。彼らはさまざまな形でそれを見つけた。だが、それを見つけようとしたのは彼らだけではなかった。オーキーたちは、それ以前に渓谷にやってきたさまざまな出自の難民や移民の最後尾に加わっただけだった。ゴールドラッシュでカリフォルニアに押し寄せたヤンキーたちが、もともと渓谷一帯に粗末な小屋を建てて住んでいたメキシコ系の人々にとってかわってから一世紀足らずで、白人系アメリカ人はそれらの土地の大半を手に入れていた。だが、実際にそこで働いたのはおおかたが中国系やフィリピン系や日系の移民だった。その地で作物を育て、収穫し、新鮮な緑の作物を大量に東部に輸送したのは、そうした人々だった。彼らの労働力こそがこの渓谷を、一九三〇年代までに「アメリカのサラダボウル」に変えた。労働は過酷で、無慈悲で、給料は低かった。彼らの子どもの多くも、人種を問わず、そうした厳しい環境で生まれ育った。だが、当時一六歳のルディ・トキワほどタフな者はほぼいなかった。そして彼は今、怒っていた。

真珠湾攻撃の日、ルディはレタス畑にいた。鍬にもたれて立っていたとき、姉のフミが畑を横切って走ってくるのが見えた。フミはあぜ道をよろけるように走り、腕を振りまわし、大声で知らせを伝えた。ルディはそれを聞いて驚きはしたが、仰天はしなかった。「起こるべくして起きたことだ」と彼はまず思った。そして即座に次の考えが——あるいは疑問が——浮かんだ。もしこれが戦争であるなら、日本との戦争であるなら、兵隊に召集されたら自分はどうするのだろう？　ルディにとってそれは複雑な問題だった。

戦うのが嫌なわけではなかった。むしろ、その逆だった。それまでの短い人生において、ルディは常にファイターだった。未熟児として小さな体に生まれた彼は、長くは生きられないだろうと思われていた。小児喘息に悩まされ、興奮すると意識を失うこともたびたびあった。人生の最初からルディには、息一つ吸うことが、そして生き延びることそのものが闘いだった。だが、五歳になるころには畑で手伝いができるようになった。両親は深くて豊かな沖積土の土地を広く借りて作物を育てていた。前かがみで農作業をし、雑草を引き抜くうちルディは、カリフォルニアの日系アメリカ人の農場に生まれた子どもにとって楽に得られるものなどそうないのだと、思い知るようになった。そして成長するにつれヒルヤードのフレッド・シオサキと同じように、ここサリーナスが、少年が頭を高くあげて過ごしたければ、拳の使い方を知らなければならない場所であることに気づいた。

一二歳になるとルディは——同世代の若い日系アメリカ人の多くと同じように——日本に送られ、日本の家族と過ごしたり、言葉を学んだり、両親の文化を知ったりした。彼がそれを承知したのは、上のきょうだいたちが絶対に自分は行かないと言い張り、父親が「次の世代のだれかが、日本の親戚とつながりを保ち続けるために少なくとも言葉を知らなくてはならない」とルディを説得したからだった。末っ子のルディは兄や姉からあれこれ命令されがちで、日本に行けばそうしたものから解放されるという思いもあった。

だが、両親の出身県である鹿児島（カゴシマ）の学校に入ってほどなくルディは、日本での生活が思い描いていたよりはるかに耐えがたく、過酷であることを知った。学校の教師は意見の相違や議論を許さなかった。授業はほぼすべて、機械的な学習を無限に繰り返して新しい言葉や漢字を記憶することで占められていた。歩いて登校するとき、途中ですれ違った上級生に頭を下げたり敬意を示したりするのをうっかり忘れると、生意気だといって殴られることもしばしばあった。ひざまずいて靴を磨けと上級生に命じられれば、そうしなければいけないこともじきに理解した。そうしなければまた、めちゃくちゃに殴られたり蹴られたりするのだ。ルディは嫌悪しつつも、命じられたとおりにした。だが、彼はどこまでも引き下がっている性質ではなかった。ルディは柔道の稽古に通い始めた。

同じ年頃の少年がみな軍事教練に参加を求められる年齢に達すると、ルディも級友も、夜中のいつ何時でもラッパの音が鳴り響けば床から急いで起き上がり、鹿児島の田舎で演習に参加させられるようになった。演習は場合によっては四八時間以上続いた。一三歳の少年たちは夜の闇の中、雨や霧の天気でも、背嚢(はいのう)の重みでよろめきながら野原を歩き回った。食糧の携帯をうっかり忘れたときは、ひどく空腹になった。不平を言うと、叱られた。演習が終わると、家ではなくまっすぐ学校に戻った。そこで食べ物を与えられることもあれば、与えられないこともあった。

わずかな余暇の時間にも、日常生活が日本において消えつつあるのは肌で感じられた。中国侵略への制裁措置としてアメリカから日本への石油の輸出が禁じられ、それまでガソリンやディーゼルで動いていたバスや自動車やタクシーが、石炭や蒸気を動力にするようになった。馬力が足りずにバスが坂を登りきれないときは、乗客がみなバスを降りて、車体を押さなければならなかった。石炭のすすで空気は黒く汚れた。日本の国家経済の七〇パーセントは軍事費にまわされ、消費財は品薄になった。必需品は、米までもが配給制になった。西洋風の服飾品は――スーツやソフト帽や絹のネクタイやしゃれたブーツなどは――ほぼ店先から消えた。国家の一大事のときに贅沢品を店先に飾るのは、時流に合わないだけでなく、愛国心がないように見えかねなかったのだ。日本の暮らしは灰色で陰鬱なものになり、人々はそうした空気に見合った服装をし

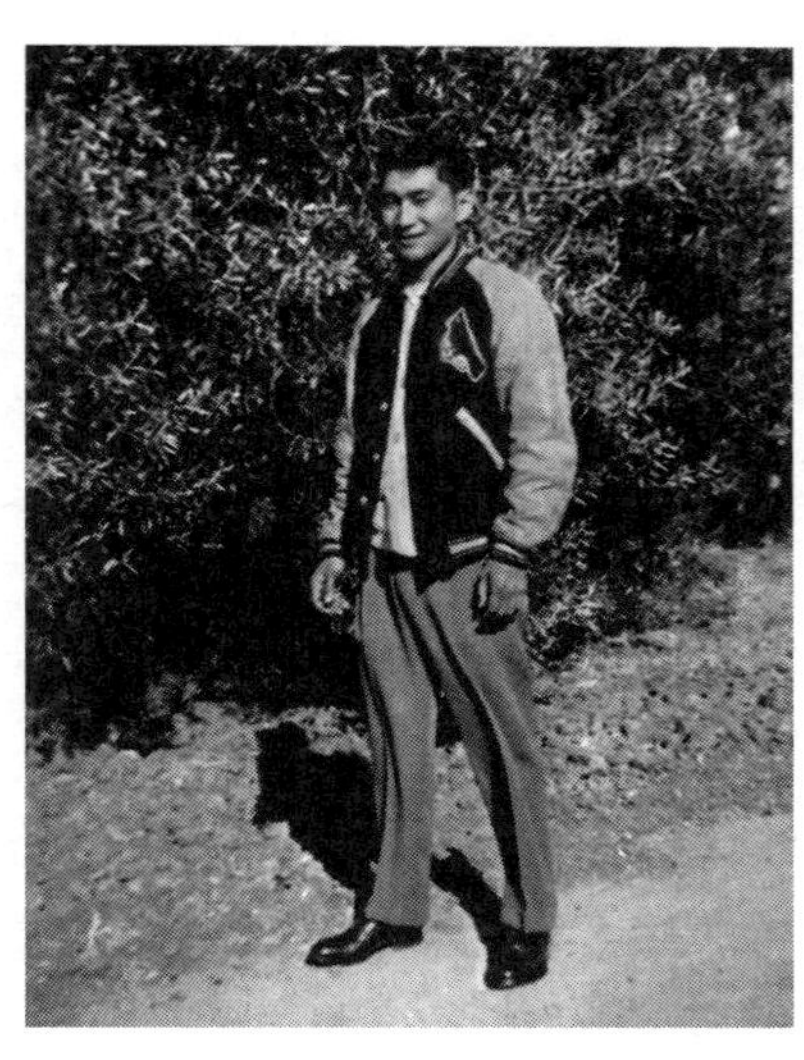

ルディ・トキワ

た。アメリカからの石油輸入が途絶え、国のムードがさらに暗くなると、対米戦争もやむかたなしと人々はみな口にするようになった。一九三九年の秋にはルディの叔父が、そろそろルディをアメリカに帰らせる潮時だと決断し、横浜から龍田丸に乗せてサンフランシスコに向かわせた。

苛酷な生活だったにもかかわらず、ルディは日本にもっと長くとどまることを望んだ。ようやく友だちもでき、学校でも一目置かれるようになった。英語の名詞や動詞や代名詞について数人の教員と話をすることもあったし、生徒は英語を教えてほしいとルディのところに来るようになっていた。校長はルディを招いて、生徒たちの英語のスピーチを一緒に評価してほしいと言うようになった。そして学校の人間はだれも、ルディのことを「ジャップ」と呼ばなかった。

その年の一〇月、ルディは船でゴールデンゲート・ブリッジをくぐり、カリフォルニアに戻った。細身でしなやかで、日本での経験に鍛えられたルディは、ジヨン・スタインベックの母校であるサリーナス高校に入学した。体操と陸上競技とレスリングを始め、兄のデュークと一緒にサリーナス・カウボーイズというアメフトのチームにも入った。デュークはチームのクォーターバックとして活躍した。こうしてさしたる困難もなくルディは、以前と同じアメリカ式の生活に戻った。彼と友人（大半は白人だった）は学校帰りにダウンタウンにあるソーダ水売り場に寄ったり、映画を見に行ったり、車とその修理の仕方に、そして女の子に興味をもったりした。

だが、ルディの人生観は日本に行く前と同じではなくなっていた。そして、おおかたの友人と同じでもなくなっていた。ルディは自分が、日本にいるあいだに人間として成長できたと思っていた。より強くなり、苦境により良く対処する能力を身につけ、刻苦や規律の徳をより認識できるようになった。日本の文化を以前よりも深く誇りに思うようになり、世界で起きていることを日本がどう見ているかも、そして日本人がいかに孤立感と閉塞感を抱いているかもわかるようになった。ルディは故郷の渓谷に着いたときから、サリーナス高校の級友のだれよりも、そして大半のアメリカ人よりも、その件については――つまり、いかに戦争が間近に迫っているか、そして日本人の視点からすれば戦争がいかに不可避に見えているかを――はるかによく理解していた。だから彼は、一二月七日にレタス畑に立っているとき真珠湾攻撃の知らせが姉からもたらされても、驚きを感じなかったのだ。

その晩、トキワ家では、アメリカ中の何千もの日系家庭で行われたのと同じことが行われた。とりわけ西海岸沿いではいたるところで、日系の人々が石油ストーブや薪ストーブに火を入れたり、暖炉で火を焚いたりして、家族の写真や娘が大切にしていたひな人形や日本語の本を次々に炎の中に投げ込んだ。日本製のレコード盤を叩き壊し、仏壇や神棚を分解し、隠した。古い美しい着物や骨董の花瓶や先祖伝来の刀を、あぜんとしている近所の人々に配った。日本で作られたものは、カメラも双眼鏡も食器類も、すべて手放した。ルディの父親のジスケ――彼は第一次世界大戦に従軍していた――は古い船旅用トランクの中をごそごそ捜し、自分が着ていた米陸軍の軍服をトランクの服の山のいちばん上に注意深く置いた。そうすれば、トランクを見つけた輩はまず、この軍服を目にするはずだからだ。

翌朝、ルディとデュークは学校に向かった。途中で五、六人のダストボウル・ボーイが突然前に立ちはだかり、二人の胸に指を突き立て、怒鳴った。「こいつらは汚ねえジャップだ。半殺しにしてやろうぜ」。ルディとデュークは視線を交わした。そしてデュークが、「オーキーどもの一束くらい、どうにでもしてやるさ」とすごんだ。二人は身構え、拳を引いた。その瞬間、背後で「ようし、トキワ兄弟、脇にどけろ。ここは俺らが片づける」と声がした。アメフトチームのサリーナス・カウボーイズのメンバーが大勢そこにいた。ルディとデュークが脇にさがると、メンバーが前に進み出た。敵は逃げ出した。だが、兄弟が学校に着き、廊下を歩いていると、さらに多くの少年たちが二人を「ジャップが来るぜ」とあざけり始めた。耐えかねたルディは校長室に足早に向かい、自分たちは家に帰ると言った。「こんな嫌がらせを受けるいわれは僕らにはありません」。ルディは激しい声で言った。「もしだれかが僕の目の前にきて、『ジャップ』と呼んだら、二度と口がきけないようにしてやります！」校長はデュークには、学校にとどまるようにと言った。だが、ルディの態度は気にさわった。校長はルディを家に帰し、「トラブルメーカーは君であり、感情を爆発させた報いを受けるべきだ」と考えていることを明らかにした。

家に帰ると、さらなるトラブルが待っていた。一家が畑仕事に出ているあいだに、サリーナス南西のリヴァーロードにあるトキワ家の家屋に、黒い大きなセダンに乗ったＦＢＩがやってきたのだ。一家が家に戻ると、捜査員はもうすでに正面扉を打ち壊して中に入り、家捜しをしている最中だった。捜査員は引き出しを次々あけ、中のものを床に投げ出し、クロゼットの中をかきまわし、懐中電灯をもって屋根裏に上がり、禁制の品物が――短波ラジオや双眼鏡やカメラや、その他、破壊工作員に役立ちそうなものや大日本帝国への忠誠をうかがわせる何かが――隠されていないかどうか探した。トキワ家の人々は、神妙な表情でそれを見つめていた。捜査員が一家の船旅用トランクを開け、ジスケが第一次世界大戦のときに着た軍服を見つけたとき、捜査員の一人がそれを掲げ、「これは何だ！」と言った。

「私の軍服です」とジスケが静かに答えた。

「これは米軍の軍服だ」

「はい、私は米陸軍に属していました。フランスにも行きました」

「はん、陸軍がジャップを雇うわけがないだろうが」

捜査員は軍服を床に放り投げ、踏みつけ、家の捜索を続けた。ルディはもう耐えきれなかった。彼はぱっと立ち上がり、「地獄に落ちろ！　てめえら！」と叫んだ。両親が制止したが、ルディは憤ったままその場に立ち尽くし、捜査員がようやく家から引きあげるまで彼らをにらみつけていた。そして、心の中でつぶやいた。〝この国は日本人が好きじゃないんだ。東洋人が好きじゃないんだ。白人じゃなきゃだめなんだ〟

真珠湾から八週間が過ぎ、ルディの怒りは増すいっぽうだった。ルディや家族に許されないものごとは、一つまた一つと増えた。まず両親が、自宅から許可なく一二マイル（一九キロ）以上の距離を移動してはならないとされた。それは、必需品の買い物をしにサリーナスのダウンタウンに行けないことを意味した。姉のフミは種(たね)を買いに種苗店に行ったとき、店主から小声で、後で白人のお客がいなくなってから出直してくれと言われた。日系人に売っているのをまわりに見られては困るからだという。そしてついに両親は、懐中電灯やラジオや弓矢一揃いを供出させられた。懐中電灯までもだ。

それから、うわさが広まった。何千人もの日系アメリカ人の家族が——おそらくトキワ家もその一つだ——ほどなく家を追われ、強制収容所にまるで犯罪者のように閉じ込められるという噂だった。もちろん、にわかには信じがたい話だとルディは思った。少なくとも、家族みんなではないはずだ。結局のところ、自分たち二世はアメリカ市民なのだから。サリーナス高校の歴史の授業でルディは、憲法について学んでいた。アメリカ市民には権利がある。何の理由もなくどこかに閉じ込めることはできないはずだ。ルディもそこまではわかっていた。だが、両親がどうなってしまうのかは、彼にもわからなかった。

ハワイではカッツ・ミホが、準州警備隊から排除されたことに打ちのめされ、マウイの家に帰る決意をした。大学にとどまるつもりは、みじんもなかった。同学年の男子の多くは戦争に行く準備をしている。その中に自分が入っていけるわけがない。

マウイは、太平洋でこれから起こるだろう戦争の訓練および演習のための地域へと、急速に変化しつつあった。島のあちこちで、合計五〇を超える軍事施設が建築中だった。ジャングルでの訓練キャンプがあり、機関銃の射撃場があり、迫撃砲と大砲の着弾地域があり、バズーカ砲の訓練地域があり、海岸防衛の砲台があり、洞窟戦闘用の野営地があり、仮設兵舎があり、食堂があり、そして何より飛行場があった。これまでプランテーション以外にはほとんど雇用の機会がなかったこの島で、良い仕事は今やあり余っていた。そして白人がほとんど肉体労働をしない土地柄ゆえ、仕事の大半は日系や中国系やフィリピン系の若者に、そしてハワイ先住民を先祖に持つ者に任された。軍隊に入れないのなら、せめて国防面で国の役に立てればとカッツは考えた。彼はミホ・ホテルで金づちを見つけ、のこぎりを見つけ、定規を見つけた。自身を大工の見習いと称してカッツは、マウイ島中央の渓谷に無秩序に広がる巨大な緑の一帯にあるプウネネ海軍飛行場で仮設兵舎を建てるのを手伝った。一日に一〇時間か一二時間、土曜も日曜もなくカッツは働いた。屋根板を肩に乗せて引きずるように運び、垂木の上を這い、くぎを打ち、ハワイの太陽の下、シャツも着ないで労働した。給料はなかなかの額で――一時間に七五セントだった――カッツは仕事があるのを嬉しく思った。

だが、カッツはアメリカの高まりゆく戦争遂行努力を観察できる最前線におり、それを目の当たりにできるからこそ、より激しく動揺した。子どものころ友だちとキャンプをした海辺を訪れれば、熱意にあふれる若者らが上陸作戦の訓練をしているのか、ライフルを頭上に掲げ、波間から陸へと歩いている。マウイ高校の周辺の丘に車で行けば、陸軍の緑色のジープが何台も音を立ててサトウキビ畑の道を通り抜けるのに出会う。海軍飛行場の昼休みに日陰に座ってサンドウィッチを食べながらカッツは、ますます多くの部隊が輸送機から吐き出されるのを毎日無言で眺め、あの一員になりたいと切望した。一月のあの早朝に自分ら二世兵士がハワイ準州警備隊を追われたときの失望と屈辱は、ずっと心をさいなんでいた。まるではらわたを食いちぎられているように――。

ヒルヤードでは、フレッド・シオサキの両親が絶えざる不安に心を悩ませていた。いつ何時、トレンチコートを着た男たちがあらわれ、キサブロウを連行するのではないかと、二人とも気が気でなかった。ここ数週間、スポケーンに住む日系一世の男性は一人また一人と姿を消した。家族の多くに、その後の消息は届いていない。そしてついに、ＦＢＩの捜査員がシオサキ家にあらわれた。

彼らは店の上階を捜しまわった。短波ラジオと双眼鏡と、フレッドの二二口径ライフルが押収された。フレッドにとっていちばん痛手だったのは、大事にしていたカメラを押収されたことだった。捜査員はフレッドの父親を連行はしなかったが、両親に今すぐダウンタウンにある事務所に出頭するよう命じた。フレッドと姉のブランチが、一家の古いマクスウェルのツーリングカーで両親をスポケーンに送った。建物の外に車をとめ、フレッドとブランチは待った。数時間が過ぎ、二人は、よその家の父親と同じように自分たちの父親も消えてしまったのではないかと案じた。ようやく両親が連れ立って建物から出てきた。二人は車に乗り込み、小さな声で、自分たちはこれから敵性外国人だかなんだかと呼ばれるそうだと話した。

数日後、フレッドは学校の校長室に呼ばれた。待っていたのは、スーツ姿にソフト帽をかぶった年かさの男だった。男はバッジを差し出し、いかめしい声で言った。「ＦＢＩの者だ。おまえは、この建物の写真を撮っているところを目撃されている。何をしていた？」フレッドは恐怖で凍りついた。どもりながらも言葉を発しようとしたが、出てきたのは意味のない言葉の断片だけだった。自分は卒業アルバムの写真委員であり、カメラを借りて必要な写真を撮っただけで、何も悪いことはしていないとフレッドはしどろもどろに説明した。ようやく言い分が理解され、捜査員は態度を軟化させた。どうやら、学校のそばを車で通りかかった女性が、校舎の前で写真を撮っているフレッドを見かけ、スパイだと思い込んだようだった。男は「これきりにするように」と言って部屋を出ていった。だが、フレッドは家に帰るまでずっと震えていた。

フレッドを見かけてスパイと勘違いした女性は、その冬、日本人の裏切り者がまわりのいたるところに

――クリーニング店のカウンターの向こうにも、芝を刈る庭師の心の中にも、公設市場で農産物を売る老人の笑顔の陰にも――いると信じていた大勢のアメリカ人の一人にすぎなかった。多くの人々は実際、真珠湾で起きたような突然の壊滅的な大惨事には、国内にいるスパイの一味がかかわったはずだと信じていた。そして、より多くの裏切りが今も起きているはずだと思っていた。ルディ・トキワの住むサリーナスでは、市民が仏教の寺の僧に巨大な青銅の鐘を撤去するよう強制した。日系アメリカ人がその鐘を、日本軍の侵攻の合図に使っていると信じる人々がいたからだ。

最初、それは一二月七日にホノルルの通りを駆け巡り、本土の西海岸沿いに吹き荒れた、根も葉もない妨害工作と裏切りについてのうわさに過ぎなかった。だがそれはじきに、公式なお墨付きを獲得しはじめた。真珠湾攻撃からわずか一週間後、海軍長官のフランク・ノックスは、マスコミに向けて次の声明を発表した。「最強の第五列的行為がハワイでなされていたと私は考える」[*9]。同じ日にミシシッピー州選出の連邦議会議員、ジョン・ランキンは下院の床を大股で歩き、こう宣言した。「私は、アメリカ、アラスカ、そしてハワイに今いるすべての日本人を捕まえ、強制収容所に入れることに賛成する」。ローズヴェルト政権の一部は、証拠の欠落を指摘し、法的にそれが許されるかどうかについての懸念を述べ、ランキンに反対した。舞台裏では、国への背信が本当にあったのかという事実および、将来それをどのように防ぐかという政策の双方について、議論が激しさを増し始めた。ヘンリー・スティムソン率いる陸軍省および、とりわけジョン・デウィット中将を筆頭とする軍司令官らは、大規模な投獄を推した。いっぽう司法省内では司法長官フランシス・ビドルの主要補佐官らが、そのような行為は大規模な公民権侵害に等しいと激しく反論した。一月下旬から二月上旬にかけて、両派はこの問題について一連の会合で激しく議論した。いっぽうでローズヴェルト大統領への圧力はますます高まった。圧力をかけていたのは軍の高官や西海岸のジャーナリスト、そして民主党と共和党の双方の政治家たちだった。彼らが望んでいたのは、日系人の即時排除だった。ローズヴェルト大統領は徐々に、そうした意見に同調するようになった。

大統領夫人のエレノア・ローズヴェルトはそうではなかった。真珠湾攻撃の直後、エレノア夫人は西海岸に飛び、日系一世の農業労働者の銀行口座が凍結されたことを知り、財務省にはたらきかけ、一世の人々が月に一〇〇ドルは預金を引き出せるようにすることに成功した。西海岸を訪問中、夫人は積極的に二世のグループと一緒にカメラの前でポーズをとり、一月一一日にはラジオ演説を行い、日系一世がこの国の長期居住者であることと、にもかかわらず彼らがいまだ市民権獲得を許されていない点を指摘した。夫人はホワイトハウスに戻ると、大統領に耳を傾けさせようと必死になった。

そこに二つの巨大な声が割り込んできた。一つ目は二月一二日に、アメリカでもっとも尊敬されているコラムニストで基本的にはリベラルな、ウォルター・リップマンが発表した文章だった。彼は、これまで妨害行為が何も行われていないという事実はこれから行われるしるしだという、すさまじく捻じ曲げたロジックを使い、次のように主張した。「日本による戦争が勃発して以来、太平洋岸で重要な妨害行為はたしかに行われていない。ハワイについて、そして欧州の第五列についてわれわれが得ている知識をもとにすれば、これは一部の人々が考えたがっているような、案じることは何もないというサインではない。これはむしろ、その一撃がきわめてよく組織されており、最大の効果をもちうる瞬間まで隠されているという証にほかなら

＊9　スパイをさす「第五列」という表現は、スペイン内戦のころから広く使われるようになっていた。

ない」。二つ目の声が発せられたのは四日後の二月一六日だった。おそらく全米でもっとも辛辣なコラムニストの一人で保守派のジェームズ・ウェストブロック・ペグラーは、リップマンの文章を引用しつつさらに一歩進め、次のように加勢した。「カリフォルニアに住む日本人は男も女も一人残らず、現在の危機が終わるまで、武装した人員の監視下に置くこと。人身保護令状のことなど知ったことか」

一九四二年二月一九日、ペグラーのコラムが世に出てから三日後、フランクリン・ローズヴェルトは大統領令九〇六六号に署名し、陸軍長官もしくは軍司令官らに「すべての人間を排除できる」地域の指定を許可した。この大統領令には、日系アメリカ人についての言及はなく、その他のいかなる人種集団への言及もなかった。そこには、アメリカ市民と市民でない者との区別もされていなかった。排除された者がどうなるのか、どこに送られるのか、そして彼らにどんな処置が下されるのかも明示されていなかった。それらはすべて、軍当局にゆだねられることになった。だが当時、ドイツが欧州で覇権を広げ続けていたにもかかわらず、大半のアメリカ人の目はまっすぐ太平洋に向けられており、この指令がだれを狙ったものであるのかは万人の目に明らかだった。それは、西海岸近辺に住む、日本の姓をもつ全員に対するものだった。ローズヴェルト政権内に広まっていた理論的根拠は次のようなものだった。日系アメリカ人および彼らの移民の両親のアメリカへの忠誠を迅速かつ徹底的に測る手段が何もない以上、それらの人々は、太平洋岸の軍事基地および急成長している軍需産業の存続を危うくする脅威になりかねない――。こうして、非常にあからさまな政策がとられることになった。三月に米国世論調査センターが行った調査によれば、回答者の九三パーセントが日系一世を西海岸から排除することに賛成していた。彼らの子どもにあたる本来アメリカ人の二世についても、その強制収容に反対したのは回答者の二五パーセントにとどまった。

大統領夫人エレノア・ローズヴェルトは大統領令九〇六六号について知ったとき、夫に詰め寄った。だが大統領は、その件を妻と議論するのを拒否した。

政府の機構は戦時期の冷酷な効率性とともに、音を立てて動き始めた。ジョン・デウィット中将は、日系アメリカ人とその一世の両親を、必要であれば強制的に排除する地域を公式に発表した。ワシントン州の西部、オレゴン州、カリフォルニア州、そしてアリゾナ州の一部が該当した。[*10] アメリカに住む日系一世および二世の圧倒的多数はこれらの領域に暮らしていた。これらの地域以外で日本人が非常に集中しているのは、ハワイだけだった。だが、この時点でローズヴェルト政権は、それだけの大人数を一挙に排除したら、ハワイのすべての経済が壊滅的な打撃を受けかねないと気づいた。それは二つの理由から、起こってはならないことだった。一つは、サトウキビとパイナップルの栽培からもたらされる巨大な利益が台無しになってしまうこと。もう一つは数カ月後にハワイが、太平洋上の戦争を推し進めるプラットフォームとして重要な役目を果たすことになるからだ。こうしてハワイでは、ＦＢＩのリストに名前を載せられた者のみが強制収容され、その多くは本土にある連邦抑留センターに隔離され、家族と遠く離れて暮らすことになった。[*11]

三月一日にはデウィット中将が新たな発表を行い、夜の八時から朝の六時までの夜間外出禁止令を、日本

＊10　その三月の短い期間、日系アメリカ人は「自発的に」排除地域から退避することを促されていた。だが大半の家庭にとって、限られた時間内でそれを行うのは実際問題としてほぼ不可能だった。彼らの銀行口座は凍結されており、行くところもなければ、どこかに行くための手段もなく、どこかに行ったとしてもその後の生活を支える手段がなかった。加えて集団暴行や、多くの内陸州の知事らによる敵対的な公式声明を恐れるがゆえに、多くの家庭はこのチャンスを利用するのに二の足を踏んだ。

集合センター
および
戦時転住局の
収容所
◆ 戦時転住局の収容所
○ 一時的な「集合センター」
排除地域
0 マイル 300
0 キロメートル 300
ミズーリ川
ミシシッピー川
アメリカ合衆国
ミズーリ川
グラナダ
ミシシッピー川
アーカンソー州
リトルロック
ローワー
ジェローム
メキシコ湾

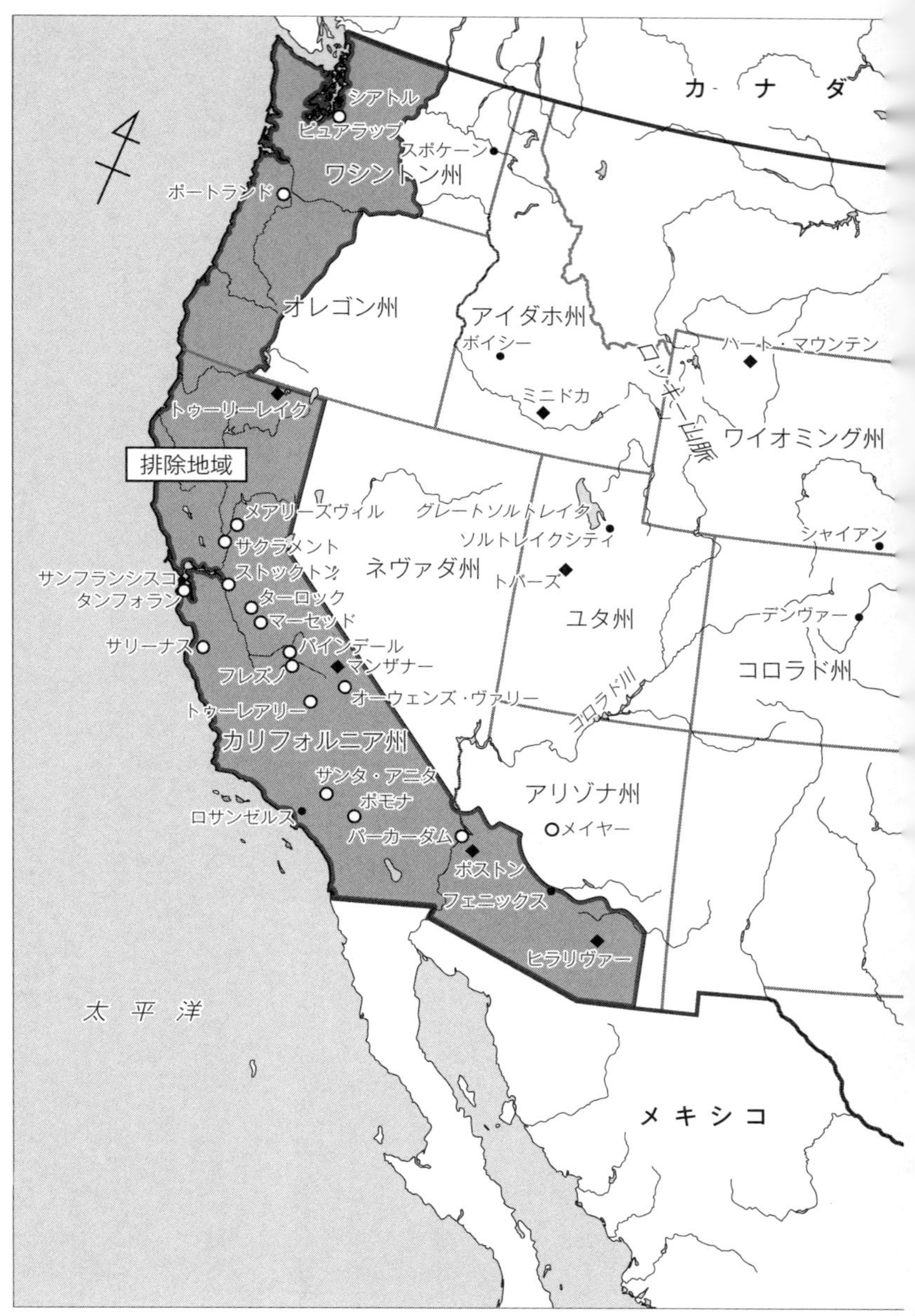
カ　ナ　ダ
シアトル
ピュアラップ
スポケーン
ワシントン州
ポートランド
オレゴン州
アイダホ州
ボイシー
ハート・マウンテン
ロッキー山脈
ミニドカ
トゥーリーレイク
ワイオミング州
排除地域
メアリーズヴィル
グレートソルトレイク
サクラメント
ソルトレイクシティ
シャイアン
サンフランシスコ
ストックトン
ネヴァダ州
トパーズ
タンフォラン
ターロック
マーセッド
ユタ州
デンヴァー
サリーナス
パインデール
フレズノ
マンザナー
コロラド州
オーウェンズ・ヴァリー
コロラド川
トゥーレアリー
カリフォルニア州
サンタ・アニタ
アリゾナ州
ポモナ
ロサンゼルス
メイヤー
パーカーダム
ポストン
フェニックス
ヒラリヴァー
太平洋
メキシコ

人を祖先にもつすべての人々——米国籍をもつか否かに関わりなく——に対して敷いた。三月一八日にはローズヴェルト大統領が二番目の大統領令九一〇二号を発令し、戦時転住局（ＷＲＡ）という新しい機関の設立を発表した。戦時転住局の使命は、本土における排除地域から人々をシステマティックに強制移送することにあった。続いて三月二七日、デウィット中将はさらに新しい声明を発表した。これは日系アメリカ人が自身の意思にもとづいて「自主的に」さらに東に移動することを禁じるもので、これにより日系人は収容先に強制的に移住する以外、移動の選択肢を失うことになった。

西海岸ぞいのあらゆる日系アメリカ人社会に衝撃と混乱の波が走った。日系人の一掃命令は、軍人や行政の視点からすれば明快ですっぱりした、効率的なものに見えたかもしれないが、それによって生活が変わってしまう人々の視点からすれば、「すっぱりした」どころではなかった。

一六分の一の割合でも日本に祖先をもつ者は——つまり、高祖父（ひいひいおじいさん）あるいは高祖母（ひいひいおばあさん）のどちらかが日本人の場合は——排除地域からの退避登録を求められることになった。この割合はそれ自体、ばかげていて的外れだった。日系一世は日本で生まれ、祖先はほぼ一〇〇パーセント日本人だ。大半の二世の親は二人とも日本人だ。そして二世の大半は、自分の子どもを持つにはまだ若すぎる年齢だった。事実上、日本人の祖先が一人でもいれば退避の対象になるということだ。だがほかにも複雑な事情が一つならずあった。年齢が上の二世の中にはすでに結婚し、人種の違う伴侶をもっている者もいた。そうしたカップルは、離れ離れになるか、一緒に収容所に行くかを決断しなければならなかった。孤児院で暮らしたり、人種の違う家庭の養子になっていたりする日本人孤児もいた。里子に出されている日本人もいた。そうした子どもたちもみな、孤児院や養母や里親から引き離されることになった。それから、寝たきりの高齢者をどうするかという問題があった。まもなく子どもを産む予定の女性たちはどうするのか？　慢性的な病気をもっている者は？　精神的障害のある者は？　手術を受けてまだ入院している者は？　そういう人々もみな――どうにかして――移動しなければならなかった。

父親や母親、息子や娘の胸には、そのほかにも山のような疑問が浮かんでいた。大学にまだ在学中の学生はどうなるのか？　卒業と学位取得を数カ月後に控えている高校生やカレッジの学生はどうなるのか？　ポリオや結核やインフルエンザがいまだ公衆衛生上の大きな脅威であったこの時代に、大勢が密集する収容所での生活で、どのように感染症を防ぐことができるのか？

知らせが日系の家庭に次々と広がり、疑問がふくれあがるいっぽうで、一七カ所の仮の「集合センター」では仕事が着々と進行していた。集合センターは、家を強制的に追われる人々を一時的に収容することになる場所だった。こうした仮の収容所に最終的に収容される正確な人数、そしてその後にもっと恒久的な「転住センター」に収容される人数を正しく見定めるのは難しかったが、少なくとも一〇万八〇〇〇人、すべてを含めると一二万人にもなると思われていた。三月二四日、陸軍はのちに一連の、地域限定の市民「退避」命令となるものを初めて発令した。最初の命令はワシントン州のベインブリッジ島に住む、日本人を祖先とする二七一人に対して適用された。出発の準備に与えられた時間は六日間。そして自分で運べるだけの荷物

＊11（九一頁）　ハワイで強制収容された一世および二世のうち比較的少数の人々はまずサンド・アイランドに抑留された後、一九四三年の初めにホノウリウリに移された。ホノウリウリ抑留キャンプはホノルル北西の丘陵の中の、暑くて蚊のはびこる渓谷に位置する、とりわけ質素なキャンプだった。

しかもっていくことは許されなかった。その週、トラックに乗った地元の男たちがベインブリッジ島にやってきた。彼らは車窓から身を乗り出し、見下すようにあたりを見まわした。そして「おい、てめえらジャップども！　明日にはここから追い出されるんだってな。その冷蔵庫を一〇ドルで買ってやるよ……そっちの洗濯機は二ドル半だな」と言った。

サリーナスではそのころ、ルディ・トキワが怒りで顔を赤くしていた。

第六章

私が考えるのはあなたのことばかり。何をしていても、何かを食べているときも笑っているときでさえも、私はこの状況から逃れることはできないし、いつだって涙ぐむ寸前にいる。夜は月を見上げ、あなたが無事に戻ってきますようにとお祈りをする。風が吹けば、風にお祈りをする。小鳥が自由に飛んでいるのを見ると、涙がこぼれそうになる。そして私は空を飛ぶ鳥にあなたの帰還を切に願う。

ハナエ・マツシタ　ミニドカ強制収容所にて　手紙は、モンタナのフォート・ミズーラ収容所に抑留されていた夫のイワオに向けて書かれた。

一九四二年九月二七日

ルディ・トキワの父親ジスケは、どうしたらよいのかわからなかった。彼は六二歳で、米陸軍の退役軍人だった。一家の大黒柱であり、決断を行う人物であり、みなが助言を求めにくる人物だった。将来の見通しなど何もない若者として日本を離れてから四二年、最初は下男として働き、学校に通い、労働者になり、米軍の兵士になり、農夫になり、夫になり、父親になった。今、彼と妻のフサはトラクターを一台と乗用車を一台所有している。借りている家には、アメリカの現代的な利器がほぼ備わっていた。屋内トイレがあり、ラジオがあり、電灯があり、マットレスとボックススプリングのついたベッドがある。農業を営んでいる土地はもともと非常に肥沃であるうえ、ジスケが汗水たらして働いたおかげで、ほぼ毎年大量の作物がとれ、その一部は鉄道ではるばる東海岸まで運ばれているほどだ。老年について考え始めたころ、ジスケはようやく、自分と妻はきっとほどよく快適な生活を送り、少しは人生を楽しめると信じられるようになっていた。数年のうちには息子らに農場の経営のおおかたを任せるつもりでいた。

だが今、彼はどうしたらよいのかまったくわからなかった。

息子らは通学の途中で襲われた。娘は種苗店で追い返された。春の作物がすでに畑で育っているのに、新聞には怒りに燃えた見出しが載り、電柱にはポスターが貼られ、ラジオからはいかめしい声で速報が流れてくる。ラジオのニュースはジスケに、四月三〇日までの「退避」要求を告げている。その日までにこの土地を去り、作物が枯れ死ぬのにまかせなければならない。それは彼のような年齢の人間にとって、耐えがたいことに思われた。

トキワ家の農地は、自身が所有しているものではない。日系移民はいかなる土地の所有も禁じられていた。その根拠は一連の反アジア的法律だが、それが定められたのははるか昔、一八四九年のゴールドラッシュの時代に中国系労働者がカリフォルニアに押し寄せたときだ。当時からもう、カリフォルニアに住む白人の多くは中国系移民に憤りを抱いていた。中国系移民は、白人労働者が受け入れないような低い賃金で、しばしば白人よりも多くの仕事をこなしたからだ。ほどなく採金地で中国人に対する暴力が散発的に起こるようになり、それが太平洋岸全体に広まり、さらには内陸にも飛び火した。一八八〇年代までに暴力行為は多かれ少なかれ常態化した。一八八五年はとりわけひどかった。その一年だけで、中国人の家庭が家を焼かれ、町から追われるという事件が西部のあちこちで数百件も起きた。四月にはモンタナ州のアナコンダで、少なくとも五人の中国人採掘工が家の床下に爆発物を仕掛けられ、死亡した。九月二日にはワイオミング州のロックスプリングスで、およそ一五〇人の白人採掘工がライフルを持ち、中国人の居住区を包囲した。居住区に入った採掘工はライフルの銃床で中国人を殴り倒し、道端に倒れた相手から金品を強奪した。近くの橋から大勢の白人の女がそれをはやし立て、暴徒が中国人の家に火をつけた。住民が炎を逃れて外に走り出てくると、それをめがけて男たちが発砲しはじめた。殺戮行為は夜半まで続いた。家から逃げられず、焼き殺された犠牲者もいた。首を吊るされた者もいた。少なくとも一人は、頭の皮をはがれた。命からがら逃げだした人も多くが怪我を負った。彼らは近くの丘に逃げ、その場所から、瓦礫同然になった我が家に白人の家族が入り込み、金品をあさっているのを目にした。殺された中国系移民の数は、この年だけでおよそ五〇名に及んだ。一八八二年にはチェスター・A・アーサー大統領が中国人排斥法に署名し、中国人労働者の移住を全面的に禁止した。

その後、反アジアの矛先は日本人に向けられた。一九〇五年二月、《サンフランシスコ・クロニクル》に載った次のような記事の見出しは、のちに強烈な反日主義的論説へと発展する。「日本の侵略」「いまこの時の問題」「日本人はアメリカ女性に対する脅威だ」「犯罪と貧困はアジア人労働者とともに、手を携えてやってくる」。一九一三年にはカリフォルニア州で、外国人土地法が可決され、「市民権獲得資格のないすべての外国人」による土地所有が禁じられる。西部の他の州でもほどなく、同様の措置がとられた。一九一九年六月、カリフォルニア州選出の上院議員ジェームズ・フェランは議会で、ある発言をした。フェランは、日系移民があまりによく働き、あまりに器用であるがゆえに得ている――彼の考えによれば――不当な利益につ

ベインブリッジ島から強制的に移住させられた家族

いて、深く憤っていた。「彼らは疲れ知らずに働く、辛抱強くて賢しい農業主である。地べたからカネをあますところなく搾り取るすべを、彼らは知っている……私は彼らの経済的破壊性、そして競争能力にかんがみ、彼らを拒絶すべき敵とみなす。イナゴやバッタの災害のように彼らを遠ざけるべきであり、妥協などせず、殲滅に及ぶべきだ」

一九二二年には米国の最高裁判所で、タカオ・オザワに敗訴が言い渡された。オザワは当時二八歳で米国に住んでおり、バークレー高校を卒業し、カリフォルニア大学バークレー校に学び、当時は二人のアメリカ人の父となっており、熱心なクリスチャンでもあった。彼が求めていたのは、米国の市民権獲得だった。裁判所は、「自由白人」でなく、かつアフリカ人を祖先にももたないオザワは、その人種ゆえ市民権を獲得するのは不可能だとした。その根拠にされたのは、一九〇六年に制定された帰化法だった。一九二四年五月にはついに、カルヴィン・クーリッジ大統領がジョンソン・リード法（排日移民法）に署名し、その年の七月一日から同法は施行され、さらなる日系移民を効果的に遮断した。

米国の日系一世は身震いした。幻想を抱く余地はなかった。自分たちはアメリカ市民になるのを禁じられた。日本にいる係累はアメリカに移民する資格を失った。そして、日米間で好戦的な気運が高まる中、自分たちと日本を結ぶ命綱も断たれた。彼らの未来はすべて、二世の子どもらのために培ってきた夢と希望の中にあった。少なくとも子どもたちは、アメリカでの未来を手にしているように見えていた。

だが一九四二年の春、その未来に突然暗雲が立ち込めた。一世とその子どもはともに、大規模な強制移動を命じられた。家を立ち退かされ、生活の糧を奪われ、権利を縮小され、集団で強制収容された。

だが、地元の人間すべてが日系人に心を閉ざしたわけではなかった。トキワ家がサリーナスの家を立ち退く期限が迫ったころ、思いがけない助けの手が突然、若い友人から差し伸べられた。日本の姓をもつ人間の手助けなどだれもやりたがらなかったこの時期に、彼らはあえて日系人を援助してくれた。

数年前、トキワ家の住むリヴァーロードを少し行ったところに暮らしていたエド・ポッジとヘンリー・ポッジの兄弟は突然親を失った。ポッジ家も移民で、イタリア系スイス人だった。一家は故国のやりかたに従い、自身の所有する土地でずっと酪農を営んできた。ルディと兄姉は子どものころ、家族と一緒にポッジ家の農場に立ち寄り、納屋の中で干し草の俵に座り、できたてのスイス・チーズとサラミのサンドウィッチを食べたものだった。ポッジ兄弟もじきにトキワ家と近づきになり、しばしばトキワ家に立ち寄り、冗談を言ったり、フサとジスケの二人を「マム・アンド・ダッド」と呼んだりしていた。だが、高校を出たばかりで二人は突然孤児になってしまった。大恐慌真っただなかの当時、二人はいきなり、やりかたもよくわかっていない酪農家の経営を担うことになった。まもなく銀行は酪農場を差し押さえると兄弟を脅した。

絶望しきった二人はトキワ家に助言を求めた。ジスケはポッジ家が国全体でも有数の肥沃な土地の上で牛を飼っていることを指摘した。

「牧場を農場に替えるといい」。ジスケは言った。

「でも、僕らは農業を何も知りません」

「私らが教えてやろう」。ジスケは二人を安心させた。

ジスケはさっそくそれを実行し、ポッジ兄弟にトラクターの整備から種の選別に至るまですべてを教えた。数カ月後、ポッジ兄弟は農業を営んでいた。[*12]

だが、今度はトキワ家がほぼすべての日系人家庭と同じように、多くの現実的なジレンマに直面していた。いちばん切迫しているのは、所有物をどうするかという問題だった。トキワ家が農業をしている土地は自分たちの所有ではないため、彼らがいつサリーナス渓谷に戻れるか、そもそも戻ってこられるかはわからない。一家がこれまで蓄えてきたささやかな富は大半が、彼らの所有する物――たとえば家具や車や衣類や農業機具――に結びついていた。とにかく買い手を見つけてどんな価格でもすべてを売り払う以外に、どうやら道はなさそうだった。

そのときポッジ兄弟が、一家を助けようとやってきた。

「持ち物はみな、うちの地所にしまってください」。兄弟は言った。

「本気でそんなことを？　そちらに害が及ぶかもしれないのに」

「いえいえ。あなたがたは僕らの家族同然です。車も何もかもうちで預かります。タイヤがだめにならないように整備もするし、ちょくちょくエンジンもかけてみましょう」

ポッジ兄弟は、フミの犬の世話まで引き受けた。

こうしたすべてにおいて、トキワ家は隣人に恵まれていた。去りゆく友や隣人や仕事仲間を助けようと一歩を踏み出す人々は、ほかにも多くいたのは事実だ。だが、日系人が去るのを待ちきれず、彼らに襲いかかったり、住民の不在をいいことに家屋や農地の貸借権を奪い取ったり、事業を二束三文で売り払ったり、貯蔵庫にしまわれていた所有品を略奪したり、果樹園や温室を破壊したり、商品がぎっしり入った倉庫に押し入ったりする者は、さらに多かった。

四月三〇日、ルディは、空っぽになった家の玄関に父親が最後にかんぬきをかけるのを憤りながら見ていた。ポッジ兄弟が一家を車に乗せ、ダウンタウンを通り、ハワード通りにある州兵部隊本部まで送った。部隊本部の外で一家は、歩道にひしめいている何百人もの人々に合流した。ルディはその光景をじっと見た。日本から戻って以来、そんなにたくさんの日本人の顔をひとところで見るのは初めてだった。多くの人は日曜日に着るような晴れ着に身を包んでいた。男性は三つ揃えのスーツにネクタイとフェルト帽。女性は手には白い手袋、足にはパンプス、頭には教会に行くときの帽子をかぶっていた。小さな女の子たちは格子縞のスカートに黒く輝くエナメル革の靴というよそゆきの格好だ。ルディが見つめるうち、さらに多くの人々が

＊12　ポッジ兄弟はその後、レタスの生産によって百万長者になった。彼らの事業は二一世紀に入ってもなお栄えている。

サリーナスの州兵部隊本部前に個人の持ち物を積み上げる家族たち

到着した。祖父を乗せた車椅子を押し、祖母を腕に抱いてくる人々もいた。バッグやスーツケースをもっている人も、船旅用のトランクを引きずっている人も、赤ん坊と宝石箱をかかえている人もいた。一〇代の娘を数人連れたある女性は、二つの背囊のうちの一つに生理用ナプキンをぎっしり詰め込んでいた。別の女性は、ブリキの巨大な洗濯桶に衣類を詰め込み、その上に小さな三輪車を括りつけて運んでいた。人々のスーツケースや背囊や家財道具はひとところに集められ、どんどん大きくなるその山の上に、トキワ家は自分たちの荷物を載せ、後ろに下がり、せつなげにそれを眺めた。そして、自分たちの荷物の選択は正しかったのだろうかと考えた。

軍服を着た男たちが、まるで荷札のような紙製のタグ——それぞれに番号が書かれている——を大量の所持品に結びつけた。それから男たちは、合致するタグをルディや両親やきょうだいや、その他のすべての人々につけた。軍服を着たもっとたくさんの男たちが人々を騒々しい講堂へと誘導した。講堂は人でいっぱいで、彼らは収容の登録の順番が来るのを折りたたみ椅子に座って待っていた。ようやくトキワ家の名前が呼ばれた。一家は講堂の前方に行き、書類に記入し、とぼとぼと外に出て、命じられるままグレイハウンドバスに乗り込んだ。オリーブグリーンの軍用トラックがやってきて、人々の荷物を運んでいった。

ルディは緑の色ガラス越しに、通りに集まっている弥次馬の群れを見た。時おり、バスに乗っているだれかが、外の群衆の中に友好的な顔を見つけて、無理やりお返しに笑顔を浮かべたり、窓からハンカチーフを振ったりした。だが、バスが走り始めると、乗客の顔からはすっと笑顔が消えた。今起きている現実が人々の心にのしかかり、車内は重苦しい沈黙に包まれた。

車に乗っていたのはわずかな時間だった。町を通り抜けたところにあるサリーナス・ロデオ競技場でバスは止まった。バスを降りたルディは衝撃を受けた。到着前にあれこれ想像をめぐらせ、心の準備をしてきたつもりだったが、まわりを鉄条網で囲まれた場所にタール紙とマツ材の板でできたバラックが立ち並ぶという現実の光景は、ルディに未来の厳しさを思い知らせ、それが体現する不正義への怒りを募らせた。軍用トラックが到着し、人々がさっき州兵部隊本部の前の歩道に積んだ荷物を運んできた。門の近くにはたちまち、荷物の巨大な山ができた。トキワ家の人々は自分の荷物を見つけ、土埃の中それを引きずって歩き出した。背の高いユーカリの並木を通り過ぎ、鉄条網の門をくぐるとそこはもう、公式に「サリーナス集合センター」と呼ばれる場所だった。

トキワ家は割り当てられたバラックを見つけ、家族全員が暮らすことになる一間を覗いた。部屋はほぼ空っぽで、間口と奥行はともに約二〇フィート（約六メートル）。壁際に金属の簡易ベッドがいくつか並んでいるのと、天井からぶら下がった数個の電球、そして部屋の真ん中に置かれた灯油のストーブをのぞけば家具は何もなかった。一同は部屋に足を踏み入れ、その場に立ち尽くしてあたりを見まわした。数分間、彼らは驚きと困惑の中、次に何をすればよいのか、こんなに何もないところをどうして我が家にできるのか、途方に暮れていた。隣の一家の部屋とのあいだにあるベニヤ板の仕切りは天井まで届いておらず、隣に入ってきた家族の会話は丸聞こえだった。ルディとデュークは荷物の合間を縫うように歩き、継ぎ合わせれば基本的な家具や、少なくとも物を置くための棚などをつくれそうな材木の切れ端や、衣類をかける釘のようなものが落ちていないかと、キャンプのあちこちを探しまわり始めた。

それから数日かけてルディはキャンプを探検したが、タール紙で覆われた同じようなバラックの長い列のあいだには、土埃と雑草のほかにはほぼ何も見つからなかった。男性用の便所を使うときは長い列に並んで待たなければならず、しかも便所は、地面に溝を掘った上に穴を開けた板を渡しただけのしろものだった。それぞれの「トイレ」に隣との仕切りはなく、プライバシーは皆無だった。悪臭もひどかった。男性用の小便器は亜鉛めっきの桶にすぎず、それを建物の外にもっていって直接空にするだけの仕組みだった。捨てられた小便は、硬く踏み固められた地面の上に溜まっていた。男性用のバスルームにはシャワーの蛇口が床から七フィート（二・一メートル）の位置に取りつけられており、多くの子どもや一部の大人には届かなかった。

初めて食事のために食堂に行ったとき、ここでも長い列に並んで——ときには四〇分か四五分も——待たなければならないことを、そしてようやく食べ物にありついてもそれがほんの少量であることを、ルディは知った。食費は被収容者一人につき一日わずか三三セントと戦時転住局が定めており、それだけの予算では通常の食事は米かジャガイモが主体で、いかなる種類でも肉が出ることはほぼなく、せいぜいタンやレバーのかけらがわずかに食べられる程度だった。公式の報告書で「タラの混ぜ合わせ」と称されていた料理は、一二ポンド（五・四キログラム）の魚を六〇〇人でわけあうものだった。

だが、ルディにとって——そしておおかたの人々にとって——何よりこたえたのは、キャンプを取り巻くように張り巡らされた鉄条網の強烈な存在感であり、入り口に置かれた守衛詰所であり、そして何より、銃を携えた軍服姿の男が人々を見張っている監視塔の存在だった。

ワシントン州、オレゴン州、カリフォルニア州、アリゾナ州に急ごしらえでつくられたその他一六の「集合センター」——国中の新聞は今やそれを「ジャップ・キャンプ」と呼ぶようになっていた——でも、状況は似たり寄ったりだった。カリフォルニア州アルカディアのサンタ・アニタ競馬場につくられた仮収容所では、他のいくつかの仮収容所と同じように、馬糞や尿の匂いがまだ強く漂う厩舎に数十世帯が押し込められた。ここの唯一のシャワー設備は本来、人間ではなく馬を洗うためのものだった。高齢の女性たちはシャワーを浴びるとき、だだっぴろい部屋の真ん中に取りつけられた巨大なシャワーヘッドの下にほかの女性たちと一緒に裸で、屈辱的な気持ちで立ち、急流のように注ぐ水を浴びなければならなかった。女性たちのトイレには、陶製の水洗の便器が壁沿いに並んで取りつけられていたが、それぞれのあいだの仕切りはなかった。母と娘はささやかなプライバシーを守るためにまわりをシーツで囲って順番に用を足した。

シアトル南部のピュアラップ・フェアグランドでは——ここでは「集合センター」という言葉が「キャンプ・ハーモニー」という婉曲な名称に置き換えられた——絶え間なく降る春の雨のせいでバラックとバラックを結ぶ屋根のない小道がどろどろの沼のようになり、人々はバラックの外に出るたびくるぶしまで泥につかることになった。バラックの内部では、湿った地面の上に直接敷かれた床板の合間から草やタンポポが生えた。ここでは、他のすべてのキャンプと同様、部屋ごとの仕切りがあまりに薄いため、隣の家族が発したすべての言葉やすべての音を――鋭い口論も、こっそり口にされた打ち明け話も、ゴシップも世間話も、性交までも――聞き取ることができた。

キャンプ・ハーモニーの食堂には最初の一週間、新鮮な果物や野菜がいっさいなかった。人々は来る日も来る日も、缶詰のウィンナソーセージとトマトの水煮をあてがわれ、ほどなくみなが下痢に苦しむようになった。真夜中に走ってトイレに行った人々は、雨とぬかるみの中で長い列に並ばなければならなかった。しかも彼らには機関銃が向けられ、数センチ歩みを進めるたびサーチライトの光に照らされた。列に並んだ人々はみな、どうにか建物の中に入れるまで便意をこらえられるようにと必死に祈った。非常に屈辱的で、強烈に非人間的な仕打ちだった。

その春の中ごろには、カッツ・ミホの父親のカツイチは本土のオクラホマに移され、吹きさらしの大草原の上に張られたカンバス地のテントで暮らしていた。三月一七日の朝、彼とほかの一六五人の男たち――全員が日系一世で、日本にいる家族や日本文化や日本の組織と近い関係にありすぎて、そのままハワイにとめおけないと判断された人々だった――はホノルルのサンド・アイランドの浜を行進し、輸送船グラントの船倉に押し込められた。グラントは一九〇七年にドイツで作られた、すでに老巧化したスクリュー蒸気船だった。翌朝、船は出航し、サンフランシスコをめざした。彼らが連れていかれることになるのは、日系アメリカ人のために設置された「集合センター」ではなく、軍と司法省が管轄する隔離された捕虜収容所だった。

ピュアラップ・フェアグラウンドのキャンプ・ハーモニーのバラック

船倉の環境は、暑くてじめじめして、最悪だった。電灯は二四時間ずっと点けられたまま。甲板に出ることは許されず、シャワーも不可。トイレに行けるのは三時間おきで、そのたび列に並ばなければいけない。年かさの男たちの多くは三時間もトイレを我慢できず、やむなく船倉で缶をまわすようになった。船倉にはほどなく悪臭が漂った。

船旅は長く、退屈だった。日本の潜水艦の攻撃を避けるために、船がジグザグのルートで航行したからだ。いつ何時攻撃されるかもしれないと聞かされていたので、カツイチは救命具を身につけ、船体に体をもたせかけて座り、エンジンが回転する音に耳を傾け、じっと空を見つめ、鋼鉄の船体のすぐ向こうの暗く冷たい海に潜んでいる――かもしれない――日本の潜水艦のことはできるだけ考えないようにした。グラントがようやくサンフランシスコの第七埠頭に到着したのは三月三〇日。船倉からカリフォルニアの陽光の下に出てきた男たちは呆然とし、混乱していた。それから九日間、彼らはエンジェル島にとめおかれた。そこは前の世紀に、何千人もの中国移民がアメリカに入国した場所だ。九日間が過ぎると彼らは、武装した兵士の命令でオークランドから列車に乗せられた。行き先は知らされなかった。列車は旅客列車ではあったが、窓はすべて網で覆われていた。まるで車輪のついた檻だとカツイチは思った。数日間、男たちは座席に背筋を伸ばして座ったり、時にはたがいにもたれあったりしながら、わずか数分でも眠りにつこうとしていた。列車の車輪は回り続け、彼らをアメリカの奥深くへ、そしていまだ彼らがまったく知らない運命へと運んでいった。

男たちは、オクラホマ州のフォート・シルで列車を降ろされた。そこはテキサスとの州境のわずか北に位置していた。木はほとんど生えておらず、強風が吹く平らな大地は、ハワイから来たほとんどの男たちが見慣れたものとはまったく異質な光景だった。兵士が男たちを二重のフェンスに囲まれた区画に追い込んだ。外側のフェンスの上部には丸まった鉄条網がついていた。男らが追い込まれた区画を見下ろすように監視塔が立っており、そこにはサーチライトと三〇口径の機関銃が設置されていた。男たちは割り当てられた四人用の軍幕テントによろよろと入ると、眠りに落ちた。

一日後か二日後、男たちは照りつけるオクラホマの太陽の下、柵の中で集合するように言われた。気温は摂氏三二度まで上がっていた。長い時間、何も起こらなかった——男たちの何人かがふらつき始めたのを別にすれば。ようやく男たちは一人ずつ、間に合わせの診療所のようなものの中に呼ばれ、衣類を脱ぐよう言われた。予防接種を受けるのだと思っていたカツイチは衣服を脱いで立ち上がり、医師が注射器をもってあらわれるのを辛抱強く待った。だが部屋に入ってきた人物はカツイチの裸の胸に、赤いペンでゆっくり丁寧に番号を書いた。その番号は以後、政府に関する限りは、カツイチをあらわす識別番号になった。

一九四二年の春がゆっくり進むにつれ、フォート・シルのテントで暮らす男たちの大半は、故郷の島に残してきた妻子が直面しているだろう問題ばかりを考えるようになった。請求されたカネはだれが支払っているのだろう？　だれが作物を育て、家業を動かしているのだろう？　だれが車の整備をし、店を切り盛りするのだろう？　だれか病気になっていないだろうか？　おばあちゃんがきちんと薬を飲むように、だれが世話をしているのだろう？　自分たちはもう二度と故郷に帰れないだろうとか、戦争の後、船でみな日本に送られることになるだろうとか、人々は噂するようになった。

そうした不安にだれよりも押しつぶされていたのが、カネサブロウ・オオシマだった。彼は五八歳で、ハワイ島のコナコーストに一一人の子どもを残してきていた。オオシマは一九〇七年にサトウキビの農園で働くためにハワイにやってきたが、農場での厳しい労働に三年間耐えた後、独り立ちし、ケアラケクアという小さな町でよろず屋を開き、そのほかに床屋と、さらにはタクシー業も営むようになった。それから三〇年以上がたった今、商売は軌道に乗り、オオシマは二六歳から四歳までの大勢の子もちになっていた。家業が多方面にわたったため、一家は総出で仕事を回していた。

だが、三月にフォート・シルに連れられてきて以来、オオシマはひどくふさぎ込んでいた。そしてじきに、おかしなふるまいをし始め、家のことや家族のことをだれにともなくぶつぶつつぶやくようになった。五月一二日の朝七時三〇分、オオシマはまわりの人々に、木を伐りたいので手斧がないかとたずねまわり始めた。奇妙な話だった。柵に囲まれた一帯はプレーリー・グラスしか生えない埃だらけの不毛な大地で、木など一本も生えていない。それに、そこに収容されている人間はだれ一人、手斧などもっているわけがなかったのだから。その後、突然オオシマは一帯を囲む二重のフェンスに向かって歩き出し、「家に帰りたい！　家に帰りたい！」と叫んだ。一つめの高さ一〇フィート（三メートル）のフェンスをオオシマはよじ登り始めた。一緒に収容された何人かがオオシマを引きずりおろそうとしたが、彼はすばやくフェンスの上までのぼると、上を乗り越え、二つめのフェンスとの合間にある、雑草の生えた狭い空間にどさりと落ちた。見張りの一人が拳銃に手をかけ、オオシマに止まれと叫んだ後、発砲し始めた。最初の三発は外れた。オオシマはフェンスの合間を走り始め、その後、向きを変えて、ふたたび「家に帰りたいんだ！」と叫びながら二つめのフェンスを登り始めた。上の鉄条網までたどりついたオオシマは、その場で困惑したように動きを止めた。仲間の被収容者は「やつを撃たないでくれ！　気が違っているんだ！」と叫んだ。見張りはたじろいだが、もう一人の見張りが拳銃の引き金を引き、発砲した。弾はオオシマの後頭部にあたり、体は一瞬で地面に落下した。彼は仰向けに倒れ、死んでいた。

騒ぎに驚いてそれぞれのテントから一世の男たちが走って集まってきた。彼らは、雑草の上で伸びている死体を見つめたが、監視塔の兵士らが機関銃をこちらに向け、「散れ！　集まるな！　自分のテントに戻らない奴は撃つぞ」と叫ぶと、足早にその場を去った。

その夜は風が強く吹いた。カツイチ・ミホは暗闇の中で簡易ベッドに横たわり、頭上の帆布をじっと見つめた。柵の中の暗がりのすべてを調べあげるように、サーチライトの光が時おりテントの上を通り過ぎる。カツイチはベッドに寝ころび、風の鳴る音と仲間のいびきに耳を傾けながら、故郷のミホ・ホテルを思い浮かべようとした。妻のアヤノが中庭で育てていたピンクと白のランの花。台所から漂う生姜と醤油の匂い。体をほぐすあたたかな湯を湛えた木製のお風呂（オフロ）。子どもたちの笑い声。だが、どれだけやっても、だめだった。故郷は頭の中によみがえらなかった。思い浮かべるのは、あまりに難しかった。今やそれはぼんやりした、手の届かないものに変容し、取り返すことのできない過去の中へと急速に後退し、消えていきつつあった。

その翌日、七〇〇人を超える一世の被収容者たちは厳かな表情で列を作り、オオシマの遺体が葬儀車に乗せられ、門を抜け、鉄条網を抜けて外に運び出されるのを見つめた。それから数週間、フォート・シルの男たちをとりまく空気はさらに暗くなった。ある質問がつねに、空を漂っていた。次に心が折れて、気がふれるのはだれか――。被収容者の一人であるオトキチ・オザキは、仲間らの気持ちが弱っていくのを観察していた。五月一四日、彼は帆布の切れ端に書きつけた。「こんなふうにして二年も三年も暮らし続けていたら、われわれは生きる屍になってしまうだろう。みなの目は今、死んだ魚のようになり始めている」

第七章

憲法は何も間違っていない……約束された庇護が行われないのは、憲法を守る任にある人間が、実際には守っていないからだ。究極的には、私の、私たちの、市民の責任だ……それは、私たち次第だ。

ゴードン・ヒラバヤシ

ゴードン・ヒラバヤシは大学の構内を半分ほど歩いたところで、ふと考えた。

彼は家路を急いでいた。彼にとっての家とは当時、ワシントン大学シアトル校から通りを渡ったところにあったYMCAが管理するおんぼろな建物の、地階の小さな一室だった。ゴードンは建物の暖房の管理をしたり、建物の中の小さな食堂で働いたりするかわりに、家賃と食費を免除してもらっていた。[*13] 部屋にはベッドと机を別にすれば家具らしい家具もなく、椅子の代わりにベッドに座っており、お世辞にも家とは言い難い場所だった。だが、ゴードンはそうした物質的なものごとには拘泥しなかった。彼の興味があるのは、もっと精神的・哲学的なものごと全般であり、頭や心や魂の中の出来事だった。

帰途に就く数分前、彼はスザロ図書館で数人の級友と勉強をしていた。彼らがゴードンに、もう帰宅しないと日系人の夜間外出禁止の刻限である八時を過ぎてしまうと教え、ゴードンは級友らにいとまごいをし、急いで図書館を後にした。だが、パリントン・ローンという芝生の一帯を足早に歩いている途中で、突然ゴードンは歩みを止めた。

自分に要求されているものごとの非合理性や理不尽さをはっきり痛感したのは、このときが最初だった。いったいなぜ、級友のだれ一人そんなことをしていないのに、自分だけが夜八時までに帰宅しなければならないのか？　人種以外のいったいどんな根拠で、自分と級友たちのあいだに差が設けられているのか？　そして、もし人種のみがその理由だというなら、それは自分が高校で学んだ合衆国憲法とどう相いれるのか？　ゴードンは踵を返し、図書館をめざした。彼がふたたびあらわれたのを見て、級友たちは仰天し、「おい、どうした？」と言った。

「君たちみなが帰ることにしたときに、僕も帰る」

そう言うとゴードンは椅子に座り、本を開き、勉強を始めた。

ゴードンはさまざまな点においていっぷう変わった青年だったが、人生において、たとえどんなに普通の道と外れていても己の道を見つけようという気概をもっていた。やせ形で、大きな眼鏡の向こうからじっと世界を見ているその顔つきは少しフクロウに似ていなくもなかったが、声は穏やかで、そしてきわめて雄弁だった。言葉を注意深く吟味し、それらをゆったりと抑制したリズムのなかに巧妙に配置することで、ゴードンは対話の相手を引きつけずにはいなかった。ゴードンのやり方は何につけ、きっぱりしていて揺るぎがなかった。

彼はシアトルの南にあるホワイトリヴァー渓谷で育った。両親はそこで野菜を育てていた。両親は日本で生まれた無教会(ムキョウカイ)主義——教会の教義や典礼や儀式を否定し、神と個人との関係を発展させることや、良く

＊13　この地下の寮には数年前まで、ベルリン・オリンピックのボート競技に漕手として出場したジョー・ランツが住んでいた。

働くことや、良心の導きに従うことに重きを置くキリスト教の一派——を信仰しており、その結果ゴードンは、自身の道徳的な指針に従い、正しい信念を守り、信念に行動を添わせることが何より重要だという考えとともに育った。何よりも彼を動かしている信念とは、勇気をもって生きることであり、そして勇気の本質とは彼の見るかぎり、たとえどんなに不都合で苦しい結果を伴おうとも、根源的な真実をしっかり手離さずにいることだった。

抜きんでて優秀だったゴードンは中等教育を高速で飛び級し、一二歳半で高等学校に入学した。そして一七歳になるやならずやで卒業した。ワシントン大学では予備役将校訓練課程に入ったが、学生会の会議で徴兵制についての議論に参加した後、平和主義に転じ、クエーカー系のアメリカ・フレンズ奉仕団で活動した。真珠湾攻撃にはまだ間がある一九四〇年までに、ゴードンは予備役将校訓練課程を離れ、選抜徴兵には良心的兵役拒否者として登録していた。

ゴードンが図書館の椅子に座っているとき、時計の針が八時を回った。ゴードンが乗り出した旅は、ついには彼を連邦刑務所の独房に導くことになる。

フレッド・シオサキの一家は昔からコロンビア川の東岸に住んでいたので——そしてそれゆえ、ワシントン州内に定められた排除地域の外に位置していたため——キャンプに収容されることはなかった。それでも戦争は、彼らの心に重くのしかかっていた。戦争勃発時に日本で学んでいた長男のジョージからは、音信が途絶えたままだった。中立国のスイス大使館を経由して便りを送っても答えは来なかった。

クリーニング店の上にある住居で一家は夜、食卓を囲んで座り、万一の場合の計画を考えた。まだだれも、フレッドの父親がいつか、ほかの多くの一世の男性と同じようにどこかに連れ去られないかどうか、確信がもてずにいた。だれがいつ連行されるかは、いっさい予測できなかった。もしそれがキサブロウの身に起きたら、トリと子どもらは自分たちだけで店の仕事をまわし、一家が経済的に破綻するのを防がなくてはならない。そうした会話はフレッドを落ち着かなくさせた。家族の言う計画は、彼が心に抱いているものとはちがっていたからだ。フレッドの兄のロイは、モンタナでクリーニング店を営んでいたが、一月初めに――つまり真珠湾攻撃があってから、選抜徴兵制度が日系人の徴兵を停止するまでの短いあいだに――徴兵されていた。フレッドは、一八歳の誕生日を迎えたらすぐに自分も申し込みをしようと決めていた。でも今はまだそれを、自分の胸の中だけにとどめていた。

だが、店の状況は上向きつつあった。戦争遂行努力に拍車がかかるにつれ、何千人もの部隊や何百万トンもの軍需物資が東海岸の工業中心地から西海岸へと、そして太平洋戦域へと輸送され始めたのだ。それらの多くは、ヒルヤードにあるグレートノーザン鉄道の車両基地を通過した。通常よりもさらに忙しさを増した車両基地からは、油やすすや垢で汚れた作業着が――つまり、シオサキ・ランドリーが専門としている汚れものが――大量に発生した。顧客は徐々に店に戻り始めた。そしてほどなく、大勢のお客が店を訪れるようになった。カイとミセス・カイはじきに、さばききれないほどたくさんの仕事を抱えることになった。

そしてある日、印刷業を営むウィル・シンプソンが大量の白い作業着を抱えて店に入ってきた。シオサキ一家がシンプソンに会うのは、真珠湾攻撃の翌日、キサブロウの面前でシンプソンがぴしゃりとドアを閉めたとき以来だった。だが、どうやら印刷用のインクは工業用のグリースと同じほど、除去するのが難しかったようだった。

「カイ、私のシャツをきれいにしてくれる奴を、見つけられなかった」とシンプソンは言った。「頼めるかな？」キサブロウは一瞬ためらい、胸に暗い喜びが湧きあがるのを感じた。そして悲しげな表情を浮かべて首を横に振り、「ああ、すみませんが今は手いっぱいなんです」と言った。

ルディ・トキワは毎朝、サリーナス集合センターを囲むフェンスのそばに立ち、サリーナス高校に向かうスクールバスが通り過ぎるのを一目見ようとした。そのバスには、ルディの友人が乗っているのだ。最初の日、バスに乗っていた人々はほぼすべて、ルディのほうを見て、通り過ぎるときに大半が手を振ってくれた。その日、数人の友人が学校帰りに仮収容所に寄り、フェンス越しに言葉を交わした。アメフトチームのメンバーも何人か来てくれた。ポッジ兄弟も来てくれた。来てくれた人はみな、ルディの一家に起きたことは公正でないと、口をそろえた。結局のところ、彼らの多くはイタリア系アメリカ人であり、イタリアはアメリカと戦争をしている。それなのに、彼らは収容されていない。状況全体は、フェンスのどちら側にいる若者にとっても納得しがたかった。

だが、日を重ねるにつれ、フェンスの外の生活は先に進み始めた。ルディの仲間は六月に学校を卒業すると、入隊の準備を始めていった。毎朝バスが通り過ぎるとき、手を振ってくれる友だちは徐々に減った。そして最後には、だれも手を振らなくなった。自分は彼らには見えない存在になったのだと、ルディは自覚した。それでもルディは毎朝バスを見るのをやめず、そのたび、昔友だちだった連中が今は「ああ、ルディはジャップの一味だ。おれらの友だちなんかじゃない」と思っているのだろうと想像した。

フェンス越しに外を見る以外に何かすることを見つけなければ、気が変になってしまうかもしれないと、ルディは思った。そしてある日、収容所の食堂でコック長をしているアベ氏に話しかけた。アベ氏は日系移民の一世で、ユニオン・パシフィック鉄道で働く日本人従業員にまかないをしながら、大勢の人間に向けて調理することを学んできた。アベ氏は英語をあまり話せなかったが、ルディが日本語に堪能だったので、会話が成り立った。ルディは、自分が退屈しきっていることを、そして調理を学びたいと思っていることを話した。アベ氏は、若いルディが長時間厨房に立つのを厭わないと言ったことに感じ入り、「いいとも、教えてやろう」と即答した。

ルディは全力で仕事に取り組んだ。週に七日、時には朝の四時から夜の八時まで、一度に一〇〇〇人を超える人々に食事を、一日に三回提供する手伝いをした。巨大なポットにコーヒーを沸かし、五〇ポンド（二二キロ）の重さがある米袋の中身を沸騰した湯の入った巨大な鍋に入れ、鉄板の上で無数の卵をかき混ぜてスクランブル・エッグを作った。仕事があまりにきつくて、ほかの青年たちと一緒に一日中キャンプをぶらついているほうがましではないかと思うことも時々あった。だが、アベ氏は米の入った大きな鍋ごしにルディに視線を向け、早口の強い語調の日本語で「手がすいていると心までふらふらして、面倒に巻き込まれるぞ」と言うのが常だった。その言葉はルディに、日本にいたときの教師の厳しい話し方を思い起こさせた。ルディはそれを好まなかったが、いっぽうで、アベ氏の朴訥（ぼくとつ）さに安心を覚えるようにもなっていた。そこには、それまでの自分の人生には欠けていたらしい確かさや厳しさがあった。仕事と、その厳しさと、そのために必要な規律はどれも、自分がいまこの状況に対処するのを助けてくれるように思われた。ルディはともかく仕事に精を出そうと決意した。

その春、排除地域からの日系アメリカ人およびその親の強制立ち退きは、数週間かけて行われた。地域ごとに対象者が身辺整理をし、集合場所に出頭し、移動用バスに乗り込むための期限が設けられていた。シアトルでの期限が近づくと、ゴードン・ヒラバヤシはワシントン大学から籍を抜き、クエーカー教の地方支部に働きに行き、司法省の指示ですでに強制収容された日系一世の男性の家族らを支援した。夫や父親を奪われた一世の妻や二世の子どもたちは、間近に迫った自身の強制収容の準備のために、助けを必要としていた。所持品を売ったり、事業を畳んだり、荷造りをしたり、どれだけの荷物をバスに持っていけるかを考えたりするのは、彼らだけでは難しかった。ゴードンがじきに気づいたように、杖が手放せない高齢の男性や女性は、たいした荷物をもっていくことができなかった。小さな子どもを抱えた母親たちも、ゆりかごやおむつや赤子のための余分な衣類をもっていくことはできなかった。家具や自動車や、大切にしてきた先祖伝来の品々もむろんもっていくことはできず、そのため、無料で、あるいは二束三文で手放すほかなかった。どれだけの期間とコストがかかるかはわからないが、とにかく荷物を保管してもらった人々もいた。

だが、個人的な所有物の処分よりもずっと大きな問題があった。ゴードンはほどなく、この事態が人々にひどい心理的苦痛を与えていることを理解した。不安や苦悩や憂鬱や恐怖が、あちこちのコミュニティ全体に広まっていた。ゴードンは、どこかの親が子どもを座らせ、大事にしていたペットを置いていかなければならないと説明するのを手助けした。学期半ばで授業を抜けなければならないと理解した生徒に対しては、いちばん仲の良い友だちに別れを告げ、卒業パーティーをあきらめ、ほぼ手にしていた単位もあきらめなければならないと諭した。ビジネスのエキスパートをさがし出し、不安に苛まれている日系の事業主たちに実際的な助言を提供してほしいと頼んだ。日系の移民は数十年かけてここまでにした商売を突然畳まなければ

カリフォルニア州ヘイワードにて、「集合センター」への移送を待つ高齢の男性

ならなくなり、動揺していた。在庫や、忘れられていた売掛金も、清算しなければならない。苦労して獲得した長年の顧客は、よそにとられてしまうにちがいない。契約の解除も必要だ。ランやアザレアや菊の花が咲き誇っていた温室も、何千エーカーもの畑の作物も打ち捨てられている。どれかだけでももとに戻すことは可能なのだろうか？

何週間ものあいだゴードンは人々がバスに乗り込むのを助け、彼らが去っていくときには厳かに手を振った。だが、いざ自分自身がバスに乗り込むべき期日が近づくと、彼は次のことを理解しはじめた。その時が来たら、自分はそれを実行しない――できない――だろうと。自分の主義に真摯であり続けようと望むなら、は、憲法上の権利をあっさり放棄はできない。それでそれはできない相談だった。アメリカ市民として自分は憲法が何の意味も持たないことになる。それでは憲法が、古い羊皮紙の上に殴り書きされた単なる言葉にすぎなくなってしまう――。

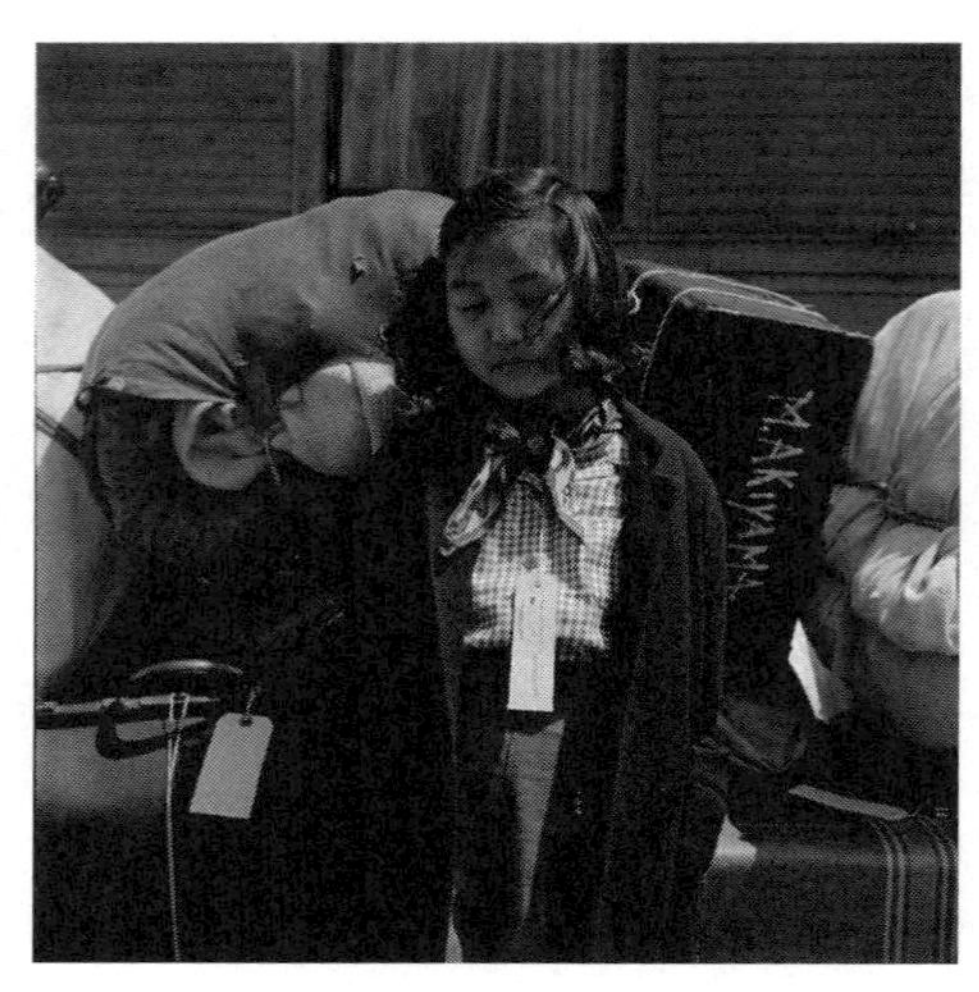

カリフォルニア州オークランドにて、タグをつけられ、
「集合センター」に送られようとしている少女

ひとたび心が決まると、ゴードンにとっての最大の心配は、クエーカー教の仲間やＹＭＣＡの友人を、逃亡者をかくまったというトラブルに巻き込みたくないという点になった。ゴードンは、可能なかぎり透明な存在になり、自分がこれからやろうとしていることの責任は自分のみにあることを明確にしたかった。彼はすでに、夜間外出禁止令を無視し続けていることを日記に記録していた。そして今、選んだ数人の友人に、自分の計画を打ち明け始めていた。それから両親に電話をかけ、自分の気持ちを話した。辛い会話だった。両親は息子がすぐにでもホワイトリヴァー渓谷の家に戻ってきて、両親とともに定められたバスに乗り、収容所に向かうことを望んでいた。ゴードンが、自分は強制移動を受け入れるつもりはないと話すと、母親は泣き始めた。母親は息子の主義には同意し、彼の立場を尊敬し、その勇気をたたえはしたが、それでも、息子の身に何が起きるか心配でならなかった。「お願いだから、今回は主義を横に置いて、家に戻ってきて、

一緒に行きましょう。政府にたてついたら、あなたの身に何が起こるかわからないし……今ここで家族が離れ離れになって、もう二度と会えなくなったらどうするつもりなの！」母親は、銃殺隊の前にゴードンが立たされるかもしれないと思うと、心配でいてもたってもいられないのだと訴えた。「僕だってそうしたい」。ゴードンは言った。「でも今行ったら、僕はほんとうの自分ではなくなってしまう」。受話器を置いたとき、ゴードンもまた泣いていた。だが、たとえ自分の母親に対してでも、譲るつもりはなかった。

五月一二日、フォート・シルでフェンスを乗り越えようとしたカネサブロウ・オオシマが射殺されたのと同じ日、シアトルに住む日系人をキャンプ・ハーモニーに運ぶ最後のバスが町を出発した。ゴードンはそのバスに乗らなかった。彼は今や、シアトルに住んでいる最後の日系アメリカ人になった。翌日、ゴードンはＹＭＣＡの地下室でタイプライターを前に座り、ＦＢＩ宛ての声明文をタイプしていた。タイトルは「なぜ私は退避登録を拒否したか」というもので、人間の自然権についての議論から始まり、その後、目下の状況に焦点をあわせた。

> こうした根源的な人格権および市民的自由は、権利章典や合衆国憲法やその他の法的記録に含まれる。こうした基本的な権利が適正手続（デュー・プロセス・オブ・ロー）なしには否定されないことを、それらは保障している……もしこうした状況下で退避登録をし、おとなしく言うことを聞いたら、私は、自分に生きる動機を与える事実上すべてを否定する力に、なすすべもなく同意をすることになる。私は、自身のキリスト教の原則を守らなくてはならない。私は、この国がよって立つ民主主義の規範を守ることを、自身の義務だと考える。それゆえ、この退避命令を拒否せねばならない。

ゴードンは声明の写しをいくつか作り、ＹＭＣＡの職員や予備役将校訓練課程の責任者やクエーカー教の何人かの友人に渡した。

五月一六日の土曜日、ゴードンは早くに目覚めた。友人の一人がゴードンを車でダウンタウンまで送り、クエーカー教の弁護士、アーサー・バーネットの事務所まで連れて行ってくれた。バーネットはゴードンとともに、サード・アンド・ユニオンにあるヴァンスビルディングまで歩いていき、ＦＢＩの事務所に足を踏み入れた。バーネットは特別捜査官、フランシス・マニオンにゴードンの声明文を手渡した。マニオンはそれを一瞥し、「ああ、これはもう持っています。あなたが来るのを待っていました」と言った。どうやら、ＹＭＣＡか予備役将校訓練課程のだれかが、すでにゴードンの声明文をＦＢＩに送っていたようだった。バーネット弁護士が口を開いた。「われわれは、ここに来て、これをあなたに示すことが適切だと考えたまでです。何も隠すつもりはありません」。ゴードンもまた、次の点を完全に明白にしたいと望んでいた。それは、自分は己の心に従ってここに出頭したのであり、だれかに声明文を横取りされたからでも、だれかに密告されたからでもないということだ。「これが声明文のオリジナルです」。ゴードンは言った。「あなたに預けたいと思います」。「了解した」。マニオンは言った。「預かろう」

だが、こうして本人が出頭した今、いったいゴードンをどう扱えばいいのか、ＦＢＩには皆目わからなかった。マニオンと他の捜査官はとりあえずゴードンを車に乗せ、日系アメリカ人が登録をすることになっているメリノール・スクールまで連れていった。だれかがゴードンの前に一枚の書類を差し出した。「これは私が数日前に見た登録書類と同じものに見えますが」とゴードンは言った。「何か変更があったのですか？」

マニオンが言った。

「そうですか。では、署名はできません」

「だが、君は署名しなければいけない。全員が署名しなければならないんだ」。マニオンが言った。

ゴードンは引き下がらずに言った。「あなたは署名したのですか？」

面食らったマニオンはこう言った。「もしおまえが署名しなければ、法に触れることになる。そうしたら、なにがしかの罰を受ける」

「署名はできません。私が署名しない結果としてあなたが何をするかは、あなたが決めることです。私は、あなたがこうするだろうという推測を土台に、自身の決断をしたりはしません」

マニオンはゴードンがつけてきた日記を開いた。ゴードンは、夜間外出禁止令を破っていたことを正直に記していた。

「昨晩は八時過ぎに外にいたのか？」マニオンはたずねた。

「はい、あなたや他のアメリカ人と同じように」。ゴードンは答えた。

「ああ、では夜間外出禁止令に違反している。違反が二つということだ」

ゴードンは微笑み、マニオンの目を見て、穏やかに答えた。「あなたも私と同じことをしたら、夜間外出禁止令に違反したとして出頭しますか？　私たちはどちらもアメリカ人ですよ」

「しかし、あなたの祖先は日本人だ」

「憲法は一時停止したのですか？」

マニオンはそれについては何も答えなかった。そんなことを言われるとは、思っていなかったのだ。強制収容された人々の一部は怒っていた。不平を言う者もいた。だが、マニオンの知るかぎり、協力を単に拒否した者はだれもいなかった。マニオンは困惑し、サンフランシスコのプレシディオ駐屯地に電話をかけ、指示を求めた。そして、ゴードンを車で別の場所に連れていったが、そこでも彼は同じ書類を差し出されただけだった。マニオンは署名を拒否したゴードンをシアトルの陸軍基地フォート・ロートンに連れていった。ゴードンは署名を拒否した。道中、二人は言葉を交わした。強い感情は、どちらの側にもなかった。これはだれにとっても、未踏の分野だったのだ。

ついにその日の夜遅く、マニオンはゴードンをシアトルのダウンタウンにあるキング・カウンティ刑務所に連れていき、雑居監房の3Cに入れた。キング・カウンティ刑務所は、連邦刑務所の一つだった。ゴードンはそれまで、刑務所というものの内部を一度も目にしたことがなかった。そして初めて彼は、少しばかり神経が昂る（たかぶ）のを感じた。そこにいる何人かは重罪を犯した人々で、連邦政府に告発され、裁判を待っていた。罪状は、電子詐欺や通貨偽造や、銀行強盗や脅迫や密輸などだった。麻薬取締法違反やけちな窃盗などもっと罪状の軽い者もいたが、彼らがうかつだったのは、連邦の所有地もしくはインディアン保留地でそれらの罪を犯したことだった。刑務所はたいへんな喧騒だった。囚人らは大声で怒鳴ったり、笑ったり、柔軟体操をしたり、カードゲームをしたり、トイレで水を流したり、たがいに罵詈雑言を口にしたりしていた。家具らしいのは金属の机と、コンクリートの床にとめつけられたベンチだけだった。男たちはまるで檻に閉じ込められた動物のように、あちこちを行ったり来たりしていた。

だが、ゴードンはじきに心を落ち着かせ、同部屋の人間と談笑しはじめた。そして言葉を交わすにつれ、最初の居心地悪さは消えていった。月曜の朝には、戦時市民管理局につとめる武官のマイケル・レヴィスト大尉があらわれた。レヴィストは友好的で、魅力的ですらある人柄だったが、その態度には明らかに苛立ちが感じられた。「君に会いたいと思っていたのだ」と、レヴィストはゴードンに言った。「君に知ってほしいことがある。カリフォルニア南部では最大数の人間がすでに登録を終えた。一〇〇パーセント、成功した。カリフォルニア北部には二番目に大きな本部があり、ここでもすべてが完了している。一〇〇パーセントの成功だ。そしてわれわれがこの議論を終えたら、ここもまた一〇〇パーセントの成功ということになる」

ゴードンはレヴィストをじっと見つめた。相手の言っている意味を、ゴードンは徐々に理解した。レヴィストの不機嫌は、彼の管轄地域だけが西海岸において唯一、一〇〇パーセントを達成していないことから――「退避」命令が一〇〇パーセント順守されていないことから――来ていたのだ。ゴードンは驚いた。自分の考えではおそらく一〇〇人かそこらの二世は、彼が行ったのと同じことをしたはずだったからだ。だが、どうやら自分は一人ぼっちだったらしい。[*14] レヴィストは言葉を続けた。「君は、自分が多くのものごとに違反してきたのを自覚しているだろう。もしこれらをどんどん追加していったら、非常に長い懲役判決を受けることになる。だが、当局は全部を忘れて白紙の状態に戻してもいいと言っている。君がこの供述書に署名をしたら、準備オーケーだ。用意してある車で私が君をすぐピュアラップまで連れていく」

ゴードンは、目の前の男が抱えている問題に同情した。できれば力になりたかったが、書類に署名をするわけにはいかなかった。「あのですね」。ゴードンは言った。「一つ提案があります。それをすれば、あなた

*14　実際には、ゴードンは夜間外出禁止令や強制移住に故意に従わなかった唯一の日系アメリカ人ではなかった。オレゴン州のミノル・ヤスイやカリフォルニア州のフレッド・コレマツも同様の行動をとった。

満面の笑顔で階段に腰かけるゴードン

は一〇〇パーセントを達成できます。私を運ぶための車をすでに用意してあるそうですね。私は収容されることに、肉体的には反対しません。ただ、同意はできません。この状況下であなたに、同意を与えることはできません……でも、私の同意などなくても、連れていけばいいではありませんか。部下を数人連れてきて、彼らに私を車までエスコートさせ、私を車の後部座席に放り込み、四〇マイル（六四キロ）ほど車を走らせ、鉄条網を開け、管理棟の真ん前まで車を走らせ、私を車からどさりとおろし、車を発車させ、門を閉めれば終わりだ。私の身柄はあちらになる」

レヴィストは驚いた顔で答えた。「そんなことはできない！」

「なぜですか？」

「法律を破ることになってしまう」

「あなたはつまり、署名なしに私を連行して法を犯すことのほうが、一二万人を強制的に移送することよりもひどいことだと考えるのですか？」

「ともかく、私にはできない」。レヴィストはつぶやいた。そしてつぶやきながら首を横に振り、ついにあきらめ、マニオンと同じほど困惑したようすで部屋を出ていった。

六月一日、ゴードンは二つの罪状で連邦裁判所に起訴された。一つは、民間人退避命令五七号に違反したこと。もう一つは、夜八時から朝六時までの夜間外出禁止令に違反したことだ。彼は「無罪」の申し立てをした。その根拠は、退避命令も夜間外出禁止令もその動機は人種的なものであり、合衆国憲法の適正手続を無視しており、ゆえに憲法に反するからだ。ゴードンは保釈を言い渡されたが、ふたたびキング・カウンティの刑務所に戻された。理由の一つは、彼を排除地域に解放するわけにはいかないこと。もう一つは、ゴードンがいまだ収容所への移送登録を拒否していることだ。こうしてゴードンはキング・カウンティの刑務所で裁判を待つことになった。そこで裁かれる容疑は、その後何年も彼を刑務所にとどめる可能性があった。

第八章

その兵士は言いました。「お手伝いしましょう。腕を伸ばして」。そして彼は、私の腕にすべてをつぎつぎに積み上げました。さらに恐ろしいことに、その荷物の山のてっぺんに私の生後二カ月の赤ん坊を乗せたのです。そして彼は銃の台尻で私の背中を押し、列車から降りるようにと言いました。列車から一歩足を踏み出せば、赤ちゃんが地面に落ちるとわかっていましたから、私は拒絶しました。でも兵士は私をぐいぐい押し続け、動くようにと命令しました。

シズコ・トクシゲ　ボストン到着時の回想

一九四二年の夏までにほとんどのアメリカ人は決意をもって強く団結し、一丸となっていた。国民がそこまで結束したのは数世代以来で、おそらく一七七六年の独立革命以後、初めてと言ってよかった。彼らの固い決意を促していた原因は、単に真珠湾で起きた出来事に対する直接の怒りだけではなく、欧州とアジアで深刻な悪が広がりつつあるという深い認識でもあった。その邪悪な何かは魂のない人間によって顔と形を与えられ、人種的憎悪や扇動行為や盲目的ナショナリズムやひどい暴力を、権力を掌握し保持する手段として用いているのだ。この圧倒的な闇を前にして、アメリカ人は海外の連合国と同じように己の信念をさらに強めた。それは、自分たちが道徳的な高みに立っているという信念であり、自分たちのよりどころである価値観——自由、民主主義、そしてすべての人間は平等に作られているという単純な概念——は不可侵にして神聖であるのに、それが今、脅威にさらされているという思いだった。その脅威に立ち向かうために彼らは、己の最善を尽くすことと、リンカーン大統領が自分たちの祖父母やその親たちに言ったように、アメリカの国民性の根底にある高い理想への献身を存分に行うことを決意した。

こうして無数のアメリカ人はその夏、毎朝目覚めてコーヒーを飲むとき、戦地にいる兵隊がキャンディを食べられるようにと、コーヒーに砂糖を入れるのを進んで我慢した。晩には、家の裏庭にこしらえた「勝利の庭」から野菜を採って食べ、戦地の青年たちがK糧食(レーション)以上のものを口にできるようにはからった。そして、稼ぎを戦時債券の購入につぎ込んだ。日本が傘下に収めた東南アジアのプランテーションからゴムが入ってこなくなったため、不足分を補おうと、家庭からわずかずつでもゴムが集められるようになった。たとえば、余っているトイレのラバーカップや、輪ゴムや、古いゴム靴や車用のフロア・マットや、果てはゴム製のガードルまでもが軍に供出された。金屑を集める運動も始まった。シアトルだけで重量二五〇〇万ポンド（一一三四万キロ）もの金屑が集まり、巨大な山をいくつも作った。街区全体が金屑の巨大な山だらけになったため、それは観光名物にさえなった。人々はソーセージやベーコンから出た脂を律儀に缶に集め、収集センターにもっていった。集めた油脂をもとにして、高性能爆薬用のグリセリンをつくるということだった。何万人もの女性がグリースで汚れたスモックを羽織り、自在スパナをもって工場に働きに行き、大量の軍需資材を作る手助けをした。その一年間で六万機という驚くべき数の飛行機が作られたのも、成果の一つだった。女子大生らは週末に街角に立ち、一個一ドルで「勝利のコサージュ」を売った。何百人ものメジャーリーグの選手が——その中には、ジョー・ディマジオやテッド・ウィリアムズらのスーパースターもいた——入隊した。ヘンリー・フォンダやクラーク・ゲーブル、ジミー・スチュワートなどの映画俳優もそれに続いた。

ロサンゼルスのような大都市でもアリゾナのカーサ・グランデのような小さな町でも、ボーイスカウトが空襲のさいの緊急支援の訓練を受けた。入隊できない男性はボランティアで救急車の運転手をしたり、空襲の見張りや修理部隊として働いたりした。医者は、利益の上がる個人開業医をやめ、陸軍病院や病院船で働いた。ボブ・ホープなどの芸能人は飛行機に乗って、遠く離れた南太平洋の砂州や珊瑚礁に向かい、兵士らに娯楽を提供した。国民みなが寄付をした。みながそれぞれできることをした。みなが、自分自身よりももっと大きくもっと重要な何かの一部になっていた。

だが、キング・カウンティ刑務所にいるゴードン・ヒラバヤシや、ヒルヤードのフレッド・シオサキやサリーナス集合センターにいるルディ・トキワや、マウイで釘を打っているカッツ・ミホや、その他の何千人もの若い日系アメリカ人の男女にとって、一九四二年の夏と秋は巨大な不満と苦悩の季節だった。彼らがそれまでの人生で抱いてきた前提はすべて、突然くつがえされた。自分が何者で、より大きな世界にどう適合しているかという認識さえ、突然ぐらついて見えた。彼らは毎朝目覚め、洗面所で顔を洗い髪をとかし、鏡に顔を映し出す。鏡の中からこちらを見返してくるのはたしかにアメリカ人の自分だ。だが毎日彼らは、想像しうる限りもっとも強い言葉で、地元の多くの人々が彼らのことをアメリカ人ではなく敵だと受けとめていることを、改めて突きつけられた。彼らは、アメリカ人が表象するすべてのものに対する敵であり、彼ら自身が信じていたあらゆるものへの敵だと考えられていた。そして、それについて彼らができることはほぼないように見えた。彼らやその両親の多くは——一〇万人を超える人々は——今、アメリカのどこかにある鉄条網の向こうに暮らしていたからだ。

その年の七月四日、独立記念日の晩、ルディ・トキワと家族は見張りのもと、暗い鉄道車両に座って南に向かっていた。列車が通り抜ける外では人々が、自由の誕生をあわただしく、しかし静かに祝っていた。夜、カリフォルニアのセントラル渓谷を通り過ぎたとき、小さな町の空のあちこちに花火があがった。だがその数は、いつもの年に比べれば少なかった。戦争に必要なもののために、花火の生産が大幅に減らされていたからだ。いずれにせよ、ルディも他の乗客も花火を見ることはできなかった。車両の窓はブラインドを下ろしておくよう命令があったからだ。列車が通り過ぎるときに、だれにも中を見られないようにするためだった。

翌朝、アリゾナ州のパーカーという小さな村で彼らは列車から降ろされた。アリゾナはその夏、猛烈な暑さだった。カリフォルニアとアリゾナの州境から数マイルのブライスでは摂氏四五度近くを記録した。彼らはだれもそんな暑さを経験したことがなかった。にもかかわらず、女性たちの多くは己の尊厳のため、日曜日の晴れ着をふたたび身にまとった。男性の中には、コート姿にネクタイを締めている人もいた。汗にまみれ、車中で夜もほとんど眠れず目もかすんだ人々が、緑の軍用トラックの後部にのせられた。

半時間後、南に一二マイル（一九キロ）走ったところで彼らは、先の見えない未来のための新しい住まいであるコロラドリヴァー転住センターに到着した。この収容所はアリゾナ州のポストンに位置しており、コロラド川の流れが遅い地域から東に二・五マイル（四キロ）行ったところにあった。施設が作られたのはコロラドインディアン保留地の中で、この保留地にはモハーベ族やチェメウェビ族が暮らしていた。保留地を統括する部族評議会は、収容所の建設に反対していた。不正義の片棒を担ぎたくないというのが、その理由だった。インディアン事務所がそうした反対の声をおさえこむと、工事を請け負ったデル・E・ウェッブ建設会社はソノラ砂漠の最北端の一万七〇〇〇エーカー（六八七九ヘクタール）の土地からヤマヨモギを取り去り、建築作業を始めた。[*15] こうして、端から端まで三マイル（四・八キロ）に及ぶ荒れた区画の、日に焼けた砂の上に、黒いタール紙で覆われた多数のバラックが列をなした。施設全体はポストン第一、第二、第三という三つのサブキャンプに分かれ、収容された人々はじきに各キャンプに、「キャンプ・ロースティン」「キャンプ・トースティン」「キャンプ・ダスティン」というあだ名をつけた。

ルディと家族がポストン第二キャンプでトラックを降りると、ライフルをもった見張りがそこに立って人々を見張っていた。カウボーイ・ブーツにカウボーイ・ハット姿の若いモハーベ族の男がトラックから荷物を下ろし始めた。近くの川からの湿気で、パーカーの村よりも気温はさらに高く感じられた。ほぼ一瞬で人々はめまいを感じ始めた。先に到着していた人々が新しく来た人々のもとに走り寄り、塩粒と水を手渡す。若い二世の女性は高齢者や体の悪い人がトラックの後部から降りるのに手を貸し、バラック沿いの狭い日陰の砂の上に座らせた。

ルディは、まぶしい光に目を細めながら、信じられない思いであたりを見まわした。バラックの屋根の上で熱波がきらめいていた。熱で融けたような空気は、心なしか岩と鉱物の味がした。細かい灰色の埃が、すべての上に積もっていた。収容所を取り囲むヤマヨモギの上にも、岩の上にも、バラックを建てた大工が地面の上に残していった木屑の上にも、一面埃が積もっていた。時おり乾いた熱風が吹き、埃を巻き上げる。あたりを焼くように熱い風は何の安らぎにもならない。ツノトカゲがあちこちをすばやく走る。遠く紫色の山々が見える方向に、塵旋風（じんせんぷう）が砂漠の床を横切って踊る。これ以上すさんだ場所はとても想像できないと、ルディは思った。

収容所は五月に開いていたが、ここを仕切っている戦時転住局の行政官は、次々流れ込んでくる人々への対処にいまだに苦労していた。たいてい、新しく来た人々は自分で自分の世話をするか、先に来ていた人々に頼らなくてはならなかった。先に来ていた人々の一部は管理者から専門の任務を割り当てられていたが、それでも、どうすればものごとがうまく運ぶかを、まだ彼ら自身模索していた。新しく着いた人々は山のような荷物の中から自分のものをさがし出し、瓜二つの建物の並んだ迷路のような道を通って自分のバラックを見つけ、まだ完成していないトイレを探し、くつろげる場所を探さなければならなかった。トキワ一家が自分たちの割り当てられたブロック二一三のバラックをようやく見つけると、だれかが空っぽの袋をいくつか差し出し、外に置かれている麦藁の俵を指し示した。「袋に麦藁を詰めて布団代わりにするのです」と言われて、フサとフミは袋に麦藁を詰め込み始めた。バラックの中は外よりさらに暑かった。風が吹くと、床に敷かれたマツ材の板のあいだから埃が舞い上がり、一家の生活空間となるただ一つの部屋を漂った。フサは箒を借りてきて床を掃き始めたが、熱風が吹くたびさらに大量の埃が部屋を舞った。サリーナスのときと同じく、家具は何もなかったので、ルディと兄のデュークは簡単な棚や机や椅子を作るために木切れをまた集め始めた。

＊15　インディアン事務所（the Office of Indian Affairs）はのちにインディアン事務局（the Bureau of Indian Affairs）になった。デル・ウェッブはのちに、全米で初めての高齢者だけのためのコミュニティ、サン・シティをアリゾナ州に建設したことで広く知られるようになる。

ポストン収容所にて、マットレス用に麦藁を詰める人々

夜が近づくとだれかが、食堂の冷蔵庫の中にいくらか食料が入っていることに気づいた。だが、キャンプのこの一画に新しく到着した人々のためにだれが料理を作るかは、決まっていなかった。人々は厨房の前に集まり、どうしたものかと頭をひねり始めた。みな、空腹になり始めていた。そして、その中でも若い男たちが数人、サリーナスでコックとして働いていたルディに近づいてきた。

「ルディ、ここで料理をしてもらえないか？　料理をする人がだれか必要だ」

ルディは厨房をじっと見た。たった一つのコンロは石炭バーナーだ。床も設備も埃や砂をかぶっている。ルディはいらだった。彼らが自分でこの場所を掃除して、料理をすればよいではないか？　なぜ一六歳の俺にそんなことをやらせるのか？

「いやだ。こんな暑い中で料理なんか」。ルディはうめくように言った。「ありえない！　あんたたちのだれも、こんなところに籠っていたくないくせに！」

男たちはいったん引き下がったが、彼らはルディを知っていたし、どうやって彼を動かせるかも知っていた。数分後、いかめしい顔をした年長の男たちがその場にあらわれ、今度は日本語で、再度説得にかかった。

「ここには料理をする人間が必要だ、ルディ。そしておまえは、われわれ年長者のことを知っている。われわれは年を取っていて、料理はできない。それは若い連中にやってもらわなくてはならない。だから頼む。厨房を引き受けてくれないか？」

今回はルディも嫌とは言えなかった。怒りっぽくて反抗的になることもあったが、ルディは年寄りのたっての願いを無視できる性質ではなかった。そして彼は実際、適任者でもあった。彼はすばやく若者たちを組織し、厨房を掃除させるいっぽう、自分は石炭コンロに火をおこした。厨房の室温が摂氏四三度に近づく中、ルディは戸棚と冷蔵庫を調べ、中に何があるかを整理した。台所にナイフもフォークも十分ないことがわかると、ルディは有志を募り、鉄樹やメスキートの枝を集め、それをナイフで削って原始的な箸を作らせ始めた。だが、与えられた食材を前に、ルディの不安といら立ちは増大した。これっぽっちの材料で、どうやって何百人もの空腹を満たせと言うのか？　できるのはせいぜい、フライド・スパムくらいだ。人々の不平を耳にしたくはなかった。だが、とにかくルディは調理を始めた。

全員に何かを食べさせられたときは、真夜中近くなっていた。石炭コンロの火を消したとき、ルディは疲れ切り、遅い時間にかかわらずまだ汗にまみれていた。粗末な食事ではあったがルディは何とか任務をやり遂げ、人々は食べ物にありついたとき、不平ではなく感謝の言葉を口にした。年長の男性や女性はうなずき、「ドウモアリガトウ」と日本語で感謝を述べた。

ルディは夜の空気にあたろうと外に出た。彼は自分が成し遂げたことに、そしてここの人々に誇りを感じていた。彼らはタフだった。不平も言わなかった。状況全体の不公正さはともかく、自分がコミュニティの一部になり、少しでも状況を良くするために役立てたと感じるのは、良い気持ちだった。月はまだ上がっておらず、黒い夜空に星が輝いていた。気温はようやく下がり始めていたが、バラックの中で眠るにはまだ暑すぎた。こうしてルディはほかの数人の若者たちがしているように、バラックの中から自分の藁布団を取り出し、砂の上にそれを広げた。だが、午前一時を少し過ぎて月がのぼると月光が砂漠の地面を照らし、青年の一人が驚いて声を上げた。「おい！　何かが寝床の下にうようよしているぞ！」ルディは起き上がり、地面を見た。たしかにいたるところに、何十匹ものサソリが銀色の光に照らされていた。おそらく、青年たちの体温に引き寄せられて出てきたのだろう。ルディはサソリについてよく知らなかったが、刺されたらひどく痛むということだけは知っていた。それでもルディは、一か八かに賭けた。あたりを這いまわる虫のせいで暑苦しいバラックに戻るなどまっぴらだった。彼は体を伸ばし、眠りに落ちた。

ゴードン・ヒラバヤシはその年の独立記念日を、キング・カウンティ刑務所で手紙を書いて過ごした。逮捕されてから数週間で、他の在監者とは思いがけずうちとけた間柄になっていた。ゴードンはそれを「われらが高級クラブ」と呼ぶのが好きだった。ゴロツキたちは――大半はゴードンよりも年上だった――さまざまな理由で法に触れてここに来ていた。屈強な沖仲士がおり、白髪まじりのアルコール依存症患者がおり、ポン引きがおり、スリがいた。コソ泥がおり、密輸業者がいた。彼らは世界中からやってきており、さまざまなアクセントの言葉が飛び交った。始終口論が起き、しばしば暴力沙汰に発展した。ゴードンが来て間もないころ、ひときわ背の高い黒人男性とアメリカ先住民の男が激しい喧嘩になった。バケツやモップの柄、拳や靴などあらゆるものを武器にたがいを攻撃しながら、二人は監房じゅうを走り回り、外野はまわりではやし立てたりヤジを飛ばしたりした。最後にはアメリカ先住民の男が血だらけでふらふらになって負け、二人はそれぞれ独房へと引きずっていかれた。あるいは、自分の場所に別のだれかが座ったというだけで殴り合いの喧嘩が起き、敵とみなした人間を裸にして冷たいシャワーの下に投げ飛ばすという騒ぎも起きた。看守の一人は――バーニーという名前の悪党面の男で、しばしば酒を飲んで仕事にあらわれた――喧嘩をあおって楽しんでいるらしく、勤務時間の大半を監房のまわりをうろうろして過ごし、鉄の柵ごしに嫌味な言葉を吐いたり、男たちを貶めたり苛立たせたりして、悶着を引き起こせるかどうかを愉快そうに見ていた。最初ゴードンは、口汚い言葉にも暴力にも深い嫌悪を感じて、騒ぎが起きるたびに遠巻きにしていた。彼は多くの時間を手紙を書いたり、オスカー・ワイルドの『獄中記』〔邦訳二〇二〇年、中央公論新社、宮崎かすみ編訳ほか〕やアーヴィング・ストーンの『アメリカは有罪だ――アメリカの暗黒と格闘した弁護士ダロウの生涯』〔邦訳一九七三年、サイマル出版会刊、小鷹信光訳〕を読んだり、速記者用の帳面に日記を記したりして過ごした。

だが、しだいにゴードンは、時おり介入の必要を感じるようになった。在監者の一人が何週間もシャワーを浴びず、髭も剃らずにいた。髪の毛はべったりして、体からはひどいにおいがした。他の在監者はその男を、このままだとぶちのめすと脅し始めた。ゴードンはある日、件の男にそっと近づき、髭を剃らないかとたずねた。男はじろりとゴードンを見返した。

「なんでだよ?」

「必要に見えるからさ。そうしたら気持ちよくなる」

男は一瞬とまどったように動きを止め、そして歩み去った。次に男が通りかかったとき、ゴードンはふたたび小さな声でたずねた。「カミソリの刃はいるか？」

「ああ」

男は髭を剃るとゴードンに、髪を切ってほしいと頼んだ。ゴードンは、水を浴びて髪を洗えばハサミが通るようになると提案した。男はその通りにした。翌朝には男の姿は、そのまま教会にいけるほどになっていた。

数日後、仲間の在監者たちが一つの提案を携えてゴードンのもとにきた。彼らは、ゴードンが他人にどう接しているか、いかに言葉に気をつけているか、何かを心に決めたときその決意がいかに固いかを観察していた。穏やかな声のいっぷう変わったこの青年は他の在監者とは明らかに異なっており、それは彼らも理解していた。そして彼らは言った。もめごとを解決したり、看守や刑務所の管理者と交渉したりするときのスポークスパーソンとして、ゴードンを「監房長」に選出したいという話だった。ゴードンは注意深く言った。「その……私はそんなことをする器ではないと思います」。そしてさらに「適任の人が別にいるでしょう」と続けた。だが、彼らは引き下がらず、ゴードンこそがこの仕事ができる唯一の人間なのだと言った。ついにゴードンは折れ、試験的に引き受けることに同意した。「一週間、やってみましょう。その一週間の終わりに、続けるべきかどうかをみなで評価することにします。ただ、私は自分のやり方でやりますから、多くの人はそれを気に入らないかもしれません。私は非暴力を信じていますし、ものごとを交渉で解決することを信じています。大したことはできないかも知れませんが」。男たちは熱心に同意した。「わかった。君のやりかたでやってくれ。われわれはそれを支える」と彼らは言った。

任務は一時的なものにはならなかった。続く数週間、ゴードンは持ち前の決意で任務に取り組み、争いごとを解決したり、より良い生活環境を求めて刑務所の管理者と交渉したりした。ものごとは徐々に改善しはじめた。人々はたがいに罵倒したり殴りあったりする代わりに、相手への不満をゴードンに相談するようになった。在監者の多くが文字を読めず、裁判の書類を与えられても理解できないことに気づいたゴードンは、彼らのために書類を読み上げ、その意味を説明した。さらに、自身の弁護士や友人や支援者のためにすでに膨大な量の書簡を記すのに加えて、他の在監者に代わって裁判所に手紙を書くようにもなった。まもなくそれはフルタイムの仕事になり、ゴードンは仕事を円滑に進めるために三人の在監者を指名して委員会をつくった。

一九四二年の七月四日、ゴードンは「監房長」の役目をひととき脇に置いた。彼は物思いにふけっていた。裁判が秋に開かれたら、自分は負けるだろうという強い予感があった。結局のところ、自分は夜間外出禁止令を破ったことを認めたのだし、どこかのキャンプに収容されるという登録もまだしていない。だが、その法自体は明らかに憲法に反しており、仮に有罪判決が出てもほぼ確実に最高裁につながるはずだ。そしてそこで、アメリカ市民としてのゴードンの権利が確実に立証されるはずだった——そう信じなければならなかった。だがいっぽう、彼の家族は人里離れた強制収容所に暮らしており、ゴードンが今考えているのは彼らのことだった。すべての日の中でこの日、家族に何が起きているかを考えるのは重要なことに思われた。ゴードンは腰を下ろし、ノートを開き、ペンを走らせた。

一九四二年七月四日、キング・カウンティ刑務所にて。今からちょうど一六六年前、熱意にあふれた開明的な一団がある文書を起草し、署名した。独立宣言である。彼らの先見性と信念のおかげで、私たちアメリカ合衆国国民は、政治的・社会的・経済的・宗教的奴隷制から人類を解放させるうえで、途方もない進歩を遂げた……だが、そのアメリカで今、アメリカ的でないものごとが起きている。それは錯誤の結果であり、行うべき正しいことの誤った強調であり、ヒステリーであり、近視眼である。この事実を立証するのは、過ちがあったと感じている私たちの、そして己の非力を感じている私たちの責任だ。暗闇の時代に光を示すのは私たちの責任だ。いや、それは私たちの特権である。リスクは大きく、不快な結果がもたらされるかもしれない。だがそこにこそ、独立を求めた人々が見ていたものがある。私たちは松明を運ばなくてはならない。

この文章の下にゴードンは書きつけた。「七月四日を偲んでの、とりとめのない思考。自由の強制収容」

この文章を書いてからほどなくゴードンは、母親のミツから手紙を受け取った。彼は、自分の一連の行動は間違っていないとそれまで以上に確信していたが、それでも母親からの最後の涙ながらの電話を思い出したり、一緒に収容所に行こうという願いを拒んだことを思い返したりして、数週間、罪悪感に苛まれてきた。母親の望みを拒絶することは、子としての恭順について教えられてきたすべてに反していた。そしてゴードンは、母親を心配させるのがつらくてならなかった。彼は不安を抱きつつ、手紙を開いた。

カリフォルニア州フレズノに近いパインデール集合センターに二カ月以上留め置かれていたゴードンの家族は、トゥーリーレイク転住センターにようやく到着していた。この収容所は、乾燥した古代の湖底に建てられ、まわりには荒涼とした火山の露出部分と、カリフォルニア北部モドック郡の大部分を占めるヤマヨモギで覆われた丘が入り乱れていた。ここは、一九四二年夏に稼働していた戦時転住局の八つの収容所の中でも、もっとも過酷な場所の一つだった。そして、アリゾナにある収容所に次いでおそらくもっとも気温の高いところだった。ヒラバヤシ一家が到着したとき、付近の気温は摂氏四六度に達していた。ゴードンの母が安らぎを得られた唯一の方法は、ベッドの下にもぐり込んでセメントの床の上に横になることだった。それでも母親はゴードンに、嬉しい知らせをもたらしてくれた。バラックの部屋でスーツケースを開けているとき、だれかが扉をノックした。ロサンゼルスから来たという一世の女性二人が、頭からつま先まで埃にまみれて、それでも大きな温かい笑顔を浮かべてそこに立っていた。一人の女性がお辞儀をして、話を始めた。「一マイル半（二・四キロ）も歩いたもので、この通り埃だらけですけど、こちらのご家族のことを……息子さんがシアトルで、私たちのために裁判で争っているご家族が到着したと聞いて、ぜひ歓迎の意を示したくて、そして息子さんへの感謝を伝えたくて、ここまで来ました」

ゴードンの母親は、この瞬間、大きな喜びを味わい、息子を誇らしく思ったと手紙に書いた。だが、毎晩バラックの外に出て北極星を探し、星を見つめ、それがシアトルにいる息子であるかのように語りかけ、息子のために短い祈りを捧げていることは書かなかった。

ハワイではカッツ・ミホがその夏の日々を、プウネネにある海軍飛行場のバラックに屋根を打ちつけたり、自分の家族や自分が育ってきた世界が突然崩壊したことについて考えたりして過ごした。マウイの人口は、部隊が増強されるのに伴い急増していたが、カッツにとって島は心底寂しい場所になっていた。真珠湾攻撃から半年が過ぎた今、ミホ家の中でまだマウイに暮らしているのはカッツと母親だけだった。父親は本土のどこかにある軍刑務所のような場所にいるらしい。カッツより三歳年上のカツアキは、兄弟の中でカッツといちばん年が近かったが、ホノルルのアサートン・ハウスに暮らし、医療補助員と病院のボランティアとして働きながら、本土にある医学校に出願していた[16]。もっと年上のカツロウもやはりホノルルにおり、弁護士として働いている。もう一人の兄弟のポールはコネチカット州におり、イェール神学校に通っている。だが、カッツがいちばん恋しく思い、いちばん頻繁に思い起こすのは姉のフミエだった。

夜、カッツは時おり仕事の後、一人でキヘイの海岸に立った。数年前、ボーイスカウトの仲間とここでキャンプをし、波間で遊んだ。柔らかな珊瑚砂の上に裸足で立ち、太平洋上に夕日が沈むのを見ながら、カッツは日本の方角を眺めては、姉のフミエが何をしているだろうかと考えた。一九四〇年にフミエが日本に旅立ったことは、カッツの生活にぽっかりと穴を残した。フミエはカッツとよく似て内省的で、思いやり深く、抜きんでて頭がよく、乾いた皮肉なウィットを備えた愉快な一面もあった。カッツはミホ・ホテルの中庭で長い時間フミエと話したことや、世界情勢から宗教や哲学に至るまで万事について意見を戦わせたことを懐かしく思った。戦争が始まってから、フミエからの手紙はわずかに届いただけで、それもしっかり検閲されていた。今、二人は巨大な深淵によって隔てられているようだった。カッツは、フミエが今どんな生活をしているだろうかと考え、若いアメリカ人女性である姉がよい待遇を得られているだろうか、ミホ・ホテルの生活を恋しがっていないだろうか、故郷に帰りたいと思っていないだろうか、そしてふたたびフミエに会うことはできるのだろうかと考えた。

フレッド・シオサキが六月にスポケーンのジョン・R・ロジャーズ高校を卒業したとき、友人の最後の数人は——すでに軍服を着た者もいれば、まだ平服の者もいた——ほぼ一晩で旅立っていった。彼らはグレートノーザン鉄道の駅で列車に乗り込み、両親や恋人や仲間に別れを告げ、見送りの人に大声でさよならを言った。彼らは緊張している半面、ようやく戦争に勝利する道に乗り出せることを喜んでもいた。

その夏の最初の数日間、フレッドは、ヒルヤードの乾いた岩だらけの丘を歩き回り、週末は一人で映画館に行き、平日は両親や下のきょうだいとともに店で長時間働きながら、ひそかにある誓いを立てていた。それは、一八歳の誕生日を迎えたら軍隊に入ることだった。だがじきにフレッドは、町から出ていきたくなった。米国林野局に消防士として登録した彼はアイダホに送られ、トラックであちこちの山火事の現場に運ばれ、壕を掘り、藪(やぶ)を刈り、根を掘り返し、防火帯を作ることに日々明け暮れた。仕事は恐ろしくきつかったが、フレッドはそれを大して苦にしなかった。体は引き締まり、敏捷で壮健になった。彼はそれらすべてを、基礎訓練と戦争に向けた良い準備と考えていた。

八月下旬に一八歳の誕生日を迎えると、フレッドはヒルヤードの家に戻り、バスに乗ってスポケーンのダウンタウンに行き、ようやく入隊の手続きができると意気込んで、選抜徴兵事務所に足を踏み入れた。だが、排除地域の外の、ほぼ白人ばかりの小さなコミュニティに住んでいたせいで、フレッドは日系アメリカ人と兵役についてのある重要なニュースを知らずにいた。その年の一月——真珠湾攻撃から一カ月後——にすでに陸軍省は、日系アメリカ人は米軍に入隊できないと布告を出していたのだ。実際、地方の徴兵委員会によって、日系アメリカ人は4-C、つまり「敵性外国人」に分類されていた。机の向こうにいる若い将校にフ

＊16　カッツと同様、カツアキは自分が戦争遂行努力に貢献できないことに失望と怒りを感じていた。彼は二三歳の誕生日の日記に次のように記した。「このままここにいて腐っていくくらいなら、フランスの地で腐るほうがまだましだ」

レッドが、入隊したいのだと話すと、将校はフレッドを無表情な顔で一瞬じろりと見て、「入隊はできない。君は敵国人だからだ」と言った。フレッドは仰天して答えた。「ばかな！　僕はアメリカで生まれました。アメリカ市民です！」「だが、陸軍省は君のことを敵国人だと言っている。だから君は敵国人だ」

衝撃を受け、呆然としたままフレッドは建物から歩道へと足を踏み出した。暑い日で、気温は摂氏三二度を越えており、日に焼けたスポケーンの道路は灼熱の砂漠のようだった。バスに乗って家に向かいながら、フレッドはたった今起きた出来事を思い返していた。この国で生まれたアメリカ人が外国人だの敵だのと見なされ、徴兵カードの名前の横に「4‐C」という文字があるだけで国に奉仕できないなんて、そんな馬鹿なことがあるものだろうか。フレッドはあたりを見まわした。バスの乗客の中でフレッドに近い年齢なのは、女性だけだった。フレッドは椅子に身を深く沈め、バスが早くヒルヤードに着くことをひたすら願った。

その夏が終わるころ、ルディ・トキワはポストンの収容所内病院のベッドに横たわり、医者が外科用メスとピンセットを使って、重い火傷を負ったルディの体から、壊死した肉をゆっくり削り取ったり除去したりするのを見ていた。ひどく痛む処置だった。

ルディにとって、長く、つらく、暑い夏だった。収容所の人々のために初めて料理をした晩からほどなく、それはフルタイムの仕事になった。ポストン収容所が順調に機能しはじめるや、戦時転住局は――当時稼働していた他の七つの恒久的収容所と同様に――被収容者に日々の仕事の大半を割り振り、行わせるようになった。仕事は、食事の準備、警備、教育、介護、清掃などだった。賃金体系は、収容所の人間を甘やかしているという非難を避けるために米兵の賃金体系より意図的に低く設定されており、ルディのような普通の仕事の場合は月に一四ドル、歯科医や医者のような専門職は月に一九ドルだった。いずれにせよ大した金額ではなかったが、こうした労働で得られた給料は時に、「退避」以前の生活で残してきた債務の支払いに役立てられ、ビジネスローンの返済や所得税の支払い、所持品の保管費用に充てられたりした。もっと直接的にはこれらのわずかな収入は、人々がシアーズ・ローバックやモンゴメリー・ウォードの通販カタログからささやかな必要品を――たとえば新しいジーンズや娘の誕生日の服や三輪車や髪を巻くカーラーや作業用ブーツなどを――注文するのに役立てられた。だが大半の場合、こうしたわずかな給料を人々は、収容所の協同組合(コープ)で使った。もともとはクエーカー教やメノー派のボランティアによって設立され、運営されていた非営利団体のコープは、キャンプでは被収容者がオーナーとなって運営されていた。五ドルの投資をすればだれでも会員になれて、各種の基本的な製品を買うこともできれば、定期的な配当を手に入れることもできた。タバコやチューインガムや髭剃りの刃や新鮮な果物や缶詰など、日々の必需品の大半を人々が買いに行く場はここだった。

サリーナスにいたときと同じようにルディはほぼ毎日、数百人のために調理をした。日の出とともに仕事を始め、夜遅くに終わることもしばしばあった。大半の日は最高気温が摂氏三七度を越えるため、ルディは朝の三時に起きるのを習慣づけ、月明かりの下、収容所に最近作られたプールで泳ぎ、日が昇る前に厨房の石炭コンロに火をおこした。毎朝最初の仕事は、三〇ガロン（一一四リットル）の水が入った大きな鍋をコンロにのせて湯を沸かし、そこにコーヒーの粉をどさりと入れ、カウボーイスタイル〔ポットに挽いたコーヒー豆と水を入れて煮だし、豆が沈殿した上澄みを飲む〕でそれを沸かし、人々が朝食にやってくるのに備えることだった。日が昇るとコンロの近くに陣取り、ほぼ一日中そこで働いた。その夏、食堂の長テーブルに適切な食べ物を用意するのは容易なことではなかった。食糧は政府から提供されていたが、戦時転住局は被収容者一人当たりの一日の配給をわずか五〇セント相当に定めており、「集合センター」で標準だった三三セントより多少改善した程度だった。実際の食糧供給を行うのは陸軍需品科だったので、厨房のルディのところにはしばしば陸軍の余剰食材がまわってきた。それらはたとえば、安い缶詰肉やベトベトした缶詰野菜や、古いジャガイモや、わずかな生の果物や、牛乳を濃縮したエバミルクなどで、味の面では言うにおよばず、栄養価という点でもさして足しにはならなかった。だが、ルディは自分にできる最善を尽くし、人々は食卓で、ルディの努力に感謝の念を伝え続けた。

厨房で仕事をしていないときは、砂漠をひっかいて作ったような岩だらけの運動場に向かった。放っておいたら己を食いつくしてしまいそうな、いつまで続くかわからない退屈や苛立ちや怒りと戦うために、収容所の若い男女は地面からヤマヨモギを刈り取って野球場やアメフトのフィールドをこしらえた。バラックの一番端にはバスケットボールのゴールを設置した。砂地をきれいにならして空き缶を埋め、砂漠のゴルフコースのための「グリーン」を作りさえした。そしてスポーツチームの密なネットワークを作り、収容所のブロックや割り当てをもとに、野球やアメフトやバスケットボールやバレーボールなど人気のスポーツのリーグを作ったりした。ルディの兄のデュークはほどなく、ブロック二一三のバスケットボール・チーム「テラーズ」の花形選手になった。ルディ自身も運動は得意だったが体は小柄で、兄ほど上背もなければ筋肉質でもなかった。それでもルディは、自分にできることがあれば試合に全力投球した——たとえそれが「テラーズ」の応援団長の役目だったとしても。試合はしばしば突然中断された。原因は、ソノラン砂漠を吹き抜ける猛烈な砂嵐で、それが来ると人々は目も見えず息も苦しくなった。砂嵐であたりが夜のように暗くなる中、

ポストン収容所にて、バスケットボールをする若者

人々はバラックの陰に急いで走り、濡れた布をきつく顔に押し当てた。

ポストン収容所での生活が落ち着き始めると、人々は——何らかの日常性を保持しようと——運動場作り以上のことを手がけるようになった。自分たちの必要を満たすための複雑なインフラをつくるという、野心的な計画にも取り組み始めた。そうして、劇を上演できる舞台と講堂を兼ね備えた学校が建てられた。建築の材料となった煉瓦は、泥と藁をもとに自分たちでこしらえた。空いているバラックをキリスト教の教会や仏教の寺に転用したりもした。食堂で出される食事を少しでも豊かなものにするため、鶏や豚を飼育して、新鮮な卵や肉を食べられるようにした。周辺の砂漠に水を引き、作物を育て、新鮮な食材が食卓に上るようにもした。自警団や消防隊も組織した。診療所や美容院や床屋をつくり、収容所内で新聞も発行した。ボーイスカウトやＰＴＡも作られた。そして幅広い種類のクラブや社会活動も開始された。

ルディはそれらすべてを有効に使おうとした。我ながら驚いたのはダンスのレッスンに申し込んだことで、ルディはそこでワルツやジルバの踊り方を学び、女性をどうやって腕に抱くかも生まれて初めて教わった。収容所内の高校で学び直しを始めるいっぽう、農業の授業を受け持ってほしいと頼まれもした。一緒に仕事をしたり遊んだりする青年らと、友人になったりもした。

交友関係が広がるにつれ、ルディは数人の若者に一目置くようになった。その一人がルディと同じサリーナスの、同じ区画から来ていた大男、ロイド・オノエだった。優しき巨人であるロイドはあまりに身体能力が高いため、レスリングやアメフトの試合で組み合ったりタックルしたりした相手を、うっかり失神させてしまうことが時おりあった。けっして怒りっぽい性質ではなかったが、一度、バスケットボールの試合に「テラーズ」のメンバーとして参加していたとき、ファウルを数回とられて怒り、審判をしめあげようとしたことがあった。止めに入った他の六人の青年を、ロイドはバスケットボールのコートじゅう引きずりまわし、ついには青年の一人が審判に向かって「マック、命が惜しけりゃ、ひとまずここから退散しろ!」と声をあげる始末だった。

もう一人、ルディが尊敬していたのが、やはりブロック二二三に住み、「テラーズ」に属するハリー・マドコロだ。ハリーの父親と姉妹はどちらも戦争が始まる前に亡くなり、ハリーと母親のネツだけが残されていた。生活費を稼ぐため、ハリーは野菜畑で働くのに加えて、サリーナスの近くのワトソンヴィルで母親が営む小さな駄菓子屋の手伝いもしていた。そして今、二人は収容所の、トキワ家と同じブロックに暮らしていた。

ハリーはルディより一三歳年上で、第二キャンプの自警団の長を務めていた。思慮深くて分別のあるハリーは、いつもにこやかで、かつ独特な生真面目さがあり、まわりから尊敬されており、ルディや他の若者はハリーに引き寄せられると同時に頼りにしていた。当時の若者の多くとちがってハリーは、口の端からタバコをぶら下げるのではなく、パイプを吸っていた。若者たちはハリーを慕い、彼が行くならどこにでも付き従う傾向があった。仲間内でもめごとが起こると、彼らはいつもハリーに助言を求めた。そしてハリーの助言はほぼいつも、賢明だった。

夏の中ごろまでルディは、意に反して鉄条網に囲まれた砂漠に暮らしているにせよ、与えられた条件下で望めるだけの満足は得ていると思っていた。そのとき、事故が起きた。八月八日の早朝、三〇ガロン（一一四リットル）の熱いコーヒーが入った大きなステンレスの鍋をコンロの上からカウンターに運んでいるとき、ルディは濡れた床に置かれていたゴムホースに足を滑らせ、派手に転倒した。やけどをするほど熱いコーヒーが空中に飛び散り、ルディの胸と右腕に降りかかった。ルディは叫び声を上げた。もう一人の青年、トム・ヤマモトが脇に膝をつき、コーヒーにまみれたルディのシャツを破いて脱がせた。皮膚はすでに真っ赤になり、火ぶくれができ始めていた。人がどやどやと集まってきて、ショックを受けて呻いているルディを収容所内の病院に運んでいった。

およそ一カ月後、ルディはまだ病院の中で辛抱強く、しかし時にはひるみながら、火傷した皮膚をピンセットで少しずつ剝がす方法を医師が教えるのを見ていた。下にあるピンク色のつややかな肉芽組織が上がってくるまではそれを続けなければならない。皮膚はもろもろの災難にかかわらず、回復し、生きようとしていた。

一〇月になり、ゴードン・ヒラバヤシのシアトルでの裁判の日が近づいていた。ある日、夜中を少し過ぎたころ看守の一人が、キング・カウンティ刑務所のゴードンの監房の外にあらわれた。同房の人間はほとんどみな眠っており、ゴードン本人も眠りに落ちていた。だが、彼の「監房長」としての非公式の仕事の一つは、新しく来た人間を迎え、彼らが刑務所での生活になじむのを助けることだ。「こいつをどこに置けばいいか？」看守がたずねた。ゴードンは起き上がり、鉄柵のそばに行った。「いったいどうして日中に連れてこないんです？ 日中ならいろいろ簡単に済むのに」とゴードンは不平を言った。そして新参者をちらりと見た。背の低い、高齢の日本人男性だった。ゴードンは驚き、もう一度相手を見た。「父さん！」ゴードンは呆然とした。裁判のときに確かにゴードンが本人であることを立証するために、母親が召喚されるかもしれないという話は聞いていたが、まさか父が来るとは思っていなかったのだ。

ゴードンの父であるシュンゴ・ヒラバヤシは憔悴して見えた。連邦捜査員がその朝早く、カリフォルニアのトゥーリーレイク収容所にやってきて両親を起こし、二人を車の後部座席に座らせ、北へと向かったのだという。父親の疲れきってやつれた姿にゴードンは衝撃を受けながら、父親を監房の中に迎え入れ、短い会話を交わし、寝台を用意し、父親を寝床に入れた。だが、ゴードンは眠れなかった。監房に父親がいるという光景があまりに落ち着かず、ゴードンは朝の四時まで寝台の上で目覚めていた。

いっぽうでゴードンの母親は、上の階にある女性用の監房に到着していた。自分の後ろで扉が閉まると、ミツ・ヒラバヤシはそろそろとあたりを見まわした。監獄や刑務所というものについて唯一ミツが知っているのは、昔読んだアレクサンドル・デュマの『モンテ・クリスト伯（巌窟王）』に出てくる牢獄だけだった。もっと地下牢のようなものを想像していたミツは、監房の暗い四隅に少なくともネズミが走り回っていないことに安堵した。夜遅い時間なのに、部屋は明るく照らされていた。女たちが金属のベンチに腰掛けて何かを読んだり、何人かで集まって立ち、教会帰りの井戸端会議のように話をしたりしていた。そこにいる女たちの大半は、売春や万引きや軽窃盗などの軽犯罪で拘留されていた。ミツは部屋のすみに古びたピアノがあるのに気づき、その前に座り、鍵盤を押してみた。いくつかは音が鳴らなかったが、女たちはピアノのまわりに集まってきた。ミツがスティーブン・フォスターの「故郷の人々（スワニー河）」を弾くと、もっと多くの女が集まってきて、ピアノにあわせて歌い始めた。ミツは人々に注目されてわずかに戸惑いながら、「別の人が弾いてくださいな。私はこんな類の歌と教会の賛美歌しか知らないし、教会の賛美歌なんて、みなさんは聞きたくないでしょう。だから、どうぞ別の人が」。すると、女たちは声をそろえて「いえいえ、ここではだれもピアノを弾かないので。どうぞあなたが」と言った。こうしてミツはピアノを弾き、夜更けまで女たちはピアノの後ろに立ち、ピアノに合わせて歌った。

翌朝、刑務所の婦人看守が緑色の囚人服をもってきて、着替えるようにとミツに言った。ミツはそれを見つめ、「お断りします。私は犯罪者ではなく、証人です。そもそも私はここにいるべきではないはずです」と挑戦的に言った。婦人看守がなおも言い募ると、ミツはゴードンの弁護士に今すぐ面会したいと要求した。監房じゅうの女が驚きと高まる賞賛をもって見守る中、婦人看守は早々に退散した。明るくて物おじせず、かつ強い意志をもつミツ・ヒラバヤシは――息子と同じように――一筋縄ではいかない人物だった。

このときまでゴードンは、自身が有罪になる危険性について、毎日の日記の中でほとんど言及していなかった。ほとんどの場合、彼は自分が読んだものを思い返したり、宗教的な問題や哲学的な問題について考えたり、連邦刑務所の同房者らの法的な苦難について頭を悩ませたり、家族や他の被収容者から届いた知らせについて考えを述べたりした。だが、裁判があと数日に迫った今、彼はこう記した。一〇月一五日のことだった。

> 本件は明快である。私は退避を拒否した。夜間外出禁止令に違反した。私はこれらのものごとを、目を見開き、明確な心で行った。私はこれらのものごとを、こそこそとは行わなかった。そして、挑戦的にもふるまわなかった……そして、ぜひ理解されるべきなのは、私が良きアメリカ市民であることだ。それゆえ、証人についても私自身についても、案じることは何もない。単に真実を述べるだけだ。

一〇月二〇日の火曜日にゴードンの裁判が、ロイド・ルウェリン・ブラック判事の下で開始された。それについて《シアトル・タイムズ》は「夜間外出禁止令破りのジャップの裁判始まる」というタイトルで報じた。ふたを開けてみればこれは、短い、いささか茶番めいた裁判だった。連邦の法廷は細長い部屋だった。一つの壁に縦一五フィート（四・六メートル）の窓があり、そこからさしこむ光が、つやのある黒いクルミ材のベンチの列を照らしていた。ゴードンが到着したころには、部屋は彼の大学時代の仲間やクエーカー教の友人や、アメリカ自由人権協会からの支援者でいっぱいになっていた。ゴードンの父と母は、部屋の前方のベンチに静かに座っていた。一〇人の男性と二人の女性からなる陪審員が宣誓をするとすぐ、連邦検察官のアラン・ポメロイが立ち上がり、ゴードンの父に起立を求めた。

シュンゴ・ヒラバヤシは神経質になっていた。法廷に足を踏み入れるのはこれが初めてだった。英語も流暢（りゅうちょう）にはほど遠く、その答えはもじもじしていて不明瞭で、ほぼ聞き取ることができなかった。判事は「この場のだれかが証人のために通訳をすることはできませんか?」とたずねた。進み出る者はだれもいなかった。ゴードンは部屋をぐるりと見渡した。自分以外の日本人は、両親だけだ。考えた末、ゴードンは言った。「許可さえいただければ私が、被告ではありますが、彼のために通訳をすることができます」。判事はためらったが、結局同意した。ゴードンは証人台に近づき、検察官の質問を日本語に通訳し、父親の答えを英語に通訳した。

「あなたはどこで生まれましたか?」ゴードンは父親に質問した。

「日本です」。ゴードンは父親の答えを通訳した。

「ここアメリカにあなたの子どもはいますか?」

「はい」

「その一人がここにいますか?」

「そうです」

「息子さんを指さしてください」。ゴードンは言った。

シュンゴは困惑したようすで、ゴードンを指さした。ゴードンは笑顔で判事のほうを向き、「ただいまの質問について、明らかに彼は、私を自分の息子だと確信しています」と言った。一連のやり取りはすべて、のちにゴードンが語ったように、「まるで余興のようだった」という。

検察による質問が終わると、ゴードンの弁護士であるフランク・ウォルターズが立ち上がり、ゴードンに起立を求めた。ゴードンは静かな声で、自分がアメリカで生まれ育ったことを話した。自分は公立学校で教育を受けた。一〇代の多くの時間は両親の農場を手伝ったり、トラクターや配達トラックを運転したりして過ごした。日本に行ったことは一度もない。ボーイスカウト・アメリカ連盟に所属して熱心に活動し、副隊長になった。クリスチャンであり、近年クエーカー教徒になった。高校では野球をし、ハイスクールYMCAにも所属し、ワシントン大学のYMCAでは副委員長をつとめた。すべてにおいて自分の生い立ちは、ごく一般的なアメリカ人と変わりないと彼は語った。判事がゴードンを台から下がらせると、コミュニティからの証人が前に出て、彼がいかに良い人柄であるか、いかにコミュニティに関わってきたかを証言した。弁護士のウォルターズがふたたび立ち上がった。ゴードンが夜間外出禁止令を破ったことと、退避命令に従わなかった点については、彼は争わなかった。代わりにウォルターズは次のように主張した。大統領令九〇六六号および、その結果として生じた地方ごとの退避命令、そして軍による夜間外出禁止令は個別的かつ集合的にゴードンから、適正手続なしに自由を剝奪し、合衆国憲法修正第五条を侵害した、と。

弁護側の陳述が終わると、判事は陪審員に指示を読み聞かせる準備をした。次に何が起こるか、ゴードンとウォルターズにはわかっていた。予備審問のとき、ブラック判事がすでにこう宣言していたのだ。憲法上の懸念はこのさい脇に置く。戦時中の便宜は憲法上の権利に勝るのだから。そして、日本人というアメリカにとっての敵と「同様の輩」をひとくくりに考えるべきだ、と。彼はさらにこう述べていた。「これらの人々は、彼らに似た輩の中でも、巧妙な隠蔽に長けた連中だ。あらゆる企てや裏切りの助けを借りて彼らは人間的カモフラージュを求め、すぐれた技術によって同種の人々の不忠を発見し、それを利用する」

ブラック判事は陪審員のほうを向いていった。「弁護側による憲法にまつわる話は、すべて忘れていただいてかまいません。ここで重要なのは、これが、陸軍西部防衛軍によって出された公の宣言だということです。さて、あなたがたは次の決断をしなくてはなりません。この被告の祖先は日本人ですか？　もしそうであるなら彼は、有効で強制力をもつ法律である夜間外出禁止令と退避命令を順守しましたか？　裁判所が述べたように法律を受け入れるのは、あなたがたの義務です」

一〇分後に陪審員は、二つの罪状とも被告は有罪という判断を下した。

第三部
コトンクスとブッダヘッズ

二世兵士たち。キャンプ・シェルビーに向かう列車の中で

第九章

期待を抱きつつ孤独な一年を待ち続け、君はきっと、さぞやがっかりすることだろう。でも、どうか泣かないでほしい……灼熱の熱帯や冷たい雪の中で戦っている兵士の家族のことを、そして彼らが感じているであろうことを考えてほしい。

モンタナ州のフォート・ミズーラに強制収容されたイワオ・マツシタが妻のハナエに書いた手紙　一九四二年一二月七日

寂しいクリスマスでした。私は泣いてばかりいました。よその家族が幸せそうに集っているのを見ると、悲しい気持ちが込み上げてきました。あなたもきっと寂しいクリスマスを過ごしたのでしょう。今年は去年よりも、そして以前のどの年よりも、悲しくて寂しいクリスマスでした。

アイダホ州のミニドカに強制収容されたハナエ・マツシタが夫のイワオに書いた手紙　一九四二年一二月三〇日

アメリカでも世界の他の国々でも現代の歴史において、一九四二年の冬ほど悲痛で重苦しく、忘れがたいほど辛いクリスマスはなかった。世界が初めて真の意味での世界的な戦争に突入してから一年が過ぎたこの一二月——そして戦争はこの先二年半続くことになる——アメリカおよび連合国の無数の人々は、キャビネット・ラジオのまわりに座り、そこにいないだれかのことを考えながら、家で起きた小さな出来事を盛り込んだ長い手紙を書いたり、ビング・クロスビーが「ホワイト・クリスマス」[*17]を低い声で歌うのを、目に涙を浮かべて聴いたりしていた。アメリカでは、五〇〇万人の兵隊が家から離れたどこかにいた。戦争が終わるまでには、合計一六〇〇万人あまりが軍服に袖を通していることになる。何百万ものアメリカの家庭で、青い星のついたサービス・フラッグが玄関のポーチに架けられたり、正面の窓に飾られたりした。旗の青い星が金色の星に置き換えられるペースは、週を追うごとに速くなっていった。[*18]

クリスマス・イヴの日、アリゾナ州のポストン強制収容所では七〇〇〇人を超える日系人の子どもが「ブロック・パーティー」に集まり、教会から寄付されたプレゼントを開けた。子どもたちの手製のペーパーオーナメントで飾られた何本かの不揃いなクリスマスツリーの下に、プレゼントは置かれていた。バラックや食堂で人々は「きよしこの夜」や「ジングル・ベル」を歌い、クリスマスの寸劇を演じ、二人のサンタの到着に沸いた。一人のサンタは北極から、もう一人のサンタは南極からきたというふれこみだった。もっと年長の青年たちはクリスマス・キャロルを歌いながらバラックからバラックへと歩いた。砂漠の黒い夜空には星が輝いていた。

南太平洋では米陸軍の部隊が交代のために目的地に向かっていた。同じころ、何千人もの若い海兵隊員が、ガダルカナル島のジャングルでの数カ月にわたる血みどろの戦いを経て、疲れきり、悄然（しょうぜん）としたようすでオーストラリア行きの船に乗り込んでいた。彼らがあとにしたガダルカナル島には、数千人もの戦友が急ごしらえの墓の中に眠っていた。フィリピンでは、アメリカ人やフィリピン人の捕虜が労働を強制され、何千人という単位で亡くなっていた。蒸し暑くて悪臭に満ち、マラリアの流行する日本軍の捕虜収容所の中で、彼らはこん棒で殴られたり、暴力を振るわれたり、殺されたりしていた。波のうねる北大西洋上では、何千もの商船が黒い海の上をジグザグに進み、水中に潜むドイツのUボートに見つからないよう必死の努力をしていた。イギリスでは、アメリカやカナダやインドやニュージーランドやオーストラリアから来た何万人もの男女の兵士が、イギリスの兵士とともにパブや食堂や個人の家でクリスマスを祝い、イギリス風の生ぬるいビールを飲み、市民と踊り、ダーツに興じ、プラムプディングに舌鼓を打った。ポーランドにあるアウシュヴィッツ＝ビルケナウ絶滅収容所では、ドイツ人の親衛隊の男たちが収容所の被収容者のためにクリスマスツリーを立てた。そして殺されたユダヤ人やポーランド人の亡骸を「クリスマス・プレゼント」と称してツリーの根元に積み上げた。

第二次世界大戦中に生じる無数の死や苦しみのおおかたは、まだこの先の出来事だ。だが、ものごとの流れはすでにその年のクリスマスには、多くの面でゆっくりと変化してきていた。日々の戦況報告や死傷者数、部隊移動などの霧に隠れ、そうした変化はほとんど人々に気づかれていなかったが、世界がこれまで見たことがないような巨大な力が――大規模で協調的で一つに結ばれた人間の努力が――動き出し、世界中で勢いを増し、独裁主義の暗くて冷笑的な力を破壊しようとしていた。

＊17　「ホワイト・クリスマス」はのちにギネスブックによって、世界で一番売れたシングルレコードに認定されることになる。
＊18　青と金色の星を刺繡したサービス・フラッグを飾る風習は第一次世界大戦のころから始まった。青い星の数は、その一家から出征している人数を示し、金色の星は一家から出征して戦死した人の数を示している。

そして歴史におけるまさにこの瞬間に、何千人もの若い日系アメリカ人——日系二世——にとって、突然大きな変化が生じた。彼ら自身の期待を、そして彼らを取り巻くもっと大きな世界からの期待を阻んでいた何かが変化したのだ。当時のアメリカは、戦争のために国全体が動員され、南太平洋では多くの人命が失われ、男性が抜けたぶん何万人もの女性がきつい製造業の仕事にかり出され、男性は三七歳までが徴兵の対象となり、米軍は太平洋とヨーロッパの両方で効果的に戦争を戦うために十分な規模と能力をもつ戦闘部隊をつくろうと必死になっていた。

真珠湾攻撃以来、ハワイおよび本土における日系人のリーダーはローズヴェルト政権に対して、二世の男性が入隊できるようにはたらきかけていた。そして徐々に、彼らの主張は支持を集めていた。何万人もの健康な若者をハワイに遊ばせておいたり、アメリカ西部の鉄条網に囲まれた一画に閉じ込めておいたりするのは、単純に、理屈に合わなかったのだ。一九四三年一月初めからもう、極秘のメモが陸軍省や選抜徴兵局や陸軍情報部やＦＢＩのあいだで回された。そこでは、二世の男性の入隊を許可する可能性が検討されていた。ただし、彼らが入隊を許可されるのは陸軍内の、日系アメリカ人だけで構成される戦闘団だった。

二月一日、フランクリン・ローズヴェルト大統領は陸軍長官スティムソンにあてた文書に署名し、公表した。文書の一部にはこう書かれていた。「アメリカ人とは、現在においても過去においても、けっして人種もしくは祖先の問題ではない。良きアメリカ人とは、この国に忠実な人々、そして自由と民主主義というわれわれの信条に忠実な人々のことだ。すべての忠実なアメリカ人には、この国に奉仕する機会が与えられてしかるべきだ[*19]」

この知らせをハワイで初めて耳にした民間人の一人がカッツ・ミホの兄、カツアキだった。彼は当時もなおホノルルのアサートン・ハウスに住み、町のために医療補助員として働いていた。テュレーン医学校からの入学許可はすでに得ており、授業料のために働いてお金を貯めていたのだ。カツアキの夢は医者になって、医療が足りていないマウイの田舎のプランテーション・タウンで働くことだった。だがそのニュースはカツアキに衝撃を与え、彼はほぼ一瞬で将来の計画を変更した。二月二日の日記に彼はこう書いた。「どんな男も生涯に一度、自身の未来全体を決定するような決断を下さなくてはならない。私にもその時が来た。正直に言えば、一分間、私は圧倒されて明確に思考できずにいた……だが、もう心は決まり、気持ちは平らかだ。マウイに戻り、母に話をしなくてはならない」

だが、カツアキが母親に話をしようとミホ・ホテルに戻ると、そこに弟のカッツが待ち受けていた。カッツはカツアキとは違う考えだった。カツアキと同様、そのニュースに興奮していたカッツは、自分が代わりに入隊すると告げた。カツアキはカッツの話に耳を傾けず、だめだ、俺が行く、と言った。二人は話し合い、議論し、また話し合った。議論は数日間続き、最後は結局、一晩かけて延々と議論の応酬が繰り返された。お風呂（オフロ）で熱い湯につかりながら、食卓に身を乗り出しながら、ミホ・ホテルの緑あふれる中庭で、星空の下、母親の育てたランの花に囲まれて座りながら、兄弟はたがいに相手を思いとどまらせようとし、すべての危険は自分一人が背負うと主張した。二人は夜を徹して激しく意見を戦わせた。二人の言葉は憎しみではなく

＊19　しばしばフランクリン・ローズヴェルト自身のものとされているが、この文書を実際に書いたのは当時、戦時情報局を率いていたエルマー・デーヴィスである。

兄弟愛にあふれていた。

カッツはこう考えた。だれかが一家を代表して戦争に行くことは必要だ。名誉という点からも、そうしなければならない。父親が子どもたちに教えてきた日本の倫理によるならば、たとえ敵が日本そのものであっても、それは必要なことだ。兄弟の中でいちばん年長のカツロウは緑内障を患っており、次男のポールは神学校に籍を置いている。だから戦争に行くのは、カツアキかカッツの二人のどちらかだ。そしてカッツは、ほかの人間が出征するのを見ながらひたすら釘を打つのには、もううんざりしていた――。カッツは、兄が義理（ギリ）という概念を重視しているところに訴えた。義理とは、社会的な義務をさす。カツアキは自身の地域社会に対して、マウイで強く必要とされている医療サービスを施す義務を負っているはずだった。「兄さんはもう医学校に入学を許可されている。兄さんの未来は医者になること、そして医療のプロになることだ。俺が軍に志願する。一家を代表して」

だが、カツアキは了承しなかった。それは彼の夢や家族の名誉よりも、あるいはマウイの人々の必要性よりもさらに大切なことだった。それは良心の問題だった。「ノー、ノー、ノー。これは個人的な問題だ」とカツアキは言った。「考えてみろ。おれたちがどっちも戦争を生き抜いたとして、いつか『二世は第二次世界大戦のときに何をしていた?』という話が出たらどうする? 子どもたちに『医学校に行っていたから兵隊に志願しなかった』と言えるのか?」夜明けまで二人は話し合い、どちらも志願するということで決着した。

数週間後、島と島とを結ぶオアフ行きの汽船に乗ったとき、二人は、すでに津波のようにふくれあがっていた若者の群れに加わった。みな同じ場所に向かう、熱意にあふれた日系アメリカ人の男たちだった。あちこちの島で、日系の若者らが選抜徴兵事務所に押し寄せていた。事務所によっては、全員の書類をつくるのにタイプライターが足りず、近くの職業学校から借りてこなければならなかった。軍はハワイから二世の志願兵を一五〇〇人求めていた。実際に集まったのは一万人近かった。

アリゾナ州のポストン収容所の第二キャンプでは、年配の男たちが毎朝、日の出の前に起き出し、砂漠の中で火を熾し、骨まで冷えきった体をあたためた。夜明け前の数時間はぞくぞくするほど寒かったが、男たちは火のまわりに立って、メスキートが燃える甘くてつんとする匂いを楽しんだ。空から最後の星が消え、はるか東の紫がかった山々の向こうから太陽が昇るのを、男たちは見つめた。そして、朝一番の灰色の光の中でナゲキバトがクークー鳴くのに耳を傾けた。男たちは手をこすり合わせ、タバコをふかし、静かに会話をした。話題は戦争のことで、言葉はほとんどが日本語だった。何人かは、日本が戦争に勝つと信じていた。そうした考えを諭そうとする者も、何人かいた。彼らは意見を戦わせたが、さして熱のこもらない静かな口論だった。彼らはたがいを見つめた。それぞれの瞳に映っているのは、人里離れた砂漠に収容された年老いた男たちだ。戦争について、あるいはそれにまつわる万事について、彼らにできることはほぼない。午前七時になると朝食を知らせる銅鑼が三回鳴った。男たちは焚火に砂をかけて火を消し、コーヒーとパンケーキと目玉焼きにありつこうと食堂に向かった。

ルディ・トキワはもう、コーヒーを淹れたり目玉焼きを作ったりはしていなかった。怪我が治って退院すると、ルディは収容所の外で働くワンデイ・パスを与えられた。彼が働くことになったのは近隣のパーカーという町で、収容所向けの物資が列車で届く場所だった。ルディはそこで、地元の酒屋の白人の従業員らと友だちになった。

年配の男たちはそれを耳にすると、ルディにある提案をした。数カ月前、厨房で働いてほしいともちかけたときと、まるきり同じやり方だった。彼らは言った。みんな、わずかでもよいからビールが飲みたいと思っているが、あいにくここポストンでは酒は禁止だ。そこで頼みだが、少しばかりの酒を収容所にひそかに持ち込むことはできるだろうか？　ルディ自身はまだ一七歳で、酒を飲めない年齢だ。だが彼はいつも、年長者には親切にするべきだと思っていた。そして彼には、いたずら好きな一面もあった。ルディは年寄りから少しずつ金を集め、酒屋の友人に話をした。そしてもう一人の友人にも話をした。その友人は、巨大な給水車を収容所まで転がし、永遠におさまらない砂埃に水をかける仕事をしている。ほどなく彼らはささやかな密輸の手立てを考えた。ルディが酒屋の裏口から数ケースのビールを頂戴し、給水車の運転手と砂漠で落ち合う。ルディはビールの瓶を給水タンクの中に沈める。給水車はそのまま収容所の門をくぐる。年寄りたちはこうして週に一、二度、冷たい水のタンクからこっそり瓶を取り出し、バラックの陰に数人で集まって座り、ビールを堪能した。

二月九日、日系二世が入隊可能になったことを告げるローズヴェルト大統領の文書をホワイトハウスが公表すると、収容所の新聞《ポストン・クロニクル》の編集員は、事態を一面で大々的に取りあげ、部数も増やした。ポストンでも、そして当時本土にあった一〇の強制収容所すべてでも、このニュースは人々の歓喜や怒りや困惑や不安を巻き起こし、激しい議論に火をつけた。突然の政策変更をどう理解しどう対処すればいいのか、だれにもはっきりわからなかった。一つだけすぐにはっきりしたことがある。知らせを受けたときの最初の反応が、収容所の中とハワイとで、大きく異なっていたことだ。鉄条網の内側にいる多くの人間にとっては、アメリカのために戦って死ねという誘いは、魅力的には映らなかった。人によってはそれを、ひどく馬鹿にした話だと感じた。

同じ日の午後、米陸軍のジョン・ボルトン中尉は、ポストンの第三キャンプで質疑応答のセッションを開いた。それは、収容所からできるだけ多くの二世の志願兵を集めるための最初のステップだった。収容所に新設された学校の講堂に、二〇〇〇人近い若い男性とその家族が集められた。ボルトンが話したのは、だいたいが実際的な事柄だった。徴兵手続きはいつから始まるのか。二世兵士はヨーロッパでドイツを相手に戦うのか、それとも南太平洋で日本と戦うのか。息子が入隊したら、両親が給料を受け取れるのか。どんな階級と給与体系が二世兵士に開かれているのか。

だが、もっと重大で、もっと厄介な問題についてはボルトンは何も答えなかった。集会が終わり、その午後講堂からぞろぞろと出ていくとき、青年たちの胸にその問題はずっと引っかかっていた。自分と家族を暗く憂鬱な強制収容所に閉じ込めた国家のために、なぜ自分が命を危険にさらさなければならないのか。自分がアメリカのために戦ったら、アメリカは少なくとも家族を解放して、両親に市民権を与え、公民権を回復してくれるのか。それはなぜなのか。そのうえボルトンは、黒人で構成された第九二歩兵師団と同じように日系アメリカ人だけの戦闘部隊を作ると言っていた。なぜ自分たちは分離されなければならないのか。白人兵士と同じように戦い、死ぬ覚悟があるのなら、なぜ、白人系アメリカ人と同じ食堂で食べ、同じ兵舎で眠り、同じ蛸壺壕(たこつぼ)で戦い、死んではいけないのか。さらに大きな障害がもう一つあった。ボルトンの話によれば、二世とその家族は――つまり、収容所にいる大人全員は――軍隊に志願する気があってもなくても、特別な忠誠登録に署名をしなければならない。ほかのアメリカ人はそうではないのに、なぜ自分たちはそれを求められるのか。ポストン収容所にいる多くの青年にとって——そしてその姉妹や妻や母親や父親にとって——まるで筋の通らない話だった。

ルディと兄のデューク、そして彼らと同じブロック二一三と近くのブロックに住む友人らは、ボルトンの話が終わった後で集まり、話し合ったり議論を交わしたりしたが、コンセンサスは得られなかった。ボルトンによれば、入隊の手続きは食堂でその週末に行われるという。週末まではあと四日しかない。それまでに心を決める必要があった。最後に、ルディの友人の大男、ロイド・オノエが明日会合を開こうと言った。一六歳以上の男性はみな出席することとされた。

翌朝、バラックの向こうの砂漠にある、枯れ川底で集会が開かれた。数本のメスキートの木がわずかな日陰を作っていた。遠くからサボテンミソサザイがまるで、小さな車がエンジンをかけようとして失敗しているような、乾いた奇妙な声で鳴いていた。来たのは四〇名ほどだった。彼らは適当な円をつくり、何人かは岩の上に座り、何人かはメスキートの木のねじれた黒い幹に背中をもたせかけた。男たちは落ち着かなげに岩を蹴ったり、棒切れを拾って砂の上に落書きをしたりしながら、だれかが事態を指揮するのを待った。自警団のチーフのハリー・マドコロが円の中央に進み出て、話を始めた。ハリーは、自分としてはみな入隊を申し込むべきであり、すぐにそれを行うべきだと考えているが、若い人々がどう考えているかも聞いてみたいのだと語った。青年の一人が声を上げた。「いったいどうして、僕らをこんなところに閉じ込めた国のために戦いに行かなければならないのか?」他の若者も頷き、同意を示した。一人が立ち上がって発言した。「あなたの考えはともかく、これは少し馬鹿げた話に見える。この忌々(いまいま)しい強制収容所に閉じ込められている人間が、それをした国のために進んで戦うというのは」。ふたたび青年たちは頷いたり、小声で同意を示したりした。

ルディは無言で座り、地面を見つめていた。ハリー・マドコロはふたたび立ち上がり、ともかく自分は志願するつもりだと言った。彼はさらに続けた。これは選択ではなく、義務だ。そしてチャンスですらある。戦争が終わり、収容所から解放されたら依然「ジャップ」扱いかもしれないが、志願して戦地に行けば、戻ったときには国のために戦ったアメリカ人として、さらには戦争の英雄として遇されるかもしれない。ロイド・オノエが立ち上がり、自分も志願すると言った。だが、大半の若者はまだ心を決めかねていた。彼らは視線をちらちらと交わしあい、何らかの示唆をさがしたり、木の枝で地面に意味のない絵を描いたりしていた。とうとうルディが立ち上がった。彼はその場の最年少であり、そしてさまざまな面においてその場の多くの青年よりも「日本人」だった。日本語も流暢だったし、日本で学校に通った経験もあった。だが突き詰めて言えば、ルディは自分が日本人ではないことをわかっていた。彼はアメリカ人だ。怒れるアメリカ人だ。そのことをルディは今、痛感した。自分に、見下げられるいわれはない。彼の両親も、地元で敬意を払われるべきだった。姉も種苗店に行ったとき、きちんと敬意を払われるべきだった。尊敬を得るために戦わなくてはならないのなら、自分は戦う――。

「あのさ」と彼は言った。「もしこの収容所から一人も志願しなかったら、ローズヴェルトは何と言う？それは、おれらがアメリカよりも日本に忠誠を感じているということだと、やつは言いかねない。そんなものだ。それで、みんなは日本で暮らしたいか？」

青年の一人が答えた。「それは無理だ。日本でやっていくことはできない。日本語だってろくに話せないのに」

ルディは続けた。「アメリカ人からしたら、おれたちを強制収容所に放り込んでおいたって、痛くもかゆくもない……みんながもし方向転換できず、あとで立ち上がって、『おれは自分の役割を果たした』と言うことができなかったら」

別の一人が頷き、こう言った。「もしこの先もこの国に住むつもりなら、身の証をたてるに越したことはない」

話し合いが進むにつれ、徐々にコンセンサスが形成された。そして会合が終わるころには、そこにいるほとんどの若者が、その週末に入隊の登録をすると決めていた。

だが、ポストン収容所にいるすべての若者がその意見に賛同したわけではなかった。その夜、ルディと友人は、朝の会合に来なかった若者の多くが激怒し、入隊に賛成したルディや他のメンバーをぶちのめすためにブロック二一三に向かっていることを知った。ルディと友人はつるはしや野球のバットを集めて大急ぎで防衛線をつくった。到着した敵はルディたちの武装を見て、早々に退散した。

数日後、ルディとデュークは、食堂に設置された仮の登録事務所からブロック二一三に連れ立って戻ってきた。自分たちがしたことに両親がどう反応するか、二人には皆目わからなかった。住まいに入ると、父親が顔を上げ、すぐにデュークに何をしていたのかとたずねた。

「兵隊に志願してきた」

ジスケ・トキワは一瞬考えた。彼自身、第一次世界大戦に従軍したが、それでも市民権は与えられなかった。自分が戦って守ろうとした国によって今、自分の生活は破壊され、不毛の砂漠の一画に家族もろとも閉じ込められたのだ。軍は、息子にした約束を本当に守ってくれるのか？　だが結局、ジスケは深く頷いた。シカタガナイ、と彼は思った。どうしようもないことだ。

「そうだな、自分がなすべきだと思ったことを行うべきだ。自分がどうするかを、他人に指図されることはない」

ルディは自分も志願したと告げた。父親はふたたび、重々しくうなずいた。

「それが自分のなすべきことだとおまえが信じるなら、私はおまえが、自分が正しいと思うことをなせる人間であるのを嬉しく思う」

だが、母親のフサはそんなふうに楽観的ではなかった。

「バカタレ！」とフサは日本語で怒鳴り、その後で泣き始めた。「ああ、まだ小さな男の子なのに！　こんな子を兵隊にとるだなんて！」

「でも、一八歳になるまでは行けないんだよ」。ルディは言った。「だから、それまでは心配しなくていいよ」

それから数日と数週間、軍隊への志願の問題と、そしてそれ以上に、ボルトンが述べた収容所の大人全員が記入しなければならない忠誠登録の質問書にまつわる問題は、ポストンにおいても、他の九つの収容所においても、内部に亀裂を生じさせた。論争の根底には、質問書に書かれた二つの具体的な項目があった。一つは第二七番の質問で、二世の男性に「時期や場所を問わず、米軍兵士として戦闘任務を果たす所存か」を問うものだった。もう一つは第二八番の質問で、二世とその両親に「アメリカ合衆国に無条件の忠誠を誓い、日本の天皇への忠誠を拒否するか」を問うものだった。多くの二世は兵隊に志願することにはおおむね前向きだったが、人種だけを理由に、他のアメリカ人には要求されない忠誠の宣誓に署名を求められる事実には、深い憤りを感じていた。さらに腹立たしいのは、そもそも抱いたこともない忠誠を否定せよと求められたことだ。第二八番の質問は、彼らの両親にはまた別の問題を突きつけた。アメリカ市民になることを認められていない彼らが日本への忠誠を否定すれば、日本の市民権をも停止される可能性がある。そうなったら彼らは完璧に無国籍の、どの国の市民権ももたない人間になってしまう。だが結局、一世と二世の大多数は——ポストンでは九三・七パーセントが——どちらの質問にも「イエス」と答えた。どちらの質問にも「ノー」と答えた者や回答を拒否した者、あるいはこの機会に乗じて抗議の陳述を用紙に書き込んだ者は、即座に戦時転住局から「不忠実」と再分類された。いったんそのレッテルを貼られると、「忠実」な被収容者からは隔離されることになる。

ほどなく、ポストンや他の各収容所の人々は、友人や家族の一員が——その中には、いずれ「ノー・ノー・ボーイズ」と呼ばれる青年らも含まれていた——平床式トラックの後ろに乗せられ、収容所の門を通り抜けて出ていくのを、厳粛な面持ちで見送った。どことも知れない場所に連れていかれた彼らは、その場所で戦争を生き抜くことになる。*20

シアトルではゴードン・ヒラバヤシが、信条のために静かな戦いを続けていた。多くの面においてゴードンは、同じ戦いをしている人々とは異なる前線にいた。だが、ゴードンは強制収容と夜間外出禁止令に従うことを、忠誠登録への署名を拒否して他のアメリカ人から隔離された「ノー・ノー・ボーイズ」と同じ理由で――つまり、純粋に人種だけを根拠に当局が日系アメリカ人を他のアメリカ人から差別しているという理由で――拒否し続けていた。

一九四三年二月一二日の早朝、ゴードンはキング・カウンティ刑務所の多くの友に別れを告げ、刑務所の扉を開けて外に出ると、人でごった返すサード・アベニューに足を踏み出した。アメリカ自由人権協会とアメリカ・フレンズ奉仕団からゴードンについた弁護士たちが裁判所に働きかけて、取引をしてくれたのだ。保釈中はスポケーンに住みながら、連邦最高裁判所が彼の件を裁決するのを待つことが許されていた。スポケーンでゴードンは、クエーカー教の事務所を開くつもりだった。収容所で暮らす日系人家族や、ワシントン西部やアイダホに強制移動させられる日系人を支援するためだった。ゴードンの胸は躍った。ともかく、それはまさにゴードンがやりたいと願っていた種類の仕事だったからだ。だが、彼はまだ自由の身ではなかった。刑務所を出るとすぐ、連邦保安官のハリー・オールトがゴードンを拘束し、車でタコマに連れていった。そこでゴードンはいくつかの書類に記入しなければならなかった。

外界に出られてゴードンは元気にあふれていたが、体は少し弱っていた。刑務所にいたあいだ、バケツに入った食事が届くのは一日に二回で、その中身はほぼいつも、豆とゆで肉と芋を混ぜ合わせたものと決まっていた。何が何かを見分けるのが難しいその料理から、口にあいそうなものを拾い出すのは至難の業だった。一四五ポンド（六六キロ）あった体重は一三五ポンド（六一キロ）まで減っていた。だがタコマで書類への記

＊20　この質問状を配布された一七歳以上の七万八〇〇〇人のうち、約一万二〇〇〇人が「ノー」と回答したり、回答を拒否したり、どちらかの質問に肯定的に答えなかったりした。

入が終わると、ゴードンは文字通り初めて、自由の味をかみしめた。保安官のオールトが通りの向かいのあるカフェにゴードンを連れていき、ゴードンはハンバーガーとカスタードパイと旨いコーヒーという昼食をとった。この食事の記憶は——その香りと歯ざわりと、とりわけパイの豊かでまろやかな甘さは——それから数十年がたってもなお鮮やかだった。それからゴードンとオールト保安官はシアトルに戻り、さらに警官を一人と、これからワシントン東部の施設に移送される囚人一人を連れて、スポケーン行きの夜行列車に乗った。

翌朝スポケーンに到着すると、ゴードンは数人のクエーカー教徒の仲間と住む手はずを整え、その後、自身が第一の師とあおぐフロイド・シュモーに会いに行った。真珠湾攻撃後ほどなく、シュモーは——彼は登山家として著名で、海洋生物学者でもあり、クエーカー教の活動家でもあった——ワシントン大学の教職を辞し、強制収容された日系一世や二世の権利を守る仕事にフルタイムでとりくむようになった。当初からシュモーは、ゴードンのもっとも熱心な擁護者かつ支持者の一人だった。だからゴードンは、何をおいてもシュモーに会いに行きたかったのだ。だが、おそらくシュモー本人以上にゴードンが会いたかったのは、一八歳になるシュモーの娘だった。

エスター・シュモーはワシントン大学で看護学を学んでおり、父親と同様にクエーカー教の活動家でもあった。ゴードンと同じほど背丈のあるエスターはすらりとした体つきの生き生きとした娘で、髪はブロンドの巻き毛で、顔にはそばかすがあり、輝く青い目をしていた。エスターもまた知識欲が旺盛で、社交性も高く、若者らしい希望と理想にあふれていた。ゴードンが刑務所にいた九カ月のあいだ、エスターは毎週のように刑務所を訪れた。最初は父親のフロイドが一緒だったが、あとは徐々に彼女一人で行くようになり、二人はそれぞれ冷たい金属のベンチに座り、鉄格子越しに話をし、人生や宗教にまつわる考えを交換し、たがいをより深く知るようになった。そうして二人は恋に落ちた。

そして今、スポケーンでゴードンは、エスターが父親を手伝ってアメリカ・フレンズ奉仕団の事務所を新しく立ち上げようとするのに協力した。フロイドとゴードンとエスターの三人はともに、張り切って仕事に取り組みながら、連邦最高裁判所からの知らせを待った。彼らは八人の賢者がほどなく、憲法に対する彼らの信頼が正しいことを立証し、ゴードンを真の意味で解放してくれるだろうと確信していた。[*21]

町の向こうのゴンザガ大学ではフレッド・シオサキが数カ月のあいだ、なんとか大学を退学になれないかと最大の努力をしていた。ゴンザガ大学はイエズス会系の男子大学で、真珠湾攻撃に続く数カ月のうちに、戦争遂行努力のためにほぼすべての学生を失った。生き残るために大学は、海軍訓練学校として生まれ変わった。4-Fに分類された数人の白人の学生をのぞけば、フレッドはキャンパスの中で軍服を着ていないほぼ唯一の青年だった。閲兵場と化した大学の中庭では青い軍服に白い軍帽姿の海軍士官候補生が隊列を組み、延々と軍事訓練を繰り返していた。海軍用語で「コリドー（通路）」と呼ばれるようになったホールを、白い軍服を着た将校らが闊歩（かっぽ）した。床は「デッキ」、食堂は「カンティーン」、寮のベッドは「バンク（寝棚）」と海軍風に改称された。毎朝夜明けの時刻に軍楽隊が閲兵場で勇ましい音楽を演奏した。若者たちは不平を言ったりうなり声を上げたり汗びっしょりになったりしながら、七四〇ヤード（六七七メートル）の長さが

＊21　八人なのは当時、裁判官の席の一つが空席だったからである。

ある障害物コースを走り抜けた。二七個の障害物が置かれたこの「勝利のコース」という名の障害物コースは、全米一きついと言われていた。そして数カ月間、フレッドはキャンパスの中を、できるだけ人に見られないようにこそこそと歩いていた。だがフレッドは自分が行く先々で、単なる民間人としてだけでなく、敵に非常によく似た民間人として、ひどく目立っていることを自覚していた。週を追うごとにフレッドは、どこかに消えてしまいたいとひたすら願うようになった。ここでなければどこでもよかった。

そのうちに、日系人のみの戦闘部隊についての噂が広まり始めると、フレッドは即座に動いた。彼は朝早く起きてこっそりバスに乗り、ダウンタウンに行き、選抜徴兵事務所に足を踏み入れた。前の八月に訪れたとき、「敵性外国人」呼ばわりされた場所だ。今回、机の向こうに座っていたのは女性だった。「何が起きているのですか？」フレッドはたずねた。女性は笑顔で、「そこに署名をすれば、それで終わりよ」と答え、ペンと一枚の書類を手渡した。フレッドはそれをさっと見て、署名をし、女性に礼を言って、家に向かった。ものの数分ですべてが終わった。

その日の午後、実家のクリーニング店に着くと、フレッドは正面扉を開ける前に一瞬ためらった。両親は二人とも、いつものようにカウンターの向こうで仕事をしていた。二人がこの知らせをよく受け止めないだろうことは、わかっていた。シオサキ家では、多くの日系人の家庭と同じように、父親は単なる一家の長にとどまらなかった。父親は決定者であり、すべての議論に最終的に決断を下す立場にあり、意見や選択が必要とされるものごとすべてにおいて決定権をもっていた。フレッドがゴンザガ大学に進むことを決めたのは、父親だ。それは父親の計画だった。父親は息子がそれを実行するのを希望していたし、その計画に何らかの変更をするならまず自分に相談をかけることを期待していた。息子が戦争に行くというような重要な変更であれば、言わずもがなだ。父親は立腹するだろう。フレッドは深呼吸をしてから扉を開け、昔からなじんだ暖かで湿ったクリーニング店の匂いの中に足を踏み入れた。そして両親のほうに軽くうなずいた。何も話すことはできなかった。

三月二八日の午後遅く、カッツとカツアキのミホ兄弟は、他の二六〇〇人の新しく入隊した二世兵士とともに、正式なアロハ・セレモニーのためにイオラニ宮殿の庭に集合した。イオラニ宮殿は、ホノルルのダウンタウンにある瀟洒(しょうしゃ)な古い邸宅であり、ハワイの王室のかつての公邸だった場所だ。集まった若者たちは、おろしたてのぱりっとしたカーキ色の軍服に身を包み、くつろいだようすで列に並んでいた。彼らの首に、ハワイ大学の女学生たちが白い花のレイをかける。頭上ではマヌオクーと呼ばれるシロアジサシが、枝を広げたベンガルボダイジュの木の上で、まぶしく白いループを描きながら旋回していた。砲兵隊の楽団が舞台の上で演奏をする。ロイヤルハワイアン・グリークラブがハワイ王国の国歌「ハワイ・ポノイ」を美しく、厳かに歌う。「ハワイ・ポノイ」の歌詞は、一八七四年にカラカウア国王がカメハメハ王を称えて記したものだ。

誇り高きハワイの民よ
王を信頼せよ
王の血は若き
世代に受け継がれていく

イオラニ宮殿で開かれた二世の志願兵の壮行会

宮殿の三階の演壇では将校らが長々しいスピーチを行い、新兵たちに向けて、これから彼らがしようとしていることへの感謝を述べた。だが、ハワイ市長のスピーチは「私は君ら若者のことをよく知っている。だから、こういうときに大騒ぎされるのを君らが望まないことも知っている」という、ごく短いものだった。ハワイ準州議会の議長ロイ・ヴィトーゼックは、これだけ多くの若者が入隊したおかげで、「人種問題に関してこれらの地域で行われてきたリベラルな政策の正しさが立証された。君たちはこれらの島々の人間が、人種系統の多様さにかかわらず、一つに結ばれていることを示したのだ」と述べた。すばらしいセレモニーだったが、ミホ兄弟やその日その場にいたおおかたの若者たちが後々まで覚えていたのは、演説をした人々ではなく、群衆のことだった。二万人近い人々が――ホノルルでそれだけの人数が集まるのは、めったにないことだった――宮殿の庭にごった返していた。ベンガルボダイジュの木に登る人や、近くの建物に腰掛ける人もおり、近所のキング・ストリートまで人があふれかえっていた。人々は青年らを一目見ようと身を乗り出し、知っている輩に向けて「アロハ」「アロハ・ヌイ・ロア（たくさんの愛をこめて）」と声をかけたり日本語で「ゲンキデ！」と呼びかけたりして、幸運を願った。

それから数日かけてカッツや彼の兄や、その他の新兵たちは、生命保険に加入したり、戦時国債を買ったり、自分の給料の一部が両親のもとに届くように手配をしたり、友人や家族に会って自分の知っているありったけを話したりした。だが、これが最後の別れになると信じている者はほとんどいなかった。そして息子が父親のもとに手を握りに来るたび、父親は繰り返し、同じことを言った。「良い兵士になれ。できるなら生きて帰って来い。だが、何をするにせよ、自分や国や家族の恥になるような真似はするな」

四月五日、彼らは出発した。出発の詳細は軍事機密にされるはずだったが、どこからか噂が漏れ伝わり、彼らがゆるい隊列を組んでキング・ストリートをホノルル港の第七埠頭に向かって行進していると、ふたたび何千人もの友人や家族らが見送りのためにその場にあらわれた。母親や妻や姉妹や叔母たちはごちそうを詰めた弁当箱（ベントウ）を持ってきており、それを、若者たちがそばを通り過ぎるときになんとか手渡そうとしていた。持ち上げられないほどたくさんの荷物を詰めた背嚢を背負い、新兵たちはよろよろと歩いていた。足並みがそろわず、暑くて疲れ切った彼らは、見苦しい姿をさらしていた。仲間の一人はのちに回想する。「僕らはあのとき、兵士ではなかった。何の訓練も受けていなかった。軍服も体になじんでおらず、ウクレレやらギターやら、およそ軍隊らしくないさまざまなものを携えていた……（僕らは）まるで囚人のようだった」。そうした印象をさらに強めたのは、ライフルをもった大勢の憲兵が道沿いに並び、「後ろに下がって！」と怒鳴りながら友人や親族を青年たちから隔てようとしていたことだ。

マトソン社の豪華客船、ラーラインが港で若者たちを待っていた。一九三三年以来、輝く白い船体がトレードマークのこの優美な船は隔週ごとに、大勢の金持ちの観光客をホノルルに吐き出してきた。街の象徴であるアロハタワーの下、観光客は船のタラップを降り、首にレイをかけられ、豪華なホテルやワイキキのビーチに向かった。だが、青年たちがこの日乗り込んだ船は、様変わりしていた。ラーラインは日本の潜水艦に見つかりにくいように船体を灰色に塗り替えられ、入り口は真っ黒だった。割り当てられた船室に着いた若者たちは、本来二人用の空間に一二人もの人間が詰め込まれることを知った。船室のすべての壁には、二段に加えてさらに三段の寝棚が取りつけられていた。

船は午後二時を少し過ぎたころ出航し、若者たちはデッキに立ち、アロハタワーが遠ざかっていくのを見た。彼らは、この先の数カ月で自分たちがどれほど頻繁に、そしてどれほど強くこの光景を思い返すことになるか、どんなに痛切にアロハタワーと街の上を舞うマヌオクーを、そして何より、白い雲に取り巻かれた美しい緑の山々を見たいと思うようになるかを、まだ知らずにいた。

ラーラインが出港する日までに、おそらく六〇〇万人近いアメリカ人がすでに兵役についていた。そのうえさらに数百万人がハワイの若者たちと同じように、訓練キャンプに向かっていたり、そうしたキャンプから遠く離れた戦場に向かう途上にあった。彼らは連合国に力を貸す決意でいた。彼らがこれから足を踏み入れようとしている戦争は、今や世界が経験したことがない規模まで勢いを増していた。

南太平洋では日本の海軍がミッドウェー海戦での大敗北によって痛手を負い、連合軍は長い血みどろの戦闘の末、ようやく日本軍をガダルカナル島から追い出した。だが、日本はまだビルマや中国の一部を手にしており、長く連なる要塞島群も掌握していた。それらを一つひとつ崩していかなければ、連合軍は日本列島自体の征服など考え始めることさえできなかった。

ヨーロッパでは連合軍の爆撃がようやく、ドイツの産業の中心地を破壊し始めていた。だが、ヒトラーとそのファシスト同盟国はいまだ大陸のほぼ全体を強力に支配していた。ソ連では、ちょうど赤軍がスターリングラードの目と鼻の先で九万一〇〇〇人のドイツ兵をとらえたところだったが、ドイツ国境とのあいだにはいまだ三〇〇マイル（四八三キロ）の距離があり、ドイツ軍の三分の二を占める兵士がそこに投入されていた。ソ連での挫折は、その月もドイツが死の帝国を拡大するペースを遅らせなかった。ポーランドではナチスが、クラクフにあるユダヤ人ゲットーを一掃し始め、数千人のユダヤ人を町なかで撃ち、さらに数千人を死の収容所に送った。ギリシャ北部にあるテッサロニキの美しい港ではナチスが、大勢のユダヤ人を貨物列車に詰め込み始めていた。それは、三日ごとに平均二〇〇〇人のユダヤ人をアウシュヴィッツ＝ビルケナウに送る準備だった。アウシュヴィッツ＝ビルケナウ強制収容所では一九四二年一月から大規模なガス殺が始まっており、さらに四つの新しい、もっと効率的な――一度に二〇〇〇人を殺せる――ガス室がまもなく使用開始になるところだった。すでにナチスは、罪なき人々を一〇〇万人以上殺害していた。

北アフリカにおいてだけは――二月にカセリーヌ峠の戦いで米軍が大敗したにもかかわらず――戦況ははっきり連合軍の側に傾きつつあった。英米軍部隊は北アフリカにおけるドイツ軍全体の戦争遂行努力を打ち砕く準備を、そして二五万人あまりの枢軸国の兵士を捕虜にする準備をしていた。そして今、連合軍とドイツ軍の視線は北に――地中海の向こうのイタリアに――向かい始めていた。

ラーラインに乗り込んでほどなく、カッツはひどい船酔いに襲われた。彼は狭くて暗い船倉の寝棚にもぐりこんだが、同室の仲間が五人いるため、部屋は汗臭い衣類とディーゼルエンジンの排気と吐瀉物とでひどい臭いがしており、具合はもっと悪くなった。カッツはそのまま、続く四日半のほとんどの時間を寝床の中で、呻いたり吐き気と戦ったりしながら過ごした。そのあいだ船は、ジグザグの航路を辿ってサンフランシスコに向かっていた。その航路は、カッツの父親が一年前、投獄されるために本土に向かうときに通った道と同じだった。

だが、船酔いにならなかった青年らにとっては、船の旅は祭りも同然だった。彼らの大半は遠洋定期船に乗ったことがなく、ハワイの外に出たことすら一度もなかった。行き先が本土であるという事実を別にすれば、自分たちがどこに行くことになるのか明確に理解している者は一人もなく、そして彼らの大部分は、そのことをほぼ考えてすらいなかった。青年らにとってこれは、冒険であり、変化だった。それは彼らに、数カ月前の生活から期待していたよりも、ずっと刺激的な何かを手にするチャンスを提供してくれた。そして彼らはそれを楽しむつもりでいた。

マトソン社は乗組員を乗船させ続けており、出される食事は――それを吐かずにいられる者にとっては――潤沢で、比較的うまかった。青年たちはギターやウクレレを取り出して、パーティーもどきを始めた。ラーラインの瀟洒なラウンジや食堂に座り――そこには大理石の柱廊やマホガニーの羽目板や曲がりくねった階段などがあった――彼らは談笑し、タバコを吸い、手に入った食べ物を何かしら頬ばった。船倉にのんびり座って会話をしたり、冗談を言ったりする者もいた。伝統的なフラ用のグラススカートの代わりにタオルを腰に巻き、テーブルに登り、フラを踊る者もいた。そして、大半の若者が手を染めたのが賭け事だ。彼らの多くは、日本の伝統である「餞別（センベツ）」を家族から与えられていた。数カ月のあいだ、プランテーションやパイナップルの缶詰工場で働き、お金を貯めてきた者もいる。今、彼らはそうした金をすべて賭け金として積んだ。くわえタバコで船室に集まり、タバコの煙がたちこめる中で彼らはポーカーをした。甲板に空いた場所を見つけ、車座になってサイコロを振り、クラップスを始める者もいた。ゲームは夜通し続くこともあった。若者たちは声を張り上げ、悪態をつき、笑い、二〇ドルの紙幣をまるで一〇セント硬貨や五セント硬貨を投げるように放り投げ、サイコロが投げられるたびにたがいに「当たって砕けろ（ゴー・フォー・ブローク）!」とたきつけあった。それまで賭け事をしたことがなく、二〇ドルの餞別を結構な財産だと思っていたカッツは、時おり船室からよろよろと外に出ていっては、人々がクラップスに興じるのを仰天しながら見つめ、ふたたび寝床に戻った。やはり船酔いを患っていた青年トーマス・タナカは、新鮮な空気を吸いに甲板に出ていったとき、クラップスに引き入れられ、三回立て続けに参加した。数時間後、船室にふらふらと戻ってきたとき、トーマスのポケットには四〇〇〇ドルが入っていた。ホノルルにささやかな家を一軒買うことができる値段だ。

ラーラインがカリフォルニア北部に近づくにつれて天候は悪化した。冷たい強風が吹き、あたりは一面灰色だった。荒れた海の上で船が揺れるたび、カッツの船酔いは一段とひどくなった。だが、ようやく船がゴールデンゲート・ブリッジをくぐるころ、カッツは兄や他の若者と一緒に甲板の上に走り、息をのみながら橋を見上げた。フォート・ポイントの岩陰から、カリフォルニアアシカがこちらに向かって鳴き声をあげる。大半の若者らにとってサンフランシスコの町は、それまで見た中でいちばん大きな都市だった。彼らは霧の中、寒さで震えながら、すべての光景を自分の目に焼きつけようとしていた。悪名高い、風に吹きさらされたアルカトラズの刑務所。マリーナ地区の水際に並んだ、優雅で古いヴィクトリア調の邸宅。ノブヒルの上に立つ、壮麗で古式ゆかしいホテルの数々。そしてフェリービルディング。だが、何よりもカッツにとって驚きだったのは、ラーラインが波止場に停泊し、港湾作業員が船倉から貨物を下ろし始めたときに、目に入った光景だった。手すりに立った青年たちの一人が大きな声を上げた。「おい、見ろよ。白人野郎（ハオレバガ）だぞ！」

新兵らは手すりに群がり、波止場で働いている男たちをじっと見おろした。カッツは信じられなかった。これまでの人生を、ハワイのカハルウで働く港湾作業員の近くで過ごしてきたが、白人がその仕事をしているのは一度も目にしたことがなかったのだ。それを言うなら、カッツもその場にいる青年の大半も、白人が何であれ肉体労働をしているのを一度も見たことがなかった。

数日後、彼らは軍用列車に乗せられてカリフォルニアを横断した。若者らは車窓に群がり、彼らのほとんどが初めて見るアメリカの風景に目を見張り、それについて語った。幅広で濁ったサクラメント川。春の作物で緑に変わりつつある、セントラル渓谷の広大で平坦な畑。赤い大地。ウラシマツツジの藪。シエラネバダの丘陵地帯にそびえる背の高いマツ。そして、まだ春の雪が部分的に残り、花崗岩の雄大な頂をもつ山々。

列車が東進するにつれ、将校らは新兵のあいだを巡り、彼らがどこに向かっているかを初めて説明した。それはミシシッピー州のハティスバーグ付近にあるキャンプ・シェルビーと呼ばれる基地だった。彼らはそこで、基礎訓練を第三軍の兵士と一緒に受けることになる。訓練期間中に彼らは少なくとも二つの大隊に編成され、その中でそれぞれ特定の歩兵中隊に属することになるという。基礎訓練がすめば、いつでもどこでも、その部隊が適当と思われる戦場に送られる。それがいつどこになるかについては、彼ら自身が心配する必要はない。そして以後、自分たちのことを、日系アメリカ人のみの戦闘部隊「第四四二連隊戦闘団」の一員として考えなければならない。

ミシシッピーという地名が出たとたん、列車じゅうに不安のさざ波が起きた。マグノリア州の別称をもつミシシッピー州について彼らの大半が唯一知っているのは、その州では白人が組織的に「有色の（カラード）」人々を虐待したり、ひどければ殺しさえしたりしていることだった。客車を見まわし、たがいに顔を見合わせながら、若者たちはミシシッピーで自分たちの身に何が起こるのだろうかと考えた。

フレッド・シオサキはそれ以上先延ばしにはできなかった。入隊のためにユタ州のフォート・ダグラスに出頭するよう告げる手紙が届いたのだ。自分がしたことについて、いよいよ両親に話さなくてはならない。フレッドは、クリーニング店の上の台所に両親だけがいるときを見計らい、単刀直入に話をした。フレッドは部屋にふらりと入り、できるだけさりげなく言った。「陸軍に入るから、フォート・ダグラスに行かなきゃならない」。父親は一瞬無言で息子を見つめ、事態を理解しようとした。そして突然、父親の口からは、フレッドが理解できない日本語の罵詈雑言がほとばしった。激しい非難の言葉は、次から次へとあふれ出てきた。フレッドはその中にようやく、耳になじんだ日本語の語句を聞き取った。「ナンテ、バカゲタコトヲ！」その言葉を耳にするのは初めてではなかった。フレッドは父親に殴られると思った。こんなに怒っている父親を、見たことがなかった。だが、父親が大声をあげるほど、フレッドの決意はますます固くなった。このままここで暮らして、スポケーンの町やゴンザガ大学のキャンパスを平服でこそこそ歩き回る屈辱に耐えるのは、もう嫌だった。彼はもう一八歳で、自分のことは自分で決められるはずだ。だれの同意も要らなかった。両親を他のだれよりも敬愛してはいたが、その両親の同意すら必要ではなかった。これは、自分が

フレッド・シオサキ上等兵

しなければならないことだ。兄のロイは陸軍に入り、第四四師団第三二四歩兵連隊の統合部隊に所属していた。今度はフレッドの番だ。数日後、姉のブランチがフレッドをスポケーンにあるグレートノーザン鉄道の駅まで車で送った。父親は一緒に行くのを断った。さよならを言うことさえも、父親は拒否した。

数週間後、フレッド・シオサキ上等兵は、カーキ色の新しい軍服に身を包み、ヒルヤードに戻ってきた。軍はフレッドに身体検査を行い、予防接種を施し、いくつかの適性検査を行ったうえで、数週間後にミシシッピーでの基礎訓練への出頭命令が出るだろうと告げた。それまでの時間をつぶすため、フレッドは実家に戻って店の仕事を手伝い、軍服を着て誇らしげに街を歩き、その出で立ちなら女の子の気を引けるかどうかを試したり、やはり入隊を決めた友人のゴードン・ヤマウラと一緒にあちこちをぶらついたりした。

ついにその日がきた。今回は父親が車を運転し、ハーバーメール島にあるグレートノーザン鉄道の駅まで息子を送った。駅に着くとフレッドは、プラットフォームにある大きな砂岩の時計塔の陰に立った。ゴードンがそこでフレッドを待っていた。列車がホームに入ってくると、キサブロウ・シオサキは息子の手を握った。そして息子の目を見つめ、「元気で帰ってこい」とだけ言った。それだけ告げると、父は息子に背を向けてプラットフォームを歩み去り、車で家に戻った。それからキサブロウは、数百万人の親たちがその春にしたように、辛抱強く待ち始めた。帰還兵の中に自分の息子がいるかどうか見とどけるまで、ひたすら待ち続けるのだ。ほどなくヒルヤード・ランドリーの階下の正面窓には、二つの青い星のついたサービス・フラッグが飾られた。

第一〇章

ハティスバーグは、よく知らなければ、良い町だ。
従軍牧師ヒグチが妻のヒサコにあてた手紙　一九四三年一一月一一日

一九四三年四月一三日、ハワイから来た——今や正式に第四四二連隊戦闘団の一員となった——二世の青年らは、ミシシッピー州ハティスバーグのユニオン駅で列車を降りた。三日におよぶ鉄道の旅のあいだ、降車を許されたのはたったの二回。真夜中にごく短い時間、だれにも見とがめられないような片田舎で列車から降ろされ、柔軟体操をしたり足を伸ばしたりしただけだ。凝り固まって痛む体にオリーブドラブ色の軍服を着てプラットフォームに降り立った彼らは、こわごわとあたりを見渡した。何人かは開いた車窓のすぐそばに座っていたせいで、すすだらけの顔をしていた。

リーフ川とブーイ川の合流地点に位置するハティスバーグは、南部ののんびりした美しい町で、並木通りには手入れの行き届いた瀟洒な古い屋敷が立ち並び、二つの大学のキャンパスがあり、赤レンガのダウンタウンは活気にあふれていた。ネオクラシック様式の堂々たる郡庁舎は、白い大理石の柱の上に立つ同じほど白い雪花石膏(せっか)の南軍兵士の彫像によって守られている。夏の暖かい夕べには子どもが通りで缶蹴りをし、老いた男女が広いベランダに座り、レモネードを飲みながらそれを眺める。広い前庭の芝生の上を蛍が飛び、マグノリアの香りに満ちた夜の空気が、揺り椅子に座る人をついまどろませるような場所だ。

だが、小綺麗な芝生やどっしりした邸宅の陰には、惨(むご)い現実が隠れていた。ハティスバーグは――もっと広く言えばミシシッピーは――人々の想像以上に非情な場所と言ってよかった。リコンストラクション〔「再建」の意味。南北戦争終結から第一九代ヘイズ大統領就任の一八七七年までの時期をさす〕以来、ミシシッピーでは五〇〇人を超えるアフリカ系(ブラック)アメリカ人がリンチで殺された。それらの殺人のうち七件はここハティスバーグで起きており、その他の多くは、緑あふれる郊外で起きていた。ハティスバーグより少し北の町、ローレルでは、二世兵士らが到着するわずか数カ月前に、群衆が一四歳の少年たち――チャーリー・ラングとアーネスト・グリーン――を刑務所から引きずり出し、怯える二人の首に縄を巻きつけ、地元の人間が長いことひそかに「吊り橋」と呼んできた橋から放り投げて殺すという事件が起きていた。チカワウェイ川にかかるその橋は、一九一八年にここで初めのリンチ事件が起きたことを受けて、この残忍な異名を得た。そのときは若い男二人と若い女二人が――女は二人とも妊娠しており、どちらも必死に命乞いをしたという――この橋で吊された。チャーリー・ラングとアーネスト・グリーンのリンチ事件が起きた五日後には、別の暴徒がハワード・ウォッシュという若い男をローレルの刑務所から拉致し、別の橋から吊していた。

こうしたリンチ事件は、ミシシッピーの白人が脅しや人間性の抹殺という基盤の上に築いた経済的・社会的・政治的秩序のもっとも残忍な表出にすぎなかった。ミシシッピー州で、そしてジム・クロウ法〔黒人の一般公共施設使用を禁止・制限する法律〕のある南部諸州で、アフリカ系アメリカ人は良い施設を使うことを許されず、まともな教育は受けられず、職場では搾取され、選挙権はなく、面と向かって下劣な名前で呼ばれ、子どもたちの目の前で辱められ、息が詰まるような抑圧の下で生活し、働いていた。マグノリアの花の香りの下には常に、恐怖と退廃の気配が立ち込めていたのだ。

カッツとカツアキは手洗いを使うために駅に入ったとき、即座にある種のジレンマに直面した。男性用トイレの片方には「ホワイト」という標示が、もう片方の男性用トイレには「カラード」という標示があった。近くにある噴水式の水飲み器にも、やはり同じ標示があった。ミホ兄弟はどうしたらよいかわからず、たがいに顔を見合わせた。カッツは白人の将校に、自分たちはどちらを使うべきなのかとたずねた。将校は頭を掻き、やはり当惑したようすであたりを見まわした。最後に彼はうなるような声で「クソッ！　君らはたしかに、カラードではない。白人のを使え」と言った。二人は言われたとおりにしたが、どうにも落ち着かない心地だった。いったい全体どうして、おれたちは突然「ハオレ」になったのかと、二人は自問した。

その日のほぼ同じ時刻に――つまり、若者たちがぱんぱんにふくれた背嚢を持ち上げ、トラックの後ろに乗り込み、町のすぐ南にあるキャンプ・シェルビーに向かっていたころ――サンフランシスコでは陸軍西部防衛軍の幹部であるジョン・デウィット中将が、下院海軍委員会のメンバーを前に発言を行っていた。彼は日系人の西海岸への帰還許可に反対し、次のように宣言した。「ジャップはジャップです。アメリカ市民であろうとなかろうと、何も違いはない……私はやつらが一人たりとも戻ってくることを望みません」

ハティスバーグのすぐ南にあるキャンプ・シェルビーでは、二世の若者らが仮兵舎に移動していた。仮兵舎は細長い倉庫のような建物で、地面に杭を打った上に作られていた。窓の代わりに網戸がはめ込まれ、まるで、彼らが列車で東に向かう途中で見た養鶏施設のようだった。この週、ミシシッピーは春にしてはひどく冷え込んでおり、ハワイの基準からすれば尋常でない寒さだった。二世の青年たちはその夜、仮兵舎に置かれた石炭式のダルマストーブのそばで身を寄せ合い、眠るときは金属製の簡易ベッドに横たわり、軍隊用の緑色の毛布一枚をかぶって震えていた。シャワーの温度設定は、「冷たい」の一択だった。屋根からは水が漏った。トイレは仮兵舎の外に穴を掘っただけで、二四時間ずっと悪臭がした。それまでは普段タバコを吸っていなかった若者たちも、ひどい臭いをまぎらわすためにその週からタバコを吸い始めたりした。食堂で出される食事は、羊肉、無数の茹でジャガイモ、豆のマッシュ、ポークビーンズ、そして牛肉のクリーム和えのトースト乗せ——米兵からは「横板にクソ」と呼ばれていた代物——などで、ハワイから来た若者にはなじみがなかった。彼らの大半には、ほぼすべての食事がひどく不味かった。新鮮な果物や新鮮な魚や米を食べるのに慣れていたハワイ出身の若者には、食堂の料理はとても食べられたものではなく、彼らは空腹に苦しんだ。最初の週が終わるころには、何人かは仮兵舎の奥でうずくまり、ホームシックで泣いていた。

新設の第四四二連隊戦闘団に所属する若者らは、軍隊生活にとけこもうとしたが、最大の問題は生活環境でも食事でもホームシックでもないことがわかってくる。問題は、たがいの存在だった。

ルディ・トキワは本土の志願兵の大多数と同じく、自力でミシシッピーまでやってきた。キャンプ・シェルビーにたどり着くまでの道のりは紆余曲折があり、驚きの連続だった。一八歳になったルディは喜び勇んでユタ州のフォート・ダグラスに赴いた。そこで宣誓を行い、軍服を支給された。軍服を手にしてルディはわくわくしたが、少しばかり屈辱的なこともあった。補給担当軍曹にシャツとズボンのサイズを聞かれて、ルディは絶句した。「わかりません」。彼はようやくどもりながら言った。「母さんがいつも買ってくれていたので」。部屋にいた人間はいっせいに笑い出し、ルディの顔は真っ赤になった。

別れを告げるために急いでポストンに戻った後、ルディは東に向かう列車に乗った。意外にもルディに与えられた命令は、南のキャンプ・シェルビーに向かえというものではなかった。友人のロイド・オノエやハリー・マドコロはキャンプ・シェルビーでルディの到着を待っていたが、ルディが行くように指示されたのはもっと東のミネソタ州のフォート・サベージだったのだ。列車を降りたとき、ルディはこれから何が起こるかわからず、混乱していた。一人の二世兵士が近づいてきて、ルディをジープに案内しようとした。だが、その兵士がルディに話しかけた言葉はすべて日本語だった。ルディは日本語に堪能だったが、それでもおおいに困惑した。

「なんて言った？　おまえ、英語を話せよ。アメリカの軍隊にいるんだろう？」ルディは噛みつくように言った。ルディと一緒に列車を降りたもう一人の――カリフォルニア南部のグレンデールから来た童顔の、サダオ・ムネモリという名前の――兵士が日本語で相手に話しかけ、じきに事態は明らかになった。ムネモリもルディも一定期間日本で暮らした経験があったため、普通の部隊ではなく、「ＭＩＳ」と呼ばれるアメリカ陸軍情報部に配属されるのだという話だった。ＭＩＳの目的は、日本語を話せる二世兵士に情報収集の訓練を施し、そのうえで太平洋戦域に送り込み、主に通訳や尋問者や翻訳者やプロパガンダの書き手として活動させることにあった。ルディは衝撃を受けた。彼はそんな部隊の一員になりたくなかった。彼は戦いたかった――銃を持って、そして、キャンプ・シェルビーで彼を待っているボストン時代の友人と一緒に。ルディは何か策を講じてここから逃げ出そうと決意した。

解決策にたどりつくのに長い時間はかからなかった。日本語のテストが行われたとき、ルディはわざと日本語が全然できないふりを装い、すみやかにめちゃくちゃな回答をした。数日後、彼はシェルビーに向かっていた。途中、ニューオリンズでいったん下車した。一日乗車券をもったルディは街を散策し、そしてここルイジアナではこの年齢でも合法的に酒が飲めると知り、喜び勇んだ。さらにルディは、この新しい特権を享受するには一日の滞在では不十分だと即断した。続く四日間、彼は列車に乗り込む代わりにルイジアナのフレンチ・クォーターにずるずると居続けた。

ほぼ一週間後、ルディは疲労と二日酔いでふらふらのままようやくシェルビーに到着した。伍長の一人がルディを割り当ての仮兵舎に連れていき、寝台を示し、去った。取り残されたルディは背嚢を背負ったままその場に立ちつくし、自分の寝台を見つめた。そこにはだれかの大きなトランクが四つ積まれていた。その日は日曜日で、仮兵舎の中にはほかの兵士は数人しかいなかった。ハワイから来た数人の二世が小屋の片隅に座り、ルディには目もくれず、トランプに興じていた。

ルディは彼らに声をかけた。「おい、このカバンはだれのだい？」ハワイの青年らは顔を上げ、ゲームを中断されたことに苛立ったようにルディをじろりと見た。青年の一人がひどくなまった英語で言った。「おい、そん野郎が、おれらにカバンをどけろって言うてるみでえだな」

ルディはじろりとにらみ返しながら、彼らが何と言っているのか理解しようとした。

「ああ、ここはおれの寝床で、これからベッドを作らなきゃならない。だれもどかしたくなきゃ、おれがかわりにやるさ」

青年たちはにやにやしながら言った。「おっかね野郎だな、おい？」

ルディはトランクの一つを手に取り、戸口の外に放り投げた。トランクは派手な音を立てて地面に落ち、ミシシッピーの赤土の埃を巻き上げた。

しばらく、その場のみなが固まっていた。ようやくハワイの青年の一人が笑顔で、「おい、こいつマジみ

ルディ・トキワ二等兵

てえだな?」と言った。彼とほかの青年は立ち上がり、トランクをどけた。これが小さな勝利にすぎないことを、そしてこの先自分のまわりでこうした争いがいくつも起きることを、ルディはまだ知らずにいた。

シェルビーで起きた兵士同士の諍い(いさか)は、言語や民族的アイデンティティにまつわるものだった。第四四二連隊は、シェルビーの仮兵舎に入った最初の二世兵士ではなかった。真珠湾攻撃の直後、当時すでにハワイ準州兵軍に属していた約一四〇〇人の日系アメリカ人は任務を解かれ、オアフ島にあるスコフィールドバラックス基地に閉じ込められた。カッツが所属していたハワイ準州警備隊とは異なり、これらの人々はすでに米軍の一部と考えられており、差別禁止法の存在ゆえ、政府もあっさり辞めさせることはできなかった。そのため軍は、彼らを単純にスコフィールドバラックスに追いやり、雑事ばかりを与え、忘れられた存在にしようとしていた。だが、一九四二年六月に軍は方針を変え、ひそかに彼らをウィスコンシン州のキャンプ・マッコイに船で移送し、第一〇〇歩兵大隊（独立）と称するようになった[*22]。キャンプ・マッコイで――厳重に秘匿されてはいたが――彼らは基礎訓練を受けた。大部分においてそれは、国中の無数のアメリカ兵がその年に受けていたのと同じ水準の訓練だった。だが、彼らのうちの二〇人ほどはひそかにキャット島に送られた。キャット島はミシシッピー州のガルフポートから沖合わずか二マイル（三・二キロメートル）に位置する無人の、砂と藪とぬかるみとワニしかいないような小さな島だった。そこで彼らは三カ月を過ごし、そのあいだ、日本人に特有の匂い――と米軍幹部のだれかが考えたもの――をかぎつけるよう訓練された犬に追い回されながら、藪や沼のあいまを這いまわって過ごした。そうした二世兵士の一人が実際に犬と遭遇したときには、見張りの人間が空砲を撃ち、それを合図に二世兵士は地面に倒れ、死んだふりをすることになっていた。犬の目の前には肉が一切れ放り投げられ、犬はそれにかぶりつき、倒れている兵士の顔をなめ、しっぽをちぎれんばかりに振りまわした。一人の兵士、ヤスオ・タカタは「われわれには日本人の匂いはしなかった。われわれはアメリカ人だったのだから。犬にさえもそれはわかったのだ」と回想した。翌年の一月に残りの第一〇〇歩兵大隊のメンバーはミシシッピーに送られ、キャンプ・シェルビーに配置された。いっぽうで政府は、彼らをその先どう使うかを模索していた。ハワイから来た第四四二連隊の新兵がシェルビーに到着したころには、第一〇〇歩兵大隊はすでにキャンプを去り、今はルイジアナの沼地で野外機動演習をしていた。だが、日系人兵士からなる別の中核グループ――その大半は召集兵だった――がかわりに、ハワイからの新参者を待ち受けていた。彼らもまた、真珠湾

*22　「独立」と称されるのは、彼らの部隊がどの師団にも属さない孤児的な存在だからである。

攻撃の前に入隊していたが、こちらはみな本土の出身だった。何人かは軍に入る前、大学生だったり専門家をめざしていたりした。そして彼らは別の場所で事前に基礎訓練を終えていたので、新設の第四四二連隊における下士官のポジションはほぼすべて、これら本土出身の二世兵士で占められていた。彼らはすでに伍長、軍曹、二等軍曹などになっていた。つまり、ハワイの青年たちはキャンプ・シェルビーに到着したとき、自分と同じような見かけの、自分と同じような苗字をもつ若者たちから命令を受けることになったのだ。祖先も自分たちと同じ日本人である彼らはしかし、まるでちがう世界から来たかのように話し、行動した。

その後、さらにルディのような若者が——大半は西部の強制収容所から——やってくるようになり、すでに張りつめていた状況はたちまち悪化の一途をたどった。本土の日系人とハワイ出身の日系人が言葉を交わせば、必ず喧嘩が起きた。本土の日系人はまずもって、ハワイ出身の若者が言っていることの大半を理解できなかった。ハワイ出身のだれかが本土出身のだれかにレンチをとってもらおうと、「ハンド・ミー・ダ・カイン」と言ったとしよう。「ダ・カイン」はハワイのピジン語で「ザッツ・シング」を意味する。ところが話しかけられた本土出身者は混乱して「ファッツ・カインド？」と聞き返す。ハワイ出身者はそれを聞いて「馬鹿野郎。レンチをくれといったんだ」と食ってかかる。別のハワイ出身者は本土の出身者に「ユー・ゴー・ステイ・ゴー」と言っても、それが「行ってしまえ」という意味であることが通じず、いらいらした。

コロラドから来たジョージ・ゴトウは、ハワイの若者が単純に英語を話すことも理解することもできないのだと思っていた。セントルイスから来たチェスター・タナカは、ハワイの若者を「野蛮人」だと思っていた。本土の若者の多くはハワイの方言を無知ととりちがえ、最初は軽蔑の念を隠さなかった。そして次には、笑い飛ばそうとした。だが、笑い飛ばすのは最悪の選択で、十中八九、乱闘騒ぎにつながった。シェルビーでの最初の数週が終わるころには、キャンプじゅうで殴り合いの喧嘩が起きていた。ハワイ諸島の出身者は本土の出身者を「コトンクス」と呼び始めた。「コトンクス」とは、ココナッツの実を叩いたときのうつろな音をあらわしており、つまり、本土の人間の頭も叩けばそんなふうにカラッポな音がするだろうという意味だった。コトンクたちはハワイ出身者のことを「ブッダヘッズ」〔ハワイのピジン語の「豚の頭」と「仏陀頭」の混交語〕と呼ぶようになった。それがどういう意味なのか正確に知っている者は、どちらの側にもいなかった。

問題は言語だけではなかった。本土から集まった兵士は、強制収容所からあえて入隊を志願し、自分が愛国的なアメリカ人であることを証明するという不屈の、そして高潔な決意に動かされ、怒りに燃えてキャンプ・シェルビーにやってきた。全体的に彼らは真面目で、控えめで、明快で、熱心で、行儀がよく、口調が柔らかく、お金の使い方が堅実で、そして両親から教えられたように、権威を尊重する傾向があった。かたやブッダヘッズは概してざっくばらんで楽天的で、人生を冒険としてとらえ、酒や賭け事を愛し、気ままに金を使った。彼らの多くはどこに行くときもウクレレやギターをもってきて、可能であればいつでも歌い踊り、心はあたたかく開かれており、愛想よく他者に接した。ハワイの島々に住んでいる彼らの家族は知り合い同士であることが少なくなく、親たちが一緒に日本から移住した仲だったり、おじ同士が一緒に仕事をしていたり、おば同士が同じ教会や寺に通っていたりした。ハワイの若者はいとこやいとこ同然の人々と一緒に育ち、裸足でアメフトに興じ、同じ海岸で泳ぎ、同じＹＭＣＡでバスケットボールをした。[*23] 同じ歌をうたい、同じ食事を味わい、たがいがある意味、同じ「オハナ」に、つまり同じ大きな家族に属するように考えていた。そして彼らは権威を――とりわけ彼らを抑圧するために作られたとおぼしい、あらゆる種類の権威を——絶えず反抗すべきものと見なす傾向があった。

ブッダヘッズがシェルビーに持ち込んだ態度は、もとをたどれば非常に深い場所から——彼ら自身の、そして彼らの両親である一世の、ハワイにおける実体験から——生まれていた。

一八八五年から一八九四年までのあいだ、故郷の経済不況や飢饉から逃れるために、三万人近い日本人の契約労働者がハワイ行きの船に乗り込んだ。一九世紀後半にヨーロッパからアメリカにやってきた数百万人の移民にとってそうだったように、彼らにとっては目的地にたどり着くまでが苦難の連続だった。まず、彼ら日本人はほとんどが、それまで船に乗ったことがなかった。それどころか、生まれ育った村から数マイル以上離れた場所には行ったことがない者が大半だった。船が動き始めるや、ほぼすべての人々は嘔吐しはじめ、多くの人は数日間、ずっと回復しなかった。食事は——それを食べに行くことができる者にとっては——来る日も来る日も同じで単調だった。出てくるのは黒い豆と、乾燥させた蕪を細かく刻んだものをスプーン数杯分の米に混ぜ合わせた料理ばかり。寝床にはシラミやノミが巣くっている。伝染病はあっというまに船内に広まり、時には命にかかわる結果を引き起こした。船の中で亡くなった者の遺体は儀式なしで冷蔵室に運ばれた。

ようやくハワイの島々が見えてきたとき、生き残っていた人々は船の手すりにずらりと並んだ。彼らの心は高揚していた。初めて見る光景はうららかで美しく、すばらしい未来を予感させた。空には白い雲がふわふわと漂い、その下にある緑に覆われた山々は、流れ落ちるいくつもの滝によって縁どられている。広い珊瑚砂の海岸にはココヤシの木が並んでいた。島に近づくにつれ、やわらかくてあたたかい貿易風がプルメリアヤセンネンボクやワイルドジンジャーの甘い香りを運んできた。ハワイは、日本の労働者募集機関が約束したとおりのものに——本物の楽園のように——見えた。

だが、ホノルル港のサンド・アイランドに上陸した彼らは、ハワイのちがう顔を目にした。サンド・アイランドは荒涼とした不毛の島だった。そこには死んだ珊瑚や砕かれた貝殻や、港から浚渫（しゅんせつ）された泥が吹きさらしのまま平らに広がっており、植物はほとんど生えておらず、太陽が照りつけ、暑かった。人々が下船すると、小さな建物の煙突から煙が立ち上ってきた。航海中に亡くなった人々の遺体が焼かれ始めたのだ。船から降りた人々はまるで牛のように、大きな建物の中に追い立てられ、手続きをさせられた。製糖会社の代表たちが人々に契約書を突きつけ、すぐにそこに署名をするよう迫った。契約書は英語と日本語の両方で書かれていたが、日本で署名した契約書とは異なるところがしばしば見受けられた。今目の前にした契約書は、より多くの労働を要求しており、数年間働かなければならず、プランテーションから逃げ出すことは犯罪と見なされ、給料は提示されていたより低かった。変更について移民が不平を口にすると、相手は、署名しなくてもかまわないが、その場合はすぐに帰らなければならず、そして日本に帰る旅費は自分で払わなければならないと告げた。そんなことができる人は一人もおらず、彼らはみな契約書に署名をし、平均でひと月に九ドルの賃金で働くことに同意した。そしてようやく彼らは島と島とを結ぶ船に乗り、数時間後には荷馬車の後ろに乗せられ、サトウキビ畑の埃っぽい道を揺られながら、それぞれの契約によって結びつけられたプ

＊23（一九九頁）　ハワイの文化においては、実際に血縁関係でなくても家族同様に近い関係にある者は「カラバッシュ（瓢箪）カズン（いとこ）」と呼ばれた。

ランテーションに向かった。

到着した彼らはほどなく、サトウキビ畑の労働がきわめて非道で過酷であることを知った。労働は週に六日。朝は四時三〇分にけたたましいサイレンの音でたたき起こされる。熱帯の太陽やサトウキビの尖った葉や、畑にはびこる巨大なクモやムカデやスズメバチの針から身を守るために、移民労働者は顔や腕を固くごわごわした布で覆っていた。熱帯性気候にもかかわらず、彼らは長い下着を穿き、ゲートルのボタンをきっちり留め、つばの広い帽子をかぶり、重い手袋とブーツを身につけていた。彼らは鍬と短い鉈のようなナイフをもち、荷馬車の後ろによじ登り、夜明け前の暗闇の中をでこぼこ道沿いに農園へと運ばれていった。日が昇るころ、最大で二〇〇名にもなる群れをいくつも作って畑に繰り出し、雑草を抜いたり、サトウキビを刈りとったりした。それぞれの群れはまるで機械のように整然と、そして黙々と仕事を進めた。「ルナス」と呼ばれる親方が長くて黒い鞭をもってそばに立ち、それぞれの群れを見張り、大声を上げたり怒ったりこきおろしたりして、ともかく仕事を進めさせた。作業全体を見渡すフィールド・ボスは必ず白人で、他の労働者から少し離れた場所で馬に乗り、ショットガンを携えたり鞭を膝の上にのせたりして、脱走しそうなやつがいないかと目を光らせていた。脱走者は殴られたり鞭で打たれたり、契約違反の咎で刑務所に入れられたりした。

日が昇るとともに畑の気温はしばしば、うだるような、耐えがたい暑さにまで上昇した。おまけに、一二フィート（三・七メートル）の高さのサトウキビがあるせいで、労働者のいるあたりには風はちらりとも入ってこない。重装備をした労働者らは汗にまみれ、かがみこみ、泥だらけになり、疲弊した。埃は喉と鼻に入り込み、サトウキビの尖った葉は、衣服に覆われていないすべての皮膚を切りつけ、汗は目にひりひりと沁(し)みる。女性の労働者はしばしば背中に小さな子どもをくくりつけたり、重装備した衣服の中に子どもを抱えていたりした。ときおり母親たちは立ち上がり、赤ん坊を抱っこして、少しばかりゆすってあやしてはまたかがみこみ、耕したり刈ったりを再開した。あちこちで、腿まで高さのある刈られたサトウキビの中で、八歳くらいの子どもが親と並んで働く光景が見られた。

一日一〇時間の労働が終わり、畑から引き上げた人々は、埃をずっと吸い込んでいたせいでゲホゲホとせき込み、茶色い痰を吐き出していた。疲れ切ってキャンプに戻った彼らは長机のまわりに集まり、米や豆に干し鱈(だら)や干し海老のかけらを添えただけの貧しい食事を黙々と食べた。米にはたびたびゾウムシがついていた。食事が終わると移民の大半を占める一人身の男は粗末な宿泊所にいっせいに向かい、幅わずか一二～一五インチ（三〇～四〇センチ）のざらざらした板の上に疲れ切った体を横たえ、なんとか眠ろうとした。

結婚していたわずかな男女は毎晩、薄い壁の小さな家に引っ込んだ。窓にはすだれがかかっているだけで、金属の屋根はさびつき、流しからは冷たい水が出た。ハワイ特有の土砂降りの雨が降ると屋根からは水が漏った。流しの水は外に掘られた溝から直接引かれていたため、ヒキガエルやしばしば水にわく虫が入ってこないように、水道の蛇口にはブル・ダーラムのタバコの袋をフィルター代わりにくくりつけなければならなかった。キャンプの中に共同便所はわずかしかなく、それもコンクリートの溝に穴を開けた板をかぶせただけという代物で、常時流水が排泄物を流してはいたが、それがどこに押し流されていくのかはだれも知らなかった。

だが、プランテーションの生活がどれだけきつくても、契約期間――それはだいたいが二年か三年だった――が終わったとき、移民の多くは、さらに状況がひどい日本に帰るよりは、そのままハワイにとどまることを選んだ。その後一九〇〇年にハワイはアメリカの準州になり、それまで移民を縛っていた契約制度は、合衆国憲法が禁じる「自由意志によらない強制労働」を行わせているという理由で、廃止されることになった。こうして数千人の日系移民がプランテーションの外に出て、ハワイで生きていくための別の道を模索したが、そのままプランテーションで生活し労働することを選んだ人々のほうがさらに多かった。プランテーションに残った移民は以降も、サトウキビ畑の生活を支配する厳しい人種差別を受け続けたが、少なくとも今度は、別の道を見つけたときにはプランテーションを出ていけるという自由があった。

人々がハワイにとどまろうと決意する中、若い人たちは自分の未来について考えるようになった。だが、ハワイに移民してきた女性は非常に少なく、男性四人に対して女性は一人しかいなかった。そこで若い男たちは日本の両親に手紙を書き、自分にふさわしい若い女性を見つけて婚姻の手続きを進めてほしいと頼んだ。日本の法律では、男性自身がその場にいなくても結婚式を挙げることは可能だった。未来の新郎新婦の両親は、条件を交渉するために会ったり手紙で連絡を取り合ったりした。どちらの側の両親も、たがいの家系図を検証し、社会的な地位を評価した。若者らは新天地で自分がしている仕事について文章を綴って送り、自身の収益能力を数字で示した。そして自分の――あるいは自分と偽った――写真を日本に送った。日本の女性の側も同じことをした。どちらの側も写真をよくよく精査してから結婚を決めたが、じきに「写真花嫁」と呼ばれることになる女性たち本人には、縁談についてほぼ発言権が与えられていなかった。こうしてついに、新郎抜きで婚儀が行われ、花嫁たちは不安を胸にハワイ行きの船に乗り込んだ。いよいよオアフに到着した女性たちが地味な着物に身を包み、困惑しながらぞろぞろと船を降りたとき、彼女らは、バリケードの向こうから大声で叫んだり手を振ったりしている何百人もの男性の顔をじっと見つめ、写真と合致する人物を見つけようとした。だがたいてい、合致する顔はいなかった。多くの女性たちは後で知ったのだが、彼女らが受け取っていた新郎の写真は数年前に撮ったものにタッチアップという加工を施したものだったり、場合によってはまったく別の——もっと若くてもっと健康的で、もっと見かけの良い友人の写真だったりしたのだ。だが、今さら戻ることも逃げ出すこともできず、新婦は新郎に従って移民局を出ると、新しい生活に共に入っていった。何万人もの女性にとってそれは、サトウキビ畑に直接つながる旅だった。一九二〇年当時、ハワイに住む女性のおよそ八〇パーセントはサトウキビ畑で働いていた。

女性らが来てからほどなく、子どもが——ハワイの日系二世が——生まれた。今、キャンプ・シェルビーでブッダヘッズと呼ばれる集団を形成しているのは、そうして生まれた子どもたちだった。彼らは親の世代が、ハワイの権力者の下で何に耐えてきたかをよく知っていた。人種的にも経済的にも階層化された社会で成長する中で自分が経験してきたことも、よくわかっていた。そして彼らは、自分と同じ年齢の日系アメリカ人の青年の言葉やふるまいや態度が、時おり故郷の「ハオレ」と似て見えるのが、我慢ならなかった。

フレッド・シオサキは幼いころ、スポケーンにあるメソジスト教会の日本語学校に時おり、あまり熱意をもたずに通ったことを別にすれば、キャンプ・シェルビーに来るまで、これほど多くの日系人に囲まれたことは一度もないと言ってよかった。目新しいこの状況が少々煩わしいものであることは、仮兵舎での生活になじもうとするうちに明らかになった。だが、ほかの本土出身の若者の場合と同様、フレッドにとって最初の、そして最大の難題になったのは、ハワイ出身のブッダヘッズだった。最初の一日でもうフレッドは、彼らとはかかわるまいと決めた。自分の言った何が相手を挑発したのか、後から思い返してもフレッドにはわからなかったが、ブッダヘッズの一人が最初の日に口にした「なんだよ、間抜けなコトンク野郎」という返答はけっして忘れなかった。

フレッドにとって彼らは、故郷のヒルヤードで敵対してきた連中とはまるで別次元の存在だった。ふつうならフレッドは、自分を馬鹿呼ばわりした相手を殴りつけていた。子どものころ彼を「ジャップ」と呼んだ相手を何人も殴ってきたように。だがフレッドはすでに、ブッダヘッズが一対一の戦いをすることはまずないと学んでいた。彼らは敵のまわりに群がり、自分のためではなく仲間のために——まるでみなが兄弟であるかのように——戦うのだ。フレッドは生まれて初めて、喧嘩から降りることを学んだ。口論も避け、キレないようにじっと我慢した。そして本土出身のほぼすべての青年と同じように、ハワイ出身者の言語を理解し、話せるように努力しはじめた。それは単に、背景にとけこみ、こちらに彼らの注意を向けないようにするための策ではあったのだが。

シェルビーに到着してほどなく、カッツ・ミホは歩兵部隊から分離され——スコフィールドバラックスにいるときに受けた適性テストの結果が良かったことにもとづいて——第四四二連隊の専属砲兵部隊である第五二二野戦砲兵大隊に配属された。フレッドやルディのような歩兵と同じ厳しい基礎訓練を受けることは必要だったが、カッツはシェルビーでの時間の多くを、第五二二野砲大隊の大型榴弾砲を精確に発射するのに必要な複雑な幾何学や計算法の習得に費やした。だからといって、コトンクスとブッダヘッズのあいだで起きているもめごとと無縁でいられるわけではなかった。

当然ながらカッツはハワイから来た兵士に肩入れし、笑いながら自分をブッダヘッドと称した。マウイのプランテーションから来た連中の多くとは知り合いだったし、標準的な英語を話すよりハワイのピジン語をしゃべっているほうが気楽だった。だがカッツはいっぽうで、一種中間的な立場にあった。カッツらハワイ大学出身の青年は、ハワイ大学か本土の大学かを問わず、大学に行った青年らと一緒に過ごす傾向があった。天性の政治家でもあったカッツはどんな議論も受けて立つ準備があり、拳よりも、強力で論理的な意見で戦いをしかけることがずっと多かった。

カッツが親しくなった大学出身の青年の一人に、モンタナから来た二一歳のまじめな青年がいた。ジョージ・オイエは一九二二年二月一九日に、アイダホとの州境のわずか東に位置するベイスンクリークの採掘キャンプに近い森の小屋で生まれた。マイナス四度以下という厳寒地域で、最寄りの店に行くには雪靴を履いて半日歩かなければならなかった。だが、ジョージがこれまでの大半を過ごしてきた場所は、モンタナ州の乾燥して埃っぽい一帯にあるトライデントという町だった。トライデントはセメント工場で働く労働者のために作られた一種の企業都市で、ジョージの父親も工場に勤めていた。モンタナの多くの青年と同じようにジョージは、片手に狩猟用ライフルを、もう片方の手に釣り竿をもって育ち、自由な時間のほぼすべてを友人と一緒に周辺のヤマヨモギに覆われた丘を歩き回って狩りをしたり、ガラティン川やマディソン川で腰まで水につかり、冷たく澄んだ速い流れの中を泳ぐ艶々したニジマスを釣り上げたりして過ごした。近くのスリー・フォークスの高校に通ったジョージは、カッツと同じく学校の人気者で、アメフトのチームではクォーターバックをつとめ、ほぼ白人ばかりの生徒らとたやすく混じりあって過ごした。

頭がよくて社交的だったジョージは一九四一年にボーズマンにあるモンタナ州立大学に進み、予備役将校訓練課程に登録し、ほどなく士官候補生のトップになった。狩猟の技術に優れていたために、射撃チームのキャプテンにも任命された。航空エンジニアリングの講義をとり始め、ゆくゆくは陸軍の飛行士になりたいと希望していた。だが、そこで真珠湾攻撃が起きた。父親は一七年間勤めたセメント工場を強制解雇され、家庭菜園で育てた野菜を売って細々と生計を立てざるを得なくなった。ボーズマンでジョージが下宿していた家主の女性は、ジョージをこれ以上置けないと告げてきた。ジョージの身重の姉とその夫はロサンゼルスに暮らしていたのだが、サンタ・アニタに強制収容されたあと、戦時転住局の開設したミニドカ強制収容所に移送された。ジョージは、友人のほぼ全員と同じように軍隊に入ろうとした。だが、フレッド・シオサキがそうだったように「敵性外国人」と言われ、予備役将校訓練課程に毎週通う生活にまもなく戻った。そして、軍服を着ていながら入隊を許されないという皮肉な事実に苦しんだ。

だが、軍隊に入って飛行機乗りになるというジョージの決意は変わらなかった。彼は自分の思いを、講義でジョージに良い印象をもってくれていた何人かの教授に伝えた。教授らはモンタナ州の予備役将校訓練課程の総務局長のもとに何度も足を運び、ジョージのためにあれこれはからってくれた。そしてようやく一九四三年初頭のある日、ジョージのまじめさとキャンパスにおける人望は報われることになった。総務局長はジョージを部屋に呼び、もしジョージがトライデントに住む有力な白人五人からアメリカへの忠誠を保証されれば、軍隊に入隊でき、飛行士の訓練を受けることも可能になると話した。町の人気者だったジョージはたちまち、必要な推薦を集めた。町では彼のために壮行会が開かれ、その後まもなくジョージはユタ州のフォート・ダグラスに向かい、入隊のための手続きをした。そこで宣誓をすませた後でジョージは初めて、君は航空機を操縦することにはならないと告げられた。ジョージはキャンプ・シェルビーと呼ばれる場所に赴いて、歩兵になる訓練を受けるのだという。衝撃を受け、怒り、裏切られたと思いながら、ジョージは列車に乗り、ミシシッピーに向かった。

シェルビーに着いてから、事態はさらに悪化した。ジョージはそれまで自分の家族以外の日本人や日系アメリカ人に囲まれたことがほとんどなかった、日本語は話せず、学ぶつもりもなかった。自分を日本人だと考えたこともまったくなかった。シェルビーで初めてほかの日本人に、とりわけハワイから来た青年たちに会ったとき、ジョージがまず思ったのは「こいつらはだれだ？　なぜこんなに背が低くて、色が黒くて、変な言葉を話すのか？」ということだった。冬のモンタナから来たばかりのジョージは色が白く、ハワイの青年らと比べると、よけいにそれが目立った。あっというまにハワイの青年はジョージのことを、冷笑的な表情を浮かべながら「ホワイティ」と呼ぶようになった。それは、のちにジョージが「散々だった」と振り返るシェルビーでの最初の数週の入り口にすぎなかった。予備役将校訓練課程にいたジョージは、良き兵士になる訓練を受けていた。どの軍服をいつ着るべきか、どのように着るのが正しいかを、ジョージは知っていた。靴はいつもきちんと磨き、シャツのボタンは襟元まで留めた。将校が部屋に入ってくれば、ぴしりと姿勢を正した。寝床は規則に従って整えた。彼は実際、万事を規則に従って行った。将校に話しかけるときには、「サー」と付けるのを忘れなかった。そんなジョージの規律に忠実な態度を、ハワイから来た青年たちは煙たがった。彼らはだいたいいつも将校にファーストネームで呼びかけ、そうしなかったときを思い出すのに苦労するほうだったし、怒られないかぎりはだいたい裸足で過ごし、暑い日には軍服のシャツの前を腰まで全部開けていた。そしてキャンプにいる人間の中でジョージほど、機会さえ与えられれば故郷でプランテーションを経営しそうな輩はいなかった。ブッダヘッズはことあるごとに、ジョージに派手な喧嘩をしかけるようになった。

カッツと同じくジョージは、第五二二野戦砲兵大隊に配属された。そしてそこで、すぐにカッツに惹かれた。ジョージは好奇心が強く、哲学的なところもあり、カッツと同じように何事にも自分の意見をもっていた。二人とも、出来事について話したり、ものごとの深い意味を考えたり、自分たちが経験していることの隠れた意味合いを探ったりするのを好んだ。そして今、ジョージの置かれた新しい状況が意味しているのは、彼には友人が――できるならハワイの青年らがやっているように話す友人が必要だということだった。カッツはジョージに好感をもち、友情と保護を快く彼に提供した。

シェルビーでの最初の一カ月間、第四四二連隊の新兵は基地の一部に隔離されていた。部隊の将校たちは、すでにシェルビーにいる白人兵士やハティスバーグの住民たちが、突然何千人もの日系アメリカ人にやってこられてどんな反応をするか皆目予想がつかず、大勢の日系人がいるという考えに彼らが慣れる時間を与えようとしたのだ。少し前にこんな事件があった。アーカンソー川の向こうで、日系アメリカ人兵士であるルイス・フルシロ二等兵が、近隣のローワーに建設されたばかりの新しい強制収容所にいる妹をたずねに行く途中、一軒のカフェに入った。白人の農業労働者で二人の息子が出征中のウィリアム・ウッドは、町に「ジャップ」がいるという話を聞くと、カフェに入っていき、フルシロ二等兵に散弾銃を向け、引き金を引いた。フルシロはとっさに身をかがめ、顔に表層火傷を負っただけでその場を逃げ出した。そのちょうど翌日、森で鹿を狩っていたM・C・ブラウンは、ローワーの収容所から森に仕事に来ていた二人の日系アメリカ人にばったり出会い、彼らを脱走者と決めつけ、発砲した。弾はシゲル・フクチの腰に当たり、彼は怪我を負った。

シェルビーの二世兵士にはどのみち、町を訪れる時間などなかった。彼らは到着するや、その春、国中で何万人という若者が耐えてきた厳しい基礎訓練計画の中に放り込まれた。気温が暖かくなり、キャンプの周辺の森でハナミズキの花が咲き始めたころ、彼らは軍隊生活の基本を学んでいた。たいていは体より大きな軍服を着て、耳の下まで届くこともあるヘルメットをかぶり、閲兵場で長時間、軍事訓練に参加した。障害物コースを走り、蛸壺壕を掘り、早朝の寝棚検査に耐え、ライフルを分解してはまた組み立て、便所の掃除をし、炊事勤務を行い、山のようなジャガイモの皮を親の仇のように剝いた。雨が降り始めて、ミシシッピーの赤い土埃が赤い泥に変わっても、彼らはその上に腹ばいになって、ライフルを手にしたまま匍匐前進をさせられた。だれかが機関銃を彼らの頭上でひとわたり撃つなか、新兵たちは腹ばいで進みながら鉄条網の下をくぐった。

六月一五日、第一〇〇歩兵大隊が――戦争が始まる前に志願したり召集されたりしたハワイ出身の二世兵士たちが――森での機動演習を終えてシェルビーに戻ってきた。カッツ・ミホや第四四二連隊のブッダヘッズの多くにとってはことに、これは嬉しい出来事だった。ハワイにいた当時から知り合いだった青年らは旧交をあたためたため、家族のニュースを交換し、思い出を共有した。ウクレレを取り出し、仮兵舎の階段に座って故郷の島の歌をうたい、語り合った。彼らは赤い土埃の地面に丸くなって座り、サイコロを振り、ドル札を握りしめ、サイコロが振られるたび、「ゴー・フォー・ブローク！」と叫んだ。

だが、二つの集団は気のおけない間柄とは言えなかった。第一〇〇大隊の兵士は大半が数歳年上だ。彼らは兵役についてから少なくとも一年半になる。数カ月を外で過ごしてきた彼らの体は引き締まり、鍛えられて頑丈になっていた。彼らは己の務めを知っていた。歩くさまや話すさまには、かすかな尊大と自信が感じられた。第四四二連隊の青年にとって彼らは長兄のようであり、尊敬といくばくかの畏怖をもって仰ぎ見る存在だった。

ゴードン・ヒラバヤシとエスター・シュモー、そしてエスターの父親はその春、疲れ知らずに働き、太平洋岸北西部の日系アメリカ人家族の重荷を少しでも軽くしようとしていた。その一帯の日系アメリカ人は今、収容所で暮らしているか、排除地域の東の地域に移り住もうと試みていた。強制収容が始まったほぼ最初のころから戦時転住局は、忠実だと判断された選ばれし二世——一世は除外——に対して、彼らをすすんで支援してくれる雇用者や受け入れてくれる大学を見つけた場合のみ、収容所の退出申請を認めていた。実際、東部や中西部のかなりの数の大学が収容所から来る学生に門戸を開いており、それよりかなり数は少ないものの、日系人を雇ってもいいという企業は存在していた。しかしエスターはある日、何人かの転住見込み者のためにスポケーンで仕事を見つけようとしたとき、現実を強く突きつけられた。ゴードンは外に停めた車の中で待ち、エスターが一人でクリーニング店に入っていった。最初、ことはうまく運びそうに見えた。店の主人は、人手が足りなくて困っていると話した。やってもらいたい仕事はいくつかあるという主人は、エスターの話におおいに乗り気だったが、紹介されるのが収容所から来る人間なのだと判明すると、突然気色ばんだ。「おい、待て。日本人を雇うつもりはないぞ!」男は怒鳴った。車に戻ってきたエスターは五分ほどずっと泣き続け、それをゴードンがなぐさめた。こうしてエスターは、自分が立ち向かっているものの正体をはっきり把握した。いっぽうのゴードンは、エスターの目に世界がいかに違うように見えていたかを初めて理解した。

もちろんゴードンにとって、こうした扱いは何も新しいものではなかった。つい最近、白人の友人とアイダホを旅行していたとき、コードウェルという小さな埃っぽい農村でパラマウント・レストランに入ろうと二人は決めた。ゴードンと友人はレストランに足を踏み入れたが、正面の窓に「ノー・ジャップス」という張り紙があったことには気づいていなかった。ウェイトレスがやってきて注文を取ったが、半時間が過ぎても料理は来なかった。ようやくウェイトレスがふたたびテーブルにやってきて、「あなた、日本人よね？」とたずねた。

「ちがいます。アメリカ人です。祖先は日本人ですが、私はアメリカ人です」

「ああ、そうですか。祖先が日本人の人には、うちでは料理は出せません」

ゴードンは店主に話をさせてほしいと頼んだ。店主はそわそわしており、申し訳なさそうにすら見えた。

「しかたがないんです」と彼は言った。「そうしなければ、私が規則に外れることになる。ボイコットされ、客が来なくなる」

ゴードンは怒らなかったし、口論もしなかった。代わりに、ある実験を提案した。

「ええと、入り口の近くに空いているテーブルが一つありますね。そこで、あなたの言うことが正しいかどうか、テストさせてほしいのです……もし店に入ってきただれかが私のことを見て、そのまま店を出ていったら、私はあなたが損をしないように、平均的な料理の値段を追加でお支払いします。どちらにしても、あなたは損をしません」

店主は返事を渋ったが、ゴードンは引き下がらなかった。彼はゆっくり、論理的に、辛抱強く自分の言い分を説明した。「私は、あなたの言うことが正しいのかどうかを、テストしたいだけです。興味があるだけです」

ついに店主はおそるおそる提案を受け入れたが、正面のテーブルではなく隅のテーブルに座ってほしいと条件をつけた。ゴードンと友人はできるだけゆっくり料理を食べ、さらに一時間ほど席に座り続けた。何も起こらなかった。だれも席を立ったり出ていったりしなかった。何が起きているのか、だれも気づいてすらいないようだった。ゴードンは料金を支払い、何ごともなく店を出た。

数週間後、友人がアイダホから手紙を送ってきた。「なあ、あの店主、張り紙を外したよ」と書かれていた。

数週のあいだ、ゴードンは自分の訴えを連邦最高裁判所が判断するのを、じりじり待ち続けた。自分の勝利に、ゴードンはかけらも疑念を抱いていなかった。夜間外出禁止令の背後に人種的根拠があることはあまりに明白で、また、適正手続がないまま強制収容が行われたのも明らかだ。それらはどちらも、合衆国憲法の枠組みに合致するわけがなかった。

最高裁判所はようやく六月二一日に「ヒラバヤシ対米国政府」の裁判について判決を述べたが、当のゴードンはそれを、たまたま手にした新聞から知った。その内容は、ゴードンを打ちのめした。まず裁判官は全員が、強制収容の問題を完全に脇に置いた。だが、それこそがゴードンが現在の立場をとることになった主たる原因だったのだ。裁判官は代わりに、夜間外出禁止令のみについて言及した。「戦時下の状況は人種差別を正当化する」という政府の主張を裁判所は支持し、ハーラン・ストーン裁判長の言葉によれば、「戦時中は、侵略者たる敵と民族的関係をもつ居住者は、他の祖先をもつ居住者よりも大きな危険源となる可能性がある」とした。ゴードンにとっては信じがたい判決だった。彼はのちに記した。「最高裁判所の存在事由は憲法の支持だと私は考えていた。第二次世界大戦のヒステリーがこうも大きく広がって万人を呑み込んでいたことに、私は気づかずにいた」

今や彼にできるすべての、そしてフロイドとエスターのシュモー親子にできるすべてのことは、ただ待つことだけだった。いつかどこかでだれかがゴードンを牢屋に連れ戻しに来るのを、待つことだけだった。

第四四二連隊の若者がついに、シェルビーの基地の外に出るのを許され、ハティスバーグの町に繰り出し始めたとき、彼らの一部が悶着に巻き込まれるまでにさして時間はかからなかった。無秩序に広がる陸軍基地のすぐそばにあるハティスバーグは、ミシシッピーの暖かくて蒸し暑い夜に町を訪れる若い軍人たちに、通常の一通りの楽しみと誘惑を長きにわたって提供し続けてきた。フォレスト通りのシーンガー劇場は九九七の座席をもつ映画館で、ロビーにはシャンデリアが輝き、七七八本のパイプを持つオルガンがあり、エアコンという当時まだ珍しかった現代の利器もあり、ハリウッドの最新の映画を楽しむことができた。フロント通りやパイン通りには「ＩＣＥ－ＣＯＬＤ ＤＩＸＩＥ」「ＪＡＸ ＢＥＥＲ」「ＰＩＮＢＡＬＬ」などのネオンサインがきらめき、兵士たちをバーや玉突き場へと誘い込んだ。そうした店には裏口の階段を上ったところに部屋があり、女を知らない兵士がその部屋に入り、数分後には汗にまみれ、童貞を失って部屋から出てきた。町の周辺にはバーベキューの店やステーキハウスやカフェがあり、安価な食事を兵士らに提供した。とりわけ人気が高かったのは、ハイウェイ四九の南にあるミス・メアリー・ホワイトが経営するホワイト・キッチンという店だった。基地の食事にうんざりした兵士らはここで、大きなフライドチキン一つと、フライドポテトと温かいバターロール数個を合計わずか三〇セントで食べることができ、さらに数セントを払えばピーカンパイや冷えたビールや一切れのスイカを食べることができたりした。だが、店は狭くて客がひしめきあい、悶着が起きることが少なくなかった。店主のミス・メアリーは二世兵士を——とりわけハワイから来た兵士を——厚遇する傾向があった。ハワイの兵士は楽しい人々で、たくさんのビールを飲むうえ、チップも弾んでくれたので、ミス・メアリーは彼らを優先的に接客した。ほぼ毎週末、白人兵士の何人かはそれに苛立ち、せせら笑ったり、第四四二連隊の若者を「ジャップ」呼ばわりしたりした。拳が飛び交い、食器が割れ、憲兵が呼ばれることもしばしばあった。

だが、中でも派手なトラブルにルディ・トキワがかかわったのは、自らの意思とも言えた。もともとルディには喧嘩っ早いところがあり、ポストンを発つとき母親がルディより年上の友人のハリー・マドコロに、シェルビーの基地でも、そしてできれば戦地でも、息子に目を光らせてほしいと頼むほどだった。「どうぞあの子に気をつけてやってくださいな。私たちの末息子なのです」と母親は、二人がアリゾナを発つ前にハリーに懇願した。そしてハリーは最善を尽くした。町にルディが行くときにはたびたび付き添ったし、翌朝ルディが二日酔いでへばっていれば、ハリーがいつもそばで、氷嚢を額に乗せてやった。ルディはいつも、ハリーを追い払おうとした。

「おれはもう一人で出かけて、一人で酔っ払って、一人で二日酔いに悩む年だよ。それはおれの問題だ」

「ノー、ノー、ノー」。ハリーは折れなかった。「おまえの母さんから、おまえを自分の子どものように、気をつけてやってくれと言われている。おまえの母さんにそうすると約束したから、そうしなくちゃならないんだ」

だが、ちょうどハリーがいなかったある土曜日の晩、ルディは友人と町のバーに入り、ジャックスビールを何本か注文した。一緒にいた友人の大半はブッダヘッズだった。初めて仮兵舎に足を踏み入れたルディがハワイの若者らのトランクを戸口から放り出して以来、ルディは彼らから一目置かれていた。いっぽうのルディは、言語を聞き取るのに長けた耳をもっていたこともあり、じきにハワイのピジン語を理解し、まるで自分もハワイのヒロで育ったかのようにピジン語でしゃべったり罵ったりできるようになった。ルディはハワイの青年たちとうまくやっていたし、ハワイの青年たちもルディとうまくやっていた。

その晩、ルディは、店の奥のテーブルに黒人兵士が一人で座っているのに気づいた。ルディは、一人飲みをしているやつを見るのが嫌いで、その若い兵士に「おい、こっちに来て一緒に飲まないか?」と声をかけた。

「いや、かまわないでくれ」

だがルディはなおもすすめ、ついに相手はやってきて一緒に座り、二世兵士とともに酒を飲んだり談笑したり始めた。ほどなく一同は意気投合した。

やがてバスに乗って基地に戻る時間が来て、彼らは店の外に出た。黒人兵士だけはバスの後ろの入り口に向かった。

「おーい、何をしているんだ?」ルディが言った。

「ああ、カラードは後ろから乗るって決まっているから」と彼は答えた。

「だっておまえ、軍服を着ているのに?」ルディは言った。「おれが前に行っていいなら、おまえだってそうに決まってるだろうが」

「ノー、ノー。騒ぎを起こしたくないんだ」

だが、ルディは真剣に怒っていた。そして黒人兵士をバスの前方の入り口に引っ張った。仲間もそれに加わった。数週間前から、彼らはミシシッピーで黒人が受けている扱いを見て、怒りを募らせていた。どうして白人とすれ違ったとき、黒人は歩道に目を落とさなければならないのか？　なぜ大の大人が「ボーイ」と呼ばれなければならないのか？　なぜ彼らは隔離され、劣った施設を使うよう強制されているのか？　なぜ彼らは困窮しているのか？　なぜ彼らが住む小屋はみすぼらしいのか？　これらはすべて、二世の兵士たちに自分たちが――とりわけ一世の親たちが――受けてきた扱いを思い起こさせた。そして今、彼らは深く憤っていた。ルディと仲間がバスの前方入り口に近づくと、運転手は彼らをじろりと見て、言い放った。「黒人は後ろの専用入り口から入ってくれ。でないとバスは動かないよ！」

ルディと仲間は目くばせし、バスに乗り込むと運転手を座席から引きずり下ろし、歩道に乱暴に放り投げた。そして黒人兵士をバスに乗せると、そのまま車を発車させた。バスがキャンプ・シェルビーの正面ゲートに到着したころには、バックミラーに点滅する赤い光が映っていた。ルディと友人はその晩、営倉に放り込まれたが、謝罪もしなければ、頭を下げもしなかった。

第一一章

彼らは休暇をもらって収容所の家族のもとに帰り、鉄条網の向こうにいる人々に会い、そしてまた戻ってきた。いったいこれは何なのだろうと思いながら。

従軍牧師ヒグチが妻のヒサコにあてた手紙　一九四三年一一月一二日

ミシシッピー特有のじっとりと息苦しい夏が第四四二連隊のもとに訪れた。彼らの朝は荷物をいっぱい詰めた背嚢を背負い、武器やその他の装備一揃いをもって四マイル（六・四キロ）を徒歩行軍することから始まった。午後の大半は、焼けつくように熱くて埃っぽい閲兵場で隊列をつくり、行進をするのに費やされた。夜は風通しの悪い仮兵舎の中で金属のベッドに汗をびっしょりかきながら横になり、夜の森の中でセミが鳴くのに耳を傾け、小さな鳥ほどの大きさの蛾が網戸にぶざまにぶつかる音や、頭のまわりで目に見えない蚊が羽音を立てるのを聞きながら、眠りについた。

その年の夏が進むにつれて新しい兵士たちは、自分たちに必要になるとは夢にも思っていなかった技術を学び始めた。少年のころ、家にあった古いフォード車やシボレーにへたくそな修理を施していた若者らは今、戦車の修理の仕方を学んでいた。二二口径の銃で缶を撃って遊んでいた少年たちは今、重機関銃の撃ち方を学んでいた。数カ月前にパイナップル畑で除草をしていた青年たちは、どんなふうに地雷を敷設し、隠蔽するかを学んでいた。建設作業を手伝っていた青年たちは、橋の爆破方法と、数時間でそれを再架橋する方法

ミシシッピーでの機動演習

を学び、戦車用のトラップの掘り方を学び、三七ミリ対戦車砲をケーブルに吊してウィンチで巻き上げ、渡河させる方法を学んだ。そうした作業をしながら彼らは、空気に樹脂の香りがたちこめるシェルビーの長く蒸し暑い午後を、うなり声を上げて何かを持ち上げたたり、何かを引っ張ったり押したり汗をかいたりして過ごした。そうした作業を通じて、ハワイから来た若者と本土の若者は始終殴り合いをしていた。

森に入ると、さらに厳しい環境が彼らを待っていた。数週間続けて彼らはシェルビーの基地を離れ、ミシシッピー南部やルイジアナの湿った低地で機動演習をした。そこではイトスギやオークの木の枝からサルオガセモドキの長い口髭のような茎や葉が垂れ下がり、ブラック・バイユーと呼ばれる川や悪臭のする湖の岸辺でワニが口をぽっかり開けてまどろんでいた。兵士らは藪を抜けて進み、緑色の葛(くず)の蔓をかきわけて道を作った。装備を背負ったまま、倒木をよじ登った。ライフルを頭の上に掲げ、胸まで水のある沼を進んだ。新しい未知の危険や苦難はあちこちに潜んでいた。ロサンゼルスから来た何も知らない青年たちは、ツタウルシの茂みでキャンプを張った。それまで蛇を一度も見たことのないハワイ育ちの青年たちは、足を踏み出すごとにあらわれる危険なサンゴヘビやヌママムシやガラガラヘビを用心深く、そしてこわごわと見つめた。彼らがみなほどなく学んだのは、蚊やマダニのしつこさだった。「絶対にマダニをアソコに近寄らせるなよ。お行儀よく立ち去ってはくれないからな」と彼らはたがいに打ち明けあい、心得顔をした。食事は缶から直接食べ、沼の水をヘルメットに汲んで顔を洗い、髭を剃った。真夜中に野生のイノシシに襲撃され、跳び起きることもあった。イノシシの群れはキャンプを荒らしたり、軍幕テント（パップ）にいる若者たちを踏みつぶしたりした。だが何より最悪なのは――そして彼らがみな、ずっと年をとったあとまで鮮やかに覚えていたのは――ツツガムシだった。

ツツガムシ病を媒介する小さな虫であるツツガムシの幼虫は、あまりに小さいので、拡大鏡を使わなければとても肉眼で見ることはできない。それは、人間の体の中でいちばん柔らかい部分をねらい、攻撃する。たとえば、足首や膝の裏や鼠径（そけい）部などの、皮膚が薄くて傷つきやすいところだ。彼らはそうした部分の皮膚に微細な穴を掘り、酵素を注入する。すると皮膚の下の細胞は彼らにとって、どろどろで美味な何かにたちまち変化する。彼らはチューブのような口の部分でそれを吸い上げる。ツツガムシは一度にたくさんあらわれる傾向があるため、噛まれたときには数百の小さな穴が開くことになる。その結果、皮膚は赤く腫れあがり、痛みと痒みが生じる。熱いシャワーや化学薬品がなければ、ツツガムシを追い払う容易な方法はなく、痛みを和らげるすべもほぼない。

そして、ツツガムシはどこにでもいた。兵士らは体を掻き、うめき、罵った。そしてタバコの火を皮膚に近づけて虫を焼き殺そうとした。ツツガムシよりはワニやヌママムシと一緒にいるほうがましとばかりに、よどんだぬかるみで行水をする強者もいたが、その手法はまるで功を奏しなかった。小さな敵をくじけさせようと、噛まれた場所に塩をすりこむ者もいたが、痛みがさらに増すだけだった。シェルビーに戻ってシャワーを浴びるまで、文字通りつける薬はなかった。だからおおかたの場合、兵士たちはひたすら掻き、うめき、罵った。

若者たちのおおかたはそのころもう、軍の中であだ名をつけられていた。フレッド・シオサキは、興奮すると頬がバラ色に上気することから「ロージー」と呼ばれていた。分隊長のハリー・カナダは「大食漢」を意味する「チャウハウンド」と呼ばれていた。彼はいつも食事のとき、最前列に並んでいたからだ。ジョージ・オイエはあいかわらずブッダヘッズのあいだでは「ホワイティ」と呼ばれていたが、本土出身のコトンクの友人は彼を「モンタナ」と呼んだ。カッツはあいかわらず「カッツ」で通っていたが、第五二二野戦砲兵大隊の仲間は「ブルドッグ・ニシザワ」「ロッキー・タンナ」「ビッギー・ナカクラ」などのあだ名をつけられた。そうしたあだ名は時には、白人将校が日本の名前を発音できないせいで生まれた。そんなわけで、ルディの友人であるマサオ・ノボリカワのあだ名はなぜか「ポーテジー」になった。それぞれの性格の癖や肉体的な特徴をほのめかすあだ名も生まれた。たとえば小柄なヒラシマは「ショートパンツ」と呼ばれ、やや太めのフジタは「ビッグ・ターゲット」と呼ばれた。初めての機動演習を一通り終えて森から出てきたころには、新兵のほとんどはあだ名をつけられていた。何人かのあだ名は、一生ものになった。

砲兵隊員らは火器に――彼らがいずれ戦場に運ぶことになる一〇五ミリ榴弾砲に――まで名前を付けた。B砲兵中隊の中で二番砲を担当するカッツやハワイ大学の同窓のテッド・ツキヤマや砲手のロイ・フジイらは、自分たちの火砲をハワイ語で「スウィートハート」を意味する「クウイポ」と呼ぼうと決めた。

夏の盛りに、兵士たちの一部は初めて休暇を与えられた。ブッダヘッズの多くはハワイの両親から、戦地に行く前に息子らが楽しい時間を過ごせるようにと、かなりの金額をひそかに与えられていた。そして初めての休暇をもらった彼らは、紙幣の束をポケットにねじこみ、胸を躍らせてニューオリンズやニューヨーク市に向かう列車やバスに乗った。だが、コトンクスの懐はそれほどあたたかくなかった。彼らの大半は給料の一部を収容所にいる家族に送り、彼らが通販カタログでささやかな慰めや便利なものが買えるようにはからっていた。そして、コトンクスのおおかたは休暇を得たとき、ビッグアップル〔ニューヨーク市の愛称〕に繰り出す代わりに収容所に向かい、鉄条網の向こうで暮らす家族に会いに行った。

彼らはたいてい、沈んだようすでシェルビーに戻ってきた。収容所の人々がみな、軍服を着た二世をあたたかく迎えてくれたわけではなかった。何人かの父親や兄弟やおじたちは、ほやほやの新兵である彼らを脇に連れていき、入隊するなど大馬鹿だと強弁したり、自分たちを抑圧している米国政府の道具になったことを叱責したりした。だいたいにおいて新兵らは、自分の行動は正しかったのだと確信しながら、その場にじっと不動でいた。だが、彼らのほぼすべては、家族が収容所で耐えている仕打ちを改めて実感し、怒りと混乱を抱きながらミシシッピーに戻った。

シェルビーではその夏の終わりごろ、二つの派閥がまたもめごとを起こし始めた。仮兵舎でも酒保でもバス停でも、基地での野球試合の最中にも、ハティスバーグのバーや軽食堂でも、衝突が起きた。休暇をとってリフレッシュし、やる気に満ちていたブッダヘッズは、なぜコトンクスがいつも生真面目で辛気臭く、軍隊生活に前向きに取り組もうとしないのか、なぜ「当たって砕けろ（ゴー・フォー・ブローク）」という気持ちにならないのか、理解できなかった。コトンクスからすれば、ハワイの青年は浮ついていてだらしがなく、国に今何が起きているかをまるで理解していなかった。事態は悪化の一途をたどり、シェルビーの高官たちは、日系の青年らがはたして、実動戦闘部隊としてともに戦えるのか、すべては間違いだったのではないかと疑問を抱き始めた。そして次の疑問が浮上した。この連隊を、いっそ解散するべきではないのか？

第四四二連隊に属する将校はほぼすべて白人で、将校の中でごく少数の日系アメリカ人はおおかたが衛生科や従軍牧師に限られ、大尉以上のものは皆無だった。ブッダヘッズにしてみれば、軍隊の中の人種的なヒエラルキー——ハオレがトップに位置し、その他の人間はハオレのために働くという構造——は、故郷のプランテーションの家父長的かつ人種差別的な経営の仕方をそのまま映し出しているように思えた。コトンクスにとってそれは、家族が強制収容されているキャンプのなりたちを映し出しているように思えた。

白人将校の多くは、ブッダヘッズの言語にとまどっていた。カッツ・ミホの所属する砲兵部隊のバート・ウィディッシュ中尉はとりわけ、ハワイの青年たちが話していることが理解できず、いら立ちを募らせていた。ブッダヘッズがみな標準的な英語を完璧に書くことができるのだとウィディッシュが気づいたのは、ある晩ウィディッシュが、家族あてに書かれた兵士らの手紙を検閲する当番にあたっていたときだった。彼らの書いた手紙を読み、ニュージャージー出身のウィディッシュは翌日、兵士たちに「いったいなぜおまえたちは、書くように話さないのか？」と説明を求めた。

シェルビーにおける人種的な隔たりにもかかわらず、訓練が続くにつれ、コトンクスやブッダヘッズが上官に抱いていた敵愾心は、徐々におさまり始めた。フレッド・シオサキとルディ・トキワにそうした最初の転機が訪れたのはある午後、銃剣の訓練をしていたときだ。教官をつとめるウォルター・レジンスキ大尉はシェルビーの基礎訓練ではもっとも厳しい将校という評判があった。レジンスキは中隊の全員が一つひとつのスキルを習得したと確信するまで、同じ厳しい訓練を何度でも繰り返した。そしてことあるごとに、ドイツの各種の武器が彼らの体をどんなふうに痛めつけるかという恐ろしい説明を一見嬉々として行い、兵士らを死ぬほど怯えさせていた。

その午後の銃剣の訓練で、レジンスキは自分の足にうっかり銃剣を突き刺してしまった。鉄の刃がブーツを突き通り、足にも切れこんでいた。二世兵士らは目を丸くしてそれを見つめ、絶叫や呪いの言葉がレジンスキの口から洩れるのを待った。だが、しばらく何も起こらなかった。レジンスキの足はまだ銃剣の先で地面にとめつけられ、ブーツからだらだら血が流れていたが、彼は顔を上げて二世兵士らに、口を開けてそのへんに突っ立ってないで、とっとと訓練の続きをやれとだみ声で命じた。それからレジンスキは音もたてずに銃剣を引き抜き、足を引きずって歩み去った。怪我については二度と言及しなかった。その姿は若者たちに、こんな人にこそ付き従って戦場に行きたいと思わせた。

実を言えば、第四四二連隊の白人将校の大半は、この連隊に加わることをみずから選んだ人々だった。シェルビーの他の部隊の多くの下士官とは異なり、将校らは、二世兵士とともに勤務し、ともに戦場に行き、泥や破壊された村の瓦礫の中でともに生き、ともに戦い、場合によってはともに死ぬことを自分から選びとった。多くの二世兵士にとっては——とりわけハワイから来た若者たちには——これはまったく新しい、ほとんど理解しがたいことだった。彼らの育った世界では、白人が腰をかがめて重い荷物をもちあげる場面などほとんど目にすることがなく、ハオレの将校がわざわざ戦争の危険を彼らとともにするという考えは、彼らの胸を衝いた。

夏が過ぎるにつれ、二世兵士の間でまだ衝突は続いていたものの、兵卒と将校との関係はよりあたたかいものに変わった。将校と兵卒のあいだには、相互の尊敬と善意が明らかに生まれた。白人将校の多くは、とりわけハワイ出身の若者の無邪気な快活さを好んだ。ハワイの記者がシェルビーを訪れたとき、キース・スタイバーズ中尉は彼を引き留め、熱弁をふるった。「この戦争が終わったら、私はぜひハワイで休暇を過ごそうと思う。一週間ずつ部下の家で過ごして、日曜ごとにルアウのパーティーをしよう」

その夏、二世兵士がもっとも尊敬し、敬愛するようになった将校の一人が、第四四二連隊のトップに立つ連隊長、チャールズ・ウィルバー・ペンス大佐だった。彼は背が低く、丸顔で、雄鶏のようにタフだった。デポー大学に通っていたころは一四〇ポンド（六四キロ）しか体重がなかったが、それでもアメフトチームのキャプテンになり、野球でも主力選手として活躍し、学生会では会長をつとめた。第一次世界大戦が勃発したとき、ペンスは大学を中退して軍隊に入った。そして戦場で負傷したが、にもかかわらず軍人を仕事にすることを決意した。

若者たちがシェルビーに着いた最初の日から、ペンスは彼らに、君たちは厳しい時代にやってきたとはっきり告げた。「われわれは最初からタフになり、最後の弾が撃たれるときまでずっとタフでいなければならない」。新兵らを基礎訓練担当の軍曹らに引き渡す前に、ペンスはそう言った。だが、それから彼は椅子に座り、新兵の母親一人ひとりに心を込めた手紙を書いた。「あなたは合衆国陸軍に一人の兵士を与えてくれました。彼は無事到着しました。私の麾下にご子息を迎えたことを、嬉しく思います……われわれは、祖国の日系アメリカ人のためにすばらしい成果をあげる所存です」

若者たちにとって重要だったのは、この「われわれ」という部分だった。ペンスの行動や言葉のすべてから、それはにじみ出ていた。彼は――彼に仕える大半の将校らと同じように――自身も部下を率いて一緒に戦場に行くと明言し、彼らがさらされる危険にみずからをもさらし、ともに命をかけるとはっきり述べた。けっして偉そうにせず、地位を利用して命令を押しつけもせず、部下の考えを喜んで受け入れ、一緒に基地内の球場で野球をし、食堂でともに語りあうのを好んだ。彼は部下と、部下がしようとしていることを信じており、そしてじきに部下も彼のことを信じるようになった。

夏が終わるころにはしかし、コトンクスとブッダヘッズのあいだで繰り返される口論や喧嘩にペンスはうんざりしてきていた。そこでペンスは、おそらく彼ら全員の注意をいやおうなく引きつけるだろう、ある自然の力を――娘たちを――投入しようと決めた。戦時転住局が管理する強制収容所の大半は西部にあったが、たまたま二つだけ、シェルビーからさして遠くないアーカンソー州に収容所があった。そこには数百人の若い二世の女性が収容されていた。ペンスは彼女らをダンスに招待しようと決めた。

数週間後、数十人の若い娘たちがシェルビーでバスから降り立った。パーティーのためにふんわりしたスカートと襞の入ったブラウスを着た彼女らは、カールした髪に花や髪飾りやバレッタをつけ、薄い化粧や口紅をほどこし、香水のかおりをかすかに漂わせながら、赤や黄色や白の提灯が輝くダンスホールに入ってきた。ペンスと彼の妻が、せいいっぱい身ぎれいにした、カーキ色の軍服姿の二世兵士の隊列を率いてホールに入り、ダンスのパートナーに贈るレイを一人ひとりに手渡した。そして女性たちを歓迎する短いスピーチをした。次に、アメリカの国旗が二本立った巨大なケーキが運びこまれた。ケーキの表面には赤と白と青のアイシングで「勝利（victory）」の「V」と、今や第四四二連隊の公式モットーと化した――彼らがサイコ

第442連隊とのダンスのためにジェローム収容所からきた二世の娘たち

ロを振るときのかけ声から引いた――「ゴー・フォー・ブローク」という文字が書かれていた。即席のバンド「シェルビー・ハワイアンズ」がスチールギターとウクレレをもって舞台の上に集まり、ハワイの音楽を演奏しはじめた。ハリー・ハマダ二等兵が舞台に上がり、フラを踊ると、女性たちは大いに喜び、兵士たちからはヤジや口笛や冷やかしの言葉が飛んだ。続いて軍楽隊がダンス音楽を奏で始め、兵士と若い女性たちはそわそわしながらたがいに近づき、ペアを組むと、ダンスフロアに歩み出た。提灯の光の下で彼らはワルツを踊り、ジルバを踊り、リンディ・ホップを踊った。兵士らは女性たちのカールした髪や香水の匂いや手の感触にうっとりした。時おり、兵士と女性が――ロサンゼルスやシアトルやホノルルやヒロの――同郷であることがわかると、彼らは脇に下がって椅子に腰をかけ、家族のニュースを交換したり近所の噂話に花を咲かせたりした。夜が更けると、暗闇を蛍がとびかう砂利の駐車場で女性たちはお目付け役（シャペロン）とともにバスに乗り込み、宿舎へと送られていった。若者たちは列になり、「グッドナイト・レイディーズ」を歌いながら見送った。

ペンスは満足だった。そして次のパーティーを企画した。今度はもっとたくさんの若い女性が参加したが、新しい問題が持ち上がった。コトンクスの目には、女性たちがブッダヘッズをひいきしているように見えた。女性たちは、島の青年らのものおじのなさや、あたたかくて屈託のない愛情や、あけひろげな大胆さや、さっとダンスに割り込んできて、白い歯を見せた大きな笑顔で女性をさらっていくさまや、自信に満ちあふれたようすに惹かれるらしい。本土出身の青年は自分たちが負けたように感じ、ほどなく内輪もめが再開した。両派はそれまで以上に激しくいがみ合うようになった。

八月には、第四四二連隊の「兄貴分」の第一〇〇歩兵大隊がひそかに背嚢に荷物を詰め、人々に別れ(アロハ)を告げ、シェルビーを旅立った。行き先は北アフリカやイタリアなどの戦地だった。

彼らの旅立ちを第四四二連隊の面々は悲しんだ。第四四二連隊のさまざまな部隊はすでに基礎訓練を終え、いまは一連のテストや実地試験を受けたりして、射撃の技量から体力に至るまで、あらゆる面で自身の能力を証明する段階にあった。新しい二世兵士は自分たちが基準に達していることを、何度も繰り返し示さなければならなかった。懸垂を連続三五回、高速で行ったり、満杯の荷物とライフルを担いだ状態で四マイル（六・五キロ）の行軍を五〇分以内で行ったり、荷物をフルに持った状態で三〇〇ヤード（二七四メートル）のスプリントを四五秒以内で行ったりという具合だ。第四四二連隊は、ほぼ例外なくすべての試験で秀でた成績を残した。合格スコアを越えた隊員は九八パーセントで、スコアの平均値もその夏の第三軍全体の中でもっとも高かった。別の一連のテストからは、同連隊の平均ＩＱスコアも軍の中で最高レベルであることが示された。九月初旬、陸軍の幹部数人が、第四四二連隊の正式な閲兵のためにシェルビーを訪れた。シンバルと金管楽器が高らかに鳴り、肩章に星をいくつもつけた将校らが厳しく見守る中、戦闘服を完全にまとったできたての二世兵士ら――歩兵、工兵、衛生兵、砲兵など――は星条旗を翻し、連隊旗を掲げ、閲兵場の中をきびきびと移動し、足並みをそろえ、一糸乱れぬ隊形で行進した。「ゴー・フォー・ブローク」をモットーとする第四四二連隊の最後の歩兵中隊が閲兵場をあとにすると、ペンスは《ホノルル・スター＝ブレティン》の記者のほうを振り返り、顎を突き出し、目を輝かせて言った。「私はやつらを、ためらうことなく戦地に連れていく」

実際にペンスは、これらの青年たちを愛しはじめていた。ただ、内輪の喧嘩だけはやめさせたいと思っていた。

スポケーンで、ＦＢＩが自分を牢屋に連れ戻しに来るのを待っていたゴードン・ヒラバヤシはその秋、クエーカー教の仲間とともに働き続けるいっぽう、エスター・シュモーへの愛情をさらに強めていた。エスターがワシントン大学の授業を受けるためにシアトルにいたあいだは、手紙をたえずやり取りした。エスターがスポケーンにいられるときには、一緒にテニスをしたり、車で郊外に行ったり、ポンデローサマツの下でピクニックをしたり、白い波をたてるスポケーン川の砂利州（じゃりす）に寝ころんで日光を浴びたりした。そしてたがいへの愛情をますます深めた。

ゴードンはその秋、スポケーンの暑く乾いた午後の多くを、シアトルから来た日系一世の医師、ポール・

スズキと妻のノブが購入したばかりの家の芝生を刈って過ごした。排除地域の東にあるスポケーンには日系人の居住は可能ではあったが、人種にまつわる契約上、家を購入できる地域はごく限られていた。スズキ医師が家を買ったのは、まさにそうした地域だった。にもかかわらず、その処置はスポケーンに住む白人のあいだで議論を呼び起こしていた。八月二一日、ゴードンが庭の芝を刈っていると、一台の車が家の前で止まり、男が車から降りてゴードンに近づいてきた。近所に住むＪ・Ｓ・バークという男だった。「ジャップがここを買ったんだってな?」バークは吐き捨てるように言った。「だがな、やつらは移っちゃこれんよ……身の安全のためなら来ないのが賢明だろうさ」。ゴードンはしばし、ぽかんとした顔で相手を見つめていたが、どう返答しても無駄だと判断し、芝刈りを再開した。

一週間後、ゴードンが芝生に水をやっているとき、ふたたびバークがあらわれた。今度はバークはゴードンに手紙を渡した。そこには、スズキ夫妻に対して法的措置をとるという脅しが書かれていた。そのさらに翌週、今度はだれかが大きな石を窓から投げ込んだ。スズキ夫人はこのときは家におり、家を掃除しながら引っ越しに向けて準備をしていた。投げ込まれた石を挑戦的に見つめると、夫人はそれを拾い上げ、良いものをもらってありがたいことだと聞こえよがしに言った。「この石、使わせてもらいましょう。漬物石にちょうどいいわ」。ほどなくスポケーンには、住民の多くを巻き込む大騒ぎが起きた。アメリカ・フレンズ奉仕団のフロイド・シュモー、スズキ夫妻の弁護士と隣人の弁護士、警察署長、不動産会社、そしてアメリカ自由人権協会が、地所の運命を巡って争った。

この騒ぎが起きていた九月某日の午後、ゴードンがふたたびスズキ家の芝生を刈っていたとき、前とは別の車が家の前で止まった。黒の大きなセダンだった。ＦＢＩの捜査員が車から降りて、ゴードンに近づいてきた。そして、ゴードン・ヒラバヤシがどこにいるか知っているかとたずねた。

「私が本人です」とゴードンは答えた。「なぜこんなに時間が？」

ゴードンがダウンタウンに着いたとき、ある問題が起きた。シアトルで自分の判決を聞いたときゴードンは、より長い――六〇日ではなく九〇日の――刑を受けることに同意していた。そうすれば、前のように人でごった返す刑務所にただ座っているのではなく、連邦労働収容所で時間を過ごすことができるはずだった。少なくとも戸外で多くの時間を過ごしたり、生産的な何かをしたりもできるだろうとゴードンは考えていた。だが、スポケーンの捜査員は、それはできないと言った。そういう労働収容所でいちばん近いのはタコマに近いフォート・ルイスだが、排除地域の中にあり、ゴードンは法律上そこに足を踏み入れることができない。次に近いのはアリゾナ州のトゥーソンだが、そこにゴードンを送るための旅費を政府は支払うつもりがない。[*24] よって、彼はスポケーンの郡刑務所で刑期を過ごさなければならないということだった。

ゴードンは持ち前の、強力で冷静で不屈の説得力を発揮した。彼は指摘した。ゴードンとの合意に違反したのは政府のほうだ。それは彼ではなく政府の責任だ。彼をトゥーソンに送る金を出せないというのも、彼の過失ではない。だが、彼が自力でアリゾナに行くのならどうか？　たとえばヒッチハイクでトゥーソンに行くとか？　担当の捜査員はこの申し出に困惑し、面食らっていたが、ゴードンは引き下がらなかった。ゴードンの明らかな善意と、穏やかでありながら隙のない議論の進め方に捜査員は、最後には肩をすくめ、同意を示した。

こうしてゴードンは道路で親指を突き出し、アリゾナへの旅を始めた。まずはアイダホ州に向かい、その後オレゴン州東部を通り過ぎてネヴァダ州とユタ州に入るという算段だった。ゴードンは人里離れた幹線道路の端をとぼとぼと歩いた。黒いクーペやディーゼルトラックが脇を走りすぎていったが、おおかたの運転手はゴードンを無視した。熱せられた黒いアスファルトの上で陽炎が揺らめき、遠くに広がるヤマヨモギの緑の向こうに蜃気楼があらわれては消えた。

ときおり運転手がスピードを緩め、ゴードンがアジア人なのを見てとると、またスピードを上げて走り去った。ユタ州のモナでは一台の車が停まってくれた。運転手はゴードンに、おまえは日本人かとたずねた。「ちがう。祖先は日本人だが、私はアメリカ人だ」とゴードンが答えると、車はUターンし、逆方向に走り去った。ときおりだれかが数マイルほどゴードンを車に乗せてくれた。ユタ州のパトロール警官はゴードンを車に乗せ、どこにいくつもりなのかをたずねた。ゴードンが「トゥーソンの労働収容所です」と答えると、警官は突然ブレーキを踏んだ。車は横滑りして、道の真ん中で止まった。スポケーンの捜査官が署名をし、事情を説明した手紙をゴードンが見せると、警官はふたたび車を発車させた。

ときには、思いがけない展開もあった。ピックアップトラックを運転していた一人の農夫がゴードンを車に乗せてくれたが、彼は運転しはじめてから目の端でじろじろゴードンを観察した末に、「あんた、中国人だよな？」と言った。

「いや。僕はアメリカ人です」

「それはわかってるさ。だが中国系のアメリカ人だろ？」

＊24　実際にはトゥーソンは南側の排除地域内にあったのだが、ゴードンも地区検事も、関係するその他のだれも、当初はその事実を認識していなかったらしい。

「僕の両親は日本から来ました」

農夫はしばらく考え、それから「もしそれがわかっていたら、あんたを拾わなかったよ」と答えた。

ゴードンはトラックを降りると申し出たが、農夫は渋面のまま運転し続けた。長い沈黙の後、彼らは世間話を始め、徐々に真剣な話もした。ゴードンは、なぜ自分が労働収容所に向かっているかを説明し、自分が何を信じているかを説明し、アメリカ人であることをいかに誇りに思っているかを語り、自分にとって合衆国憲法が何を意味するかを語った。農夫は自分の家が近づくと幹線道路を降り、私道に入ると、ゴードンを家の中に招き入れ、温かい風呂をすすめ、夕食を食べさせ、ふたたびゴードンを車に乗せて、彼がヒッチハイクを続けられるよう、近くの交通量が多い道路まで送っていった。

ゴードンがようやくトゥーソンに到着したときは、出発からすでに二週間がたっていた。トゥーソンによくある、焼けつくように暑い秋の午後だった。体はほてり、汗にまみれ、憔悴しきっていたが、ゴードンはダウンタウンまで歩いていき、地元の連邦保安官の事務所に行った。奇妙な若者が突然あらわれて、保安官は仰天し、困惑していた。そしてゴードンを追い払おうとした。

「名前は何だ？　おまえを引き取るなんて指示はもらっていない。だから、帰ってくれ」

ゴードンは聞く耳をもたなかった。

「二週間かけてここまで来て、それで、帰れと言うのですね。ですが、そういう書類がもし見つかったら、私はこれらすべてをもう一度やりなおさなくてはならない」

ひとしきり議論は続いた。そしてついにゴードンは保安官に、スポケーンとシアトルに電話をしてはどうかと提案をした。

その晩に戻る約束をして、ゴードンは灼熱の暑さの戸外に繰り出し、冷房のきいた映画館を見つけ、そこに腰を据えて映画を見ながら、なんであれ次に起こるものごとを待った。映画が終わり、ゴードンが事務所に戻ったころには、保安官はもう電話をすませ、ゴードンがたしかに法律に違反したことを確認し、収容に同意した。副官がゴードンを車に乗せて小さな丘に向かい、カタリナ連邦名誉キャンプまで届けた。この収容所は、サビーノ渓谷のすぐ東のサンタ・カタリナ山脈の中にある幅の狭い側渓谷に位置していた。到着すると、ゲートの向こうに、不揃いに枝の伸びたマツやメスキートの木やアリゾナの夕日に赤く照らされた岩々に囲まれて、少数の人々が立っているのが見えた。彼らはここに収監されている受刑者で、有名なゴードン・ヒラバヤシが来ると聞いて、歓迎の意を示しに来たのだ。

基礎訓練を終えると、キャンプ・シェルビーの二世兵士の何人かはアラバマに送られ、ドイツ人戦争捕虜の監視をすることになった。その戦争捕虜は、前の春にチュニジアで敗北したエルヴィン・ロンメル将軍率いるアフリカ軍団の生き残りで、今はアメリカ南部のあちこちのキャンプに収容されていた。柵の中に座っている退屈さから逃れたいというのが主たる理由で、数百人の捕虜はその夏、みずから進んで個人農家の落花生収穫を手伝っていた。通常ならその仕事は黒人の農場労働者が行っていたのだが、今は数千人単位で兵隊にとられているため、アラバマの落花生農家は手助けが得られたことをありがたがっていた。そして地元の人々は、ドイツの兵士が近所にいることに別段心をかき乱されていないらしかった。地元紙《ジェニーヴァ・カウンティ・リーパー》の編集者は、ドイツ人たちの見かけに魅了されているかのような文章を書いた。「彼らは美しい外観の小ぎれいな若者たちで、年齢は一〇代後半から二〇代前半。髪はブロンドで、まるで標本のようなすばらしい体つきをしている」。ジェニーヴァ・カウンティの白人の住民はおおむね、日本人の顔をしたアメリカ人がコミュニティに入ってくるよりも、ドイツ人が入ってくるほうが心安いようだった――少し前に同じドイツ人が北アフリカで、全力をあげてアメリカ人を殺そうとしていたにもかかわらず。

戦争捕虜に対して示された寛容は、アラバマ州だけに限ったことではなかった。実際、当時のアメリカにおける四〇万人近いドイツ人戦争捕虜の存在は、国のあちこちで信じがたいほど皮肉な事態を引き起こしていた。彼らが収容されているキャンプは所によっては、日系アメリカ人が収容されている戦時転住局の収容所よりもはるかに快適で上質な環境を提供していたのだ。そして田舎のコミュニティの多くでは――とりわけ南部では――ドイツ人捕虜は存在を認められていたのみならず、あたたかく迎え入れられてさえいた。彼らは時には地元民と一緒に日曜日のディナーを食べたり、アフリカ系アメリカ人が座ることを許されていない軽食堂で食事をしたり、アフリカ系（ブラック）アメリカ人には禁止されている水飲み場で水を飲むことができた。

アラバマに来た二世兵士にとって、ドイツ人捕虜の監視は信じがたいほど楽な任務であることが判明した。ドイツ人捕虜はだいたいにおいてフレンドリーでのんきで、戦争から逃れられたことを喜んでいた。脱走しようという気などかけらも持ち合わせていないようだったし、見張るほうにも見張られるほうにも、この時期はすべてが平穏だった。二世兵士は木陰に座って、ドイツ人捕虜が落花生を掘るのを見ていた。兵士らの多くはライフルに装塡すらしなかった。少なくとも一度、兵士がＭＩライフルに装塡したことがあったが、彼はそれを捕虜の一人に手渡した。掘るそばから次々落花生を食べてしまうカラスたちを撃たせるためだった。

カッツは九月一七日、森で演習をしていたとき、シェルビーにすぐ戻れという突然の知らせを受けた。カッツは驚き、動転したまま急いで基地に戻った。そして、もしやと恐れていた事態に直面した。従軍牧師のユージン・ウェストがカッツを待っていた。カッツの背筋に寒気が走った。

「悪い知らせがあります」

アラバマでドイツ人捕虜の監視に当たっていた兵士の一人は、カッツの兄のカツアキだった。九月一六日の午後遅く、捕虜を宿舎に帰した後、カツアキほか二〇名ほどの二世兵士は二・五トンの専用トラックに乗って町に戻り、数マイル離れた小村ジェニーヴァに向かい、エイヴォン劇場で映画を見た。彼らが見たのは*A Night to Remember*（忘れえぬ夜）という軽い娯楽映画で、ロレッタ・ヤングとブライアン・アハーン主演の笑いあり殺人ありのミステリーだった。[*25] その夜、劇場から出てきたとき、彼らはみな高揚していたが、とりわけカツアキは陽気だった。すべては、彼が予想していたよりもうまく進んでいた。シェルビーで衛生兵として訓練を受けてきたカツアキは、テュレーン医学校に通うことができるという知らせをちょうど受けたところだった。軍では、より多くの軍医が必要とされていたのだ。一週間後にはニューオリンズに向かって、勉強を始めることになっていた。

その夜、大気は絹のように滑らかで、気温は二一度くらいだった。満月に近い月が空高くのぼっていた。彼らは幌を外したトラックの後ろに乗り込み、町を出た。だが、町を少し東に抜けたところで運転手がスピ

＊25　一九五八年に封切られた同名の映画と混同しないように注意。一九五八年公開の*A Night to Remember*〔邦題「ＳＯＳタイタニック／忘れえぬ夜」〕はタイタニック号をテーマにしたもので、こちらのほうがよく知られている。

シェルビーにて、ミホ家の三兄弟（カツアキ、ポール、カッツ）

ードを出しすぎて、カーブを曲がり損ねた。運転手は急ブレーキをかけ、タイヤがきしったが、時すでに遅かった。トラックは横転し、後部に乗っていた兵士らは放り出された。道端の草むらに着地した者もいれば、負傷者は一〇人を超えた。道路にたたきつけられた者もいた。そして即死した者が二名いた。二〇歳の二等兵ショウセイ・クタカと、カツアキ・ミホ伍長だった。

カッツは打ちのめされた。彼にとっては、もっとも耐えがたい、辛い知らせだった。カッツはカツアキと特に仲が良かったし、弟が兄をしばしば尊敬するようにカツアキのことを仰ぎ見ていた。カツアキの知性や、軍隊に進んで入ったことをカッツは尊敬していたし、兄が医学校に入学を認められたこともおおいに誇りに思ってもいた。二人がそれぞれ相手に入隊をあきらめさせようと議論をしたのは、それぞれが相手の安全を願ったからだ。最悪の事態が起きた今、カッツは茫然自失となった。まるで、自分が空っぽになったような気持ちだった。カッツは後年回想した。兄の死を知らされて数分後にウェスト牧師の事務所をあとにしたとき、自分はすでに、それまでの自分と違う人間になり始めていたのだと。それまで以上に負けん気が強く、よりタフで、より防御的な姿勢で世界に挑む若者に、カッツは変容しつつあった。

カッツは休暇を利用して急いでアラバマに向かった。そこで彼は、イェールの神学校を卒業したばかりの兄のポールと合流した。数日後、兄弟はカツアキの骨壺を抱えてシェルビーに戻った。シェルビーではポールがカツアキについて短い話をし、起立した連隊の全員が無言でそれに耳を傾けた。連隊の軍楽隊が賛美歌「主よ、御許に近づかん」を演奏し、整列した兵士の多くは目に涙を浮かべていた。カツアキと、ショウセイ・クタカという二人のブッダヘッズは、第四四二連隊で初めての死者になった。だが兵隊らはみな、この二人が最後の死者ではないだろうことを知っていた。

その後、暗い雨の日にミホ家の兄弟は列車に乗り、二人の座席のあいだに骨壺を置き、緩慢で胸の痛む旅を始めた。列車が向かったのは北だった。

数カ月前、彼らの父はオクラホマ州のフォート・シルからルイジアナ州のキャンプ・リビングストンに移されていた。それは、司法省と軍が行った移送の一環にすぎなかった。一世の収容者は――ドイツやイタリアに祖先をもつもっと少数の収容者とともに――あちらこちらに移し替えられていた。一世の人々は聴取を行う部局に送られ、国家にとってどれだけ危険だと判断されたかによって、さまざまな処遇を受けた。何人かは日本に送還された。戦時転住局が管理する他の収容所に住む家族との合流を許可された人々もいた。そのほかの人々は、政府が彼らを――増加するいっぽうの戦争捕虜とともに――有刺鉄線の向こうに、費用対効果のもっとも高い方法で押し込めておく方法を模索するのに従い、あちこちの施設に移送された。

カツアキとカッツが第四四二連隊に入隊したとき司法省は、兄弟二人の法的監督のもとで父親が解放される可能性があると示唆していた。だがまたしても、カツイチの主義がその可能性を妨げた。カツイチは、ともにルイジアナに収容されていた二〇人近いマウイ出身の一世が解放されないかぎり、自分も出ていくつもりはないと言ったのだ。

こうしてカツイチは解放されるかわりに、モンタナ州のフォート・ミズーラに移送された。フォート・ミズーラ抑留キャンプは、ほとんどが低くて白い建物で構成された広大な複合施設で、第七騎兵隊の指揮官ジョージ・カスターがリトル・ビッグホーンの戦いで命を落としてからわずか一年後の一八七七年に、地元のアメリカ先住民との戦いの拠点として設立された。今そこは、非軍事関係の敵国人を抑留する施設として機能していた。そこに抑留されたのは、一九三九年にヨーロッパで戦争が勃発した当時、イギリスとアメリカに取り残されていた主にイタリアの商船の船員などで、真珠湾攻撃後は、カツイチ・ミホのような一世の男性を収容する施設としても使われていた。

カツイチがそこに来たのは六月だった。そのときカツイチは、この収容所は最初の二つよりも多少ましなようだと感じた。モンタナの空気はさわやかで冷たく、刈ったばかりの草やクローバーの甘いにおいが近所の農家から漂ってきた。夜は、漆黒の広い空にばらまかれたような星がきらめいた。昼間は収容所のほぼどこからでも、遠くにビタールート山脈のギザギザな稜線を見はるかす見事な眺望を楽しむことができた。

この収容所にいる一世の男性の多くはすでに、ここに来て一年以上がたっていた。彼らのあいだには、密に結ばれた社会が形成されていた。そしてカツイチが到着したとき、一世たちはほぼすべて、みなが冗談交じりに「ストーン・フィーバー」と呼ぶ趣味にとりつかれていた。やることがほとんどないので、みな、キャンプの地面を掘って色とりどりの石を――その大半はメノウや碧玉やヒスイ輝石だった――集めては辛抱強く磨くことに夢中になっていたのだ。キャンプが作られた場所はその昔の氷河期には、ミズーラ湖の湖底だったという。こうしたすばらしい材料をもとに、彼らは小さな像や灰皿やジュエリーや石鹸受けなど、さまざまなアートや工芸品を苦心しながらこしらえた。それは時間をつぶすのに、そして無聊（ぶりょう）をなぐさめるのに役立った。

メンバーの一人でスポークスマン的役割を果たしていたイワオ・マツシタは、キャンプの管理者と交渉してささやかな特権を勝ち取ることに成功した。おかげで食事が少しましになったり、娯楽の機会や社交的な催しが許されるようになったりした。イタリア人の被収容者らによってオペラが上演されたのも、その一環だった。だがおそらく最大の成果は、キャンプの一角を流れるビタールート川まで歩いていって、釣りをするのを許可されたことだった。彼らはそこでマスやホワイトフィッシュを釣り上げ、フライにして揚げたてを食べたり、スライスして刺身（サシミ）を作ったり、燻製にしてキャンプの外の身寄りに送ったりした。魚にあわせるために、独自に工夫して酒もこしらえた。カツアキと数人の友人が食事時に、米の配給の一部を――見張りがちょくちょくわき見をしているあいだに――小さな奥の部屋に運び、バケツで丹精込めて日本酒を作った。

カッツの父親は、最初にホノルルでサンド・アイランドに強制収容されたときや、フォート・シルでカネサブロウ・オオシマが射殺されたときに思っていたほどには、自分の運命は悲惨でないかもしれないと感じ始めていた。妻や子どものことはもちろん死ぬほど恋しかった。ミホ・ホテルやカフルイでの忙しい社会生活が懐かしくもあった。日本に住んでいる娘らのことも心配だった。彼はまだ自分を日本人だと考えていたが、それでも、二人の息子が米軍に志願したのはとても誇らしかった。二人が国の役に立つだろうことを、父親は一度も疑ったことがなかった。結局のところ、忠誠を誓った者には、命を捨ててでも忠実に仕えるのがサムライの生き方だ。そんなわけで今、カツイチはモンタナの山々のふもとで、戦争が終わるのを辛抱強く待ち続け、国同士の諍いを治めるのは若い者たちにまかせ、ほかの年寄りたちと同じように色とりどりの石を集めては磨き、手製の酒を飲み、家族がまたいつかマウイで一緒になれる日を心待ちにしていた。

だからこそ九月の終わりにカツアキの死を告げる電報が届いたとき、カツイチは激しく打ちのめされた。数日後、彼は収容所の正門近くにある接見室に呼び出された。そこには悲壮な顔をしたカッツとポールが骨壺を抱えて待っていた。カッツは軍服を着ていたが、それでも警備兵はカッツがそれ以上収容所の中に入ることを許さなかった。カッツにできることはただ、骨壺を父親に渡して、父親がしばしの時間をカツアキと一緒に過ごし、仲間の一世たちと内輪の弔いをさせてあげることだけだった。

父親がさらに打撃を受けたのは、数日後、息子のカッツがふたたび収容所にあらわれ、ハワイの母親のもとに送るからと骨壺を持ち去ったときだ。カツイチはこのとき、一人の息子の死を嘆きながら、戦争から故郷に帰ることはもうないかもしれないもう一人の息子に別れを告げなければならなかった。

第一二章

音楽家（プロフェッショナルな）のグループに来てもらい、一時間半、故郷の音楽を演奏してもらった。「アロハ・オエ」「アクロス・ザ・シー」「トゥー・ユー・スウィートハート、アロハ」を最後に演奏が終わると、その場はしんと静まった。私は島々から来た青年たちを見て――今にも彼らの大半が崩れ落ち、泣き出すのではないかと心配した。

従軍牧師ヒグチが妻のヒサコに送った手紙　一九四四年二月二一日

カッツはまだ動揺と失意に苛まれながらシェルビーに戻った。マウイでハワイ準州警備隊から排除されたときに感じた孤独感や疎外感が、胸によみがえっていた。自分の家族や自分の故郷。素朴で楽しかったハワイでの少年時代。それらが全部、今までよりもさらに遠ざかったように思えた。自分が軍で何をやっているかさえ、まるで確信がもてなくなった。これほど孤独を感じたことは、過去になかった。

だがシェルビーには、カッツが気持ちを打ち明けられる人物がいた。ウェスト牧師に加えて、二人の日系アメリカ人の従軍牧師が新たに基地に着任したのだ。ともにハワイ出身のヒロ・ヒグチ牧師とマサオ・ヤマダ牧師だった。彼らは数千人のハワイの青年が兵隊に志願するのを尊敬を込めて見つめつつ、同時に深く心配していた。そして結局、青年らとともに戦争に行き、戦地で彼らを見守ろうと決意した。二人は第四四二連隊における数少ない日系の士官だった。どちらもプロテスタントだったが、事務所の扉をたたく者や礼拝に参加する者があれば、だれでもにこやかに迎え入れた。そこには彼らの配下の多くの仏教徒の青年らも含まれていた。二人の牧師はどちらも結婚しており、妻子をハワイに残してきていた。そして二世兵士の大部分よりもずっと年長だった。何より二人は、兵士らのことを深く思いやっていた。二人は若い彼らとともに祈るために、慰めるために、励ますために、助言をするために、そして場合によってはおそらくいつの日か、弔うためにやってきたのだ。

二人の牧師は多くの点において異なっていた。

ヒロ・ヒグチ牧師はすらりと痩せて、内省的で思慮深く、万事に懐疑的な傾向があった。兵士らの信仰を育もうと努力しているときでさえ、それは変わらなかった。ハワイ島のヒロに生まれたヒグチはプランテーションの巡回説教師の息子で、カッツ・ミホと同じように、ヒロ高校に通っていたころはずばぬけて成績優秀で、クラスの委員長もつとめていた。その後本土に移ってオハイオ州のオバーリン大学に入り、さらに南カリフォルニア大学の法科大学院(ロースクール)に入学するも、途中で同大の神学校に転校。そのころ社会学部の大学院生だったヒサコ・ワタナベと出会い、恋に落ちた。二人は結婚し、一緒に三〇ドルの貯金をつくってハワイに移り、オアフに居を構えた。そして長男のピーターの誕生とともに家庭を築き始めた。だが一九四三年の秋、ヒグチは、二人目の子どもを身ごもったヒサコをオアフに残してキャンプ・シェルビーにやってきた。

マサオ・ヤマダ牧師はカウアイのプランテーション・タウンの大工の息子として、裸足で、そしてハワイのピジン語を話しながら育った。背がとても低くてころころ太っていた彼は、たゆまぬ楽観と熱狂的な愛国心と、軍隊生活への強烈な熱意を詰め込んだ弾む毬のような男だった。近視で、少し忘れっぽいところがあり、歯を全部抜いている最中だったその夏は、歯のないおかしな笑顔が特徴的だった。ホノルルのマッキンリー高校に通い、マサチューセッツ州ニュートンで神学を学び、その後カウアイ島に戻り、島の西側の乾燥した一帯にあるハナペペという小さな埃っぽい町に住み着いた。戦争が始まるまでヤマダはこの町で、妻のアイとともに子どもを育て、趣味のランの交配に精を出し、ハナペペの日本人キリスト教会で小さな集まりを主宰したりする生活に満足していた。だが、何かが不当だと感じたときには直感的に、率直な行動と往々にして激しい不屈の精神をもってそれと戦ってきた。真珠湾攻撃からまもないころ、カウアイ島の日系アメリカ人が本土から新しく来た部隊の一部からいわれのない非難を受けているのを見て、ヤマダは島に到着した戦闘部隊の指揮官に詰め寄った。指揮官はヤマダをじろりと見て、吐き捨てるように言った。「おまえのことなど信用できるか」

そのセリフは、元来率直なヤマダから彼らしい非難の言葉を引き出した。「キリスト教の聖職者を信用できないなら、いったいだれを信用すると？　私は自分が日系だと告げるのを恥じたりしない。私はカウアイで生まれ、アメリカの学校で教育を受けた。生活の仕方も、アメリカ式のほかは知らない……私を信用できないというからには、私を撃つ覚悟はあるのでしょうね」

ヒグチと同様にヤマダも、ハワイ出身の日系人の若者らが従軍するのに、一緒に行くのが本土の白人の牧師だけだと知って、深く心配した。本土とハワイの文化の差はあまりにも大きいはずだ。島育ちの青年たちは精神的な助けをいちばん必要とする瞬間に——それこそ生死にかかわるような瞬間に——自分の側に立ってくれる、そして安心して心を開ける相手がだれもいないかもしれない。ハワイから来た彼らにどう助言し、どう慰めるかを知っている人が、だれもそばにいないかもしれない。ヤマダは軍の幹部のところに飛んでいき、新しくできた第四四二連隊戦闘団には日系アメリカ人の聖職者が必要だと主張し、説得し、自分が従軍

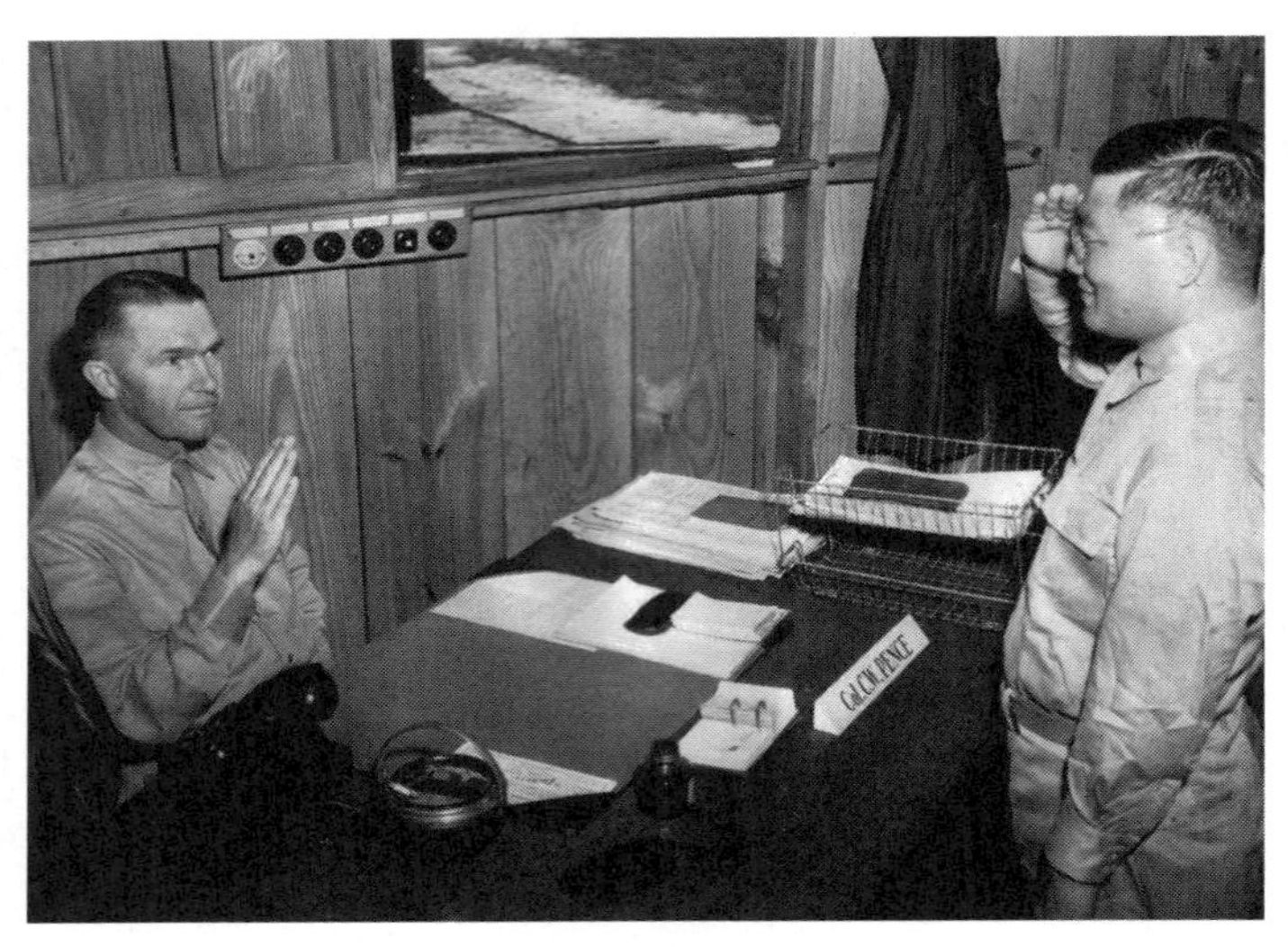

ペンス大佐とヤマダ牧師。シェルビーにて

牧師になると申し出た。

カッツは兄が亡くなる前にも何度か、ヤマダ牧師の事務所に立ち寄って話をしたことがあった。そのころは、故郷の島々でどちらも知っている家族についての情報を交換するのが大半だった。話に花が咲き、半時間ほどもしゃべっていることもよくあった。だが今、カッツはそれまで以上に頻繁に、見るからに悲痛な面持ちでヤマダのもとを訪れ、兄の死の意味を理解しようとしていた。父親の教えに従い、カッツはそれまでいつも仲間のために尽くし、自身の信条に従って生活していた。市民的・人間的な義務を果たし、己の務めをまっとうすることを第一に生きてきた。そして今、ヤマダはカッツに、兄さんの死は君に新しい義務を課したのだと話した。その義務とは、人生の焦点を何にあてるかを改めて考え、元気を取り戻し、より高い目的に向けて邁進（まいしん）することだ。ある意味ヤマダはカッツに、兄の死によって開かれた扉を抜けて、歩いていけと話したのだ。こちらには絶望と悲しみがあり、あちらにはチャンスがある。自分の人生を能うかぎり良く生きることによって、そして義務の精神や、参加への熱意や、マウイ高校で発揮したようなリーダーシップを再燃させることによって、さらには可能なかぎり良き兵士になることによって、カッツは自身の人生だけでなく世界そのものの中で、兄の死が残した空白を埋めることができる。彼は力強い何かに――兄の残したものにふさわしい力に――なることができるのだと、ヤマダは語った。カッツはヤマダの話に耳を傾け、考えた。そして続く数週と数カ月のあいだに徐々に立ち直り、自分の殻からふたたび外に出てきた。カッツはそれまでと同じように、他者とかかわりはじめた。だが彼には自分が、カフルイから出てきたころのような完全に無邪気な少年には二度と戻れないことがわかっていた。その少年は兄カツアキと一緒に月夜のアラバマで、アスファルトの道路の上で死んでしまったのだ。

従軍牧師のヒグチとヤマダがシェルビーに到着したとき、第四四二連隊の指揮官であるペンス大佐は二人に緊急の任務を与えた。いっこうに止む気配のないブッダヘッズとコトンクスとの諍いをやめさせることだ。ペンスは連隊全員を集めて厳しい叱責をしていた――それも一度や二度のことではなく。喧嘩をした人物を降級させもした。ひどい違反者には炊事勤務やトイレ掃除の仕事を追加で課したり、何人かを営倉に放り込みもした。そして連隊全体を解散すると脅しさえした。それでも何も効果はなかった。

打開策を見つけたのはヒロ・ヒグチだった。若者たちと話をしたヒグチは、本土の強制収容所から来た青年らを苛んでいる不安をはっきり理解した。ハワイ出身のブッダヘッズはいつも、戦争が終わったら故郷でどんなふうに迎えられるだろうかと話していた。パレードが行われ、ルアウが催され、綺麗で優雅な島の娘たちが首にレイをかけてくれる。母親の手料理を食べ、自分のベッドに寝ころび、波の音やヤシの葉ずれの音に耳を傾けながら眠りに落ちる。いっぽう本土出身の兵士の大半には、楽しみにするものなどなかった。彼らの一人は目に涙をためて、「帰郷のことを考えられる人間なんて、想像もできない」とヒグチに語った。彼らの多くには、帰る家がもうないようだった。考えられるのはよくてもせいぜい、ふたたび家族が一つになること。そして、よそと奪いあうように借地を求め、地元から隔離された場所で借りられる家を探し、両親が新しく事業を始めるのを苦労しながら手伝うことくらいだ。それらすべてを、多くの隣人から軽蔑のまなざしを向けられる中、行わなくてはならない。最悪の場合、収容所のバラックに戻ることだってありうる。

ヒグチは、本土出身の青年が故郷や家族や将来に関してどんな困難を抱えているかを、ハワイ出身の青年がほとんど理解していないのだと気づいた。ブッダヘッズの中には、強制収容所について聞いたことがない者すら何人かいた。そんな場所が存在するということを笑い飛ばしたり、信じられないと言ったりする者もいた。七月以来、本土出身者の何人かはアーカンソー州のジェロームやローワーの収容所まで旅をし、そこに強制収容されている家族に会いに行っていた。ジェロームの収容所には、訪れる兵士に対応するために米軍慰問協会の事務所すらあった。ブッダヘッズもそういう収容所を訪れ、自分の目で現実を見たら、本土出身者のことを理解し、おだやかに接することができるようになるかもしれないとヒグチは考えた。ヒグチはペンスのもとに行き、アーカンソーの二つの収容所への見学旅行を何度か行ってはどうかと提案した。ペンスはすぐに同意した。できるだけ多くのハワイ出身者に、とりわけ下士官やリーダーやオピニオンリーダーにはぜひ行ってもらおうとペンスは言った。

カッツ・ミホはマウイ高校にいたころと同じように、シェルビーに来た当初から多くの人に一目置かれてきたので、見学旅行の第一陣に選出された。ダニエル・イノウエ伍長も同様だった。彼らは朝早くに車でシエルビーを出発し、午前の中ごろにはジャクソンとヴィクスバーグを抜け、ミシシッピー川を越え、川沿いの広く豊かな低地を北上し始めた。海のように広がる白い綿花の畑を抜けるうち、彼らはウクレレやギターを取り出し、歌ったり、ふざけたり、たがいに冗談を言ったり、カードで遊んだりし始めた。カッツはあたりの風景に強い興味を覚えた。南北戦争の前から建つような古い農園屋敷、畑でラバの後ろを裸足で歩く黒人の男。ぬかるんだ川岸で日光を浴びているワニ。一行はみな、高揚していた。何が自分たちを待ち受けているのか、自分たちがどこに向かっているのか、彼らは何も理解していなかった。

ようやく車が曲がり角をまわると、軍のキャンプのような何かが目の前にあらわれた。一行が驚いたことに、車は正面ゲートの前で一旦止まり、ゲートが開くのを待った。カッツはほかの兵士と一緒にバスを降り、高いフェンス越しに、タール紙とマツ材でできたみすぼらしいバラックが無数に並ぶのを見た。監視塔が正面ゲートのほか、施設の四隅に高くそびえていた。フェンスの向こうにいる人々はみなアジア系の顔をしていた。そして突然一行は、現実を理解した。カッツは衝撃を受けた。全員が衝撃を受けていた。監視塔の銃は内側に——鉄条網の内側で動く人々に向けられていた。少し前にフォート・ミズーラに、そこに収監されている父親を訪ねていたカッツでさえ、今、自分が見ているものが信じられない気持ちだった。鉄条網の向こうにいるのは「一世」の、日本国籍の男たちではなかった。そこにいるのは、カッツと同じようなアメリカ人だった。石けりで遊んでいる小さな女の子たちがいた。バラックの壁にゴムボールをぶつけている少年がいた。洗濯籠を抱えた妊婦がいた。バラックの階段にけだるげに座り、タバコをふかしながらぼんやりこちらを見ている中年の男たちがいた。軍服に身を包んだ二世兵士らがキャンプの中に行進で入っていくと、白人兵士らが彼らの体を軽くたたき、密輸の品をもっていないかを調べた。最初の衝撃はたちまち怒りに変わった。

彼らがやってきたのは、ジェローム転住センターだった。シェルビーの基地でダンスパーティーをしたとき、パートナーの女性たちはここから来ていた。この収容所は五〇〇エーカー（二〇二ヘクタール）に及ぶぬかるんだ低地に建てられており、ミシシッピー川から西にわずか三マイル（四・八キロ）のボギー・バイユーという地に隣接していた。「ボギー（沼地）」というだけあり、雨が降るとキャンプは文字通り水浸しだった。太陽が昇って水が引くと、地面からは蒸気が立ちのぼる。キャンプのいたるところに泥があり、いたるところにヘビやツツガムシや蚊がおり、病気がはびこっている。マラリアや腸チフスはすでにキャンプを襲っていた。ちょうどその時はインフルエンザが大流行していた。収容所内の病院は患者であふれ、人々の士気はいつも低い。カッツはそれを、人々の目の中に感じとった。彼らの目には恐怖も怒りもいら立ちもなく、どんよりとして無表情だった。まるで瞳の向こうにある魂が、この先に希望は何もないと、すべてを投げてしまったかのようだった。普段は陽気でおしゃべりなヤマダ牧師も衝撃を受けていた。彼はその夜、妻にあてて悲痛な思いをしたためた。「彼らは抜け殻のようだ。未来に何も希望を見いだせていない……多くの若い人々がやる気をなくし、敗北主義になっている……転住センターの生活は、ほんものの、自由な生活では断じてない」

にもかかわらず、ジェローム収容所の人々のおおかたは、二世兵士を迎えるために最善を尽くしてくれた。人々は食糧の割り当てを少しずつ取り分けて、若者たちをもてなすささやかな料理を共同の台所でこしらえてくれていた。プレゼントも用意されていた。その多くは、収容所を建設するさいに切り倒されたオークやラクウショウ（落羽松）のねじ曲がった根や節を加工した伝統的な木彫りで、人々はそれを「コブ（瘤）」と呼んでいた。二世の娘たちとのダンスも企画されていた。夜になると人々は、自分たちが外で寝る代わりに兵士たちはバラックの中で休むよう申し出てくれた。だが青年たちは、自分たちはバスや食堂の中で寝るので大丈夫だと言って、申し出を断った。カッツはここで、カフルイ時代の日本語学校の教師に偶然再会した。カッツの父と同じく一九四一年一二月七日に集められ、司法省のキャンプに強制収容された彼は、その後、ここジェロームで家族と合流することを許されていた。彼とカッツはその週末の多くの時間を、マウイの思い出話に費やした。

ミシシッピーに戻るバスの中では、だれも楽器を取り出さなかった。バスの中はほぼずっと、しんと静まり返っていた。みな、自分たちが目にしたものについて考える時間を欲していた。カッツやハワイから来たほかの若者らは、逡巡せざるを得なかった。あんな場所にいて、自分なら軍に志願しようと思うだろうか？

ダニエル・イノウエはその夜、自分の仮兵舎に戻ると、仲間たちに言った。「本土のやつらについて、話さなくちゃならないことがある。おれが話すことを、にわかに信じられないかもしれないが」。カッツも同じメッセージを仲間に告げた。一緒に行った者はみな、同じ話をした。彼らはみな、仲間たちに自分で収容所を見てくるようにと話した。島の青年らをいっぱいに詰めたバスがさらに何度か、ジェロームとローワーの収容所に向かった。バスが戻ってくるたび、ブッダヘッズはコトンクスに徐々に穏やかに接するようになった。

収容所から戻った後、ブッダヘッズの一人がルディ・トキワに近づいた。収容所の訪問についてどうしても話をしたかったのだ。

「おい、ルディ。それから本土のみんな、家族は、あんな場所にいるのか？」

「ああ。大半はそうさ」

「そうか。あそこにいれば、いくら金をもらえるんだ？」

「金なんかもらえない」

「おい、おまえらコトンクはお人よし過ぎねえか？　だれにでもお友だちなのか？」

コトンクスとブッダヘッズの諍いはこうしてようやく収まり始めた。


アリゾナではその秋、連邦囚人番号三七五一ことゴードン・ヒラバヤシがうだるような暑さの中、大槌で岩を砕いたり、砂利をシャベルでダンプカーに放り込んだりの道路工事作業にあけくれていた。苛酷な仕事だった。だがここでもゴードンは、新しい仲間とすぐに親交を結んだ。さまざまな人間がいた。アフリカ系アメリカ人がおり、不法に国境を越えてきたメキシコ人がいた。エホバの証人の信者がおり、白人の平和主義者がいた。後者の大半は、ロサンゼルスから来た大学生で占められていた。メノー派教徒〔プロテスタントの一派。兵役に反対〕もいた。数は少ないが、ありふれた銀行強盗や横領や信用詐欺をはたらいた者もいた。彼らと並んで汗をかきながら作業し、ハコヤナギの木陰で一緒にボローニャ・サンドウィッチを食べるうち、ゴードンは彼らにそれぞれの話を聞かせてほしいと頼んだ。ゴードンはみんなの話に耳を傾け、そして——機会さえ与えられれば——非暴力の抵抗という自身の哲学を説明した。人々はゴードンの話にじっと耳を傾けた。そしてキング・カウンティ刑務所の時と同じように、じきにゴードンはこの収容所でも熱心な信奉者を従えるようになった。それに気づいたFBIは、ゴードンが塀の外の友人や知人に書いた手紙を開封したり控えをとったりし始めた。

ゴードンはここでもまた、収容所を動かしているルールや前提に対して、静かに、しかし執拗に、異を唱え始めた。男性収監者はみな木造のバラックに暮らしていたが、白人系アメリカ人が一つのバラックに、メキシコ人は別のバラックに、そして「カラード」に分類されるアメリカ市民（黒人系アメリカ人やヒスパニック系のアメリカ人、そしてアメリカ先住民）はさらに別のバラックに分けて住まわされていた。ゴードンは白人系のバラックを割り当てられた。それは一種の特権を意図しているのだろうとゴードンは解釈したが、その根拠を知りたかった。彼は日ごとに、収容所の管理者や看守をつかまえては長話をし、彼らに質問をぶつけ、分離の方針そのものだけでなく、彼らが運用している計画の背後にある論理にもこつこつと穴をあけていった。もし自分が白人でないがために夜間外出禁止令に従わなければならず、収容を強制されたのなら、なぜ今自分は白人のバラックに割り振られたのか？　なぜ自分が白人のバラックに割り当てられ、スペイン系の顔をしたメキシコ人が〝カラード〟のバラックに割り振られているのか？　バラックの分離の根拠は何なのか？　そもそもなぜ分離をするのか？　怒濤の質問に困惑しながら、一人の管理者がしどろもどろに回答した。たしかに、すべては非常に馬鹿げて見える。だが、これまでずっとこのように行われてきたので、今もこのように行っているのだと。ほどなく大半の「白人」の収監者がゴードンに倣って、一種の抗議として自分らを「カラード」のバラックに収容するよう要求した。

ここカタリナ連邦名誉キャンプにはそのほかに、徴兵を拒否したホピ族やナバホ族の若者も収監されていた。彼らの一部は宗教上の理由で徴兵を拒否していたが、一九世紀に自分たちやその他のアメリカ先住民から権利と土地を組織的に剝奪した軍隊に仕えるのはおかしいと感じて、徴兵を拒否した者もいた。彼らはゴードンをバラックの向こうの丘の中腹に招いた。そこに彼らは小さな小屋を建てていた。彼らは熱い岩の上に水を注ぎ、清めの蒸気風呂の儀式をゴードンに行い、それから、雑草とハーブで作った石鹼でゴードンの髪を洗った。彼らはゴードンに、自分たちの霊的信仰について語った。ゴードンは彼らにクエーカー教について語った。まもなく彼らもゴードンとともに、収容所を動かしているルールや前提に行動や言葉で異を唱えるようになった。ついに看守の一人がこの騒動に腹を立て、ゴードンのもとにやってきてうんざりしたように言った。「この戦争が終わってほしいとつくづく願うよ。そうすりゃおれが相手にするのは、古き良き殺人犯や誘拐犯だけになる……上の人間は、システムを変えるつもりなんかないんだ」

一九四三年の秋が徐々に冬へと移行し、ミシシッピーの気温がふたたび冷え込んできたころ、第四四二連隊戦闘団の青年がキャンプ・シェルビーに駐屯している時間はほぼなくなった。彼らはほとんどの時間を森の中で軍幕テントを張って過ごしたり、星空の下、マツの大枝の上やじめじめした蛸壺壕の中で眠ったりした。彼らは今、大規模な作戦機動の演習をしており、ルイジアナやミシシッピーをくまなく歩きまわっていた。カッツとジョージ・オイエの属する第五二二野戦砲兵大隊は遠くテキサス州のサビーン川付近まで、榴弾砲を六輪駆動トラックの後ろに牽引して移動し、砲座のまわりに土嚢を積み上げ、大砲の上にカモフラージュ用ネットを広げて上空から見えないようにする訓練をしたりした。フレッド・シオサキやルディ・トキワらの歩兵中隊は、バズーカ砲や迫撃砲やM1ライフルを携行して赤土の道や舗装された道路沿いを隊列を組んで行進したりした。フレッドの足はほぼいつも痛んでいたが、鍛えられた体はじきに、重量五〇ポンド(二三キロ)の装備を背負っても一日中、ほとんど汗すらかかずに行軍できるようになった。二等軍曹のジョー・ハヤシが部下に、駆け足でそれを行うように命じたときですら、フレッドは平気だった。ルディもまた、辛抱強く任務をこなした。細身でしなやかで、そしてかつてないほどタフになったルディは、少年のころ日本でこんなふうに行軍をして過ごした時間に改めて感謝した。

昼も夜も二世兵士らはチームで訓練し、それぞれのチームを出し抜こうとしのぎを削った。あるチームが別のチームの側面をひそかにすり抜け、また別のチームは森を抜けて銃剣突撃を行い、食事のために座っていた他のチームに奇襲をしかけたりした。夜は、雨の降る中、「敵」の偵察をあざむくために黒い沼地を這うように歩み、赤い泥土の上を匍匐したりした。たがいに連絡が取れるように森の中に電話線を通し、狙撃手はサルオガセモドキに覆われたオークの木を登る訓練をした。ダミーの手榴弾を相手方のダミーの機関銃巣（マシンガンネスト）に向かって投擲したりもした。壊れたジープの修理もした。苛酷で、無慈悲で、汚く、消耗する仕事だった。だが、だんだんに兵士らは個々の任務を難なく、効率よくこなせるようになっていった。そして、たがいに連携してスムースに動けるようになっていった。一人ではなく分隊や小隊として、自分たちよりも大きな何かの一部として森を通り過ぎるのも、うまくなってきた。本人たちはまだ知る由もなかったが、彼らは第三軍の中でもっとも熟達した、もっとも戦闘力の高い部隊の一つになりつつあったのだ。

《ホノルル・スター＝ブレティン》から第四四二連隊の取材のために派遣されていたジョン・テリー記者は、夜間機動演習を観察しながら、その光景に魅入られた。「月光が草地に青白い光を注ぎ、マツの木が濃い影を作っていた。兵士はいたるところにいた……森はまさしく、兵士でいっぱいだった。それなのに、彼らの姿はほとんど見えなかった……彼らのくたびれた軍服は草や木やハックルベリーの茂みの一部のように見えた。絶え間なく聞こえてくるのは、木の上にいるバッタの鳴き声だけだった……われわれは、ひと群れの人間に気づいた……彼らは原住民のように歩いた。マツの木陰からあらわれ、縦列を作って草地を進み、ゆっくりとまた、暗い森の中に消えていった……月光の中、無音で動く彼らはまるで幽霊のようだった」

そして彼らは初めて、森の中で楽しみを見つけ始めた。自由な時間には、初霜で甘くなった野生の柿を探し、ピーカンナッツを拾ってカバンいっぱいに詰め、焚火のまわりに座って、塹壕を掘る道具で殻を割ったりもした。仰向けに寝転がってタバコを吸い、星を眺めながらおしゃべりをしたり、故郷や母親の手料理を、そして故郷に残してきた恋人のことを思い出したりした。たがいに悪戯をしかけたりもした。悪戯のいちばんの標的は士官たちで、ヌママムシの死骸を丸めたものを軍曹の寝袋の中に入れたり、毒グモを紐にくくりつけて、眠っている軍曹の頭の上にぶら下げたりした。モンタナのジョージ・オイエやスポケーンのフレッド・シオサキのような、アメリカ西部でヤマヨモギに囲まれて育った青年たちも、今はまるで、ハワイのヒロやラハイナでサトウキビ畑に囲まれて育ったかのように見えた。最初は彼らを深く隔てるもとになったハワイのピジン語は今や、第四四二連隊を一つに結びつけ、そして彼ら独自のアイデンティティを形成する役目を果たしつつあった。ハワイの青年らは例によってほぼ毎晩、ウクレレやギターを取り出しては甘い声で歌をうたった。彼らの歌声は、月光に照らされた小川の上を、夜の空気に乗ってふわふわ漂っているかのようだった。そうした日常に今は、新しい要素が加わった。コトンクスが一緒に声をあわせるようになったのだ。

だがおそらく最大の喜びを彼らにもたらしたのは、まさに棚ぼた式に手に入った巨大な豚だった。きっかけはある午後、カッツの砲兵部隊――第五二二野砲大隊のB砲兵中隊――のだれかが、背の低いオークの根元のあたりで豚が鼻で地面に穴を掘っているのを見つけたことだった。島育ちの青年はそれを野生の豚と思い込み――やけに肉付きのよいピンク色の豚ではあったのだが――M1ライフルを握りしめ、そいつを撃っ

シェルビーにて。フラ

た。これで故郷の伝統のルアウができると青年らは大喜びし、カルア・ピッグという料理を作ろうと決めた。そして、豚を熱した石で焼くための「イム」と呼ばれる穴を地面に掘ろうとしたが、ルイジアナの地下水面は非常に高く、穴を掘ってもすぐに水でいっぱいになった。代わりに「フリ・フリ」と呼ばれる方法で豚を丸焼きにすることにし、青年たちは手製の串を豚に刺し、熱い炭の上で回転させながら焼いた。ほどなく森は、豚を焼くにおいで満ち、青年らは火の上に身を乗り出し、豚の脇腹の部分から戦闘用ナイフで、甘くしっとりした肉を次々切り取っては、むさぼり食べた。島育ちの青年も本土の青年もみな、大いに楽しんだ。

次の日も、また次の日も、彼らはもっと多くの豚に遭遇し、自分たちが移動している地域が豚だらけであることをほどなく悟った。そして、それが野生の豚ではないこともまた自明だった。それは、だれかが飼っている豚だったのだ。だが、丸焼きの豚のうまさを知った若者らは、それが飼われている豚だからといってあきらめるつもりはなかった。彼らは、地元の農民が豚を呼び寄せるときの声真似を習得し、ほどなく豚たちがこちらをめがけて——死をめがけて——小走りにやってくるようになった。シェルビーにいるペンス大佐のもとにはじきに、家畜の弁償代の請求が届くようになった。ペンスはことを荒立てない道を選んだ。数頭の豚のおかげで第四四二連隊がより結束し、より実戦に使用しうるようになったのなら、安いものだった。

感謝祭のころには、ほぼ毎朝地面に霜が降りるようになった。朝晩ますます冷え込むようになり、兵士らは焚火を囲んでさまざまなものごとについて話をした。従軍牧師のヤマダが家への手紙に書いたところによれば、「高尚な話題から馬鹿げた話題までさまざまなことを彼らは話したが、最後は必ず女性の話になった」という。だが彼らは、これから何が起きるのか、自分たちがついに戦場に行ったときにどんな状況になっているかについても、おそるおそる話すようになった。戦場で怪我をしたり死んだりすることになったら、どんな気持ちがするのか、自分を、そして両親や係累を、どんな苦しみが襲うのか——。だが、それと同時に彼らは、自分たちが戦場に行く前に戦争が終わってしまうことも危惧した。それは最悪の展開だと、みなが声をそろえた。死ぬよりもそれは、むしろ悪いことだった。もしそうなったら、国への忠誠を証明する機会を永遠に失うことになり、日系人がアメリカ社会でしかるべき位置を得るチャンスも失われてしまう。「もしおれらが占領軍の一部になるだけで終わったら、すべては台無しだ」。一人の若者は特派員に説明した。「自分たちは、戦場に入っていかなければならない」。彼らはそれぞれの信条や価値観について話し、ヒトラーやムッソリーニのいるヨーロッパで何が起きているかを話し、なぜそれがアメリカにとっても重要なのかを話した。彼らの議論は何度も繰り返し、高校時代に学んだ合衆国憲法と民主主義の根本原則——個人の自由、平等、言論の自由――に立ち返った。自分たちの家族を強制収容した国にそんなものが果たして存在すると言えるのかと、彼らは議論した。いっぽうで彼らは、日本人の両親から教えられたことについても語りあった。フレッド・シオサキは親への孝行について語り、両親が子どもに対して、親の威信を尊重することや、家族の名誉を守ることを期待しているのだと話した。カッツ・ミホは子どものころマウイのサトウキビ畑でサムライ映画を見たことや、そこから武士の掟の基礎、武士道の八つの徳――仁、義、礼、智、信、孝、忠、悌――を知ったことを話した。カッツはさらに父親が、社会的義務を意味する「義理（ギリ）」を、そして、人間のあたたかさや思いやりを意味する「人情（ニンジョウ）」と「義理」のバランスを重んじていたことを話した。ルディ・トキワは少年のころ日本で受けた軍事教練の厳しさについて語り、「我慢（ガマン）」という概念について――それは、一見耐えがたい何かを静かに忍耐強くやりぬくことだ――語り、「大和魂（ヤマトダマシイ）」という精神について――仲間とともに何かをやりとげ、自分自身のためよりも仲間のために戦い抜くすばらしさについて――話した。若者たちはそれぞれ、出征するとき父親から最後にどんな言葉をかけられたかを話した。だいたいにおいてそれは、「何をするにせよ、家族の恥になることはするな」というメッセージの言い換えだった。ルディの場合、メッセージはもっと明確だった。「おまえが選んだことだ。今はそれを行え。行って撃たれて来いと言われたら、行って撃たれて来い」

ものごとについて話し、胸中を打ち明けるうちに、彼らのあいだで何か堅牢で永続的なものが形をとり始めた。アメリカ人であり日本人でもあるという共通のアイデンティティに加えて、強く断固としていながらあたたかくて包み込むような独自な何か、みなを一つに結ぶ精神、静かでいて強い力などが、彼らの中に生まれつつあった。それは、さほど遠くない未来に彼らが想像を絶する困難と恐怖を乗り越えるのに役立つことになる。

一九四三年のクリスマスが近づくころ、ミシシッピー・デルタは例年にない激しい寒波に襲われ、気温はさらに下がった。赤い泥土には氷が張り、湿地の水の黒いたまりには氷の白い縁ができた。マツの枝はつらの重みで低く垂れさがった。朝、起床して髪にくしを通した第四四二連隊の若者らは、髪にも氷がたくさんついていることに気づいた。靴下はまるで革のように固くなっていた。カチカチに凍ったタオルは、そのまま立てることができた。夜、彼らは軍幕テントの中で体を丸めて眠った。ヤマダ牧師はテントの中より多少は暖かいことを期待してある夜、トラックの荷台にもぐりこんだ。翌朝、彼は妻にあててこう書いた。

「私が眠りにつく前に、太ったアイダホの青年が荷台にもぐりこんできて、私の腹に触れると、頭をいい具合にそこにのせて、いびきをかいて眠り始めた。一時間後、別の兵士がまた荷台に入ってきて、私の足を自分のほうに引っ張って、その上に頭をのせた。まったくなんて夜だ」

機動演習で外にいるときを除けば、青年たちは大半の時間をそれぞれの仮兵舎で、ハワイや収容所にいる家族やきょうだいや恋人から送られた手紙やクリスマスカードを読んで過ごした。牧師のヒロ・ヒグチは妻のヒサコからの手紙をむさぼるように読んでいた。そこには、夫妻にとって初めての女の子、ジェーンが誕生したことが記されていた。中には、南イタリアから届いた手紙もあった。ハワイ出身の兵士や、キャンプ・シェルビーで知遇を得て、今は第一〇〇歩兵大隊とともにイタリアで戦っている兵士からの手紙だった。それらの手紙には、心が浮き立つようなことは何も書かれていない。兵士らは地獄のような厳しい時を過ごしていたのだ。

北アフリカで短い時間を過ごした後、第一〇〇大隊は九月二二日にイタリアのサレルノに上陸した。そして、イタリアへの大規模な連合軍の進攻作戦に参加するために、マーク・クラーク将軍率いる第五軍の「赤い牡牛」こと第三四師団に所属することになった。第五軍はイタリア半島の西側を戦いながら前進し、いっぽうバーナード・モンゴメリー将軍率いるイギリスの第八軍は半島の東側を前進しつつあった。イタリアを征服すれば地中海は連合国の船舶に開かれることが期待されるうえ、同時にドイツ軍の資源を南に引きつけることもできる。そうして、連合軍がフランスに進攻する際のきわめて重要な地点からドイツ軍を遠ざけられる、という狙いもあった。

進攻開始早々から第一〇〇大隊はドイツ軍の激しい抵抗にあった。ドイツ軍は堅牢な要塞と化した陣地に深い壕を掘り、そこから攻撃し、多くの死傷者をもたらし始めていた。その秋から初冬にかけての数週間、シェルビーにいた第四四二連隊の青年らは、新聞の死傷者リストを恐怖と賞賛の入り混じった思いで眺めた。最初に戦場に足を踏み入れた日系アメリカ人兵士らは、明らかに際立った存在になっていた。だが、そのために支払った代価は高く、そして——とりわけハワイ出身の青年らにとっては——あまりに直接的だった。クリスマスまでには、ハワイ出身の青年のほぼすべてが、第一〇〇大隊に属する知り合いのだれかをイタリアで亡くしていた。

損耗人員報告が届くと、それはシェルビーではしばしば牧師の手に渡された。そして牧師が、第四四二連隊に属する友人や家族に辛い知らせを伝えた。ヒロ・ヒグチ牧師はある夜じゅうずっと、打ちひしがれた二人の若者を森の中で慰め続けた。二人はどちらも同じ日にイタリアで、それぞれのきょうだいを亡くしていた。二人のうちの一人は——その一家からは三人の男が出征していた——ヒグチ牧師に、イタリアで生き残っているきょうだいから届いたという手紙を読み上げた。「今から兄弟はおれとおまえの二人だけだ。おれたちは戦争を生き抜いて、必ずハワイに帰らなくてはならない……おまえの部隊がこちらに来る必要がないよう祈っている。戦争は、物語のようではない。戦争は、恐ろしいことだ」

だが、これからやってくることにひるむどころか、第四四二連隊の若者たちはさらにもっと、彼らいわく「向こうに行く」ことを切望するようになった。多くのニュース映画を見るほど、多くのニュースを耳にするほど、イタリアからの手紙を多く読むほど、彼らは自分もその一部になりたいとより強く願い、第一〇〇大隊にいる兄弟と一緒に戦争の危険に立ち向かいたいと焦がれるようになった。

一九四四年二月中旬までには、少なくとも彼らの一部が願いを叶えられそうなことが明らかになった。数百人が突然選ばれ、一晩で姿を消した。そして第四四二連隊から分遣され、第一〇〇大隊の増強のための補充兵員として急遽海外に送られることになった。

今やシェルビーの空気には、これまでと違う緊張があった。みなが待機していた。残りの隊員にいつ出動命令が出るか、どこに向かうことになるのか、だれも確実にはわかっていなかったが、みなの予想はかなり正しかった。ヒグチ牧師はハワイのパールシティにいる妻のヒサコに、「どうやら私は、スパゲティを好きになる練習を始めたほうがよさそうだ」と書いた。さらに三月五日に、間違えようのないサインがあらわれた。アメリカ陸軍参謀総長をつとめるジョージ・C・マーシャル大将がシェルビーを訪れ、整列した第四四二連隊を閲兵し、その数時間後、帰っていったのだ。「良い感じの部隊だ」というコメント以外には何も公式な発表を行わずに。だが、その場の人間はみな、この訪問が何を意味するかを理解していた。

人員と物資をシェルビーから東海岸まで動かすロジスティクス（兵站）が完成するまでに、さらに数週がかかった。シェルビーでは下士官も士官もみな、座って家族への手紙を書き始めた。そして彼らの手紙には初めて、死への恐怖が垣間見えるようになった。若い妻あてに書かれた手紙には、生命保険の更新を忘れないようにと念が押されていた。収容所にいるきょうだいあてに書かれた手紙には、両親のことをくれぐれも頼むという言葉があった。両親への手紙には、あなたたちの息子は何があろうと、けっして家の恥になる真似はしないと約束されていた。ヒグチ牧師は妻のヒサコへの手紙に、必ず元気に帰還すると最初に断言した後、次の段落では息子のピーターをこんなふうに育ててほしいと説明しており、必ず帰るという見込みの危うさを露呈した。「どうかあの子を、自分と家族に誇りをもつように育ててほしい。人にやさしく、他人の悩みを理解し、困っている人に寄り添えるような人間に育ってほしいと思う」。妻への手紙とは別にヒグチは、七歳のピーターあてにも手紙をしたためた。最悪の事態が起きたときに備えて、何か形のあるものを息子の手元に残したかったからだ。「パパは、自分がどのくらい長く今の場所にいるかわからない。でも、遅かれ早かれどこか、戦場の前線に行くことになるだろう……おまえは、いつでも紳士でいなくてはならない。父さん母さんの友だちの子どものように、人々にとても親切に接して、自分の欲しいものは後回しにすること。そして人を憎んではいけない。なぜなら、憎しみこそがこの戦争や、この戦争におけるもろもろの悪いものごとを引き起こしたのだから。だれにでも、親切にしなければならない。これらのことを覚えておきなさい。そうすればパパは安心して行ける」

ついに四月二二日、命令が下った。彼らは背嚢に荷物を詰め、ハティスバーグから北に向かう列車に乗り込み、ヴァージニア州のフォート・パトリック・ヘンリーにある部隊集結地域に向かった。そこに彼らは数日とどまり、予防接種を受けたり、新しい装備品を支給されたり、家族にあてて手紙を走り書きしたりした。だが、ヨーロッパに向かう船に無事乗り込む前に、彼らはもう一つ派手な喧嘩を起こすことになった。驚くにはあたらないが、その中心にいたのはルディ・トキワだった。

　地元の米軍慰問協会は第四四二連隊を見送るためにダンスパーティーを企画し、ダンスのパートナーとして地元ヴァージニアの女性をバスで運んできた。ダンスが始まると、ようすを見ていた陸軍の飛行士数人は、アジア人の青年たちが白人女性と踊っているのにカチンときた。彼らはルディと彼の友人のほうににじり寄り、自分たち数人もパーティーに加わってよいかとたずねた。二世兵士らはたがいに視線を交わし、警戒したが、白人（ハオレ）の若者数人ならかまわないだろうと判断した。結局のところ、彼らはみな同じ軍隊のメンバーであり、同じ戦争に立ち向かっているのだ。仲良くやっていければそのほうがいい。そこでルディは「もちろんかまわないさ」と言った。だが、バンドが音楽を奏で、男女のペアがダンスフロアに歩み出ていくと、事態はたちまち悪化した。「数人」のはずの飛行士はあっというまに十数人に増え、さらに数十人に増えた。そして彼らはダンスに割り込み始めた。ほどなく、二世兵士はほぼみな壁際に追いやられ、白人兵士が女性たちと踊るのを指をくわえて眺める羽目になった。ルディと友人がダンスフロアでの展開を見ているうち、友人の一人で「ボロ」の愛称をもつブッダヘッドがルディのところにやってきて言った。

「おれは、ハオレの娘（ワーヒーニー）とダンスをしてくる。あいつらがおれの肩をたたいたら……それでも踊り続ける。もしやつが何か言ったら、おれはだれかを殴る」

　ルディは壁際をじりじり移動しながら二世兵士らに、ボロから目を離さず、必要なときにすぐ助太刀ができるようにしろと耳打ちや伝言をした。数分後、飛行士の一人が、踊っているボロの肩をたたいた。くるりと振り向いたボロはすでに拳を引いており、大乱闘の火ぶたが切られた。二世の青年たちはダンスフロアに突撃し、拳を浴びせた。相手のおおかたはこちらより上背があり、数も勝っていたので、最初、二世兵士らは建物から引きずり出されそうになった。だが、事態を知らせる言葉が周辺の施設に次々広まり、第四四二連隊の徽章を肩につけた大勢の若者がみな、現場へまっしぐらに駆けつけてきた。彼らは建物の中に乱入し、白人兵士らを囲んだ。彼らの多くはルディがそうだったように日本で学校にいたときや、故郷の日本語学校に通っていたときに柔道や剣道や空手を習っていた。そして今、彼らは相手を背負い投げしたり、胴体の中央に激しい蹴りを入れたり、頸動脈に強烈な手刀打ちをお見舞いしたり、相手をぬいぐるみのように床に放り投げたりした。ほどなく白人兵士は撤退を開始し、正面玄関までなんとかたどり着き、ほうほうのていで逃げ出した。

騒ぎがおさまったころ、機関銃を搭載した装甲車が外に到着し、五、六人の白人兵士を基地の病院に運んだ。ひどいあざや切り傷を負った白人兵士は数十人にのぼった。第四四二連隊の兵士も、唇が裂けたり目のまわりに黒いあざができていたりはしたが、彼らの中には静かでどっしりした、強固なプライドが新たに芽生えていた。このとき以降、ブッダヘッズとコトンクスの会話はほぼすべて、楽しみのためのものになり、彼らもみな、それを自覚した。その夜の出来事は彼らが過去に経験した何よりも、みなの絆を固める役目を果たした。彼らは全員が今、何かの中で――その「何か」がたとえ何であろうと――一つに結ばれていたのだ。

五月一日の朝、チェサピーク湾にはあたたかいそよ風が吹いていた。オリーブドラブ色の戦闘服を着て、ブーツとヘルメットを装着した第四四二連隊戦闘団のおよそ四一〇〇人の隊員および将校らは乗船地点に到着した。ヴァージニア州のハンプトン・ローズおよびニューポート・ニューズにある一〇本の長い並行する波止場から彼らは船に乗った。ブラスバンドが「オーバー・ゼア（彼方へ）」を演奏し、赤十字の少女たちが兵士にドーナツと、ローズヴェルト大統領からの紋切り型の手紙を手渡した。そこには彼らが「あなたの家族やあなたの仲間の市民やあなたの大統領からの希望、感謝、信頼、そして祈りを」携えていくのだと書かれていた。兵士たちは手紙をつかみ、背嚢を肩から提げ、アメリカの土を離れ、隊列を作ってタラップを行進し、彼らを受け入れるのを待っている灰色の腹のリバティ船の貨物倉に向かった。この船の貨物倉は粗末な居住空間に改造されており、帆布のハンモックが五段ぶん壁に設置されていた。兵士らは装備をしまい、ハンモックを選んだ。頭のまわる者は、いちばん上を選んだ。いちばん上ならば、だれかの吐瀉物が上から落ちてくる心配はない。こうして彼らは腰を落ち着けて、長く、のろく、混みあった旅――になるだろうと説明されていた――に臨んだ。

その午後、最初の数隻の船が波止場から湾に出て停泊し、もっとたくさんの船が荷積みをしていたとき、ヤマダ牧師と青年たちは、その日が故郷のレイ・デーにあたることに気づいた。ハワイでは一九二七年以来、五月一日はレイをつくったり分けあったりして祝う日になっている。学校ではレイをつくるコンテストが行われ、町ではフェスティバルが開催され、委員会がレイの王様と女王様を選出し、ダンサーがフラを踊り、人々はルアウのために公園や庭に集まった。

船の上には花は一つもなかったので、ハワイの青年らは調理室からオレンジの入った箱をくすねてきて、ナイフを使って注意深くオレンジの皮を剝き、長い螺旋を作り、それをレイに見立ててたがいの首にかけあった。ハワイ出身者だけでなく、本土出身者の首にもオレンジの皮のレイがかけられた。そうして彼らは自分自身にもたがいにもより多くの「アロハ」を願い、そしてオレンジを堪能した。ヤマダ牧師は誇らしげに彼らを見つめ、その夜、妻にあてた手紙にこう書いた。「今やわれわれは、たがいの存在がなくては駄目なのだと知った……われわれは一つの幸福な家族になったのだ」

その日のほぼ同じ時刻、チェサピーク湾から東に四五〇〇マイル（七二四二キロ）の、かつては美しかったイタリアの海岸の町アンツィオの近くで、ティレニア海に日が沈みかけていた。あたりが暗くなるにつれて二世兵士らが、蛸壺壕や待避壕や即席の掩蔽壕から這い出してきた。あたりは瓦礫でいっぱいだった。少し前までそこにはイタリアの家屋があったはずだった。

数カ月前の一月、時には猛吹雪に近い天候の中で戦い、またしても多数の死傷者を出していた第一〇〇大隊は、いくつかの山頂の要塞を掌握しつつ、イタリア南西部のカッシーノの町に接近していた。町のすぐ西にあるモンテ・カッシーノと呼ばれる高さ一七〇〇フィート（五一八メートル）の急な、脆くて亀裂の多く入った石灰岩が露出している山の上に、古いベネディクト会修道院が立っていた。ドイツ軍はこの山を観測所として用い、その後、連合軍の爆撃で修道院が破壊されてからは、修道院の残骸からほぼ難攻不落の要塞をつくった。ここを要（かなめ）にしてもっと大きな、彼らがグスタフ線（ライン）と名づけた一連の要塞が作られることになった。そこで第一〇〇大隊は、モンテ・カッシーノと周辺地域に対する連合軍の一連の猛烈な強襲に加わることになった。数週にわたって彼らは、水をかぶった野原を、ドイツ軍が埋めた数千もの地雷をよけながら進んだ。若い隊員が先遣隊となり、腹ばいで滑るように水と泥の中を進み、素手で地雷の有無を確認した。

川幅の広いラーピド川を徐々に渡河するときには、兵士らの頭上を砲弾や迫撃砲弾や機関銃弾や、彼らが「スクリーミング・ミミ」と名づけた恐ろしいロケット弾が嵐のように絶え間なく、無慈悲に飛び交った。彼らは切り立った岩だらけの斜面をロープをたぐりながらよじ登り、いや増す機関銃火の中へと突き進み、頂上に向かう途中までたどりつき、生存者や負傷していない者が少なくなりすぎてそれ以上進撃が不可能になるまで、その場にとどまった。そして彼らが退却すると、数日後にまた同じことが繰り返された。この戦いに参加したある二世兵士の小隊は四〇名で構成されていたが、退却して戻ってきたとき、負傷していないのはわずか五名だったという。第一〇〇大隊がようやく戦線を離れたとき、サレルノに上陸した一三〇〇名の二世兵士のうち、生きている者や、まだ戦える状態にある者はわずか五二一名にすぎなかった。

彼らの犠牲は遠い故郷でも見過ごされることはなかった。大都市や小さな町の新聞や、大衆雑誌や、アメリカ中の映画館のニュース映画でも、その武勇が報じられた。いくつかのメディアの報道記事は、イタリア上陸から最初の数カ月で第一〇〇大隊のほぼ全員が負傷したことに言及し、彼らを「パープルハート〔パープルハート章はアメリカ合衆国の戦傷章〕大隊」と呼ぶようになった。二世兵士が戦地にいることを非アジア系の大半のアメリカ人が知ったのは、このときが最初だった。そしてドイツ人もまた、二世兵士の勇気と不屈の精神に着目し、彼らに「小さな鉄人」という独自のあだ名をつけた。

その後の三月下旬、モンテ・カッシーノの戦いがさらに激化するなか、クラーク将軍はぼろぼろになった第一〇〇大隊の残存部隊を、グスタフ線の西端を迂回して海路で北に送り、ローマから南にわずか三〇マイル〔四八キロ〕のアンツィオの狭い海岸に上陸させた。そこで彼らは、他のイギリスやアメリカの部隊に合流した。英米軍は、一月にこの海岸で掌握した小さな海岸堡〔上陸拠点〕を必死に死守していた。

アンツィオに集結しつつある兵力によって連合軍が、ローマに直接通じるおおむね障害のない道を手に入れるのを危ぶんだドイツ軍は、迅速かつ猛烈に、事態に反応した。ドイツ軍は堤防を破ったり揚水場を破壊したりして周辺の沼地に水をあふれさせ、連合軍が海岸堡から先に進撃するのを困難にした。さらに彼らはこの一帯を膨大な数の大砲で――その中にはドイツ兵が「ロベルト」「レオポルド」と呼んだ二つの巨大な列車砲も含まれていた――取り囲み、町と周辺地域に銃弾と砲弾を絶え間なく雨のように降らせ始めた。[*26] それでも連合軍は、部隊を続々と海岸に上陸させ続けた。市民が逃げ出し、彼らの家がくすぶる木材と太古の岩石の山にすぎなくなったころ、新しく到着した二世兵士らは、連合軍がすでに数カ月前から行ってきたように、東進し、泥と土と砂の中にモグラのように穴を掘り、その中に潜伏して日中の猛攻をなんとか生き延び、夜には穴から這い出して要塞を再建した。数週のあいだ、死が頭上に恐ろしいほど無作為に降り注ぐという状況が続いた。

だが、一九四四年五月一日の特別な午後、第一〇〇歩兵大隊の二世兵士らはドイツ軍の砲弾以外のことを考えていた。彼らはそれが何の日か、忘れていなかった。兵士らは注意深く地中から出てきて、花を探し始めた。馬の死骸があちこちに散らばる草原を歩き、壊れた石造建築の山を乗り越え、砲弾の落下でできたギザギザの弾孔（クレーター）を迂回し、瓦礫の下に埋まっている死体の腐臭を無視しようとしながら、彼らはイタリアの春に咲く、血のように赤い小さなポピーの花を集めた。

＊26　連合軍はこれら二つの――重量五〇〇ポンド（二二七キログラム）の砲弾を二〇マイル（一六キロメートル）飛ばすことのできる――砲を、両方あわせてアンツィオ・アニーと呼んでいた。

翌日チェサピーク湾では、第四四二連隊を乗せた船が抜錨(ばつびょう)し、大西洋へと漕ぎ出し、東へと向かい始めた。乗船した第四四二連隊戦闘団の日系アメリカ人青年らはイタリアへ、ナポリへ、そしてアンツィオへと運ばれていった。

第四部

千人針

アンツィオに上陸する米兵たち

第一三章

どうか忘れないで。あなたが何をしても、どこにいても、私たちはいつもあなたのそばにいる――そして、世界が平穏になり、私たちがふたたび一緒になれる日が来るのを願っている。

ヒサコ・ヒグチが夫のヒロに書いた手紙　一九四四年六月六日

第四四二連隊が大西洋を渡っているころ、ゴードン・ヒラバヤシはスポケーンに戻り、ふたたび逮捕されるのを待っていた。

一九四三年一二月、九〇日間の刑期を終えたゴードンはトゥーソンのカタリナ連邦名誉キャンプから釈放された。だが、刑務所を出ていくとき、彼は当局を相手にひと悶着を起こしていった。収監されている何人かの良心的兵役拒否者はゴードンが釈放される直前に、カタリナ刑務所での処遇についての陳情書をひそかに持ち出してほしいと頼んでいたのだ。ゴードンはためらった。彼らの声明に、完全には賛同していなかったからだ。それは、ゴードンが妥当だと思うラインを超えていた。だが結局、彼らの見解を少なくとも当局に伝えるべきだろうと判断した。衣類に紙を縫い込む時間はなく、ゴードンは単純にそれを、左の靴底にテープで張りつけた。そして施設を出るや、再逮捕された。

それから九日間、ゴードンはトゥーソンのじめじめした汚い独房で過ごした。食事は最悪で、独房でゴードンと一緒にいてくれるのは、アリゾナの悪名高い巨大な――ものによってはネズミほども大きさがある

——黒いゴキブリの群れだけだった。彼らは夜のあいだ、ゴードンの独房の隅を騒々しく走り回っていた。ゴードンはいかにも彼らしく、そこにも一種の慰めを見いだしていた。「この国のどこであれ、ゴキブリという虫は郡の刑務所に一種の趣を与え、そこを我が家のように感じさせてくれる」。一二月七日、真珠湾攻撃の二回目の記念の日にゴードンは釈放された。釈放されるやゴードンは座れる場所を見つけ、件の声明の内容を思い起こして文面にし、郵送した。

出所のとき当局から渡された書類には、スポケーンに着いたらすぐに地方検事のところに出頭せよという指示が書かれていた。故郷に向かうバスに乗り、ソノラン砂漠が遠ざかるのを眺めながらゴードンは、この指示を無視しようと決めた。彼の知るかぎり、郡の刑務所から釈放された人間はだれ一人、地方検事のもとへの出頭を要求されていない。ゴードンだけがそれを求められる唯一の根拠は、またしても先祖の件であるように思われた。指示に従わないかわりにゴードンは、時間の余裕ができたころに、スポケーンで地方検事の助手をしているマックス・エッターを訪れようと決めていた。エッターはゴードンの友人のような存在だった。

だが、これで法律がゴードンの件を終わりにしたわけではなかったし、ゴードンのほうでもそれは同じだった。スポケーンに戻るとゴードンはすぐまた、エスターとフロイドのシュモー親子と一緒にアメリカ・フレンズ協会で、移送されたり強制収容されたりした日系人の援助活動を始めた。その後二月に、シアトルの徴兵委員会から通知が届いた。真珠湾攻撃からほどなく、日系アメリカ人の徴兵は停止されていたが、選抜徴兵局はこのたびその再開を決定していた。ゴードンはクエーカー教徒として良心的兵役拒否者に分類されてはいたが、徴兵年齢にあたるすべての二世男性と同じように彼のもとにもまた、選抜徴兵書式三〇四Aという書類が届けられたのだ。「日本に祖先をもつアメリカ市民の申告書」と題されたその用紙はゴードンに——偽証すれば罰が課せられるという前提で——彼が話す外国語や、彼が所属するクラブや協会、彼の信じる宗教、そして購読している雑誌などを明らかにすることを要求していた。さらに、本人と縁戚関係のない五人の人物を身元引受人に挙げることも要求された。最後に、一部の二世がすでに回答を拒否した、忠誠にまつわる二つの質問——質問二七と二八——にも回答を要求された。二世がその質問に回答を拒否した理由は、アメリカ市民として自分たちは、他の市民が要求されない宣誓を行う必要がないというものだった。ゴードンもまた、その書面への回答や署名は拒否以外に選択肢がないと感じた。彼は回答も署名もせず、ただ、この書類の題そのものが差別的だとのみ記述し、用紙を徴兵委員会に返した。ゴードンはさらに、「私があなたがたに無記入で返却しようとしているこの質問状自体が、キリスト教に対する、そして正義と民主主義というアメリカの原則に対する、重大な違反にほかなりません……この用紙は純粋に、祖先の件が土台になっています……もしこの用紙に回答すれば私は自分が、人種差別的な政策に協調したことになると考えます」と続けた。これはゴードンがいつも主張してきた理由であり、それが何につながるかも彼は承知していた。だれにとっても時間の節約になるように、ゴードンは無回答の書面と陳述のコピーをとり、連邦検事のJ・チャールズ・デニスにあてて送った。逮捕のさいにすぐ自分を見つけられるように、スポケーンでの住所もあわせて記載した。

それからほどなくゴードンとエスター・シュモーは、この数カ月間ずっと懸案になっている問題を真剣に話し合い始めた。それは二人が結婚するべきかどうかという話だった。単純な問題ではなかった。ゴードンがエスターを愛していることは、そしてエスターがゴードンを愛していることには疑いがなかった。だが一九四四年においては、アジア系の人間と白人が結婚するというのはラジカルな選択であり、多くの州においては違法ですらあった。そんな法に抵触することなど、ゴードンもエスターもまるで気にしていなかった。実際、ワシントン州では異人種間の結婚は違法ではなかった。[*27] だが、ゴードンは国中で悪い意味で名を知られるようになっている。そんな男との結婚が世間の激しい軽蔑と憎悪を引き起こし、その憎悪の多くが彼本人ではなくエスターとその両親に直接向けられるだろうことをゴードンは承知していた。エスターは意に介さないふりをしていた。エスターの両親はゴードンをたいそう気に入っていたが、結婚によって起きる問題に若い二人が対処できるのか、案じてもいた。友人はゴードンに、もし子どもができたら社会から排斥されるのではないかと指摘した。そして、刑務所にいるゴードンとの結婚生活を本当にスタートさせられるのかという危惧もあった。質問書三〇四Aへの情報提供拒否の罰則は、一万ドルの罰金もしくは連邦刑務所に一〇年間収監、あるいはその両方だ。情報の記載をいっさい拒否したことに対して、どんな罰が科せられるのか、ゴードンには推測しかできなかった。だが、答えが何であれ、ゴードンはおそらくそれを見つけられそうだった。連邦大陪審からちょうど起訴されたからだ。

その春、徴兵の再開とそれに伴う忠誠の誓いの要求によって良心の危機を改めて経験した若き日系二世は、ゴードンひとりではなかった。そうした若者は数百人存在し、彼らの——とりわけ戦時転住局の強制収容所にいた者の——胸には、次の疑問がふたたびよみがえっていた。なぜ、自分たちを家から追い立て、他の市民に与えられている権利や自由を剝奪した国家のために戦わなくてはならないのか？　仮に出征するとして、なぜ自分たちは他と別の部隊に追いやられるのか？　なぜ海軍は、二世兵士の入隊を禁じているのか？　収容所では、ちょうど前の年に二世が初めて第四四二連隊への入隊を認められたときと同じように、激しい議論が起きた。いくつかの収容所では、そうした議論はおおむね個人的な問題で、家庭や友人の輪の中で行われた。別の収容所では、そうした議論は共同体全体にかかわるものであり、収容所内の新聞で意見が交わされたり、食堂での食事中に、あるいは高校の講堂で企画された会合で、議論が行われたりした。論題は、第四四二連隊への志願に関するときと本質的には同じだった。ただ今回の徴兵については、単に脇に退いて、問題を無視するという選択肢はなかった。徴兵検査のために出頭せよという命令が収容所に届き始めたら、その拒否は連邦犯罪につながり、罰金や懲役刑を課されるという事実から逃れることはできない。

徴兵への抵抗がどこよりも激しかったのは、ワイオミング州のハート・マウンテン収容所だった。ここハート・マウンテンでは、収容所が開設された当初から強制収容に対する抵抗運動が激しく行われ、戦時転住局との衝突もたびたびあった。一度など、収容所の境界の外でそり遊びをしていた子どもたち三二人が逮捕されたりもした。最初の徴兵の知らせが郵便でハート・マウンテンに届き始めたころ、徴兵に反対して作られた自称「フェアプレー委員会」が、収容所内の食堂で集会を開いた。六〇人の青年が集まり、組織の目標と、会員になる基準を設定した。二ドルの会費を払うことに加えて、会員になるためには、アメリカ市民であることと祖国に忠実であること、さらに、法的権利さえ回復されれば喜んで米軍の兵隊になるという条件があった。だが、もし彼らの権利が回復されなかったら、徴兵検査のための出頭を拒否しようと彼らは決意していた。

＊27　実際、一九三〇年代に異人種間結婚に反対する一連の法案がワシントン州議会で否決されると、異人種間のカップルはしばしばワシントンに移り住んできた。

一九四四年の春が過ぎるうち、大半の収容所の大半の若者は結局、命令に従って出頭した。しかし、それ以外の若者――ハート・マウンテン収容所のフェアプレー委員会のメンバーのような――は、家族が強制収容されているかぎり、徴兵を拒否すると決断した。そして出頭の命令が届いたとき、彼らはそれをあっさり無視した。ミニドカでは三二人が、アマチでは三一人が、トパーズでは五人が、ポストンでは一〇六人が、ハート・マウンテンでは八五人が、トゥーリーレイクでは二七人が拒否をした。連邦保安官が各収容所にあらわれ、「一九四〇年の選抜訓練徴兵法」に違反したかどで彼らを起訴し、裁判を待つために地元の刑務所に連行した。

リバティ船の欄干(らんかん)近くに立ち、水面の向こうを見はるかしながらフレッド・シオサキは、自分を取り巻く光景がまるで、海に浮かんだ町のようだと思った。第四四二連隊を運ぶ船はさらに大きな船団に加わり、今やフレッドの乗る船は九〇隻以上の船に取り囲まれており、船団はあらゆる方角に水平線まで伸びていた。部隊の輸送船団は、護送船団の中央近くに集まっていた。海軍の駆逐艦と巡洋艦が側面を守り、残りの船団を海上で導き、波の下のどこかに潜んでいる――そのことはみなが承知していた――かもしれないドイツのUボートの群れから守った。多くの船からは阻塞気球が、鋼鉄のケーブルで船につながれて浮かんでいた。それらの船は、急降下爆撃や護送船団への機銃掃射を試みるドイツの航空機があらわれたら、すみやかにその翼を叩き切る準備をしていた。昼間はネズミイルカが船団のそばを泳ぎ、船が起こした波に乗った。ときおり、クジラが船と船のあいだに姿をあらわし、ゆっくり堂々と潮を吹いた。白やピンクの、くねくねした形の巨大なクラゲがそばを漂った。夜は巨大な黒い空の下、船が海面を滑るように進むと、その下で海そのものが光り、船首の下では無数の燐光生物が緑色に輝き、それぞれの船が海の上にかすかな光の軌跡を描いた。これまで見た中でもっとも美しい景色の一つだと、フレッドは思った。

日が進むにつれ、より多くの若者がフレッドのように甲板で過ごすようになった。彼らは柔軟体操をしたり、ボクシングの試合をしたり、クラップスで遊んだり、タバコを吸ったり、灰色の隔壁に寄りかかり、赤十字から手渡された二五セントの探偵小説について議論したりした。彼らは、船がいったいどこに向かっているのだろうかと推測した。これといって特色のない海の上を船がしばしば方向を変えるので、行き先を予測するのは難しかった。大半の若者は、行き先はヨーロッパだと踏んでいた。おそらくは、長いあいだ噂があるフランス進撃のためだ。だが、もっと可能性がありそうなのはイタリアだった。あまりにもしばしば船が方向を変えるので、船が向かっているのは日本ではないかと言い出す者さえいた。

リバティ船ジョンズ・ホプキンス号の上でカッツ・ミホら第五二二野戦砲兵大隊員たちは、大半の時間を、実戦に参加するとき彼らの榴弾砲に装備されるだろう新しいパノラマ照準器の複雑な操作方法を習得するのに費やした。別の船の上ではルディ・トキワがボクシング用グローブを見つけ、話に乗ってきただれかを相手にスパーリングの練習をして過ごした。船が大西洋を半分ほど進んだころ、文字通りすっかり打ちのめされたルディには、「パンチ・ドランク」という新しいあだ名がついていた。そして彼はまたもや悶着を起こした。ある夜、甲板でタバコに火をつけたルディは、用心のために炎のまわりに両手をかざすのを忘れていた。たとえかすかな光でも、ドイツのUボートの潜望鏡に見つけられない保証はない。ただこのとき、そのかすかな光はドイツのUボートではなく、将校の目にとまった。ルディは速やかに――のちに彼が語った言葉によれば――「仕留められ」、叱責されたあげく、残りの船旅のあいだずっと、船の鋼鉄の上部構造から古い灰色のペンキを削り取る任務を与えられた。
ヤマダ、ヒグチ、ウェストの三人の従軍牧師は、ハワイから来た大きな分遣隊と一緒の船に乗っていた。例によってブッダヘッズはウクレレを取り出し、船のあらゆる場所をハワイの音楽で満たした。第四四二連隊のカノン砲中隊は、何日もリハーサルをしてから、船上の人々に向けてパフォーマンスをした。ステージはまず、カノン砲中隊の青年らが立ち上がり、ハワイの甘くメロディックな王国歌「ハワイ・ポノイ」を厳かに歌うところから始まった。だがその後、舞台はたちまち騒々しくなった。即席の舞台に若者らが順にのり、パントマイムをし、ギターをかき鳴らし、流行歌を歌い、下品な冗談を言った。フィナーレには、太った若い男が口紅を引き、銀髪のかつらをかぶり、ココナッツのブラジャーに、マニラロープを裂いてつくった即席の腰蓑（グラススカート）という姿で舞台にあらわれた。誇らしげに歩きながら登場した彼は、最近故郷の島で流行している「プリンセス・ププリ」の節にあわせてフラを踊り始めた。歌は、想像上の島の姫のさまざまな肉体的魅力をたたえる内容だった。ハワイの青年は一緒に声を張り上げて、サビの部分を歌った。

ああ、ププリ姫のパパイヤの小さな一切れを
ぜひ食べてみておくれ

男は舞台を回り、体を折り曲げ、グラススカートを分けて肉づきの良い、ほぼ裸の尻をちらりと見せた。青年たちは笑い転げ、やんやの歓声を送った。ヒグチ牧師とヤマダ牧師も立ち上がり、一緒に声を上げた。ただ一人、南部生まれのプロテスタントであるウェスト牧師だけは、むっつり黙りこんで座ったまま、不機

嫌そうに騒動を眺めていた。

シェルビーを出発する前、第四四二連隊戦闘団の若者たちは大隊および歩兵中隊に配属され、ヨーロッパではその所属部隊で戦うことになっていた。フレッド・シオサキとルディ・トキワはどちらも、第三大隊のK歩兵中隊に配属された。フレッドはとりたててルディが好きではなかった。フレッドはあまり目立たないように静かにして、だれにも邪魔されずにいるのが好きだったし、どうしても必要なときしか喧嘩はしなかった。だから、いつも口が軽くてトラブルをみずから招き寄せているように見えるルディには、苛々させられた。だが、スポケーンから一緒に志願した友人のゴードン・ヤマウラが同じK歩兵中隊になったのは嬉しかった。かたやルディは、ポストン時代からの親友の一人であるハリー・マドコロが同じK歩兵中隊に入ると聞いて大いに喜んだ。年長のマドコロがそばにいてくれるのは、心強かった。おそらくハリーはこの先も、ポストンにいるルディの母親に約束したように、ルディがトラブルに巻き込まれないよう目を配ってくれる。少なくとも、マドコロのそばにいれば命を落とすことはないだろう――。ポストン時代からのもう一人の親友である大男のロイド・オノエはI歩兵中隊に配属になったが、少なくとも同じ第三大隊なので近くにはいられるはずだ。

第五二二野戦砲兵大隊のカッツ・ミホとジョージ・オイエは、いろいろな点で彼らと気質の似た一人の若者に出会った。「サス〔Susumu の短縮形“Sus”の英語読み〕」ことススム・イトウはカッツやジョージと同じように内省的だが、言葉の扱いに長けていた。二四歳のサスは二人よりわずかに年上で、生真面目なところがある青年だった。眼鏡をかけていて、穏やかな声で話し、ものごとをじっくり考えるのが好きで、温かな心と鋭い頭脳の両方をもちあわせていた。彼の人生の始まりは、さして希望に満ちたものではなかった。カリフォルニアのセントラル渓谷の貧しい移民の小作農のもとに生まれたサスは、両親とともにあちこちの農場を転々としながら育った。住まいは畑の中に立つ不潔でペンキも塗られていない掘っ立て小屋で、水道の設備もなければトイレもなく、暖房もなかった。農場の仕事の手が足りているときは、地元の初等学校に通った。だがそこでも、戦争が始まるずっと前から、鉄条網によってアジア系の生徒の教室と白人の教室は隔てられており、アジア系の生徒への授業はひいき目に見てもおそまつなものだった。サスはぎりぎりの成績でかろうじて三年生に進級した。両親がお金を貯めて小さな風呂屋を買い、ストックトンの町に居を定めたころには、サスは成績不振で今度こそ落第の瀬戸際にあった。そのとき危ぶまれていたのは、八年生への進級だった。だが、ぎりぎりだった成績は高校に入ると大きく向上しはじめた。そして一九四〇年、高校を卒業した直後、陸軍に徴兵された。ところが真珠湾攻撃が起きると、サスは突然武器を取りあげられ、オクラホマのフォート・シルに——カッツ・ミホの父親が強制収容された場所だ——船で送られ、自動車の一時集積所で単純な仕事をあてがわれた。陸軍がようやくサスにふたたび目をとめたのは、第四四二連隊戦闘団が形成されたときだった。サスに再注目した軍は、彼にとびぬけた能力があることに気づいた。とりわけ優れていたのは頭の中ですばやく計算をする能力で、それは、砲兵にまさに必要な資質だった。サスは自分でも知らぬ間に軍曹にされ、シェルビーに送られた。そしてミシシッピーに送られた先発の基幹人員の一人として、カッツやジョージ・オイエのような新たに砲兵になった二世兵士の訓練にあたることになった。いっぽうでサスの家族はストックトンの家からアーカンソーのローワー・キャンプへと強制収容されていた。

カッツとジョージをサス・イトウへと引き寄せ、絆を築かせたのは、サスの能力に対する尊敬の念だけではなかった。むしろそれはサスの態度によるものだった。サスはどこに行くことになっても、きわめて楽観的なものの見方をけっして失わなかった。シェルビーの宿営地でも、演習で野山にいるときも、こうしてリバティ船の船倉に座って戦場に向かっているときも、サスはあくまで前向きで、仲間らの気持ちが落ち込まないように常に励ましていた。彼は口癖のように言った。「僕は思う。君らがたとえどこに行くと決めたとしても、そこにほかのだれかがいるかぎり、あるいはわずかでもだれかがそこにいるかぎり、その状況には必ず何か楽しい、前向きな側面があるはずだ……ものごとは暗い面ではなく明るい面を見るべきだ」。これは、人をまとめるのが得意で、実行力に富むカッツにも共通する資質だった。それはまたジョージ・オイエの、何をするときも全力の、一本気なところにも共通した。三人は多くの時間をともに過ごし、彼らがいちばん愉しめることに――つまり、これまでの人生や、自分の信じるものや、戦場から生きて帰ったら何をするかなどについて語り合うことに――時間を費やした。

そんなわけで出港から最初の数日間、リバティ船上の第四四二連隊戦闘団の若者はおおむね幸福で、くつろぎ、ようやく出発できたことを喜び、これまでさまざまな場面で――ミシシッピーの蛸壺壕の中で、たがいの背中のマダニを焼きながら、あるいはテントを共有しながら、あるいはぬかるんだ道を、たがいの荷物を順に背負って強行軍をしながら――培われた友情を楽しんでいた。

だが、船がヨーロッパに近づくにつれて、そして北アメリカや故郷や家族が西の地平線の向こうに遠ざかり、はるか東で彼らを待つ暗い虚空のような不確実さが近づいてくるにつれて、船上の空気は変わり始めた。ハワイの音楽は徐々に鳴りを潜めた。悪ふざけも止んだ。クラップスに興じる者は減り、甲板で手すりのそばにたたずみ、海の向こうを眺め、東を見つめ、考えごとをしている若者が多くなった。彼らの大半は、恐怖を感じているわけではなかった。恐怖を感じられるほどの情報を彼らはもっていなかった。いっぽうで彼らは故郷からすでに、あまりに長い時間離れており、後に残してきた両親やきょうだいや友人とのつながりが恋しくてならなかった。こうして彼らは隔壁に背中をもたせかけたり、食堂の机に背中を丸めて座ったりしながら、故郷への手紙を書いた。

夜は寝台に横になり、暗闇の中、静かに手を伸ばし、それぞれが持参したものに手を触れた。それは故郷の家族から贈られた、戦地まで一緒に持っていくようにと家族が願ったものだった。幾人かの手に触れたのは十字架や小さな仏像だった。背嚢の中に聖書を忍び込ませてきた者も、故郷の恋人からの手紙を入れてきた者もいた。幸運をもたらすというウサギの足をもってきた者もいれば、聖クリストファーのメダルを携えてきた者もいた。ヒロ・ヒグチは新しい革の財布の中に、妻のヒサコと七歳のピーターの写真を、そしてまだ会ったことのない赤ん坊のジェーンの写真を入れていた。カッツと同じ砲兵部隊の隊員で、いちばん仲の良い友人の一人でもあるロイ・フジイは、ホノルルのバスのトークンに鎖をつけ、首にかけていた。戦争が終わってホノルルに帰ったら、波止場から両親の家に向かうバスに乗るときにそれを使う計画なのだという。

サス・イトウは三つのものをもってきていた。一つは姉妹がくれたポケットサイズの小さな聖書。もう一つは、アーガス社製の安価なカメラだ。陸軍は兵士がカメラを持参するのを禁じていたが、あくまで楽天的なサスは、規則をかいくぐることにいたずらめいた喜びさえ時おり感じていた。そして、そのカメラは常時人目を逃れるのに十分なほど小さかった。だが、サスにとっていちばん大切だったのは三番目の、ローワー収容所にいる母親から贈られた白い「千人針(センニンバリ)」の布だった。日本の伝統的な武士の帯は生還の象徴である虎の模様で飾られるが、「千人針」は千個の玉結びで飾られる。一つ一つの玉結びは、それぞれ別の女性が兵

ポストンの砂嵐

士の武運や無事や勇気を祈って赤い絹の糸で縫う。これは戦場に赴く兵士が腰回りにつけるものとされていたが、サスは結局、一度もそれを身にまとうことはなかったし、同じ部隊の仲間にも一度たりとも見せなかった。だが実際に戦場に行ったとき、サスはその布を折りたたみ、胸のすぐ近くのポケットに入れていた。

ルディもまた、肌身離さず身につけているものがあった。ポストンで母親のフサは、一〇〇ポンド（四五キログラム）の重さの白米の袋から一粒の玄米を拾い出した。その玄米はいわば、精米機にかけられても生き抜いた米だった。フサはそれをごく小さな袋の中に縫い込んで息子に送り、ルディはそれを首にぶら下げていた。それを送ってきたとき、フサはこう書いていた。「これは幸運の米粒……精米機にかけられても、この一粒だけは生き延びて、殻をまとい続けていられたのだから。だから、あなたが無事に家に帰ることを願って、これを送ります」

ポストンでは、ルディの両親と姉があいかわらず第二キャンプのブロック二一三で暮らしており、そこにはふたたびアリゾナの長い夏が——砂嵐と灼熱とサソリの夏が——訪れようとしていた。ポストンだけでなく、マンザナーでもハート・マウンテンでも、ミニドカでもローワーでも、そしてアメリカじゅうの収容所でも、強制収容が始まってからすでに一年がたっており、監禁と統制がもたらすストレスは伝統的な家族の生活の大部分を崩壊させた。長く受け継がれてきた規範や価値観や生活様式は、突然ひっくり返された。若者が食堂で友人たちと一緒に食事をとるようになった今、これまでのように家族が毎晩みなで食卓を囲むことはなくなった。人里離れた農場で生まれ育ち、両親の伝統的かつ保守的な生活様式をその目で見て実践してきた子たちは今や、ロサンゼルスのような町育ちの、最新流行の服を着て流行(はや)りのポピュラー音楽を聴き、ダンスに行き、車を運転し、一日中ずっと友だちとぶらぶら過ごしていたような子どもらと混じるようになった。母親たちは、娘が通販のカタログで突然化粧品やブラジャーを注文するようになったり、夜遅くまで友だちと外で過ごすと言い張ったり、一晩中星空の下に座っているようになったりしたことに不安を抱いた。父親は、息子が仲間と徒党を組んで我が物顔で収容所の中を闊歩したり、両親への服従と孝行を態度で示すことに息子がますます否定的になったりすることに、いら立ちを覚えた。

　多くの若い成人は今や、戦時転住局のために働き、収容所の運営を手伝うようになっていた。かつてのルディのようにコックとして働く者もいた。収容所内の病院で看護婦をする者もいれば、プールで監視員をする者も、警官や消防士として、あるいは教師や美容師や機械工として働く者もおり、キャンプの外の畑で農作業に就く者もいた。いっぽう、収容所の中で働いたり、軍事関連の事業に従事したりする人もいた。ポストンでは何十人もの二世が——とりわけ若い女性たちが——第五二二野砲大隊がイタリアで使うような大砲

マンザナー収容所にて、カモフラージュ用ネットを作る二世の女性

を隠すカモフラージュ用ネットを製造する仕事についていた。

だが、一世の人々には、収容所の中で仕事をする機会はずっと少なかった。かつては一家を支えていた男性たちは大半の時間をずっとどこかに腰掛けてぼんやりと、孤独に、そして「自分は用なしだ」と感じながら無気力に過ごした。ルディの父親はかろうじて、収容所内の高校の事務員というパートタイムの仕事を得ていた。だから、バラックの階段に座ってタバコをふかし、ヤマヨモギを見つめる以外にも、やるべきことはあった。だが、給料はごくわずかで、仕事も雑用ばかりだった。六三歳の――かつて米軍で戦い、大きな農場を営み、家庭を築き、自動車を買い、アメリカの中流階級に向けて手探りの努力をしてきた――男性にとって、夜の学校の廊下を箒で掃いたり、トイレにモップをかけたり、ティーンエイジャーが床に放り投げたゴミを拾ったり、机の裏につけられたチューインガムを剝がしたりするのは屈辱的だった。キャンプに住む多くの一世と同じように、ルディの父親も徐々にすべてが嫌になり始めていた。

ボストンでカモフラージュ用ネットをつくっていた女性たちは、戦争遂行努力に貢献する唯一の日系人女性ではなかった。より直接的に、軍隊に貢献する日系の女性たちもいた。一九四三年二月、二世の男性が初めて入隊を許可されてからほどなく、陸軍看護婦部隊は日系アメリカ人の女性を受け入れ始めた。九月には、陸軍婦人部隊が日系人を入隊させ始めた。軍に入ることを望んだ日系の女性の多くは――とりわけ陸軍婦人部隊への入隊を希望した女性は――友人や家族からの強い反対にあった。女性が軍隊で働くという概念自体、日系アメリカ人の女性に求められる伝統的なジェンダーの規範を無視したものだった。それでも意見を曲げず、なんとか入隊を果たした女性たちを動かしていた行動原理は、収容所から兵隊に志願した二世男性たちのそれとおおむね同じだった。軍隊に兄弟がおり、彼らを支えたいと思った女性もいた。ただ単に、収容所の鉄条網の外に出たいと望んだ女性もいた。入隊の誘いを、戦争の後も使えるジョブ・スキル獲得の機会ととらえる女性もいた。だが、大半の女性の志願動機は単に、国への忠誠を示すことであり、国に仕えるために自分の力を尽くすことであり、みなが故郷に帰れるようにできるだけ早く戦争を終わらせるのを手伝うことだった。

五週間の基礎訓練を受けた後、一四二人の二世の女性が軍隊で働くことになった。通常、彼女らが就くのは事務職で、タイピストや速記者や需品科の職員として働いた。だが、日本語に長けていた四八人の女性は陸軍情報部の語学学校に入れられ、傍受したり鹵獲したりした日本語の通信情報を翻訳する訓練を、陸軍情報部に入る前に受けることになった。そのほかに三五〇人の女性が「カデット・ナース・コー」という非軍事的な組織に入った。これは、海外勤務のために国内の病院を離れた数千人の看護婦を速やかに補充することを目的につくられた組織で、全米の認定看護学校で三〇カ月間の厳しい訓練と奨学金を提供するものだった。奨学金をもらって訓練を終えた者は、戦争が終わるまで連邦病院もしくは民間病院での勤務を義務付けられた。収容所にいる若い女性は、このプログラムを利用すれば、家庭の外で真のキャリアを追求する比較的稀なチャンスが得られるかもしれないと期待した。だが、この夢は多く場合、突然断たれた。認定看護学校はしばしば、人種的な理由から、日系人の学生を受け入れるのを拒否したからだ。

第四四二連隊の若者たちを戦場に運ぶリバティ船の一団が地中海に近づいたころ、天気は暖かくなったものの、第四四二連隊の三人の従軍牧師を乗せた、かつてはお祭りムードだった船は、氷のような冷たい空気に支配されていた。従軍牧師の一人、ユージン・ウェストは、ますます気難しいふるまいをするようになっていた。ある日、甲板下で将校同士のミーティングをしたとき、宗教と人種についての議論が起きた。議論は白熱し、ウェスト牧師は「アメリカはプロテスタントの国だ。カトリックがそれを毒した」と口走った。彼はさらに、まだ興奮したようすでヤマダ牧師に向かい、「日本に祖先をもつアメリカ人は、自身の未来をよりよくするために戦場に来ている。アメリカはアングロサクソンのためのものだ。日系アメリカ人は日本に戻るがよい」と吐き捨てるように言った。驚いたヤマダ牧師は、あなたの気持ちが変わることを祈ると言った。しかし、このやりとりを耳に挟んだ二世兵士らはすばやくそれをあちこちに広め、船が地中海に入ったころにはウェスト牧師は四面楚歌の状態になっていた。船にいる者はだれ一人――白人の将校も含め――彼に話しかけようとしなかったし、ウェスト牧師が部屋に入ってきても存在を無視した。彼はほどなく第四四二連隊から離れることになる。

カッツ・ミホとジョージ・オイエ、サス・イトウら第五二二野戦砲兵大隊の隊員を乗せたジョンズ・ホプキンス号は五月二八日に、イタリアの長靴の踵(かかと)にあたるブリンディジの波止場に着いた。ここから彼らは——そして海岸沿いのバーリという港町から上陸した第五二二野砲大隊の残りの隊員は——ガタガタ揺れる家畜運搬用貨車でイタリアの北西へと移動し、そこでたがいに、さらには第四四二連隊の歩兵部隊とも合流することになっていた。第四四二連隊の歩兵部隊の大半はそのころ、ナポリに入ったリバティ船から上陸しているところだった。鉄道の旅は長く、低速で、ひどく揺れた。車両には肥料の臭いがした。時おり、もしかして車輪が丸ではなく四角なのではないかと思われるほどひどい旅だった。だが、そうしたさまざまな不快にもかかわらず、カッツは初めて見るヨーロッパの風景に釘付けになっていた。カッツはそうしたすべてを目に焼きつけようとした。海岸平野に点在する灰緑色のオリーブの木立。それらの中には樹齢が数世紀にわたるのか、幹が黒く節くれだっているものもあった。時おり春の雨が、セピア色の丘の上に降った。高い丘の上にある古びた村には、石とモルタルでできた家が積み重なって建っているように見えた。太陽の光が差し込むと村全体が照らされ、濡れた赤い瓦の屋根が輝き、教会の尖塔は金色に塗られた。一見、美しくて魅惑的な光景だった。これが戦争の行われている国であることが信じがたく思えるほどだった。

　移動が始まってから数時間後、比較的大きな町の一つで列車は突然停車した。そこはイタリアの解放された地域にあたり、イギリスが鉄道を掌握していた。だからこの停車はいわば、ティータイムの休憩ということだ。カッツは自分の車両から降りて足を伸ばし、あたりを見まわした。そしてすぐに、ムッソリーニとドイツの支配から解放されたイタリアの町が、遠くから見ていたほど魅力的ではまったくないことに気づいた。まるで中世のように、人々はバケツにためた汚物を上階の窓から、蓋のない下水溝に直接投げ捨てていた。

町の一部は砲撃によって破壊され、戦車に押しつぶされ、市街戦で傷を受けていた。それらの瓦礫は今、軍のブルドーザーによって脇に押し寄せられ、山にされていた。悲壮な表情をした高齢の男性や女子どもなど大勢の人々が四方からカッツに近づいてきて、手を伸ばし、食べ物やチョコレートやタバコや助けを求めた。

状況と彼らの衣服は往々にして不釣り合いだった。高級な絹のスーツを着た男性や洒落た靴を履いた女性が、ゴミの山をあさっては食べられそうなものを探したり、兵士が道端に捨てたタバコの吸い殻を這いつくばるように探したりしていた。最悪なのは子どもたちだった。子どもたちはいたるところにうじゃうじゃいた。彼らは小さな徒党を組んで通りを歩き、そして大人たちと違って、まったくきれいな身なりをしていなかった。ドイツ軍が捨てていったアーミージャケットを着ている者もいた。虫に食われたウールのズボンを穿いている者もいた。大半は裸足で、靴を履いていたとしてもボロボロな代物だった。米軍の制服姿のカッツを見かけると、彼らは走ってきてカッツを取り囲んだ。顔は汚れ、髪の毛はべたべたで、目はうつろだった。子どもらはカッツに――イタリアに来たすべての米軍兵士にそうしているように――「ジョー」と呼びかけ、あれこれねだった。道を曲がるたびに、ますます多くの子どもがカッツを取り囲み、こうまくしたてた。「ジョー、ジョー、ジョー、シガレット？　シガレット？　チョコレート？　ノー・チョコレート？……シニョリーナ、シニョリーナ、マイ・シスター、ヤング、ヤング」。自分よりさして年下でもない少年たちが、明らかに飢え、自分の姉妹を売ろうとしているのを見ると、カッツの目には涙が浮かんだ。彼は自分の持ち物をさぐり、配給糧食からチョコレートとフィグ・バーとタバコを取り出し、少年らに向かって軽く放った。だが、次の角を曲がるとまた、さっきよりもさらに多くの少年が「ジョー、ジョー……」とまとわりついてきた。

五月二五日の朝、イタリアらしい抜けるような青空の下、フレッド・シオサキは海からナポリに近づきつつあった。カッツと同様、フレッドもまた、初めて見るイタリアの風景に目を奪われた。ナポリ湾は穏やかで、深い海がアクアマリン色に輝いていた。リバティ船が波止場に近づくと、たくさんの少年たちが小舟を漕いでこちらにやってきた。彼らは笑顔で歓迎の言葉を叫び、ブラッドオレンジの実を二世兵士らに向けて放り投げ、かわりにタバコをねだった。湾のすぐ向こうには白い噴煙を吐き出しているヴェスビオ火山が見え、漆喰を塗られたかのような町はフレッドの目にはとても美しく見えた。朝日を受けて建物はまぶしく輝いていた。

だが、カッツの場合と同じく、フレッドがイタリアに対して最初に抱いた印象は、トラックで町を横断するうち徐々に陰っていった。ナポリの海岸のおおかたは瓦礫と化していた。海辺の、かつては美しかっただろう邸宅（マンション）の外壁は道路の側に崩れ落ち、寝室とキッチンと居間がむき出しになっていた。家具のおおかたは、ほぼもとの位置のままにあり、壁には十字架がかかっていた。ベッドは整えられたままだった。ここでもまた、到着した二世兵士を子どもの群れが取り囲み、サービスを申し出たり、あれやこれやをねだったりした。若い女たちは「ジョー、ウォッシュ？　ランドリー。ジョー？」と声を張り上げた。もっと小さな子どもたちは「ヘイ、ジョー。ギミー・キャンディ」と叫んだ。ある少年はヤマダ牧師に近づいてきて、彼をじろじろ見ると、恰幅の良い胴回りに値踏みするような視線を向け、たどたどしい英語で、声にいささかの毒を込めてこう言った。「イタリー・ノー・ブレッド。アメリカ・ハズ・プレンティ・オブ・ブレッド。ユー・アー・ファット・アラウンド・ザ・ウェスト」

第四四二連隊戦闘団はその午後、湾から北西にかなり進んだところにあるバニョーリ近郊で野営した。彼らは果樹やオリーブの木々の合間に大きなピラミッド型のテントを張り、そこに入った。第二大隊はまだ到着していなかったが、第三大隊の中のK歩兵中隊に属する青年たちはすでに装備品の開梱を始めていた。フレッドもその作業に加わり、貨物箱をこじ開け、青年たちが「ＢＡＲ（ビーエーアール）」と呼んでいる大きなブローニング自動小銃（B A R）からコスモリンを拭き取り、重機関銃を組み立てた。衛生兵たちは座って、自分たちのヘルメットに白い円と赤い十字の印を書いた。工兵は駐車場（モーター・プール）の中で、まっすぐな鋼鉄の棒をジープのフロントに溶接していた。うわさによればドイツ軍は、米軍の不注意なジープの運転手と乗客の首を斬るため、道幅の狭いイタリアの道路のあちこちにピアノ線を張り渡しているそうだった。その日の終わりに兵士らがようやく自分のテントにもぐりこんだとき、頭に浮かんだのはその類のことだった。連隊の兵士はほぼ例外なく、その場にいることに興奮しており、ほとんどみなが、早く戦場に行ってドイツ軍と一戦交えたいと気を逸らせていた。だが、道に張られた目に見えないピアノ線と、突如道端に転がる人間の頭のイメージは、どんなタフな兵士にとっても恐怖だった。そのことを考えたり、頭に思い浮かべたりすると、彼らの胃はきりきりと痛んだ。

天気は暖かく、暑いと言ってもいいほどだった。果樹は乾き、いつもすべてのものやすべての人に埃の薄い膜がかかっているようだった。オフロで入浴するのが日常的な習慣だったハワイの若者は、この埃にいつもイライラさせられたが、ある日カッツが偶然、硫黄の匂いのする湯が湧き出る場所を発見した。ずっと昔から入浴に使われてきたらしい場所だった。ほどなく兵士らは日本式に、のんびりゆったり湯につかるのを楽しんだ。

ヤマダ牧師とヒグチ牧師の二人は危険を冒してナポリまで戻り、戦争がいかに気まぐれなものであるかを初めてその目で見た。そこには砲撃や爆撃をほぼ免れ、無傷のまま残っている美しい街並みがあった。輝くようなピンクとオレンジ色のブーゲンビリアで飾られたあずまや。その向こうには、鉄細工のバルコニーと深緑色の鎧戸のついた高くて狭い窓のある、パステルカラーの立派な屋敷があった。緑豊かな公園には広大な芝生があり、バラの花壇があり、ナツメヤシの並木が植わっている。だが、子どもは一人も遊んでおらず、一匹の犬も駆け回っておらず、ベビーカーを押す夫婦の姿もなく、ベンチにぼんやり座って新聞を読む老人の姿もなかった。そのかわりに近くの家の鎧戸の後ろから、一般市民が外のようすをうかがっていた。彼らは、兵士が通りかかるのを見ては、同盟国である日本の兵隊がアメリカの軍服を着てイタリアに侵入するとはいったいどういうことなのだろうかと首をかしげていた。

だが、ナポリのおおかたは荒廃し、絶望的な状態だった。町に繰り出した後、夜に野営地に戻った兵士らは、シラミを殺すためのＤＤＴを振りかけられていた。町はいたるところにシラミが棲息しているからだという。そして彼らが座って夕食を食べ始めると、やせこけた市民が背後にひっそりと長い列を作った。男も女も子どもも、多くはドイツ軍やイタリア軍が捨てていったダボダボの軍用コートやジャケットを着ていた。バケツを手にした彼らは、わずかでも食糧のおこぼれが手に入るのを静かに、暗い顔で待ち続けていた。

数日後の六月六日、フレッド・シオサキは平底の上陸用舟艇に仰向けに横になり、青く澄んだ空を見上げながら、波立つ海の上で船が揺れるたびに嘔吐を繰り返していた。船はナポリから、イタリアの海岸沿いに北上していた。船上のほぼ全員が船酔いをしており、まわりで上下に揺れている同じような上陸用舟艇に乗っている多くの青年も、やはり船酔いに苦しんでいた。悲惨な状況ながらフレッドは、K歩兵中隊の炊事兵（コック）のひとりが吐き気に苦しんでいるのを見て、静かで暗い満足を覚えた。ハンプトン・ローズから始まった長い船旅の最初の数日間、リバティ船の寝台でフレッドがうめき声をあげていたとき、そのコック——ロサンゼルスの外海で漁師をしていたという——はフレッドのことを小馬鹿にし、自分がどんなにすばらしい船乗りだったかを、ずっと自慢していた。彼の話では、数多くのハリウッドのセレブをカタリナ島周辺に釣りに連れていったが、セレブたちはいつもひどい船酔いになったという。その彼は今、大勢の中でいちばんひどい船酔いになっており、フレッドは溜飲が下がる思いだった。ほら吹き野郎めが、フレッドは思った。

この地がまだアンティウムと呼ばれていたはるか昔から、アンツィオとその隣町のネットゥーノは、裕福なローマ人にとっての海岸の保養地だった。ローマでもっとも悪名高い皇帝のネロはこの地で生まれた。さわやかな海の空気と豊富な海の幸を楽しみながら育った彼はのちに、この海岸に皇帝の広大な別荘を建てた。段状になったその宮殿はきわめて贅沢なつくりだったため、ネロに続くローマ皇帝たちもほぼ一世紀のあいだ、ハドリアヌス帝の時代までそこを保持し続けた。もっと最近の一九世紀や二〇世紀においても、この地域は現代のローマ人に人気のエリアであり続けた。現代のローマ人は永遠の都ローマから車を転がしてこの地の瀟洒なホテルにやってくると、ネロ帝の死から二〇〇〇年余りが過ぎた今もなお美しい海岸やすばらしい海の幸を楽しんだ。

だが、フレッド・シオサキが二四時間船に揺られてようやく連合軍の海岸堡に到着したとき、その地には喜ばしいところは何もなかった。最初は連合軍の、次にはドイツ軍の砲撃や爆撃で荒廃したアンツィオはまるで、第一次世界大戦当時のままのように見えた。瓦礫が散らばった地獄のような光景に加えて、塹壕、待避壕、鉄条網、そして一五万人の連合軍が急ごしらえで建てた要塞とが巨大なネットワークで結ばれていた。連合軍は一月以来、ほぼ絶え間なく続くドイツ軍の砲火のもと、海岸に猛攻を加えていた。連合軍はフレッドが到着するほんの数日前にようやく、第四四二連隊の「兄貴分」である第一〇〇歩兵大隊に一部は率いられながら、海岸堡から先へと進みだし、北に押し寄せ、急ぎローマへと進軍した。ドイツ軍はローマからの撤退を始め、町にあふれた兵士は盗んだ車に乗ったり、足を引きずって歩いたり、救急車を徴発したり、バイクや馬車に乗ったりしてわれ先に脱出を試みた。イタリアのファシストである黒シャツ隊は自分たちも逃げようと、一緒に車に乗せてくれと必死に頼んだが、ドイツ軍は無視した。六月四日、連合軍は市の境界線を越え、ローマに入った。その晩、数千人のローマ市民が街頭に繰り出し、市の中心部に入ったアメリカ軍を歓迎し、抱擁し、ワインをふるまい、つい最近まで敵だった彼らの左右の頬にキスをした。

フレッドはまだ船酔いで膝がふらついていたが、上陸用舟艇のスロープを歩いて降りた。そして用心深くあたりを見まわし、装備一式を持ち上げ、激しく破壊されたアンツィオの海岸の残骸の合間を縫うように、K歩兵中隊の他の隊員とともに行軍を始めた。焼け焦げた戦車や半装軌車のそばを彼らはとぼとぼと歩いた。クレーター状の穴がいくつもあいた路面にねじまがった鋼桁が横倒しになり、道路脇のヤシの木も根こそぎ倒れていた。兵士らは、爆撃で死んだらしい牛や馬のむくろのそばを通り過ぎた。町のはずれの開けた場所では、連合軍が巨大な弾薬集積所を建設し、まわりに土手を築いていた。そこをさらに通り過ぎると、テントが林立する米軍と英軍の臨時病院が広がっていた。地下には手術室があり、そこに勤務する数百人の軍医と看護婦は、兵士らから「アンツィオの天使」と呼ばれていた。

徐々に上りになる道を五マイル（八キロ）ほど進むと、K歩兵中隊はようやく彼らに割りあてられた野営地に着いた。そこはアンツィオの東で、草や野生の花が地面いっぱいに生える丘陵の斜面だった。リバティ船での一カ月近い旅で疲れ切っていた彼らは、草地に装備を放り出し、地べたに座り込んだ。そしてK糧食の箱を取り出し、昼食にちょうど良いものがないか物色し始めた。ここまで歩いてくる途中で兵士の何人かは地元民と交渉し、手持ちのタバコを甘い白玉ねぎやベビー・キャロットやさやいんげんの束と交換していた。そして今彼らは、キャンプ用の小さなコンロに火を入れ、野菜を調理し、糧食に彩りを添えた。午後の日差しの中、兵士たちは腰を下ろし、淡い紫色のロックローズや黄色のルピナス、そして深紅のポピーに囲まれて、アンツィオとその向こうのターコイズ色の海を見渡しながら食事をした。そのうちに、兵士のあいだにニュースが伝わってきた。今、米軍の戦車がローマの街を走っているとの知らせだった。そして、さらに喜ばしい知らせも届いた。彼らが前日の朝、上陸用舟艇に乗り込んでいたころ、同じような何万人もの若者が同じような舟から冷たい大西洋に次々飛び込み、銃弾や砲弾の降り注ぐ中、岸にたどり着き、ノルマンディーと呼ばれるフランスのその海岸に上陸を果たしたというのだ。どちらのニュースも彼らにとっては、けっして驚きでも予想外でもなかった。ここ数日のことを思えば、それらはどちらも起こるべくして起きたように思われた。だが、それを聞いたことで彼らの心は励まされた。もしかしたら、彼らがこれからその一部になろうとしているものごとは、短時間で、すばらしく、そして比較的簡単に終わりになるのかもしれない――。

近くの別の草原では、カッツがジョージ・オイエやサス・イトウと談笑していたとき、一人の将校がやってきて、蛸壺壕をすぐに掘り始めるよう急き立てた。それがなぜかはじきに明らかになった。ドイツ兵は北に退却したものの、どうやらアンツィオまで届く大砲をもっているらしいのだ。そしてそれは突然やってきた。砲弾が飛ぶ鋭い音とガタガタという音が、頭上で響いた。その大きな音はカッツの耳には、まるで洗濯機が空を飛んでくるように思われた。胃がギュッとしめつけられ、カッツは蛸壺壕に飛び込んだ。ほかのみなもそうした。だが、砲弾は彼らを狙ったものではなかった。砲弾は頭上を通り過ぎ、はるか向こうの下り坂のほうで爆発した。そこは海岸に近く、弾薬集積所の近くでもあった。弾幕砲火はじきに終わったが、すべてが終わって蛸壺壕から這い出てきたとき、カッツの膝は突然へなへなと崩れた。青年たちは体から土埃を払い、笑いあった。恐ろしかったが、少なくとも彼らは砲火を――少しだけではあるが――浴びたのだ。彼らは蛸壺壕をさっきよりもっと深く掘り始めた。ブッダヘッズの一人が「おい！　おれはものすごく深く掘ったから、ハワイの音楽が聞こえてきたぞ！」と叫んだ。

夜が更け、満月が第四四二連隊の野営地の向こうの暗い丘からのぼり始めたころ、兵士らの頭上にドイツ軍の爆撃機の黒い姿があらわれた。連合軍がアンツィオ上陸を開始したときから、ドイツ空軍は定期的に夜、海岸堡を狙って爆撃してきた。今回のは最後で、海岸近くにある巨大な弾薬集積所を破壊する目的で行われた。二世兵士らがふたたび蛸壺壕や細長い塹壕にもぐりこんだとき、アンツィオのどこかで高射砲が轟音を立てて発射された。曳光弾が炎をあげながら飛び、夜空に赤い弧を描いた。高射砲弾は彼らの頭上で炸裂し、白くパッと輝いたかと思うと、月明かりの下で黒い煙が漂っていた。青年たちが隠れている大地は、ドイツの爆弾がどこかの地面を打つたびに衝撃で振動した。夜の空気はゴロゴロと鳴った。時おり、もっと深い轟音と、もっと激しい振動があった。攻撃された弾薬集積所の一部から、炎と煙が立ち上っていた。

自分たちがまたしても本当の標的ではないと悟ると、青年たちは穴の縁から外をうかがい見た。そしてその光景に、呆然と魅入られた。恐怖と高揚が同時に同じほどわきあがってきた。ドイツ軍の航空機がようやく去り、地平線の向こうに姿を消し、対空砲火も終わると、アンツィオの夜空に月はさらに高くのぼっていた。青年たちは蛸壺壕からふたたび這い出して、興奮冷めやらぬまま話をした。心臓はまだドキドキしていた。

翌日の午後には、連合軍の軍用車両でひどく混みあったローマの街を抜け、彼らは新しい野営地に到着した。チヴィタヴェッキアという海辺の町からわずかに北西に行った場所だった。そこで彼らは、何人かの古い友人と出会った。とりわけブッダヘッズには、第一〇〇歩兵大隊との再会は嬉しい出来事だった。トラックの荷台からどやどやと降りると、ハワイ諸島の青年たちは一緒に育った友人を大急ぎで探した。彼らは草地の上に車座になって座り、ニュースを交換したり、よもやま話をしたり、写真や故郷からの手紙を見せあったりした。だがほどなく第四四二連隊の青年らは、目の前にいるのが昔から知っているのと同じ青年ではないのだと、そしてシェルビーでひととき再会した、肩で風を切って歩く新兵でもないのだと悟った。彼らはモンテ・カッシーノの戦いを生き延びた人々であり、そして、その戦いによって傷を受けていた。会話の途中で彼らは突然、黙りこくってしまうことがあった。会話の相手の向こうのどこかを見ていることもあれば、何もない空間を見つめていることもあり、話しかけられているのにふいに立ち上がり、どこかに行ってしまうこともあった。友好的でないわけではなかったが、彼らの中に何かそれまでになかったものがあるのは一目で見てとれた。彼らの心の中には何か固い、秘密のものがあり、彼らがそれをそうしたやり方で隠したいと望んでいるのは明らかだった。

その翌日、第一〇〇歩兵大隊は正式に第四四二連隊戦闘団に編入されることになった。こうした場合には通常、第一〇〇大隊のメンバーは第四四二連隊の第一大隊に再編成されるのだが、南イタリアでのとびぬけた武勇を認められ、もともとの名称——第一〇〇歩兵大隊（独立）——を保持することを許された。その数日後、第二大隊がようやく到着して残りの連隊に合流した。こうしてついに、日系アメリカ人だけからなる唯一の戦闘部隊、第四四二連隊戦闘団の二世兵士がふたたび集結することになった。

次の二週間で、彼らは第五軍第三四師団に配属され、ふたたびトラックで北に向かった。トスカーナ地方の西部に入った彼らは、城壁に囲まれた古い都市グロッセートの近くで最初の野営をし、次にはガヴォッラーノで野営をした。北に進むにつれ、兵士らの生活環境はどんどん厳しくなった。大きなピラミッド型のテントはむろん、いかなる種類のテントも存在しなかった。前線に近づくにつれて彼らは、納屋の干し草の中やブドウの木陰や、蛸壺壕の中でトスカーナの夜空を見上げながら眠るようになった。

彼らが出会うまれな民間人は、ナポリやアンツィオで出会った人々よりもっと貧しく、もっと悲惨な状態だった。洞窟で暮らし、炭で調理をし、食糧をあさっては食べるという生活をしている彼らの顔はすすで黒く汚れていた。それでも、たまに無傷で残っている農家のそばを通ると、年老いた男女がおそるおそる外に出てきて、兵士らにあいさつをした。そうした農家ももはや分け与えられるような食料はもっていなかったが、ほぼ必ずワインだけはあり、彼らはそれを兵士らに無料でふるまってくれた。暑くて喉が渇いていた兵士らは、農家から手渡された瓶からまずありがたくワインを飲み、残りはそれぞれの水筒に入れて行軍を続けた。L歩兵中隊の大尉はワインの入った木製の樽を丸ごと購入し、その晩、部下たちとそれを分けあった。「部下の恐怖を和らげるため」というのがその目的だった。サス・イトウは第五二二野砲大隊の前進観測員として歩兵部隊とともに移動していたが、気がつけば驚くほど幸福な気持ちで田舎道をふらふらと歩いていた。彼は生まれて初めて、ひどく酔っ払っていた。

眼前に広がる風景は変わり始めていた。それまで旅してきた開けた海岸平野はまず、起伏のある茶色い丘へと変わり、次には、遠くの山々に向かって上っていく、木々に覆われた尾根に変化した。遠くのどこかで大砲の音がした。彼らはイトスギの並木の長い道路を通り抜け、その先に、赤い屋根の屋敷が立ち並んでいるのを見つけた。屋敷の多くは焼け焦げ、まだ煙を上げている家もいくつかあった。そして彼らは、多くがそれまで一度も目にしたことがなかった何かを――ドイツ兵の死体を――目にし始めた。いくつかの死体は手足を伸ばした格好で地べたに横たわっていた。道端の溝に死体が転がっていることもあった。灰色の軍服を着た体は夏の暑さでふくれあがり、仰向けになったチョークのように白い顔には蠅(はえ)がたかっていた。それを見たとき、第四四二連隊の青年らは急に話すのをやめた。トラックでそばを通り過ぎながら、彼らは無言で死体を見つめた。だが、走り去る車の中でカッツは、第一〇〇大隊の男たちがそれに目をとめてさえいないらしいことに気づいた。

六月二五日、彼らはトラックから降りて、丘へと続く曲がりくねった細い道を歩き始めた。そして一五マイル（二四キロ）ほど行軍し、前線に近づいた。彼らの後ろの友軍から発射された砲弾が定期的に頭の上でヒューッと音を立てる。師団砲兵らは、目の前にある丘に何が潜んでいるにせよ、砲撃によってそれを弱めるつもりだった。その晩、野営のとき、ヤマダ牧師とヒグチ牧師はできる限り多くの若者を集め、みなで円になって土の上に膝をつき、祈りを捧げた。それぞれに信心があろうとなかろうと、キリスト教を信じていようと仏教や神道を信じていようと、あるいはそのいずれも信じていなくても、そしてこれまでの人生で一

トスカーナ西部、1944 年

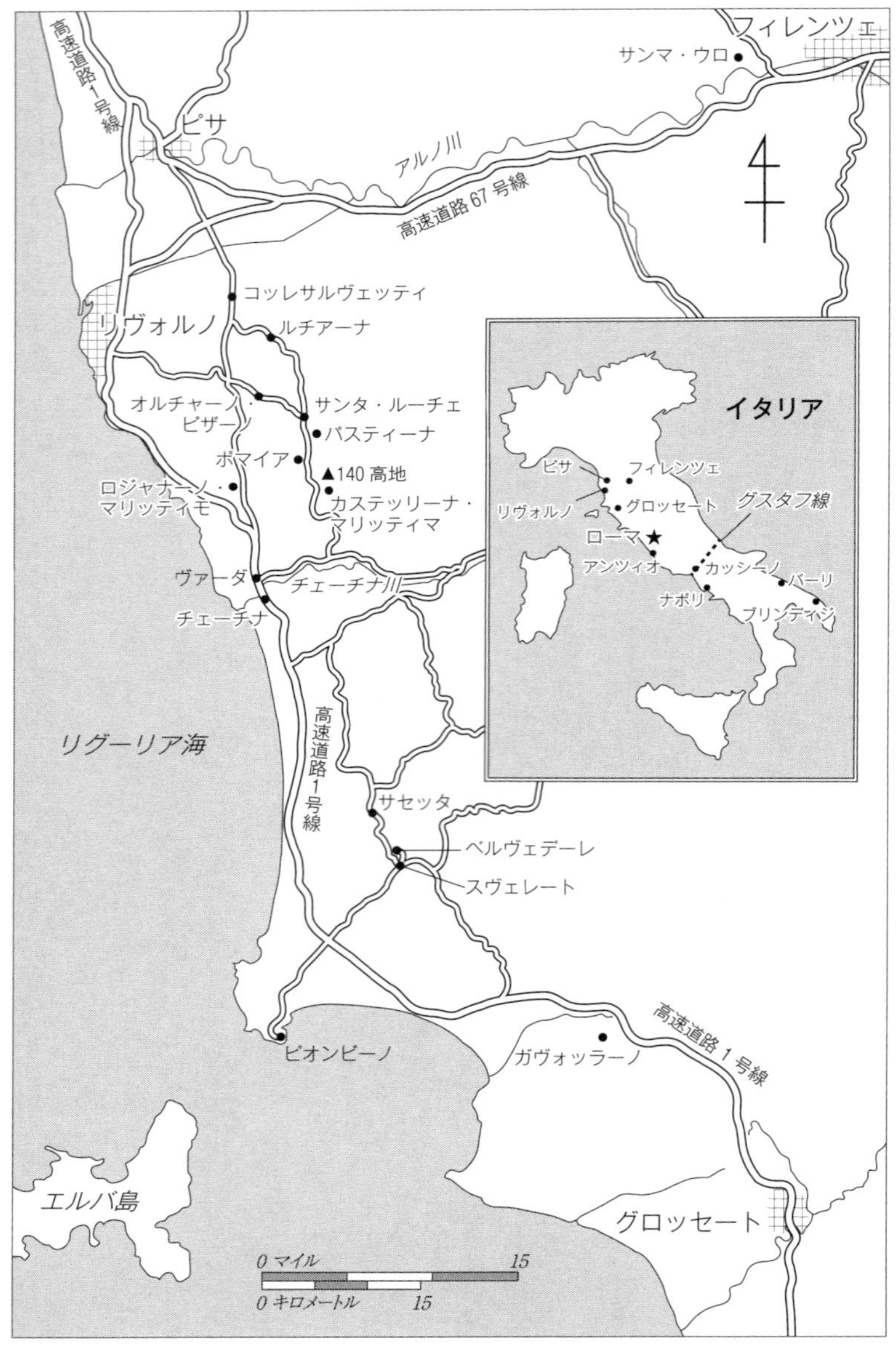

度も祈ったことがなくても、彼らは今、大地が震え、丘の向こうで閃光がきらめく中で祈りを捧げた。朝には彼らは攻撃を開始する。

長時間歩いたにもかかわらず、その夜寝つけた者はわずかだった。おおかたは冷たい地べたに横たわり、空の星を見上げながら、戦闘とはいったいどんなものなのだろうかと考えていた。だが、どれだけ考えても無益だった。それは今の彼らには、知りようのないことだ。これから自分たちが、自分という人間を変えてしまう何かを、後悔するだろう何かを、自分の魂を傷つけるだろう何かを、そしてかけがえがないほど大切な何かを見たり行ったりするだろうことを、兵士らはまだ知らずにいた。自分たちが世界の淵から足を踏み出そうとしていることを、彼らはまだ理解せずにいた。

第一四章

ひどい光景です。まだ人生を見てもおらず、人生を生き始めてもいない幼い子どもが撃たれたり榴散弾に体を吹き飛ばされたりして、あちこちに横たわっているのです。彼らはもう二度と話すことも笑うこともありません。僕はぜひ、どこかの偏屈野郎やどこかのヘイト・モンガー〔他人の憎悪を駆り立てる人〕やどこかの超絶愛国主義者たちに、この光景をじかに見ろと言ってやりたい。ここ前線で僕らは、同じ大義のために戦う仲間のアメリカ人として尊敬されています。僕らは、ここでテントを張ったり自分たちの役割を担ったりすることを、心の底から誇りに思います。

ハリー・マドコロがボストンの母親にあてて書いた手紙

一九四四年七月二五日

六月二六日の朝六時二二分、トスカーナ西部で朝日がちょうど昇るころ、第五二二野戦砲兵大隊のB砲兵中隊に属する砲手ロイ・フジイは砲弾を取り上げ、砲兵中隊の二番砲「クウイポ」の砲尾に装塡しようとしていた。カッツ・ミホはそばにしゃがみ、耳に指を突っ込んだ。カッツはちょうど、この戦争で第五二二野砲大隊による最初の砲撃になるはずのもののために、偏差を調整したところだった。目標は、南におよそ二マイル（三・二キロ）の地点で動き出そうとしているドイツ軍の車列だ。だが、ロイが砲弾を砲尾に突っ込みかけたところで、それはびくとも動かなくなった。ロイは数秒間、三〇ポンド（一三・六キロ）の重さの砲弾と格闘し、罵倒し、また格闘した。敵の車列は今にも動き出しそうな気配で、無駄にできる時間は一瞬もない。ロイは大槌を取り出し、そして――うっかりしたら爆発が起きてあたりの人間がみな死ぬという明らかな可能性があるにもかかわらず――気がふれたように砲弾をたたき、最後には何とか砲尾の中に押し込んだ。男たちの一人が引き綱を引き、砲弾は発射された。こうして第四四二連隊戦闘団はついに戦争に突入した。

そのわずかに北では、ルディ・トキワとフレッド・シオサキがK歩兵中隊とともに徒歩で攻撃開始線をちょうど越えていた。東の山々の向こうで空が明るくなり始めていた。ルディはM1ライフルをもっていた。フレッドは迫撃砲の砲身を運んでいるのに加えて、軽量のカービン銃を肩にかけていた。ハリー・マドコロやその近くにいるK歩兵中隊の数人のメンバーは、もっと大きくて重いブローニング自動小銃を携えていた。

彼らは散開して、一〇フィート（三メートル）ほどの間隔をあけながら、北へと続く狭くて曲がりくねった道の両側にある、畑やオリーブの木立の中を歩いた。自分たちがどこに向かっているのか、彼らははっきりわかっていなかった。わかっているのはそれが目の前にある丘のどこかだということと、午前中の半ばまでにドイツの抵抗にどこかで出会うだろうということだけだった。空気は暖かく、乾燥し、埃っぽい。オリーブの木立は岩だらけで、ときおり隊員のだれかが躓き、転び、小さく悪態をつき、立ち上がり、また歩き続けた。牛の中では世界一大型な品種である灰色がかった白のキアニーナ牛が野原の中に立ち、朝のおぼろげな光の中を通り過ぎる人間を、静かに、まるで奇妙な幽霊のように見つめている。時おり農家の裏庭から雄鶏の鋭い、切り裂くような鳴き声が響き、コルクガシの暗い林のどこかから、ハトの柔らかくて軽快な鳴き声が聞こえた。茂みの奥のどこかからカッコウの鳴き声が聞こえることもあった。それを聞いてフレッドは、故郷の家のカッコウ時計の鳴き声を思い出した。だが、おおむねあたりはしんと静まり返っており、聞こえるのは彼らがブーツで歩く足音と、運んでいる装備がカチャカチャ鳴る音だけだった。あまりに静かなのでフレッドは耳の奥で脈拍の音を聞き取り、胸の中にたしかに心臓があるのを感じとれたほどだった。

歩みを進めるうち、フレッドは自分がさして恐怖を感じていないことに気づき、驚いた。恐怖よりも、逸る気持ちが勝っていた。彼は、早く戦いが始まってほしかった。そう思う理由はただ、いざ戦いが始まったときに自分は逃げ出さないと確信したいがためだったのだが――。他の隊員と同じようにフレッドは、シェルビー時代から彼らを訓練した馴染みのウォルター・レジンスキ大尉がその朝、歩兵中隊を率いてくれていることで、大船に乗ったような安心感をある程度得ていた。レジンスキ大尉は銃剣が足に突き刺さっても弱音一つ吐かずに足を引きずって歩いた猛者であり、どんな観点からしても、隊員が出会った中でいちばんタフな兵士だった。

彼らのすぐ前にある町はトスカーナ地方のスヴェレートという、皇帝たちがローマからここトスカーナの丘陵を支配するよりもさらに古い、エトルリア時代まで起源をさかのぼれる集落の一つだった。とはいえ町の建築はそれよりは新しい、今からおよそ一〇〇〇年前の中世時代のものだった。セピア色の建物と赤レンガの屋根を魅力的に寄せ集めたようなスヴェレートの町は、若者らが通り抜けている平らな畑や果樹園を見渡す低い丘の上にあった。町の向こうには急な丘がいくつもあり、斜面の低いほうはオリーブの畑とブドウ園で覆われ、高いほうには落葉樹林が混在していた。丘の頂上にはベルヴェデーレと呼ばれる小村があり、ドイツ軍はここを観測所として使い、眼下に広がる田園地帯の広い範囲への砲撃をそこから行っていた。その日、第四四二連隊の指揮官たちが狙いを定めていたのは、スヴェレートの町というより、この丘陵であり、この小村だった。ここを抜けば、第五軍がイタリアのこの地域を通って人員や物資を北に運ぶ道を開くことができる。だが、それを達成するためには、まずスヴェレートを掌握しなければならない。

K歩兵中隊の喫緊の任務は――そして第三大隊全体の任務は――スヴェレートの町に正面攻撃を行い、町から敵を一掃し、その向こうの丘を登ることだった。右方向のどこかから、第二大隊が同じ任務のために、やや違う角度から町に接近しつつあった。現時点では、第四四二連隊の指揮官たちは第一〇〇大隊のベテラン兵士を、万一に備えて後方にとどめていた。この作戦を成功させられるかどうかは、第四四二連隊の新参兵士にかかっていた。

スヴェレートの周辺まで近づいたとき、レジンスキ大尉は小休止を告げた。同じ川を三回渡河したことに気づいた彼は、自分たちが今、大隊の他の部隊とどのような位置関係にあるのか正確にわからなくなっていた。さらに困ったことに、通信兵カルヴァン・サイトウは大隊の最後方にある指揮所に連絡を取ることができなかった。レジンスキは隊がその場にしゃがむと、イタリアの道路地図を数枚――この強襲のために計画者が事前に入手できた地図は、これがすべてだった――引っ張り出し、検討を始めた。まだ混乱したまま、レジンスキは斥候兵を前方に送った。斥候兵は忍び足で慎重に隊列の前に出ると、道路沿いの排水溝の中に身をかがめて歩き始めた。そして敵の視界に入らないようにしながら、前方の地形を偵察した。

連隊司令部ではペンス大佐とチャールズ・ライダー少将が、第二大隊と第三大隊に属する複数の歩兵中隊と連絡がとれなくなっていることに、徐々に不安を募らせていた。いくつかの部隊についてはどこにいるかさえわからず、また、レジンスキが持っているのと同じイタリアの道路地図からうかがい知れる情報を別にすれば、ペンス大佐もライダー少将もスヴェレート周辺の地形を十分理解してはいなかった。結局二人はみずからジープと装甲車に乗り込み、町の周辺のどこに自分たちの部隊と敵の部隊が位置しているのかをより良く把握するため、偵察に出発した。

そして、すべては恐ろしく悪いほうに向かい始めた。

太陽がすっかり顔を出したころには、朝は、美しくて明るい初夏の一日へと花開こうとしていた。場所さえよければ、数マイル先までずっと見渡せそうな天気だった。そうしたすばらしい視界をその朝、北と東の丘に潜むドイツ兵は手にしていた。午前中いっぱい彼らは、二世兵士がスヴェレートに接近してくるのを辛抱強く待ち、観察した。そして今、両方の大隊が町の下の低くなだらかな丘を横切りはじめるや、ドイツ軍はいっせいに砲撃を開始した。

K歩兵中隊よりやや右に位置していた第二大隊所属のF歩兵中隊を、最悪の一発がまず襲った。F歩兵中隊は前線の前方に逃げ、たちまち全体から切り離された。強い威力をもつ迫撃砲弾が兵士らのあいだに着弾しはじめ、何人かは足元から吹き飛ばされた。続いて、八八ミリ砲を搭載したティーガー戦車が近くの森の遮蔽物からあらわれ、至近距離と言ってよいような位置から砲撃を始めた。八八ミリ砲というとりわけ恐ろしい兵器は本来、対空砲として設計されたが、ドイツ軍はそれを対戦車用や対人用の兵器としても使うようになっていた。砲口速度はライフルのそれに匹敵し、発射された砲弾は毎秒〇・五マイル（八〇〇メートル）という高速で、往々にして地面からわずか数フィートの高さを、ほぼ完全に水平な弾道をもつ弾丸のように空気を切り裂いて飛び、この世のものとは思えないすさまじく耳障りな音を立てた。だが、その音を聞いただけならまだ幸運なのだ。あまりに高速なので、砲弾がこちらに向かってきたら音を聞く間もなく死んでいる。

F歩兵中隊の兵士らは地面に伏せ、ヘルメットを頭に押しつけていた。そして、まだ動ける者は這いつくばって必死に進み、身を隠せる場所を――樹木や排水溝や石壁や地面の隆起などを――死に物狂いで探した。砲弾が落ちるたび、土や岩の破片が彼らの上に降りかかった。大混乱のただなかで一人の青年が立ち上がり、前進した。二二歳のキヨシ・ムラナガ二等兵だ。迫撃砲手ではない彼が、自分のライフル銃を下ろし、迫撃砲弾を数発分背嚢に押し込み、砲身をつかみ、野原の真ん中まで這うように進んだ。その位置からは、八八ミリ砲を搭載した戦車の一つがはっきり見える。ムラナガはその戦車に向けて迫撃砲を発射し始めた。三発目が戦車の真ん前に落ちたが、わずかに届かなかった。彼が射程を調整し、もう一発撃つよりも先に、相手の戦車が正しく狙いを定め、発砲し、ムラナガは即死した。その後、迫撃砲の砲火が混乱をもたらしたのか、ドイツ軍は森の中に撤退し、ムラナガの分隊はようやくもっと安全な場所に這いつくばりながら移動することができた。

混乱の中、F歩兵中隊の三人の若者が中隊の仲間からはぐれた。狭い塹壕の中で体を丸めていたとき、すぐ近くでドイツ語が聞こえた。二人のドイツ兵が塹壕に近づいたとき、中隊の兵士の一人が突然立ち上がった。彼は片方の手に手榴弾を握りしめ、もう片方の手を安全ピンにかけ、これを引くぞと脅しながらドイツ兵に投降を命じた。ドイツ兵が銃を地面に放り投げたとき、近くで新たに弾幕砲火が始まった。五人の男は――ドイツ人も日系人も――塹壕の中に飛び込み、あたりの地面が揺れているあいだ、ずっとそこで身を寄せ合っていた。砲撃が終わったときそこには一瞬、修羅場をともに切り抜けたぎこちない連帯感が生まれていた。だが、それは長くは続かなかった。のどが乾ききっていた二世兵士は、ドイツ人捕虜から水筒を奪い取り、ごくごくと水を飲んだ。

今や、K歩兵中隊までもが困難に陥っていた。レジンスキはまだ、自分たちの現在位置を正確に把握していなかった。だが、ダダダダッという機関銃音が後方から聞こえることからも、自分たちは第三大隊の他の部隊よりもかなり前に進んでしまったようだった。本来の位置を外れ、露出した丘の中腹で動けなくなった彼らは、目の前から徐々に高くなる丘のどこかから重機関銃に直射されるだけでなく、向こうのさらに高い丘からも砲撃を受けることになった。兵士らは地面に伏せ、岩だらけの日焼けした大地を、フィールドシャベルや銃剣や、果てはヘルメットまで使って、無我夢中で掘った。

腹ばいになり、ひりつくような絶望感を抱いていたフレッド・シオサキは、頭上のオリーブの木から葉と小枝が雨のように落ちてくるのを、一瞬混乱しながら見つめた。そして樹上の、フレッドの頭上数フィートの位置に機関銃の弾丸が当たり、木がずたずたに裂けているのだと気づいた。さらに多くの砲弾がヒューッという音とともに飛んできた。それぞれは遠くから発射され、最初はささやき声のようだったのが、どんどん大きくなり、最後には金切り声のような音になり、フレッドはそれが自分の潜んでいる穴を直接狙って飛んできているような錯覚を覚えた。近くのどこかに着弾すると轟音が鳴った。地面が揺れ、土と石と鋼がまるで煙のように地面から舞い上がった。衝撃波が大気を脈動させ、ほんの一瞬、鼓膜が押し込まれたように鋭く痛んだ。

少数の兵士は難を逃れ、より安全な遮蔽物を求めて後方に走った。ある新兵は走りに走り、大隊のいちばん後方の指揮所までたどり着いてしまった。ヤマダ牧師の前でその兵士はガタガタと震え続け、言葉を発することもできなかった。ヤマダ牧師は兵士に水をさしだし、話ができるようになるまで落ち着かせると、ふたたび前線に戻した。しかし、指揮所に突然兵士があらわれたことは、その場にいた全員に警鐘を鳴らした。今や、現場にいる多くの部隊との通信は完全に途絶えていた。飛んでくる砲弾は、二世の斥候兵が先に敷設しておいた電話線を切断してしまった。さらに事態を悪化させているのが、小丘の多い地形のせいで、無線やトランシーバーでの通信に障害が起きていることだった。作戦を指揮している将校らは、二個の大隊が相互にどのように展開しているかについておおよその感覚はもっていたが、個々の歩兵中隊がどこにいるのか、そして彼らが何に遭遇しているのかについて、ほとんど情報を得ていなかった。だが、強襲が計画通りに進んでいないのは明らかで、それまでの不安はパニックへと変わりかけていた。

このとき突然、ライダー少将とペンス大佐が連隊の指揮所に戻ってきた。二人は徒歩だった。半時間前、一足先に戦線を偵察していた二人は、ドイツ軍の八八ミリ砲の攻撃を受けた。二人はそれぞれの車を放棄し、副官が激しい掩護射撃をする中、逃げなければならなかった。指揮所に帰り着いたとき、ライダー少将はヘルメットをなくしており、かんかんに怒っていた。第四四二連隊のこれまでの働きに彼は不満を隠さなかった。二個大隊の全部隊が攻撃しているのだから、二世兵士は今ごろもうスヴェレートの町を抜き、向こうの丘へと進出しているはずだったのだ。ライダーとペンスはふたたび地図の上にかがみこみ、いったい何が起きているのか、どう対処すればよいのかを必死に考えた。

午前の遅い時間まで、両大隊は何時間も身動きがとれず、じわじわと死傷者を増やしながら、町へと前進することも、もっと安全な場所に退却することもできずにいた。第二大隊の大部分は今、おそらく第三大隊から東に半マイル（八〇〇メートル）ほどの位置にいた。だが、絶え間ない弾幕砲火で煙と埃が戦場一帯をずっと漂っているため、二つの大隊はそれぞれの姿をたびたび見失った。一部の兵士はあまりにも長い時間、蛸壺壕から出られずにいたため、やむなく中で排尿し、その上で横になったため、衣服を濡らす羽目になった。ある兵士は携帯していた未使用のコンドームの中に排尿し、水風船のように口を縛った。だが、それを蛸壺壕の外に放り投げようとしたとき、何かの根っこに引っかかって水風船は破れ、兵士をびしょ濡れにした。

フレッド・シオサキはまだ、急ごしらえの蛸壺壕に腹ばいになったまま、絶え間ない砲撃の甲高い音と爆発音の合間に、前進なり退却なりの命令が来るのを待っていた。だが、彼の意識は今、ドイツ人と戦うことよりも恐怖と戦うことに向けられていた。彼は、自分が確かに知っている唯一のことに必死でしがみつこうとしていた。それは、自分には怖がるような余裕はないということだ。怖がることは、生き延びることの邪魔になる。だが、頭にはもう一つの考えが去来し続けていた。それが役立ちそうに見えたので、彼は意識の焦点をそちらにずらし、砲撃が続いているあいだひたすら心の中でそれを唱え、自分に向かって、あるいは岩だらけの地面に向かって小声でそれをつぶやいていた。「あの野郎ども、今にぶちのめしてやる」

弾幕砲火が続くうち、フレッドはゆっくりとあることに気づき始めた。すべての砲弾は、ある一つの方向に――彼のほうに――飛んできた。ドイツ軍のほうに飛んでいく砲弾は一つもないように見える。うちの砲兵部隊はいったいどこにいるのか？　第五二二野砲大隊はどこにいるのか？　なぜあいつらは反撃して、丘の上のクソ火砲をいくつかでもぶっ壊してくれないのか？

じつは、第五二二野砲大隊の三つの砲兵中隊はみな、数マイル離れたところで六輪駆動トラックに乗り、火砲を牽引しながら、狭い田舎道をゆっくり進んでいた。スヴェレートで起きている惨事について、彼らはほとんどまったく知らずにいた。

それは彼らのせいではなかった。グロッセートの近隣に集結していたドイツ軍の車両に最初の砲撃を浴びせた後、北上してスヴェレート近隣に陣を敷くよう命令が出ていた。包囲された歩兵部隊をよりよく支援するためだ。彼らが現地に移動するまでは、第三四師団の砲兵部隊が穴を埋めることになっていた。だが、その朝起きていた大規模な通信障害の影響で、師団司令部にその話は通じていなかった。それは、戦場で身動きが取れなくなっていた歩兵部隊が孤立無援になることを意味していた。

K歩兵中隊のウォルター・レジンスキは怒っていた。部下はまだ壕の中で身動きできないまま、スヴェレートの手前にある丘の中腹で猛攻にさらされている。彼らがいったい何をすることになっていたのか、だれもわかっていないようだったし、今なお大隊の司令官からは何も指示が届かない。レジンスキは、ルディ・トキワの潜んでいる蛸壺壕まで這って行った。ライフル銃兵のルディは、第三大隊の伝令も兼務している。伝令としての主たる務めは、無線や野戦電話が使えなくなったときに、司令部と現場にいる歩兵中隊の指揮官とのあいだでメッセージを運ぶことだった。これは、危険なことで有名な任務だった。掩護射撃やいかなる種類の支援も受けずに戦場を——戦闘が起きているその場所を——しばしば一度に何マイルも移動しなければならなかったからだ。だが、多くの点から、これはルディにとって天職だった。小柄で敏捷で、運動能力が高いルディは万事に恐れ知らずで、ものごとを自分のやり方でするのを好み、こっそり何かを行うのが大得意だった。記憶力が非常に優れているのも、役に立った。伝令の仕事の一部は、万一捕らえられた場合も書面による命令が敵の手に渡るのを防ぐために、伝えるべきメッセージを、一言一句間違えずに記憶することだった。

レジンスキは今、やかましい攻撃の音に負けないように声を張り上げ、ルディに「大隊に戻って、助太刀を連れてこい」と言った。ルディは小走りに走り出し、走りながら時おりしゃがんで砲弾をかわし、坂道を下っていった。それから半時間近く、ルディはできるかぎり目立たないように移動を続けた。どうしても必要なときは開けた空間を横切ったが、極力藪の中や木陰にとどまり続けた。砲弾が音を立てて飛んできて、道端の側溝に飛び込まなければならないことも一度ならずあった。機関銃のダダダッという発射音が近くの野原から聞こえることもあった。走っているとき、向かって左のオリーブの木立のどこかから、だれかの苦しげな叫び声が聞こえたこともあった。喉に何かが絡んだようなその音があまりに動物的だったので、それがドイツ人の悲鳴なのかアメリカ人の悲鳴なのか、ルディにはわからなかった。いずれにしろ、調べるために足を止めることはできなかった。ひたすら前進するのが彼の使命なのだ。だが、ある道の曲がり角近くで、ルディはぴたりと歩みを止めた。ほんの一瞬のうちに重要な判断を下さなければならないと、ルディは理解した。道の向こうから第四四二連隊の分隊の青年たちが、急いでこちらにこようとしていた。だが、彼らとルディのあいだには一人のドイツ兵が、湾曲した石塀の後ろに膝をついて隠れていた。彼は短機関銃を手にしており、二世兵士を十分引きつけてから襲おうと、待ち伏せをしていた。ルディはためらったが、それはほんの一瞬のことだった。ドイツ兵はルディに背を向けていたが、やらねばならないことはやるしかない。ルディはカービン銃で注意深く狙いを定め、一回だけ引き金を引いた。男はばたりと地面に倒れた。

本当に死んでいるかどうか確認しようと、ルディは心臓をどきどきさせながら、用心深く男に近づき、その体をひっくり返した。死んだ人間を正面から見るのは、初めてだった。男の青い瞳は開いたままで、こちらをぽかんと見つめているようだった。ルディは視線をそらし、血で汚れた灰色の軍服に目をとめた。その時、ルディは一つのあやまちを犯した。兵士の上着のポケットから財布を引き抜き、中身をくまなく探ったのだ。三枚の写真が入っていた。一人の少年と二人の少女の写真だった。年齢は、二歳から七歳くらいに見えた。その子どもたちの目を、そしてカメラに向けられた笑顔を見つめるうち、ルディは激しい吐き気を覚えた。自分が殺したのはただの兵士ではなく、だれかの父親だった。思えば、基礎訓練を受けていたころ彼らは、死んだ敵兵の身の回り品をあさってはいけないときつく言われていたのだ。今彼は、その理由が分かった。そして、衝撃を受けた。この先の数日、数週間、彼はほかにも人間を殺すことになる。おおかたの場合、相手がだれであるか、どんなようすをしているかに彼はほとんど注意を払わない。彼の中には、ほかの隊員たちと同様に、ある種の冷淡さが育っていくことになる。だが、この時の記憶だけは終生頭から追い出すことができなかった。

ふたたび下り坂を走りだし、ようやく第三大隊の指揮所に近づいたとき、ルディが来るのを見た一人の将校――ほかならぬ大隊全体の副大隊長であるエメット・オコナー少佐――が大声で何かを叫び始めた。そして突然M1ライフルを構えると、ルディの頭上を狙って撃ち始めた。ルディはとっさに地面に伏せた。少佐がその日の合言葉を言えと要求していることは、ルディにもわかった。だが、どうしてもそれが思い出せなかった。やむなくルディは「ヨン・ヨン・ニ、ヨン・ヨン・ニ」と日本語で「四四二」を意味する言葉を口にした。ここ数週間、隊員たちはその言葉を、一種の初期設定の合言葉として使っていたのだ。だがオコナーには、その言葉が何を意味するのかさっぱり分からなかった。彼はあいかわらず合言葉を要求しながら、弾を撃ち続けた。ついにルディは膝を立て、自分の銃でオコナーの頭上に一度発射し、「次の一発はぶち抜くぞ！」と英語で怒鳴った。そこでようやくオコナーはルディがアメリカ人であることを理解し、ライフル銃を下ろし、前に進み出るようにルディに身振りで示した。

ルディはレジンスキ大尉のメッセージをオコナーに伝えたが、相手の反応にはおおいに不満だった。「よかろう、帰って、K歩兵中隊の指揮官に何とかしのぐよう伝えてくれ」とオコナーは言った。ルディは一瞬ぎろりとオコナーをにらみ、くるりと踵を返すと、ふたたび戦場を目指して走り始めた。走りながら彼は、この知らせをいったいどうレジンスキに切り出そうかと考えていた。

その日の昼までには、ペンス大佐とライダー少将、そして第一〇〇大隊の司令官であるゴードン・シングルス中佐は、ルディをはじめとする伝令から十分な情報を収集して、ある計画を立案していた。戦況報告や彼らが手にしている地図から得られた情報によればどうやら、左側の小麦畑に釘づけにされている第三大隊と、右側のオリーブ畑で動けなくなっている第二大隊のあいだには、隔たりが存在しているようだった。その隔たりはおそらく幅二〇〇ヤード（一八三メートル）ほどの岩がちの斜面で、オリーブの木やブドウの木がびっしり生えていたが、それは、スヴェレートの上の高台に通じる道になる可能性があった。もしかしたらこれを使って、軍隊における「クォーターバック・スニーク」をやってのけられるかもしれなかった。こうして彼らは、ドイツ軍が両側の二個大隊にかかずらっているあいだに、経験豊かな第一〇〇大隊の一部を前線に送り、可能なかぎり迅速に、あいだの斜面を通り抜けさせようと決めた。

命令が出され、一時間もしないうちに第一〇〇大隊のA歩兵中隊とB歩兵中隊は斜面を高速で登り、ドイツ軍の背後にまわって包囲を企て始めた。何が起きているのか気づかれないうちに、彼らはドイツ兵の引いた電話線を切断しつつすばやく丘を登り、スヴェレートの向こう側に出た。たどり着いたその高台から見ると、ドイツの戦力がベルヴェデーレの村の中と周辺に集中しているのがわかった。奇襲の要素を利用して、彼らはベルヴェデーレを急襲した。一部の兵士は側面からドイツ軍に突撃した。別の兵士らはベルヴェデーレの村に背後から直接攻め込んだ。さらに一時間で、彼らはドイツ軍の大砲のほとんどを沈黙させ、観測所を破壊し、ベルヴェデーレでの市街戦に勝利した。驚いたドイツ軍は、北隣の町サセッタに通じる道へと逃げ出した。だが、ドイツ軍の退却を予期していた二世兵士らは、より多くの兵力を北に送り、さらにそれを西にも動かし、ドイツ軍の撤退ルートを遮断しようとした。

サセッタに続く道はスパゲティのように細く、曲がりくねった舗装道路で、それがうっそうとした、美しいが単調な緑の中を尾根沿いに五マイル（八キロ）ほど続いていた。マウイ出身の青年たちにとってその光景は、故郷のハナ・ハイウェイを思い起こさせた。その彼らは今、道路脇の草むらの中に腹ばいになって隠れ、銃を握りしめ、逃げてくるドイツ兵が罠にかかるのを待っていた。

ドイツ軍の大砲が静まり、ドイツの歩兵たちが二世兵士の頭上の丘の北へと退却したころ、第四四二連隊の第二大隊と第三大隊はようやく蛸壺壕から這い出し、スヴェレートに向かう上り坂をふたたび前進し始めることができた。レジンスキに率いられながら、フレッドやルディをはじめとするK歩兵中隊の面々は、丘の中腹にあるドイツ軍の機関銃巣の側面になんとか滑り込み、ライフルと迫撃砲で攻撃し、丘の中腹から徐々に敵を追い出した。その後、彼らは正面攻撃を再開し、ようやくスヴェレートへの進入を果たした。午後の中ごろまでには、彼らは町からドイツ軍を一掃し、自分たちの大隊および第一〇〇大隊の面々と合流するために、ふたたび眼前の丘を登り始めた。彼らは前進するにつれてより多くのドイツ兵を、樹木に覆われた丘から第一〇〇大隊が口を開けて待ち構えるほうへと、あるいはサセッタ街道にドイツ兵のために仕掛けられた罠に向かって追い立てた。

待ち伏せ地点に最初に近づいてきたドイツの退却兵は、一七台のジープを連ねてやってきた。道端の茂みに隠れていた二世兵士はジープが近くに来るまで待ち、一斉射撃を始めた。雷のような轟音を立てながら彼らは銃を撃ちまくった。それは多かれ少なかれ、虐殺だった。最初の弾幕射撃をかろうじて生き延びた数人のドイツ兵は、慌てふためきながら茂みの中に逃げ込んだ。数分後、大型トラックが数台、大きな音を響かせながらあらわれた。荷台にはさっきよりもさらに多くのドイツ兵が乗っていた。自分たちが罠に向かっているのに気づいた運転手はアクセルを踏み、左右にハンドルを切りながら、道路のあちこちに放棄されたジープを必死によけて、なんとかこの場を突っ切ろうとした。二世兵士はふたたび銃撃した。灰色の軍服の男たちがトラックの荷台から転がり落ち、走ったり這ったりして逃げ惑った。これもまた、多かれ少なかれ虐殺であった。

夕暮れ時には戦闘はほぼ終わり、二世兵士たちはサセッタのすぐ南の道路や、道路沿いの尾根をしっかり掌握していた。米軍の総崩れとして始まった一日は結局、古参のドイツ兵の大敗北という形で終わった。

だが、第四四二連隊の戦闘の初日は過酷で、戦績はほめられたものではなかった。そして兵士らは、見るとは夢にも思っていなかったものを見てしまった。ルディ・トキワは地面の一角で体を伸ばしながら、夜の空気はもう冷たいのに自分がまだ汗をかいていることに気づいた。悪寒がした。これまでに感じたことがないほど、ひどい気分だった。五時間のあいだ狭い排水溝の中で体を丸め、あたりに砲弾が落ちるのを感じていたヒロ・ヒグチは、まだ震えが収まらないまま腰を下ろし、自分が初めて体験した戦争について、妻への手紙に綴った。「それは文字通り、地獄だ——想像さえしたことがないほどの流血、そして死……砲弾の甲高い音やヒューーッという音の恐ろしさは筆舌に尽くしがたく、ほぼ耐えがたいものだ……いつか君にすべてを話そう。だが、今はそのことについて私は考えたくもない」

初日の戦闘はしかし、第四四二連隊にとって序曲のようなものにすぎなかったことが、のちに判明する。その夜、短い小休止もほぼ挟まずにフレッド・シオサキは、ふたたび出動させられた。フレッドは迫撃砲を苦労して運びながら、暗く静かな森の中の急な小道を登っていた。その午後の勢いに乗じようとしたのか、ペンスは第三大隊に夜間の迂回行動を命じ、サセッタの北の高地を掌握するために、町のまわりに西へ大きな弧を描くように兵を動かすよう指示した。地形は険しく、渓谷が交差し、草木がうっそうと茂っていた。真夜中を少し過ぎると、三日月が西の海に沈み、すでに暗かった森はさらにもっと暗くなった。どの方向を見ても、数フィート先はほとんど何も見えなかった。まわりで人がウッと声を上げたりハアハアと息を切らしたりするのは聞こえたが、だれも言葉は発せず、みなが静寂を保とうと必死だった。

そのとき、恐ろしい音が——深い、巨大なうなり声のような音が暗闇の中から断続的に、いちどきに複数の方向から——聞こえた。フレッドはそれが何か、すぐに気づいた。説明を聞いたことはあったが、経験するのは初めてだ。米兵から「ヒトラーの電動のこぎり」と呼ばれているドイツのMG42機関銃だった。MG

42機関銃は切り裂くような長い音をたてながら、一分間に一二〇〇発もの弾丸を吐き出す。米軍の一番高性能な自動火器――トムソン短機関銃――でさえ、発射速度はそれよりずっと遅く、弾丸は砲身から吐き出されるとき一つひとつ途切れたパ、パ、パ、パという音をたてる。いっぽうMG42機関銃はもっと大きな、引き裂くような連続音をたてるので、それを耳にしたフレッドは、人間の体が真っ二つに切り裂かれるのではないかと感じた。

フレッドはぱっと地面に伏せた。ほかのみなもそうした。そしてふたたび轟音が鳴り、こちらに銃弾が飛んできた。フレッドは生まれて初めて心の底から、どうしようもない恐怖を感じた。その音自体の恐ろしさゆえ、フレッドはまるで自分の体が切り裂かれているように感じた。どうしてかそれは昨日の、遠くからの弾幕砲火より直接的に感じられた。暗闇の中で伏せ、岩や小枝に腹を押しつけていると、フレッドは生まれて初めて突然、まるで水晶のように澄みわたった頭で、あそこにいるだれかは――あそこにいる個々のドイツ兵は――単に戦争に勝とうとしているのではなく、この自分を――ワシントン州ヒルヤード出身で、ジョン・R・ロジャーズ高校の写真部で副部長をつとめ、草野球のチームに属し、クリーニング店の息子で、おおむね良い子だったフレッド・シオサキ上等兵を――殺そうとしているのだと悟った。そして同じほどの明晰さで彼は、もし自分が目の前の困難を生き抜けたら、自分自身もおそらくいつか人を殺すことになるのだと理解した。

二世兵士が応射して数分後、銃声は静まり、彼らが遭遇したドイツ兵は茂みの中に滑るように姿を消した。彼らは賢明にも、米軍の大隊全体を相手には戦わないことを選択したのだ。フレッドと残りのK歩兵中隊のメンバーは起き上がり、前進を再開した。より高く登るにつれて森は明るくなり、太陽も昇り始めた。午前の中ごろに彼らは、この数日間めざしていた、サセッタを北から見下ろす尾根にたどり着いた。その地点からフレッドは、眼下に集結しているドイツ兵を見定められた。サセッタの狭い道路をティーガー戦車が何両も通り、町の南の入り口を守る準備をしていた。目には見えなかったが、そこからさらに一マイル（一・六キロ）か二マイル（三・二キロ）南に第一〇〇大隊が集結し、道路から村に直接入る準備をしているのをフレッドは知っていた。もし二世兵士らがサセッタ村を掌握できれば、連合軍は海岸平野と車道を見下ろすたっぷり四マイル（六・四キロ）にわたる稜線を支配することになる。

第三大隊が後ろから忍び寄り、肩越しに彼らを見ているのにドイツ軍は気づいていないようだった。フレッドの分隊の分隊長であるハリー・カナダは敵の射線にない場所を見つけ、迫撃砲の設置と砲弾の用意をフレッドと残りの五人の分隊員に任せた。第五二二野戦砲兵大隊の前進観測員をつとめるサス・イトウは双眼鏡を覗きこみ、眼下にずらりと並んだ隊列から最善の目標（ターゲット）を選び始めた。そして一つひとつの目標の精確な位置を、後方の射撃指揮所に伝えた。指揮所では、打ち捨てられた農家の中で分度器と計算尺をもった男たちが、地図や参照表を広げた上にかがみこみ、複雑な計算をしていた。それは、自分たちの部隊は殺さずドイツ兵だけを殺せる、精確な射撃指示をするために必要なものだった。

そこから一マイルか二マイル（一・六〜三・二キロ）離れた別の丘の陰で、カッツ・ミホは「クウイポ」の隣にかがみこみ、射撃指揮所から目標についての指示が届くのを待った。第五二二野砲大隊所属の三つの中隊――それぞれが四つの一〇五ミリ榴弾砲をもっている――はみな、ようやく位置につき、命令があり次第、砲撃を開始する準備を整えていた。

正午少し前、第四四二連隊の数人の将校――その中にはK歩兵中隊の中隊長であるウォルター・レジンス

座標を叫ぶフリント・ヨナシロ

キも含まれていた――が、サセッタの町から南に三マイル（四・八キロ）離れたサセッタ街道沿いの一軒の家に設置された新しい連隊指揮所に集まり、これから始まる攻撃の指揮の準備をしていた。ルディ・トキワもその場にいた。必要なときに、戦場に命令を送るのに備えていたのだ。

前進している自軍の歩兵部隊の真ん前にいる目標を砲撃するのは、とても難しい仕事だ。精確さはもちろん、戦闘が進むにつれて変わる状況に迅速に対応する必要もある。五分前に敵がいたところに、今は自軍の兵士がいる可能性もある。だが、じきにドイツ兵も知ることになるように、米軍の第五軍の中で、自分が思ったときに思ったところに砲弾を落とす能力に関して、第五二二野戦砲兵大隊の右に出るものはなかった。シェルビーでも、彼らのスピードと精確さと適応力は抜きんでていることが認められていた。そして今彼らは、実戦の場でも同じような成果を上げられると証明する初めての機会を手にしていた。第一〇〇大隊が町に忍び寄ってきたとき、第五二二野砲大隊の榴弾砲はサセッタとその周辺のドイツ軍の防御地点への攻撃の口火を切った。

野戦電話で目標座標が伝えられると、カッツをはじめとする「クウイポ」の担当班はすぐに作業を始めた。大隊の大砲一つにつき最善の調整と効率で発射するには、それぞれ異なる仕事をする六人もの男が必要だ。他の大砲の巨大な発射音に負けないように、一人が射撃指揮所から届いた目標についての指示を大声で叫び、別の一人が射角を調整し、一人が方向偏差を設定し、一人が正しい数の火薬袋を装塡し、一人が砲弾を砲尾にスライドさせ、そしてまた別の一人が引き綱を引いて砲弾を発射する。これから発射しようとしている砲弾によってアメリカ兵ではなくドイツ兵を確実に殺すには、それぞれのメンバーが自身の仕事を一回ごとに完璧に、迅速に行わなければならない。砲兵伍長（照準手）としてのカッツの仕事は、方向偏差の設定だった。伝えられた座標に応じて榴弾砲の砲身を右もしくは左にどれだけ動かすかを決めるのだ。

第五二二野砲大隊の砲兵が彼らにとって初めての弾幕射撃を行ったころ、第一〇〇大隊は、スヴェレートとサセッタを結ぶ道路を速度を増しながら徒歩で移動し始めた。最初は間欠的に、弾幕射撃の合間に休みながら進んでいた彼らは、今やM1ライフルやブローニング自動小銃を撃ちながら、町に押し寄せていた。同じころ、第三大隊は町の上方にある尾根から一挙に下り、フレッド・シオサキや他の砲手が放つ迫撃砲弾のカーテンの背後を前進した。攻撃は精確で、よく調整されており、圧倒的だった。午後の中ごろにはドイツ軍はふたたび、今度は町から北に続く道沿いに退却を始めた。

だが、ドイツ軍は第四四二連隊に餞別を贈ってきた。サセッタの南に連隊が司令部を置いた家は、道路の曲がり角に位置し、目の前に大きな空間が広がる特徴的な場所だった。そこが自軍の砲兵が狙う有望な標的になる可能性に備えて、丘にいるドイツの観測者は戦闘が始まるかなり前にその場所に着目し、座標を割り出していたのだろう。

米軍の兵士や将校は戦闘のあいだ、その建物の前にひしめいていた。そしてサセッタを掌握した今、K歩兵中隊もそこで再編成していた。フレッド・シオサキがちょうど建物に近づいたとき、空気を切り裂くような音とともにドイツ軍の砲弾が一つ飛んできて、建物を直撃した。窓ガラスは粉々になり、屋根からは火が上がり、建物の前にいた男たちは足元から吹き飛ばされた。建物の中から負傷者がよろよろと出てきた。煙と埃にまみれ、ゲホゲホと咳をしている。顔は漆喰の粉で白くなり、何人かの顔は血まみれだ。一六歳のイタリア人の少女が近くの家の中に駆け込んでいき、カーテンを何枚か引きずり下ろし、それを裂いて包帯代わりにし、負傷兵の手当てをした。フレッドは怪我こそしなかったが、呆然としていた。人々が建物に出たり入ったりするうち、だれかがK歩兵中隊のハワード・バート中尉が死んだと叫んだ。だが何よりフレッドが驚いたのは、ウォルター・レジンスキが建物から出てきたのを目にしたときだった。二人の男がレジンスキの左右の肩を支えていた。レジンスキは無傷に見えたが、顔は血の気が引いて真っ青で、目には生気がなかった。レジンスキを支えていた男たちが体を離し、歩み去っても、レジンスキの両腕は、まるで彼らがまだそこにいるかのように左右に伸びていた。足は地面に釘づけにされたかのように一歩も踏み出せずにいる。ほんの少し前まで、レジンスキは一人の上級曹長と話をしていた。砲弾が建物を直撃したとき、その上級曹長の体は一瞬であっさりと裂け、ばらばらに千切れた。ほんの一瞬前は顔があり、こちらの目をのぞき込む真剣な目があり、声があり、人間がいたはずなのに、次の一瞬にはばらばらになった肉体が瓦礫のあちこちに散らばっていたのだ。その瞬間におそらく、レジンスキの中で何かが壊れた。

フレッドはレジンスキに幻滅などしなかった。K歩兵中隊のみなも同じだった。ほぼ全員が、自分にも同じことが起きるのではないかと恐怖を感じていた。それは、自分が殺されるかもしれないという恐怖よりもむしろ大きかった。戦場に出て一日半でもう彼らは、自分たちの正気の保持がどれだけ危うくなったかを、突然理解した。ほぼ全員がすでに――ほんの短い時間のうちに――知り合いのだれかが目の前で死んだり重傷を負ったりするのを経験していた。そしてそれぞれが大きな衝撃を受けていた。その日のもっと早い時間にカッツ・ミホは、焼けこげたドイツの戦車に近づいたとき、毛布の下に二世兵士の遺体が二つ寝かせてあるのに気づいた。その場の状況から見るに、二人は戦車に果敢に攻撃を仕掛け、戦車から数メートルのところまで走り寄って、バズーカ砲を撃ったようだった。だが彼らは、あまりに接近しすぎてしまった。その結果、バズーカ砲は戦車を吹き飛ばしたが、それを撃った兵士をも殺してしまった。だれかが毛布を持ち上げたとき、カッツは胃がせりあがる気がした。死んだ兵士の一人は、アサートン・ハウスで同じ寮生だったグローヴァー・ナガジだった。それだけでも十分辛いことだった。だがその一日か二日前、カッツは偶然、グローヴァーがハワイに残してきた恋人からラブレターを受け取っていたことを聞いていたのだ。

フレッドもまたその午後、衝撃を受けていた。砲弾を落とされた家の瓦礫から引き出された遺体の一つは、スポケーンから一緒に出征するために列車に乗ったゴードン・ヤマウラだったのだ。ゴードンは故郷とつながるよすがであり、スポケーンのどこかの生活がいつもどおりに流れていることを――彼の両親がお茶を淹れ、洗濯物を畳み、ボイラーに火をくべていることを――時おり思い出させてくれた。フレッドにとって、ゴードンの青白くてねじ曲がった、白い漆喰の粉と赤黒い血で汚れた遺体は、そうした別の世界がまだ存在しているのかと疑問を投げかけているように思えた。

わずかな小休息を挟んだだけで、第四四二連隊は六月の最後の数日から七月にかけて、ほぼ連続的に――昼も夜も――戦い続けた。もっと東にいる第五軍の他の分隊と一緒に、彼らは、防備を固めたドイツ軍の執拗な抵抗に直面しながら、一マイル一マイル、時によっては一ヤード一ヤード、じわじわとトスカーナ西部を抜け、北をめざした。接近する丘ごとに、そして村ごとに、ほぼ毎回彼らは激しい弾幕射撃を受けた。死んだ敵兵から鹵獲した地図からは、彼らが到着するかなり前からドイツ兵が、二世の集まりそうなすべての交差点や農家や渓谷に砲撃用の座標を記していたことがわかった。ドイツ兵が常に高台にいるため、米軍にとって完璧に安全な場所はどこにもなかった。そのため二世兵士は、だいたいが夜間に前進するようになった。夜の暗闇の中ならば、小麦畑を通って歩いていても、丘と丘のあいだの幅の広い渓谷にあるオリーブの木立を抜けて歩いていても、ドイツ軍の目に留まることはない。だが夜間の移動は、うっかり地雷原に入り込む危険を増大させた。可能なとき、二世兵士はイタリアのパルチザンに協力を頼み、危険な場所を避けて案内をさせた。

あたりに丘が多くなると、荷運び用のラバに荷物を背負わせて、パルチザンが示した強風が吹く埃っぽい道を進んだ。だが、兵士はあくまで自力で丘を登らなければならなかった。コルクガシや栗の木が生える乾燥した森を抜けて、彼らは丘を登った。斜面があまりに急なので、ときには木の根や岩をつかみながら四つん這いで坂を下りたり登ったりしなくてはならなかった。だれかがこちらを銃で狙っていなくても、それは十分に過酷だった。そしてたいていの場合、だれかがこちらを銃で狙っていたので、死傷者の数は膨れ上がり続けた。七月の初旬までには、五月にアンツィオに到着した約四〇〇〇人の二世兵士のうち四〇〇人近くがトスカーナ地方を抜ける途中で死傷し、第一〇〇大隊が南イタリアに進攻したときに生じた不釣り合いなほど膨大な損耗をさらに上乗せすることになった。

だが、だれかが一人倒れるたびに、残りのメンバーは生き残るために必要な新しい何かを学んだ。十字路にさしかかったらぐずぐずしてはいけない――ドイツ軍の砲弾はもう、目標に正しく向けられているはずだ。開けた場所の真ん中にある一本の木の陰で休むのは禁物――理由は前に同じ。一休みしようと藪の中に入るときは、仕掛け線（トリップワイヤー）や偽装爆弾のブービートラップがないかを必ずチェックすること。ドイツ軍が残していった塹壕トイレは、そうした爆弾が仕掛けられている可能性が高いから、けっして使ってはいけない。ドイツ軍のヘルメットのような魅惑的な「置き土産」にも、同じ理由で手を出してはいけない。そして、道路に置かれた缶をけっして蹴ってはいけない。ドイツ軍がアメリカの兵隊について発見したことの一つが、「アメリカ兵は道路にコーヒーの缶が転がっているのを見つけたら、ほぼ確実にそれを、楽しみのためだけに蹴飛ばす」ということだったのだ。だが、第四四二連隊の兵士らはほどなく、ここイタリアで同じことをするのは、地雷の上に座るのも同然だということを理解した。

ルディはとりわけ用心深くならなくてはいけなかった。伝令として彼は多くの時間を外で単独で、中隊から中隊へと移動し、メッセージを前線に伝え、あるいは前線から運んだり、掩護や見張りや前進偵察などの恩恵を受けることなく、あちらからこちらへと駆けまわったりしなくてはならなかった。外気はうだるように暑く、トスカーナの丘は茶色く干上がり、丘のあいだの谷を流れる川は、白く日焼けした石の川底のところどころに、緑の藻のわいた水たまりがあるだけだった。実りつつある小麦とライ麦の畑には熱波がきらめいていた。ルディはいつも疲れきり、汚れていた。足は痛んだ。顔には無精ひげが生え、汗と泥が常時こびりついていた。軍服はすでに裂け、ぼろぼろになっており、嫌なにおいがした。夜は時々排水溝や、干上が

ロジニャーノ・マリッティモに接近するC砲兵中隊の兵士

った川のそばにある茂みに潜り込み、一人ぼっちで空腹のまま、なんとか眠りにつこうとした。

だが、ルディはルディであるがゆえ、イタリアの田舎を歩きまわるうちに、行く先々で何かのチャンスを見つけ出した。ドイツ軍のいなくなった村を通り過ぎるとき、ルディは通りを歩くのではなく、家の裏庭から裏庭へと軽々とフェンスを飛び越えて移動した。裏庭には、良いものがあった。カリフラワーが一株あったり、手にいっぱいの青玉ねぎがあったり、よく育ったキャベツがあったり、一握りのベビー・キャロットがあったり、卵が五、六個手に入ったり、もっと良ければ卵の上にめんどりが座っていたりした。可能なときはルディは、そうしたものの所有者に一本のチョコレート・バーや一箱のタバコを、支払い代わりに置いていった。それができないときは、ルディはそうした略奪品を戦争の戦利品と宣言し、鶏を捕虜と言い張った。彼はそれら全部を背嚢に突っ込み、それをもったまま移動した。村と村のあいだにある開けた田園地帯でも、ルディは食糧を徴発した。森の中で甘くて肉厚な野生のイチジクを集めたり、池のまわりに生えているクレソンを採ったりもした。任務のたびにほぼ毎回、ウサギにも出会ったが、ルディはいつもウサギを逃がした。サリーナスでの子ども時代、彼は一匹のウサギをペットにしていた。そのウサギは農場のどこにいくときもルディの後についてきて、夜ルディが眠るときは隣で心地よさげに体を丸めていた。だからルディはどうしてもウサギを殺すことができなかった。

それでもたいていの場合、ルディはK歩兵中隊の仲間のために背嚢いっぱいの新鮮な食べ物を持ち帰り、そうしてたくさんの友人をつくった。ブッダヘッズはとりわけ、ルディが持ち帰る戦利品におおいに感謝した。時おり彼らは、そうした野菜でささやかな「オカズ」を作り、K糧食やC糧食に添えて食べた。もっと多くの食材が手に入ったときは、鶏肉を使ってハワイの鍋料理であるチキン・ヘッカを作った。本来ならヘッカには、ぶつ切りの鶏肉と生姜、醤油、マウイ・オニオン、ニンジン、マッシュルーム、そして少しばかりのクレソンも必要だった。だが、今ここトスカーナで、昼も夜も周辺で戦闘が繰り広げられている状況では、独特な工夫が必要だった。彼らは焚火や小さなコールマンのコンロやスターノ〔缶入り固形燃料〕の上に身をかがめ、鍋代わりに使えそうなものを――必要ならヘルメットでも――なんでも使って、ヘッカを調理した。醤油の代わりに糧食に入っていた固形コンソメを使い、野生のキノコは食あたりの危険があるので使うのを避け、鍋や鍋代わりのヘルメットにぶつ切りの鶏肉とニンジンやタマネギやインゲン豆やエンドウ豆やクレソンなど、手に入る野菜をなんでもぶち込み、その混合物をとろとろに煮た。そして出来上がったものをステンレスの飯盒（はんごう）からひと口掬って食べたとき、周囲の丘で砲弾や機関銃が轟音を立てていても、彼らは故郷の味を堪能しながら、多くの場合、本当にひさしぶりに笑顔を浮かべた。

七月初めの数日で第四四二連隊はチェーチナ川を越え、ドイツ軍が東のカステッリーナ・マリッティマと西のロジニャーノ・マリッティモという二つの町のあいだと、その二つの町の周辺から北に約六マイル（九・六キロ）の高台に築いた防衛線に向かって前進した。そこで彼らは、これまで出会ったことがないほど激しいドイツ軍の抵抗に直面することになる。

第一五章

私は何人かの士卒が激しい砲撃のもと、正気を失うのを――単に気がおかしくなるのを――見てきた。そういうときわれわれは、彼らを縛らなければならなかった。一度、古い友人の体が降ってくるのを見たとき、私は自分がおかしくなるのではないかと危惧した……私はただそこに座り、赤ん坊のように泣いた。

ヒグチ牧師が妻のヒサコに書いた手紙　一九四四年七月八日

七月四日の朝七時三〇分、アフリカ系アメリカ人のラッパ隊が「星条旗」を演奏し始めると、巨大なアメリカ国旗がゆっくりと旗竿を上った。場所はローマのヴェネチア広場。ムッソリーニが一九四〇年に英仏に宣戦を布告した場所だ。同じ旗は、一九四一年一二月一一日、米連邦議会が枢軸国に宣戦した日に合衆国連邦議会議事堂でも翻っていた。ローマでの儀式が終わるとヘンリー・ジョンソン少将は、旗はほどなく降ろされるが、それは、いずれベルリンや東京の空で翻るためだと宣言した。数時間後の正午ちょうど、ノルマンディーの戦線に並んだ米軍の何百門もの大砲は、たまたま射界にいたドイツ軍に向かって一発だけ火を吐いた。数分後、大砲の多くがさらなる砲撃を行ったが、発射されたのは、ビラ砲弾だった。ばらまかれたのは、これがアメリカ流の独立記念日の祝い方だと告げ、気に入ったかどうかをドイツ兵に尋ねる内容のパンフレットだった。

その日、戦況はあらゆる観点から見て、ようやく連合軍に有利に傾き始めていた。フランスでは悪天候と泥道にもかかわらず、米軍が四〇マイル（六四キロ）にわたる戦線を東に進撃し、シェルブール半島を制しつつあった。ソ連の赤軍は、ソ連領内でドイツ軍が占領している最後の町ミンスクへと西進しつつあった。ソ連軍からポーランドまでの距離は一四〇マイル（二二四キロ）に縮まった。同じ日、南太平洋では米軍が硫黄島の日本軍守備隊を爆撃し、三隻の駆逐艦を沈め、破壊されたサイパンの首都ガラパンを占領。ガラパンは米軍の手に落ちた最初の日本人街になった。イタリアでは第四四二連隊の若き二世兵士たちが、戦争がいつ終わるかについて賭けをしていた。何人かの楽観主義者は、夏の終わりには戦争が終わっているだろうと予測した。感謝祭のころだろうという者もいたし、数少ない悲観主義者はクリスマスごろだろうと予測した。

アメリカ本土では、人々はおおむね静かに祝日を過ごしていた。軍需品生産のために花火の生産は下火になっていたし、何より戦争のあいだ国中ではおおむね、花火を上げること自体が禁止されていた。だが、アメリカの各地で人々は、花火以外の方法で独立記念日を祝った。大通りではまだパレードが行われていたし、公園で人々はピクニックをし、あずまやではバンドの演奏が、砂地の空き地では野球の試合が行われ、郡のお祭り（カウンティフェア）では競馬やパイ食いコンテストが開催された。気温が三〇度近くまで上がったニューヨーク市では、一二〇万人がコニー・アイランドの浜に繰り出し、ロッカウェーのビーチにも一一〇万人の人々が寝転がり、ハンバーガーやホットドッグや綿あめやトウモロコシを食べたり、コカ・コーラやレモネードをがぶ飲みしたりした。

戦時転住局のキャンプに強制収容されている日系人も、この日を祝おうとつとめた。ポストン収容所では野球の試合や水泳大会や飛び込み大会が行われた。キャンプが開設されて二年以上が経ち、トキワ家がここに到着した当初より環境は快適になっていた。独立記念の日、収容所の食堂ではバーベキュー・チキンやホットドッグが出され、ハワイふうのかき氷の代わりにスノーコーン〔紙コップに砕いた氷を入れ、果物のシロップをかけたもの〕がふるまわれた。収容所の運営部は米軍慰問協会の新しいクラブにこの日、二世兵士を慰問してもらった。息子が戦争でイタリアに行っている母親や姉妹には、特別なお茶が供された。その夜、ポストン収容所の第二キャンプにある新しい円形劇場「コットンウッド・ボウル」では、ハワイを題材にした素人演芸や、一世のための日本語の寸劇が行われたりもした。収容所内の高校ではダンスが催され、休暇で収容所に戻っている兵士は無料で参加できた。ポストン収容所内の新聞《ポストン・クロニクル》の一面の論説では、巨大なアメリカの鷲の絵のもと、ポストン収容所の総括責任者であるダンカン・ミルズが、海外で戦っている二世兵士の勇敢さについて文章を綴り、被収容者に対して戦争遂行努力へのいっそうの貢献を求めた。「彼らはいつか、そう遠くない未来に帰還するでしょう。彼らが戻ってきたときに私たちは、自分たちの活動について胸を張って語ることができるでしょうか？」

それは、素敵な祝日だった。ポストン収容所の人々はほぼみな、普段の単調な生活が打ち破られたことを喜んだ。だが、戦争が始まって二年半がたつ今、ポストン収容所のコミュニティには深い亀裂が生じていた。収容所の人々は、国への忠誠とアイデンティティの問題を巡って分裂し、義務や主義についての問題で対立した。同じ七月四日付の《ポストン・クロニクル》の六面では、編集者が、イタリアにいる二世兵士から受け取った痛烈な手紙を公開した。その兵士は収容所の若者の一部が徴兵を拒否しているという話に怒り、「徴兵を拒否した者は、撃たれてしかるべきだ」とまで書いていた。同じ面で、徴兵に応じなかった者の名前が公表され、もし彼らが今、収容所の仕事で給料を得ている場合、職を失うことになると通告されていた。

ほかのすべての収容所と同じように、ポストン収容所でも強制収容が始まった当初から、内部での緊張はずっとくすぶり続けていた。ルディが一九四二年秋に収容所を去る前でさえ、二人の男が別の被収容者に暴力をふるったかどで逮捕され、逮捕に反発するゼネストが起きた結果、第一キャンプの運営が一〇日にわたって滞る事件があった。殴られた男には、過剰な情報を収容所の管理者と共有しているという噂があった。一週間にわたり、戦時転住局に雇われて働く二世と一世は、食事や医療などのごく基本的なサービスしか人々に提供できなくなった。こうした収容所内の緊張の一部は、世代間のものでもあった。強制収容によって家と家業を失い、日本への愛着がまだ強かった一世の両親と、日本への愛着をほぼ感じておらず、完全にアメリカ人として受け入れられることを単純に望んでいる二世とのあいだの緊張だ。だが、収容所内の二世のあいだにも分裂はあった。少なくとも、態度や意見の大きな開きは存在していた。

多くの二世は、とるべき最善の道は、ひっそり静かにして世間や当局に逆らわず、状況に対してできるだけ平静を装い、強制収容を――彼らにできる戦争遂行努力として――甘受することだと強く信じていた。特にそうした傾向が強かったのが、日系アメリカ人市民同盟（ＪＡＣＬ）に属する人々だ。この市民同盟は一九二九年に結成された国レベルの組織で、日系人の政治意識を高めたり、彼らの利益になるような法整備を求めてロビー活動をしたりしていた。第二次世界大戦が勃発すると、この組織は日系二世の公的イメージを改善するために積極的に活動するようになり、ＦＢＩやその他の連邦機関が潜在的に「忠実でない」一世を特定するのに協力したりもした。彼らは出版物や会話の中で、収容所の生活を普通で健康的な、楽しいものでさえあるように理想化しがちだった。だが、ポストンや他の収容所にいる人々――とりわけ「帰米（キベイ）」と呼ばれる、日本で暮らしたり教育を受けたりした経験のある二世は——強制収容についてもっと苦々しい思いを抱いており、しばしば収容所当局と彼らの押しつける規則に抵抗しようと人々を扇動した。

だが、収容所内の社会を引き裂き続けたのは、徴兵の再開だった。一九四四年の晩春までには、ポストン収容所だけでも数十人の若い二世が主義にもとづいて選抜徴兵への登録を拒否したり、登録している場合も、家族が強制収容されているかぎり入隊のために出頭することを拒否したりした。[*28] これによって彼らは法と争うことになっただけでなく、息子が出征して当時イタリアで戦ったり、場合によっては亡くなったりしていた家族とも対立することになった。加えて彼らは、徴兵に応じない二世を激しく批判する日系アメリカ人市民同盟とも著しく対立した。そうした二世の多くは当時、保釈金によって牢獄から収容所に戻され、そこで裁判と、その結果としての投獄を待っており、それがさらに収容所内の緊張を高めた。じきにこうした、忠誠登録の質問二七項と二八項に「イエス」「イエス」と答えるのを拒否した「ノー・ノー・ボーイズ」は、カリフォルニア北部のトゥーリーレイク収容所に移送された。そこで彼らは、ほかの収容所から来た自分たちと同じような数千人の「不忠者」と合流することになる。

ゴードン・ヒラバヤシの両親はトゥーリーレイク収容所に一九四二年に送られたが、以来この収容所は大きな変化を遂げた。一九四三年の終わりには、収容所内部の対立や食料不足や厳しい生活環境に直面して、

＊28　ポストンは結果的に、戦時転住局の一〇の強制収容所の中で最大数の抵抗者を出し、その数は抵抗者全体の三分の一以上を占めた。

大規模な抗議行動やストライキが勃発した。一九四三年一一月から一九四四年一月までのあいだに事態はさらに悪化し、当局は収容所内に戒厳令を敷きさえした。その後、彼らはこの収容所を、不忠実とされた人々を投獄する隔離センターに変える準備をし、鉄条網の柵を追加し、監視塔を六個から二八個に増やし、一〇〇〇人近い憲兵を数台の装甲車とともに収容所に投入した。そうして憲兵たちに、まもなく被収容者の大半を占めることになる新参者(ニューカマー)を管理させた。もともとの被収容者家族の多くは、新しく来る人々の場所を作るために別の収容所に移されたが、およそ四〇パーセントはそのままとどまった。彼らの多くはポストン収容所の多くの人々と同様に、ノー・ノー・ボーイズの行動に必ずしも賛同しておらず、それが鉄条網の中の緊張をさらに高めた。一九四四年の春にはトゥーリーレイク収容所は、さまざまな実務的目的のために、軍事刑務所に変容していた。そして、第四四二連隊戦闘団を乗せたリバティ船がイタリアに近づいていたころ、トゥーリーレイク収容所では殺人が起きた。

ショウイチ・ジェームズ・オカモトは、まわりのみなから感じの良い若者だと言われる人物だった。彼はカリフォルニアのガーデン・グローブで、アメフトをしたり両親の農場を手伝ったりしながら育った。だが、ショウイチが深く献身した父親は、ワイオミング州のハート・マウンテンに強制収容されているときに亡くなり、息子のショウイチは憤り、すべてのものごとが嫌になった。彼は忠誠登録に署名しないと心を決め、その結果、トゥーリーレイク収容所に送られることになった。

一九四四年五月二四日、午後二時を少し過ぎたころ、オカモトは日々の務めを果たすためにダッジ社のカーゴトラックに乗り、トゥーリーレイク収容所の第四ゲートに向かった。建築プロジェクトのための材木を配達するのが彼の務めだった。オカモトは二五歳のヘンリー・シオハマと一緒に車に乗っていた。どちらも仕事のために収容所の出入りを許可されるパスをもっていた。

新入りの歩哨の一人であるバーナード・ゴー二等兵は、その朝、第四ゲートの任務についたばかりだった。そして彼は目撃者の話によると、理由はわからないが、とても機嫌が悪かった。オカモトとシオハマがトラックでゲートに近づくと、ゴーは手を挙げて車に止まるよう指示し、助手席に近づくと、居住者のパスを提示するよう要求した。オカモトは自分のパスをひらひらと振って見せた。その無頓着なしぐさから、相手を生意気なやつだと決めつけたらしいゴーは「なれなれしくすんな！」と怒鳴り、今度は運転席側に回り、銃の撃鉄を引いた。そしてオカモトに車から降りろと命令し、シオハマには運転席に座って車を運転するよう命じた。シオハマは頭を横に振り、自分は運転免許をもっていないと抗議した。これがゴーの怒りをさらに募らせたのか、彼は車の二人を罵倒しはじめた。「おまえらジャップと戦時転住局の仲間どもは、キャンプ全体を取り仕切ろうってつもりだな」。ゴーはふたたびオカモトにトラックから降りろと命じた。オカモトは一瞬ためらったが、命令通りに車から降りた。ゴーはまだ悪態をつきながらオカモトに、トラックの後ろに回れと命じた。トラックの後部はゲートからわずかに外にはみ出していた。オカモトはその方向に歩き始めたが、明らかに、キャンプの境界を踏み越えるのを恐れてためらっていた。ゴーは銃尾でオカモトの脇腹を殴り、オカモトは後ろに倒れた。倒れながら彼は次の一撃を避けようと左腕をわずかに上げた。だが、ゴーはオカモトをふたたび殴らなかった。彼は一歩下がって、至近距離からライフルでオカモトの腹を撃った。オカモトがうめきながら地面に倒れてのたうっているとき、ゴーは近くに立っていた数人の一〇代の青年にライフルを向け、「失せやがれ！」と怒鳴った。オカモトは真夜中を少し過ぎたころ、収容所の病院で亡くなった。

ゴーは逮捕され、故殺罪で起訴された。六週間後の七月六日に開かれた軍法会議で、八人の将校からなる陪審団は——一〇人以上の日系人が証言をしたにもかかわらず——ゴーに無罪を言い渡した。

同じ日、フレッド・シオサキとルディ・トキワは腹ばいになって、トスカーナの地獄絵を匍匐前進していた。七月四日の正午ごろ、第一〇〇大隊の救援のために移動を始めて以来、第三大隊はまる二昼夜、カステッリーナ・マリッティマとロジニャーノ・マリッティモ間に広がるドイツ軍の防御陣地からほぼ絶え間なく砲撃を受けていた。ドイツ軍の八八ミリ砲や伝統的な火砲や重機関銃の執拗な攻撃を受け続け、フレッドやルディは数ヤードずつしか前進できない状態だった。移動を試みるのはたいていが夜間。だが毎夜、日没からほどなく満月に近い月がのぼり始め、夜の移動は実質、腰までの高さの小麦とライ麦の広大な畑をスポットライトに照らされながら移動するのと変わりなかった。

米兵が直面している問題の鍵は、彼らの地図に「一四〇高地(ヒル)」と示された稜線だった。それまで接近した多くの丘と同じく、頂上にはドイツ軍がおり、眼下の平原を横切るすべてをめざとく見つけ、銃砲弾を雨と降らせることができる。米兵らが丘のふもとに近づけばそれだけ、ドイツ軍が配置した数十の機関銃巣の射界に近づくことになる。しかもその機関銃巣は、十字砲火を行えるように設置されていた。ある機関銃巣から発射された弾丸の軌道は、別の巣から発射された弾丸の軌道と交差するようになっている。だから、ある機関銃巣に向かって進めば必ず、少なくとも別の一つの機関銃巣に側面をさらすことになってしまう。

低速で進む歩兵部隊の負担を減らそうと、第五二二野砲大隊はわずか二四時間のうちに四五四四発の砲撃を行い、丘の上にあるドイツ軍の陣地を猛射した。カッツ・ミホが所属するB砲兵中隊は五時間ごとの交代制で勤務した。咆哮する砲のすぐそばで疲れ果てた男たちが眠っているなか、当番の男たちは砲の狙いを定め、装塡し、迅速かつ有効に発射した。あまりにペースが速すぎて時には砲身が熱をもちすぎてしまい、一旦攻撃を停止せざるを得ないこともあった。そういうときは、ほかの砲兵中隊が砲撃を引き継いでいるあいだ、砲身に水をかけて冷却しなければならなかった。だが兵士らは作業がどんどんうまくなり、どの砲撃班も一度に三発もの砲弾を撃てるようになった。丘の頂上近くに掩蔽壕を掘って隠れているドイツ軍は、敵の砲弾があまりに高速かつ猛烈に飛んでくるので、アメリカ側が何らかの自動砲を発明したのだろうと確信したほどだった。ただ、ドイツ軍は何カ月もかけて掩蔽壕を掘り、こうした事態に備えてきたので、これだけ執拗に弾幕射撃を受けても丘の頂上の陣地はほぼ無傷で、完全に機能していた。

七月六日の朝までに、第三大隊は低地を横切るさいに数十人の死傷者を出しながらも、ようやく一四〇高地の西のふもとにたどり着いた。そこで彼らは塊になって丘の陰に隠れたため、頂上にいるドイツ軍の観測員からは視認が難しくなり、また、大砲で狙いを定めるのも難しくなった。だが、第三大隊は新たな問題に直面することになった。機関銃の十字砲火の渦に加えて、真上の斜面から迫撃砲弾が雨のように絶えず降り注ぎ始めたのだ。その場に長くとどまれないのは明らかだが、前進は自殺行為に等しい。そんな中、強烈で明確な命令が無線を通じて届いた。K歩兵中隊はただちに丘の西側から正面強襲を行い、頂上に続く尾根を登り、頂上にある敵の要塞を破壊しなければならない。

K歩兵中隊が尾根を登り始めると、ハリー・マドコロ率いるライフル銃兵の分隊が彼らの前に移動した。ルディは古い友人マドコロの先導に従いながら数ヤード走って前進した。そのとき、弾丸の雨がルディの頭上と両脇をシューッと音を立てて通り過ぎた。弾は樹木に激突し、岩に跳ね返り、目の前に小さな埃の雲を巻き起こした。ルディはとっさに地面に伏せた。これは彼が――そして隊員みなが――それまで体験した中でとびぬけて激しい銃撃だった。岩だらけの大地に伏せたままルディは、ひたすら「神様、どうかあれをおれに当てないでください」と祈っていた。

その少し後ろで、フレッド・シオサキと彼の属する迫撃砲分隊は前線を越えた向こうに砲弾を打ち上げ始めた。頭上にあるドイツ軍の機関銃巣を破壊するためだ。だが、機関銃巣は巧みにカモフラージュされているうえ、あたり一面に煙や埃が漂っているせいで、迫撃砲分隊は自分たちが砲撃しているものを見定めることさえできなかった。そして砲撃しているとはいえ、こちらが撃ったのと同じくらいたくさんの迫撃砲弾がこちらにも飛んでくるのだ。砲弾がまわりの至るところに落ち、兵士らは砲撃の合間に身を隠す場所を探して常にあたりを這いまわらなければならなかった。そういう場所がまったく見つからない場合もあった。弾幕砲火のさなかにフレッドは、シアトル時代からの友人のジョニー・マツダイラのすぐ脇にドイツの迫撃砲弾が落ちるのを、恐怖とともに目撃した。巻き上がった埃がおさまると、ジョニーが地面に倒れているのが見えた。体は血まみれで、重傷を負っていた。K歩兵中隊の衛生兵ジェームズ・オオクボが這い寄り、ジョニーの上に一瞬かがみこみ、その顔をじっと見つめると、彼の体を丘から引きずり降ろし始めた。ということは、少なくともジョニーにはまだ息があるのだろうとフレッドは考えた。オオクボはたちまち、フレッドのみならずK歩兵中隊全員にとっての英雄になった。オオクボ衛生兵は戦場のいたるところに赴き、弾幕砲火が起きるたびにその場に、武器一つ持たずに救急箱をもって駆けつけ、自身に及ぶ危険はいっさい顧みずに怪我人のもとに向かっているようだった。

前線からいちばん離れたところまで行った兵士の一人が、K歩兵中隊で通信兵をつとめるカルヴァン・サイトウだった。ロサンゼルス出身で、物静かで気のいい青年のカルヴァンは、三人兄弟でそろって出征していた。兄のショウゾウは真珠湾攻撃の前に徴兵されており、カルヴァンと次兄は、コロラド州のアマチ収容所に強制収容されているときに、第四四二連隊の兵士に志願した。そして今、カルヴァンは三六ポンド（一六・三キロ）の重さの無線機を背中に括りつけて歩いている。無線機はずっしりと重く、そのせいで岩や丘の隆起をよじ登るときにスピードが落ちた。だが、彼は敵の状況を見られる地点になんとかたどり着いた。そして、二世兵士らのいるよりずっと上の岩がちな尾根の奥深くにドイツ軍が網目のようにたくさんの塹壕を掘ったり洞窟を作ったりしてあるのを、初めて視認できた。カルヴァンが観察するうち、ドイツ兵はそれらの要塞からいっせいに出てき始めた。どうやら、下り坂を利用した逆襲の準備をしているようだった。二世兵士とドイツ軍とを隔てる距離はわずか二五ヤード（約二三メートル）程度で、砲撃を呼びかけるのは危険だった。そして通常そうしたコールをするのは将校や、前進観測員に指名された者と決まっていた。だがカルヴァンは、自分がすぐに行動しなければK歩兵中隊は簡単に蹂躙される可能性があると計算し、無線機のハンドセットをつかんで射撃指揮所に連絡し、自分のいるすぐ上の丘の中腹を砲撃するよう求めた。数分後、第五二二野砲大隊の放った弾幕砲火が、斜面にいるドイツ兵のあいだに次々落ち始め、彼らはあわてて塹壕や洞窟に戻っていった。

その日は真夜中を過ぎるまでずっと、破壊的な砲火の下で、K歩兵中隊は丘を一ヤード一ヤード、満月の光で銀色に塗られた丈高い草を抜けながら、じりじり這い上り続けた。時おり、彼らとドイツ兵がばったり鉢合わせることもあった。突然敵が目の前にあらわれたことにたがいに仰天しつつ、わずか五ヤード（約四・六メートル）の至近距離からたがいに相手を銃撃すると、それぞれ急いで撤退した。真夜中にドイツ軍は、下り坂を利用した猛烈な逆襲をついに開始した。二世兵士も、丘の途中まで押し戻された後、反撃に出た。七月七日の夜が明けたころ、丘の中腹に横たわる遺体が増えたことをのぞけば、状況はほとんど変化していなかった。

今や、遺体は何の注目も集めなくなった。せいぜい、だれかが死者の顔に上着をかけ、そばの地面に銃を刺し、その上にヘルメットを載せて遺体の場所をマークし、そのまま前進する程度だった。立ち止まって死を悼む余裕などなかった。それはヤマダ牧師と衛生兵と戦没者処理班に任された。彼らは戦火をかいくぐって前進し、残りの兵士がふたたび丘の上をめざすかたわらで、遺体を引きずって丘を降りた。岩陰で伏せていたルディ・トキワは、その日が自分の一九歳の誕生日であることを思い出していた。次の誕生日を自分は迎えられるだろうかとルディは考えた。この状況からすると、それは難しそうだ。

午前の中ごろには、この状況を脱する唯一の方法は、この忌々しい丘をなんとかして登ることだけであるのが、だれの目にも明らかになった。こうしてついに、彼らは立ち上がり、動き始めた。一人ずつ、そして最後は全員が、残されていた思考のスイッチを切り、不安や希望や憐憫を消し去った。彼らはふたたび地面にかがみこみ、断続的に走り、迫撃砲火を躱しながら目の前の地面をうかがい、有利な地点を探し、丘へと殺到し、弾丸や砲弾がすさまじい音をたてているただ中へと飛び込んでいった。

今回もまたハリー・マドコロが先頭に立って突撃し、全体を率いた。そのすぐ後ろをルディも必死についていこうとした。トムソン短機関銃を握ったマドコロは他の兵隊をおいて高速で前進し、前方の地形を見渡せるような岩棚によじ登った。そこで彼は部分的に敵の砲火にさらされたが、自分がドイツ軍の機関銃巣の側面に回り込んだことを見てとるや、ぐるりと向きを変え、機関銃巣に直接弾丸を浴びせた。灰色の軍服を着た男たちがそこから這い出してきて、銃を放り出し、身を隠す場所をあたふたと探した。一瞬ののちマドコロは、丘のさらに高いところに設置された別の機関銃から銃撃された。いくつもの弾丸が彼のまわりの岩にあたって跳ね返り、マドコロは身をかがめてそれを避け、さらに応射した。そうして彼はドイツ兵をしばらく銃撃戦に巻き込み、K歩兵中隊が前進するために掩護を提供した。

フレッド・シオサキの分隊長である大男ジョン・オロクは、マドコロの開いた間隙を縫って丘を登れと分隊員に大声で命令した。フレッドは立ち上がり、前進しはじめたが、自分たちが何に向かっているのか、はっきりとはわからずにいた。戦場の騒音の中では、たしかに知ることができるのは、右にいる人間と左にいる人間が何をしているかだけだ。丘の上のほうには、身を隠せる場所は何もなく、乾いた草や岩があるだけだ。暑さはすさまじく、フレッドはひどい喉の渇きを感じた。だが、彼の中で何かがふたたび変化した。それまでの二四時間のあいだにフレッドは、あまりに多くの仲間がこの忌まわしい丘を、痛みで叫びながら担架で下におろされるのを、あるいは死体となって斜面を引きずり降ろされるのを見てきた。それを思い出してもフレッドの中に恐怖は生まれなかった。生まれたのは狂気のような感情だった。彼は弾丸が自分のまわりを飛び交う中、よろめきながらも丘を登った。フレッドはついに敵を正面から攻撃できることを嬉しく思い、ただ一つのことに心を集中させた。それは、やつらに自分の仲間をこれ以上殺させないようにすることだ。その他のことはクソくらえだった。

フレッドよりも上にいた一等軍曹のテッド・タノウエは、ドイツの五人の歩兵が自分の左そばに機関銃を設置しようとしているのに気づいた。タノウエはトムソン短機関銃を握り、身をかがめたまま走ってすばやく移動し、敵兵のそばに忍び寄った。ドイツ兵らが機関銃の準備を終えるより早く、タノウエは火蓋を切り、五人のうちの三人を死傷させ、残り二人には逃げられた。だがこれでタノウエはドイツ兵の注目を集めてしまった。たちまち、より多くのドイツ兵が彼に向けて射撃を開始し、短機関銃からは一分で五〇〇発もの銃弾が吐き出された。攻撃にさらされやすい丘の中腹にいたタノウエは、瞬時に岩かげに逃げ込んだ。すぐそばで手榴弾が爆発し、熱い金属の破片がタノウエの左腕を打ち砕いた。弾薬が尽きた彼は、血だらけの腕を乾いた草原の上で引きずりながら、蟹のように這って左に二〇ヤード（一八メートル）ほど移動した。そして仲間の一人から新しい弾倉をもらうと、銃にそれをたたき込み、むきだしの丘の中腹に戻った。今彼は、数人のドイツ兵の頭上および背後につけている。眼下で一人のドイツ兵が二世兵士を、短機関銃でその場に釘づけにしていた。タノウエは使えるほうの腕で手榴弾を投げ、ドイツ兵を排除した。K歩兵中隊の残りの兵士は、自分たちに直接向けられていた砲火の大部分が突然止んだため、いっせいに斜面を登り、タノウエが倒れている場所まで押し寄せた。タノウエは尾根の上の地面に大の字になって倒れていた。乾いた草の上に血が流れていた。

タノウエの行動のおかげで二世兵士とドイツ兵とのあいだに十分な間隙が生まれ、ようやく無線を使って第五二二野砲大隊に砲撃支援を求める通信を送るのが可能になった。だが、あたりを見まわしても、通信兵のカルヴァン・サイトウの姿はなかった。しばらくしてだれかが、丘の中腹よりずっと下でサイトウがうつ伏せに倒れているのを見つけた。無線の重みにあえぎながら丘をよじ登っていた彼は、ドイツ軍の迫撃砲弾にあたって即死していた。

前線の後方では、第五二二野砲大隊の射撃指揮所でバヤ・ハリソン中佐が厳しい決断を迫られていた。第三大隊は一四〇高地の西側斜面を登ろうとし、第二大隊は東側斜面で同じことを試みていた。第三大隊と同様、第二大隊も多くの死傷者を出していた。そして、第二大隊から今、驚くべき要求がきた。エドガー・ラングスドルフ中尉が第五二二野砲大隊に、丘の上にあるドイツ軍の陣地に「時限射撃（タイム・ファイア）」の弾幕を張るよう求めたのだ。これは、きわめて危険な手段だ。第五二二野砲大隊は実戦では一度も試みたことがない。時限射撃をするには砲弾に時限信管を設置し、衝撃で爆発するのではなく、敵のいる位置の真上の、上空約二〇ヤード（一八メートル）で爆発するように正しく設定しなければならない。砲弾が正しいタイミングで爆発すれば、ドイツ兵の頭上に熱い鋼の榴散弾のシャワーを降らせ、たとえ相手が塹壕や蛸壺壕に潜り込んでいたとしても、大量に殺すことができるだろう。だがこれは、危険な賭けだった。信管のタイマーの設定がほんの一、二秒ずれただけで、砲弾は想定よりも早く爆発し、自軍兵士を大量殺害しかねない。

ハリソンはラングスドルフにふたたび電話し、要求を正しく理解しているのかと確認した。ラングスドルフは意志強固だった。彼は、自分の部下が今、丘の中腹で大量に殺戮されているのだと言った。ハリソンはなおもためらったが、最終的には同意し、射撃指揮所が作戦行動を起こし始めた。計算尺と参照表を手にした男たちがすばやく、しかし慎重に距離と座標および時限信管のタイミングを計算した。現場では、カッツ・ミホをはじめとする榴弾砲を担当する砲兵たちが命令を受け、レンチをつかみ、信管の時限装置を神経質に調節し、必要な設定にダイヤルをあわせた。それから彼らは砲弾を装塡し、引き綱を引いた。だが、弾幕射撃の轟音があがったのち、ハリソンのもとに第二大隊からの連絡は数分間、何も来なかった。友軍を殺してしまったと確信したハリソンはついに、第二大隊の前進観測員に無線で連絡をし、状況報告を求めた。観測員は、もっと早くに報告をしなかったことをわびた。彼の話によれば、現場の兵士はみな、ドイツ軍の上に降り注いだ攻撃のすさまじさに仰天して口もきけずにいたという。少なくともドイツ軍の歩兵中隊一つは丸ごと消し去られた。近くの尾根で、第二大隊長のジェームズ・ハンリー中佐と数人の上級将校らが歓喜のあまり何度も跳びあがっているのが見えたと観測員は話した。丘の西側斜面では、だれもフレッドやルディをはじめとする第三大隊の兵士に、攻撃のすさまじさを語る必要がなかった。砲弾が爆発する雷鳴のような音越しにでも、丘の上からドイツ兵が絶叫する声は聞こえてきたからだ。

その日の終わりまでにドイツの残存兵は退却し、第四四二連隊は一四〇高地を完全に手中におさめた。丘の上のほうで第三大隊が第二大隊と合流すると、ルディや他のK歩兵中隊の何人かは斜面を登ってドイツ軍の要塞のところまで行き、弾幕砲火の結果を自分の目で見たいと思った。だが彼らは途中で、要塞まで行って戻ってきた兵士らと出会った。その兵士らはK歩兵中隊の青年たちを止め、こちらの目をじっと見つめて首を横に振った。そして真剣な声で言った。これは冗談ではない。行ってはいけない。自分たちはそれを後悔しているのだと。

連合軍のヨーロッパ進攻を支えた大規模な兵站作戦の長所の一つは、現場の兵士が故郷のアメリカにいる家族や恋人とスピーディにかつ確実に連絡を取り合えるようにしたことだった。V郵便と呼ばれる一種の軍事郵便は、標準化された小さな青いシートを使うことで、戦地と本国とのやり取りを容易にした。このシートを使って戦地で書かれた手紙を軍部は検閲し、写真に撮り、その映像を何ロールものマイクロフィルムにおさめ、海を越えて本国に送り、それを紙に印刷して配達した。このやり方で、手紙を船で運ぶのに必要な貨物用のスペースを節約することができた。その結果、イタリアやフランスの戦地で書かれた手紙が——多かれ少なかれ奇跡的にではあれ——わずか一週間か二週間でアイオワの郵便ポストに届くことが可能になった。

七月七日——K歩兵中隊の通信兵カルヴァン・サイトウが一四〇高地を巡る戦いで死んだ日——の遅い時間に、H歩兵中隊にいる彼の兄のジョージは、まだ弟の死を知らず、同じ丘のどこかに腰を掛けてV郵便で父親のキイチにあてて手紙を書いていた。

一九四四年七月七日

愛しい父さん

僕らはようやく、また一つの戦いから脱しました……死傷者の数の多さから考えるに、僕は神様にたくさん感謝をしなければならないでしょう。僕がただ一つ望むのは、カルヴァンも僕と同じ幸運に恵まれることです——ところで、僕は弟を数日前に確かに見かけました——大隊が攻撃地点に移動するさい、歩兵中隊の先陣として斜面を登っていました。カービン銃を肩に吊り下げ、もう片方の肩には無線機を下げ、歩兵中隊の司令官に報告を送っていました。父さんの息子はしっかり頑張っていますよ。

ジョージ

同じ日の午後、父親のキイチはマサチューセッツ州ベルモントの、自分が雑役夫として働いている白人女性の家の台所に座り、カルヴァンへの手紙を書いていた。

一九四四年七月七日

愛するカルヴァン

元気にやっているか？　近頃の気候にも負けず、私たちはとても元気にやっている。メアリーと、その友人と、私は外出をして……ロングフェローが滞在して、有名な詩を書いたという歴史的な場所を訪れた――そこはジョージ・ワシントンがケンブリッジに行く途中で立ち寄った場所でもあるそうだ――あたりの景色はとても美しかった……おまえも一緒だったらよかったのにな――だが、それはまたいつかだ。私の心はいつもおまえとともにある。

愛をこめて
おまえの父親

翌日の七月八日、第四四二連隊は、一四〇高地でドイツ軍に与えた混乱を利用しようともくろみ、北上を再開した。第三四師団全体も北上を続けており、イタリア西部における第五軍の次の主たる目標に近づきつつあった。それは、きわめて重要な港湾都市、リヴォルノだ。ルディの歩兵中隊は第三大隊と一緒に前進したが、ルディだけは新しい司令官、アルフレッド・A・パーサル中佐を迎えるために後方に送られた。

バーサル中佐を前線に案内すべく大隊司令部に到着した際、ルディは新しい指揮官をすばやく値踏みした。第一印象は良くはなかった。身長六・五フィート（一・九八メートル）、体重二五〇ポンド（一一三キロ）近いパーサルは、ルディやまわりに集まったどの二世兵士よりもひときわ背が高かった。だが、どれだけ体が大きくても、ルディは懐疑的だった。ともかく、リーダーらしく見えなかったのだ。パーサルはまだ三九歳だったが、一九歳のルディの目には、とても老けて見えた。髪の生え際はやや薄くなり、腹も太鼓腹になりかけていた。ワイヤーフレームの厚ぼったい眼鏡をかけた人のよさそうな丸顔は、温厚で愛想の良い性質を示していたが、決断力や不屈の精神のようなものは感じられなかった。ルディは、その男が戦場を歩き回るのに十分な体力をもっているのか、部下を危険なところに率いていくだけのタフさを持ち合わせているのか、心配になった。とんだ替えが来たものだな、と彼は思った。おい、だいじょうぶなのか、こいつは？

前線へと歩いていく途中で、パーサルはルディのほうを振り返り、「君はみんなから『パンチ・ドランク』と呼ばれているそうだな」と言った。

「はあ、そのようです」

「だが、やつらは君が、グループの中でいちばん頭が切れると言っている」

「いや、自分は阿呆です。頭が切れていたら、ここにはいないでしょうし」

「そうか、ではどれだけバカか、見せてもらうさ……ところで君のところの連中はこのあたりで最強の部隊だと聞いたが、君は、やつらが私の話に耳を傾けると思うか？」

「もちろんです。ですが、あなたからやつらに問いかけてください。連中は、自分たちが何と対峙しているか承知しています。何をなさなければいけないかもわかっています。彼らに語りかけてください」

パーサルは頷いた。ルディは、中佐と呼ばれるような人間が自分にこんなふうに語りかけてくれたことが、そして個人的な助言を求めてきたことが信じられなかった。ルディは決意した。K歩兵中隊の連中にまずパーサルを引き合わせて、新しい指揮官をやつらにじっくり見てもらおう。そしてあとで、みながどう思ったかを話しあおう。だが、二人が前線に近づいたとき、ドイツ軍の砲弾が甲高い音を立てて飛んできた。ルディは近くの蛸壺壕に向かって走り、飛び込んだ。だが、そこにはすでにパーサル中佐がおり、ルディはその真上にダイブしてしまった。ルディは、この、大隊すべての上に立つ男から怒鳴りつけられるにちがいないと恐怖で縮み上がった。だが、パーサルはくすくす笑って、こう言った。「おい。おれのことを年寄りだと思っていただろう？　だが、怖い目にあったときは、おれはおまえよりずっと速く動けるのさ」

ルディは蛸壺壕から這い出したとき、こう思った。いい男だ。きっとおれたちと、うまくやっていける――。

それから数日にわたって二世兵士らは、じりじり後退するドイツ軍から散発的な抵抗を受けながら、そしておそらくは常に血路を開いて斜面を登りながら、丘の上にあるポマイア、パスティーナ、サンタ・ルーチェ村などの一連の町村を掌握していった。いっぽうで第三四師団もリヴォルノへと進んでいた。水深のある港をもち、石油の精油所や造船所や、巨大な鉄道車両基地があるリヴォルノは、いまだドイツ軍の手中にあるトスカーナの都市の中でもっとも重要であることは明らかだった。

リヴォルノに接近するにつれて、ドイツ軍の抵抗はふたたび激しくなったが、第四四二連隊は昼夜を問わず闘い、必死に前進した。[*29] 彼らは石壁に身をかがめて戦い、藪だらけの丘の中腹を登りながら戦い、開けたライ麦畑を走って横切りながら戦い、狭い丸石の道を這うように移動しながら戦った。そうしてイタリアの田舎を前進するうち、思いがけないことが起こり始めた。ほぼ毎日どこかの時点で、たいていは朝早い時間に、パーサル中佐がルディを捜し出し、こう言うようになったのだ。「おい、パンチ・ドランク。いくぞ」

「どこに行くのですか、サー？」

「何が起きているかを見に行く」

そして二人は偵察に出かけた。パーサルはこういうことに慣れているようすだった。敵の防備を探りながら、パーサルはルディにごく小さなものごと、普通でないものごとに注意を払うように教え始めた。うっかりしたら通り過ぎてしまうかもしれないが、重要な何かを意味しているもの——たとえば、草が踏みつけられた跡や、道路脇に捨てられたタバコの吸いさしや、朝の空気の中に漂うディーゼルの匂いなど——に注意を払わなければならない。人糞をすら、パーサルは足を止めて観察し、突いてみたりして検証しろと教えた。それは、新しいものか？　どれくらいそこにあったのか？　だれかがここにいたのではないか？　それはドイツ兵が近くにいるという意味ではないか？　何度も何度も、パーサルは自分がどう考えるかを単に語るだけではなく、「いいか、パンチ・ドランク。これは何を意味すると思う？」とルディに質問を向けた。こうしてルディは、これまでにない方法で考えることを強いられた。ふだんから自らを頼み、時に生意気でもあるルディは、パーサルが自分に新しい秘訣や、創造的で新しい思考法や、自分で作戦行動をとるやり方や、仮にいるべきではなかった場所にきても、それを逆手にとったりする方法を教えられているのだと気づいた。

第三四師団がリヴォルノに近づくにつれて、第四四二連隊は北西にそれ、オルチャーノ・ピザーノ村を取り巻く、低いが起伏のある丘の一帯に足を踏み入れた。丘は、収穫されたばかりの小麦とライ麦の切り株で

＊29　一四〇高地の戦いのあいだ、第四四二連隊が捕虜にした多数のドイツ兵は、自分たちが受けた命令は後衛戦をすることであり、北にいる仲間がピサとフィレンツェのあいだのアルノ川沿いに防御陣地を増強しているあいだに、連合軍の進攻を可能なかぎり遅らせることだったと話した。

覆われており、金色に見えた。村のすぐ北には高台があり、そこはドイツ軍にとってリヴォルノ防衛の最後の重要な砦になっていた。そこを攻撃する前に、ペンスとパーサルおよび第四四二連隊の残りの高官たちは、敵の部隊が正確にどこに潜んでいるのか、どのくらい重武装をしているのか知りたいと思った。それをするいちばん手っとり早い方法は、ドイツ軍の将校を何人か捕えて尋問することだ。パーサルはまっすぐにルディ・トキワのところに行った。敵の前線の後方にこっそり潜り込んで、何人か将校を捕えることはできると思うか？　ルディは二つ返事で引き受けた。それは、自分が独力で何ができるかをパーサルに示すチャンスだった。

その夜、彼は数日分の糧食と双眼鏡と水筒とM1ライフルをもち、キャンプから夜の闇の中に抜け出し、前線の向こうにある草だらけの丘に忍び込んだ。それから数日間、ほぼ夜間に、草むらを這い、藪の陰に身を潜めながら移動した。眠るときは干し草の中に潜り込み、そうして徐々に敵の陣地の声の聞こえる距離に――敵はゆっくり北に後退していたにもかかわらず――侵入していった。暑くて、不潔な仕事だった。日中の気温は三二度を超え、日差しは容赦なく照りつけ、乾いて細かいひびの入った埃っぽい大地の上で熱波がゆらめいた。水筒が空っぽになると、汚いたまり水をやむなく水筒に入れ、そこにハラゾンの錠剤を数個放り込み、水の中に生きている何かがルディの腹に届く前に死んでくれるようひたすら願った。隠れる場所がほとんどない丘の中腹では、腹ばいになって滑るように前進することにおおかたの時間を費やさなければならなかった。敵地に自分一人きりでいるゆえ、万が一ドイツ軍につかまったら、スパイだと思われ射殺されるとルディは覚悟していた。

三日三晩ののち、ルディは四人のドイツ人将校がグループになって毎朝、特定の時間に特定の場所に下士官の小班を、おそらく何かの訓練のために連れていくのに気づいた。翌朝、ルディは低木の茂みの中に腹ばいになって隠れ、彼らがやってくるのを待った。そして士官らが通りすぎるや、ルディはさっと道路に足を踏み出し、一番後ろを歩いていた男の後頭部を銃尾で殴りつけた。相手はがっくり膝をついた。ほかの士官が振り返って何が起きたのか見るころには、ルディはすでにライフルを彼らのほうに向けていた。弾は八発分あり、ぎりぎり足りるとルディは見込んだ。ドイツ兵らが武器を落とし、両手を挙げると、ルディは自分が知っている唯一のドイツ語「ラウス（外へ）」を小声で口にし、ライフルで米軍の前線のほうを示した。ルディが数人のドイツ兵を引き連れて米軍の前線に近づいていくと、だれかがそれに気づいた。リチャード・ハヤシ少尉は部下に撃ち方やめを指示し、この瞬間を記録するために従軍カメラマンをよこせと命じた。

翌日、とらえたドイツ兵から引き出した情報をもとに、第三大隊は別の丘の上にあるルチアーナという村に注意を集中した。稜線に沿って蛇のように伸びる細長い村ルチアーナは、リヴォルノとその周辺に通じる道路網の上に位置しており、ドイツ軍がこの村をけっして手放すまいとしていることはじきに明らかになった。例によってドイツ軍は、岩がちな丘の尾根に沿って塹壕を掘っていた。彼らはさらに村の入り口のすべてに、敵兵から非常に恐れられていた八八ミリ砲とティーガー戦車を配置し、村に通じる一帯には「バウンシング・ベティ」と呼ばれる地雷を敷設した。バウンシング・ベティは腰の高さまで跳ね上がり、あらゆる方向に鉄球をばらまくように設計されていた。町の狭い通りには防塞（バリケード）が築かれ、家の出入り口付近にはブービートラップが仕掛けられ、窓には機関銃が設置され、教会の尖塔には狙撃兵が配置された。町全体が要塞と化していた。

ドイツ軍の捕虜を連行してきたルディ・トキワ。イタリアにて

第四四二連隊の戦闘工兵中隊はTNT爆薬を詰めた爆薬筒を使って、地雷原を通る道を爆破して開く仕事を開始したが、彼らは重砲の砲撃や狙撃者による狙撃にさらされ始めた。丘のふもとに近づくと、フレッドの迫撃砲班は民家の裏庭にある葡萄棚の下に迫撃砲を設置した。しかし、彼らが発射しはじめるよりも早く、教会の尖塔に潜んでいた敵の狙撃兵が銃撃を始めた。フレッドの班の班長、ハリー・カナダは無線に手を伸ばし、教会の尖塔を銃撃させようとした。そしてハリーは、英語の指令を電波にのせるのを避けるために、第四四二連隊の兵士が最近ますます頻繁に行うようになっていることを、自分もやろうとした――つまり、ドイツ兵に内容を聞き取られるのを避けるために、ハワイのピジン語か初歩的な日本語、もしくは両者を混ぜてしゃべろうとした。問題は、日本語で「教会」をさす言葉をカナダが思い出せないことだ。ついに彼は、自分が知っているいくつかの日本語をつなぎあわせて「オイノリ・スル・トコ」と言った。「祈る場所」を日本語にざっくり置き換えただけのこの表現はどうやら通じたようだった。

数分後、教会の鐘に弾丸が当たる音をフレッドは耳にした。そして狙撃手の銃撃は突然止んだ。

町を強襲する先陣を切るのは、K歩兵中隊の役目になった。一四〇高地のときと同じようにハリー・マドコロは、すばやく中隊の他のメンバーの前に出た。彼らは側溝や、より安全な地帯をできるだけ離れないようにしながら地雷原を通り抜け、丘を登り始めた。しかしドイツ軍はまたしても、十字砲火を仕掛けられるように機関銃巣を設置していた。そして今、彼らは手にしているすべての火器——機関銃、迫撃砲、そして二世兵士らがもっとも恐れている、弾丸の速度で砲弾を放つ八八ミリ砲——の火蓋を切った。鋼と火が雨のようにK歩兵中隊の上に降り注いだ。ルディがハリーの後に続いて丘を登るうち、まわりで次々に人々が倒れ始めた。足を吹き飛ばされた男がここで倒れ、八八ミリ砲で首をはねられた男がそこで草の上にうつぶせに倒れた。機関銃の銃火は、敵に向かって直接走っていく兵士をなぎ倒した。泥と埃と煙が、そして砲弾の飛ぶ甲高い音や人間の叫び声や銃を撃つダダダダッという音が、そして血の匂いが大気に満ちた。フレッド・シオサキは溝の中に急いで飛び込んだが、恐ろしくもおぞましいことに、それが開放下水であることに気づいた。その悪臭漂う水路からフレッドはなんとか這い出し、そのままうつぶせの姿勢を保ちながら地面を移動した。こんなやり方で進んでいたら、中隊全体がいずれ掃射されてしまうだろう。前方にいる将校の一人が部下たちに後退の合図を送り始めた。まだ最前列にいたマドコロは片膝で立ち、ブローニング自動小銃を、一つの敵陣地から別の敵陣地へと急回転しながら猛射し、仲間たちが少しでも安全な場所にじりじりと後退するのを掩護した。

K歩兵中隊はしかし、引き下がったわけではなかった。夜になると、彼らは戦力を強化して前進を再開し、町の周辺をめざして斜面をふたたび登るべく、戦闘を開始した。暗闇の中でイタリアのパルチザンが二世兵士を渓谷に導き、比較的安全だとわかっている小道やルートに沿って案内をした。イタリアのパルチザンたちは過去数日間、ドイツ軍が地雷を敷設したりブービートラップをしかけたりするのを観察していたのだ。朝が来るまでに、K歩兵中隊は町の片方の端に通じる小さな足場を獲得していた。だがそれまでに、大きな損耗が生じていた。中隊の将校のかなりの数が戦死したり戦闘不能になったりし、ハヤシ中尉が指揮を執っていた。そして今彼らは、過去に経験したことのない新しい種類の戦いに直面していた。それは、もっともやっかいな戦いの一つである市街戦で、家から家へと戦い、時には接近しての白兵戦もしなければならない。

曲がりくねった古い石畳みの道を彼らは進んだ。すべての暗い窓やすべての戸口に死が潜んでいる。弾丸が石の壁から跳ね返る。迫撃砲弾が突然、静かに、思いがけず空から落ちてきて、屋根の上や、開けた広場や、狭い路上で爆発し、熱い鋼と冷たい石の破片を雨のように兵士らに浴びせる。家の地下室から機関銃が火を噴く。すべての家や店の扉を破らなければならず、扉が開くたびに、中にいるかもしれない民間人を殺す可能性込みで手榴弾を投げ込むか、中にだれが、あるいは何が待ち受けているかわからないまま、ライフル銃を構えて突入するかを決断しなければならなかった。

ハヤシ中尉は町のはずれにある一軒の家に指揮所を設置したが、そこもすぐまた激しい砲撃にさらされ、ほぼ一瞬で放棄しなければならなくなった。退去してから数分後に、一発の砲弾がその家を直撃し、建物は全壊した。K歩兵中隊のいる数百ヤード前方には、一軒の家の横にティーガー戦車が停まり、町の大通りを塞いでいる。これまでのところハヤシ中尉は、建物の中にまだ民間人が大勢避難しているに違いないと考えて、第五二二野砲大隊に砲撃を呼びかけるのは控えていた。しかし、戦車は排除せざるを得ず、ハヤシは日本語で射撃指揮所に無線連絡し、座標を伝えた。数分後、一発の砲弾が件の家に飛びこみ、爆発し、建物の一部を崩壊させ、戦車を瓦礫の山にうずめた。

彼らが町のさらに奥へと移動すると、ハリー・マドコロはふたたび先に立ち、建物の二階の窓に手榴弾を投げこみ、自分の部下に向かって銃撃しているドイツの機関銃を排除しようとした。ルディはマドコロを追いながら、瓦礫だらけの道をゆっくり這うように、ブローニング自動小銃を握りしめながら移動した。そうするうち彼は、自分たちが踏み込んだ家々の中に、生きているか死んでいるかを問わず、民間人が一人もいないらしいことに気づいた。

建物ごとにゆっくりと、K歩兵中隊は町を敵から奪取し始めた。フレッド・シオサキの分隊は階段を駆け上がり、屋上を占拠し、そこに迫撃砲と機関銃を設置して周囲の道路を支配した。午後の遅い時間までには、ドイツ軍からのいまだやまない砲撃の大半は特定の一軒の家から発せられているらしいことがわかった。ハヤシはバズーカ班に前進を命じた。彼らが上階の窓を吹き飛ばすと、ハヤシの配下のさらに大勢の兵士が建物ににじり寄り、一階の窓から手榴弾を投げ込み始めた。数分後、窓から白旗があらわれ、ハヤシが部下に撃ち方やめを指示すると、迷彩服を着た二二人のドイツ兵が両手を上にあげて、建物から出てきた。近くの家の扉を壊した兵が、村の住民のほぼすべてが暗くて巨大な地下室に押し込められているのを発見した。彼らはドイツ兵に銃を突きつけられ、ここに連れてこられていた。ドイツ軍は、もしものときに彼らを人質として使おうという腹だったのだ。

二世兵士はドイツ軍の捕虜を並べ、手を頭の後ろに組ませて、町の外へと隊列を組んで行進させた。大隊司令部に到着すると、ヤマダ牧師が好奇心に駆られて、捕虜たちにそれぞれの生い立ちや信条について質問を始めた。何人かの捕虜は、一七歳をおそらくいくらも越えていないように見えた。だいたいが長身で、細身で、見かけの良いこの青年たちの様子は、ヤマダ牧師の目にはきわめて反抗的なものとして映った。自分たちは第一六SS装甲連隊に属するのだと、彼らは語った。そしてこの場では負けたにもかかわらず、彼らは世界における自分たちの地位についての幻想に、あくまで固執していた。二世の二等兵がドイツの軍曹に止まらず歩き続けるように命じ、ライフルで相手を小突くと、件の軍曹は振り返り、英語で「われわれは支配民族なのだ！」と怒鳴った。その監視兵は歯を見せて笑い、仲間をちらりと見て、「強気な野郎だな、おい？」と言った。

翌日の早い時間に第四四二連隊がルチアーナを進発するころには、町は大半が瓦礫の山と化していた。そしてその中には、捕虜になったのとほぼ同数の、数十人のドイツ兵の死体が横たわっていた。兵士たちが車で町を出ていこうとすると、みすぼらしいが元気の良い、小さな白い犬が一匹、小走りにジープの後をついてきた。町の名前にちなんで米兵らが「ルーシー」と名づけ、可愛がった犬だった。ついにジープは止まり、犬を拾い上げ、車に乗せた。

その午後、兵士らと犬のルーシーは北上し、リヴォルノの真東にあるコッレサルヴェッティのアルノ川南方にある最後の高地をすばやく占領した。同じ日に、第四四二連隊が右側面を守る中、第一〇〇大隊を含む第五軍の部隊がリヴォルノに押し寄せ、町を占領した。水深があり、イタリアで三番目に大きな港でもあるリヴォルノの港へ向かった兵士らは、ドイツ軍が夜のうちに町をあとにしたことを知った。だが、町を去る前にドイツ軍は、港の大部分の施設を爆破し、港の入り口を塞ぐために船を沈め、これから到着するだろう連合軍の兵士に重傷を負わせたり殺したりするために、何千もの地雷やブービートラップを町のいたるところに設置していた。

それから数日かけて第四四二連隊は、東西に走る高速道路六七のすぐ南に横に広がるように分かれた。ピサとフィレンツェのあいだに流れるアルノ川の南に、ほぼ川と並行に広がるかっこうだった。ほぼ一カ月、休みなく戦い続けてきた彼らは、ここでようやく休息をとることになった。自身の持ち場で戦いの喧騒が静まると、疲れ切ったフレッド・シオサキとルディ・トキワやK歩兵中隊の他の仲間は塹壕を掘り、次なる指令を待った。ジョージ・オイエとサス・イトウは川の上にそびえる丘を登り、そこに数カ所の観測所をもうけた。双眼鏡で北を望むと、ピサの斜塔とその隣にあるサンタ・マリア・アッスンタ大聖堂の丸屋根が見えた。赤い屋根瓦の海の中で、それら二つは白く輝いてそびえたっていた。時おり彼らは座標を伝え、カッツ・ミホや第五二二野砲大隊のB砲兵中隊のメンバーが数個の砲弾をピサ周辺のドイツ軍の防御陣地に向けて放った。だが、砲撃は散発的かつ間欠的だった。

ヤマダ牧師とヒグチ牧師はジープで南に向かい、自分たちが後にした戦場を横切り、暗い森を調べ、灌漑用水路に降り、排水溝をのぞき込み、二世兵士の遺体を探し、彼らを適切に弔った。その辛い仕事が終わると彼らは今度は、戦場に取り残されたドイツ兵の遺体についても同じことをし始めた。イタリアの太陽に数週間さらされていたせいで、多くの遺体はひどく腐敗していた。遺体のそばにはしばしば、写真や個人の所持品などが散らばっていた。とりわけ写真は、ヒロ・ヒグチ牧師の心を深く打った。

少し前からヒグチ牧師は、彼らが通り過ぎたいくつかの村で起きたドイツ軍の残虐行為について、耳にするようになっていた。男や女や子どもたちまでもが一列に並ばされ、冷酷に射殺されたという話だった。今、ヒグチは一人のドイツ兵が着ていた野戦用上着のポケットに入っていた一束の写真を見つめながら、義憤に駆られていた。七月二五日、彼はホノルルにいる妻のヒサコにあてて手紙を書いた。それは彼が、あるドイツ兵の母親に送ることを想像して綴ったものだった。

あるドイツ兵の母君へ

ご子息の遺体を、今日私は発見しました。暑い太陽のもとで、顔は黒ずみ、頭蓋から抜けたのであろう金色の髪の毛を別にすれば、ほぼ認識不可能な状態でした。軍服を着た本人の写真と、窓のそばに微笑んで座っている女性の写真がありました。この女性は母君であるあなたなのだろうと推察します。そのほかに、ブロンドの小さな少年の――私の息子と同じくらいの年の――とても可愛らしくて幸福そうな写真が数枚ありました。これはきっと、彼の弟なのでしょう。

私の部下の若者らは、彼が倒れるとき、すべてのドイツ兵と同じく「母さん（ママ）」と叫んだと言いました。彼らは「ハイル・ヒトラー」と叫ぶのかと私は思っていましたが、そんなことはなく、必ず母親の名を呼ぶそうです。そんな青年たちの、一五歳を過ぎてまもない彼らのだれかが、六〇人あまりのイタリア市民をどこかに連れていき、血も涙もなく撃ち殺しました。犠牲者には大人の男だけでなく、小さな少年もいました。泣き叫ぶ住民を残して、彼らは町を後にしました。私たちはそうした町の一つを通りました。村の女性の一人が私に、自分の娘はドイツ兵に犯され、父親は殺されたと言いました。そのドイツ兵はあなたの息子さんかもしれません。それでも彼は、まだ若い、あなたの大事な息子なのでしょう。あなたは、彼を自分で育てる代わりに、ヒトラーに差し出した。そして彼は鬼になった――。それでも死ぬとき彼は、「ヒトラー」ではなく「母さん」と叫んだのです。彼が本当に求めていたのはヒトラーではなかった。彼は、子どものころからのお母さんを求めていたのです。しかし、あなたは彼をナチスの親衛隊に送り、それを誇りに感じていた。彼が声をあげて呼んだのは、お母さんだった。[*30]

＊30　ドイツ軍は——とりわけ親衛隊は——イタリアのファシスト勢力とともにその夏、連合軍がイタリア半島を刻々と進軍しているあいだ、一連の虐殺行為を行った。数十の事件の中で、彼らはおよそ七五〇〇人の民間人を殺した。その中には子ども数百人が含まれていた。

第一六章

私は、自分がピーターやジェーンや君のもとに帰っていくところを思い描ける。賭けてもいいが、君は泣くだろう——賭けてみるかい？　私も泣いてしまうだろうか。ピーターはきっとなんでもない顔をして、いつものように「ハイ、ダッド」と言うかもしれない。でも、彼の小さな心臓がドキドキ打っていることを僕は知っている。ジェーンは私の顔を見て、驚きで叫び声をあげるかもしれないね。では、さようなら。今日は明るい気持ちでいられたけれど、明日の僕は猛烈に落胆するかもしれない。だからそうなる前に、この手紙は終わりにしよう。子どもたちに私からのキスを。そしてジェニーが眠っているときに、私の代わりに、おでこに小さなキスをしてほしい。それからピーターに、私をお祈りに含めるように頼んでほしい。

ヒグチ牧師が妻のヒサコにあてた手紙　一九四四年八月二七日

待つこと。

何千万人ものアメリカ人と世界中の連合国の人々にとって一九四四年は、どれだけ待っても終わりが来ないように思われた。彼らはいつも何かを待っていた。手紙を待ち、クリスマスカードを待ち、写真を待ち、電話を待った。海外にいる愛する人がまだ生きているという何らかのしるしを待った。愛する人が婚約指輪をポケットに入れて戻ってくるのを待った。一家の父が家に戻ってきて、息子や娘に初めて会うのを待った。ウェスタン・ユニオンから突然電信が届くことを、恐怖とともに待った。カーテンの陰から外を見つめ、数人の将校が通りを歩いてこちらに来るのを――どこかよその家の玄関に向かってくれますようにと必死に願いながら――待った。

マサチューセッツ州のベルモントで、カルヴァン・サイトウの父親もそうしてひたすら待っていた。七月二二日、彼は勤め先の立派な屋敷のキッチンテーブルで、いちばん年下の息子に手紙をしたためた。

愛するカルヴァン

おまえからの手紙がもう一カ月以上届いていない。元気でやっているか？……きっと元気だが、手紙を書く時間がとれないのだろう。父さんは心配で、おまえの無事を祈っている――どうか、ほんの数行でもよいから手紙をおくれ。父さんは毎日、おまえからの便りが来るのを待っている……体に気をつけて。どうか手紙を書いておくれ。

おまえの愛する父さんより。

だがその二日後、ウェスタン・ユニオンの電信を携えた少年が玄関口にあらわれた。

陸軍長官より。ご子息カルヴァン・T・サイトウ上等兵、七月七日、イタリアにて戦没。誠に遺憾。委細は手紙にて。

その数日後、カルヴァンの兄のジョージが七月一一日に戦場で書いた手紙が父親のもとに届いた。

愛する父さん

陸軍省からもう、カルヴァンの死について知らせが届いたと思います。僕はついさっきそれを知りました……父さん、何かを教え諭す時でないのは承知ですが、どうしても聞いてほしいことがあります。カルヴァンは尊い犠牲を払ったのですから、彼のことを愚かだとか、出征したのが間違いだったなどと言う人たちの話に耳を傾けないでください。僕は、これまでの使命の旅で見てきたことから、とても強く確信しています。それは、過去に何が起きたかにかかわらず、われわれは正しいことをしたのだという確信です。アメリカは、とても良い国です。そうでないふうに言う人の話には、耳を傾けないでください。父さん、ドイツ軍が今、僕らの上に砲弾を落とし始めました。ですので、穴の中に潜ったほうがよさそうです……父さん、元気を出して、そして体に気をつけてください。みんなによろしく。あなたの愛する息子、ジョージより

ホノルルでは、アヤノ・ミホがやはり待ち続けていた。マウイにはもう手伝ってくれる家族がいないので、アヤノはミホ・ホテルを売却し、ホノルルで弁護士をしている長男のカツロウのもとに移ってきていた。カツアキの死を悼むほかにほとんどすることもなく、アヤノは毎日、息子のカッツや本土に強制収容されている夫からの手紙を、そして日本にいる二人の娘、フミエとツキエからの手紙を待ちわびた。カッツや娘たち

からの手紙は届いたとしても、だいたいは投函から数週間たっており、厳しく検閲されていた。そこから多くを読み取ることはできなかったが、彼ら三人が——その夏の終わりの段階で——まだ生きていることだけはわかった。それだけでもアヤノはありがたかった。

東京ではフミエが、生活がふたたび我慢できるものになることをひたすら待っていた。戦争にも、日本での生活にも、物がないことにもフミエは心底うんざりしていた。一九四〇年に日本に来てから四年になるが、ずいぶん前からフミエは、こんな生活を思い描いてはいなかったのにと感じていた。フミエにとっても、何百万人もの日本人にとっても、日々の暮らしはますます質素で、単調で、味気ないものになり、厳しく統制された、疑惑に満ちたものにもなっていた。いちばん基本的な食料ですら徐々に、手に入りにくくなっていた。産業はだめになり、戦争遂行努力も難航していた。あからさまな敵意が空気に満ち、それらはとりわけ、西洋風のやり方を捨てないらしい者や、アメリカの世界観に共感しているように見える者に向けられた。

そうした敵意の強さをフミエが思い知ったのは、少し前だった。東京で、列車から降りたときのことだ。そのときフミエは黒い地味なスーツを着て、錆色の靴を履き、ベールと羽飾りのついた帽子をかぶっていた。背後からだれかに体をふれられたフミエは、義理の兄だと思い、笑顔で振り返った。だが、そこにいたのはずんぐりした中年の男で、真っ赤に怒った顔でこちらをにらんでいた。男はフミエの帽子をむしり取り、駅の床に放り投げた。そしてフミエの堕落した洋装をけしからんと言い、汚らしい罵り言葉をつぎつぎ投げつけ始めた。フミエは屈辱を味わいながら、凍りついた。そして、日本人の目を通して見れば、自分は日本人ではなく怪しげなアメリカ人なのだと痛感した。もうこんなことは終わりになってほしかったし、家族が無事でいるかを知りたいとフミエは思っていた。

フミエの父親もまた、新しい政治犯収容所で待ち続けていた。連邦政府は真珠湾攻撃の後に逮捕した日系一世の件を再検討し続けており、一部の人々を戦時転住局管轄の収容所に移したり、日本に強制送還したり、残った人々のために施設を統合したりしていたが、カツイチ・ミホはまたもや別の司法省抑留センターに移されていた。ニューメキシコ州サンタフェのダウンタウンからわずか二マイル（三・二キロ）西に位置する、ヴァージニアマツの生い茂る八〇エーカー（三二ヘクタール）ほどの一帯に建てられた収容所がそれだった。カツイチの目には、この収容所はフォート・ミズーラよりさらにひどい場所に思えた。高さ一二フィート（三・六メートル）のフェンスに加えて、重機関銃を備えた監視塔が一一もあり、まるで軍事刑務所のようだった。近頃、トゥーリーレイク収容所では以前よりも散発的な暴力沙汰が増えており、「トラブルメーカー」と見なされた数人がここサンタフェに移されてきていた。その結果、バラックに押し込められた男たちのあいだでは政治的・個人的・イデオロギー的な争いが頻発した。だがカツイチは、自分の置かれた状況を最大限活用しようと決めていた。モンタナの収容所で流行っていたストーン・フィーバーはここにも広まっており、カツイチはほかの年配の男たちと同じように自由な時間の大半を、色とりどりの石を根気よく探してせっせとそれを磨き、一種の工芸品を作ることに費やした。赤十字やアメリカ・フレンズ奉仕団のボランティアはキャンプを訪れては醤油や味噌などの日本の品を差し入れてくれていたが、彼らの親切さに胸をうたれたカツイチは自分も、所内の病院でボランティアを始めた。収容所内の美術展にも熱心に参加した。そして毎朝目覚めるごとに、この経験を、自身の哲学の中心的信条である「我慢（ガマン）」に改めて焦点を当てる機会として用いようと、思いを新たにした。そして、妻のいる故郷に帰れるときまで、辛い時期を辛抱強く乗り越え、待ち続けるのだと己に言い聞かせた。

カツイチ・ミホ（後列右端）。サンタフェ抑留センターにて

トリとキサブロウのシオサキ夫妻はスポケーンで、これまでと同じような生活を送りながら待っていた。二人は夜明け前に起き、山のような洗濯物を洗い、乾かし、アイロンを当て、畳み、クリーニング店の上のアパートで質素な食事を作り、正面の窓にかけてある二つの青い星が金色の星に替えられる必要が永遠に生じないようにと祈った。

ポストン収容所では二世の女性たちが、兄弟や婚約者の写真をピンでバラックの壁にとめつけ、待った。収容所の中にあるマツ材とタール紙で作られた仏教の寺やキリスト教の教会では、一世の両親たちが海の向こうで戦っている息子の無事な帰還を祈った。だが、待つ必要がもうなくなってしまった人々もいた。軍の将校たちはすでに幾度となく、沈痛な面持ちで収容所の門にあらわれ、大切な知らせがあるので管理棟に来るようにと一組もしくは数組の両親に求めてきた。ブロック二一三の一三－G号室で、ハリー・マドコロの六六歳の母親で寡婦でもあるネツは一人きりで待っていた。

スポケーンではゴードン・ヒラバヤシがふたたび収監されるのを待っていた。だが、彼とエスター・シュモーはもうこれ以上結婚に踏み切るのを延ばさないと決めていた。この数カ月間、ゴードンは、これから起こるだろうものごとにエスターと、将来生まれるかもしれない子どもを巻き込んでよいのかという問題を考えていた。ワシントン州には異人種間の結婚を禁じる法律はなかったが、それでも人種の壁を越えて結婚したら、数年にわたって世間から軽蔑されたり嘲笑されたりするだろうことは、彼にもわかっていた。だが、ゴードンがふたたび連れていかれる前にもし結婚を果たすなら、無駄にしている暇はなかった。

こうして七月二九日の土曜日、グレーのスーツの襟のボタン穴に白いカーネーションをさしたゴードンと、シンプルな白のドレスに蘭のコサージュを手にしたエスターは、スポケーンの赤レンガの教会に足を踏み入れた。そこには二人の友人や家族が二〇〇人近く集まり、さらにクエーカー教の仲間も来ていた。シアトルのフレンズミーティング大学のクエーカー教のリーダーであるフレデリック・エルキントンが声明を読み上げた。そしてしばし無言で祈りを捧げた後、時が満ちたと感じたゴードンとエスターは立ち上がり、たがいの手を取り、相手の指に指輪をはめ、聖霊および教会に集まった人々に向かってたがいへの献身を誓った。それがすむと二人は結婚証明書に署名をし、ふたたび着席し、無言で祈りを再開した。そして、時おり会衆のだれかが立ち上がり、夫妻を支える心のこもった言葉を自発的に口にするのを聞いていた。

写真を撮るために教会の外に出ると、一人の記者が彼らに近づいてきた。ゴードンはこの手のことを心配していた。彼としては、この結婚をできるだけ穏便にし、ニュースにならないようにしたかったのだ。だが今、こうして迫られては、エスターとゴードンには記者の質問に答えるほか、選択肢がなかった。エスター

エスターとゴードンのヒラバヤシ夫妻。婚礼写真

はこれまで何度もそうしてきたように、ゴードンの人種は自分にとっては何でもないことだと主張した。「私は彼を愛しています……彼は優しくて愛すべき人間です……ゴードンは私と同じようにアメリカ人です」とエスターは言った。そして、ゴードンの逮捕と投獄が迫っていることについて聞かれると、「彼はただ、書類への記入を拒否しただけです。なぜならそれが、日系アメリカ人だけに送られたものであり、人種差別にあたるからです」と答えた。記者は友好的に見え、彼の書いた記事の見出しは、このニュースを好意的な光の中に投げ込んだ。「魅力的な若い白人娘と日系アメリカ人の若者が結婚し、彼らの愛とクエーカー教徒としての友愛の前に、人種の壁、国家の敵という壁、そして刑事告発という障壁は崩れ去った」。このニュースはAP通信にも取り上げられ、エスターが「魅力的な白人娘」であることを強調したもっと短くて内容の薄い記事が、国中や世界中にたちまち広まった。

それから数日のうちに、新婚の二人の郵便受けは憎悪の手紙でいっぱいになり始めた。大部分の手紙は匿名で、毒を含んだ言葉の大半はエスターに向けられていた。そうした手紙の書き手はエスターに繰り返し、「自民族への裏切り者」とレッテルを貼った。ゴードンの顔をおかしいくらいつり目に描き、その脇に人種にまつわるひどい嘲り言葉を添えた落書きもあれば、雑誌に載っていた家電広告から切り抜かれた、幸福そうな白人の両親が新生児をうっとり見つめている写真の下に、「こうした図は、絶対にあなたがたのもとには訪れないでしょう」というメッセージが殴り書きされたものもあった。匿名の電話もきた。そうした電話はいつもエスター宛で、暗闇から響く声が彼女をなじった。時おりエスターは、そうした電話をかけてくる相手と口論をした。相手が心を改めたり新しい視点を持ってくれたりすることも時にはあったが、たいていエスターは電話をガチャンと切り、そのあと座り込んで、必死に気持ちを鎮めようとしていた。

だが、まったく違う種類の一通の手紙がある日、郵便受けに届いた。ゴードンとエスターの両方に宛てたもので、送り主の署名もあった。フィリピンのジャングルで日本軍と戦っているアメリカ兵から来たものだった。「私はここで、自分の命を危険にさらしています。正義のために――あなたがたも知っているように、アメリカ市民としての価値観や生き方のために――そしてそこには、あなたがたの安全と楽しみも含まれています。あなたがたの未来のためにこれを送ります」。封筒には五〇ドル札が同封されていた。

第四四二連隊の兵士も待ち続けていた。夏が過ぎていく中、アルノ川をはさんでドイツ軍とアメリカ軍はにらみ合いの状態を続けており、第四四二連隊の将校団はもし渡河命令が下ったとき、自分たちがどんな事態に直面するかを正確に知りたいと考えた。彼らの後ろの丘にいるサス・イトウやジョージ・オイエらの観測員には、ピサの目の前の平地でドイツ軍が作戦機動とっているのが見えた。だが、どれくらいの兵力がいるのか、どのくらい武装しているのか、そしてどのように彼らが配置されているのかを確実に見定めるのは、難しかった。だれかが実際に町までいってイタリアのパルチザンと接触し、ドイツの防備の強度や配置についての見積もりを報告する必要があった。志願者をパーサル中佐は募った。きわめて危険な任務であることは明らかだったが、ルディ・トキワはあっさり、自分が行くと言った。それは、彼がいちばん長けている仕事だったからだ。

偵察隊は一二人で大半はL歩兵中隊の兵士で構成され、七月二〇日の真夜中少し前に出発した。月のない夜で、彼らは重装備で固め、手榴弾やブローニング自動小銃やM1ライフルなどをもっていた。彼らはできるだけ無言で移動した。道路は極力避け、穀物が刈られたばかりの畑を横切り、ぬかるんだ小川を歩いて渡り、密な茂みをかき分けるようにして進む。過酷な任務だった。たがいの顔すら見えず、ましてや、石壁の向こうや近くの納屋に何が潜んでいるのかなど、わかりようがない。町の南辺に近づくと彼らは、真っ暗な建物のあいだの細い道を進まざるを得なくなった。時おり車が音を立てて通りを走り、そのたび彼らはヘッドライトに照らされないように、近くの溝の中に逃げ込んだり、庭の塀の後ろに身を潜めたりしなければならなかった。日がのぼり始めると、ドイツ軍の防御施設が主要な道路の交差点に点在していることが、徐々にはっきり見えてきた。だが、兵が配置されていない箇所も多くあるようだった。二世兵士らは小休止をとり、排水溝の中で一休みし、地図を調べたり、パルチザンと落ち合うことになっている家の場所を確認したりした。町は、あるいは少なくとも町の一部は、ほとんど人気（ひとけ）がなく、大半の住民はすでに川の南の丘に逃げてしまっているようだった。兵士らは通りから通りへと注意深く進んだ。道の角であたりをうかがったとき、ドイツの戦車がちらりと見えたり、広場にしゃがんでタバコを吸っている灰色の軍服を着た数人の男が見えたりした。

彼らはようやく、待ち合わせの家にたどり着いた。兵士らが家に入り、安全が確認されるとすぐパルチザンは、兵士らの司令官がまさに手に入れたがっていたもの——ピサ周辺のドイツの防備の詳細なスケッチ——を差し出し、主な地雷原の位置や火器が設置されている場所や、渡河地点などを示した。それを手に入れたら、兵士らは一刻も早く連隊指揮所まで戻らなければならなかった。

彼らは日中は動かず、夜が更けてかなりたってから、ようやくその家の外に踏み出した。真っ暗な通りをふたたび、武器をいつでも使えるようにして、ひそかに歩き始める。町をほぼ出かけたところで、ドイツの偵察隊と鉢合わせした。彼らよりも、ずっと大部隊だ。両陣営は驚いて叫び声をあげ、地面にがばっと伏せ、身を隠す場所を探して這い、それから射撃や手榴弾の投擲を始めた。大混乱の中でルディが認識できたのは、あちこちに動いている黒い何かと、閃く銃口炎と、手榴弾が爆発するときの鮮やかなオレンジの爆裂だけだった。だれがだれなのかを見分けることさえ、ほぼできなかった。ルディはもっときちんと身を隠せる場所を求めて通りを駆け抜け、ある家の戸口に突進したが、弾丸か手榴弾の破片が踵に当たり、重い木の扉にぶざまに衝突し、地面に倒れこんだ。足は出血し、背中がひどく痛んだ。ほどなく扉が開き、一対の腕がルディを中に引き入れた。女の人がルディの上にかがみこみ、興奮したようすでイタリア語でしゃべり始めた。別のだれかがルディを立ち上がらせ、階段の上にある屋根裏に押し込んだ。ルディはこれが助けの手なのか、それとも自分を捕虜にしようとしているのかはっきりわからなかったが、ほどなくそれは明らかになった。この人々はルディを匿おうとしてくれたのだ。ルディは暗い屋根裏部屋の片隅に這って行き、座り、入り口にM1の銃口を向けて、何が起こるかを待った。

階下で、何人かのドイツ兵が家の中に入ってきていた。ルディは胃が引き絞られるような気がした。大声の会話が始まり、ドイツ兵は片言のイタリア語に時おりドイツ語や英語を交えながらしゃべり、家の人間は早口のイタリア語を機関銃のようにまくしたてた。ルディには何が何だかさっぱりわからなかったが、ドイツ兵はついに家から立ち去った。それから一時間ほどして家の住人はルディに、下に降りてくるように合図をした。そうして降りてきたルディを住人は近くからしげしげと眺め、興奮を隠しきれないようすで、声をひそめて何かを内輪で話し始めた。そして突然彼らは警戒心を強めたかのように、ルディのライフルと軍服の「トキワ」という名札にちらちらと目をやった。ようやくルディは、明らかに日本人顔をした自分が米軍の制服を着ている理由が、彼らにはわからないのだと理解した。どうやらこの家の住人は、枢軸国間の何らかの争いに、うっかり介入してしまったと思っているようだった。彼らはルディが日本人でかつ、ある種のスパイなのだと勘違いしているらしく、ルディによってドイツに売り渡されると思い込んでいるようだった。ルディは、自分はアメリカ人なのだと説明しようとしたが、まるでうまくいかなかった。住人は「ノー・ノー・ノー・ノー。ヒトラー・アンド・ジャパン・セイム・サイド」と言い張った。だがやがて疑いは晴れたようだった。道路からドイツ軍がすっかりいなくなると、住人はルディを外に送り出した。日がのぼるころには、ルディは町の外にいる偵察隊の面々を見つけて、合流した。そしてその日の正午までに、彼らはみな無事に指揮所に帰り着いた。ドイツの防備についての貴重なスケッチを携えて――。

その二日後、二世兵士らは当初考えられていたようにアルノ川を越えてピサに移動するのではなく、トラックに乗り込んで南に向かった。それは彼らに是非必要な休息をとらせ、体を回復させるためだった。マーク・クラーク率いる第五軍の別の部隊が、彼らと交代してくれた。

彼らは、ロジニャーノ・ソルヴァイのすぐ南にあるヴァーダという海辺の村やその周辺に野営した。イタリアの中にハワイと似た場所があるとしたら、それは、この二つの町のあいだに数マイルにわたって広がる美しい白砂の海岸だ。海岸沿いにはヤシの木まで生えており、そのあいだにところどころイタリアカサマツが点在している。ブッダヘッズはすぐさま「ワイキキ・ビーチ」という素朴な看板をこしらえ、それをヤシの木に張りつけ、あっという間に下着姿になって、風呂のような温度のアクアマリン色の海水にざぶざぶと入っていった。水の中には海の生き物がたくさんいた。フレッド・シオサキとK歩兵中隊の何人かは徴発した小舟を操り、泳いでいる連中に危険が及ばないよう十分な距離をとって、手榴弾を海に投げ込んだ。白い水柱が上がり、たくさんの海の幸が海底から水面に浮きあがってきた。ブランジーノと呼ばれる白身の魚(ヨーロピアンシーバス)や、タコやシーブリームというタイ科の魚やイカや、大きな黄色の目をもつピンクとシルバーの「パラゴ」と呼ばれる魚などがみな、気絶して獲り放題の状態になっていた。若者たちはそれを海岸で焼いたり、スライスして刺身にしたりした。

カッツ・ミホはシャワーテントに突進した。みなそれぞれ五分ずつ熱い湯を浴びながら石鹼で体を洗うことが許されており、そのあと五分間で石鹼を洗い流し、そのあと、洗い立ての軍服を与えられた。カッツにとって――そしてとりわけ、ハワイから来た大半の青年にとって――悪臭を放つ小川の冷たい水をヘルメットですくってかぶるほか体を洗う手段がない数週間をすごした後では、これは夢のような贅沢だった。

食事用テントには数週間ぶりの温かい食事が用意されていた。だが、K歩兵中隊の仲間と同じようにルディ・トキワは軍隊食にうんざりしきっていた。彼は——そしてほかの二世兵士は——またしても、糧食徴発を始めた。二世兵士らはトスカーナの田園地帯に広がって、食べ物をあさった。だがほどなく彼らは気づかされた。ドイツ軍は撤退するときに農場や村のほとんどで略奪を行い、女性の宝飾品や衣類から、大砲を引くための牛に至るまで、価値のあるものを根こそぎ持ち去っていたのだ。田舎の家をいくつ訪れても、出会うのは、裏庭で育てている野菜で食いつないでいる家族ばかりだった。だがそうした人々は、以前の同盟国が自分たちにした仕打ちに深く憤っていたので、まだ残っているものがあれば、なんでも米兵に快く分け与えてくれた。

そして今、夏の終わりのトスカーナで、少なくとも裏庭の農作物はまだ豊富だった。ほぼすべての家にはブドウ棚があり、紫の甘い実がなり、イチジクの木もあれば、トマトの蔓もあった。そしてイタリアの家庭の主婦は、丸ごと一羽のニワトリや手のひらいっぱいの卵を、一本のチョコレート・バーや少量のコーヒーの粉と喜んで交換してくれた。漁師は、ロブスターやバケツ一杯の新鮮なイワシをアメリカ製のタバコ何箱かと交換するのを大歓迎した。サス・イトウは父親がカリフォルニアから送ってきた木箱をこじ開け、中に日本の基礎食品や珍味がいっぱい入っているのを見た。缶詰のアワビがあり、米やスルメがあり、醬油があった。ドイツ軍が見落としていた豚が、ライフルをもった米兵の前にふらりとあらわれ、兵士が偶然それを撃ってしまうことも一度ならずあった。

夜にはルディやフレッドやカッツやサス・イトウやジョージ・オイエは——ペアや組み合わせは違っても、すべての二世兵士と同じように——裸足で海岸をぶらぶら歩いたり、煮込み料理の「チキン・ヘッカ」をつくったり、ハワイの豚料理の「カルーア・ピッグ」をほおばったり、ポケット版のカウボーイ・ノベルを読んだり、ギターやウクレレを弾いたり、物語をしたりした。今や、コトンクスもブッダヘッズもどちらも、だいたいはハワイのピジン語を話すようになっていた。彼らはタバコを吸い、サイコロを振り、これまで通り抜けてきたものごとを必死に頭から追い出そうとしていた。ほかにやることが何もなくなると、ラジオを探し出し、ベルリンから放送されているプロパガンダ放送の「枢軸サリー」に耳を傾け、自分たちの忠誠心を揺さぶろうという枢軸サリーのあからさまな試みに笑い転げたが、彼女が餌として使うアメリカの音楽を聴いて、兵士たちは幸福な気持ちになった。[*31]夜、浜辺に寝ころんで音楽や、波が岸に打ち寄せる音を聞き、星をちりばめたイタリアの夜空を見上げていると、カッツはふと、自分が故郷のキヘイの海岸に、ボーイスカウトの友だちと一緒にいるような錯覚に陥った。

将校の多くはイタリア人の家に滞在し、住民と食事を共にし、うまいワインを気前よくふるまわれ、親睦を深めた。ヤマダ牧師は、プロの芸人一家の家に寄宿した。ヤマダがハワイ出身であることがわかると、一家はトランクからセロハンでできたグラススカートを取り出し、持ちネタの一つを披露しはじめた。腰や体をゆらゆらと揺らすその動きはハワイのフラと似ていなくもなく、ヤマダは太ももをたたいて大喜びした。日中はヒグチとヤマダの両牧師はたいてい、お気に入りの干し草の山の上に腰をかけ、イタリアの農夫が小麦を脱穀するのを眺めたり、手紙を書いたりして過ごした。膝の上にタイプライターを具合よくのせて、二人の牧師はこの数週間で亡くなった兵士の家族に、悔やみの手紙をせっせと書いた。

戦場から離れたところにいる今、故郷からの手紙は第四四二連隊にうまく追いつくこともあった。そうした手紙からもたらされる情報はどんなものでもすべて貴重で、兵士らはそれについて熟考したり驚嘆したり、感謝したり心配したりした。ヒグチ牧師のもとに妻のヒサコから届く手紙にはすべて、その前の手紙の時から息子のピーターがどれだけ背が高くなったかが、几帳面に記されていた。ヒグチ牧師は息子の成長をとても喜び、新しい身長を知らされるたび、ステッキに注意深く刻み目を入れて持ち歩くようにし、どこにいるときにも、故郷で自分の帰りを待っている小さな少年のことを思い出せるようにした。

悲しみに打ちひしがれる兵士の親たち宛てにも自分の家族にも手紙を書いていないときは、二人の牧師は大半の時間を、野戦病院にいる負傷した二世兵士を慰問したり、亡くなった兵士の追悼式をしたり、当時イタリアのあちこちに作られていた米軍の墓地の一つの中にある、まだ掘られたばかりの墓に二世兵士らを連れていったりした。そうして二人の牧師は若者たちが、戦場で亡くなった仲間に別れの言葉をかけられるようにはからった。それまで彼らは、死んだ仲間に最後の別れを告げることさえできずにいたのだ。こうしてジョージ・サイトウは、弟のカルヴァンの墓の前にようやくひざまずくことができ、カッツ・ミホはアサートン・ハウスの寮時代からの友人であるグローヴァー・ナガジに別れを言うことができた。八月一四日、ハワイ出身の若い兵士を親友の墓に案内した後、ヒロ・ヒグチは故郷の妻に宛ててこう書いた。「(彼は) 小さな花をもってきていた。どこかで摘んだのだろう小さな美しい花を彼は、大切そうに墓地まで持ってきた。彼はそれを塚の上に注意深く置き、私のところに来て、聖書の一節を読んでほしいと、そして友人の墓の前で祈りを捧げてほしいと頼んだ。私はとても胸を打たれ、とても悲しかった……その場を去るとき、喉に何

＊31　二人のアメリカ生まれの女性——ベルリンのミルドレッド・ギラーズとミラノのリタ・ズッカ——が米兵に向けてファシストのプロパガンダ放送を行っており、米兵たちはこの二人を「枢軸サリー」として知っていた。イタリア北部にいたとき第四四二連隊はズッカによる放送に耳を傾けることが多かった。ズッカは時おり、二世兵士に直接語りかけることもあり、そういうときズッカは二世兵士を「あなたがた小さな鉄人」や「米軍の秘密兵器」などと呼んだ。

イタリアで亡くなった戦友のための礼拝

かが詰まったような気持ちがした。これらの若者の多くは、私と一緒に育ったようなものだったからだ」

ヴァーダに滞在していたあいだ、二世兵士らは気前の良い休暇を与えられ、彼らの多くはそれを利用してローマやナポリなどの南にまで足を伸ばし、観光めいたことをした。ドイツはローマの無防備都市宣言を認め、戦いを交えずにローマから手を引いていたので、街にはほとんど損傷の跡がなく、石畳の通りを大勢の連合軍部隊が足早にあちこち移動していることを除けば、戦争をうかがわせるような兆候はほとんどなかった。二世兵士らはヴァチカンのサン・ピエトロ広場に毎週押し寄せる人々に混じり、ピウス一二世の話に耳を傾け、妻や恋人や姉妹のために土産を買い、コロッセウムを訪れ、古代ローマの公共広場（フォロロマーノ）の大理石の廃墟を散策した。パラティーノの丘に登って眺望を楽しんだり、うだるように暑い晩に道端のカフェに座って小さなカップでコーヒーを飲んだりもした。だが、狭くてごみごみした通りを人々が通り過ぎるのを見ているうち、彼らの多くは初めて、それまで感じたことのない、予想もしていなかった思いにとりつかれた。その思いは、彼らの心をさいなんだ。兵士らは、目の前の光景を理解しがたいものに感じた。眼前の命と前線での命のあまりの乖離に、彼らは内心葛藤を覚えた。通りの向こうでは女の人が石畳の道を、乳母車を押しながら呑気そうに歩いている。若いカップルが何かを買おうとしているのか、手をつないでショーウィンドウをのぞき込んでいる。近くのパン屋の地下室からは、パンが焼けるイーストの匂いと男の人の歌声が漏れてくる。ここでの生活は何事もないように過ぎている。まるで今この瞬間に、少し北のどこかで、男たちの叫び声と砲弾の音の中でいくつもの命が消えているのが嘘であるかのように。兵士らは戦場から離れていられることに深く感謝していたが、目の前のすべてが正常であることが、なぜか彼らを苛立たせた。こうして彼らはリラックスしたいと望んでいたまさにその瞬間に、いら立ちを感じ、不機嫌になった。

おそらくそうした違和感をもっと強く抱いたのは、牧師のヒロ・ヒグチだった。それはローマではなくナポリでのことで、ヒグチ牧師はある晩、一八世紀に建てられた壮麗なオペラハウス、サンカルロ劇場の赤い豪華なベルベットの座席に座り、世界最高峰のオペラ歌手の天にものぼるような歌声が華やかな金色の装飾の中に響き渡るのに聞きほれていた。それまでの数週間、嘆きに暮れるたくさんの親たちに悲しい手紙を書き、心根の良いたくさんの若者のズタズタになった遺体を弔ってきたヒグチ牧師にとって、こんなにも桁外れの美しさと恐怖がすぐ近くに共存するというのは、まっとうだとは思えなかった。初めて、疑念がヒグチ牧師の信念の端をほころびさせ始めた。

兵士らは休息をとったヴァーダの村を去り、アルノ川沿いのフィレンツェの西の位置につくべく、ふたたび北上を開始した。第四四二連隊の若者はもう、四カ月前にイタリアに上陸した当時の彼らとはほぼ別人だった。戦闘をその目で見て、友が死ぬのを見て、死の匂いを嗅ぎ、自分で思っていた以上におびえたり勇気をふるったりしてきた彼らは、それまでとはちがう人間として戦争に戻った。イタリアにやってきたとき彼らは、国家への忠誠を示すのだと燃え、自分や家族の恥になる真似はせず、国家とその理想のために勝たなければならないのだと決意していた。そして当初、民族的アイデンティティの共有によって結ばれ、ハワイの海岸やキャンプ・シェルビーの泥の中で培われた戦友意識や友情によって一つになっていた彼らは今、さらに新しい何かによって結ばれていた。彼らは戦地での経験の共有から生まれた、目には見えないが侵しがたい何かによって、そして戦争が終わる前にはさらに何人かが死んでいるだろうという確信によって、そして、それぞれがたがいに注意を払い、あらゆるリスクを冒し、たがいのために重荷を背負うべきだという認識によって一つに結ばれていた。多くの点において、それは非合理だった。なぜなら時には、自分の命を賭けねばならないのだから。だが、それは神聖で侵すべからざるものであり、彼らの残りの人生でもずっと続くことになった。

アルノ川の北のアペニン山脈はイタリア半島の背骨沿いに北に走り、北西へと曲がり、長い弧を描いて西の海岸まで伸びており、何世紀にもわたって天然の障壁として、肥沃なポー平原と工業都市ミラノを南からの侵入者から守ってきた。この山脈のふもとの平地と山脈そのものの中に、ドイツ軍は強制労働によって一連の防衛拠点を築いた。イタリアに作られた中でも最強のこの防衛線は、「ゴシック線」と名づけられた。[*32]

アルノ川の南の丘の観測所から、ジョージ・オイエとサス・イトウはふたたび、川向こうの防衛線沿いでドイツ軍がどんな動きをしているかを監視していた。カッツ・ミホと第五二二野砲大隊の砲兵は、榴弾砲のまわりに砂袋でバリケードをつくり、ポストン収容所で二世の女性たちが作っていたようなカモフラージュ用のネットを火器の上に張り、射撃指揮所から命令が来たらすぐ目標の上に大量の鋼や爆発物を降らせられるよう準備をしていた。

指揮所では、計算尺と地図と分度器をもった男たちが新たな挑戦をしていた。ドイツ軍の、地面に塹壕を掘った防衛線に沿って以前よりも集中的に配置された目標を前に、第五軍の各砲兵中隊は協調的な機動にとりくみ始めていた。この戦術は同時弾着（タイム・オン・ターゲット）と呼ばれ、そして第五二二野砲大隊の二世砲兵はほどなく、自分たちがこの戦術に非常に長けていることを実証することになる。この戦術は、個々の砲兵中隊の砲弾をそれぞれの目標に当てるのではなく、多くの砲兵中隊に――第五二二野砲大隊だけでなく、第五軍の他の砲兵中隊にも――同時に同じ目標を猛射させるものだ。つまり、ある砲兵中隊から発射された砲弾が、何マイルにもわたって散らばっている他の中隊からの砲弾と同時に目標に到達する必要があるのだ。そのためには射撃指揮所で非常に複雑な計算をする必要があり、それぞれの火器を担当する隊員がみな、同じほど精確に指令を実行しなければならない。だが、うまく実行できれば、効力はすさまじいものになる。すべてが計画通りに行われ、砲弾がいっせいに、雪崩（なだれ）のように降ってくれれば、ドイツ軍の陣地は丸ごと消し去られるだろう。

第五二二野砲大隊がこの新しい戦術に取り組み始めたころ、第四四二連隊の歩兵部隊は夜間偵察や渡河襲撃などを改めて開始し、ドイツの防備を検証し、ドイツ兵を捕捉しようと試みていた。ピサからさらに北に

＊32　のちに「グリーン線」と改名される。

伸びるゴシック線沿いで自分たちがどんな状況に直面するかについて、情報を引き出すためだ。最初の幾度かの急襲で、彼らは何度もドイツの偵察隊と鉢合わせ、散発的な銃撃戦が起こり、弾幕射撃を受けた。だが、大部分の死傷者は地雷によってもたらされていた。ドイツ軍はアルノ川の両岸に何千もの地雷を敷設しており、両手両足で這うように移動しない限り地雷を見つけるのはほぼ不可能で、たとえそうしていても見落とす可能性は十分あった。

八月二四日、パーサルはK歩兵中隊を訪ね、川岸の偵察をする者を募った。偵察の目的は、アルノ川を越えて全面的な強襲を行う時が来たときに、一時的な舟橋を建設できるかどうか見積もることだった。パーサルの予想通り、今回もルディ・トキワとハリー・マドコロが最初に進み出た。その晩、細い三日月がのぼり始めてほどない一〇時五三分、彼らは暗闇に身を紛らせてこっそり川岸に降り立った。ひと月前にルディがピサへの偵察隊に加わったときも、それは危険と背中合わせの任務だった。今回もまた、たがいの姿さえほとんど見えず、ましてや川沿いに生えている丈高い草の向こうに何が潜んでいるか、泥の中に何が埋まっているかなど、まったく見えない状況だった。踏み出す一歩一歩に、命がかかっていた。

その夜はドイツの偵察隊には出会わなかったが、ルディらは植物が暗く生い茂る中を歩き回り、遭遇したすべての農場の納屋や排水溝を探り、地形を効果的に偵察し、第四四二連隊の工兵のために多くの有用な情報を収集した。八月二五日の早朝に指揮所に戻ろうと歩いていたころには、彼らは疲れ切り、神経はすり減り、注意力は衰えていた。

それは、ほんの一瞬のことだった。カリフォルニアのワシントンヴィルから来たハリー・マドコロ三二歳は——ポストン収容所で自警団のトップを務め、ルディやその他十数人の若者に志願を促し、ルディの母親に息子の面倒を見ると約束し、ルディが酔っ払ったときには介抱し、いつもK歩兵中隊の先陣を切って危険地帯に乗り出し、そしてアリゾナのポストン収容所の第二一三ブロックの一三-G号室で待っている母親にとってはたった一人の息子であり、たった一人の生きている親族でもあったハリー・マドコロは――地雷を踏み、一瞬のうちに、空中を舞う泥と鋼と血と骨の中に消えた。ルディに――ルディ以外のだれであっても――できることは何もなく、さっきまでハリーがいた暗い虚無に横たわるぐちゃぐちゃになった何かを無言で見つめるだけだった。

八月三〇日の夜、アルノ川沿いに陣を敷いた米軍は、川の上流と下流にかかるいくつかの橋をドイツ軍の爆破工作班が吹き飛ばす音を聞いた。K歩兵中隊の偵察隊がつかまえた四人の捕虜は、仲間がゴシック線の背後で撤退を準備していたと述べていた。二日後、第五軍はアルノ川を越えて進撃を始めた。第四四二連隊は幅六マイル（九・六キロ）の前線の防衛区域につき、前進した。だが、前進を始めたほぼ直後から、彼らはいたるところで、隠されていた危険に遭遇した。仕掛け線（トリップ・ワイヤー）があったり、対人地雷が木に取りつけられていたり、テラーミーネと呼ばれる強力な対戦車地雷が道路や畑に埋められていたりした。跳躍地雷「バウンシング・ベティ」が仕掛けられていたり、民家にブービートラップが設置されていたり、ピアノ線が道路に、人間の首の高さで張られていたりもした。

九月一日が終わるころ、K歩兵中隊は川を越えてわずか一五〇〇ヤード（一三七二メートル）ほどしか前進しておらず、サン・マウロという小さな村とその周辺の畑にいた。その日の大半の時間、彼らの頭上を砲弾が音を立てて飛び、フレッド・シオサキはそのたび地面に伏せ、歩いているのと同じほどの時間を腹ばいで前進した。銃剣で目の前の地面を確認し、自分の前に置かれているかもしれない地雷のてっぺんの感圧板にうっかり触れないようにと祈る。そうして確認をしたうえで、ようやく数ヤード前進できた。

だがどんなに周到に注意を払っても、そしてどんなに軽く歩いても、次の一歩が最後の一歩にならない保障はない。そして戦争においては、すでに負傷したことや英雄的な行為をしたことは、免除を与えてはくれなかった。K歩兵中隊のテッド・タノウエは、一四〇高地で――負傷した腕でつぎつぎ機関銃巣に突撃したあの丘で――負った怪我の治療で入院し、退院してからわずか数日後に地雷を踏み、瀕死の重傷を負った。

ヒロ・ヒグチとマサオ・ヤマダの両牧師は兵士たちと一緒に地雷原を這いまわり、千切れた遺体を回収した。そして、排水溝や暗渠に身を潜めたり、石造りの納屋に一時的に待避したりしながら、儀式を五分ほどで大急ぎで行った。まわりの男たちは膝をつき、祈りの言葉を慌ただしく唱えるとまた立ち上がり、戦場に飛び出していった。彼らは肩越しに大声で二人の牧師に、もっと安全な場所に戻るようにと叫んだ。だが、大半の場合、牧師らは従わなかった。九月一日、数通の悔やみの手紙を書いた後、ヤマダ牧師はクラレンス・ラング中尉と衛生兵のタケゾウ・カンダを伴って、前線をはるかに越えた場所まで遺体の回収にいくという危険な任務に乗り出した。K歩兵中隊の下士官、ウェンデル・フジオカがジープを運転した。遺体を確保し、安全な場所まで戻ろうとしていたとき、ジープは対戦車地雷テラーミーネを踏みつけた。一瞬であたりは炎と煙と泥と恐怖に包まれ、ジープの後部は粉々に吹き飛んだ。ラングとカンダは二〇ヤード（一八メートル）も放り出され、即死した。フジオカも致命傷を負った。ヤマダ牧師はジープから約一〇ヤード（九メートル）のところに落下した。榴散弾の破片が九つ、左腕と左足と胸と腹と尻に突き刺さっていた。眩暈がし、激しく出血していたが、ヤマダ牧師はふらつきながら地雷原を通り抜け、米軍の前線をめざした。途中で一台の自転車を偶然見つけた彼は、それに乗り、尻の怪我にもかかわらず、二〇〇ヤード（一八三メートル）先にあるK歩兵中隊の救護所までよろよろと自転車をこいだ。だが、救護所にたどり着いたヤマダは治療を受けるのを拒否し、かわりにルディをはじめとするK歩兵中隊の隊員に車を運転させ、衛生兵数人を連れて現場の地雷原まで戻り、残してきた人員を助けられるかどうか確認するよう要求した。だが、フジオカはすでに連れ去られており、ラングとカンダは手の施しようがなかった。数時間後、ヤマダは野戦病院に担ぎ込まれ、その後、ナポリにある一般病院に送られた。

それから数日間、敵の激しい抵抗に直面した第五軍は、ゴシック線の最南端の防御に本格的な猛攻を加え始めた。だが、攻撃が始まるや否や第四四二連隊は突如持ち場を外され、前線から呼び戻された。九月六日、彼らはトラックに乗り込み、南の港町、ピオンビーノへと南下し始めた。そしてピオンビーノで船に乗り、さらに南のナポリに向かった。

三週間前、第四四二連隊の一部である対戦車中隊が連隊からひそかに切り離され、特別な訓練のためにどこかに運ばれていた。彼らはグライダー戦の速成秘密訓練を受けた後、八月一五日にグライダーに乗りこみ、イタリアからフランスの南海岸のすぐ沖の陣地に曳航された。そこで彼らは、グライダーの背に銃を固定して静かに空挺降下し、連合軍が南フランスに攻め込むドラグーン作戦に参加した。

夏のあいだ、第四四二連隊の評判は広く遠く伝わった。彼らの戦績は、目を見張るものだった。ドイツ兵は二世兵士を「小さな鉄人」と呼び続け、彼らに一目置くと同時に恐れるようになった。アメリカの新聞でも、そして東はメイン州から西はホノルルまで各地の映画館のニュース映画でも、戦績が報じられた。《星条旗新聞》には彼らの活躍についての感動的な文章が書かれ、一般的な歩兵から将官に至るまで、世界中にいるアメリカの軍人から注目を集めることになった。突然、二世兵士は引っ張りだこの存在になった。マーク・クラークはゴシック線の強襲のために、彼らを第五軍とともにイタリアにとどめたかった。だが、アレクサンダー・パッチは第四四二連隊を、フランスにいる自分の第七軍に編入し、ローヌ渓谷の進撃に参加させたいと考えていた。そしてパッチの背後には、パットンとアイゼンハワーの両将軍がいた。こうして九月二七日の正午に第四四二連隊はふたたびリバティ船に乗せられ、グライダー部隊と合流するために今度はマルセイユに向かった。本国から二世の補充部隊六七二名が新たに到着したために、第四四二連隊の人数は増えていた。

フレッドとルディとカッツはみな、イタリアを離れられることを喜んでいた。彼らはイタリアであまりに多くのものごとを目にした。自分の友人がドイツ軍によって殺されたり重傷を負ったりするのを嫌になるほど目にした。ドイツ軍の残虐行為もうんざりするほど耳にした。だが今、ベルリンがクリスマス前に陥落するのではないかという見方が出てきており、彼らは敵の縄張りの中で、差し向かいで、個人的にドイツ人に借りを返し、ドイツ兵を殺したいと望んでいた。彼らは、公共の建物に翻るナチの旗を引き裂くことを夢に見、ドイツの首都の通りを行進することを夢に見、鎖につながれたヒトラーを見るのを夢に見、何より、勝利を収めて家に帰ることを夢に見た。そして彼らは、遅くではなく早くにそれが起きるのではないかと大胆にも考えた。まだカルヴァンの死を嘆いていたジョージ・サイトウも、そうした空気を感じとった。彼はニューヨークにいる友人のミヨコ・ハヤシに宛ててこう書いた。「故郷に帰るのが待ちきれない気持ちだ。大がかりな再会の集いを準備しておいてほしい。家に戻ったら、僕も祝いに行く」

だが、それほど簡単なことではなかった。彼らはまだ、自分たちの進路に横たわる悪の完全な大きさを理解せずにいた。そして、自身の決意と勇気がどれほど強いものなのか、まだ知らずにいた。

第五部
地獄への門

ヴォージュにおいて失われた大隊のもとに進む兵士

第一七章

ああ神様。この恐怖はいつ終わるのでしょうか。私は、道端で動かぬ体に覆いをかけられて横たわっている仲間のそばを通るたび――島にいる彼らの家族のことを考え――その若者が手に入れるはずだった輝かしい未来のことを考え――すべては世界の数人の狂人があらゆるものを自分のものにしたいと思ったためだと考えるのです。

ヒグチ牧師が妻のヒサコに宛てた手紙　一九四四年一〇月二〇日

一九四四年九月二九日、フランスの地中海沿岸は曇り空で、涼しい風が吹いていた。三隻のリバティ船は第四四二連隊戦闘団の兵士を乗せて、マルセイユ港の沖に到着した。歴史あるマルセイユの町は、見るも無残なありさまだった。ちょうど一カ月前、自由フランス軍に率いられて連合軍は町を解放した。だが戦闘のあいだ、マルセイユ港と街はひどく破壊された。ドイツ軍は撤退するとき、建物を爆破し、港の入り口に停泊していた船を沈めた。そして街の周辺と港の水中に何千もの地雷や機雷を隠した。

その破壊ぶりゆえ、部隊と機材を上陸させるだけでも、兵站上大きな困難があった。岸まで約一マイル（一・六キロ）の荒波の海の上、船は横揺れしており、男たちはふなべりに登り、縄梯子を伝い降り、最後の七、八フィート（二～二・五メートル）はリバティ船のそばで上下に揺れている上陸用舟艇に飛び降りなければならない。第五二二野戦砲兵大隊の火器や車両を上陸させるのは、さらに厄介だった。船倉にいたジョージ・オイエはジープに無線機と戦闘装備を積み、運転席に乗り込んだ。それからジープは鋼鉄のケーブルをつけられてクレーンで吊り下げられた。フランス人のオペレーターがジープを船倉から引き上げ、海の上でぐるっと動かし、高度を下げて、激しく揺れている上陸用舟艇の上に降ろそうとした。だが、操作の途中で大きなうねりが船の側面を襲い、ケーブルの一本が滑り、ジープは空中に逆さまにぶら下がった。積み込まれていた荷の大半は海に落ち、逆さまになった車の中にジョージだけが取り残され、ぶらさがっていた。ジョージは必死にハンドルにしがみつき、叫び声をあげたり悪態をついたりしていた。クレーンのオペレーターは急いでジープを巻き上げ、開いたハッチの上に吊り、慎重に高度を下げてジョージと車を船倉に戻した。

その晩までに第四四二連隊の隊員はすべて上陸を果たし、カッツはマルセイユの約八マイル（一三キロ）北に位置するセプテームという町の郊外の、貧相なマツの生えている吹きさらしの一帯で、小型の軍幕テントを張ろうと悪戦苦闘していた。朝、地中海から吹いていた涼風は今、激しい強風に変わっており、カッツはテントが飛ぶのを防ごうと必死になり、帆布と格闘し、外側の角に石灰石を積み上げた。ほどなく雨が降り出し、暗い空から横殴りの雨がざあざあと降り注いだ。カッツはテントに潜り込み、濡れた軍服を着た体を毛布でくるみ——じきにその毛布もずぶぬれになった——なんとか眠りにつこうとしたが、ろくに眠ることはできなかった。その近くでは、ナポリの病院からぎりぎりのタイミングで退院し、青年らと一緒の船でフランスにきたヤマダ牧師もまた、一枚きりの毛布をかぶってガタガタ震えていた。しばらくして数人の兵士がテントの入り口にかがみこみ、自分らの毛布をヤマダに差し出した。ヤマダ牧師が怪我をして以来、第三大隊の若者たちはこの小太りの牧師のことをより気遣うようになっており、これ以上彼に傷を負わせてはいけないと決意し、ヤマダ牧師が戦場の内外で果たしてきた役目をそれまで以上にありがたく思うようになっていた。ヤマダ牧師は若者らの傷ついた心を救い、悲嘆に暮れている彼らを慰め、希望を示し、あるいは少なくとも、臓腑を引き裂かれるような喪失に苦しんでいる彼らを理解してくれたからだ。

一〇月五日、エスター・シュモー・ヒラバヤシはスポケーンのダウンタウンにある連邦ビルに足を踏み入れ、財布を開き、一〇〇〇ドル札を二枚と五〇〇ドル札を一枚引き出して事務室のカウンターに置き、ゴードンのための保釈金を納めたいのだと言った。その二日前にゴードンはついに逮捕された。忠誠登録の質問状への回答拒否および徴兵拒否により、選抜徴兵法に違反したかどで起訴されたのだ。今彼は、一二月に予定された連邦裁判所での審理が始まるのを待っている。保釈金によって二人は、ゴードンが有罪になった場合に待ち構えている数年間の別離の前に、貴重な数週間を一緒に過ごせるはずだった。

同じ晩、ポストン収容所のある砂漠では黄昏時の最後の光が消え、建物の上の紫色の空を数匹のコウモリが飛んでいた。ハリー・マドコロの母親で六六歳のネツは、介添えをされながらコットンウッド・ボウルの舞台にのぼった。もともとはヤマヨモギを刈りとって作った埃っぽい円形広場に過ぎなかったコットンウッド・ボウルは今や、収容所の中でいちばん楽しい場所の一つになっていた。木材と漆喰で作られた日本の劇場風の舞台があり、数本の大きなコットンウッドの木陰が座席代わりというこの場所は、コミュニティの行事で人が集まるときに使われていた。更衣室や引きあげ可能なカーテンや基本的な舞台照明もそろっている。だが、座席そのものはなかったので、観客は立っているのが嫌なら、木っ端でこしらえた椅子やスツールやベンチを持ち込まなければならない。過去二年以上、この場所は「芝居(シバイ)」と呼ばれる日本の演劇の上演や、卒業式や、クリスマスの劇や、バンドの公演や、「演芸会（エンゲイカイ）」と呼ばれるバラエティ・ショーや、その他さまざまなコミュニティの集まりに用いられてきた。だが昨今は、亡くなった二世兵士の追悼式に使われることが増えていた。

マドコロ夫人が沈んだ面持ちで見守るなか、軍隊ラッパが軍旗衛兵を召喚した。収容所のボーイスカウトが先頭に立ってアメリカの国旗に敬礼をした。収容所にある三つの宗派の聖職者が仏教とキリスト教の経典を読みあげた。マドコロ夫人の友人たちが夫人に近づき、足もとに花束を置き、ハリーの友人から——その友人の何人かは今、フランスにいた——届いた電信を読みあげた。聖歌隊が合唱をした。収容所の憲兵がライフルで弔砲を放った。最後に「葬送ラッパ」のメロディーが演奏され、長くて物悲しい旋律が光の輪の上を名残惜しげに漂い、砂漠の夜の絶対的な暗闇に吸い込まれていった。友人たちはマドコロ夫人が、名実ともに一人きりの部屋になったブロック二一三の一三－Gに戻るのに手を貸した。

フレッド・シオサキとK歩兵中隊の仲間は装備を、第一次世界大戦当時のものらしい古い有蓋列車に放り込み、自分たちも中に乗り込んだ。こうして一〇月一〇日、マルセイユからローヌ渓谷へ向かう列車の旅が始まった。同じころ、カッツと第五二二野砲大隊の砲兵たちはトラックに乗り込み、列車と並行する道を、後ろに榴弾砲を牽引しながら移動を始めた。

目的地は四〇〇マイル（六四四キロ）北にあった。六月にノルマンディーの海岸に上陸して以来、二〇〇万人を超える連合軍の兵士はベルギーとフランス北部を抜け、ヴェルダンの古戦場を大挙して横断し、ほどなく歴史に名を刻まれるバストーニュとアーヘン、そしてヒュルトゲンの森などに近づいた。九月までに、ドイツ軍はこれらの場所の前に前線を敷いていた。その向こうにはライン川があり、そのさらに向こうにはドイツの産業の中心地であるルール地方がある。オマール・ブラッドリー将軍、バーナード・モンゴメリー陸軍元帥、そしてジョージ・パットン将軍などの面々が率いる連合軍の大軍は野獣を前にして身をかがめ、ドイツの最後にして最高の防衛線であるジークフリート線を強襲する準備をしていた。ジークフリート線は「西の壁」とも呼ばれ、オランダの国境から南はスイスとの国境まで伸びる四〇〇マイル〔六四四キロ〕近い巨大な防衛線で、トーチカ〔機関銃・火砲などを備えたコンクリート製の小型防御陣地〕や掩蔽壕や戦車用落とし穴や、鉄条網や土塁などがいたるところに設置されている。連合軍の戦線の最南端近くでは、アレクサンダー・パッチ率いる第七軍が、地中海からローヌ渓谷へ進撃した後、東に向きを変え、ストラスブールの南西にあたるドイツの領土に向かっていた。そして、第四四二連隊もまさにそこをめざして進んでいた。

フレッドはすべての戦闘装備を身につけたまま、二〇人近い男たちで混み合った有蓋貨車の中にいた。一人も知り合いはいなかった。わかっているのは、この移動が惨めな旅であるということだけだ。セプテームの沼地での野営でどろどろに汚れた軍服は、そのまま着続けだった。列車の中に横になれるスペースはなく、フレッドは毎日ほとんどの時間を立ったまま過ごしていた。列車が揺れるたびフレッドの体は前後に傾き、開いた扉からフランスの田園風景が見えた。曇った空からは雨がいつまでもしとしと降り続いていた。雨とはいえ、それはある意味、美しい光景だった。ローヌ渓谷はちょうど収穫期にあり、ブドウ畑で男たちがブドウを摘み、ブドウを山盛りに入れた籠を木製の荷車に乗せて、ロバに引かせていた。古風な石造りの村があり、小塔のある城が丘の上に立ち、灰色のスレート屋根のどっしりした邸宅（シャトー）がある。クリやプラタナスやポプラの木の葉は色を変え始めている。ハワイから来た青年の多くにとって、秋の木の葉が輝かしい朱や金に染まるのを見るのは初めてのことだった。

旅は永遠に続くように思われた。ドイツ軍が仕掛けた地雷に用心するため、そして最近の戦闘で線路が損傷を受けたため、列車は日中しか走ることができない。しかも、フランス人のエンジニアがじっと線路をにらみながら、前方に障害物がないか確認していたため、列車の速度はきわめて遅かった。兵士たちは毎晩、じめじめした野原や森でテントを張らなければならず、翌朝にはすべての装備をまた車両に積み込まなければならない。列車が北に向かうほど、あたりの風景は灰色がかり、荒涼としてきた。リヨンからディジョンにいたる道中にはずっと、この地で繰り広げられたすさまじい破壊のはっきりした爪痕があった。工場や農園は、黒焦げになった瓦礫の山と化している。主要道路は弾孔であばたになっている。線路と並行に走る幹線道路には、ドイツ軍が残していったたくさんの焼け焦げた戦車や半装軌車やジープやトラックが列をなしている。灰色の車体の側面には黒い鍵十字が描かれていた。そうした残骸を列車から眺めるうちフレッドは、自分たちがどこであれ目的地に着くころにはもう、戦うべきドイツ兵は一人もいなくなっているのではないかと思い始めていた。

第五二二野砲大隊は自分らのトラックで移動していたため、列車とは違うルートをとり、時々止まっては足を伸ばしたりする時間を設けながら、列車よりは楽な旅をしていた。トラックが休憩するたび、兵士らは地元の観光をしたり、地元の人々と会って会話をしたりした。カッツとサスとジョージはほぼずっと一緒に、カフェやレストランに行ってフランス料理を食べてみたりしたが、それらの大半を彼らは奇妙に感じたり、ときには不安を覚えさえもした。たとえば、まだ震えているような生のレバーが盛られた皿や、目の玉がこちらをじっと見ているような魚のクリームスープなどだ。

好奇心を募らせたカッツはこの旅を、フランスの生活についてできるだけ多くを学ぶ機会としてとらえた。ディジョンに着いたときは、サーカスに行こうと決めていた。第四四二連隊の歩兵を運んでいる列車も同じ日にディジョンに到着したため、その夜、サーカスのテントは軍服姿のアメリカ人でいっぱいだった。カッツは座席に座り、年代物の蒸気オルガンのヒューヒューいう音に幸福な気持ちで耳を傾けたり、水玉の帽子とピエロの衣装をつけた白塗り顔の道化を見たりしながら、故郷の光景をかすかに脳裏に思い浮かべていた。そのとき、人込みの中からだれかがカッツの名前を呼んだかと思うと、マウイのころからの友人で「バルーン」ことダン・アオキがいきなりカッツの隣にあらわれた。アオキはカッツの肩をつかみ、喧騒に負けないような大声を張りあげた。「ヘイ、カッツ。こっちにこい。会わせたいやつがいるんだ」と言うなりアオキは、カッツを引っ張って人込みを抜けた。アオキがカッツに引き合わせた若い男は、カッツも噂に聞いていた人物だった。その人物、ダニエル・イノウエのことは、第四四二連隊のメンバーはみな聞き知っていた。イノウエは、そのずば抜けた勇気と、知性と、バリトンのような声と、これまで遭遇したほぼあらゆる場面で行った指揮によって、その名を連隊じゅうにとどろかせていたのだ。カッツはイノウエと対面して、胸が高鳴った。サス・イトウやジョージ・オイエと同じように、イノウエはものごとを熟考するのを好むタイプに見えた。きわめて雄弁で、また、カッツと同じように外交的で社交性もあり、天性の政治家でもあった。二人は会うなり意気投合し、その晩生まれた友情は以後、生涯続くことになった。それはその後、ハワイの運命を形成する一助にもなる。

一〇月一三日までに第四四二連隊の三つすべての大隊は、集合地点であるシャルモワ＝ドゥヴァン＝ブリュイエール近郊に到着していた。ここはドイツ国境から約四〇マイル（六四・三キロ）西に位置する村で、ここで彼らは正式に第七軍第三六歩兵師団に加入し、ジョン・E・ダールキスト少将の麾下に置かれることになった。別名「テキサス・アーミー」こと第三六師団は、テキサスとオクラホマの州兵を核につくられ、すべてではないにせよその大半が、テキサス州の出身の若者で構成されていた。そして今、彼らと二世兵士はともに、自分たちとドイツのあいだに横たわる森林に覆われた山々――ヴォージュ山脈――を前にしていた。

ヴォージュ山脈は暗くて不気味な場所だった。そこは、狼や狼男を想起させる場所であり、ローマ時代のはるか以前から軍隊が衝突し、男たちが闘いで命を落としてきた場所だ。頂上に中世の城が点在する木々に覆われた丘は、長きにわたり、その向こうにあるラインラントへの進撃を阻む役割を果たしてきた。そして一九四四年のこのとき、ヒトラーはこの山脈とその東にある祖国をなんとしても守る決意をしていた。数週間後に「バルジの戦い」と呼ばれるようになる巨大な衝突に備えて、彼は必死に時間稼ぎをしようとしていた。

二世兵士らは、どんな新しい恐怖がこの先待ち受けているかと考えると、胃が痛む思いがした。比較的のんびりした数週間を過ごし、命を危険にさらされる毎日から遠ざかっていた彼らの気分は、急に暗くなった。兵士らは物静かでシリアスになった。今の彼らは戦闘がどういうものか知っていたし、戦闘を恐れてもいた。そして今回は、彼らの恐怖をさらに募らせる要素があった。彼らが近づいている場所は、不吉そのものに見えた。巨大な暗い山々の上には、重たげな雲がかかっている。幽霊のような霧が高い山の峰を包み、見えないどこかから泥まじりの水が急流となって流れ落ちる。ダニエル・イノウエはこのヴォージュ山脈を一目見て、まるで悪夢のような山だと言った。

戦闘に戻る心の準備をしようと必死になっていた若者の一人が、H歩兵中隊のジョージ・サイトウだった。弟のカルヴァンを一四〇高地で亡くしてから数週間、ジョージは父親にあてて陽気で楽天的な手紙を次々に書き送り、父親のキイチの悲しみを和らげようとしていた。だが、降りやまぬ雨の中、ヴォージュ山脈に近づくうち、ジョージはいつしか無言になり、どんどん暗い気持ちになっていった。一〇月一四日、彼はついにありったけの勇気を集めて、短い殴り書きのような手紙を家に書いた。

愛しい父さん

この前手紙を書いてからずいぶん時間がたってしまいました。どうぞ許してください。僕らは今、フランスのどこかの「前線」にいます。ずっとみじめな天気が続いていて、思えばこの一〇日ほど太陽を拝んでいません。これまでの移動と、「落ち込んだ」心と、手紙がなかなか届かないという事実のために、僕はなかなか手紙を書く気になれなかったのです。

同じ日の午後、マサチューセッツで彼の父親は、ジョージが以前送った陽気な手紙に心励まされていた。そして、息子の士気をそのまま保たせようと思った父親は、こんな手紙を書いた。

おまえがまた元気になったようで、嬉しく思っているよ。

同じ日の午後三時一五分、ヴィメニルという村の近くに駐留していたカッツ・ミホら砲兵たちは、榴弾砲クウイポの砲尾に弾を入れ、新しい軍事行動の最初の一撃を放ち、ヴォージュの戦いの火蓋を切った。それから彼らはシフトを組んで交代しながら、夜のあいだもほぼ途切れなく砲撃を続けた。彼らは、東に二マイルから三マイル（三・二〜四・八キロ）離れた暗い山々を猛射し、ドイツ軍の防御を崩し始めた。

第五二二野砲大隊の砲撃音が背後で鳴り響き、白い閃光が前方の雲の灰色の下腹を照らし始めたころ、第四四二連隊は前線に向かって移動を開始し、小麦の刈り株が残るぬかるんだ畑や濡れた田舎道を苦労しながら進んだ。

翌一〇月一五日の日曜日の夜明けごろ、ヒロ・ヒグチ牧師はマツの木を刈りはらった一画で礼拝を行った。冷たい雨がしとしとと降る中、二世兵士らは円の中に立ち、ヘルメットから水滴を滴らせながら、「アメリカ・ザ・ビューティフル」と「リパブリック讃歌」を歌った。それからヒグチ牧師が立ち上がり、「君たちはすでに良きアメリカ人であり、それを証明する必要はない。だが君たちがここにいる理由が、ヒトラーや東条や専制国家や、それらが体現する殺人的な独裁や超国家主義を憎むがゆえであるなら、その動機は正しい」と話をした。兵士らは頷き、泥の上にひざまずき、詩篇二三篇をとなえた。キリスト教徒も仏教徒も無神論者もみな、ヒグチ牧師の後に続いて「死の陰の谷を行くとも」と声をあわせた。それから第一〇〇大隊と第二大隊の兵士は立ち上がり、武器を担ぎ、戦場へと向かった。

高角で榴弾砲を発射するカッツ・ミホ。フランスにて

彼らの最初の目標は、小さなブリュイエールの町の周辺にある高地を確保することだった。ブリュイエールは複数の道路と一つの鉄道路線が合流する場所で、ヴォージュへの入り口にもなっている。森林に覆われた奇妙な円錐形の丘四つ——作戦計画者はそれらを高地A、B、C、Dと呼んだ——が、町を取り巻いている。第四四二連隊は、町を解放し、その向こうにある山に進むために、これら四つの高地を確保しなければならなかった。

その朝、木々が密に生い茂る一帯を二世兵士が進み、最初の高地を登って戦ったとき、そこで待ち受けていたドイツ軍は、少なくともモンテ・カッシーノの戦い以来、イタリアでは決してしなかった戦い方をした。彼らは東わずか三〇マイル（四八キロ）のところにある自国の国境に背を向け、所持するすべてを投擲（とうてき）して、二世兵士が試みたあらゆる前進機動に逆襲した。陣地を一ヤードも譲るまいと必死のドイツ軍は、敵に向かって迫撃砲や大砲の砲弾を雨のように降らせ、敵の前線を狙って機関銃を連射し、近くの丘の頂や教会の尖塔から狙撃し、恐れられていた八八ミリ

野外で礼拝を行うヒグチ牧師

砲を放ったりした。八八ミリ砲の砲弾は人体も木の幹も、同じほどやすやすと粉砕した。

暗い松林の中で戦闘の音——砲弾のヒューッという音や人々のうなり声や鋼による破壊音——は、イタリアの乾燥したなだらかな丘で聞くよりも、ずっと恐ろしく聞こえた。そして今、彼らには新しい恐怖が降りかかっていた。「ツリー・バースト」と呼ばれる現象がそれだ。松林の林冠は非常に厚いため、ドイツ軍の砲弾は木のてっぺんに当たるとほぼ確実にそこで炸裂する。そして、下にいる男たちの頭上に鋼と木の破片を雨のように降らせ、命を脅かす。このツリー・バーストから身を守るすべはなかった。できるのはせいぜい、うずくまって、最善を祈ること。あるいは、最善を祈りつつ、榴散弾のカーテンをかいくぐって前進することだけだ。いずれにせよ、生き延びられるかどうかは微妙だった。

前線の後ろではカッツ・ミホら第五二二野砲大隊の砲兵が、同じほどの被害をドイツ軍側に与えようと全力を尽くしていた。彼らは二四時間態勢で砲撃しながら、イタリアで完成させ始めた戦術をここで再現しようとしていた。それは、壊滅的な効果をもつ同時弾着射撃だ。四つの円錐形の高地の頂と、町の向こうの尾根に雷鳴のような砲弾の斉射を行い、森全体を粉砕し、山頂を裸同然にすることを彼らは狙っていた。

それからの三日間、雨は依然降り続け、ブリュイエールの四〇〇〇人の住人は建物の地下に寄り集まり、二個大隊の二世兵士はドイツ軍を相手に激闘を繰り広げ、一ヤードずつじりじりと前進していった。町に近づくにつれて大地は開け、地面は平らになったが、それでも彼らは平地を通り抜ける前に丘を制圧しなければならなかった。時おり、米軍のP－47サンダーボルト戦闘機が轟音を立てて空を飛び、五〇口径の機関銃でドイツの陣地に機銃掃射を試みたが、雲が低くたれこめていたうえ、周囲の地形が非常に起伏が多いため、航空機はその地域ではほとんど効果を発揮することができなかった。

ドイツの砲兵部隊は長いこと、ブリュイエールの中と周辺のすべての交差点に照準を合わせており、これらの地点に頻繁に、そして見るかぎりランダムに、砲弾を落としていた。運悪くその瞬間、その場に居合わせた者は、吹き飛ばされる確率が高かった。まさにそうした運命に見舞われたのが、H歩兵中隊のとある兵士だった。彼が交差点に足を踏み入れるのと同時に、八八ミリ砲弾が飛んできたのだ。その日の午後、戦没者処理班が遺体を持ち帰ったとき、ヒロ・ヒグチ牧師は衝撃を受けながらも、それがだれかを調べるために認識票を確認しなければならなかった。その晩、悲しみに打ちのめされながら彼は、妻に手紙を書いた。「その若者の遺体からは、顔がなくなっていた。恐ろしかった。もう立ち直れないと思った」。それは、彼と妻のヒサコがロサンゼルスの学生だったころから知っていた青年、ジョージ・サイトウだったのだ。

その数日後、ジョージの最後の手紙がマサチューセッツの父親のもとに届いた。父親のキイチはそれを受け取って、元気づけられた。そして、アメリカ中の親たちがそうであったように、キイチもまた、次の手紙が届くのを心待ちにした。だが、どれだけ待っても手紙は来なかった。キイチはしびれをきらして、ふたたび手紙を書いた。

愛しいジョージ

フランスからの手紙を受け取ってもう三週間が過ぎた。これまでのように頻繁に便りが来ないことを少し心配している。きっとおまえは、とても忙しいのだろう……でもどうか、手紙を書いておくれ。家ではすべてがうまくいっているから、心配はいらない。おまえからの便りを、父さんは待っている。

父より

それから二日後、またもやウェスタン・ユニオンの少年が、マサチューセッツのその家の玄関にあらわれ、陸軍長官からの悲報を差し出した。その後ほどなく、キイチがジョージに書いた最後の手紙が、郵便箱に戻ってきた。封筒の表には「死亡」と走り書きされていた。キイチ・サイトウの二人の息子は、第四四二連隊の兵士として亡くなった。

一〇月一八日の夜明け少し前、フレッド・シオサキは湿っぽい軍幕テントから這い出し、背中に迫撃砲の砲身をくりつけ、ライフルを握り、戦場へと歩き出した。町を取り巻く高地を制圧するため、他の二個大隊が今も戦闘を続ける中、ペンス大佐は第三大隊に、ブリュイエールのドイツの戦線を正面攻撃して町を解放し、その後、北東の村ベルモンに進攻するよう命令を出した。「モンタナ」ことジョージ・オイエもカービン銃を担ぎ、フレッドと一緒に整列した。ジョージは一時的に、前進観測員としてK歩兵中隊に配属されていた。強襲中に第五二二野砲大隊の砲撃支援が必要になった場合に備えてのことだ。

K歩兵中隊は密な松林の中を進んだ。林に散開するにつれて、彼らの耳には前方で起きている戦闘音が奇妙にくぐもって聞こえた。濃い灰色の霧のせいで、どの方角を向いても一一ヤード（一〇メートル）以上先を見ることは難しい。息をすると、目の前に小さな白い雲ができた。足音はほとんどせず、湿った苔に厚く覆われた森の土を踏むと、足元がふわふわした。苔はフレッドにとって、恐怖のもとだった。ドイツ軍が何百ものバウンシング・ベティを苔の中に隠していったと、フレッドは警告されていた。いつ何どき霧の中から風切り音とともに飛んでくるかもしれないと聞かされている恐ろしい八八ミリ砲と同じほど、苔を踏むのはフレッドにとって恐怖だった。

だが、K歩兵中隊はついに森を抜けだし、もっと平らで開けた地帯に足を踏み入れた。町はもう目の前にあったが、あたりのすべては爆発しそうに見えた。戦闘の轟音が四方から彼らを取り囲む。フレッドは泥だらけの溝に足をとられ、つんのめった。左右で弾丸がビュンビュン飛ぶ。頭上では砲弾が風切り音をたてる。前方と後方では、黒い土と砕けた黄色い岩が空中に噴きあがり、近くの納屋で、傷を受けた馬が悲鳴をあげる。焼けつくように熱い榴散弾の破片があらゆる方向に飛び、はばたきのような奇妙な音を立てる。爆発物とディーゼルと泥土と血のにおいが大気に満ちた。

ブリュイエールから失われた大隊まで

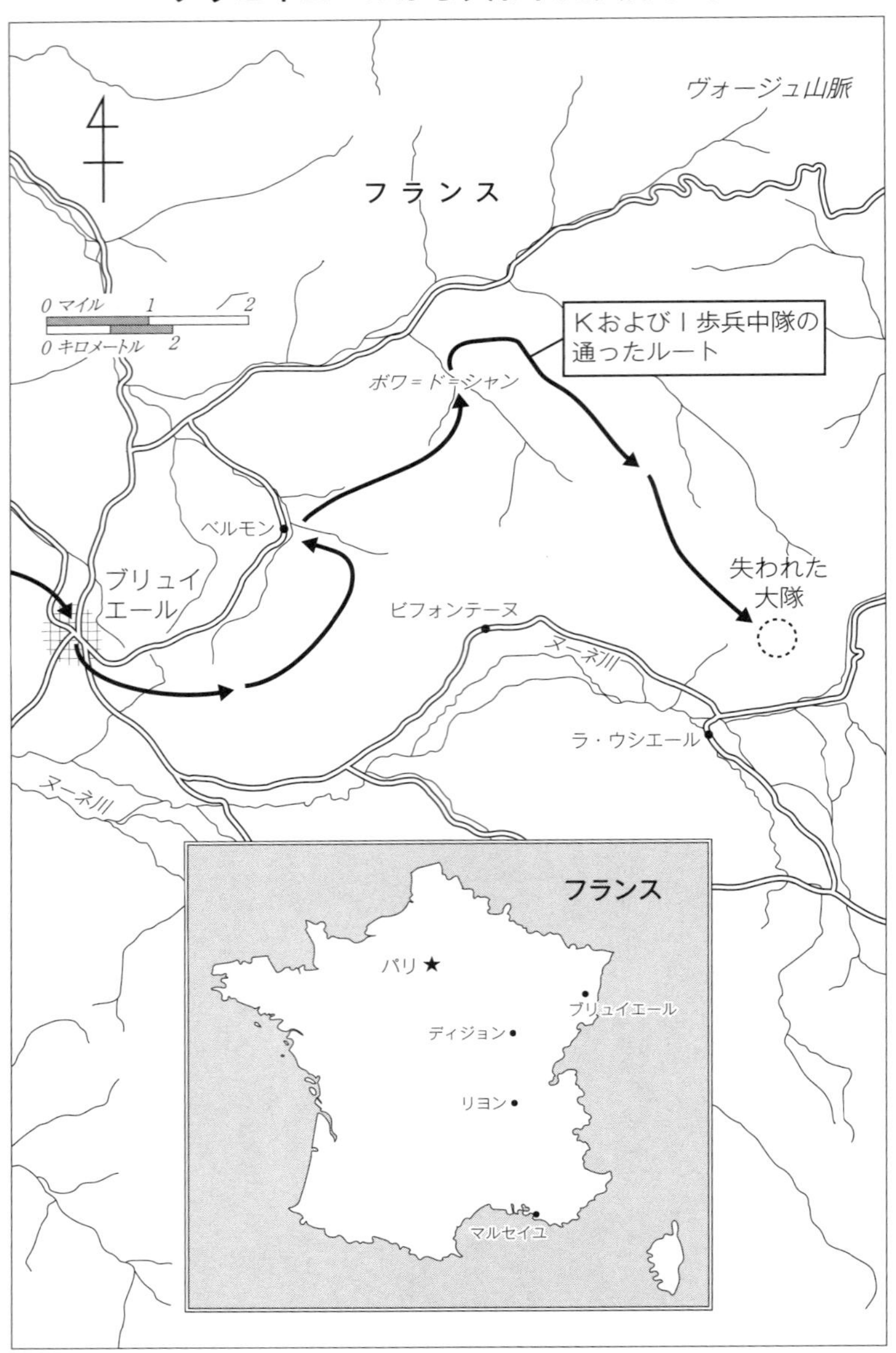

フレッドと近くにいた兵士らは身を伏せ、腹ばいになって前進し始めた。そのあいだも、近くの農家の窓に置かれた機関銃や、石塀の背後に隠された機関銃巣から弾丸が雨あられと降り注いだ。だが、K歩兵中隊は応射し、建物に向かって迫撃砲を放ち、バズーカ砲を発射し、手榴弾を投げながら、じりじりと前進した。彼らは機関銃巣を一つずつ集中して強襲し、一つがすっかり沈黙してからまた次へと移動した。

町はずれで彼らは、道路が大きくカーブした場所に出た。ジョージ・イワモト軍曹は分隊長であり、フレッドのいちばんの親友の一人だったが――骨の髄までコトンクの彼は、ワシントン州東部に特有の気質ももちあわせていた――手を挙げて部下を一時停止させ、注意を喚起した。目の前の光景に、何か嫌な予感がしたのだ。そしてできるだけ早く、その場を離れさせようとした。イワモトは立ち上がり、手を振り、大声で「おおい！　みんな、早く！」と叫びながら、一刻も早く道を渡るよう促した。フレッドは身をかがめながら走り出し、道路を渡った。みなも渡った――ただ一人を除いては。最後の一人の後についてイワモト軍曹が道路を渡ろうとしたとき、すぐ後ろに砲弾が落ち、イワモトの体は前方に十数フィートも飛ばされた。彼の背骨は破壊され、腰から下が動かなくなった。友人がすぐ目の前で、雨に打たれながら道路の上でのたうち、血にまみれ、動かない足を引きずるように必死に前に進もうとしているのを見て、フレッドは突然、すさまじい吐き気を感じた。フレッドは一瞬目を閉じ、石塀にどさりと体をもたせかけた。その場のすべての人間と同じく、フレッドは踵を返してこの場から、この恐怖から逃げたいと感じた。だが、ほかのすべての人間と同じように、彼はそうしなかった。一人の衛生兵が道路からイワモトの体をずるずると引っ張った。残りの部隊は立ち上がり、前進を再開した。

ブリュイエールの町の入り口で、彼らは防塞に直面した。町の大通りの一つを塞ぐように、巨大な丸太や材木や岩でできた障害物が置かれており、それぞれは鎖でつながれ、地雷やブービートラップが絡みついていた。ジョージ・オイエは野戦電話を取り出し、射撃指揮所に電話をした。数分後、いまだ数キロ東にとどまっている第五二二野砲大隊が砲弾を放ち、防塞を直撃した。砂利と泥が四方に飛び散ったが、砲弾の効果の大部分は、もつれあった障害物をさらにもっと威圧的な木と石と爆発物の寄せ集めに再配置しただけだった。近くの家からドイツの狙撃兵が銃撃する中、第四四二連隊の戦闘工兵中隊の工兵が這いつくばりながら前進し、導爆線を大きな障害物のまわりに巻きつけ、巨大な爆発で防塞を吹き飛ばすと、兵士やジープや半装軌車はようやく町の中心へと入り込めるようになった。

K歩兵中隊が細い通りを進むとともに、フレッドは用心深く、一つの戸口から次の戸口へと前かがみになりながら走った。二世兵士らは手榴弾を投げ、扉を打ち壊し、屋根へと駆け上がり、家を一掃し、徐々にドイツ軍を町から追い出していった。晩の早い時刻にはもう、ブリュイエールの大半は彼らのものになっていたが、高地を巡る激闘が町のすぐ東で繰り広げられていたため、ドイツ軍の砲弾や迫撃砲弾が時おり通りに着弾するのは止まなかった。通りには戦争の残骸が散らばっている。スレートの屋根瓦。レンガ。石とモルタルの山。焼け焦げた車。道路のそこここに、灰色の軍服を着た血まみれのドイツ兵の死体が転がっていたり、焼け焦げた半装軌車の中に、ねじ曲がった姿勢で座った黒焦げのドイツ兵の死体があったりした。人の肉が焼けるにおいと死のにおいが、火薬のにおいとともに大気の中に立ち込めている。

だがじきに、家々の上階の窓から一つまた一つと旗があらわれるのにフレッドは気がついた。フランスの国旗やフランス・レジスタンスの象徴であるロレーヌ十字の旗だった。隠れ家に籠っていたブリュイエールの住民も、外をのぞき見て、米軍のジープや戦車が町に入ってくるのを見ると、雨の中、瓦礫の散らばる通りに続々と出てきた。彼らは最初、アジア顔の兵士を見て混乱したようすで「シノワ！　シノワ！（中国人！中国人！）」とわめいていた。二世兵士らは軍服を指し示して、「ノー、ノー。アメリカン。ジャパニーズ・アメリカン」「ジャポネ！（日本人）」と説明を試みた。フランス人たちは明らかに当惑したようすで顔を見合わせていたが、だれもさほど気にしていなかった。若い女性や老いた男性や子どもなど、まったくの他人が二世兵士のもとに駆け寄ってきて、兵士らを抱きしめ、左右の頰にキスをした。老いた男たちはワインの瓶やソーセージをもってきて、それを解放者である兵士らにすすめ、背中をポンポンとたたいた。子どもたちは米兵にまとわりついて歓声をあげたり、フランス語で何かを繰り返し叫んだりしていた。だが、おおかたの兵士が理解できたフランス語は「メルシー、メルシー、メルシー！」だけだった。フレッドは持ち物の中からチョコレート・バーを取り出し、それを小さく割って子どもたちに手渡した。

彼は町の南西側に向かって歩き続けた。狙撃兵が高地から撃つ銃弾はまだ時おりそばで風切り音を立て、石塀に跳ね返ったりしていた。だが、市民は続々と外に出てきていた。道の角を曲がったところでフレッドは、歯をむき出して笑っている老婆に出会った。老婆は崩壊したソーダ水の倉庫の隣にある瓦礫の山の上に立ち、そばを足早に通り過ぎる男たちにソーダ水の瓶を渡していた。次の角では一人の中年女性が彼らに手を振り、通りの瓦礫の片づけを——まだ砲弾が上空を飛ぶ音が止んでいないのに——猛然と開始した。女性があまりに元気よく片づけに取り組んでいるので、ジョージ・オイエの目には、まるで彼女が戦争そのものを一掃しようとしているかのように見えた。

夕闇がおり、町が暗闇に包まれるころには、二世兵士らはブリュイエール村を完全に掌握した。そのころ、住民の空気に変化が起きたようだった。だれかが大きな甲高い声をあげるのを、フレッドは耳にした。住民が、数人の人々を路上に引きずり出していた。多くは、ドイツ兵と通じていた女性たちだったが、中には男性もいた。おそらくドイツ軍に便利に使われた人材だったのだろう——。まわりに人だかりができた。引きずり出された男たちは拳や箒の柄で殴られた。女は丸裸にされ、頭髪を剃られた。そして彼らは雨の中、通りを走らされ、嘲笑され、つばを吐かれ、侮辱の言葉やゴミを——ジャガイモの皮や腐った野菜や臓物などを——投げつけられた。裸の女たちは体をかがめてゴミをよけようとしながら、必死で裸の姿を隠そうとしている。フレッドはそれを無感動に眺めていた。判断を下すのは自分ではない、と彼は思った。

それから数日かけて、K歩兵中隊はブリュイエールを後にし、じりじりとヴォージュ山脈に分け入っていった。ちょうど同じころ、K歩兵中隊のわずかに後方では高地Dでの血戦の中、F歩兵中隊の一等軍曹エイブラハム・オオハマが傷ついた仲間を介抱しようと白旗の下を前進した。しかしドイツ軍は白旗を無視して銃撃し、オオハマを負傷させた。二世の担架員が怪我をした二人を戦場から運び出そうとすると、ドイツ軍はさらに彼らに向かっても銃撃し、担架の上に無力に横たわるオオハマを殺した。これを見ていたF歩兵中隊の隊員は怒り狂い、二〇〇名近い兵士はいっせいに立ち上がり、敵の前線へと突撃した。その動きがあまりに突然かつ予想外だったので、ドイツ兵の多くは反撃する暇さえなかった。二世兵士が陣地に押し寄せると、数十人のドイツの青年兵らは——中にはまだ一六歳や一七歳の者もいた——蛸壺壕の中で縮こまり、両腕を上げていた。相手があまりに怯えていたので、二世兵士らは壕の中に手を伸ばして敵を引っ張りあげ、捕虜にしなくてはならなかった。膝をついて泣き、命乞いをする者もいた。すべてが終わったとき、八七人

ヴォージュに進攻する第442連隊

のドイツ兵が戦死し、さらに数十人が負傷していた。
町の東にある鉄道の盛り土のところでは、K歩兵中隊と第三大隊の大半が何時間も身動きがとれなくなっていた。事態が打開されたのは、第五二二野砲大隊が二〇分間休みなく雷鳴のような弾幕射撃を行い、盛り土とその背後の地面を猛射したからだった。最後の砲弾が落ちてから数秒間、あたりは死のような沈黙に包まれ、聞こえるのは雨の音だけだった。火薬のにおいと湿った土のにおいが、男たちの頭上を漂っていた。フレッドは蛸壺壕の中でうずくまりながら、雨と煙のカーテン越しに外を見た。ドイツ兵がついに線路の向こうの東に退散していくのが見えた。K歩兵中隊は立ち上がり、線路の盛り土の残骸を乗り越えた。

ねじ曲がったレールや陥没した穴や散在する砂利の山を越えながら、彼らは慎重に前進し、地雷がたっぷり埋め込まれた泥だらけの一帯を渡った。樹木が密に生えた丘に近づく途中で、K歩兵中隊のジェームズ・オオウラ軍曹は、前方に並ぶ木の陰からドイツの高官らしい将校が一人、こちらに向かってくるのに気づいた。相手は、こちらの存在に気づいていないようだ。オオウラは後ろの男たちに手振りで身をかがめるように指示し、男が射程範囲に入るまで引き金を引くのを待った。そして立ち上がり、ブローニング自動小銃を一発撃ち、相手を仕留めた。敵の遺体を回収に行ったとき、K歩兵中隊は地図を見つけた。そこには、目の前の複数の丘のどこに敵部隊が配置されているかが示されていた。運よく手に入ったこの地図を、彼らは早急に役立てる必要があった。ルディ・トキワは地図を手に、駆け足で連隊の指揮所に戻った。

一時間後、エメット・オコナー少佐は手に入れた地図を精査し、そこに示されている情報を利用するために特別支隊を立ち上げた。その夜、連隊の他の部分が依然、這いつくばりながら前進を続ける中、オコナーと特別支隊はひそかに敵の前線の向こうに潜入し、森林の尾根沿いに進み、第三大隊の陣地よりもはるか前方まで進んだ。一〇月二一日の夜明けまでに彼らは敵陣の側面に、さらには後ろにまで回り込み、良好な観測点を確保した。そこからはドイツ軍が、地図に示されていた通り、ある開けた一帯に密に立つ家々の中およびその周辺に、兵を大挙集結させているのが見てとれた。アル・ビオンディ中尉とジョージ・オイエは森の中で身をかがめながら、ひそかに座標を知らせはじめた。数分後、第五二二野砲大隊は複数の榴弾砲を——またしてもまったく同じタイミングで着弾するように計算して——発射した。ドイツ兵が陣地にしていた家は、立ちのぼる炎と泥と煙の中に姿を消した。八〇人のドイツ兵が即死し、六〇人が負傷した。あっけにとられている生存者にオコナーの特別支隊が後方から、K歩兵中隊とI歩兵中隊が前方から襲いかかった。正午までに二世兵士はあたり一帯を制圧し、五四人を捕虜にした。それが、近隣で残っていたすべてのドイツ兵生存者だった。

作戦が成功に終わったことをパーサルに報告するため、ルディが大隊の指揮所にふたたび向かおうとすると、K歩兵中隊の衛生兵ジェームズ・オオクボが彼を止めた。

「おい、パンチ・ドランク。おまえ、ここに来たとき、その……死んだドイツ兵をそのへんで見たか?」

「ああ」

「生きているやつは?」

ルディは肩をすくめて言った。「わからん。見てない」

オオクボは一晩中、怪我人の手当てをしていた。そして今彼は、まだあたりに怪我をしたドイツ兵がいるのかどうか、知りたがっていた。

「わかっているだろうが、おれはライフルをもてない。一緒に行ってくれるか?」

ルディは肩をすくめたが、トムソン短機関銃を取り上げ、オオクボとともに丘に入っていった。二人はドイツ兵の死体をかき分け始め、ついにまだ息のある青年を一人見つけた。オオクボはできる限りの応急手当てをすると、彼を担いでアメリカの救護所に向かった。オオクボはルディのほうに向きなおり、「おれのことを、怒らないでくれよ」と言った。

ルディは、そいつを助けたのは良いことだったと思うと答えた。だが、よく考えてみれば、彼や仲間がこれだけの時間を費やしてドイツ兵を殺そうとした後で、たった一人を救おうとするのは、なんだか奇妙な気がした。特にそれに反対したいということではない。助けようが助けまいが、どちらでもかまわなかった。ただ、最初の戦闘の日に子どもの写真を携えていたドイツ兵を撃って以来、心に巣食ってきた何かを、この日以後、ルディはますます頻繁に考えるようになった。「わからない」彼は思った。「もしここから抜け出すことができるとして、そのときおれは、はたして人間でいられるのだろうか」

その夜、K歩兵中隊の疲れ切った若者たちは、ドイツ軍が掘った狭い壕や、自分たちが放った砲弾が残した窪みの中に体をすべりこませ、なんとか眠りにつこうとしていた。壕にも窪みにもすでに、冷たい泥まじりの水が高さの半分ほど溜まっていたが、彼らの多くはそれを気にする余裕すらなかった。彼らはただ、泥まみれの壁に背をもたせかけ、目を閉じ、足を濡れるがままにさせていた。数人は、砲弾がいつまた落ちてくるのかわからないにもかかわらず、壕の外で横になることを選択した。フレッドは壕の中で横になることにした。眼鏡は泥で汚れ、歯はとめどなくガタガタ鳴った。だが、最悪なのは、足がひどく痛むことだった。フレッドは片方の足を水から突き出し、ブーツを脱ぎ、びしょ濡れの靴下を脱いだ。そして、自分の足が奇妙な紫色に変わっていることに気づいた。いわゆる「塹壕足（ざんごうあし）」の初期症状だ。足の神経と組織がゆっくりと、痛みを伴いながら死につつあったのだ。*33

その夜は、だれもろくに眠れなかった。ようやく夜が明け、灰色で湿った冷たい朝が来ると、彼らは立ち上がり、北東へと動き出した。そして、ますます険しい地形に分け入っていった。彼らの目の前には、暗い森におおわれた急な丘がそそり立ち、行く手には砲弾が断続的に飛んでくる。八八ミリ砲を載せたドイツの戦車から猛烈な砲撃があり、米兵が「スクリーミング・ミミ」と呼ぶドイツのロケット砲「ネーベルヴェルファー」が遠吠えのような音をたて、ドイツの軽機関銃が轟音をたてた。それからさらに二日と二晩のあいだ、彼らは一ヤード一ヤード、ひたすら前進した。ほぼいつも砲撃の危険にさらされ、食べるものは冷たいK糧食のほかになく、泥の上以外に眠る場所はない。そして雨はずっと、降りやまなかった。

一〇月二四日の夜には第四四二連隊はベルモンとビフォンテーヌの村を掌握し、ドイツ軍をさらにヴォージュ山脈の奥へと追いやった。K歩兵中隊はもう七日七晩も戦場に居続けていた。いくつかの部隊に至っては、その期間は八日間にも及んでいた。だが、太陽が久々に顔を出したその日の午後、テキサスの二つの部隊——第一四一および第一四三歩兵連隊——が第四四二連隊を休ませるために、彼らの隊列の前へと動き始めた。

フレッドとルディおよびK歩兵中隊の仲間は、狭い壕から這い出した。泥がこびりついた軍服は固くなり、顔は青ざめてやつれ、うつろな目はほぼ何も見ていないようだった。彼らは隊列らしいものをなんとか作り、よろよろと山を下り、破壊されたベルモンの村へと戻っていった。そして彼らは、古い石造りの納屋や半壊した家や、焼け落ちた店や馬小屋など、身を隠せるような場所を見つけると——あるいは、乾いた小さな一画やひと山の干し草や、飼料袋や、たとえ冷たいスレートの床でも、ともかく身体を伸ばせる場所がありさえすれば——その場にくずおれて、眠りに落ちた。アドレナリンや恐怖や怒りでまだ気がたかぶっていて、眠りにつけない者も何人かいた。彼らはまず、何か温かいものを食べたがった。そうした兵士に将校らは、ともかく気を楽にするように言った。温かい食べ物はじきに運ばれてくる。そしてこれだけのことをくぐりぬけてきた彼らは今、休息する時間をたっぷり与えられるはずだった。

＊33　各地の兵士を古くから悩ませてきた塹壕足は、しばしば壊疽（えそ）に発展した。第一次世界大戦当時、この病気を患った米兵は二〇〇〇人、英兵は七万五〇〇〇人と見積もられている。

だが、それから四八時間をわずかにすぎた一〇月二七日の午前三時、古い石造りの宿屋の床ですやすやと眠っていたフレッドを、ルディ・トキワが揺り起こした。フレッドは、何が起きているのかよくわからなかった。彼は眼鏡を手探りした。まわりでも、K歩兵中隊の仲間らが暗闇の中でぶつぶつ文句を言っていた。

「おい！　いったい何だよ？　なんでおれをたたき起こす？」

「説明は後だ。ともかく装備をもて……また出動だ」

「ちくしょう！」

罵倒し、怒り、まだ信じられない思いで、男たちは床を這い回り、ライフルやヘルメットを手探りし、まだ濡れているブーツを履き、荷造りをした。一時間後、フレッドとルディはベルモンの通りに足を踏み出した。彼らは背中を丸くすぼめて歩き出した。ほかの建物からも続々と男たちが出てきて、K歩兵中隊と整列した。まだK歩兵中隊の前進観測員に任ぜられたままのジョージ・オイエもそこに加わった。オイエのすぐ右には、彼の友人で今は上官でもあるサス・イトウ中尉がいた。彼はちょうど先ごろ、昇進の指令を受けたところだった。

男たちは不揃いな隊列を形成し、濡れた石畳の道を東へと足を引きずりながら歩き始めた。村の家々のまばらな光からフレッドがうかがい見るかぎり、第三大隊と第一〇〇大隊の両大隊がその場に集まっているようだった。先頭に立つのはK歩兵中隊とI歩兵中隊だった。自分たちがどこに行くのか、なぜ行くのかわからないまま、彼らは村を後にし、おおむね北東へ、そして丘へとつながる狭い舗装道路を進んだ。自分たちの背後で戦車が動き始める音が、そしてさらに、大勢の男たちが行進する音がフレッドの耳に聞こえてきた。大勢の人間が行進をしていた。これがなんのためであるにせよ、大事であるのはまちがいなかった。

目の前にある山の上では、雨がふたたび降り始め、生い茂るマツや雑木を通じて下に落ちてきた。もっと高い尾根のあたりでは雨が雪に変わろうとしていた。その一帯では二〇〇人を超える若者が——その大半はテキサス出身だった——生き延びるための決死の戦いをしていた。

第一八章

今度ばかりは私も精神的に落ち込んでいます……この任務をやりとげたら……そのときにはわれわれ自身の血で、民主主義におけるわれわれの冒険物語の新たな章を書くことになるでしょう。

ヤマダ牧師がシャーウッド・ディクソン大佐に宛てた手紙
一九四四年一〇月三〇日

ジョン・E・ダールキスト少将は堂々とした体格だった。それに異論を唱える者はなかった。その点は問題ではなかったし、彼が自身の指揮した二世兵士の多くから憎まれることになった理由はそこにはなかった。彼の外見でまず目につくのは四角い顎だった。その顎は、不屈の精神や決断力や率直さを物語っているように見えた。彼が話すと、人はその通りの印象を受けた。話し方は不愛想で、そっけなく、権威的で――大柄で四角い顎をもつ将軍に対して人々が予想する話し方そのものだった。見かけはともかく良かった。

スウェーデン系移民の子として一八九六年に生まれたダールキストは、ミネソタで育ち、一九一七年に陸軍に入った。第一次世界大戦後は占領下のドイツで少尉を務め、その後急速に階級を上げ、フィリピンで軍務につき、一連の内務も担当し、一九四二年には准将に、一九四三年には少将に昇進。いちばん最近では、ドワイト・アイゼンハワーの副参謀長をつとめた。その過程でダールキストは歩兵戦術の学者的な存在になり、このテーマについての正式な研究に参加し、機関銃の効果的な使用法に関する教範(マニュアル)も執筆した。だが、一九四四年の夏までに彼は一度も、実戦で部下を率いた経験がなかった。そしてヴォージュの戦いが始まるころにはもう、麾下の人間や彼から報告を受ける人間のどちらにも、彼の経験不足は目に余るようになっていた。

その夏の初め、連合軍の南フランス進攻のあいだ、ダールキストは任務に就いたが、麾下の師団が丘の町モンテリマールで積極的かつ効果的に前進できなかったため、指揮をほぼ外されることになった。おそらくはそれが原因で、第四四二連隊がブリュイエールとその周辺の強襲を開始したとき、彼は戦場に自ら赴き、少しでも怠けているように見える者がいれば怒鳴ったりにらみつけたり激しく叱責したりした。個々の部隊を手ずから指揮し、特定の歩兵に高圧的な命令を出したり、戦場にいる将校の命令を取り消したり、彼らの集めた情報を無視したり、参謀将校たちが考えた計画を脇に置いて、不確かな要素の多い土地に前進命令を出したりした。その結果、麾下の人間の多く――士官も下士官も含め――から距離を置かれるようになった。ブリュイエールと周辺地域をめぐる戦いのあいだ、第一〇〇大隊の勇猛な朝鮮系アメリカ人の大尉ヨンオク・キム（金永玉）は、ダールキストが電話に出ようとしているのを知ったとき、野戦電話からコードを引き抜いた。この蛮勇のおかげでキムの部下は、ダールキストによる誤った、そして自殺的ですらある――キムにはそれがわかっていた――命令に従わずにすんだ。

ダールキストのもとで戦った二世兵士が絶対に許すことができなかったのは、ブリュイエール解放後の彼の行動だった。一〇月二三日、前方にドイツ軍が大勢集結しているという警告があったにもかかわらず、彼は麾下のテキサス師団の第一四一歩兵連隊に、ビフォンテーヌ村の北の尾根をできるだけ迅速に進むよう命じた。翌日の夜には、同連隊の第一大隊に所属するA、B、Cの三つの中隊は泥だらけの伐採道を歩き、ラ・ウシエールという小村のすぐ上にある狭い尾根のほぼ突き当たりまで進んだ。眼下の谷に位置するラ・ウシエール村は交通の要衝で、まだドイツ軍の手中にあった。最初米兵らは、ごく軽い抵抗にしか出会わなかった。夕刻が近づいたころも、すべては驚くほど穏やかだった。しかし、闇が彼らを取り囲むや突然、背後の森ですさまじい銃砲撃が始まった。森の中に隠れていたドイツ軍は、意図的に米兵を邪魔だてせず通過させたのだ。そして彼らは夜を待って火蓋を切った。

テキサス大隊は円陣防御を形成し、その夜を凌ぐために大急ぎで穴を掘った。彼らは自分たちがどこに迷い込んだのか正確にわかっておらず、しかし、一日以上の糧食は携えてきているはずだと希望を持っていた。翌朝、一部の兵士が自分たちの来た道を辿ろうとしたが、途中でドイツ軍の激しい銃撃にあい、多数の死傷者が出た。命からがら大隊のもとに戻ってきた兵士は、夜のうちにドイツ軍がマツの木を切り倒し、伐採道をまるで要塞のように封鎖してしまったと報告した。事態ははっきりした。大隊は罠に誘い込まれ、入り口はもう閉められたのだ。尾根のどん詰まりにある丸い丘の頂で動けなくなった彼らは、敵の前線の六キロ後ろにある静止した標的も同然になった。どこにも逃げ道はなく、テキサス大隊の兵士はほぼ継続的に砲撃にさらされ始め、彼らを取り囲んでいるドイツ歩兵からも地上攻撃を繰り返された。

それから数日間、たった一つの機能している無線で彼らと連絡を取りながら、ダールキストは立ち往生した兵士たちに、なんとか苦境から抜け出せと繰り返し命令した。その試みが失敗に終わると、ダールキストは次に、第一四一連隊の別の部隊に状況の打開と仲間の救出を命じたが、それも失敗に終わった。丘の上でマーティ・ヒギンズ中尉は、急速に悪化する状況に耐えながら、二〇〇人を超える兵士を指揮していた。ほぼ円形の防御陣地の中で、ひどい寒さと無慈悲に降る雨の中、そして食糧や医療品の供給もほとんどないまま、彼の部下は水浸しの壕の中に横たわっていた。彼らは腹を空かせ、汚れきり、疲労困憊し、士気を失っていた。五、六人は重傷を負っていたが、彼らを介抱する手立ては何もない。何人かは出血や壊疽ですでに死亡しており、ヒギンズのいる蛸壺壕に近い泥の上にその亡骸が伸びていた。おそらく、もっと多くの兵士が遠からず命を落とすと思われた。

ダールキストは時間がたつにつれて焦りを募らせ、戦闘で疲れきっていた第四四二連隊の兵士をたたき起こして山に送れと命令した。自分の部下にはできなくても、二世兵士にはテキサス大隊の救出ができるかもしれないと踏んだからだ。ダールキストはまず第四四二連隊の第二大隊に、一〇月二六日の夜に山に登るよう命じた。だが、第二大隊はテキサス大隊がいる場所まであと数マイルのところで動けなくなった。そこでダールキストは第四四二連隊の残りの部隊も戦場に投入することを決めたのだ。

フレッド・シオサキは、すでに感覚を失いつつある指で、前を歩いている男の背嚢をつかんだ。男の姿そのものは見えなかった。まわりがほぼ完璧に闇に覆われているので、まるで暗い部屋の中で目隠しをされているような気分だった。そばではサス・イトウが立ち止まり、自分の背嚢に白いハンカチを結びつけていた。後ろの兵士が迷わないようにするためだ。

彼らはすでに一マイル（一・六キロ）か二マイル（三・二キロ）ほど、暗闇と土砂降りの雨の中を歩き続けていた。前の人間とのあいだは伸びたり、たがいにぶつかるほど縮んだりして、まるで人間アコーディオンのようだった。彼らが進む伐採道路には、工兵の手で若木の丸太が並べられていた。その先はフランスのレジスタンスの戦士らが道案内をし、道路から轍（わだち）のある泥道へと米兵を導き、地元の人々がボワ＝ド＝シャンと呼ぶ湿った森に続く急な坂へと案内した。道が険しくなるにつれ、ブーツはくるぶしまで泥の中に沈み、兵士らは足を滑らせては前にいる人間をひしと摑み、なんとか体勢を立て直し、前進し続けた。

最初フレッドの耳に届くのは、ブーツを泥から引き抜くズボッという湿った音、雨が木の梢を打つ音、まわりの男たちが小さくつぶやく罵倒の言葉だけだった。だが、夜明けが近づき、木々の隙間から見える小さな空が漆黒からスレートのような灰色に変わるころ、上方から銃撃戦のような音が聞こえ始めた。そして、ゴロゴロと音を立てて米軍の戦没者処理班のトラックが伐採道路を走っていった。トラックの後部には、ねじ曲がった遺体が五、六体のせられていた。米軍の軍服が血で汚れ、顔は夜明けの空のような灰色だった。

三〇分後、厚い霧と密な森を抜けて彼らが前進を始めたころ、戦闘の音——機関銃のダダダッという音や、ライフルのパンという発砲音や、手榴弾が落ちる衝撃音や、戦車の轟音など——が四方から徐々に迫ってきた。フレッドはまだ、樹木や霧にさえぎられてどの方向も数十ヤード以上先は見えなかった。いまだに、自分たちがどこに向かっているのか、目的は何なのか、何と立ち向かうことになるのか、わかっていなかった。フレッドも分隊のほかのメンバーも、テキサス大隊が動けなくなっていることをだれからも聞かされていなかった。わかっているのは、行軍が突然止まり、将校が突然彼らに向かって、散開して隠れろと叫んだことだけだった。

M1ライフルを握りしめ、迫撃砲の砲身を背中にくくりつけたままフレッドは木の陰で膝をつき、必死に状況を理解しようとした。戦闘音はフレッドの右側にも左側にも広がっている。前方の森の向こうに、数人の二世兵士らしい人間が——死体が——蛸壺壕の中に倒れこんでいるのが見える。はっきりとはわからなかったが、おそらく第二大隊のだれかだろう。それ以上のことは、樹木越しでは判断できなかった。だが、飛

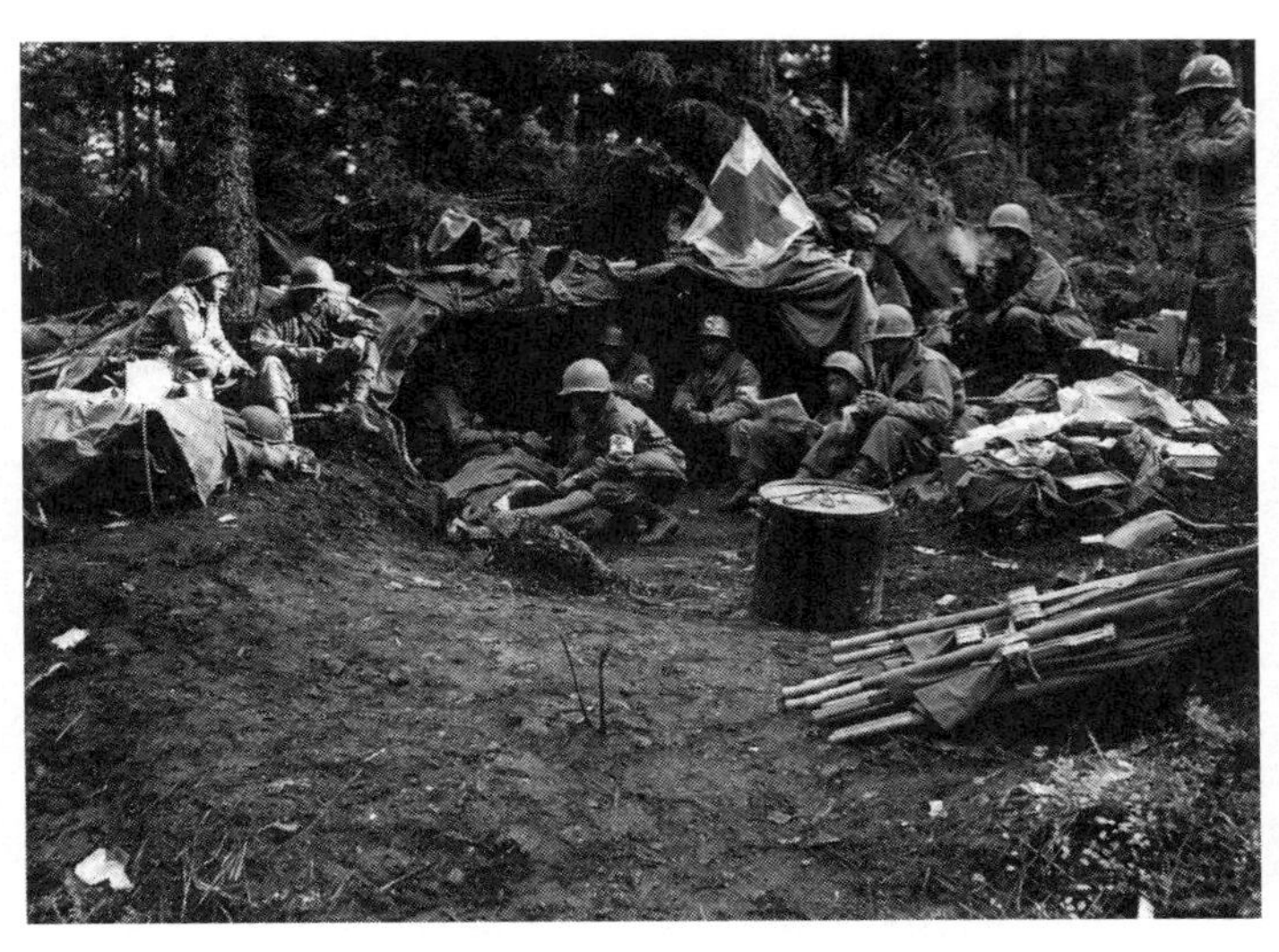

ヴォージュの救護所で負傷者の手当てをする衛生兵

んでくる弾丸の量から判断するかぎり、湿った灰色の暗がりの向こうのどこか高いところに、かなりの数の敵兵が潜んでいるはずだった。

K歩兵中隊は前進を始めた。フレッドは木から木へと移動しながら、まだほとんど見えていないドイツ軍に向かって進もうとした。そのあいだも、機関銃弾が断続的にあたりの木々を引き裂き、土や石や木片を四方に飛散させた。さらに、一〇五ミリ榴弾砲弾が頭上でヒューッという音をたてはじめた。

ジョージ・オイエとサス・イトウは前進観測員の班を連れて、前線より前に抜け出した。木々に覆われた渓谷に隠れながら、彼らは数両のドイツの戦車がK歩兵中隊の前方約一〇〇ヤード（九一・四メートル）に位置しているのを認め、座標を知らせた。火器は今、山のふもとのブリュイエール村にあったため、報告された戦車の位置に向かってカッツ・ミホと第五二二野砲大隊の隊員が砲撃を始めたものの、なかなか精確にはいかなかった。眼前の丘はあまりに急で、榴弾砲の砲身を通常ならありえない角度――約四五度――まで上げなければならなかったのだ。その結果、砲弾は必然的に高くループするような弾道をとり、通常よりもはるかに長い時間、空中にとどまるため、わずかな突風によって意図していた標的からそれてしまう傾向があった。弾幕砲火は戦車にほとんど損傷を与えなかった。

午後になってほどなく、いまだ残りの第三大隊より前に位置していたK歩兵中隊とI歩兵中隊は、ドイツ軍の機関銃による執拗な十字砲火と、戦車から轟音とともに発せられる恐ろしい八八ミリ砲に行く手を阻まれ、わずか数ヤード前進するのにも苦労していた。前線のすぐ後方では、K歩兵中隊のジェームズ・オオクボや他の衛生兵がいくつかの木の根のあいだに大きな待避壕を掘り、それを丸太や石や土で隠して緊急の救護所として使った。だがすでにそこは、山から降ろさなければならないほどひどい怪我を負った若者たちであふれていた。

そこから南東に約三マイル（約五キロ）の、ラ・ウシエールを見下ろす尾根のてっぺんで動けなくなっていたテキサス大隊は、敵に囲まれながらも、ドイツ軍の砲撃が止んだすきに死者の遺体を埋めようとしていた。円陣防御の内部で、事態は悪化し続けていた。糧食は今や、ほぼ底をついていた。医療品ももうない。そして、希望までもが急速に失われつつあった。飲み水の唯一の供給源は、ヘルメットで受けられるだけの雨水と、円陣防御を越えたすぐ先にある低くてぬかるんだ緩衝地帯にある、泥まじりの浅い水たまりだった。だがドイツ兵も水をそこに汲みに来ていたので、水をとってこようとする試みは、ドイツ兵と鉢合わせて命を奪われる危険と背中合わせだった。いずれにしろ、腐敗したものを消毒するためのハラゾン錠剤を、彼らは使い果たしてしまっていた。

テキサス大隊の通信兵アーウィン・ブロンダーは、クリーブランド出身でユダヤ系の、ひょろりとした二三歳の青年だった。彼は丸太で蓋をした蛸壺壕の中で体を丸めていた。塹壕足の症状が出て、足は膨れ上がり、ひどく痛んだ。彼は無線機のスイッチを入れた。本当は、それだけはしたくなかった。バッテリーがもうすぐゼロになるのはわかっていたし、そうなったら、外界と自分たちをつなぐ唯一の通信手段が突然断たれてしまう。だが、彼とマーティ・ヒギンズは徐々に不安を募らせていた。負傷した兵士の叫び声は、ドイツの砲兵部隊の前進観測員に、自分たちが円陣防御内のどこかにいるかをピンポイントで知らせてしまうかもしれない。だから、どうしてもモルヒネが必要だった。ブロンダーは緊急用品の空中投下を繰り返し要請した。だが、これまでのところ、濃い霧が山頂を覆っているため、パイロットはテキサス大隊がどこにいるかを突き止めることすらできず、まして、精確に投下ができるほど接近するのはまったく不可能だった。彼は今一度、早急に必要な品物がいつ届くのかをたずねた。無線機がパチパチと音を立てて「まだだ」というそっけない回答を届け、ブロンダーを意気消沈させた。

午後三時三〇分ごろ、ドイツ軍は第三大隊に全面的な逆襲を開始し、K歩兵中隊とI歩兵中隊はその矢面に立たされた。フレッドと分隊の仲間が、それぞれの場所で必死に穴を掘っていたとき、だれかが「戦車だ！　戦車だ！」と叫んだ。彼らの目の前にある霧の森からドイツ軍のⅣ号戦車の音が鳴り響き、K歩兵中隊のいる場所を狙って至近距離から砲弾が発射された。砲弾は頑丈な木にぶつかり、幹を砕いた。ぐらぐらと傾いた木が、地面に伏せた男たちの上に倒れてくる。ドイツの歩兵は戦車の脇と後ろを固め、機関銃を発射しながら着実に前進する。フレッドは森の湿った土を大急ぎで掻いて浅い窪みをつくり、そこに横たわったが、数分後にはドイツ兵はフレッドの居場所から五〇ヤード（四五・七メートル）のところまで迫った。近づきながら彼らは、手榴弾を投げ始めた。二世兵士も応戦して手榴弾を投げた。だが、ドイツ軍の手榴弾投擲はいっこうに終わらず、戦車による攻撃も同様だった。敵がこちらを壊滅させようとしているのは、疑いがなかった。フレッドは迫撃砲の砲身を脇に投げ、M1ライフルを握りしめ、自分の目の前で何か動くものがあれば片端から、反射的に、本能的に銃撃し始めた。もはや何も考えていなかった。頭にあるのは、一つの圧倒的な考えだけだ。それは、自分が殺される前にこのクソ野郎どもを殺さなければならないという、絶対的な確信だ。ほかのことはどうでもよかった。すべてが突然、ありえないほど明晰になった。そばを飛んでいく小石。頭上で砕けるマツの枝。遠くで聞こえる叫び声。泥がこびりついた軍服のかすかな衣擦れの音まで——。彼はすべてを一瞬で吸収し、十全に理解した。銃撃し、新しい挿弾子に手を伸ばし、弾薬を銃に装塡し、また銃撃しながら——。

彼は目の端で、マツイチ・ヨギが立ち上がるのを見た。ヨギはブッダヘッズの一人で、初めてシェルビーで出会ったときこそいざこざがあったものの、以後は友人になっていた。フレッドはもともとバズーカ兵だったが、途中で迫撃砲班に移動になり、そのとき彼に代わってK歩兵中隊のバズーカ班に入ったのがヨギだった。今、ヨギは武器を肩に乗せ、全速力で戦車に向かって走っていた。フレッドは冷たい湿った空気を吸い込み、かたずをのんで見守った。開けた場所に出たヨギは、戦車の正面で止まり、膝をつく。そしてあたりの木々に弾丸があたる中、ヨギはバズーカ砲を発射し、砲弾は戦車を直撃した。車体の下側から炎が噴き出し、ハッチから黒煙があがり、戦車は完全に停止した。戦車の中から一人もドイツ兵が出てこなかったので、ヨギはあたりを見まわした。そしてドイツのバズーカ兵を一人見つけ、バズーカ砲をふたたび発射し、相手を消し去った。森を抜けてもう一人のバズーカ兵がヨギに向かってきたが、ヨギはカービン銃を発射し、相手を即死させた。ヨギがK歩兵中隊の前線に戻ったとき、ドイツ軍の攻撃は弱まってきていた。夕方の薄明りの中、灰色の軍服のドイツ兵は幽霊のように木々や霧の中に消えていった。

あたりが暗くなったころ、偵察任務を終えたジョージ・オイエはよろよろと森から出てきて、K歩兵中隊に合流した。「塹壕を掘り始めろ。敵に囲まれている」とだれかがオイエに言った。塹壕を掘る道具を手にしてジョージと通信兵のジョン・ニシムラは、すでに真っ暗になった森にひそかに入り込み、少し進んだところにあった湿った地面の一画に、音を立てないように気をつけながら蛸壺壕を掘り始めた。作業を始めてほどなく何かが、あるいはだれかが、ジョージの背中にふれた。仰天したジョージは「ジョン、おまえか？」と小声で言った。だが、ニシムラが返答するよりも早く、ジョージの背後のだれかがかすれ声で「カマラード！　カマラード！（友軍！　友軍！）」と言った。恐怖で心臓が早鐘を打っていたが、ジョージは振り返り、暗闇の中に両腕を伸ばし、自分に忍び寄ってきた何かを――あるいはだれかを――見定めようとした。伸ばした手が人間の肉に触れ、何か白いものを握った手と、青白い顔が見えた。ドイツの歩兵がハンカチを振っていた。どこかの暗がりの木にライフルをもたせかけたままのジョージは丸腰だったが、それでもその歩兵を立たせると、背中をこちらに向けさせ、K歩兵中隊の司令所に向かって相手を押し始めた。そのあいだずっとジョージは、これが罠でないことを、そしてどこかで待ち伏せしているドイツ兵が襲ってこないことを祈っていた。彼らが司令所に近づくと、歩哨が「止まれ！　合言葉！」と叫んだ。ジョージは戸惑った。合言葉を忘れてしまっていたのだ。

「第五二二野砲大隊の者だ。前進観測員だ」

「止まれ！　合言葉！」

「捕虜を連れてきたのだ、あなたがたのために！」

ついに歩哨がこちらに近づき、暗闇の中、徐々にその姿が見えてきた。ライフルの銃口はジョージの腹に向けられている。ジョージがたしかにドイツの捕虜を連れてきた二世兵士だとわかると、歩哨は微笑み、リラックスしたようすで捕虜を連行した。

翌一〇月二八日の朝、ルディは、爆発音と木の枝が折れる音が頭上から聞こえて、仰天して目を覚ました。ドイツの砲兵隊がラ・ウシエールの南と東の陣地からK歩兵中隊に向けて砲撃を始めていた。熱い鋼の破片に加えて、マツの木のてっぺんから切り落とされたギザギザの木片がばらばらと落ちてきて、何かに隠れていなかった者は即座に命を落としたり障害の残る重傷を負ったりした。ルディは大半の男たちと同じように、まさにそれを用心して前の晩に、蛸壺壕の上に丸太や土塁をかぶせていた。だが、そこまで用心していなかった者も数人はおり、彼らは数分後には痛みのあまり、冷たい雨の中で悲鳴をあげていた。だれかが衛生兵に、こっちに来てくれと叫んだ。ジェームズ・オオクボは死の雨が降るのにもかまわず木々のあいだを駆け巡り、怪我をしてのたうったり悪態をついたりしている男たちを待避壕まで引きずっていき、彼らの上にかがみこみ、まだ脈がある者には手当をほどこした。そして雨が降りかかる中、仰向けにした青年の青白い顔を覗き込み、その目を見て、彼らの生命の火が消えるのをなんとか防ごうとした。

ジョージ・オイエとサス・イトウは、蛸壺壕から蛸壺壕へと這うように移動し、無線をもっている者を探した。無線さえあれば、第五二二野砲大隊に応射を要請できるからだ。フレッド・シオサキは待避壕の中で体を丸め、あたりの大地がびりびりと震える中、泥で汚れた眼鏡越しに大混乱を見つめていた。ツリー・バーストが起こるたびに、熱い空気の波が彼を襲う。木片や榴散弾の鋭い破片がそばを飛び、大気には硫黄と松脂の強い臭いが満ちる。

今や、彼らの位置はドイツの前進観測員によって明らかに、そして精確に照準を合わせられており、K歩兵中隊とI歩兵中隊はそこから急いで場所を替えなければならなかった。だが、それは簡単ではない。穴から這い出るだけで一苦労なのだ。夜のあいだ、気温は下がり続けており、断続的な雨はふたたび雪に変わろうとしていた。手は痛み、指には感覚がなく、軍服はびしょ濡れだ。ふれるすべてのものは冷たく、濡れている。多くの兵士は、蛸壺壕や狭い塹壕にたまった水に長時間足を浸した結果、塹壕足の症状が出ていた。足はずきずき痛み、紫色や青や黒になり、ブーツの中でぱんぱんにふくれている。フレッドもその一人で、単に歩くことすらままならなかった。

もっと大きな問題は、彼らの前方に配置されたドイツ軍が激しい抵抗を続けていることだった。砲撃がいったん止むと、米兵たちは即席の掩蔽壕から這い出し、武器を握り、前進した。身を低くかがめ、時には走り、時には木陰から木陰へ這うように進む。目の前では、鬱蒼とした森にさえぎられてほぼ見えないライフル銃兵や機関銃手から、絶え間なく弾丸が発射される。それでも彼らはじわじわと前進を続けた。

だが、午前の中ごろに彼らは、どうしても越えられない地点にぶつかった。いくつかの伐採道路が交差する開けた一画にドイツ軍は何十本もの木を切り倒し、またしても巨大な防塞を築き、周りを地雷で囲い、テキサス大隊から奪った水冷式機関銃まで設置していた。近くの森には何人もの狙撃手が、その防塞に近づこうとする者を見逃さないように配置されていた。米兵を狙った機銃掃射が始まると、K歩兵中隊はそれ以上前進できなくなった。

ラ・ウシエールの上にある丘の頂では、マーティ・ヒギンズが部下に持ち物の中から白いものや色の薄いものをかき集め、地面の上に長さ二五フィート（約八メートル）の矢印を作るように命じた。もし天候が回復して米軍のサンダーボルト機が飛ぶことができ、何日も前からダールキストに要求している弾薬と医薬品をようやく投下してもらえることになった場合に備えて、その位置を示すためだ。

午前九時をわずかに過ぎたころ、テキサス大隊はついに、待ちわびていたゴオという航空機の接近音を耳にしたが、それとともに、下方のラ・ウシエールから米軍の航空機を狙ってドイツの対空砲が発射される歓迎されざる音も聞こえてきた。それから突然、食糧や水や医薬品や無線機の電池を詰め込んだ長さ六フィート（一八二センチ）の補助燃料タンクがいくつも、半分開いたパラシュートを引きずり、上部の枝にぶつかりながら松林を通り抜け始めた。サンダーボルト機は雲の下を低く飛び、ドイツ軍の銃撃を交わしながら、高い尾根のまわりを旋回していた。ヒギンズと部下は立ち上がり、歓喜した。

だが、彼らの歓喜は喉元で消えた。補助燃料タンクの多くは、尾根の端にあまりに強く叩きつけられた結果、バウンドして下に転がり、ドイツ軍の前線へとまっすぐ向かってしまった。数分後、テキサス大隊の兵士は、眼下の斜面でドイツ兵が大喜びでビスケットやC糧食や缶詰の肉や、キャンディ・バーや新鮮な水の入った缶やタバコのカートンや薬のブリキ缶を拾いあげるのを目にした。それは、空腹と喉の渇きと怪我に苦しんでいるテキサス大隊が、喉から手が出るほど欲しがっていたものだった。貴重な品物の大半をかっさらったドイツ軍に対して、彼らは猛烈な勢いで銃撃を開始した。

その日の夕方ごろには、きわめて高角に撃つという問題とさんざ格闘した末、カッツと第五二二野戦砲兵大隊員は、K歩兵中隊とI歩兵中隊を足止めしていた防塞と地雷原をあらかた制圧した。歩兵たちはふたたび忍び足で前進を始めた。彼らは砲撃でできた突破口を乗り越え、開けた場所を通り抜け、暗くなりつつある森に足を踏み入れた。木から木へと注意深く進んでいたフレッドは、森の中の蛸壺壕や機関銃巣の中で、武器に寄りかかるようにしてドイツ兵が死んでいるのを見て満足を覚えた。どうやら第五二二野砲大隊の弾幕は、丸太を道からどかす以上のはたらきをしたようだった。

ルディは、パーサルとの連絡を切らさないように無線機を背中にくくりつけており、それが彼の動きを遅くした。森の中の小さな溝に近づき、そこを見降ろしたとき、一人のドイツ兵が仰向けに横たわり、こちらを見上げているのに彼は気づいた。ためらいも考えもせず、ルディはライフルをかまえ、相手の胸を狙って至近距離から四、五発撃った。男の灰色の上着に血の染みが広がった。男はルディを驚いたように見て、激しく息を吸って吐くと、目をかっと見開いたままこと切れた。死体を見下ろして立っていたルディは、冷たい氷のような疑惑に突かれた。突然ルディは、もしかしてこの男は投降しようとしていたのではないかと思い至った。その苦い可能性が彼の心の中で、ふいに湧きあがってきた。だが、それはほんの一瞬で消えた。ルディは肩をすくめ、歩き去った。良心の咎めを味わうような気分は、ルディにはかけらもなかった。

日が沈むころブリュイエールでカッツ・ミホと砲兵仲間のロイ・フジイは、一〇五ミリ砲弾の弾頭に爆薬の代わりにチョコレート・バーや糧食や医薬品を詰め込み、テキサス大隊が立ち往生している山頂を狙って発射しはじめた。だが、そのほとんどは山肌にぶつかり、きっちりと、不可逆的に泥の中に消えていった。

暗闇はまるで、悪夢のようにK歩兵中隊の上におりてきた。雨はふたたび、激しく降り始めていた。彼らは狭い壕の中で膝を抱え、冷たくぬかるんだ水にまたしても膝までつかっていた。歯はカチカチと鳴り、足は痛む。雨は彼らの顔を打ち、ヘルメットから水滴がぽたぽた垂れ、すでによれよれになった軍服をびしょ濡れにし、肌にまでしみ通る。雨は夜中には、刺すようなみぞれに変わっていた。

だが、最悪なのは泥だった。手にも顔にも泥がこびりつき、髪の毛にも泥が入り込んでいた。口にも泥が入り込み、じゃりじゃりした嫌な味を残した。シャツの下にもズボンの上にも、冷たい泥が執拗に染み込んできて、とれなかった。フレッド・シオサキの足は、ブーツの成れの果ての中でぱんぱんにふくれ、今にブーツが裂けてしまうのではないかとフレッドは案じた。数日前に最後に自分の足を見たとき、両足は紫に変わりつつあり、腐肉のようなにおいがしていた。スポケーンにいたころ、森で出くわした鹿の死体がそんなにおいがしていた。朝になって進撃命令が出たときに、自分が立って歩けるのどうか、ましてや走ることができるのか、彼には自信がなかった。

ルディは壕の中で体を丸めながら、あるものごとを考えまいと必死になっていた。それはその日、自分が撃った少年兵のことや、この数日で失った友人のことだった。兵士らはみな、考えないようにしていた。数日前には一緒に焚火のまわりに座ったり、フランスの納屋の干し草置き場で一緒に寝そべったり、話をしたり、一緒にウクレレを弾いたり、タバコを吸ったり、家から届いた手紙を見せあったり、頭上の丘から執拗に鳴り続ける大砲の轟音や爆発音を無視しようとした仲間たちのことを。

彼らは死んでしまった。たくさんの彼らが、死んでしまった。

どの方角を向いても、ほんの数ヤード以上先は見えなかった。雨の中、ところどころでマッチの火がちらちらと燃えていた。そしてタバコの先の灯りが、持ち主が穴の中に戻るまでの短いあいだ、わずかに輝いた。暗闇のどこかでジョージ・オイエとサス・イトウは、ふたたび泥の中を匍匐し、ドイツの陣地にできるだけ近づこうとしていた。翌朝、カッツ・ミホと砲兵らがもっと多くの打撃（ストライク）を呼びこめるようにするためだ。

みなぐったり疲れ切っていたが、その夜はだれもよく眠れなかった。だれもろくに話さなかった。ドイツ軍がすぐ近くにいる中、大きな声で話すのは良くないことに思われた。そもそも、話すことなどたいしてなかった。太陽がついにのぼったら、おそらくまたたくさんの人間が死ぬ。そんなことは考えたくはない。彼らの多くは死ぬ可能性が高く、それを彼らはみな知っていた。だから彼らは、自分がどこか別の場所にいるのだと想像しようとした。彼らは今ここにある恐怖に目をつむり、別の場所と別の時を思い描こうとしていた。たとえば、故郷だ。あたたかな寝室。階下から聞こえる家族の笑い声。台所で鍋やフライパンがカチャカチャいう音。生姜をおろすにおい。お茶が沸くにおい。パンが焼けるにおい。ここではないどこか。今ではないいつか。

だが、今・ここは容赦がなかった。上方からは、冷たく湿った暗闇の中をドイツの戦車が位置につく金属的なカタカタという音やガチャンガチャンという音が聞こえた。さらには、夜明けごろに森のどこかで、衛生兵がたどり着くことができずに取り残された仲間の一人が死にかけていた。彼は死に際に日本語で母親にひそかに呼びかけていた。「オカアサン、オカアサン、オカアサン」と。

ヤマダ牧師とヒグチ牧師はビフォンテーヌの町の近くの農家に宿泊し、毎日、灰色の朝が来るとともに起き上がり、山からガタガタと降りてくるトラックの後部から、大勢のひどく損傷した遺体をおろすのを手伝った。二人は兵士たちの身に起きている事態に衝撃を受け、おののいた。ほぼいつも楽天的なヤマダ牧師さえも、むっつりと暗い表情をしていた。だが、この無慈悲な恐怖によって心の葛藤を抱えることになったのは、ヒロ・ヒグチ牧師だった。少し前、ヒグチ牧師は妻に手紙を書き、これまでのようなことを見てしまった後では、自分は教会の仕事に戻るのをあきらめなければならないかもしれないと語った。「もう、説教壇に立って愛や希望や信仰について語ったり、牧師としての穏やかな生活に戻ったりすることは、難しいかもしれない」

ブリュイエールの戦いのとき、第二大隊の若い兵士の一人がヒグチのもとにやってきて、悩みを打ち明けたことがあった。その兵士は、自分がドイツの青年を殺したという事実に苦しんでいた。兵士は言った。「汝殺すなかれ」という戒律を自分はどう理解すればよいのか？　自分は神に罰せられることになるのか？ヒグチはその兵士をこう言って安心させた。「君が殺さなければ、殺される状況だったのだ。君の動機は正しい。神は君を罰しない」。だが、ヒグチは本心では納得していなかった。それは、臆病で骨のない答えに感じられた。そして部隊がふたたび山に登る直前、別の若者がヒグチのもとにやってきて、さらに多くの問いを投げかけた。彼は言った。神にとって大切なのは大義だけか？　自分のような個人は、神にとってどうでもよいのか？　これだけ多くの仲間が死ぬのを見た今、自分は到底これが道理にかなうこととは思えないのだ――。「僕にとって神とは、そして神にとって僕とは、何なのですか？」兵士は悲痛な声で問いかけた。ヒグチは何も答えられず、ただ無言で呆然としていた。兵士は釈然としないようすで戦場に向かっていった。

今、ヒグチはその兵士が山で死んだことを知らされた。ヒグチは、自分が彼に答えも慰めも与えられなかったことを頭から追い出せず、忘れることもできなかった。そして、その問題をさらに考えるたび、自身の信仰のもろさを思い知らされた。

一〇月二九日の夜明け、第三大隊は、取り残されたテキサス大隊に向かって山を南東に進み続けていた。第三大隊のすぐ右とわずかに後ろには、第一〇〇大隊がいた。だが、立ち往生した男たちのもとに到達する唯一の現実的な選択肢は、依然として第三大隊の、とりわけK歩兵中隊とI歩兵中隊にかかっていた。どちらも前線におり、テキサス大隊が足止めされている丘へと直接つながる狭い尾根沿いを必死に前進していたからだ。

尾根の幅の狭さはパーサルに、きわめて解決の難しい問題を突きつけていた。いっぽうドイツ軍にとっては、幅の狭い尾根は完璧に近い防御陣地として機能していた。尾根の両側があまりに切り立っているので、敵の側面に回り込むのは不可能だ。二世兵士は尾根の端に近い高台から絶えず攻撃を受けつつ、尾根の真ん中をまっすぐに進み、この高度に要塞化された一帯を通り抜けなければならない。この配置全体が、まるで死の罠のようだった。

パーサルは事態についてペンスと徹底的に議論し、攻撃計画について一緒に頭をひねった。二人はどちらも、自分らの指揮官との戦いがますます激化していることを認識した。その朝、ダールキストは無線越しに幾度も二人を怒鳴りつけ、なぜ進捗がこんなに遅いのか、なぜ彼らの連隊がいまだダールキストのテキサス大隊のところにたどりつけないのかを調べるように命じた。ペンスはついに、自ら前線に足を運び、状況をその目で見ようと決意した。だが、前線に到着するや、ペンスの乗っていたジープは攻撃を受け、彼は足に複数の重傷を負った。そして早々に戦場から避難させられた。この出来事を目撃したK歩兵中隊の若者らにとって、小柄だが雄鶏のように屈強なペンスが倒れるのを見るのは、辛いことだった。ペンスは、コトンクスとブッダヘッズが争いを繰り返していたころから、ずっと彼らを見てきた人物だ。ミシシッピーの赤い土埃を巻き上げながら、一緒に野球もした。ペンスは彼らをたたきあげ、軍務に服することについて彼らに教え、そして、彼らと一緒にダンスをする若い娘たちを連れてきてくれた。

ペンスが倒れた今、ダールキストに彼の要求がそう簡単には実現できないのだと理解させる仕事は、パーサル一人の肩にかかってきた。パーサルは改めて、一帯の峻険な地形と、敵がその一帯を掌握していることを考えれば、慎重にならざるを得ないと説明を試みた。いちばん賢明な道は、もっと多くの物資を前線に届けられるようになるのを待ち、航空支援ができるほど天候が回復するのを待つことだった。だが、ダールキストはいつにもまして頑強だった。「前進させろ。たとえ抵抗にあっても。なんとかしてやつらのもとに到達させせろ」。時間がたつごとに、ダールキストは状況全体に対してパニックになってきているようにパーサルには見えた。無理もないことだった。まずもって、偵察もすんでいない一帯にテキサス大隊を性急に進軍させる命令を出したのは、ダールキストその人だ。万一彼らがみな殺されたり捕らえられたりしたら、ドイツ軍はプロパガンダ上の大きな勝利をおさめることになる。そうなったらダールキストの軍事的なキャリアはこのヴォージュの森で突然、不名誉な最期を迎える可能性が高い。

だが、ダールキストに立ち向かうためには、ペンスがしたように、自分の目で状況を見る必要があるとパーサルは決断した。例によって彼はルディのところに行き、これまでと同じ言葉を口にした。「おい、パンチ・ドランク。行くぞ」。こうしてパーサルとルディは、自動火器の弾丸が頭上の木々を引き裂く中、慎重に数十ヤード前進し、前線を越えると、匍匐し、湿った苔や泥や腐りつつある葉の上を這うように進み、偵察をし、テキサス大隊にこれほど多くの銃撃を浴びせているおおもとは何なのかを少しでもよく見ようとした。彼らはそれを目にして、戦慄した。頭上にある丘の斜面全体にドイツ軍の機関銃巣が作られ、重火器を携えたドイツの歩兵が塹壕に身を隠している。斜面の上方からは戦車や半装軌車の音が聞こえる。パーサルはルディに、この丘の制圧を試みることについてどう思うかと尋ねた。ルディは本当は、その質問に答えたくなかった――それによって自分の肩に重圧がかかるのは、ありがたくなかった――が、結局彼は率直かつ正直に答えた。そいつは狂気の沙汰です。必要なのは、待つことです。まずはもっとたくさんの火力を現場にもたらすことです、と。パーサルは頷いた。

二人が丘を降りて戻ってきたとき、ダールキスト本人が前線のすぐ後ろに、ジープに乗ってあらわれた。運転をしているのはダールキストの私設副官であるウェールズ・ルイスだった。彼はノーベル賞作家、シンクレア・ルイスの息子で、いかなる観点から見てもきわめて若かった。背が高くハンサムで、ウェーブしたブロンドの髪の彼は、自分でも小説を発表して高い評価を得ていた。ハーバード大学を成績優秀者に与えられる称号「マグナ・クム・ラウデ」を受けて卒業したルイスは、目の前に開けていた数々の特権的な道をすべて投げうち、真珠湾攻撃の一年前に米軍に二等兵として入隊した。以後、北アフリカやイタリアやフランスでの激戦に参加し、青銅星章と銀星章を獲得し、中尉まで階級を上げ、ダールキストの右腕になった。これは彼にとっては誉（ほまれ）になるような任務であり、また、ダールキストにとっても、全米に広く名を知られている生きのいい若者をそばに置いておくのは、明らかな栄誉だった。

ダールキストとルイスはジープから降りた。将軍はあたりを見まわした。そのとき彼が目にしたのは、まさに目にしたくないと思っていた光景だった。兵士たちは地面に伏せていたり、四方の壕の中に潜んでいたりした。すぐに彼はパーサルを叱責した。

「おまえの部下たちを突撃させろ」。ダールキストはパーサルに怒鳴った。「突撃だ！　突撃だ！　突撃だ！」

パーサルはダールキストの目の前に立ちはだかった。どちらの男にとっても快適の域を超えた距離だった。パーサルはゆっくり、しかし決然と、言葉を選びながら状況の説明を試みた。自分は部下たちに話をした。今突撃するのは自殺行為に等しい。部下たちはまず、他の部隊をここに送ってもらうことを必要としている。

「いいですか。もし私の部下が、それをやり遂げる道はこれしかないのだと言ったら、それこそが唯一可能な道です」

だが、今や顔を真っ赤にしているダールキストは、聞く耳をもたなかった。議論はさらに続いたが、ダールキストは譲らなかった。ついにパーサルはぐるりとあたりを見まわし、ルディに目をとめると、ふたたびこう言った。「おい、パンチ・ドランク。行くぞ」

今回はルディは躊躇した。あの丘をふたたび登るなど、絶対にごめんだ。

「どこに行くのですか、サー？」

「少将を上に案内し、上で何が起きているかを見ていただく」

ルディとパーサルはダールキストとルイスを案内して坂を登り、森に入った。頭上ではふたたび、四方から飛んでくる弾丸がピシッと音を立てて木々にぶつかり始めていた。パーサルは体をかがめ、ルディにささやいた。「いいか、パンチ・ドランク。伏せるなよ……おれは背丈が六フィート（一八二センチ）あるが、おれは絶対伏せない」

ルディは恐怖を感じていた。状況は、クレイジーだった。だが彼は、最初に掩蔽を求めてどこかに潜り込む人間にはなりたくなかった。だから、銃撃の中を歩き続けた。ようやく向こうが見える地点まで来たとき、パーサルは上方にあるドイツの陣地を指さし、あっちにあるのが機関銃巣で、そっちには大半のライフル中隊が潜っていて、右にはさらに多くの機関銃が、さらに向こうには戦車があるのだと説明し、とにかくこれらは全体で、突破することのできない抵抗の壁のようなものだと説明した。ダールキストはまったく心を動かされていないように見えたが、パーサルは屈しなかった。ルディは木陰に身を滑りこませた。目の前の事態が、彼は信じられなかった。長身で上級の白人将校二人とその副官が、ドイツ軍から丸見えの場所に立ち、そばで弾丸がヒュンヒュン音を立てて飛んでいるのに、論争をしているのだ。ダールキストはルイスに地図を出せと命じた。だが、若者が地図を広げたとき、彼の後頭部に弾丸が命中した。ルイスはダールキストの腕にどさりと倒れた。即死だった。呆然としたダールキストの軍服にたちまち血の染みができ、彼はルイスの遺体を抱えたまま、地面にへたり込んだ。彼はルイスの顔を見つめ、何度も「ルイスが死んだ」とつぶやいた。それから上を見上げ、だれにともなく言った。「やつらは私を狙い、このすばらしい若者を殺した」

ようやく立ち上がったとき、ダールキストの顔は色を失っていた。彼はジープに向かって丘を駆け下り始めた。それまで以上に怒り狂っており、通りがかったすべての兵士に怒鳴り散らし、時には地面に伏せている兵士を蹴りつけ、起きて着剣し突撃しろと命令した。パーサルはダールキストを追いかけた。ルディもすぐ後ろに付き従った。パーサルもまた、自分の部下にダールキストが直接命令をしたことに激しく憤っていた。降りしきる雨の中、二人の男は向かい合い、鼻と鼻を突き合わせた。

「私からの命令だ、攻撃しろ！　着剣し、突撃しろ！　これは命令だ！」ダールキストはパーサルにつばを吐いた。パーサルは軍法会議にかけられるのを覚悟で、ダールキストの血まみれのシャツの襟の折り返しをつかみ、相手に詰め寄った。「あなたが殺そうとしているのは、私の部下たちだ。だれであろうと、私の部下をそんなふうに殺させはしない。だれであろうと」

二人の男はたがいに腹を立てながら、しばらく無言で立ち尽くしていた。そしてついにダールキストは回れ右をして、その場を去った。肩越しにもう一度「これは命令だ！」と怒鳴りながら。

数分後、ルディとパーサルは前線に戻り、丸太の陰に身をかがめた。パーサルはひどく困惑しているように見えた。彼はルディのほうを向いて、たずねた。「おまえはどう思うか？　パンチ・ドランク」ルディは戸惑った。質問に対する良い答えは何も思い浮かばなかった。「自分にはわかりません。自分はボスではなく、ボスはあなたです。肩に徽章をつけているのはあなたですから」と彼は言った。

パーサルは無言でうなずき、目の前の丘をむっつりとにらんでいた。そして突然、腰のホルスターから真珠箔の銃把の拳銃を取り出し、立ち上がり、怒鳴った。「来い、みんな！　行くぞ！　行くぞ！」ルディも、パーサルを見ていたほかの面々も、時間の流れが突然、遅くなったように感じた。パーサルは丸太をまたぎ越え、丘を登り始めた。彼は拳銃を撃ち、もう一度、怒鳴った。「行くぞ！　砲兵もだ！　おまえたちも突撃しろ！」

K歩兵中隊のチェスター・タナカ軍曹は顔を上げ、パーサルを見た。そして思った。「神よ！　あの罰当たりが丘を登って銃弾の中に飛び込むというのなら、おれらだっていかないわけにはいかない」。タナカは立ち上がり、身振りで部下に、ついて来いと示した。フレッド・シオサキは、信じられないという思いで一瞬、パーサルを見つめた。フレッドの反応はタナカと同じだった。「頭がどうかしたのか？」彼は思った。「撃たれに行くようなものじゃないか！」だが、タナカと同じくフレッドは立ち上がり、よろよろと歩き始めた。膨れ上がった足はずきずき痛んだ。ジョージ・オイエは、隣にいるだれかが銃剣をライフルにカチリと着剣する音を聞いた。銃剣を着剣するのはジョージにとって、この上ない恐怖だった。彼は戸惑い、もし近くの岩陰まで這っていったら、だれかに気づかれるだろうかと一瞬考えた。だが、彼のすぐ右にいた通信兵のユウキ・ミナガが立ち上がり、数歩前に踏み出した。パーサルはふたたび後ろを振り返り、ミナガを見ると、彼を指さして、「それでこそ男だ！」と叫んだ。死ぬほどの恐怖を感じながらジョージは拳銃だけを身につけて、ミナガを追いかけて丘を走って登り始めた。サス・イトウもそうした。ルディもそうした。みながそうした。彼らの頭の中では父の言葉がこだまし、心の中では母の愛が脈打っていた。K歩兵中隊の兵士は一人一人、そしてみなで立ち上がり、丘に突撃しはじめた。彼らは火器を腰だめで発射し、頭上に生い茂る木々の合間を通してやみくもに撃った。

I歩兵中隊がいる前線のあたりでは二等兵バーニー・ハジロが、K歩兵中隊が動き出すのを見た。ハジロは無言で立ち上がり、ブローニング自動小銃を腰に下げ、眼前の一帯に掃射を行い、丘を黙々と登り始めた。ほかの隊員も立ち上がり、ハジロに倣った。何人かは大声でドイツ軍に卑猥な言葉を投げつけた。ジョー・シマムラ軍曹は「マケ！　マケ！　マケ！」と、ハワイ語で「死ね」を意味する言葉を大声で叫んだ。日本語やハワイのピジン語で罵り言葉を口にする者もいた。だが、大半の兵士はただ歯をくいしばり、無言で走った。泥の中で滑ったり転んだりし、木の根に躓き、顔から倒れこんでは起き上がり、また走った。そのあいだずっと、自分はいつ死ぬかもしれないと思っていた。鋼と鉛が豪雨のように頭上に降り注ぎ、迫撃砲弾は恐ろしいほど無作為に彼らのあいだに着弾した。機関銃の弾丸は、走っている兵士らを引き裂く。二日前に独力で戦車を破壊したバズーカ砲兵のマツイチ・ヨギは、致命傷を負って地面に倒れこんだ。フレッドの隣を走っていた男の頭に弾丸が当たり、男は泥の中にばたりと倒れ、即死した。八八ミリ砲弾が遠吠えのような音を立てて飛んできて、木にぶつかり、砕かれた木が男たちの頭上に倒れてくる。敵の砲弾がふたたび木の梢で爆発する。ジョージ・オイエの数ヤード先で一五五ミリ砲弾が爆発し、爆風でジョージは三〇フィート（九メートル）下に吹き飛ばされた。よろめきながらなんとか立ち上がったとき、ジョージは世界が無音になっていることに気づいた。聴覚が失われていたのだ。それでも彼はふたたび丘を登り始めた。別の砲弾――戦車さえ貫く徹甲弾――がそばの木にぶつかり、彼のまさに足元に落ちてきた。その砲弾は泥の中で狂ったように回転したが、結局爆発はしなかった。ジョージはそれをまたぎ、進み続けた。もう一つの砲弾が、フレッドのすぐ前にあった木にぶつかった。そして今度は爆発した。硬くて熱い何かがフレッドの脇腹に切り込んだ。「やられちまった」とつぶやきながら、フレッドは倒れた。ごろごろと転がって仰向けになったフレッドは、シャツを引き上げ、ギザギザの鋼の破片が腹に刺さっているのを見つけた。だが、出血はそこまでひどくなかった。ジェームズ・オオクボがそばに這い寄ってきて、破片を引き抜き、傷口に手早く包帯を巻いた。そしてフレッドに、大丈夫だから、立って行けと言った。フレッドはその通りにした。

登るにつれ、傾斜はますますきつくなった。彼らは木の根や岩をつかんで体を引き上げ、徐々にドイツ軍の戦車に近づいた。戦車の鼻はまっすぐ下を指しており、今や至近距離から彼らに向かって発射していた。バズーカ砲兵は身をかがめながら、戦車のキャタピラに向かって発射し、破壊しようとしたが、戦車は旋回

丘を登り敵の砲火に向かって突撃する兵士。ヴォージュにて

し、機動し続けた。大砲が発射され、砲弾は耳障りな音を立てて森の中を飛び、木々を倒し、走っている男たちの体を切り裂いた。まるで丘の中腹そのものが爆発しているようだった。土と石が柱のように噴きあがり、男たちの悲鳴が聞こえ、機関銃の轟音が聞こえる。埃と煙が霧と混じりあって、黄色がかった灰色の濃密なスープのようになり、敵と味方を見分けるのさえ難しいありさまだ。男たちは丸太を這い上り、死体をまたぎ、上に向かって手榴弾を放り投げた。そしてひたすら前進した。

丘の頂に近づいたとき、フレッドはだれかがむせび泣く声を耳にした。壕の中でとても若いドイツ兵が胎児のように体を丸めて横たわっていた。兵士は母親のことを呼んでいるようだった。フレッドはライフルを構え、「母ちゃんにお別れを言いな」と心の中でつぶやいた。だが、彼はためらった。その兵士は、弟のフロイドと同じほどの年齢に見えたからだ。フレッドはライフルをおろした。「じゃあな、幸運な野郎め」。そうつぶやくと、フレッドは丘をさらに登った。だがその一瞬後にすぐ後ろで、ライフルを一発撃つ音が聞こえた。そして、フレッドがようやく頂上にたどりついたとき、戦闘音はほんの一瞬ぱたりと止まった。次の瞬間、爆発音と悲鳴と泣き声と怒号の不協和音が聞こえ、またほぼ無音に戻った。聞こえるのは散発的なライフルの発砲音と遠くから響く大砲の音と、負傷した男たちのうめき声だけだった。目の前の森の中に、フレッドはかつて一度も見たことのない光景を目にした。ドイツ軍が彼に背を向け、一目散に逃げていったのだ。「神様」。彼は一人ごちた。「やったぜ」。だが、フレッドはあたりを見まわし、こう思った。「でも、ほとんどだれも残っていない」

ドイツ軍が伐採道路の上方七〇〇ヤード（六四〇メートル）にある巨大な防塞の背後に撤退すると、K歩兵中隊の中で生き残っていた者は穴を掘り、その夜をそこで過ごした。パーサルは、これまでの戦闘の後しばしばそうしてきたように、ルディを探しに来た。そしてルディがすでに蛸壺壕の中で安全を確保しているのを見て、胸をなでおろした。ルディはパーサルを見上げて言った。「大佐殿、ここでそんなふうに走り回っていたら、撃たれちまいますよ！」

「私はまだまだ元気だ。おまえは大丈夫か？」

「はい、こちらも元気です」

「オーケー。めでたいことだ」

だが、アルフレッド・パーサルの人生の中でこのときほど、めでたさから遠いときはなかった。暗闇はふたたびヴォージュ山脈を包み込んでいた。眼下の斜面には、一〇〇を超えるドイツ兵の死体が泥の中に伸び

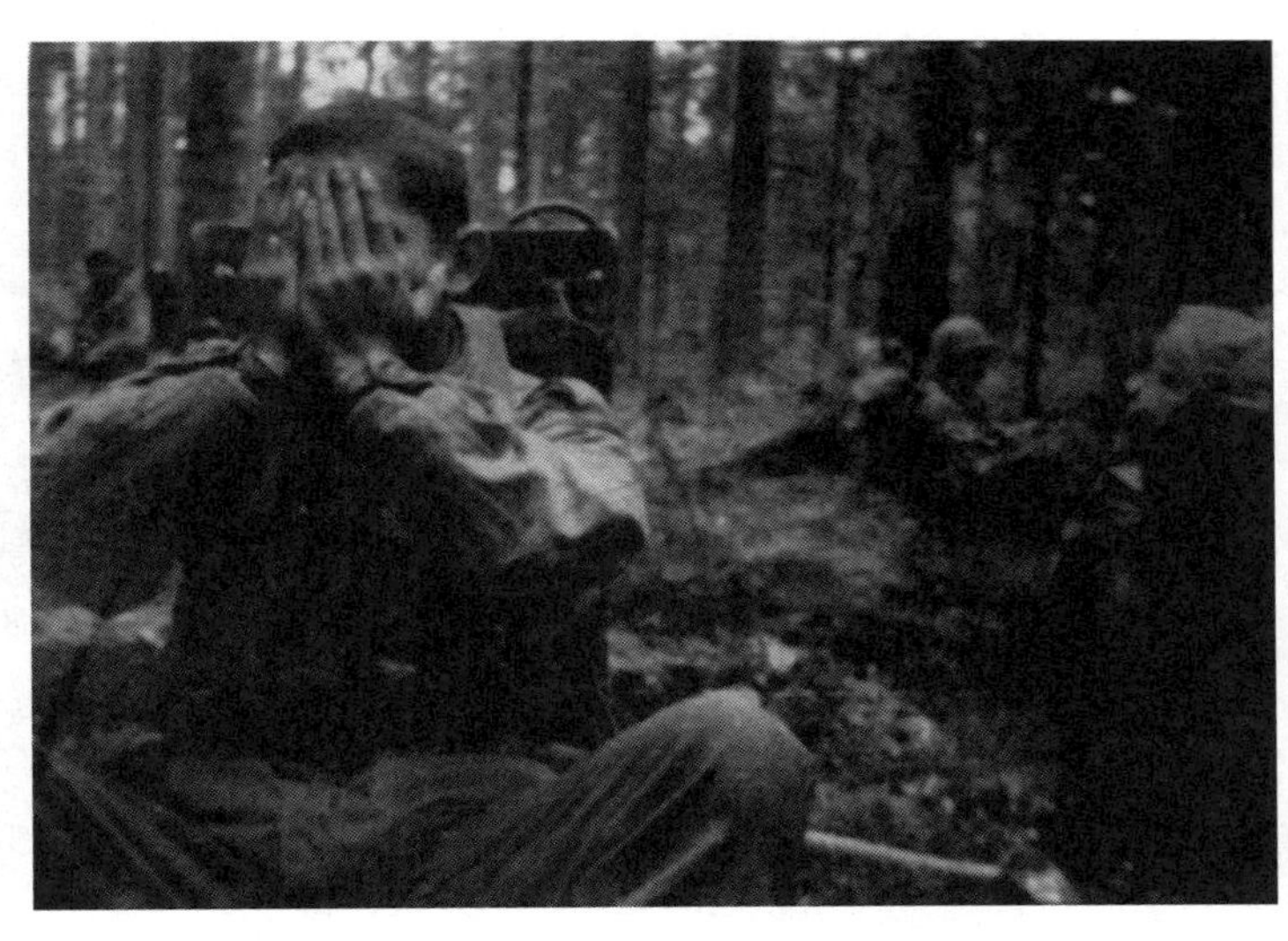

失われた大隊の救出のさなか、怯える兵士

ていた。今、テキサス大隊と二世兵士らを隔てているのはおそらく距離にして四分の一マイル（四〇〇メートル）。そして、道路を塞ぐ防塞が一つ残っているだけだ。だが、ここまで来るために払った犠牲はあまりに大きかった。K歩兵中隊とI歩兵中隊は、どちらも壊滅的な状態だった。三日前にヴォージュ山脈に入ったときには、二つの歩兵中隊には合わせて数百人の兵士がいたが、今、K歩兵中隊の中でまだ生きていて森から歩いて出てこられたのは、二〇人に満たなかった。I歩兵中隊については、その数はもっと少なかった。

一〇月三〇日、朝の光の中でK歩兵中隊の残存兵は、前進を再開した。士官が全員、戦死もしくは負傷したので、チェスター・タナカ軍曹が代わりに指揮を執る。夜のあいだに第五二二野戦砲兵大隊が、二世兵士とテキサス大隊のあいだに残る最後の防塞を猛射し、おおむね粉砕してくれていたが、ドイツ軍がその向こうの森の中で再集結していることはほどなく明らかになった。ドイツ軍の大砲と迫撃砲弾はふたたび、二世兵士らの上に雨のように降り注ぎ始めた。ルディが歩き出してほどなく、近くの木の上に砲弾が激突した。榴散弾のギザギザの破片がルディの手を切りつけ、二本の指をずたずたに切った。ルディは、急いで最後方の救護所まで戻り、手当をしなければならなかった。ルディは新しい代替要員の一人をつかまえ、自分が戻ってくるまで大隊の伝令役を代わりにつとめてくれと言い残した。相手はまだとても若い兵士だった。日本育ちで、英語がうまく話せず、大半の時間、自分が何をしているのかよくわかっていないようだった。だが、ルディはなんとかなるだろうと踏んだ。怪我は致命的なものではなく、救護所にもじきに着くはずだった。

一時間後、ルディが前線に戻ってきたとき、K歩兵中隊はテキサス大隊が足止めされている尾根の端の小山から約四〇〇ヤード（三六五メートル）まで迫り、そこで塹壕を掘っていた。ルディはタナカに、自分が伝令を任せた青年がどこにいるかをたずねた。タナカは肩越しに親指をぐいと動かした。「ああ、あそこの蛸壺壕を見てこいや」。ルディはそこまで歩いて行って、中を覗き込んだ。青年の頭は血だらけで、すでにこと切れていた。

尾根の端で、マーティ・ヒギンズはふたたびドイツ軍の全面強襲に耐えていた。二世兵士は北西からじわじわと近づいてきていたが、ドイツ軍は全方向から突撃し、わずか数分でこちらの陣地まで三〇ヤード（二七メートル）を切る位置まで進み、激しい銃撃を始めた。ドイツ軍の意図は、ヒギンズにははっきりわかった。二世兵士らがたどり着くより早く、自分たちを全滅させるつもりなのだ。彼の部下は蛸壺壕や待避壕の中から応戦し、手榴弾を放り、ブローニング自動小銃やM1ライフルなどの自動火器を猛射し、迫りくる敵に向かって手にしているすべてのものを投げつけている。だが、それで永遠に持ちこたえるのは不可能だと、全員が理解していた。もしドイツ軍が今の勢いで攻撃を続けたら、こちらは早々に弾切れになり、ドイツ軍の慈悲にすがるほかなくなる。そして、ドイツ軍が慈悲をもちあわせていると信じる理由は、どこにもない。

大惨事が迫る中、ダールキスト少将がまたしても、見当ちがいな命令を出した。戦闘現場から遠く離れているにもかかわらず、そして指揮系統をふたたび飛び越しているにもかかわらず、ダールキストは砲撃のための具体的な座標を自ら告げたのだ。射撃指揮所はその座標を戦場にいる砲兵中隊に伝え、カッツ・ミホはクウイポの設定を調整しはじめた。そのとき、B砲兵中隊の指揮官であるビリー・タイラー大尉のもとに射撃指揮所からふたたび電話がかかってきた。射撃指揮所の面々は、ダールキストが砲撃を要求した座標はテキサス大隊がいるまさにその場所で、K歩兵中隊やI歩兵中隊が今いると思われる地点からもきわめて近いことに気づいたのだという。もし指示通りに撃てば、テキサス大隊の大半に加えて、おそらく自分たちの仲間をも殺してしまうことになる。狙撃銃と迫撃砲の弾丸が絶え間なく飛んでくる中、タイラー大尉は森を抜けて第三大隊の本部に大急ぎで向かった。そこで地図を見つけ、ドイツ軍の精確な位置をはっきり理解し、座標を修正したタイラーは、正しい砲撃を行わせた。ただ、だれもダールキストにそうした実情を話そうとはしなかった。

それから数時間、K歩兵中隊とI歩兵中隊は尾根沿いにひたすら南東に進み、テキサス大隊が囲まれている丘の頂をめざした。そして、全方向から強襲をしかけてくるドイツ軍にテキサス大隊が必死の抵抗をしているあいだ、KとIの両歩兵中隊はじわじわとテキサス大隊に忍び寄った。二世兵士とドイツ軍のどちらが先にテキサス大隊のもとに辿りつけるかは、五分五分の勝負に思われた。混乱のただなかで——TNT爆薬と引き裂かれた木々と泥のにおいが混じりあった中で――二世兵士とテキサス兵はどちらも突然、煙のにおいをかぎ取った。数分後、尾根の南端の向こうにあるドイツ軍に掌握された谷から、白い煙が立ち上るのが見えた。森を抜けて煙が広がるにつれ、ドイツ軍はゆっくりと後退し、南に移動し、尾根の端から降りた。そうしてドイツ軍と森そのものはどちらも徐々に、白い煙幕の向こうに消えていった。

その朝早くから、I歩兵中隊の小規模な偵察隊が、主力部隊の前を慎重に前進していた。偵察隊の面々は多くの場合、両手両膝をついて、森を通る細くて黒い電話線を追うように進んだ。その電話線は彼らを、テキサス大隊のもとにまっすぐ導いてくれるはずだった。

ドイツ軍の煙幕が森中に広がっていった午後二時ころ、偵察隊の一人、マット・サカモトは目の前の地形に目を凝らしていた。そのときサカモトは、青白い顔が木の合間からこちらを見ているのに気づいた。その顔は消えてはまたあらわれ、また消えた。その人影はついに木の後ろから用心深く足を踏み出し、ライフルを握りしめたまま、サカモトら二世兵士が接近してくるのを凝視していた。

その青白い顔の兵士は、二一歳の一等軍曹、エドワード・ガイだった。ガイは自分が見ているものが何なのか、煙の中から出てきたのがだれなのか、はっきりわからなかった。ガイは相手が――サカモトが――近づいてくるのを用心深く待った。そしてようやく、はっきり理解した。近づいてくる男の軍服の肩に、鮮やかな赤と青の、第四四二連隊の徽章が見えたのだ。ガイはライフルをおろし、サカモトに向かって駆け出した。駆けながら彼は叫び、歓声を上げ、笑った。正面から向き合う位置まで来ると、ガイはサカモトを強く抱きしめた。サカモトは何と言ってよいのか、よくわからなかった。彼はへどもどし、笑顔を浮かべ、そして「タバコはいるか？」とだけ言った。

ちょうど同じころ、異なる方向から現場に近づいていたルディ・トキワとチェスター・タナカは、蛸壺壕の中でヘルメットをかぶった頭が動いているのを見つけた。二人はさっと身構えた。タナカはライフルを構え、ヘルメット頭に狙いを定め、撃つ準備をした。だが、彼はそこで動きを止めた。煙幕を通してでも、彼にははっきり見てとれた。それは米軍のヘルメットだった。タナカがライフルを下げると、ビル・ハル軍曹が穴から外に這い出てきた。森の中から見えないだれかが「おおい、四四二の連中が来たぞ！」と叫んだ。二世兵士のまわりの四方八方にあるカモフラージュされた蛸壺壕から、テキサス大隊の兵士がまるでプレーリー・ドッグのように姿をあらわし、地面から這い出してきた。顔はやせこけ、泥で汚れ、無精ひげが伸び、目は落ちくぼんでいた。彼らはおそるおそるあたりを見まわした。そして、戦いがようやく終わったのだと信じ始めた彼らは、たがいに抱擁を交わし、ある者は笑い、ある者は涙をこぼした。K歩兵中隊の兵士が近づくと、テキサス大隊の一人はかすれた声で、「神よ、ありがとう、ありがとう、ありがとう！」と言った。アーウィン・ブロンダーは無線のヘッドセットをつかみ、最後の送信をした。それは第四四二連隊の司令部に向けたものだった。「みんなのことを愛していると伝えてくれ」

二世兵士が近づいてくるのを見て、マーティ・ヒギンズは一瞬ぞくっとした。彼らはヒギンズの部下と同じほどどろどろに汚れ、くたびれ果てた姿をしていた。みなおおむね小柄で、もっと大柄な男たちのために作られた軍服を着ていた。長すぎるズボンは足首のあたりでひだをつくり、ヘルメットは耳の上にすっぽり覆いかぶさっていた。だが、ヒギンズはのちにこう述べた。「ほんとうの話、彼らは私たちの目には、巨人のように見えた」

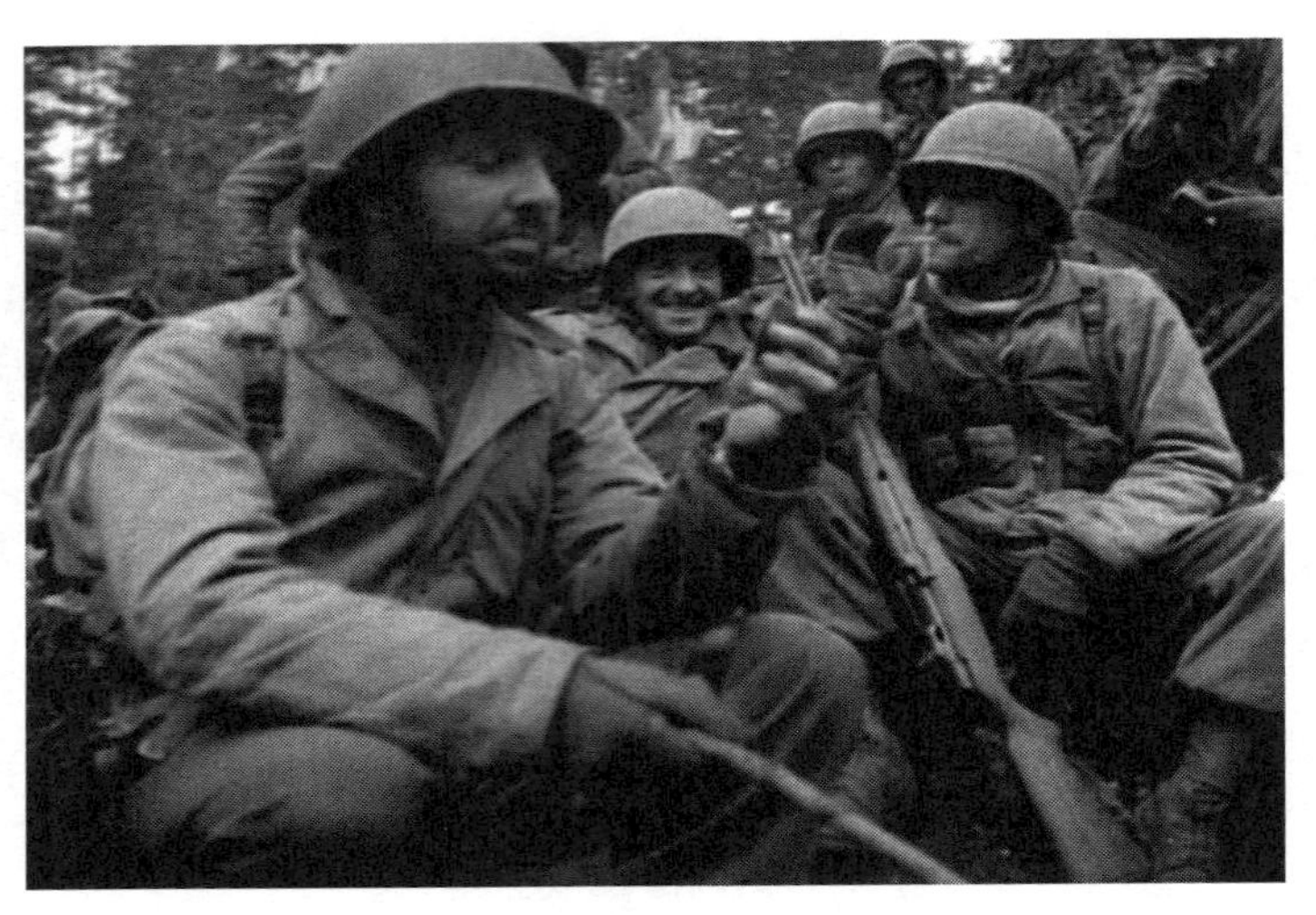

救出直後の失われた大隊の兵士たち

テキサス大隊の兵士が森を抜けて泥だらけの伐採道路を進み、第四四二連隊の前線を越えたとき、ニュース映画のカメラマンがジープに乗って到着し、その光景をカメラに収め始めた。救出された兵士は二世兵士の手を握り、背中をたたいた。二世兵士は彼らに、タバコやキャンディ・バーや水の缶を渡した。テキサス兵の大部分は疲れた笑顔を浮かべ、礼を言った。彼らは水をごくごくと飲み、タバコに火をつけたが、すぐまた足早に歩き出した。だれもこの場にとどまりたくはなかった。この忌まわしい山を彼らは、さっさと後にしたかった。ルディや他のK歩兵中隊の兵士のそばを通り過ぎたとき、テキサス兵の一人は、口の端からタバコをぶら下げたまま頷き、短くこう言った。「なあ、おまえらはなかなか骨があるな。おれらはみんなもう、おだぶつだと思ってたよ」

第一九章

クリスマスおめでとう……君をとても愛している。そして君をとても必要としている。今日、うちの青年たちがクリスマス・キャロルを演じていたとき、僕はふとこんなことを思った——「ヒサコだってピアノが弾ける。それも、すばらしく」——そして僕は、家で幸福に暮らしていたころのように、君がピアノでキャロルを弾くのを聞き、それにあわせて歌いたいと心から思った……今晩はいつにも増して、君が恋しい。

ヒグチ牧師が妻のヒサコに宛てた手紙　一九四四年一二月二四日

アリゾナ州パーカーは、ポストン強制収容所のわずかに北に位置する小さな鉄道の町だった。一一月九日、二世兵士の一人であるレイモンド・マツダ二等兵はこの町で、髪を切ってもらおうと一軒の床屋にふらりと足を踏み入れた。彼は松葉杖をついていた。第四四二連隊がアルノ川に接近していた七月二二日、マツダは膝を撃たれた。そしてつい最近、カリフォルニアの病院から退院したマツダは、ポストンに強制収容されている友人を訪れようとしていた。そして収容所に向かう前に、身ぎれいにしたほうがよいと考えた。こうして彼は、第四四二連隊の徽章に加えて、戦闘歩兵章と名誉戦傷章（パープル・ハート）を含む六つか七つの米軍リボンやバッジで飾られた軍服を着て、まだ足を引きずりながら床屋の二重の回転扉を通った。扉の外に「ジャップはお断り。ネズミ野郎め」と張り紙がしてあったのは、見ていなかった——あるいは無視することを選んだ。店主のアンディ・ヘイルはマツダをじろりと見るとつかつか歩いてきて、悪態をつくと、松葉杖もろともマツダの体を押して扉から、パーカーでただ一つの埃っぽい通りへと閉め出した。あとでそのときのことを聞かれたヘイルは悪びれもせず、「日本人とはいっさい関わりたくない……ジャップ相手に仕事をするなんて、死んでもごめんだ」と言った。マツダはアメリカ国民であり、米軍兵士として負傷したのだと指摘されても、ヘイルは「おれの目にはみんな同じに見える」とつっけんどんに答えるばかりだった。

二日後の一一月一一日の早朝、ルディ・トキワの母親はポストンで東の砂漠の空が明け初めるよりも、そしてナゲキバトが川沿いのメスキートの木々の中で鳴き始めるよりも早くに起き上がった。バスローブを着てスリッパを——夜のあいだにサソリが中に入り込んでいないかを一足ずつ注意深く調べた後で——穿いた。そして音を立てないように部屋を出て、砂漠のひんやりした空気の中に足を踏み出し、冷たい砂の上をそろそろと歩いて女性用のシャワールームに向かった。天井の裸電球のスイッチを入れ、衣類を脱ぎ、水の出る栓をひねった。凍るように冷たい水流の下に足を踏み出したルディの母親は、息をとめ、目をきつく閉じて、声を出さずに必死にその苦痛に耐えた。そして、ルディの出征以来毎朝しているように、痛いほどの水流に打たれながら、息子のために静かに神に祈った——私がいくらでも代わりに苦しみますから、どうか息子を無事に家にお返しください、と。

その日の少し後、《ボストン・クロニクル》がAP通信の記事の一部を転載した。そこには、ヴォージュの森で起きたことが初めて短く語られていた。「第四四二連隊、〝失われた大隊〟を救出す」というその記事には、救出されたテキサス兵、ウォルター・ヤッタウ二等兵が口にした感謝の言葉が引用されていた。「彼ら日本人を見て、あれほど嬉しいと思うとは、本当に皮肉だった。だが、彼らは真のアメリカ人だ」。だが、この記事には、フサ・トキワをはじめとする収容所のすべての人々がいちばん知りたいと思っていること――死傷者――について、具体的な言及はほぼなかった。その知らせはほどなく、無機的な電報を通じて、あるいは正装をした将校らの予期せぬ訪問によって、少しずつ収容所にもたらされることになる。

あのあとさらに一週間ヴォージュの森で戦い、わずか数日の休息をとった第四四二連隊の生き残りは、一一月一二日にブリュイエール近隣の雪の降る野原に集められた。「失われた大隊」と呼ばれるようになっていた部隊の救出において、第四四二連隊が果たした役割についてダールキスト少将が正式に謝意を表するためだ。

残存部隊はようやく山から降りたばかりだった。テキサス大隊の救出を果たした後も、ダールキストは二世兵士にそのままヴォージュの森にとどまり――彼らの数はひどく減少していたにもかかわらず――森の奥深くにさらに進めと命令した。それから七日間、彼らはさらに戦い、腫れた足を引きずり、水浸しの蛸壺壕の中でふたたび眠り、敵の容赦のない弾幕砲火を耐え忍んだ。雪をかぶった太い松の林の中で、さらに多くの死傷者が出た。ようやく任務を解かれたとき、当初一八〇名ほどいたK歩兵中隊の中で、まだ命があり戦える状態にある者は、一七名のライフル銃兵のみになっていた。当初は同じほどの数がいたI歩兵中隊に至っては、四名のライフル銃兵と一握りの機関銃手しか残っていなかった。

生き残った一七名の一人であるフレッド・シオサキはK歩兵中隊の仲間とともに、黒く凍った畑の中、かろうじて気をつけの姿勢をして、ライフルを肩にかけ、ダールキストとほかの将校らが式典のためにジープに乗って近づいてくるのをけだるげに見つめていた。まわりの男たちと同じく、フレッドは骨の髄まで、心

失われた大隊救出を果たした兵士たちの生き残り。ダールキスト少将の閲兵を呆然とした表情で待つ。

の底まで疲れ切っていた。顔はやつれ、青ざめている。頬にはいつものような赤みがなく、うつむいた黒い目は落ちくぼみ、うつろだ。ほかの兵士と同じようにフレッドは、新しい軍靴とサイズの大きな重い冬用コートを身に着けていた。コートの肩と袖には細かな雪がつき、足はまだ塹壕足の症状でずきずき痛む。近くの雪原では黒いカラスたちが彼らなりに列をつくり、集まっている。将校の乗った車が通ると、鳥たちは騒々しく鳴きたてた。鉛色の空からは雪片がちらちらと舞う。近くでは、ニュース映画のカメラマンがカメラと三脚の設置作業をしている。ヤマダ牧師とヒグチ牧師は、足がかじかまないように足踏みをしながら会話をしている。そしてついに式典が始まった。軍旗衛兵が第四四二連隊付きの軍楽隊に率いられて、二世兵士のそばを行進する。[*34] ダールキストとヴァージル・ミラー中佐がジープから降り、気をつけの姿勢をとる。プエルトリコ生まれの四四歳、ミラー中佐は、ペンスが負傷した後、かわりに第四四二連隊の指揮にあたっていた。真珠湾攻撃以前からハワイの基地、スコフィールドバラックスに駐留していたミラーは、第四四二連隊ができた当時からずっと若者たちと一緒だった。気さくで陽気で寛大で、部下たちのあいだの小さなことにも気づいてくれるミラーは、連隊じゅうで、とりわけミラーをいちばん長く知っているブッダヘッズに広く慕われ、尊敬されていた。今、ミラーとダールキストは前に踏み出した。だが、兵士らに言葉をかける代わりにダールキストは一瞬静止し、自分の前に整列しているわずかな数の男たちを見て、顔をしかめた。ダールキストはミラーのほうを向き、いらだちもあらわに、部下たちの面前でミラーを大声で怒鳴りつけた。

「中佐、私は連隊の全兵士を集めろと言ったはずだ。全員を閲兵のために整列させろと言ったら、それは炊事兵まで含め、すべての人員を整列させろということだ！」

そばに立っていたヤマダ牧師は、ミラーが歯を食いしばり、表情を硬くするのを見た。ダールキストは怒ったようにミラーをにらみつけている。長く、気まずい沈黙があった。ミラーはようやく、背筋を伸ばしたままゆっくり向きを変え、ダールキストの目を正面から見た。そして声を震わせながら、こう言った。「将軍、これが連隊全員です。残ったのはこれだけなのです」

ヤマダはその場に立ちすくんだまま、ミラーの表情を見ていた。ミラーの目には涙がたまっている。ダールキストは無言になった。どうやら、テキサス大隊救出のために二世兵士が払った犠牲の大きさを、彼はこのとき初めて理解したようだった。ダールキストは短い祝辞をどもりながら口にし、黙って兵士の列まで歩いていき、一人ひとりの胸に殊勲部隊章をあらわすリボンをとめつけた。ダールキストがやってきて握手を

＊34　軍楽隊のメンバーは第四四二連隊が戦っているあいだ、しばしば担架員として服務した。

するあいだ、兵士らは目の前の彼ではなく、その肩の向こうにある山々をじっと見つめていた。

一九四四年の感謝祭が近づくころ、ポストン収容所の《ポストン・クロニクル》は、死傷者のリストや二世兵士のフランスでの戦いについての報道を、社会面やスポーツ欄まで使って報じるようになった。今やポストン収容所では若い男女合わせて九〇〇人近くが軍に入隊していた。そして、フランスでの死傷者リストが増大しているにもかかわらず、軍隊に志願する者はさらに増えた。今やほぼ毎週のように、友人や見送り人が壮行会に集まり、旗手がアメリカの国旗を掲げながら行進し、楽団が「星条旗」を演奏し、収容所のお偉方が愛国的なスピーチをした。そして、ますます多くの若者が兵士としての任務に就くため、バスに乗せられてフォート・ダグラス基地に向かった。いっぽう、毎週のようにコットンウッド・ボウルの壇上では、より多くの兵士の追悼式が行われるようになった。

新しく入隊する者の多くは、特別なプライドを持っていた。彼らは己の使命を痛切に感じていた。自分が何を、あるいはだれを、何のためにあとに残してきたかを、彼らははっきり認識していた。強制収容されて三年のあいだ、ポストン収容所の人々は他の収容所と同じく、厳しい気候やひどい暑さや、砂嵐やガラガラヘビや、共同のシャワーや単調な食事や、監禁という仕打ちにもかかわらず、苦しい環境下で稀有な共同体を作りあげ、それを当然の誇りにしてきた。一九四四年の秋にはコロラド川から水を引く灌漑用水路を作り、おかげで、ヤマヨモギと砂のほか何もなかった一帯が緑になった。野菜畑が耕され、金魚が泳ぐ池の周りには茶畑が作られた。注意深く植え替えられたポプラの木は、バラックや歩道の上にささやかな木陰を提供してくれた。

家や仕事や事業を奪われ、人生の舵を奪われた何千人もの被収容者は、創造的な衝動を満たすことにわずかな慰めを見いだした。俳句をつくる人もいれば、書道を習ったり、硬質樹木やメスキートの木を素材に彫刻をしたり、あたりの石ころを磨き、それを芸術的に並べてオブジェを創ったりする人もいた。拾った木っ端を素材に、古い《ナショナル・ジオグラフィック》の写真をモデルにごく小さな可愛らしい鳥の彫刻を彫り、彩色をほどこし、バード・ピンをこしらえる人もいた。ポストンでもほかの大半の収容所でも人々はしばしば、鉄条網のはるか向こうに――そして今ここにある辛い現実の向こうに――見える紫色の、穏やかで永遠を思わせる山々を題材に印象的な水彩画を描いた。女性たちは通販のカタログのカラーページを破りとったり、リンゴやオレンジの入っていた木枠から色付きのティッシュペーパーをとっておいたりして、菊や菖蒲やクチナシの造花を作った。麻袋の糸をほどいて敷物や食卓マットに織り直す人々もいた。荒野で植物の莢や蔓や小枝を集め、それと造花を組み合わせて生け花ふうにする人々もいた。砂と小石と小枝などを集めて盆の上にミニチュアの風景を創造する、盆景(ボンケイ)の創作家もいた。追悼式でないときはコットンウッド・ボウルではほぼ毎日のように、幼稚園のクリスマス劇から本格的な歌舞伎に至るまでさまざまな舞台演芸が行われた。若い女性は――往々にして初めて――給料をもらえる仕事をし始めた。仕事の種類は看護から、海外にいる兵士のためにカモフラージュ用のネットをつくることまでさまざまだった。仏教の僧侶やキリスト教の聖職者は信徒の面倒を見た。医者も弁護士も、建築家も農民も、大工もトラック運転手も、花屋も電気工も、みなが自分の専門技術を持ち寄り、収容所の生活を向上させようと努めた。そして次第に、経験の共有を通じて人々のあいだには一種のプライドが生まれた。彼らは冷たい不正義とひどい屈辱に勇ましく立ち向かった。そして精神生活を豊かにし、子どもを教育し、創造性や多産性になぐさめを見いだしてきたのだ。

一二月一七日、《ボストン・クロニクル》の一面の記事が、収容所に衝撃をもたらした。数カ月にわたって ローズヴェルト政権は、排除地域を廃止し、強制収容を終わらせるべきか否かという問題にひそかに取り組んできた。内務長官のハロルド・イッキス——この人物の下で戦時転住局は設置されたのだが——および大統領夫人のエレノア・ローズヴェルトは大統領に、西海岸に〝退避者〟を戻す計画に同意するよう促していた。軍部でさえ、人々を収容所に閉じ込めておくことが軍事的に必要だというふりは、もういらないと結論していた。だが、その夏から初秋にかけて、ローズヴェルト大統領は再選をかけた選挙運動をしており、自分が日系二世やその親に「甘い」という印象が世間に広まるのを嫌った。ところが、再選が決まるとその三日後、ローズヴェルトは態度を軟化させた。そして今、政府が強制排除地域と〝退避〟命令をどちらも終了するという知らせが発表された。つまり、強制収容は終わりになるということだ。収容所はじきに閉鎖され、数週のうちに、日本に祖先をもつ大半の被収容者は突然、太平洋岸を含めアメリカ合衆国のどこにでも自由に旅行したり住んだりできるようになる。ただし、当局がまだ忠誠を疑問視している比較的少数の人々だけは、西海岸沿いの旧排除地域にある昔のコミュニティに戻る権利を引き続き拒否された。

ボストンでは他のすべての収容所と同様、人々はこのニュースを深い安堵とともに受け止めたが、そこには同じくらい不安が混じっていた。過去数週間で、事前に選別された少数の個人や家族はすでに西海岸に旅行することを許可されていた。だが、あたたかく迎えられ、礼儀正しく扱われた人々がいるいっぽう、そうでなかった人々もいた。実際多くの人々が、軽蔑や侮辱に直面した。その秋は数週にわたって西海岸の複数の新聞に、アメリカ国籍の有無にかかわらず日系人の帰還許可に激しく反対する辛辣で人種差別的な社説が繰り返し登場していた。

他の収容所と同様にボストンでも、人口構成は強制収容の数年を経て変化していた。より多くの若者が軍務についたり、戦時転住局から許可を得て東部の大学に入ったり、排除地域の外で仕事を得たりした結果、収容所は主に高齢者と若い母親と子どもで構成されるようになっていた。そして、西海岸での暴力的な言辞のニュースが収容所にも届くようになった今、彼らは、実際に故郷に帰ろうとしてもそれが果たして無事にいくのだろうかと不安を募らせた。そして多くの人々を、さらに大きな、厳しい問題が待ち受けていた。彼らには、帰るべき家がすでになくなっていたのだ。いったいどこに行けと言うのだ？

ヴォージュの森からようやく出てきたころには、多くの二世兵士は、戦争が若者を壊しうるあらゆる方法によってぼろぼろにされていた。ブリュイエールの戦いと「失われた大隊」の救出、そしてその後すぐに続いたドイツ兵の掃討作戦は、ダニエル・イノウエが一〇月一三日に初めてヴォージュ山脈を見たときに予感した悪夢の正しさを、あらゆる点で証明した。その月が終わるまでだけで、二世兵士は七九〇名におよぶ死傷者を出した。それは、二〇〇名余のテキサス大隊を救出するために払われた最大の犠牲だった。負傷者のうちの数百人は今、フランスのあちこちの病院に入っており、多くはひどい重傷を負っていた。歩いたり話したりすることが可能な兵士たちも、精神的に傷を負っていた。休息と援助が彼らには必要だった。嘆いたり、枕に顔をうずめて泣いたり、酒を飲んだり、タバコを吸ったり、何かをののしったり、遠くを見つめたり、起きた出来事と心の中で向き合ったりすることが、あるいはもし可能ならそれを忘れることが、彼らには必要だった。

一一月一九日、第四四二連隊はトラックに乗り込み、南に向かった。吹雪の中をじりじりと進み、南仏のマリティム・アルプス〔フランス南東部とイタリア北西部にまたがる西アルプス山脈の一部〕を目指した。そのフランスとイタリアの国境沿いに一八マイル（二九キロ）ほど広がる山がちな前線に伸びる防御陣地を確保するためだ。その地点からはリヴィエラと、彼らのほとんどが存在すら知らなかった世界を見下ろすことができた。この地での彼らの公式な任務は、北イタリアからフランスへと万一ドイツ軍が動こうとする場合に、それを阻止することだった。だがドイツ軍が今さらそんな動きを起こすと本気で考える者はおらず、大きな戦闘が起こる可能性は限りなく低いはずだった。軍は二世兵士にささやかな休息を与えるつもりだった。彼らの多くにとって、それは精神を正常に保つぎりぎりのタイミングだった。

カッツ・ミホの目にそれは最初、休息期間になるようには見えなかった。一一月の最後の週にカッツと砲兵の仲間はトラックの後部に榴弾砲を牽引し、ありえないほど曲がりくねった道を苦労して運転しながら山の中に入った。めざすのは、フレンチ・リヴィエラのマントンという町から内陸に約八マイル（一三キロ）のソスペルと呼ばれる村だった。道のカーブがあまりに急なので、数百メートルごとに彼らはトラックから降り、榴弾砲を車から切り離し、うなり声を上げながら手で押してカーブを曲がりながら、急な勾配を登った。山腹を約一〇〇〇フィート（三〇〇メートル）にわたってとりわけ激しく蛇行する一画を通り過ぎるだけで、半日近い時間がかかった。だが、ようやくソスペルに到着すると、そこは深い緑の山あいに位置する美しい村であることがわかった。浅くて石の多いベヴェラ川が村を二つに分けていた。カッツらはこの村で第三大隊に合流した。彼らもちょうど来たばかりで、ここを新しい司令部にしていた。カッツと仲間は近くの戦略的な地点にクウイポを設置し、カモフラージュ用のネットを張り、砂袋をまわりに積み上げると、次の行動に備えて身を落ち着けた。

ジョージ・オイエやサス・イトウをはじめとする前進観測員の班にとっては、旅はまだ終わっていなかった。彼らは荷運び用のラバに物資を積み、マリティム・アルプスのさらに高いところに行く準備をした。その場所で彼らはフランスの巨大な要塞とトンネルを、そしてマジノ線をアルプス側に延長した防衛施設を占拠し、地中海を見下ろす監視所を設置するつもりだった。ところがじきに、彼らは自分たちがラバをうまく扱えないことに気づいた。荷物をくくりつけると、ラバは跳ね上がったり、いなないたりして、一歩でも動くのを拒否した。兵士はラバを最初は英語で、次には日本語で、そしてしだいに苛ついてくると、ピジン語でどやしつけた。だが、効き目はゼロだった。相手がフランスのラバであることに思い至った兵士らは、聞きかじりのフランス語を試してみたが、やはりうまくいかなかった。兵士らはラバの後ろに立ち、体をぐいぐい押したが、ラバが蹴り方を心得ているのを思い知らされただけだった。ラバの尻をたたいても、敵は耳を横たえ、兵士をじっと見つめただけだった。端綱（はづな）とロープをラバにつけて、引っ張ろうとすると、ラバは足を踏ん張り、大きな声でいななき始めた。最後にサス・イトウが、奇跡的とも言える発見をした。サスはラバの耳にやさしくささやきかけ、相手を落ち着かせながら、自分の荷物の中からさまざまなごちそうを注意深く差し出した。驚いたことに、ラバはＣ糧食のビスケットをいたく気に入った。サスはほどなくラバをなだめることに成功し、ラバはサスが望むところにどこにでもついていくようになった。

木のない岩だらけの山頂の持ち場に一行が近づいたころ、雪が降り始め、数頭のラバはツルツルした道で足を滑らせ、激しくいななきながら、貴重な食料もろとも切り立った崖を転げ落ちていった。生き残ったラ

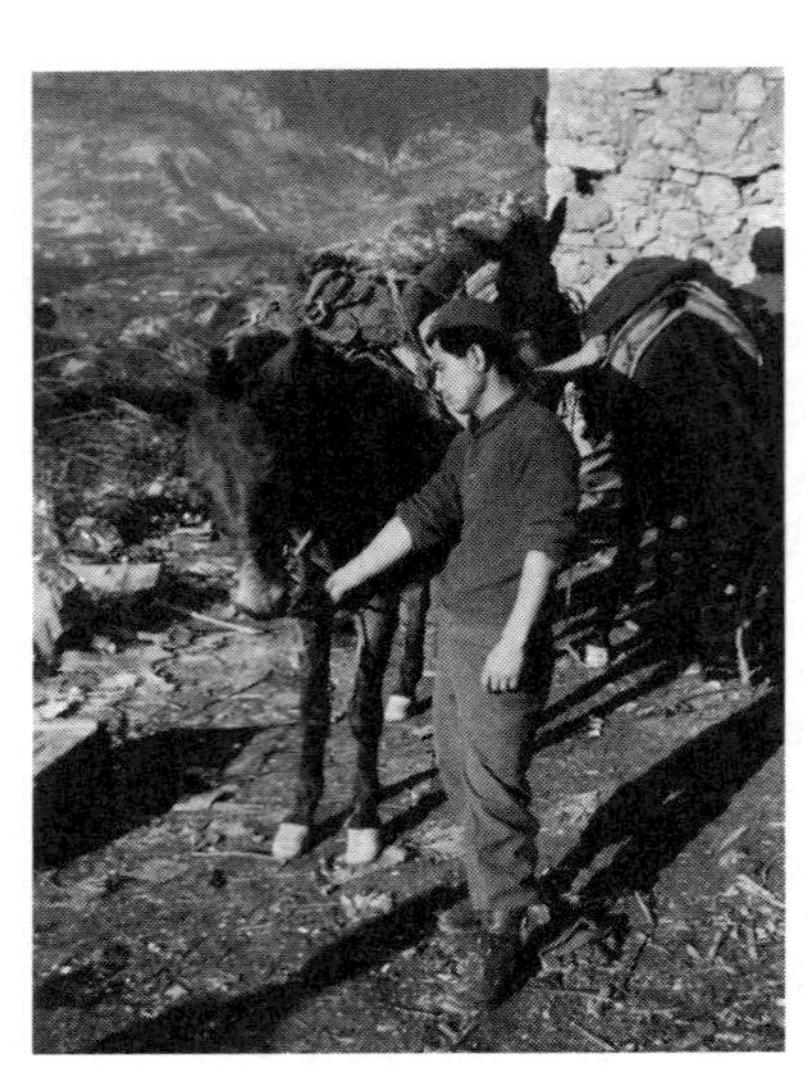

ラバとけんかをする二世兵士。マリティム・アルプスにて

バから荷物を下ろしたころ、空は明るくなり、彼らが占領した山頂からは、あぜんとするほど素晴らしい景色が見えた。鮮やかな青の地中海と、信じられないほど美しい海岸線が眼下に広がっていた。日が沈むころ、彼らは座ってタバコをふかし、紫色に変わっていく海を、そしてオレンジ色とスミレ色に色づく空を眺めた。彼らは火をおこし、缶詰入りの豆と細切れ肉をあたため、それをガツガツと食べ、空になった缶をワイヤーにつなげ、それを自分たちの防御陣地の周囲に張り巡らせた。ドイツ兵が夜中に忍び寄るのを防ぐ警報システムとして用いるためだ。巨大なコンクリートの要塞の中で、彼らは長いこと感じていなかった安寧を感じ、ここ数カ月になかったほどぐっすり眠った。

「これは、私たちが夢見ていた戦争だ」と、ヒロ・ヒグチは一二月一二日、妻に宛てた手紙に書いた。

第四四二連隊の三つの大隊がすべて新しい持ち場に落ち着くと、これは——少なくとも部分的には——少し楽しいことになりそうだと彼らは理解した。ある時には彼らの野営地は、雪に覆われた山頂に作られた原始的な待避壕だったが、別の時には、亜熱帯のコートダジュール沿いにある個人の邸宅や豪華なホテルに泊まっていたのだ。寛大な休暇を与えられた彼らは自由な時間を、陽光降り注ぐリヴィエラ海岸を歩き回って過ごした。カンヌでは、ヤシの木が街路に立ち並ぶクロワゼット通りをジープで走った。彼らは以前イタリアでそうしたように、道端のカフェに座り、今度はワインではなくコニャックを飲んだ。白いリネンのテーブルクロスがかかったレストランで食事もした。日当たりの良いホテルのテラスで、シャンパンも飲んだ。マントンではビオヴェ庭園を散策した。この庭園には、白い菊やオレンジ色の百日草や赤いバラなどが精巧かつ整然と花壇に植えられ、冬にもかかわらず並んで咲き誇っていた。兵士らは日陰の小道に張りだした木の枝から、ふっくらと熟したオレンジをもいだ。そして彼らいわく「香水熱」にあてられ、故郷で待つ恋人や妻のためにたくさんの香水を買い、香水工場を訪れ、ラヴェンダーやバラやジャスミンの香りをふりまきながら工場から出てきた。ニースでは、海辺の豪華なホテルにチェックインした。そこは数カ月前に、黒いブーツを履いた親衛隊の将校らがパーティーを開いた場所だ。兵士は各自の部屋に備えられたビデをじっと見つめ、首を傾げ、これは足を洗うためのものだろうと考え、その目的のためだけにビデを使い始めた。夜は、絹のシーツと豪華な羽根布団を備えた本物のベッドで寝るという贅沢を味わった。

カッツはニースの町の写真館にふらりと足を踏み入れ、そこが主に映画スターをお客にしている店だとは夢にも知らないまま、故郷の母親に送るためのスナップ写真を撮ってもらった。できあがった写真は果たして、ハワイ大学時代に女学生たちがカッツに似ていると噂した映画スターの一人をほうふつとさせた。その写真を見た砲兵らはみな、その「スタジオ・エルペ」という店に押しかけた。ルディもそれにならった。ルディは、英語のバーをあらわすフランス語が同じ「バー」であることを知り、そして憲兵が見回りをしていないことを確認すると、さっそくニースのナイトライフを楽しみに行き、フランス人の女性店員やイギリス人やアメリカ人の看護婦とダンスをし、紫煙漂うバーに夜遅くまで座って、シャンパンや赤ワインや安いコニャックなどさまざまな酒を試し、どれだけたくさんの酔い方があるのかを模索した。時には、ドイツ語をしゃべる人間に出会うこともあった。彼らはスイス人を自称していたがルディはそれを半分しか信じず、おそらく本当はドイツ兵で、自分と同じように休暇を楽しんでいるのだろうと推測した。公式には立ち入りが禁止されていたのだが、一部のブッダヘッズは、豪華なボザール様式で建てられたカジノ・ド・モンテカルロにも潜り込んだ。カジノでは、仕立ての良い黒いスーツを着たいかめしい顔のディーラーが、ゲームテーブルの賭け金が米兵には――たとえ「ゴー・フォー・ブローク」がモットーのハワイ出身兵でも――あまりに高すぎることをすぐに明らかにした。

道で出会うフランスの市民はあたたかでやさしく、そしていつも、申し分ない身なりをしていた。人々はファッショナブルな服装をし、街には洒落たレストランや豪華なホテルがある。だが二世兵士らはほどなく、リヴィエラのまばゆさや魅力の下にある大部分のフランス人の現実の生活が、表面から示唆されるものよりはるかに厳しいことを知った。何年にもわたって――最初はヴィシー政権の搾取者と協力者によって、次は貪欲なイタリアのファシストである黒シャツ隊によって、そして最後にはドイツ軍によって――占領されてきたこのリヴィエラ地方は、フランスのすべての地と同じように、多くの資源をしゃぶりつくされていた。フランス人の家庭は熱心に米兵を夕食に招いたが、いつもすまなさそうに、今あるだけの食糧をもってきてもらえないかと兵士らに頼んだ。この春のイタリアがそうだったように、今このフランスの町でも、豪奢なホテルやカジノの陰に隠れてはいたが、市民は毎日のように米軍の休憩所の食堂用テント近辺に長い列をつくった。身なりの良いフランス人がブリキのバケツを持ち、米軍兵士が、食べ残しのローストビーフやパンケーキやベーコンや卵料理をすくいとり、バケツに入れてくれるのをじっと待っていた。数本のタバコやコップ一杯のアメリカ製の挽きコーヒーやチョコレート・バーが一本あれば、米軍兵士はほとんど何でも買うことができた。新鮮な肉が少しあれば、五つ星のホテルに一泊することができた。少し前までドイツ兵をお客にしていた娼館は今も繁盛していたが、そこで働く娼婦の大半は、それ以外に家族を食べさせる手段をもたない女性たちだった。

二世兵士がフランス語の字幕付きのアメリカ映画を見ようと、映画館の暗がりに座っていたときのことだ。彼らは画面（スクリーン）の中に自分たちの姿を見つけて仰天した。彼らがリヴィエラ地方に到着して数週間後、映画館では「失われた大隊」の救出をテーマにしたニュース映画が上映され始めていた。それを見たヒロ・ヒグチ牧師は、失われた大隊のほうが、彼らを救出した第四四二連隊よりもむしろ称えられているような違和感を覚えた。だが一般の観客は、ニュース映画が終わるたびに大きな歓声をあげ、二世兵士が映画館から列を作って出ていくとき、彼らの背中をたたいたり握手を求めたりした。二世兵士はあっというまにフランスのセレブになった。

第四四二連隊が登場するニュース映画が上映され、大評判になったのはフランスだけではなかった。ある午後、フレッド・シオサキがソスペルで巡視の任務についていたとき、一人の伝令が近づいてきて、こう言った。「おい、ロージー。大尉（キャプテン）が呼んでるぞ」

フレッドの頭にまず浮かんだのが「ああ神様、おれは何をやらかした?」という考えだった。その大尉は、ヴォージュで戦死した将校の代わりに到着したばかりの、多くの新入り将校の一人だった。彼は苛々したようすで、その手には、アメリカ赤十字から届いた手紙が一通握られていた。「おまえの姉さんが、もう幾月も便りが来ないので、何が起きたのか知りたいと言っている」。大尉は怒鳴った。「戻って、姉さんに手紙を書いてこい！」

フレッドはしまったと思いながら手紙をもって区画に戻り、それを読んだ。手紙の一行一行から、姉のブランチの不安と心痛がにじみ出ていた。ブランチは失われた大隊についてのニュース映画をスポケーンで見たうえ、膨大な死傷者が出たという記事を複数の新聞で読んだという。《ヒルヤード・ニュース》は、フレッドを特にとりあげた記事を掲載さえした。ブランチによれば、その記事にはフレッドがまるでアイゼンハワーのナンバーワンの部下であるかのように描かれ、フレッドがほぼ独力で戦闘に勝利したような書きぶりだったが、彼がまだ生きているのかという肝心な点については何も触れていなかった。フレッドは、自分のろくでもなさを痛感した。九月の終わりにマルセイユに到着して以来、家族に手紙を書こうと思ってはいた。だが、ヴォージュの戦いの恐怖と命を賭けた戦闘の中で、故郷はあまりに抽象的かつ非現実的な概念になり、フレッドの中でほぼ消えかけていた。だが、こうして姉の言葉を目にしたことで、故郷は一気に心の中によみがえった。その晩、彼はタイプライターを借りて、キーをポツンポツンとたたきながら、ヒルヤードのクリーニング店の上に住んでいる家族に宛てて、長い、相手を元気づけるような手紙を綴った。

一二月が来るとまたマリティム・アルプスの頂上の監視所では雪が降ったりやんだりするようになり、もっと低地のソスペルでも時おり雪が舞った。青年たちは――とりわけハワイから来た青年たちは――ホワイト・クリスマスへの期待に胸をときめかせるようになった。彼らはほとんど、雪の降るクリスマスを経験したことがなかった。期待を募らせながら彼らは、勇壮な雪合戦をしたり、雪だるまの代わりにグラマラスなピンナップ・ガールの雪像を時間をかけてこしらえたりした。焚火を囲んで座り、森で集めた栗を焚火の灰の中に埋めて、焼き栗を作ったりもした。届いたクリスマスカードを、たがいに見せ合いもした。ワイキキやヒロやサンフランシスコやロサンゼルスからはるばる雪の山の上まで届いた手紙だった。

ヤマダ牧師とヒグチ牧師はクリスマスを祝う準備を始めた。まず、兵士から人員を募って大きなもみの木を山から降ろさせ、それをソスペルの町の公会堂に据え、町の人々がツリーに飾り付けをするのを手伝った。もみの木は人々の手作りの装飾品や缶を切り抜いて作ったオーナメントやその他のガラクタで飾られた。二人の牧師は一連のパーティーを計画したが、結局、青年たちをいちばん喜ばせられるクリスマス・プレゼントは、若い娘たちと会える場を設けることだろうと結論した。そして二人は、兵士らのためにクリスマス・キャロルを歌ってくれる若いフランス人女性を募集しはじめた。ソスペル在住の未婚女性で、米軍兵士に会ってみたいと思ったり、少しばかり楽しみたいと思ったり、そしておそらく何より、交換条件で得られるまともな食事にありつきたいと思ったりした娘が、牧師のテントに続々と集まり、申し込みをした。牧師たちも知らないうちに、八〇人の熱心なフランス娘たちが練習のセッションを設け、フランス語のキャロルを軽やかに歌い、英語の「ホワイト・クリスマス」や「きよしこの夜」をつっかえたりくすくす笑ったりしながら歌っていた。

最初の大きなイベントは、フランス娘がからんだものではなかった。それは、二世兵士みずからがソスペルの子どもたちのために企画したクリスマスの出し物だった。一二月一八日、二〇〇人の子どもとその親が町の公会堂に集まった。兵士は自分たちの糧食からとりわけておいたキャンディを、子どもたちに手渡した。連隊の炊事兵たちが温かいココアとケーキと、ハムとチーズを挟んだサンドウィッチをふるまった。ごちそうにあぶれまいと、親たちと、目を丸くした子どもたちがテーブルに群がった。市長と町の教区司祭が立ち上がり、形式ばったスピーチをたどたどしい英語で行った。米兵の四重唱団（カルテット）が「天には栄え」と「ああ、ベツレヘムよ」をギターとウクレレの伴奏で歌った。数人の子どもたちが緊張したようすで部屋の片隅に集まり、フランスの民謡を歌った。続いて連隊の楽団がアメリカのジャズを演奏し始めたとき、ミラー中佐が軍服の正装でホールに入ってきた。それを見た教区司祭は、中佐に敬意を表して楽団はアメリカ国歌を演奏するべきだと主張した。その必要はないと、だれかが司祭に説明しようとしたが、司祭は主張を曲げなかった。ヒグチ牧師が「星条旗」の楽譜を探しに行っているあいだ、楽団は時間をつぶすためにジャズ曲の「スウィート・ジョージア・ブラウン」を演奏しはじめた。それをアメリカ国歌と勘違いした司祭はぱっと立ち上がり、町の人々にも起立し、気をつけの姿勢をするよう命じた。そのあいだずっと、ジャズスタンダードの騒がしくてけたたましく、スウィングするようなメロディーが部屋の空気を明るくしていた。曲が終わると、司祭はおごそかにうなずき、フランス人たちは大喝采した。いよいよ最後に村の老人の一人が立ち上がり、アカペラで「ラ・マルセイエーズ」を歌い始めた。たった一人で震える声で「進め、祖国の子どもらよ／栄光の日が来たのだ」と歌い始めた老人に、周りの人々は老いも若きもフランス人もアメリカ人も、あっけにとられて言葉を失った。だがじきにフランス人は一人、また一人と立ち上がり、一緒に歌い始めた。そして最後はみなが声をそろえて「武器を取れ、市民諸君！　隊列を組むのだ！」と怒鳴るように歌った。

一二月二三日までには、ソスペルの若い娘らのキャロルは十分上達し、ヤマダ牧師とヒグチ牧師は彼女らを第三大隊の司令部に迎えた。そこでは、娘たちをもてなすために二世兵士が食堂に飾り付けをしていた。娘たちの到着を心待ちにするK歩兵中隊の青年たちは、それぞれの区域のテーブルを注意深く整えた。テーブルにはクロスがかけられ、四つの椅子が並べられ、二組のカップルが座れるようになっていた。青年たちは髪を後ろになでつけ、髭を剃り、洗い立ての軍服を着ていた。兵士はフランス語の会話も少しばかり練習した。娘たちが赤十字のバスに乗って到着すると、ヤマダ牧師は彼女らをテントに案内し、身長の順に列に並べた。そして娘たちは、教えられた英語のキャロルを歌い始めた。ところどころつかえたりぎこちなかったり調子はずれだったりはしたが、それでも彼女らの真摯な努力は明らかで、歌が終わると二世兵士らは立ち上がって大喝采し、口笛を吹き、盛大に拍手した。実際のところ、娘たちがロバ並みにぶざまな歌を披露したとしても、青年らは喝采を送ったことだろう。二世兵士の一部にとって彼女らは、シェルビーでのダンスパーティーに招かれた二世の娘たち以来、こうした社交の場で出会う初めての女性だったのだ。

歌が終わると、それぞれの兵士は女性たちに近づき、クリスマス・プレゼントの包みを手渡した。その包みは軍の需品係将校が用意したもので、軍用チョコレート・バー二本と、ラックス社の石鹼一つと、歯ブラシ一本と、コルゲートの歯磨きチューブ一本と、タバコ一箱が入っていた。戦争で荒廃したフランスにおいてはこの上なく価値のある、宝のような品物だった。女性たちは贈り物を夢中で開け、信じられないというような顔で中身をまじまじと見つめた。その後、青年たちがステーキをテーブルに運び、赤ワインのボトルの栓を抜き、女性たちに座るようすすめた。娘たちは目を大きく見開き、「神様、ありがとう！」とふたたび声を上げると、席につき、ヒグチ牧師いわく「まるで狼のように」がつがつと肉を食べ始めた。

ワインがまわるにつれて、彼らの会話は弾み、声は大きくなった。ハワイのピジン語と英語とフランス語がきれぎれに飛び交い、その合間にいぶかしげな表情や満面の笑顔や自意識過剰な笑いがはさみこまれた。若い青年と若い娘らは戦争について話し、たがいの親について話し、故郷について話し、ドイツ人について話し、食べ物について話し、アメリカ映画のスターについて話し、ハワイについて話し、戦争が終わったら何をするかについて話した。青年たちの一部はアルコールで陽気になったせいと、娘たちの香水の香りにあてられたせいか、戦争が終わったら真っ先にしたいことはもちろん、ソスペルに戻ってきて、今日話している娘と結婚することだと大きな声で宣言したりした。娘たちは笑って青年の体を押しのけながら、青年の皿にまだ残っているステーキをじっと見つめた。

クリスマス・イヴの日、ヒグチ牧師はジープを運転して山の上のほうにある複数の監視所をまわった。それらの地域では気温はすでに氷点下になっていた。とある吹きさらしの山腹にある石造りの古い地下室にヒグチはできるだけ多くの前線の兵士を集め、燭火礼拝を行った。使い古しのアップライトピアノの鍵盤をだれかが景気よく叩き、キャロルを演奏した。厚い冬用のウールコートを着た残りの兵士らは、ぱちぱち音を立てる火のまわりに集まり、吐く息で小さな雲を作りながら、歌をうたった。「きよしこの夜」まで来ると、ヒグチ牧師は静かに泣き始めた。ぐるりと部屋を見まわしたヒグチ牧師は、その場の多くの兵士もやはり無言で泣いていることに気づいた。彼らはみなでともに、多くを乗り越えてここまできた。この先どれだけのことが待ち受けているかはわからない。それでもこの場所は、少なくともこの瞬間だけは、安全で平和でみながともにあった。

第二〇章

人はしばしば問う。なぜこんなことが、これほど若い彼らの身に起きたのかと。おびただしい命が失われた戦争は、より良い世界を戦後築かない限り、無に帰してしまう。

ヒグチ牧師が妻のヒサコに宛てた手紙　一九四五年二月一四日

クリスマスの日、一七歳のソリー・ガノールは雪の中に立ちながら、青い空を見上げ、祈った。すぐそばで、ナチの看守がクリスマス・キャロルを歌っているのが聞こえる。彼らは酔っているようだ。良いことだ。いつもは朝から殴られて辛かったが、この朝はそれが延期された。看守が酔っ払っていれば、延期は一日中続くかもしれない。だが、ソリーは祈りに集中した。自分の苦難が終わるようにと祈っていたのではない。ソリーは神に語った。自分が望むのはただ、父親をさっき目覚めさせた夢が虫の知らせなどではなく、ただの夢にとどまることなのだと。

ナチスの収容所に連れてこられたとき、ソリーはわずか一六歳だった。だがそのころまでにもう、彼は底知れない悪の存在を熟知していた。一三歳のときリトアニアの、故郷のカウナスからそう遠くないウクメルゲで茂みに隠れていたソリーは、二人のドイツ人将校と十数人の極右のリトアニア民兵が、納屋に隠れていた男や女や子どもら三〇人以上を力ずくで引きずり出すのを目にした。納屋から出てきた大人たちは、壕を掘るよう命じられた。男も女も——みなソリーと同じくユダヤ人で、顔には恐怖が刻まれ、目はあちらこちらをちらちら見ては、これから起ころうとしている事態を変えられるものが何かないか必死に探していた——壕を掘り続け、作業を見張っているドイツ人が、壕が十分深くなったと判断したとき、やっと手をとめるのを許された。次にドイツ人はユダヤ人たちに、下着だけになれと命令した。リトアニアの民兵の数人は、げらげら笑い始めた。彼らは女たちには、すべての服を脱がせようとした。民兵は、若く綺麗な娘たちの腕をつかみ、下着をむしり取ろうとしたが、ドイツの将校がそれをやめさせた。

「やめろ。全員下着はつけたままにしろ！」と将校は怒鳴った。

リトアニア民兵の一人の士官はなおも、にやにや笑いながら、ドイツ語で言った。「男たちに楽しませましょう！」

だがここでは、そしてリトアニア全土では、指揮権を持っているのはドイツ人だった。

「私はノーと言ったはずだ！」ナチの将校はぴしゃりと言った。ユダヤ人を裸にすれば人間に見える。だが下着姿なら滑稽に見えると、彼は言った。そうした姿のまま撃つほうが、のちに心が痛まないだろう。

あとは単純であからさまで暴力的だった。兵士らは人々に壕に入れと強要し、銃撃を始めた。それは、ほんの一瞬のことだった。銃撃が終わると、ほぼ裸の姿の血まみれの大人の遺体の合間に、二〇人近い子どもの遺体が転がっていた。ドイツ人は土地の所有者であるリトアニア人の農民に、壕を埋めるよう命令した。男はシャベルを取り上げ、壕の中を覗き込み、嘔吐した。六、七フィート（一・八〜二・一メートル）離れた木陰からそれを見ていたソリーの心臓は、ドキドキ激しく打った。そのとき、男が土をかけ始めた壕の中から赤ん坊が泣き叫ぶ声が聞こえてきた。その瞬間ソリーは初めて、はっきりと理解した。リトアニアに侵攻してきたドイツ人の目には、そしてそれに加担したリトアニアの国家主義者の目には、自分という存在はせいぜい、狩りの獲物程度なのだと。彼はその瞬間、まるで熱い焼きごてを自分の若い肉体に押し当てられたような気持ちがした。

その数日後、ソリーと両親と姉のファニーは故郷のカウナスの家を追われ、二万九〇〇〇人あまりの他のユダヤ人とともに、みじめなコヴノ・ゲットーの囲いの中に押し込められた。スロボドカと呼ばれていた地区に作られたコヴノ・ゲットーには、たいていは掘っ立て小屋のようなつくりの家がごちゃごちゃに立ち並び、水道は引かれていなかった。ここで人々は二年以上にわたって大規模な飢餓や断続的に流行する病や、ドイツ人が「アクツィオーン（行動）」と呼ぶ定期的な大量虐殺をくぐりぬけた。そうした大量虐殺の一つが一九四四年三月二七日と二八日に行われた「キンダー（子ども）アクツィオーン」で、一二〇〇人の子どもがナチの親衛隊によって組織的に殺された。泣き叫ぶ両親の声をかき消すために、警察の車が大音響で音楽を流しながらゲットーじゅうを走り回った。

一九四四年七月、赤軍がコヴノに接近すると、親衛隊はゲットーを「一掃」し、残っている人間の大半をドイツの巨大なダッハウ強制労働収容所かダンツィヒ近くのシュトゥットホーフ強制収容所に移送することにした。親衛隊は捕獲できるだけのユダヤ人をかり集めると、ゲットーに火を放った。そこにはソリーの家族を含む何千人もの人々が、隠れたまま残っていた。ゲットーが燃えたことで、おそらく二〇〇〇人ほどの人々が死亡した。焼け死んだ者もいれば、炎から逃げ出そうとしたところを撃たれて死んだ者もいた。ソリーの家族は焼け落ちた建物の、煙が立ち込める地下室に身を隠していた。彼らは顔にすすを塗り、見つけられるのを免れようとした。だが、結局発見され、家畜用運搬車に乗せられてシュトゥットホーフ収容所に送られた。そこでは、うなり声をあげる犬を連れた親衛隊の看守が人々を行進させ、「働けば自由になる（ARBEIT

MACHT FREI)」という看板の下をくぐらせた——多くの人々が同じ看板をくぐって死へと行進したアウシュヴィッツと同じように。それからすぐに看守は、ソリーの母親と姉を、父親と彼から引き離した。母親は連れ去られていくとき、ソリーのほうを向いて優しい、自信にあふれた笑顔を肩越しに投げかけた。それから別の被収容者が、ソリーと父親の衣服を脱がせ、髪の毛を剃り、シラミの駆除をし、紫の縦縞の囚人服を渡した。みすぼらしいパジャマのような代物だった。

ソリーと父親はシュトゥットホーフに長くはとどまらなかった。二人はどちらも、ゲットーで恐ろしい経験をくぐりぬけてもなお、比較的屈強だった。ほどなくドイツ人は、すでに処理に苦労している数百万の死体をさらに二つ増やすよりは、彼ら二人を生きた奴隷として使おうと決めた。こうしてソリーと父親は、他の人々が殺されるためにアウシュヴィッツに移送される中、バイエルンの南の、風光明媚なウッティング・アム・アンマーゼー村のすぐ外に位置する強制労働収容所のネットワークの一つにすぎず、それらはすべて、ダッハウ収容所のサブキャンプだった。ダッハウ収容所でナチ親衛隊はユダヤ人やポーランド人や政治犯を、銃殺やガス殺にしたりするかわりに死ぬまで働かせていた。第一〇収容所での主な仕事は、一一〇ポンド（五〇キロ）の重さのセメント袋をある場所から別の場所へと引きずって移動させたり、近くに防弾航空機工場をつくる資材をより多く提供するためにシャベルで砂利をすくったりすることだった。きわめて過酷で骨の折れる仕事で、人々の大半は連れてこられてから数週間で死んでいった。

ソリーと父親は知恵のかぎりを尽くして、一九四四年の秋を生き延びた。父親は話上手なエンターテイナーとして、キャンプ内のカポ〔被収容者の監視役としてナチスに協力していたユダヤ人〕の頭の一人であるブルギンという赤ら顔の男に目をかけられるようになった。他のカポと同じくブルギンも、ドイツ人にごまをするために被収容者らを虐待し、そうすることで自身は少し長く生き延びられていた。このブルギンという男を楽しませることでソリーの父親は殴打を免れ、時にはささやかな便宜を図ってもらっていた。ソリーはブルギンに、自分をロバ代わりに働かせてほしいと話をつけた。食糧を山と載せた荷馬車をウッティング・アム・アンマーゼーから、防弾航空機工場を建設するドイツ人技術者に食事を作る厨房まで引いていくのがその仕事だった。本来動物がやるべき過酷で屈辱的な仕事だったが、時おりソリーは、ひと山のパンや数本のソーセージをかすめとるチャンスに恵まれ、それを父親と分け合った。だが、この仕事をしたことでソリーは、人間ロバとしての別の仕事を任されることになってしまった。それは、やせ衰えた被収容者の亡骸を山と載せた荷車を、集合墓所まで引くことだった。運ぶ遺体の数は増すいっぽうだった。一二月になるころにはソリーの体は弱り始めた。縦縞の薄っぺらいパジャマにはいつもシラミがたかっていた。五二歳になるソリーの父親も、急速に弱っていた。この先長く持ちこたえるのは、どちらも不可能なように見えた。

そしてクリスマスの日、眠っていた父親は突然目を覚まして「レベッカ！」と妻の名を呼び、むせび泣き始め、ソリーに涙ながらにこう言った。「母さんが死んだ！」ソリーは、もう耐えられないと思った。それはただの夢だとソリーは父親に言って聞かせたが、父親は、夢ではない、現実だ、この目で見たのだと言い続けた。父親は、ソリーの姉のファニーの姿も見たと言った。ファニーが母親の上に身をかがめており、その瞬間、母親はこと切れたのだと。父親はそれが正夢だと確信していた。そして、悪臭漂う暗いバラックの中で、服喪者の祈りを唱え始めた。

今、第一〇収容所の外で雪の中に立ちながら、近くでナチスがクリスマス・キャロルを口ずさむのを聞いていたソリーは、空を見上げ、父親の夢がどうか正夢ではありませんようにと祈った。

エスターとクリスマスを過ごしてから二日後——エスターは双子を身ごもったばかりだった——ゴードン・ヒラバヤシはスポケーンで、二〇名ほどの他の受刑者とともにバスに乗せられ、カスケード山脈を越えて、マクニール島にある連邦刑務所に送られた。この島はピュージェット湾の南端にある吹きさらしの土地だった。*35 ここで看守らがゴードンを裸にし、ごわごわしたデニムの囚人服を渡した。そしてゴードンを、「フィッシュ・タンク」と呼ばれていた一時収容施設に連れていき、刑務所農場にある三つの寮の一つに割り当てるまでそこに留置した。三つの寮のうち二つが「白人の（ホワイト）」受刑者用で、三つ目の寮がその他すべての——刑務所当局が「雑種の（ミックスド）」と呼ぶ——受刑者用だと気づいたゴードンは憤慨した。だが、塀の外の世界で若い家族が自分の帰還を待っている。早くここから解放されるには騒ぎを起こすべきではないと理解していたゴードンは、ここに来たのは刑務所のシステム改革に取り組むためではないと決めていた。自分がここに来たのは、いくつかの信条を明確にするためだ。一つはクエーカー教徒として、宗教的立場から徴兵に反対するということであり、もう一つはアメリカ人として、家族が自宅を追われて強制収容されている人間の徴兵に反対するということだ。彼は刑期のあいだ静かに過ごし、言いたいことがあっても黙っていようと決意していた。だがその決意が長くは続かないことは、じきに明らかになった。

その一二月にマクニール島の刑務所に収容されていた二世は、ゴードン一人ではなかった。その年の春から秋にかけて、戦時転住局の各地の収容所から三〇〇人近い徴兵拒否者が選抜徴兵法に違反した罪で、さまざまな連邦法廷で裁判にかけられていた。裁判の展開はさまざまだったが、圧倒的多数が有罪判決に至った。ハート・マウンテン収容所から徴兵を拒否した同収容所のフェアプレー委員会のメンバーたち六三人は集団でワイオミング州のシャイアンで裁判にかけられた。裁判の初日に、判事のトーマス・ブレイク・ケネディは被告たちに「おまえたちジャップ・ボーイ」と軽蔑的に呼びかけ、憲法にもとづく彼らの主張を即座に却下し、全員にあっさり有罪判決を下し、マクニール島もしくはカンザス州のレヴンワース連邦刑務所における三年の禁固刑を言い渡した。アイダホ州のボイシーでは、前アイダホ州知事だったチェイス・クラーク判事が、ミニドカ収容所からの徴兵拒否者の裁判を行った。この判事は、一九四二年に日系アメリカ人のアイダホ転住に反対し、「全員を日本に送り返し、列島を沈める」措置を米国がとるべきだと主張し、日本人をネズミになぞらえたチェイス・クラークその人だった。彼は、過去のこうした発言にもかかわらず、この裁判の担当辞退を拒否し、裁判の迅速な処理のために陪審員をみずから選任し、往々にしてこれらの被告の弁護に消極的な地元の弁護士を引っ張り出し、一日に四回もの審理を行い、一一日間で三三人の二世に有罪判決を下すという一種の流れ作業を組み立てた。罪状を自ら認めた数人と、法的な細かい解釈でいったん無罪になったものの、その後の裁判で有罪宣告を受けた一人を除いて、クラーク判事のもとに連れてこられたすべての人間は有罪判決を受けた。

＊35　この時期マクニールの刑務所に収監されていた有名な囚人には、軽犯罪で逮捕されていた（のちに殺人犯になる）チャールズ・マンソン、ロサンゼルスのギャングのボス、ミッキー・コーエン、のちに「アルカトラズの鳥男」の名で知られることになるロバート・ストラウドなどがいた。

アーカンソーとコロラドとユタで行われた裁判もほぼ同じような結果だったが、懲役期間は六カ月から三年三カ月まで幅があった。それでも、若き被告たちが明らかにしようとした争点——彼らの置かれた状況の根源的な権利侵害——は、いつも完全に無視されたわけではなかった。裁判の多くは、市民が日系人に強い敵意を抱いているコミュニティで行われた。そうしたコミュニティの一つがカリフォルニア州北部のセコイアの森の中にある、霧の多い林業の町ユーレカだった。この町の反アジア的感情には長く、往々にして非道な歴史があった。この町で、トゥーリーレイク収容所から送られてきた二世の徴兵拒否者二七名の裁判を執り行ったのは、ルイス・E・グッドマン判事だった。被告のうちの六人は裁判の初日、郡刑務所から徒歩で町を抜けて裁判所まで行進させられた。裁判所の前には敵意に満ちた町の弥次馬が集まっており、最初の見通しはどう見ても暗く思われた。だが、グッドマン判事はアイダホのチェイス・クラークやワイオミングのトーマス・ブレイク・ケネディとはまったく異なる人物だった。裁判の開始前からグッドマン判事は、二世の弁護を担当する被告側弁護士が、被告を勝たせようという気持ちをかけらも持っていない事実を憂慮していた。さらなる困惑の種は、裁判所に送られてきた若いアメリカ市民が、グッドマンの言葉によれば「強制収容所」から来ていることだ。グッドマンは考えた。すでに市民としての基本的権利を剝奪されている彼らが、自分たちに関わることについて自由な意志で選択をしたと言えるのか？　被告らがトゥーリーレイクに強制収容されたときすでに適正手続が廃止されていたのに、今自分の法廷で、適正手続が施行されたと言えるのか？　グッドマンは自分の考えを表明するのを、裁判の最後まで待った。その時が来て彼が口にしたのは、検察への痛烈な非難だった。「アメリカ市民が不忠実を理由に監禁され、しかもその後、拘束下の生活を強制されているにもかかわらず、軍務に服することを余儀なくされたり、そうした強制に屈しなかったために起訴されたりするのは、良心に対する衝撃である」。そしてこの言葉により、あっけにとられている法廷でグッドマンは、自分の前に立っている二世の徴兵拒否者すべてに対する訴えを退けた。彼らは自由になった。だがその自由は、トゥーリーレイク収容所の鉄条網の向こうの監禁生活に戻れるという自由であり、それは収容所が閉鎖されるときまで続いた。

一二月までには、いくつかの戦時転住局の収容所の閉鎖が徐々に近づいてきていた。そうした収容所では、一家で強制収容されてきた人々が西海岸への帰還を検討したが、彼らの不安と希望と躊躇は増すいっぽうだった。日系人の帰還をめぐる激しい、しばしば冷酷ですらある議論は、西海岸じゅうの地域社会で依然激しさを増しており、小さな町の新聞や理髪店や、バーやコーヒーショップや教会の社交場でも議論が繰り広げられた。世間の議論のおおかたは、オレゴン州のフッドリヴァーの事件に集中していた。多くの町と同様にフッドリヴァーにある米国在郷軍人会の地方支部は、海外で兵士として戦っている地元の青年たちを称える記念碑を建てた。だが一一月二九日の夜、フッドリヴァーの在郷軍人会地方支部は記念碑から一六名の名前を黒く塗りつぶした。それは、フッドリヴァーから出征した日系アメリカ人全員の名前だった。意図したメッセージが間違いなく伝わるように、地方支部のトップであるジェス・エディントンは次のようなあからさまな声明を出した。「われわれはただ、彼らの帰還をわれわれが望んでいないことを、彼らに知ってほしいだけだ」。その他八つの米国在郷軍人会がすみやかにフッドリヴァーの例に倣い、祖先の人種だけを理由に日系アメリカ人兵士の名前を殊勲者リストから消した。

フッドリヴァーの事件のニュースは全米に広まり、怒りの反発を引き起こした。《ニューヨーク・タイムズ》はこの事件を「フッドリヴァーの大失敗」と呼んだ。《コリアーズ》は「フッドリヴァーの汚れ仕事」と叩いた。《シカゴ・サン＝タイムズ》はフッドリヴァーの在郷軍人会を「アメリカ的でない」と呼んだ。ニューヨークの在郷軍人会の一つは、除名された一六人を自分たちの支部の会員になるよう招きさえした。だが、オレゴンや西部の多くの土地では、大きく異なる反応があった。それらの土地では、第四四二連隊の欧州での活躍がますます盛んに報道されているにもかかわらず、大勢の人々がいまだ、日本人の名前を耳にしたり日本人の――ように見える――顔を目にしたりするのを嫌がっていた。オレゴン州議会の上院議員の一人は、侮蔑的な言葉を吐き捨てた。「あなたの心はアメリカの中に。ジャップのことなど放り出せ！」

その後フッドリヴァーには、地元出身の別の二世兵士の戦死のニュースが届いた。ただこの兵士は第四四二連隊の所属ではなかった。第四四二連隊がヨーロッパで戦っていたのと同じ時期、六〇〇〇人近い二世兵士が陸軍情報部で働いており、その大半は太平洋戦域で日本軍を相手に戦っていたのだ。翻訳者や尋問者、プロパガンダ・ライターやラジオ・アナウンサーとしての訓練を受けた彼らの多くは前線の後方で、比較的安全な船の中や情報収集室で働いていた。いっぽう、フィリピンやビルマやニューギニアやその他、米軍が太平洋で戦ったあらゆる戦闘地域のジャングルや海岸で、実働部隊に囲まれて勤務した者もいた。そうした地では、民族性ゆえに彼らは独自のリスクに直面した。とりわけ大きなリスクは、日本軍に捕らえられ、裏切り者扱いされ、野蛮な拷問を受けたり処刑されたりすることだった。もう一つのリスクは単純に、敵と間違えられることだった。

その冬、家族が極寒のミニドカ強制収容所に拘留されていた二四歳のフランク・ハチヤは、蒸し暑いフィリピンのレイテ島のジャングルで、米軍の他の部隊とともに陸軍情報部の一員として働いていた。日本軍守備隊の位置を偵察して地図を作製するために、ハチヤは数週間にわたってレイテ島における敵の前線の背後に潜り込んでいた。一二月三〇日、米軍の前方の分隊が敵兵の一人をとらえたとき、ハチヤは開けた谷を横断して陣地に戻り、捕虜の尋問を行うと自ら志願した。だが、偵察任務から外れて谷を横断している途中で、彼は銃撃を受けた。隠れていた日本の狙撃手に撃たれたのか、彼を敵と間違えた米軍の兵士に撃たれたのかは明らかでない。致命傷を負ったハチヤは一九四五年一月三日、野戦病院で亡くなった。

ポートランドの住所から入隊していたハチヤの名前は、フッドリヴァーの記念碑にはもともと書かれておらず、したがって消されることもなかった。だが、実際には彼はフッドリヴァーの地元の少年だったので、戦死の知らせは太平洋を越え、コロンビア川をさかのぼってフッドリヴァーまで届き、大きな衝撃をコミュニティにもたらし、記念碑からの名前の削除に対する怒りを再燃させた。だが、地元でも他の多くのコミュニティでも在郷軍人会の防御的な姿勢はさらに強まった。オレゴン州と西海岸の各地ではこうした論調にさらに拍車がかかり、一部は暴力事件にまで発展し始めた。

第四四二連隊が「失われた大隊」の救出後にようやく山を下りたとき、I歩兵中隊の生き残りのうち、自力で歩くことができた一人がシゲ・ドイという名の二三歳の一等軍曹だった。他のすべての兵士と同じように、ドイは打ちのめされ、沈みこみ、仲間らの死を悼むあまり病気になっていた。

一月の初旬、シゲの両親であるマスルとサトル、きょうだいのスミオとリリーは、コロラド州のグラナダにあるアマチ収容所を退去する第一陣になった。だが、カリフォルニア州のシエラネバダ山脈のふもとに位置するオーバーン郊外の面積八五エーカー（三四ヘクタール）の果樹園に戻ったとき、その一部は荒廃してしまっていた。一家が強制収容されているあいだ、無料で農園に住んでいた人間が、手入れをろくにしなかったせいだ。三〇年かけてここまで農園を築いてきたドイ家にとっては、見るだに辛い光景だった。多くの果樹は適切に剪定されておらず、まったく剪定されていないものもある。建物もあちこち傷んでいる。だが、新しい年が始まるにつれ、一家は事業の再建に向けて動き出し、シゲが生まれ育った家の修理も始めた。そうすれば戦争が終わったとき、少なくともシゲには帰る場所があることになる。

ドイ家の帰還は地元紙《オーバーン・ジャーナル》の一面で伝えられたが、近所にはそれを聞いて快く思わない者もいた。一月一七日の夜遅く、無許可離隊の兵士クロード・ワトソンはオーバーンで一人のバーテンダーに接近し、ちょっと愉快なことをしないかと誘った。バーテンダーは誘いにのった。やはり基地から無許可離隊した兵士であるワトソンの兄弟とバーテンダーの兄弟、そして数人のガールフレンドを加えた一団は、町をしばらくドライブした後、酒を飲み、ライフルを手にとり、ガソリンを買った。そしてドイ家の農場をめざした。

一月一八日の明け方、スミオ・ドイは農場の外から人の声と車の音が聞こえるのに不安を覚え、正面の扉まで走っていき、勢いよくそれを開けた。庭の向こう側にある荷造り小屋から炎があがっていた。スミオと父親が外に走り、必死に火を消しとめているあいだ、数台の車が大きな音を立てて走り去った。闇の中に、タイヤが軋る音が聞こえた。

コミュニティの中で問題を起こしたくなかったドイ家は、この出来事について届け出をしなかった。だが、翌晩もスミオは庭の外で車の音を聞きつけた。彼と父親がふたたび扉のところに向かうと、家の正面に銃弾がいくつもぶつかる音がした。親子は身を伏せて家の奥に戻り、床をはいずって電話のある場所まで行き、警察に電話をした。家の中で寄り集まった彼らの耳に、暗い農場の庭のどこかで若い男女がげらげら笑ったり怒鳴りあったりしている声が聞こえた。パトカーが農場に入ってくると、侵入者の車は暗闇の中を猛スピードで去っていった。だが、去る前に彼らは小屋の下にダイナマイトをしかけ、ヒューズに火をつけた。ヒューズは幸い、ダイナマイトに届く前に焼き切れていたが、それでも侵入者の目標は達せられた。ドイ一家はそれから何年ものあいだ、自宅にいても心安らかに眠りにつくことができなかった。シゲが複数のメダルを胸に、無事に戦地から戻ってきた後も、不安は変わらなかった。

男四人の侵入者は逮捕され、ぺらぺらと自白した。裁判では被告側弁護士は事実を否定しようともせず、実質審理を求めさえもしなかった。そのかわりに、弁護士の一人が立ち上がり、この若者たちに責任を負わせることはできないと主張した。「これらの青年は、何千人もの他の青年と同じように、ジャップを殺すよう軍によって訓練されてきました。その事実に加え、彼らは当時酩酊しており、自身の行動に責任をとれる状態ではありませんでした」。もう一人の弁護士は罪を、ドイ家やその他の日系アメリカ人が西海岸に戻るのを許した戦時転住局に押しつけ、さらに真珠湾攻撃のことにまで言及した。「日本人はこの国にじわじわと浸透してきました……私たちは、いつか彼らにだまし討ちされるなどとは夢にも思わず、彼らを受け入れてきました」。弁護士は陪審員に、カリフォルニアのこの地域を「白人の国」として保持してほしいと懇願し、弁論を終えた。陪審員は午前一一時三〇分に評議に入った。彼らはほどなく昼食を取り、二時間もしないうちに戻ってきた。そして被告を無罪とした。

フランスでは冬が徐々に春へと変わりつつあり、マリティム・アルプスの高い峰にはまだ雪が残っていたが、もっと低地では紫や白のスイセンの花がアルプスの緑に輝きを添え始めた。リヴィエラ沿いにはブーゲンヴィリアやバラや菊の花が咲いた。負傷していた二世兵士の仲間がフランスのもっと北の病院からだんだんと退院してきたのに加え、さらに数百人の新しい兵士が——その多くは本国の強制収容所から来た兵士だった——到着し始め、帰らぬ人となった兵士のいた場所を埋めた。

古参兵か新兵かを問わず、第四四二連隊の兵士は、遠く離れた監視所での厳しい生活と、海岸沿いの豪奢な地域での気楽な任務とを交互に繰り返した。山の上にいるときも彼らはささやかな楽しみを何とかして作り出し、勇壮な雪合戦をしたり、焚火を囲んでウクレレをかき鳴らしたりした。カッツはオイルドラム缶を半分に切り、焚火の上で熱い湯をたっぷり沸かし、それをオフロ代わりに使い、眼下に広がる青い地中海を見下ろしながら、何時間も真っ裸で幸福そうに湯につかっていた。

だが、リヴィエラ沿いでの戦争は続いていた。二世は多くの時間を偵察に費やしたり、岩だらけな山の斜面を上り下りしたり、自然の洞窟やコンクリートの要塞に無線機や双眼鏡を携えて集まったりして、イタリアとの国境の向こうでドイツ軍がどう動いているかを検証した。時おり、白いパーカーを着た二世の偵察隊が同じような姿のドイツの偵察隊と出くわすことがあった。そんなときは、雪の残る吹きさらしの山腹で激しい、時には死者の出るような銃撃戦が起きた。砲撃の応酬も時おりあり、大量の砲弾が双方向に飛んだ。一月だけで二世兵士の六人が亡くなり、二四人が負傷した。

ジョージ・オイエはある冷たい良く晴れた朝に、彼にとって戦争中、おそらく最大の成果と思えることを成し遂げた。遠く離れたイタリアの丘の中腹に、列車に搭載されたドイツ軍の口径三二〇ミリの巨大な大砲を見つけたのだ。ドイツの砲手はそれを何週間も使用し、ニースの町を手当たり次第に砲撃し、民間人を恐怖に陥れていた。ドイツ軍はそれをいつも、だれかに位置を特定されるよりも早く、安全なトンネルの中にすばやく引っ込めてしまっていた。その攻撃をなんとか無力化しようとアメリカ軍は方策を練ったが、うまくいかずにいた。だがジョージは、砲弾が発射されてからトンネルの中に引っ込む前の一瞬、真っ白い煙の輪が浮かぶのを見逃さなかった。ジョージは同時に、米海軍の巡洋艦が二隻、眼下の海岸のすぐ沖を航行していることにも気づいた。彼は迅速に行動し、敵の火器の位置を師団の射撃指揮所に無線で伝え、それがさらに二隻の艦に伝えられた。一瞬ののちに二艦は回頭し、口径八インチの舷側砲を片舷斉射した。巨大なドイツの大砲が岩だらけの斜面を転がり、地中海に落ちていくのをジョージはわくわくしながら見つめ、大きな満足と誇りを感じた。

二月の終わりまでには、二世が「シャンペン作戦(キャンペーン)」と呼び始めたものが終わりに近づいていることは明らかになってきた。前の秋にみなが感じていた楽観にもかかわらず――そして連合軍が西からドイツ国境にじわじわ忍び寄り、赤軍が東から圧力をかけているにもかかわらず――ドイツはいまだ、しぶとく反撃を続けていた。北イタリアでは、数万人の完全防御のドイツ軍が依然として、堅牢なゴシック線を維持していた。ドイツでは、それよりさらに大勢のドイツ兵が、前進してくる連合軍とライン川のあいだに待ち受けていた。近々家に帰るチケットを手にしている兵士はだれもいなかった。遅かれ早かれ二世兵士らは、激しい戦闘が起きているどこかに戻らなければならなかった。そして今、彼らは八月にヴァーダの休憩所を出たときよりもさらに、戦場に戻ることを恐れていた。一年前、彼らは戦場に行くのを心待ちにしていた。今彼らは、戦争をなんとか終わらせて、無事に家に帰ることをひたすら望んでいた。

三月初旬、第五二二野砲大隊の砲兵は、自分らが第四四二連隊から分遣され、フランス東部に戻されることを知らされた。第七軍と合流してドイツの中心部を強襲するのがその目的だった。カッツは、サスやジョージらの砲兵仲間の大半と同様、比較的のんびりしたこの地を離れ、多くの歩兵の友人とも別れなければならないことを辛く思った。だが彼は、新しい命令を本心から残念に思ったわけではなかった。軍隊に入った当初以上に、より大きな利益のために自分がなすべきことをするというカッツ個人の倫理意識は強まっていた。彼にとってそれは今なお、「義理（ギリ）」と「人情（ニンジョウ）」のあいだで――公の義務と、個人としての自然な気持ちのあいだで――微妙なバランスをとることを意味していた。今もサンタフェに強制収容されている父親から長いこと便りは来ていなかったが、それでも、監禁状態にある父親はきっと同じことを言ったはずだ。そしてさらに、兄のカツアキがアラバマで死んだとき、カッツはヤマダ牧師からこう言われていたのだ。この先彼の使命は、兄の遺したものに恥じぬよう、能うかぎり最高の兵士になることだと。もしドイツに行くことで、仲間たちの命を数多く奪ってきたナチ国家の打倒を速めることができ、これ以上の死者が出るのを防ぐことができるのなら、カッツはやはり進攻に参加したいと望んだ。

カッツと、クウイポを担当する彼の班は、荷造りを開始した。三月九日、彼らはアンティーブに野営し、隊列をつくって、去年の一一月に下ってきた道を逆にたどって北に向かい始めた。彼らは、自分たちがたどり着いたころ、ベルリンはいったいどんなようすになっているのだろうかと、夢想しはじめていた。

歩兵たちに出発の準備を始めるよう命令が出たときからもう、彼らの未来には奇妙な秘密の空気がかかっているようだった。上級将校も下士官と同じほど、これから何が起こるのか、自分たちが次にどこに向かうのか、はっきりわかっていないように見えた。行き先は南太平洋で、最終的には日本侵略に参加させられるのではと案じている者もいた。これは故郷に戻る旅なのではと思っている者も、少数はいた。だが大半の者は、兵士としての不確かな生活がまた新しく始まるのを黙って受け入れただけだった。

三月一七日、彼らはマルセイユに向かうトラックに乗り込んだ。美しい春の朝だった。彼らはリヴィエラでの滞在から最後の喜びを引き出そうと決めていた。可能なかぎり多くの兵士がわらわらとトラックの運転席の屋根にのぼってきた。そして車がその古い街並みを通り抜けるあいだ、足をぶらぶらさせながら端に座り、ギターやウクレレをかき鳴らし、そばを駆けている子どもたちにレモンドロップを放り投げ、通りがかりのすべての若いフランス人女性に英語とかたことのフランス語と日本語で呼びかけた。フランス娘は、兵士らの言葉はわからなくても感情は理解でき、手を振ったり笑顔を浮かべたり、「ボン・ヴォワイヤージュ（良い旅を）！」「ボンヌ・シャンス（ご幸運を）！」と声を上げた。

だが、トラックが海岸の集合地点に到着すると、そうしたムードは一変した。灰色の巨大な上陸用舟艇が、スロープを降ろし、大きな口を開けて彼らを待っていた。それから、奇妙な出来事が起こり始めた。兵士らは所属部隊を示すマークをすべて制服から外し、装備品の印も消すよう命じられた。彼らは軍服の肩についている第四四二連隊や第一〇〇大隊の徽章を外し、ヘルメットについているマークも外し、トラックやジープの車体に書かれた文字を消した。何かが起きているのに、それが何かを彼らは理解できなかった。何がこの先待ち受けているにせよ、それはどうやら、軍が世界に知らしめるのを望まない何かであるらしかった。何がどこにいくのかはわからないが、彼らは身分を隠してそこに行かなければならないのだ。

第二一章

私たちの青年は、不可能だと思われていた偉業をやり遂げた。
ヤマダ牧師が妻のアイに宛てた手紙　一九四五年四月一〇日

その春ボストンではルディ・トキワの母親が、毎朝夜明け前に起きて氷のように冷たい水を浴びながら息子の無事な帰還を祈り続けていた。スポケーンではキサブロウとトリのシオサキ夫妻が、やはり毎朝夜明け前に起きて、お茶を沸かし、少しばかりのトーストを食べ、階下に降りてクリーニング店のボイラーに火を入れ、青い星が二つかけられた正面の窓のブラインドを上げた。サンタフェの刑務所ではカツイチ・ミホが大半の朝、バラックの階段に腰をかけ、東の山の向こうから朝日が昇るのを見ながら、金属のマグに入ったコーヒーを飲み、体をあたため、看護助手として働いている刑務所内の病院まで歩いていく準備をした。そして遠く離れた東京では、フミエ・ミホが毎朝夜明け前に目覚め、米軍のB－29の再襲来を告げる遠くからのうなり音が聞こえないかと耳をそばだてた。「超空の要塞」の異名をもつこの爆撃機は、三月一〇日の空襲で一〇万人もの人々を焼き殺し、一〇〇万人を負傷させた。

ピュージェット湾に浮かぶマクニール島の連邦刑務所ではほぼ毎朝、夜明けまでに、ゴードン・ヒラバヤシがごわごわしたデニムの囚人服を着てバスに乗せられ、刑務所の農場に向かい、水浸しの地面を耕した。

どんな仕事を押しつけられても、ゴードンは黙々とそれをこなした。彼はここマクニールでは、絶対にことを荒立てるまいと決意していた。もめごとを起こさずにすみやかに刑期を終え、できるだけ早く妻のエスターと、生まれたばかりの女児の双子に会うためだ。だが、一般収容施設から作業農場の寮に移されることになったとき、ゴードンはここで行動しなければふたたび自身の信条に反すると感じた。以前、トゥーソンのカタリナ労働農場にいたとき、ゴードンが受刑者を巻き込んで抗議行動を始めたきっかけは、自分が「ホワイト・オンリー」の寮を割りあてられたことだった。いっぽう、ここマクニールでは彼は「ノン＝ホワイト」のバラックに入れられるという話だった。措置そのものはトゥーソンのときとまったく逆だったが、ゴードンにとって問題点は同じだった。つまり、刑務所当局が人種差別をしているということだ。荷物をまとめて、ノン＝ホワイトのバラックに出頭せよと命令されたゴードンは、移動を拒み、その場に居座った。夜勤の看守が顔を赤くしてゴードンに「荷物をまとめて移動しろ！」とどなった。

「できません。説明をしてもらうまでは」

「すぐ移動しろ。これは命令だ！」

ゴードンは表情をピクリとも動かさず、じっと看守を見つめた。

「わかりました。あなたは自分の務めを果たし、私に命令をした。そして私が何をするかは、私次第だ。もし私が、あなたが私を罰したくなるような何かをしているなら、私のことを罰してかまわない。ですが、逆上する必要はない。あなたは自分の務めを果たしただけだ」

看守は目を見開き、信じられないという顔で、唾を飛ばしながら言った。「おれの命令に背くつもりか？」

ゴードンは、事態が暴力沙汰に発展するのを心配しながら、立ち上がって動き出した。ただし向かったのは看守に示されたのとは別の部屋だった。そんなことをしたら、マクニールの囚人たちから「ブラックホール」と呼ばれている独房に放り込まれ、パンと水だけの食事になるのは覚悟の上だった。もしそうなったら、食事はとらず水だけを飲んでハンガーストライキをしようと考えていた。それは、いかなる種類の暴力にも訴えずに自分の主張を明らかにする良い方法になるだろうが、いっぽうで、妻や娘たちと一緒に暮らせる日がより遠のくことを意味していた。

だが、ゴードンが驚いたことに、看守はそのまま立ち去り、何事も起こらなかった。二週間後、ようやく刑務所の監督がゴードンを事務所に呼び出した。ゴードンは、自分の行為とその理由を説明した。監督は、この刑務所は人種差別をしているわけではないと主張したが、最後にこう言った。「検証させてほしい。君への沙汰はまた後で」。ゴードンがその後ふたたび監督に呼ばれることはなく、それから一週間が過ぎたころから、それまで白人専用だったバラックは徐々にほかのバラックと統合され始めた。そしてゴードンは、「ブラックホール」の内部を見ることがなかった。

三月一二日の冷たい雨の夜、真夜中近いころ、第五二二野戦砲兵大隊はザール川を越えてナチ・ドイツの領土に入った。ザールブリュッケンから少し南にあるクラインブリッタースドルフという町の近くだった。今はアレクサンダー・パッチ将軍率いる第七軍第六三歩兵師団に配属された二世の砲兵らは、何の抵抗にも出会わずに目的地に到達した。翌日の午前一一時三〇分までに、彼らは初めてドイツの地に塹壕を掘り、すぐ東にあるジークフリート線沿いの目標に向けて砲撃を始めた。ドイツ兵はこのジークフリート線上に抵抗拠点をつくり、連合軍がライン川を越えてマンハイムやフランクフルトや、さらにその南のミュンヘンなどの大都市を脅かすのを阻止しようともくろんでいた。

その夜、二世兵士が敵への砲撃を続けているころ、第六三歩兵師団は徒歩でドイツの奥深くに侵入した。第五二二野砲大隊から来たサス・イトウやジョージ・オイエらも前進観測員として、彼らと一緒に移動していた。真っ暗な夜だった。厚い雲の上のどこかに新月がかかってはいたが、月光はあたりをほとんど明るくしていない。兵士たちは、ほんの数フィート先の地面に何があるかさえ見定めることができない。そして彼らに課された最初の任務は、ドイツ兵が地雷「シューミーネ」を無数に撒き散らしていった地雷原を通り抜けることだった。シューミーネは一見、単純な木箱だが上部に感圧板がついており、箱の中には四分の一ポンド（一一三グラム）のＴＮＴが詰められており、それを踏んだ男の足をつけ根から吹き飛ばすだけの威力があった。

ブーツの下の感触からすると、短く刈られたばかりの草地のように思える場所を横切り始めたとき、ジョージ・オイエは、勘弁してくれよと思った。完全な暗闇の中で、彼が足を——あるいは命を——失うか否かを決めるのは、運のみと言ってよい。だがそのとき突然、背後でブーンという音が鳴り、あたりは明るくなった。陸軍通信隊が直径三〇インチ（七六センチ）の巨大なサーチライトのスイッチを入れ、空に照準を合わせ、光を雲にぶつけて不気味な緑色の揺らめく人工の月明かりを野原の上に作りだしたのだ。さして明るいわけではなかったが、少なくとも次の一歩が向かう先を見定めるには十分で、それだけでジョージには大きな安心になった。

ジョージの一〇フィート（三メートル）ほど前を、背の高いブロンドの歩兵が歩いていた。そしてジョージは、その男が歩いた跡から外れなければ、自分がうっかり地雷を踏む可能性は減るはずだと考えた。ジョージがそう決めた瞬間に、男が地雷を踏んだ。ジョージと男は足元から吹き飛ばされ、あたりには草と土と砂利が舞った。ジョージは無傷で立ち上がったが、ブロンドの男は地面に倒れていて、腰から下は血まみれだった。一瞬、驚いたような沈黙があった後、彼は叫び声を上げ始めた。ジョージは衛生兵を呼んだが、だれも来なかった。ジョージは倒れた兵士の上にかがみこみ、彼を落ち着けようとした。兵士は大きく見開いた目でジョージを見つめると、おれのことを撃ってくれと懇願した。彼の言葉は支離滅裂に近かったが、性器を撃たれたと確信しているようだった。「おれを撃ってくれ！　頼むから！」と彼は叫んだ。「それはできない」とジョージはおだやかに言った。そしてすばやく状況を評価した。男の股間は問題ないように見えたが、片方の足のひざ下はほぼ完全に吹き飛ばされ、一本の腱でかろうじてぶら下がっていた。ジョージはナイフを取り出し、腱を切った。足は地面に転がったが、本人はそれにすら気づいていないようだった。ジョージはもう一度衛生兵を呼び、担架員を呼んだが、やはりだれも来なかった。男がショック症状を起こし始めているのを見てとると、ジョージは男の体の下に入り込み、男を肩にかけて、よろよろと立ち上がった。男は少なくともジョージより背丈が半フィート（一五センチ）は高く、体重もおそらく五〇ポンド（二三キロ）は重そうだったが、ジョージはよろめきながら野原を横切り、後方に戻り始めた。自分の通る道に地雷があるかどうか気にする余裕はもうなかった。これ以上背負って歩くのが難しくなると、ジョージは男を草の上におろし、両腕をつかんで引きずりながら歩き、ようやく衛生兵を見つけた。それから、血まみれの軍服のまま踵を返し、ふたたび徒歩でドイツ領内へと進んでいった。

カッツ・ミホはドイツに足を踏み入れた瞬間から、目の前の光景に戸惑いを感じた。第五二二野砲大隊はトラックで東進し、ジークフリート線とその向こうにあるラインラント地方に接近し、ところどころで停まっては火器を据えつけ、前方の目標を猛射した。そんなとき、カッツは眼前の光景に目をとめずにいられなかった。数年前の三月であったらここは、カッツが子どものころドイツについての本で読んだような美しい場所だったかもしれない。おとぎ話のような田園が広がり、小ぎれいな村があり、漆喰塗りの山荘があり、

「Bliesransbach」「Neumuhlerhof」「Oberscheckenbach」などの彼らにはとても発音できない地名を指し示す重々しいひげ文字の標識があったのかもしれない。実際、簡素なルター派の教会の尖塔は優雅に天を指し、緑豊かな渓谷を見下ろす丘の頂には中世の廃城が今にも崩れそうなようすで立っている。村と村のあいだには何マイルもの低くなだらかな丘が広がり、エメラルド色の緑の中に輝かしい黄色のキンポウゲが点在している。

だが一九四五年の三月には、ドイツの田舎に愛らしさを見いだすのは難しかった。何も知らない人の目には明るい、緑と青の風景に見えるだろうものは、そこに足を踏み入れた米兵の目には、灰色の帳で覆われているように見えた。そう思わせる原因は単に、連合軍の爆撃で破壊された建物や、道路沿いに散らばるドイツ軍の焼け焦げた戦車や半装軌車や、工場や鉄道の駅の残骸から立ち上る黒い煙の柱だけではなかった。それは、もっと広範囲に広がる――何か恐ろしいものがこの土地のごく近い過去やごく近い未来に横たわっているという――漠然とした感覚だった。その恐ろしい何かが直近の過去のものなのか、直近の未来のものなのかは、わからなかった。カッツはそれを、道ですれ違う市民の目の中に感じとった。納屋の扉の前に立っている人や、カッツたちがトラックで村を通り過ぎるとき、鎧戸の向こうからこちらをうかがい見る人々の目の中にも、そうした何かが感じられた。イタリアやフランスで、戦争でショックを受けた人々を見たことはあったが、今目にしているのはそれとは違っている。今カッツが見つめている人々の目は、戦争の恐怖を

越えたもっと深くて暗い何かが、兵士らの向かう地平線のすぐ向こうに存在することを示唆しているように見えた。

三月二五日、軍によって船に乗せられるたび船酔いを運命づけられているらしいフレッド・シオサキは、戦争で荒廃したリヴォルノの港に向かう上陸用舟艇の寝台の上で、またしても吐き気に襲われていた。

舟艇がようやく動きを止め、船首の大きな扉が開かれたときフレッドは、船の中で耳にした噂は本当だったことを知った。彼と第四四二連隊の仲間たちはイタリア北西部に――七カ月前、フランスに向けて旅立ったまさにその場所に――戻っていたのだ。

フレッドとルディとK歩兵中隊の兵士らはトラックに乗せられ、ピサ郊外の部隊集結地点に連れていかれ、大きなテントの中に入った。そこで彼らはいくつかの新しい装備品を与えられ、また、何が起きても決してこの基地を離れてはならないと告げられた。どうやら軍上層部は、二世兵士がイタリアに戻ってきたことをだれにも――特に、ピサでイタリア市民のあいだを暗躍しているスパイには――知られたくないようだった。

マーク・クラーク将軍は、前年の春と夏に自分の麾下にあった第四四二連隊の戦いぶりに強く感銘を受けていた。彼はペンスにこう語っている。「第四四二連隊戦闘団の兵士らがあの短い戦闘期間で示した勇気と決意は、すべての人々を鼓舞した」。それから七カ月がたち、ヴォージュでの彼らの活躍を知ったクラークは二世兵士をイタリアに呼び戻すために盛んなロビー活動をした。そして今、ふたたび彼らを麾下に置いたクラークは、ある計画をあたためていた。

前年の秋から冬のあいだ、連合軍はドイツ軍が敷いた防衛線、ゴシック線を繰り返し攻撃してきた。だが、西はピサの北にあるアプアン・アルプスから東はアドリア海までイタリア半島を東西にまたがるこの手ごわい要塞を前に、連合軍はほとんど前進できず、今、第五軍の大部分はアルノ川の少し北の地点で身動きがとれなくなっていた。そこは、第四四二連隊がヴォージュに向かうために前線を離れた地点から、そう遠くない場所だった。ドイツ軍が山の洞穴やコンクリートの掩蔽壕に潜ってリグーリア海岸沿いの道路を見下ろしているかぎり、第五軍が海岸を移動してジェノヴァを掌握する目はなく、北東に向かってポー渓谷に進攻し、ミラノまで進むことも難しかった。

今クラークは、二世部隊をゴシック線に送ろうと考えていた。そして、彼らがイタリアに進出することでドイツ軍に一泡吹かせたいと思っていた。ドイツ軍が二世部隊を恐れていることをクラークは知っていた。彼は、ゴシック線の西端の岩だらけの地帯を第四四二連隊が突破できると、本気で期待していたわけではなかった。それができた者はこれまでいなかった。だが第四四二連隊がゴシック線に強い圧力をかけ、ヴォージュのときのように戦ってくれれば、ドイツはおそらく軍勢を西に移動させねばならない。そうなれば、連合軍の主力部隊がイタリアの東海岸から攻め上がり、ボローニャを、さらにはミラノを掌握し、イタリアでの戦争に終止符を打つうえで大きな助けになるはずだった。

フレッドもルディも第四四二連隊の仲間も、こうした事情は何も知らずにいた。彼らが知っているのは、そして聞かされているのは、イタリアに着いたら第五軍のもとに戻り、黒い「バッファロー」師団の異名をもつ第九二師団に配属されること——そして、目の前にそびえる険しい山々の中に、戦闘のためにまた踏み入っていかなければならないことだけだった。

それから数日と数夜、昼間は納屋の中に隠れ、夜はヘッドライトを消したトラックの後部に乗って移動しながら、ルディは、イタリアに戻されたことを自分は嬉しく思っているのかどうか考えていた。これから起ころうとしていることを、恐れているのは事実だ。だが、ここイタリアはルディにとって、ある意味、馴染みの場所になっていた。そこには、彼がフランスにいたころ知らず知らずのうちに懐かしく思っていたものがあった。鎧戸を閉めた窓の向こうから聞こえる、だれかが蓄音機で聴いている雑音混じりのアリア。ワインセラーのかび臭いにおい。魚をオリーブ油で揚げる家庭的なにおい。石畳の道で木製の車輪がカタカタいう音。老いた女性が老いた夫を怒っている声。

アプアン・アルプスのふもとにある小さな丘に囲まれた美しい小さな町、ピエトラサンタで彼らはトラックを降りた。フレッドはあたりをじっと見た。暗闇のせいで多くを見分けることはできなかったが、雲のない晩だったので、目の前にそびえる黒い山々のシルエットは、星空を背後に見定めることができた。彼には知るよしもなかったが、数カ月前にこの山々の、今彼が立っている地点からわずか二マイル（三・二キロ）の場所で、ナチスは五六〇名ものイタリア市民を虐殺していた。その中にはサンタンナ・ディ・スタツェーマ村の数十人の子どもと八人の妊婦が含まれていた。

フレッドは装備を持ち上げ、K歩兵中隊の列に加わると、北東に向かう細い道を足を引きずるようにして歩き出した。第一〇〇大隊の兵士らが別の方向に向かったことに、フレッドは気がついた。彼らは北西に向かう闇の中に消えていった。道路に地雷が埋まっているかもしれないので、必ずどちらかの端を歩けと、だれかが小声で警告した。セラヴェッツァという真っ暗な村に到着するころには、道の勾配は非常にきつくなり、ジグザグのカーブだらけになっていった。息があがり、足が痛んだが、フレッドは必死に歩き続けた。こんなふうに行軍するのは数カ月ぶりだった。あちこちで一人の将校が兵士に、静かにしろ、できるだけ音

アプアン・アルプスとリグーリア海岸、1945 年

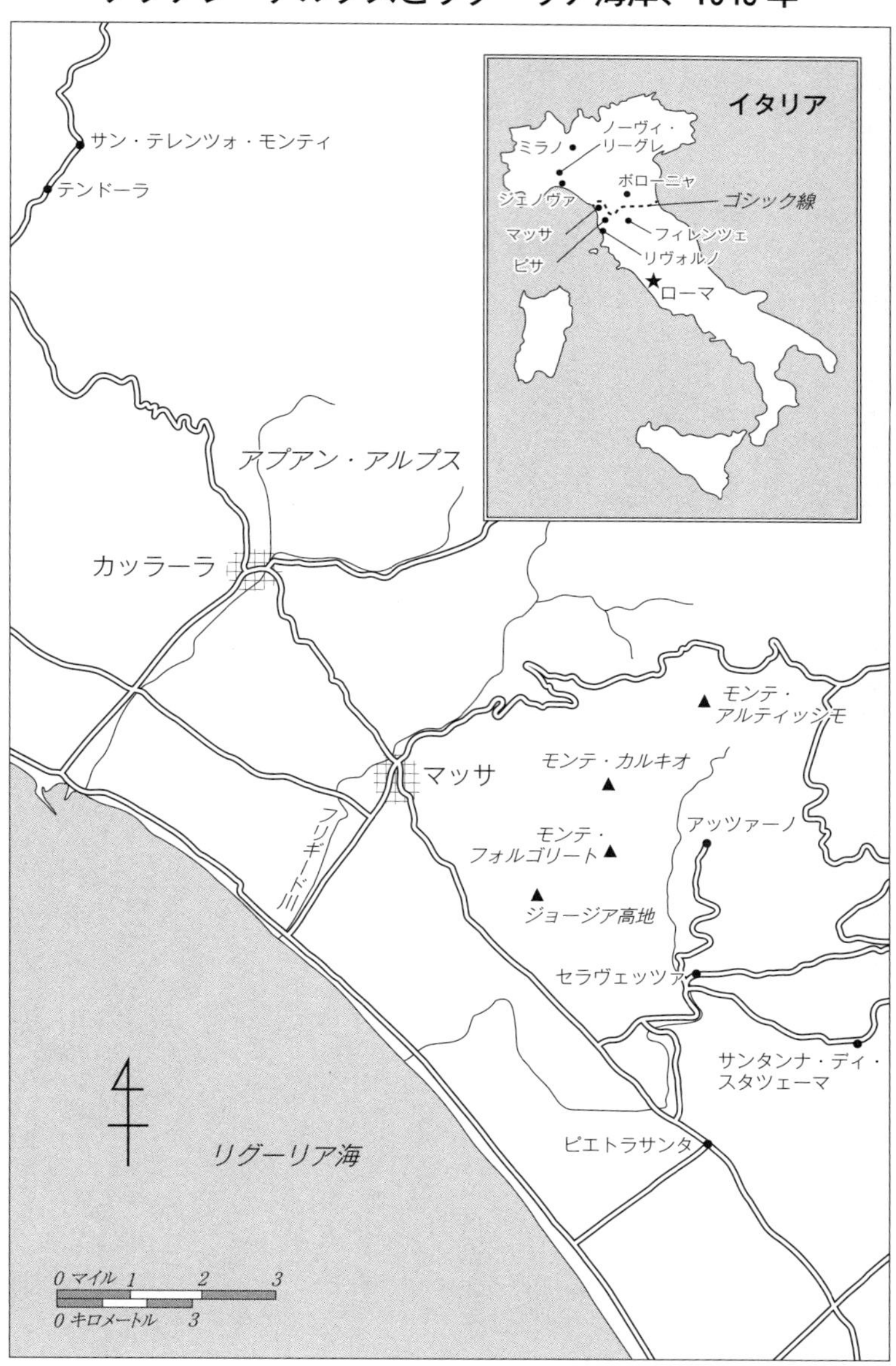

は出すな、タバコに火をつけるなと言いまわっていた。道幅はどんどん狭くなった。午前四時の少し前、五時間も丘を歩き続けた一行はアッツァーノというやはり真っ暗な村に到着した。尾根の片側にへばりつくように立つこの村の唯一の通りの上に、疲労困憊した兵士らがしゃがみこむと、将校らは民家の扉をそっと叩いて町の人々を起こし、明かりをつけないように頼んだうえで、思いがけない客が到着していることを告げた。二世兵士は小さなグループに分けられ、立ち上がると、足を引きずるように静かに歩きながら地下室や納屋や石造りの台所など、敵の目につかないところに身を隠した。

夜明け前の灰色の光の中でフレッドは、目の前にある深くて狭い谷の向こうにさらに巨大な山がそびえているのを見た。そして何か、不思議なものに目をとめた。谷底を流れている川が、真っ白に見えたのだ。水そのものではなく川岸と川底が白いのだが、あまりに白いので、ほのかな日光を受けてまるで川は輝いているように見えた。フレッドは後で、前の晩自分たちが歩いてきた山のまさに中心に、真っ白い、世界有数のすばらしい大理石が眠っていることを知らされた。それは「カッラーラ・マーブル」と呼ばれる大理石で、古来、人々はこの石を採掘するためにこれらの山々に入ってきたという。兵士らが昨晩トラックから降りたピエトラサンタは、トスカーナ地方の美しい小さな町で、かつてはミケランジェロの制作の本拠地だった。ミケランジェロは自身の彫刻の素材にする最良の大理石を手に入れるために、採掘場のそばに住みたいと思っていたのだ。以来、この地で大理石の採掘は産業規模で行われてきた。そして直近ではドイツ軍が、山の中にある巨大な白い断崖のいくつかを、強力な石の砦に変えてしまった。

夜が明けても二世兵士は、アッツァーノのあちこちの家の閉ざされた鎧戸の背後や重い扉の向こうや納屋の中に隠れて、谷のすぐ向こうの山に潜むドイツ軍の観測員や砲手の目にとまらないようにしていた。干し草の中や土間の上で体を伸ばし、彼らは少しでも睡眠をとろうとした。だが、村人が次々に目を覚まし、予期せぬ客がいることに気づくと、イタリアのほかの村でいつもそうだったように、彼らは乏しい食糧庫から集めた食べ物を訪問者にすすめ始めた。兵士は卵やチーズやオリーブや、時には、挽きたてのクリの粉を使ったパンケーキに山でとれた蜂蜜をたっぷりかけたものをふるまわれた。兵士の何人かはこのパンケーキを生涯忘れられなかった。

第二および第三大隊はその日の残りの時間をアッツァーノで隠れて過ごした。あたりが暗くなると、改めて武器を掃除し、暗闇の中で認識票がガチャガチャ鳴らないようにしっかり結びつけ、闇の中でも目立たないように顔にすすをこすりつけた。

真夜中の少し前、IおよびL歩兵中隊はこっそりと静かに町の通りに足を踏み出し、そのあとは暗い小道を辿ってクリの林を抜け、狭い谷へと降りていった。谷間の白い川底の流れを越えたところでドイツ軍の二人の狙撃兵が彼らに気づき、短い銃撃戦が発生した。だが、彼らはドイツ兵をすぐに片づけた。その後、二世兵士はヴォージュの戦いのときと同じように、前を歩く兵士の背嚢をそれぞれがつかみながら、一列縦隊になって歩いた。道案内をするイタリアのパルチザンは、谷の向こう側の岩だらけで曲がりくねった小道を歩いた。道は、目の前にそびえたつモンテ・フォルゴリートと呼ばれる峰の急な斜面をうねうねと曲がりながら登っていく。兵士らはむちゃな任務を負っていた。山の裏側を登って背後からドイツ軍を奇襲し、夜明けの光が兵士らの存在を、近くの峰にいるドイツの観測員の目に明らかにするより前に、フォルゴリートの頂上と近くのモンテ・カルキオの頂上のあいだの高地を占領するという、限りなく不可能に近いものだった。

二世兵士が山を登り始めたころ、パーサル中佐は暗闇の中で不吉な命令を口にした。「もし転げ落ちても、大声を上げるなよ」。小道はほどなくけもの道と大差なくなり、坂道の傾斜はどんどんきつくなり、場所によっては六〇度近くになった。重い戦闘装備を背負った男たちは、自分たちが歩いているのがすでに道なき道になっていることに気づいた。彼らは両手と両ひざをついて脆い泥板岩の上を這い、木の根や低木やたがいの体をつかんで、眼下の渓谷に滑り落ちないように必死になった。何人か、滑り落ちた者もいた。マモル・シロタはその一人だった。前を歩いているだれかが払った大きな岩がシロタを直撃したからだ。彼は意識を失ったまま暗闇の中を六〇フィート（一八メートル）ほど転がり落ち、木の切り株にぶつかってようやく止まった。ヤマダ牧師がシロタを助けるために斜面を降りていった。だれも物音一つ立てなかった。悪態も叫び声も、彼らの口からは一言も漏れなかった。彼らは無言で一歩また一歩と、息を喘がせながら斜面を登り続けた。

夜明けのかなり前、三〇〇〇フィート（九一四メートル）近い距離を登った後、ようやく列の先頭が最後の岩棚を登り切り、すぐ左にはフォルゴリートの峰を、そしてはるか右にはモンテ・カルキオをのぞむ狭い鞍部を腹ばいで進み始めた。冷たい、澄み切った夜だった。半月は今や空高くにのぼっていたが、銀色の光の中にドイツ兵の姿は一人も見えなかった。L歩兵中隊は静かに左に向きを変え、フォルゴリートの頂まで最後の数十メートルをよじ登った。I歩兵中隊は右に向かい、もっと離れたモンテ・カルキオの頂をめざした。どちらの部隊も途中で、持ち場で眠っているドイツの歩哨に出くわし、すみやかに捕虜にした。L歩兵中隊はフォルゴリートの岩だらけな頂上からさらに進み、黄色いエニシダの生えた一帯を通り抜け、ある洞窟の前を通りがかった。そこには、先ほど彼らが通り過ぎた鞍部に向けて機関銃が据えられていたが、機関銃のそばに銃手はおらず、兵士らは暗い洞窟の奥で眠っているようだった。アーサー・ヤマシタ二等兵は洞窟の入り口からブローニング自動小銃を発射した。緊迫した数分間が過ぎた後、眠そうな顔をした七人のドイツ兵が白い布切れを振りながら洞窟から這い出てきた。

隣りのモンテ・アルティッシモでは離れた監視所にいるドイツ兵が、何が起きているか警告を受けた。尾根に置かれたドイツとイタリアの大砲が火を噴き、アメリカの大砲が応射し、山にはたちまち轟音がとどろいた。アッツァーノに戻っていたヤマダ牧師は戸口に立って、眼前にそびえる大理石の山で起きていることを呆然と見つめ、その晩遅く、妻に宛ててこんな手紙を書いた。「午前五時一〇分前、大砲も小銃も含め、口火が切られた。美しい光景だった。あまりに多くの鉄砲弾が発射されたため、丘の中腹全体が光と砲弾の爆発で燃えるように輝いていた」

二世兵士は守備地点に身を潜めた。だが、午前八時に太陽が昇るころには、高地を巡る争いには決着がついていた。第四四二連隊はゴシック線に亀裂を入れるのに成功したのだ。

今度はK歩兵中隊がその山に強襲をかける番だった。フレッドとルディの目には、頭上の岩山から噴き出してくる炎や煙はちっとも美しくは見えなかった。だが、I歩兵中隊とL歩兵中隊の通った道を辿って彼らは——M歩兵中隊の迫撃砲小隊と一緒に——下方の狭い谷を流れる白い川底の流れをめざして進んだ。太陽が高くのぼった今、彼らの動きはすべてドイツ兵から丸見えだった。谷底に到着すると、近くの採掘場に隠れていたドイツ兵が迫撃砲で大規模な弾幕射撃を始めた。近くの丘の中腹からも、砲弾がヒューッと音を立てて飛んでくる。谷底で動けなくなったフレッドとルディは身を守ろうと地面に伏せた。だが大砲や迫撃砲の砲弾は容赦なく降り注ぎ、雷雨のときの雹のように兵士らを猛射する。身を隠す場所や逃げ込める場所はどこにもない。できるのは地面を掘ってそこに潜り、大理石の採掘場とドイツ軍の火器に向けて味方からの砲撃を要請することだけだ。だが、新兵の一部はそこから逃げ出そうとし、立ち上がって一目散に上流もしくは下流の方向へと走り出した。フレッドは「伏せろ！　伏せろ！」と怒鳴ったが、彼らはすでにパニックに陥っており、何人かは榴散弾の破片と粉々になった白い石が舞い飛ぶ中にまっすぐ走っていってしまった。数分のうちに三人が戦死し、二三人が負傷。まだ砲弾が落ちてくるなか、担架員は戦死者や負傷者を引きずってアッツァーノへと斜面を登り始めた。フレッドとルディとまだ生き残っているK歩兵中隊の仲間は、ともかくこの場所から抜け出さなければならないことは理解していた。ただ、退却は選択肢になかった。唯一の現実的な選択肢は、彼らの目の前にある。彼らは前へと走り、モンテ・フォルゴリートを登り始めた。そして彼らが急な斜面をよじ登り始めると、二世兵士らが――第三大隊全体が――波のように押し寄せてきて、フレッドらに続いて山を登り始めた。彼らは最初の強襲で開かれた突破口になだれ込もうと決意していた。

二世兵士の先陣がモンテ・フォルゴリートの頂上に東から到達したのと同じころ、第一〇〇大隊は同じ山を南西から攻撃していた。彼らが直面した最初の障害は、作戦計画者らが「ジョージア高地(ヒル)」とあだ名をつけた岩だらけの尾根だった。この尾根にはいたるところにドイツ軍の火器が据えられていた。それまで五カ月以上にわたって連合軍の部隊は繰り返し大砲で尾根を猛射し、ドイツ軍の防御陣地を強襲しようとしたが、そのたびに敵の力を弱めることに失敗してきた。今、暗闇の中で第一〇〇大隊の兵士らは、まさにその挑戦を始めた。真っ暗な中で起伏の多い一帯を通り抜け、ドイツの防衛線に近づいたA歩兵中隊は、地雷原に遭遇した。最初の地雷が爆発したとき、兵士たちは――その多くは最近大隊に補充されたばかりの経験の浅い連中だった――四方八方に散り散りになり、さらに七つの地雷を続いて爆発させ、多くの死者を出した。爆発音と叫び声で警戒態勢に入ったドイツ軍は、眼下にいる混乱した人間の群れを機関銃で掃射したり、殺傷能力を倍増するためにたがいに結びつけた手榴弾の塊を投擲したりし始めた。大惨事が起こるのを目の当たりにしたA歩兵中隊の経験ある兵士の何人かは、前方に走り出て、暗闇の中の乱闘に飛び込んでいった。

そうした兵士の一人が、ルディの友人で二二歳のサダオ・ムネモリだった。ルディは、グレンデール出身で童顔のサダオとキャンプ・サヴェージで初めて出会った。二人はどちらも陸軍情報部の要員として白羽の矢を立てられていた。ルディと同じようにムネモリは強制収容所の出身者で、カリフォルニアのマンザナー強制収容所から来ていた。そしてやはりルディと同じようにムネモリは情報部で働くことを拒否し、歩兵部隊に入ることを希望した。去年彼は、アンツィオに第一〇〇大隊の交代要員として到着し、以来、ルディと親交を深めてきた。二人はどちらも日本語を流暢に話し、どちらもカリフォルニアの出身であり、収容所に残してきたたがいの家族のことを長い時間をかけて語りあった。ムネモリは第四四二連隊の中でおそらく唯一、米よりもジャガイモを好む男であり、そのためルディは――そしてほかの仲間たちも――ムネモリを「スパッド（ジャガイモ）」と呼ぶようになった。

分隊長が倒れるのを見たムネモリは、自分が部隊をまとめなければいけないと悟った。ムネモリは混乱した部下たちを従え、暗闇の中で銃弾がそばをヒューッと音をたてて通り過ぎる中、自ら先陣を切って地雷原を通り抜け、掩蔽された複数の機関銃巣まで三〇ヤード（二七メートル）の距離まですばやく接近した。ドイツの銃手に近づくと部下たちは、砲弾が落ちてできた浅い弾孔に飛び込み、身を守ったが、ムネモリはドイツ兵に向かって真っすぐ突撃し、手榴弾を投げつけながら、敵から一五ヤード（一四メートル）の距離まで迫った。そして二つの機関銃巣を破壊すると、激しい直射にさらされている部下のところに戻ろうとした。部下の二人――アキラ・シシドとジミ・オダ――が隠れている弾孔まであと一歩のところで、まだ爆発していない手榴弾がムネモリのヘルメットにあたって跳ね返り、弾孔のほうに転がった。彼はためらわずに手榴弾の上にダイブし、上体を曲げて手榴弾を覆い、爆風があたりに吹き飛ばないようにした。ムネモリは即死したが、シシドとオダの命は助かった。

戦いは激しかったが、短時間で終わった。二世兵士が怒濤のように丘になだれこみ、またたくまにドイツの陣地を奪い、三二分後には彼らはジョージア高地の頂上に勝者として立った。その後も彼らは進み続けた。米軍の四機の攻撃機が戦闘に加わり、ドイツ軍の陣地への機銃掃射と爆撃を行った。続く四〇時間、第一〇〇大隊は昼も夜も戦いながら、北東方向にフォルゴリートまで続く稜線沿いに山を登った。彼らはますます高くなる一連の峰を順番に攻略し、四月六日の午後七時、第三大隊の一部とついに合流した。

この作戦によって、二世兵士三二名の命が失われ、負傷者は数十人に及んだ。だが、第四四二連隊はまたしても、他のどんな部隊もなしえなかったことに、そしてだれも可能だと思っていなかったことに、二日もかからずに成功した。彼らはイタリア西部におけるドイツ軍の最後の主要な守備陣地を効果的に側面攻撃し、ゴシック線の西端にぽっかりと穴をあけた。マーク・クラークが本来牽制として意図していたものは結果的に大きな突破につながり、アプアン・アルプスでの戦闘は終結にはほど遠かったものの、連合軍の軍勢はリグーリアの海岸沿いに、巨大な造船所のあるジェノヴァまで人員と物資を移動させられるようになり、ポー渓谷にも容易に入れるようになった。イタリアにいるドイツ軍の負けは今や、決まったも同然だった。

だからといってドイツ軍が、できるだけ多くの米兵を殺そうとするのをやめたわけではない。北へと撤退する途中でも、ドイツ軍はいくつかの山頂の陣地を死守しようとし、攻め込んでくる米兵の上に砲弾の雨を降らせ続け、第九二師団の砲兵がそれに反撃した。両軍のあいだのどこかで——それがどこだったのか、彼はあとで正確に言うことができなかった——ルディ・トキワは十字砲火の中で動けなくなった。自分には当たらなかったその弾丸が、ドイツのものなのか、アメリカのものなのか、ルディにはわからない。だが、彼はその着弾地点のあまりに近くにいた。榴散弾のギザギザの破片がおそらく十数個もルディの下半身に突き刺さった。命を奪われるような怪我ではなかった——少なくとも当座は——だが、ルディにとっての戦争はこれで終わった。

第二二章

私の青年たちが良き兵士として称えられるのは、彼らが自分の行うことを信じていたからだ。彼らは、理解力のある心をもち、一二月七日以降の長い苦難の夜から生まれた、自分自身を証明するという目的をもっていた。

ヤマダ牧師が妻のアイに宛てた手紙　一九四五年四月一一日

三月二七日までに、第五二二野戦砲兵大隊はジークフリート線を越え、ヴォルムスのすぐ南にかかる舟橋を越えてライン川を渡河し、一七〇マイル（二七三キロ）を踏破してドイツに入った。眼前にあるドイツの防備は、大規模な連合軍の侵攻に直面して崩壊し始めていた。連合軍は、北は北海から南はスイス国境まで広がり、容赦なく東へと進んでいた。二世の砲兵たちは今や、ほぼ毎日のように異なる師団の支援として砲撃を行っていた。時には一日の中で複数の師団のもとで働くこともあった。新しい目標が次々目まぐるしく眼前にあらわれるからだ。彼らの務めはたちまち、規則正しいルーチンとなった。火器を設置し、数時間砲撃を行ったら、次の、もっと成果が出そうな場所に移動する。彼らはしばしば連合軍の主要部隊の前方に置かれたが、正式な所属は依然アレクサンダー・パッチ麾下の第七軍だった。だが、ジョージ・パットン率いる第三軍自身が攻撃の先陣を切るときには、第五二二野砲大隊が第三軍の装甲部隊のすぐ後ろにつくことがしばしばあった。装甲車が抵抗勢力の孤軍を見つけると、第五二二野砲大隊がそれを猛射して降伏させ、パットンの戦車が前進し、後ろを歩兵が歩き、残敵を掃討するという具合だ。こうした取組みは全体として、効率的で効果的かつ無慈悲な戦争マシンとして機能し、今やドイツの抵抗勢力は完全に粉砕され始めていた。

ニュルンベルクの西で第五二二野砲大隊は進路を南に変え、ミュンヘンへと進んだ。このとき彼らはしばしば、クローバ型立体交差を完備した高速道路という世界でも最新の設備の上を移動した。ドイツのエンジニアリングの誇りである高速道路「アウトバーン」は今、米軍の侵攻にまたとない利便を提供していた。

四月の中ごろまでには、彼らは時には戦車に乗り、時には歩き、時には自身のトラックやジープを運転しながら、今や完全に壊滅状態にあるドイツ軍を追跡していた。休憩をもらうたび、カッツと仲間のフリント・ヨナシロは糧食徴発に出かけ、イタリアやフランスでそうしていたように、K糧食やC糧食の栄養を補うために、田舎でニワトリや野菜などの食べ物を探しまわった。あるとき彼らは、けたたましく鳴く二〇羽以上のニワトリをかばんに押し込んで戻ってきて、バーベキューにしてB砲兵中隊の全員にふるまった。いちばんすばらしい宝物に出会ったのは、打ち捨てられた倉庫に足を踏み入れたときだった。そこには、おそらくドイツの将校向けのものと見られる贅沢品がいっぱい詰まっており、屋根の垂木の部分までさまざまな品物が積み上げられていた。巨大な車輪のようなオランダ産のチーズがあり、ポルトガル産のイワシの缶詰の木箱があり、シュナップスやコニャックの入った箱があり、タバコのカートンがあり、葉巻の箱があった。まだ箱に入ったままでピカピカの新品の、ホーナー社のアコーディオンまで何台かあった。その晩と続く数日のあいだ、兵士らは休憩時間さえあれば銃を小脇に抱えたまま、発見されたばかりの宝の山に群がり、シュナップスの瓶を回し飲みしたり、くさび型のチーズを削ぎ切ったり、「サーディン・スープ」と名づけた油っぽいごった煮を作ったり、葉巻を吸ってせき込んだり吐き気を覚えたりし、アコーディオンでハワイ音

B砲兵中隊のチキン・バーベキュー

楽を奏でるという陽気な試みをしたり、近くの家で見つけたシルクハットと燕尾服を着てみたりした。

だが戦場での休息はいつもかりそめであり、一つ角を曲がればそこには過酷な現実が待ち受けていた。そしてその現実は、ますます理解しがたいものになっていった。バイエルン地方の南部に足を踏み入れたとき、カッツは、目に映るすべてをなんとか咀嚼しようと必死に頭を働かせた。それは理解しがたい光景だった。連合軍の空襲でほぼ瓦礫と化した町に、ただ一つ残る教会の優美な尖塔。街灯の柱にぶらさがる灰色の軍服を着た若いドイツ兵の遺体は、年長の親衛隊員から脱走や臆病を理由に絞首刑にされたのだろうか。ドイツの大砲の残骸の前には馬の死体がのびている。馬は大砲を引っ張っていたらしく、まるで一九世紀の戦争のようだった。頭を丸刈りにした労働者でいっぱいの工場があり、自分のまわりでは荒れ狂う戦いが今も続いているにもかかわらず、くすんだ茶色の制服のようなものを着た彼らは二世兵士が通りかかっても顔を上げたり視線をくれたりせず、機械の上にかがみこんだまま、一心に作業をしている。森の中には、新しく作られたばかりの軍用機がうち捨てられていた。そのうちのいくつかにはプロペラがついておらず、かわりに米兵たちが見たこともなく、理解もできない何かが――ジェットエンジンが――ついていた。ある農家からは、事態を知らずにいた二〇数名のドイツ兵が二人の裸の娘とともに捕捉された。別の家の地下からは、さらに数人の若い娘が見つかった。この娘たちは裸ではなく、黄色い星を縫い付けられた衣服を着ていた。

イタリアではルディ・トキワが健康を回復するために、フィレンツェの西のエンポリに拠点を置く第八補充要員編成所に送られていた。ここで彼は、本来一〇人ほどを収容できる大きなピラミッド型のテントをただ一人で使うことになった。数日がたち、傷が癒えてくるとルディは徐々に孤独と退屈といら立ちを募らせるようになった。そしてついに、サリーナス集合センターで退屈に耐えられなくなったときと同じことを始めた。足を引きずりながら食堂用テントに行き、厨房の手伝いを始めたのだ。

そのころ前線では、第四四二連隊がいまだ損耗を出しながらも、退却するドイツ兵を追い詰めていたが、そんな彼らのもとにフランクリン・ローズヴェルト大統領の訃報が届いた。兵士の多くは大統領の死を悼んだ。深く悲しんでいる者も中にはいた。大統領が行った行政命令によって自分も家族も家を奪われたことを思い出し、素直には悲しめなかった者もいたが、大統領の死が祖国に打撃を与えるだろうことは全員が理解していた。彼らは海岸を進み、マッサという町でフリギード川を渡河し、大理石の採掘場があるカッラーラの町を通り過ぎ、峰から峰へと戦いを繰り返しながらふたたび山の中に進んでいった。そのあいだ、フレッド・シオサキが考えていたのは足の痛みと、荷役用ロバのように山を登り降りすることに自分がいかにうんざりしているかということだけだった。

四月二〇日、第四四二連隊はテンドラという村に用心深く近づいた。一〇〇〇年の歴史をもつこの細長い村は、木々におおわれた深い谷の上にある山の斜面に不安定に張りつくように存在していた。村の中の石畳の通りは大半が非常に幅が狭く、両腕を広げれば通りの両側にある古来の建物に触れることができるほどだった。村の誉れは、赤レンガの屋根の家々の中に優雅にそびえる教会の黄色い尖塔だ。それはトスカーナ地方の夜明けの光を最初に捉え、夕方には黄金の輝きを最後まで放った。ここはまた、ドイツの狙撃手が身をひそめる絶好の場所でもあった。

翌日、灰色の薄い靄が海岸沿いの山々にかかっているころ、ダニエル・イノウエ中尉はE歩兵中隊の一小隊を率いて、テンドラの東、サン・テレンツォ・モンティの南の尾根に沿って歩き始めた。隊列の片側からドイツのライフル銃兵の分隊が銃撃を始めたとき、イノウエは自分たちが側面を突かれたことに気づいた。部下が地面に伏せると、イノウエは一人体を起こし、立ち上がり、少しでもましな場所に行ける道を見つけようとした。イノウエが立ち上がるやいなや、後ろに伏せていた伝令兵が「ヘイ、出血していますよ」と声を上げた。イノウエが自分の腹を調べると、確かに血が出ていた。自覚していなかったが、ドイツの狙撃兵が遠くから撃った弾が腹に当たっていたらしい。だが、傷の痛みをまるで感じないまま、イノウエは部下に手振りで前進を命じた。とにかくここから彼らを脱出させなくてはならない。

地獄が始まった。三挺のMG42機関銃が突然彼らに向かって火を噴いたのだ。機銃掃射され、兵士はふたたび地面に身を伏せた。イノウエもぱっと地面に身を投げたが、それから彼は、ドイツ兵が銃撃している上方にじりじりと匍匐で近づき始めた。敵の火器の一つから五ヤード（四・五メートル）の距離まで近づくと、イノウエはベルトにつけていた二つの手榴弾のクリップを外し、続けざまに投げた。手榴弾はどちらも爆発し、ドイツ人銃手の命を奪った。もう一つ向こうの機関銃が自分を狙うより早く、イノウエはさっと立ち上がって別の手榴弾を投げ、そちらも破壊した。部下たちが膝をついて三番目の銃手の注意をそらすために銃撃を始めると、イノウエはふたたび腹ばいになり、その銃手にあと一〇ヤード（九・一メートル）のところまでにじり寄った。そして立ち上がり、ピンを引き抜き、最後の手榴弾を投げようとした。そのとき、ドイツ兵の一人がイノウエに気づき小銃擲弾を彼にまっすぐ向け、発射した。擲弾はイノウエの右ひじに当たり、腕の大半がほぼ切断された。部下は駆け寄って掩護しようとしたが、イノウエは彼らに下がっていろと怒鳴った。イノウエは、千切れかけた腕の先にある手が緩み、まだ握ったままでいる手榴弾のレバーを解放してしまうのではないかと危ぶんだ。彼はもう片方の腕を伸ばして、もう生きていない手が握っていた手榴弾を注意深く外し、自分を撃ったドイツ兵めがけて放り投げ、相手を殺した。イノウエはそのとき、後年述懐したように、「ほぼ正気を失っていた」。彼は立ち上がり、よろめきながら前進した。使いものにならなくなった腕は何本かの腱と軍服の切れ端によってかろうじて体にぶら下がっていたが、切断された動脈からは赤い血がどくどく噴き出している。イノウエは体をしゃんとさせ、残った手でトムソン短機関銃を抱え、ふたたび前進した。負傷した腕がぶらぶら揺れて、脇腹を打つ。そして彼は、ドイツ兵の残敵めがけて繰り返し銃火を放った。ドイツ兵の銃弾を足に受け、丘をゴロゴロと転がり落ちるまで、イノウエは銃撃を続けた。茂みの中に横たわっていたイノウエのまわりに数人の部下が集まると、イノウエは足に止血帯を巻き始め、部下には攻撃に戻るよう命令した。彼は「戦争は終わっていないぞ！」と怒鳴り、ついに意識を失った。

二世兵士はその日、夜のあいだもずっと激しく戦い続けた。彼らは、テンドラ周辺の岩だらけの一帯をドイツ軍から奪取しようと必死に戦い、多くの死傷者を出した。結果的にこの戦いはルディ・トキワを――彼自身はエンポリで療養していたため、前線から遠く離れていたのだが――ほかのどの戦闘よりも悲しませることになった。

最悪の被害は、I歩兵中隊が指揮所を設置していた坑道を、ドイツ軍の砲弾が直撃したときに起きた。五人が即死、七人が重傷を負った。[*36] 坑道から担架で担ぎ出された遺体の一つはルディの友人の、殺しても死なそうな大男、ロイド・オノエだった。ボストンの運動場では負け知らずの青年だったオノエだった。

夜が明け、最初の光がテンドラの教会の尖塔に触れたころ、ドイツ軍はまだ町を掌握していた。周囲の山々でもまだ激しい戦いが続いていた。午後二時ごろ、K歩兵中隊の偵察隊は町の北と南の地点に移動した。そして全面強襲を開始した。それはほどなく、きわめて熾烈な戦いに発展した。この地で二世兵士が直面した敵側勢力の中心は、百戦錬磨のケッセルリンク機関銃大隊の兵士であり、彼らは敗北した祖国に捕虜として戻るくらいなら、テンドラで、古代の石造りの建物の中で死のうと決意しているようだった。

町の中にあるドイツ軍の陣地に向けてフレッド・シオサキが迫撃砲を撃っていたころ、近くの山の中腹にいた米軍の砲は、さらに大きく、さらに強力な建物を猛射していた。その建物の中には、最大数のドイツ兵が潜んでいた。K歩兵中隊の残りの兵士は今や全員で、北と南の両側から挟撃するように町への侵入を開始していた。キャンプ・シェルビーでルディとフレッドを訓練した鬼軍曹のジョー・ハヤシは同じころ、分隊を率いて、町の東にある段々になった急な丘を登っていた。機関銃の弾丸が頭上のオリーブの木を打ち砕く中、ハヤシは丘の段から段へと必死によじ登った。ハヤシと部下は、並んだ三つの機関銃巣に手榴弾を投げ、おそらく五、六人のドイツ兵を殺し、さらに多くの兵士をその場から追い散らした。だが、逃げ出した最後の一人を追っていたハヤシに、だれかが発射した短機関銃弾が命中し、ハヤシは死んだ。オリーブの木が生える岩だらけの地面は血で染まった。

フレッドはK歩兵中隊の衛生兵の一人、ヒロシ・スギヤマが、ハヤシの遺体が横たわる丘の中腹に向かって駆け出していくのを、慄きながら見つめていた。武器を身につけておらず、敵から丸見えのスギヤマはハヤシの遺体の上に一瞬かがみこむと、次の遺体のところに移った。スギヤマの腕章の赤十字の印は、彼を守ってくれるはずだった。だが、現実にはそうはならなかった。村のどこかに隠れていた狙撃兵が後ろからスギヤマを撃ち、彼は即死した。

戦闘がいちばん激しくなったころ、テンドラの住民はカタカタ揺れる建物の地下室で身を寄せ合い、時おり重い木の扉を少し押し開けて、通りで繰り広げられている血まみれの戦いを垣間見た。マリオ・ポミニという七歳の少年は、もっとよく見たいという欲望を抑えることができず、家族や近所の大勢の人々と一緒に隠れていた地下室からこっそり外に這い出た。暗い地下室の中にぎゅう詰めになった人々は、膝をついてお祈りをしていた。二つの狭い通りが交差する地点に出たマリオ少年は、角に立ってあたりをぐるりと見まわした。ちょうどそのとき、一人の二世兵士が低い石塀をよじ登って道にあらわれた。町の下にあるオリーブの段々畑からやってきたようだった。兵士はざらざらした石塀から離れないように、通りを歩き始めた。マリオが見上げると、兵士の真上にある二階の部屋の窓の、開いた緑の鎧戸の向こうに、五、六人のドイツ兵

＊36　坑道への開口部の向きから考えると、オノエや他の兵士は米軍の砲弾によって死んだと考える根拠は存在するが、確たる証拠はない。

が待ち伏せているのが見えた。マリオは手を振り、二世兵士の視線をとらえた。二人はほんの一瞬じっと目をあわせ、マリオはごく小さな手の動きで、相手の真上の窓を指した。兵士は体をそれまで以上に強く石塀に押し当てた。そして躊躇しつつも、事態を正しく理解しようとした。それから彼は手榴弾のクリップを外し、ピンを引き抜き、通りに足を踏み出し、すぐ上にある窓をめがけて放った。部屋からはたちまち炎と煙が噴き出した。石の破片が通りに吹き飛び、別の建物にぶつかり、窓を激しく叩いた。そしてすべては静かになった。二世兵士はもう少し待ってからふたたび通りを歩き始めた——そのとき、吹き飛ばされた窓から一人のドイツ兵が身を乗り出し、二世兵士の背中に短機関銃を向け、一連射した。二世兵士は死んだ。[*37]

戦闘は夜になっても続き、家から家へ転戦し、そして時には白兵戦へと発展した。フレッド・シオサキと迫撃砲班はその晩ずっと、家の扉を叩き壊して中に突入し、敵の射撃位置を見つけるために暗い石の階段を駆け上った。自分たちの向かう階に何が待ち受けているかなど、知ったことではなかった。だが、フレッドは戦いのあいだずっと、心ここにあらずの状態で、煮えたぎるような怒りの中にいた。彼の目には、衛生兵のスギヤマが背中を撃たれ、他の負傷兵の上にばたりと倒れるようすが繰り返し浮かんでいた。

四月二三日の朝には、町はようやく陥落したように見えた。町の中で見つかるドイツ兵は死んだドイツ兵だけで、彼らは機関銃の上に倒れたり、通りの血まみれの石畳の上で大の字にのびていたりした。町のすぐ北では、I歩兵中隊の「ビーニー」ことタダオ・ハヤシがサダイチ・クボタ中尉とともに、敵兵が本当にこの地域から一掃されたかどうかを確認するため、最後の偵察に出かけた。ビーニーはルディのサリーナス時代からの友人の一人だったが、さらに親しくなったのはポストン収容所で彼がトキワ家と同じブロック二一三に住んでからだった。ビーニーはまた、一九四三年の春にメスキートの木陰で、なぜ二世の若者がみな兵隊に志願するべきなのかをハリー・マドコロやロイド・オノエが語るのを聞いた青年の一人でもあった。

クボタはその朝早く、おまえは一緒に偵察に来なくてもいいとビーニーに言っていたが、彼は同行すると言ってきかなかった。町の北の岩がちな小山を登っている途中で、あたりを見まわしたクボタは、遠くに何かを見つけた。はっと後ろを振り返ったときにはもう、ビーニーは地面に倒れていた。ほんの一瞬後、狙撃兵が放ったライフルの銃声が響き、四〇〇ヤード（三六六メートル）離れた村の教会の金色の尖塔から白煙が立ちのぼった。ビーニーはポストンから来た若者の中で一六番目に、そして最後に戦死した兵士になった。

その日の午後遅く、K歩兵中隊がテンドラの町の掃討を終えたころ、フレッドの上官が彼のところに来た。上官は、前日に背中を撃たれた衛生兵スギヤマの弟を伴っていた。彼、ピート・スギヤマは兄の死を知らされた直後で、ひどく落ち込んでいた。上官は数日間ピートを戦場から離れさせ、ショックや悲しみを癒す時間を与えたいと考えていた。

「フレッド、ピートを連隊司令部に連れていってくれないか？」

「お安い御用です」

道を歩き始めた二人は、さほど遠くまで行かないうちに、一人の下士官に出会った。彼は一人のドイツ人捕虜に銃口を突きつけながら歩いていた。

＊37　二〇一九年四月に著者と第四四二連隊の家族らがテンドラを訪れたとき、八一歳になっていたマリオ・ポミニは自身の経験を――それが実際に起きた街路で劇的に再現して見せながら――語ってくれた。

「おい、フレッド。われわれはそこでドイツ兵をとらえたところだ。やつを一緒に連れていってくれないか?」

フレッドは了解した。だが、今度は三人で歩き始めてから、フレッドはふと思った。彼はドイツ人捕虜の背中をしげしげと見た。フレッドよりずっと年上の、やせた男だった。そのドイツ人はびくびく怯えており、フレッドが命じたことには何でもすぐに従いそうに見えた。

連隊司令部まではまだ二マイル(三・二キロ)近い距離があり、ぐねぐねと曲がった道を歩くうち、フレッドは思った。ここならだれにも見られないし、だれにも物音を聞かれまい。なんにせよ、一発くらい多くライフルの銃声が聞こえても、だれも気にしないはずだ。フレッドはライフルを、ドイツ兵の背中に向けた。だが彼は、ピートの兄がまさにそうして命を奪われたことを考えずにはいられなかった。ピート、もしおまえがこのクソ野郎を殺してくれと言ったら、おれはこいつを撃つぞ——フレッドはそう思いながら、一人で悶々としていた。フレッドはピートをちらりと見たが、思っていたことを口には出さなかった。そしてピートは視線を返さず、何かを口にもしなかった。彼はただ、うつむいて重い足どりで歩いているだけだった。フレッドは、ドイツ兵が何かきっかけを作ってくれないかと期待しながら、数歩後ろを歩いた。だが、ドイツ兵はピートと同じようにうつむいて、重い足どりで歩いているだけだった。フレッドはまた思った。おい、ピート。ほんとうにおれに、やってほしくないのか——?

結局、彼らはドイツ人捕虜を生きたまま連行して司令部に到着した。K歩兵中隊に戻るためにふたたび歩き出したフレッドは、今さっきのことを考えた。撃たなくてよかったと、彼は思った。だが、自分が強烈にそれを望んでいたことは、そしてあと少しで撃ちそうだったのは事実だった。そして彼は、その瞬間はっきり理解した。自分は依然フレッド・シオサキではあるが、二年前に列車でスポケーンをあとにした少年と同じ人間ではもうないのだと。

いっぽう、フレッドが去った司令部には、北を偵察してきた米軍の飛行機から報告が入り始めていた。ドイツとイタリアのファシスト勢力が大勢、北に移動している。彼らは無秩序に後退し、装備を捨てて逃げていた。

第二三章

私は何よりも、神の見ている前で悪を行うという人類の罪に、罪悪感を覚えた。

ジョージ・オイエ

四月二五日、第四四二連隊の三つの全大隊がイタリア西部を北上し続け、第五二二野戦砲兵大隊がドイツのさらに奥深くに進んでいるころ、ソリー・ガノールと父親はシラミだらけの薄い囚人服を着て、バイエルン地方の第一〇強制収容所の門を重い足どりでくぐると、ダッハウをめざして歩き始めた。一緒に歩いている被収容者の多くは、歩く骸骨同然の姿で、まだ体を包んでいる薄い肉から今にも骨が飛び出そうだった。大半の被収容者が壊血病を患ったせいで歯を失い、すべての歯が抜けてしまった者もいた。目は、深く黒い穴のように落ちくぼんでいる。多くは靴を履いておらず、足を黄麻布でくるんでいる者も何人かいたが、じきに黄麻布は血まみれになった。列から遅れる者がいると、番犬がうなり声を上げたり噛みついたりした。転んだ者を親衛隊の看守が殴ったり蹴ったりした。だが、ソリー少年は強制収容されて以来初めて、看守らが不安げにしていることに気づいた。人々が不規則な列を組んで道をとぼとぼと歩いていると、時おり連合軍の軍用機が上空を轟音を立てて通り過ぎた。軍用機ははるか遠くで、景色の中をのろのろと進む蒸気機関車に機銃掃射と爆撃を始める。そして最後に、蒸気の雲の中で列車が爆発する。粉々になった黒い鋼が舞い飛び、列車の残った部分は脱線した。

翌朝、被収容者の行列は緑豊かな郊外の町を通り抜けた。ドイツの市民が家の窓のカーテンの向こうからこっそりこちらを覗いているのが見えた。時おり、一山のパンと一かけのチーズをもって家から出てきて、被収容者に手渡そうとする人もいた。だが、飢えた人々が食べ物を奪いあい、親衛隊の看守が全員列に戻れと叫ぶと、市民たちは足早に家の中に戻っていった。

その日の午後遅く、彼らは赤レンガの道沿いを列になって進み、ソリーがシュトゥットホーフで見たのと同じ「働けば自由になる」という皮肉なモットーを鉄細工にした門を通った。とたんに恐怖の波が押し寄せてきた。ダッハウは、第一〇収容所とはちがっていた。ここには死と灰のにおいがし、汚物や屎尿のにおいがした。まるで魔王ルシフェルがそこに待ち伏せているかのようだった。ソリーと父親は、新しく来たほかの人々と一緒に追い立てられ、収容所の奥にある長いバラックの列のあいだに連れていかれた。そして彼らはそこで、シャワー室に入るために衣服を脱ぐよう命じられた。ソリーは恐ろしさで内臓を引きちぎられるような気がした。父親の目にも恐怖が浮かんでいた。第一〇収容所にいた被収容者の中には、アウシュヴィッツから来た者が何人かいた。彼らは、シャワー室が何を意味するか、知っていた。

同じ日の午前九時三〇分ごろ、カッツ・ミホと第五二二野砲大隊はドナウ川を渡河した。場所は、ミュンヘンから北西約五〇マイル（八〇キロ）に位置するバイエルン地方の美しい町、ディリンゲン・アン・デア・ドナウだった。今は第四歩兵師団に配属されている第五二二野砲大隊は、田園地帯を疾走した。立ち止まるのは、火器を据え、急速に崩壊しつつあるドイツ軍の最後の、死に物狂いの残党を砲撃するときだけだ。移

南バイエルンの「死の回廊」、1945 年

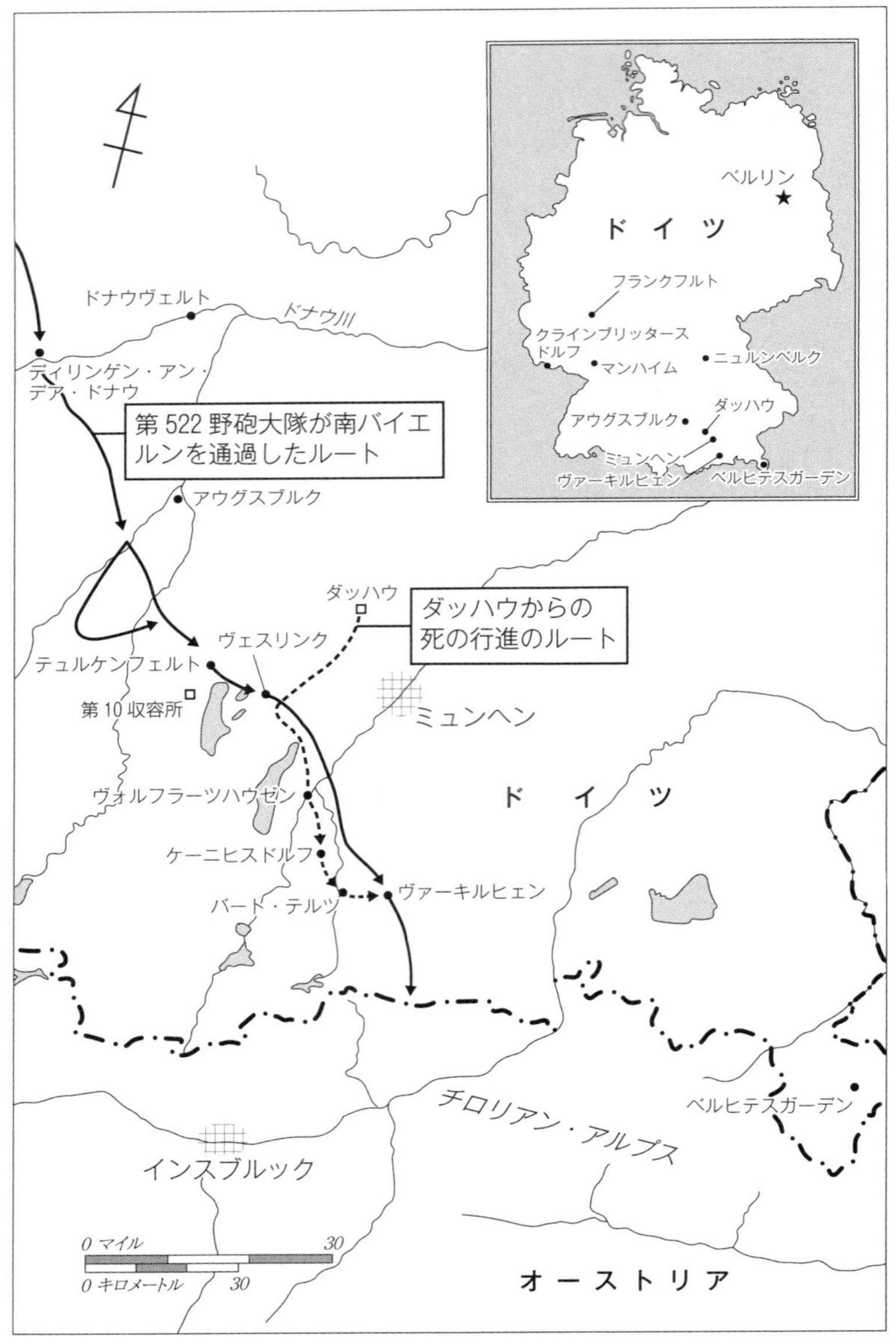
ベルリン
ドイツ
フランクフルト
クラインブリッタースドルフ
マンハイム
ニュルンベルク
ダッハウ
アウグスブルク
ミュンヘン
ヴァーキルヒェン
ベルヒテスガーデン
ドナウヴェルト
ドナウ川
ディリンゲン・アン・デア・ドナウ
第 522 野砲大隊が南バイエルンを通過したルート
アウグスブルク
ダッハウ
ダッハウからの死の行進のルート
ヴェスリンク
テュルケンフェルト
第 10 収容所
ミュンヘン
ヴォルフラーツハウゼン
ドイツ
ケーニヒスドルフ
ヴァーキルヒェン
バート・テルツ
チロリアン・アルプス
ベルヒテスガーデン
インスブルック
0 マイル 30
0 キロメートル 30
オーストリア

動の速度があまりに速いので、前進観測員は自分たちが正確にどこにいるのかなかなか理解できないほどだった。時おり彼らは残りの大隊より二五マイル（四〇キロ）も前進し、おそらく半径三〇マイル（四八キロ）ほどの一帯に広がり、ほぼすべての交差点で立ち止まり、道路地図を熟読し、ひげ文字で書かれた標識を解読しようとした。続く数日間、彼らは車で南に向かい、美しいバイエルンの田園地帯に四〇マイル（六四キロ）にわたって伸びる道をひたすら進んだ。彼らはのちにその道を「死の回廊」と呼ぶようになる。その美しい一帯には、六万七〇〇〇人以上の被収容者がちょうど今死の危機に瀕し、それよりさらに多くの人々がすでに命を落とした強制労働収容所の巨大なネットワークがあったのだ。

北イタリアでは第四四二連隊もまた、速いスピードで移動し、リグーリア海岸沿いに進軍していた。彼らは時には徒歩で、時にはトラックの後部や戦車のてっぺんに乗って進んだ。抵抗にはごくわずかしか出会わなかった。それ以上速く進むのを妨げているのは、地雷の埋められた道路や吹き飛ばされた橋や、前線に物資を送る必要性などだけだった。町や村に来るたび、彼らは市民に取り囲まれ、励まされたり、花を贈られたり、抱きしめられたり、キスされたり、ワインのボトルを手に押しつけられたりした。ジェノヴァに近づいたころ、彼らは、町がすでにイタリアのパルチザンによって解放されたことを知った。そこで彼らは公共の路面電車に乗り込んだり、農業用のトラックを徴発してその後ろに登ったり、タクシーにぎゅう詰めに乗ったりして、道路脇で歓呼する何千人もの市民と何百人ものパルチザンに向かってアメリカとイタリアの国旗を振りながら市の中心部に乗り込んだ。パルチザンは、鮮やかな赤のスカーフをしていた。

だが、兵士らはジェノヴァに長くはとどまらなかった。ドイツ軍の無秩序な撤退という機に乗じるために、

K歩兵中隊は北東に転じ、海岸沿いの平地と広大なポー渓谷を隔てる一連の低い丘を進むよう命令を受けた。ポー渓谷ではドイツの複数の連隊がともに降伏しはじめていた。そして、ベニート・ムッソリーニはほどなく死ぬことになる。

ソリー・ガノールと父親は冷たいがらんとしたシャワー室の中で、ずらりと並んだ蛇口の下に立ち、死ぬのを待っていた。ソリーは目を閉じた。胃が激しく引きつれている気がした。父親はソリーの手を痛いほど強く握っていた。

だが、父親は笑い始めた。ソリーが目を開けると、父親は手振りで天井を指した。天井に並んだ窓が開いていた。そして一瞬後に、なまぬるい水が頭上の蛇口から流れ出した。ナチスは本当に、彼らをガス殺するのではなく、シャワーを浴びさせようとしていたのだ。流水の下で数カ月分の汗と汚れを排水溝へと洗い流しながら、ソリーは大きな喜びを感じていた。生きているという奇跡の瞬間に彼は驚嘆し、あれだけのことをくぐりぬけた自分がまだ強く生に執着していることを自覚しはじめた。

だが、ナチスに新しい囚人服を手渡されても、ソリーの胸にはふたたび疑念が忍び寄った。やつらは何をたくらんでいるのか？　野獣が人間に戻ったのか？　ソリーはその夜、ダッハウの汚らしいバラックの、木の寝棚で眠りにおちながら、自分が一夜分だけでも生きながらえたことに深く感謝していたが、本当にこれで悪夢は終わったのだろうかと訝ってもいた。

翌朝、その答えは出た。夜のあいだ、さらに何千人もの被収容者がほかのサブキャンプからダッハウに到着していたのだ。これらの被収容者は、シャワーを浴びられなかった。彼らは数時間前のソリーがそうだったように、汚れて、シラミだらけで、落ちくぼんだ眼をしていた。多くの人々はひどくやせ衰え、もう半分死んでいるように見える人もいた。話している言語から判断するに、彼らはソリーと同じようなリトアニア系ユダヤ人や、ウクライナ人やロシア人やポーランド人らしかった。そして彼らと一緒に、さらに多くの親衛隊員が夜のうちにキャンプに集まっていた。

新しい看守たちはひどく不安げで、混乱しており、ありえないほど不機嫌だった。彼らはうなり声をあげるジャーマン・シェパードやドーベルマン・ピンシャーを綱で引っぱりながらキャンプじゅうをのしのしと歩き、カポに矛盾だらけの命令をし、被収容者をやたらめったら打ち据え、時おり気づかわしげに空を見あげ、無線でだれかと早口なドイツ語で会話をしていた。そこには、ソリーが第一〇収容所でよく耳にした罵倒語がちりばめられていた。

午後の遅い時間までに、看守らは計画らしきものを思いついたようだった。被収容者の中でも比較的強くて健康そうな者が七〇〇〇人ほど大まかな列に並ばされ、来た方向にふたたび行進を始め、ダッハウ収容所の正門をくぐった。そこから、縦縞の寝巻のような服を着たくたびれきった男たちの長い、よろよろとした行進がふたたび始まった。薄い、すり切れた毛布をつかんでいる者もいれば、木靴でよろよろ歩いている者も、黄麻布を巻いた足や何も履いていない足を引きずるように歩く者もいた。ソリーと父親が門をくぐったとき空が暗くなり、雨が降り始めた。はじめはシャワーのようだった雨は、ひどい土砂降りに変わった。

それから五日間、ソリーと父親は南へとひたすら歩いた。惨めな人間たちの列は彼らの前方に、見渡す限り遠くまで広がっていた。今度もまた親衛隊員が、うなり声をあげる犬を連れてそばを歩き、列からはみ出す者があれば犬が突進し、嚙みついた。生革製の鞭をもっている親衛隊員も少しはいたが、大半は軽機関銃を携えていた。自分たちがどこに向かっているのか、なぜそこに向かっているのか、知っている被収容者は皆無だった。自分たちは大量処刑されるためにどこか遠くに連れていかれるのだというわかりやすい答えは、先に進むにつれて正しくないように感じられてきた。もし看守らが被収容者を単に皆殺しにしたいだけなら、その目的に適した場所はすでにたくさん通り過ぎた。自分たちはスイスに連れていかれてドイツ人捕虜と交換されるのだと考えている者もいた。チロリアン・アルプスにある種の防備施設を建設するために、自分たちが働かされると思っている者もいた。チロル地方にナチスは最後の抵抗拠点をつくろうとしているのかもしれない。だが、どの説も説得力に欠けているうえ、ソリーが観察するに親衛隊は徐々に混乱して統制を失ってきており、彼ら自身も自分たちのしていることをよくわかっていないように見えた。

最初の日が終わるまでに、彼らの衣服や薄い毛布はぐっしょり濡れていた。これ以上水を吸い込めなくなった布地は持ち運ぶにはあまりに重く、ソリーの父親はダッハウのバラックのどこからか拾ってきた高価そうなコートを途中で手放さなければならなかった。その夜、親衛隊は被収容者たちに、森に入って、湿った土の上で眠るよう強要した。翌朝、起きてこられない者やふたたび歩き始められない者を、親衛隊は射殺した。時おり趣向を変えるためか、射殺のかわりに、うなり声をあげている犬が放たれ、かみ殺される犠牲者もいた。ソリーと父親はひたすら歩きながら、ずっと震えていた。気温が下がり、雨が雪に変わり始めるころには、歯がカチカチ鳴っていた。三日目は、身を切るように冷たい風が吹いた。ここまでで、すでに数百人が疲労や飢えのためにそれ以上歩けなくなり、道端に倒れるようになり始めていた。ソリーと父親はよろよろと歩き続けたが、列の後ろのほうでほぼ絶え間なく、パンパンという音が聞こえていた。それは、列についてこられなくなった人々を親衛隊が射殺している音で、南バイエルン地方の道路脇には彼らの遺体が長い列を作った。時おり米軍機の音が上空でするると、親衛隊は人々を森の中に追い込んだ。だが、遠くで大砲の轟音が響くのを、ドイツ人と被収容者の両方が耳にしていた。そしてその音はだんだん近づいてくるように思われた。

四月二九日、米軍の部隊は――第七軍の第四二及び第四五歩兵師団、ならびに第二〇機甲師団は――ダッハウ強制収容所のメインキャンプに近づいた。そこには三万人の被収容者が残されていたが、その多くはあまりに体が弱りすぎていて四月二六日からの行進に加われなかった人々だった。米兵たちは、ダッハウがまだ見えないうちからそのにおいを嗅ぎとることができた。その巨大な構内に近づく途中で、彼らは鉄道の側線に出くわした。そこには三九両の有蓋貨車が停車しており、それぞれの貨車に死体が詰め込まれており、総数は二三一〇人に及んだ。全員がやせ衰えた姿で、一部は殴られたかのような血まみれの姿だった。男性と女性と子どもと赤子までもが、手足が絡みあったような不気味な姿で山と積み重なっていた。列車はその前日にブーヘンヴァルト強制収容所から到着していたが、貨車の中に三週間以上閉じ込められていた人々は、大半が飢えや脱水や病ですでにこと切れていた。貨車の中を覗き込んだ米兵の一部は、嘔吐し始めた。その悪臭は――吐き気を催すような死のにおいは――圧倒的だった。

むっつりと黙りこくり、怒りに燃えた米兵たちは、ダッハウの収容所そのものに踏み込み始めた。何人かは巨大な煉瓦の壁の高さを測った。何人かは、列車が引きこまれていた鉄道の入り口に近づいた。正門の前に集まった他の兵士は、門を開けるのを躊躇した。縞模様の囚人服を着た何千人もの被収容者が門に群がり始め、ぐいぐい門を押し、解放者である米兵を力で圧倒して飛び出さんばかりの勢いだったからだ。背が高くてやせ形の親衛隊少尉ハインリヒ・ヴィッカーは赤十字の代表とともに前に出てきて、収容所の解放について交渉をしようとした。だが米軍は、いかなることについても交渉するつもりはなかった。彼らはヴィッカーを、貨車いっぱいの死体のところに連れていき、答えを求めた。

収容所の奥深くに進むにつれて、米兵らは想像を超える光景に遭遇し、怒りを募らせていった。裸の白い遺体が建物の外に、まるで冬に備えて蓄えられた薪のように、うずたかく積み上げられている。靴の山もある。多くは子どもの靴だ。尋問部屋のような場所がいくつかあり、そのコンクリートの壁は血しぶきや脳みそで汚れていた。火葬場にある煉瓦の炉にはまだ、黒焦げの骨のかけらや灰がいっぱい詰まっている。捕えられていた人々は、米兵のほうに駆け寄ってきて歓呼したり、米兵を抱擁したり、ひざまずいて彼らの足を抱きしめたりした。体が弱りすぎて歩けない者は、四つん這いでバラックから這い出してきたり、中にそのままとどまっていたりした。バラックから出てこられない者は、木製の寝棚の上で自身の汚物にまみれ、生きているより死んでいるのに近い状態で横たわっている。米兵を見つめる瞳の向こうに、もう生命の影はなかった。

ダッハウの空っぽになった石炭置き場では、数人の米兵が――今や冷たい怒りをたぎらせた彼らが――親衛隊員を壁際に並ばせ、射殺し始めた。一人の上官がそれを見つけ、止めに入るまでに数十人が、あるいはそれ以上が殺された。収容所内の別の場所では被収容者みずからが何かを手にして、多数の親衛隊員やカポを殴り殺した。親衛隊少尉のハインリヒ・ヴィッカーは以後、生きた姿を目撃されることがなかった。

同じ日の午後、カッツ・ミホら第五二二野砲大隊の隊員はトラックに乗り、榴弾砲を牽引しながら移動し、

ダッハウ付近で戦車に乗る第 522 野砲大隊

ダッハウの南西一五マイル（二四キロ）に位置するテュルケンフェルトという村に到着した。そこは、ソリー・ガノールがほんの数日前まで抑留されていた第一〇収容所から北にわずか二マイル（三・二キロ）の場所だった。ドイツに入って以来、彼らは五〇〇マイル（八〇四キロ）近い距離を移動しており、一万五〇〇〇発以上の砲弾を撃ってきた。だが今、撃つべきものはもう何も残されていないように見えた。ドイツの抵抗は、ほぼ消えていた。

米軍兵士の移動があまりに高速かつ、多くの場所にわたっていたため、第五二二野砲大隊の前進観測員は気がつけば自身の隊のためだけでなく、バイエルン地方を駆け抜けている他の歩兵部隊や装甲部隊の偵察員としても行動していた。彼らは今や、おそらく幅三〇マイル（四八キロ）にも広がって、一帯を席巻するように移動していた。そして彼らは徐々に気づきはじめた。テュルケンフェルトに置かれた彼らの指揮所から東西南北いずれもわずか数マイルの場所に、ナチスの強制労働収容所が十数カ所以上も存在していたのだ。それが、ダッハウ収容所という複合体のサブキャンプ群だった。

ダッハウの防御線を最初に破った兵士の中に第五二二野砲大隊のだれかがいたという、確たる証拠は存在しない。だが少なくとも、数人の二世兵士はその午後の遅い時間にダッハウ収容所のキャンプの中に入っていたようだ。トシオ・ニシザワは開かれた門をジープで通過して収容所の中に入り、そこで目にした光景に衝撃を受けたことを回顧している。無数の生きる屍のような人々が地面に横たわったり、立ち上がることができずに壁にもたれかかったりしていた。それらの人々の目は、二世兵士の行くところにどこでもついてこようとする動物の、おどおどした瞳と似ていた。一八歳のルーマニア系ユダヤ人、ヨーゼフ・エルプスの体重は、わずか七六ポンド（三四キロ）まで減っていた。彼が地面に横たわっていると、アジア人顔をしたアメリカの兵士が上にかがみこみ、彼を持ち上げ、救護所に連れていった。その兵士の顔は、エルプスに強い印象を残した。彼にとってアジア系の顔を見るのは、これが初めてだったのだ。そしてエルプスは、兵士の軍服の肩についている徽章にも目をとめた。それは、青地に松明をもつ白い手が描かれた、第四四二連隊戦闘団の徽章だった。

ダッハウからそう遠くない場所で、タダシ・トウジョウとロバート・スガイは機械化装甲部隊のために偵察をしていた。そのとき彼らは、高い鉄条網のフェンスに囲まれた何かに遭遇した。フェンスの中に、いくつものバラックがあった。装甲戦車駆逐車が門を壊して中に入ると、縞模様の服を着たやせ細った被収容者が数十人、バラックからよろよろと外に出てきて、解放者を呆然と見つめ、所在なげにあたりを歩き回った。ここでは歓呼の声は上がらなかった。被収容者たちはまるで「ゾンビのように」動いていたと、トウジョウはのちに語った。彼らの一人にだれかがチョコレート・バーを放り投げると、相手はそれをひと口齧り、すぐに嘔吐した。

ダッハウの別のサブキャンプでは第五二二野砲大隊のイチロウ・イマムラが、同じ隊の偵察員二人が、鉄条網に囲まれた施設の閉ざされた門の南京錠を撃ち落とすのを見た。縞模様の囚人服を着たやせこけた人々が五〇人ほど、それまで横たわっていた冷たい地面から立ち上がり、ふらふらと道路を横切り、二頭の死んだ牛が転がっている場所まで歩いてきた。ものの数分で彼らは牛の死体から肉をこそげとり、焚火をおこして肉を焼き始めた。何人かの人々は肉が焼けるのを待ちきれず、生のままそれをむさぼり始めた。

翌日の四月三〇日、アドルフ・ヒトラーがベルリンの地下壕で臆病者の死を遂げたころ、第五二二野砲大隊の主要な隊列がふたたび南へと移動し、ヴェスリンクという村の近くで道路を渡った。その道路はわずか数時間前に、ソリー・ガノールをはじめとする六〇〇〇人余のダッハウ収容所の被収容者が行進した道だった。ここで兵士らは、遺体に――たくさんの遺体に――出くわし始めた。縞模様の服を着たおびただしい数の遺体が、ぬかるんだ野原の上に伸びていたり、側溝の中に横たわっていたり、松林のあちこちに点在していたりした。遺体の多くには射殺された跡があり、喉を掻き切られているものもいくつかあった。

ソリーはいつ、自分のそばにいたはずの父親が歩くのをやめたのか、気づかなかった。意識は朦朧としており、転ばずに次の一歩を踏み出すことだけを考え、重い足をただひたすら動かしていた。痛いほどの空腹や足の痛みや自分の呼吸は認識していたが、そのほかは何も感じていなかった。おそらく一時間かそこら経った後で、ソリーはようやく、父親がもう自分の隣にいないことに気づいた。ソリーは足を止め、あたりをぐるりと見まわし、列のずっと後ろのほうを見た。そのあいだも、生きる屍のような人の流れはソリーを追い越していった。列の後ろのほうからは、ほぼ絶えずライフルの発砲音が聞こえてくる。列についてこられなくなったますます多くの人々を、親衛隊が撃ち殺している音だ。

ソリーはしばらく、その場に立ち止まっていた。もう道路脇に体を横たえて、親衛隊の好きなようにさせてしまいたかった。この場で死んでしまっていいと自分が思っていることを、ソリーは認識した。こうして生きているより死んだほうがましかもしれず、そして、歩き続けるより死ぬほうがずっと簡単に思われた。だが、彼は歩き続けた。彼の中の何かが、それを求めていた。

五月一日、ヴォルフラーツハウゼンで市民らが、突然町にあらわれた幽霊のような人間の長い行列を、灯火管制用暗幕の隙間からこっそりのぞき見た。少数の市民は――親衛隊の怒りを買う危険を承知で――大急ぎで、亡霊のような人々の行進をカメラにおさめた。絶え間ない雨の中、行列はよろけながら町を抜け、白い漆喰に大きな切妻屋根の小ぎれいな家のそばを通り抜けた。家の庭には黄色いラッパズイセンや赤いチューリップがちょうど花開いていた。その晩彼らは、白タマネギのようなドーム型の高い尖塔をもつ教会がある、ケーニヒスドルフという由緒ある村に足を踏み入れた。ちょうどそのころ、雪が降り始めた。

その村で、ソリーはそれまでの数日間で初めて、目を引かれるものを見た。ある家の灯火管制用暗幕が分かれた窓の向こうに、揺り椅子に座っている老人の姿がちらりと見えた。揺り椅子の近くには炎がゆらめく暖炉があり、老人は大きな本を膝に乗せたまま眠っている。炎は男の顔にあたたかな金色の光を投げかけ、部屋じゅうを光で満たしているように見える。あまりに普通の光景なのに、それでいてなんと尊いのだろうかとソリーは思った。その光景は、それまでに彼が見た中でおそらくいちばん美しいものだった。短い一瞬のあいだ、彼の心は励まされた。その光景は彼に、もっと良い世界が存在することを思い出させた。今自分

ダッハウの死の行進の隠し撮り写真

が歩いている灰色の細い列のいちばん端っこの向こうにはきっと、生きるに値する世界があるのだとソリーは思うことができた。

バート・テルツを通り過ぎるころ、暗闇があたりを包み始めた。町はずれでドイツ人はソリーら被収容者を集めて、森の中の空き地で一晩過ごすようにと命じた。雪は降り続いており、大きな雪片が音もなく木々のあいだを舞った。今や知らない人ばかりに囲まれたソリーは、横になり、濡れた毛布を体に巻きつけた。眠りに落ちたころ、近くでライフルの銃声が聞こえた。きっとドイツ人が、残りの人々を殺そうと決めて、それを実行していたのだろう。ソリーはしかし、生きることをふたたびあきらめていた。あまりに疲れすぎていて、もうどうでもよかった。

五月二日の朝、カッツ・ミホとジョージ・オイエ、そしてサス・イトウがチロリアン・アルプスの山すそに位置するヴァーキルヒェンという町に近づいたころ、彼らは道路脇の雪の中に何かかたまりがあるのに気づいた。調べるために立ち止まり、そのかたまりから雪を払った彼らは、まさに危惧していたものを見つけた。それは、前の日にその道路のあちこちで亡くなった、縞模様の囚人服を着たやせ衰えた人間の死体だったのだ。ヴァーキルヒェンの町はずれの森の中には、もっとたくさんの死体があった。雪の下にある亡骸のいくつかには銃で撃たれた跡があった。ひどく殴打されたものもあった。風雨にさらされたために死んだと思われるものもあった。遺体から雪を払い続け、まだ息がある者がいないか探すうち、さらに多くの二世兵士がジープや戦車の上に乗って、その場に姿をあらわした。

ソリー・ガノールはその朝、目を覚ましたとき一瞬、自分は天国にいるのだと思った。彼に見えるのは、自分を四方から取り囲んでいる明るくて白い光だけだった。顔から雪を払い、体を起こし、あたりを見まわしたソリーは、自分が生きていて、まだドイツにいることを理解した。だが、あたりは何の物音もしなかった。時おり木をゆする風が雪をさらさらと落とすのを別にすれば、森のどこにも動いているものはないようだった。うなり声をあげる犬もいなければ、ドイツ人もいなかった。人の声は何も聞こえず、雪の日の森特有の絶対的な無音だけがそこにあった。彼は雪をかぶった何かにとり囲まれていたが、それが何であるのかソリーにはもうわかっていた。それよりも彼の関心を引いたのは、少し離れた小高い場所にひっくり返っている荷馬車だった。そばには馬の死体が転がっていた。ソリーは立ち上がり、そちらのほうによろよろと歩いていった。荷馬車のそばには、人間の遺体も一つあった。ドイツの民間人の亡骸だった。荷馬車の中にはジャガイモの皮が入ったバケツがある。ソリーは死んだ男の衣服を探り、ナイフを一つとライターを見つけた。ソリーはそのナイフで死んだ馬の肉を削ぎ取り、大急ぎで森の中に戻った。ぐずぐずしていたら、最後

焚火のまわりに立つダッハウの生存者たち。左にいるのはジョージ・オイエ

の食事をせめてひと口でも味わう前に、親衛隊に見つけ出されてしまう。ソリーは震える手で小さな焚火を起こし、煙をたてている火の上に、ジャガイモの皮の入ったバケツに馬の肉と雪をいくらか入れたものを置き、スープを作り始めた。

最初のひと口は、天にも昇る味わいだった。彼はその味わいにうっとりし、バケツの中でぶくぶく沸いている液体をじっと見つめた。そしてそれを口にしては、おなかが次第にあたたまっていくのを感じた。そのほかのものは何も見えず、何も聞こえなかった。そのスープはソリーにとって、世界のすべてになった。ついに物音が聞こえて顔をあげると、軍服を着た数人の人間が、戦車に乗ってこちらに近づいてくるのが見えた。もはやここまでと観念したソリーは、ふたたびスープを食べ始め、銃弾がいっさいを終わりにするのを待った。そのとき彼は、その声が話しているのが英語であることに気づいた。ソリーはふたたび顔を上げて、無精ひげの生えた顔を見た。アジア系の顔が、笑顔でソリーを見下ろしていた。それから、もっとたくさんの顔があらわれた。ソリーはわけがわからなかった。彼はふたたび、自分はもう死んでいるのではないか、そしてアジア系の天使がいるのだろうかと考えた。男たちの一人がソリーのまわりをうろつきながら、「君は自由だよ、ボーイ」と言った。ソリーは必死になって英語の言葉を思い出そうとした。

ソリーはようやくかすれた声で「フー（だれ）？」と言った。そしてもう一度、「フー？」と繰り返した。

だれかが言った。「おい、この子は英語を話しているぞ」

「アメリカンズ」。別のだれかが言った。「ジャパニーズ・アメリカンズ」

天使の一人がソリーにチョコレート・バーを手渡した。だがソリーはそれを脇に置いて、ふたたびゆっくりスープを飲み始めた。チョコレート・バーは食べなかった。それは彼にとって、宝物を食べるも同然だったからだ。「モナ・リザを食べることなんて、できないでしょう」と彼はのちに語った。

第六部
帰　郷

第 442 連隊を閲兵するパーサル中佐とトルーマン大統領

第二四章

私の残りの人生を過ごすために、君の家を訪れても構わないだろうか――たとえば、感謝祭のころとかに？

従軍牧師ヒグチから妻のヒサコへの手紙

ソリー・ガノールが雪の中から這い出た日、イタリア国内のドイツ軍は無条件降伏し、一〇〇万人のドイツ軍兵士が戦地から撤退し、ソビエト軍はベルリン陥落を発表した。だが、ヨーロッパにおける戦争は、まだ完全には終わっていなかった。ドイツ政府が正式に降伏を表明するまでは。

その日、第五二二野戦砲兵大隊の残存部隊と共にヴァーキルヒェンに入ったカッツとジョージ・オイエは、ダッハウの死の行進を生き延びた数百人の人々が当てどなく歩き回っている光景を目にした。収容されて間もなかった少数の人々は、大半の人々よりも健康状態は良かった。衰弱や病状がひどかった人々は、長い行進によって、あるいはナチの親衛隊によって、すでに命を奪われていた。だが生存者の中にさえ、とても永らえそうにない人々がいた。彼らの身体は固形食を消化できないため、二世の砲兵たちは、そうした人々に糧食を分け与えてはいけないと指示された。当座与えていいのは少量のスープだけで、それ以上はだめだった。カッツにとって、人々の懇願を拒むのは辛かった。兵士らの食事時になると大勢がまわりに群がってこちらをじっと見つめ、手振りとうつろで悲しげなまなざしで訴えた。人々は地面に落ちた食べ物を素早く拾

ダッハウの生存者たちと第 522 野砲大隊のジープ。建物の正面にて

いあげ、ジャガイモの皮やパンの固い皮など、とにかく口にできる物がないかと、ごみ溜めを探った。その後の数日間で――二世兵士らがその地にとどまり、米軍が人々に食料とシェルターを急いで供給しようとしているあいだに――ダッハウに収容されていた人々のさらに数百人が、低体温や、身体が対応できない食べ物を摂取した結果、死亡した。

その後、第五二二野砲大隊は兵力の再集結を開始し、ベルヒテスガーデンやヒトラーの山頂の隠れ家ケールシュタインハウスのある南東に移動する準備にかかった。狂信的なナチの親衛隊員がそれらの場所でまだ最後の抵抗を試みるかもしれないという懸念があったからだ。

五月七日の午前二時四一分、アルフレート・ヨードル上級大将はフランスのランスの小さな赤レンガ造りの校舎でウォルター・ベデル・スミスと会い、連合国遠征軍に対するドイツ軍の降伏を表明した。正式な降伏文書が署名・批准されるのは五月九日の午前一時直前になるものの、第三帝国はすでに終わりを迎えていた。一九三九年以来まさにドイツによって国家存続を揺るがされていたイギリスでは、ウィンストン・チャーチルがドイツ降伏を知ったのは午前七時ごろだったが、チャーチルがそれを公表したのは夜の七時だった。公表されるや、何万人もの人々がトラファルガー広場やピカデリーサーカスへ押し寄せ、歓声を上げ、抱き合った。パリでは、膨大な数のフランス市民がアメリカ兵やイギリス兵たちと共に凱旋門の周辺に集まり、「ラ・マルセイエーズ」を歌い、踊りながらシャンゼリゼを歩いた。

ドイツ降伏の知らせは、アメリカ合衆国では多くの新聞の夕刊に何とか間に合った。第一面のぶち抜き大見出しの下に何百万もの人々が、「史上最大の戦争は本日、ドイツの無条件降伏を以て終結した」というAP通信のリード〔記事を要約した数行の文章〕を目にした。その晩、歓喜に酔ってニューヨークのタイムズスクエアに詰めかけ、夕刊を頭上高く掲げながら歌い踊った人々は、五〇万人はいただろう。ロックフェラーセンターやウォール街では高層ビルから紙吹雪が舞い、知らせを祝う人々が街に溢れた。紙が手元になかったガーメント地区〔マンハッタンの一地区で、婦人用衣類の製造・卸売りの中心。ガーメントは衣類、特に婦人服の意〕の女性従業員たちは梱包を引き裂いて開け、数千ヤード分ものレーヨンやシルクやウールの布地を窓から投げ、道行く車に色とりどりの幾筋もの布をまとわせた。

だが、アメリカ合衆国の大半の地域では、反応はもっとつつましやかだった。小さな町では、そこかしこで教会の鐘が鳴り、人々は教会に集まって感謝の祈りを捧げた。一九四一年一二月七日のときと同じように人々はラジオをつけ、座って家族に電話をかけ、ニュースの話をした。夕暮れどきに家の前の芝生に集い、夕闇を蛾が飛び交うなか、ニュースについて話しあう人々もいた。街角のブーンと唸る街灯の下に集まる人々もいた。タバコの煙の立ち込める酒場で祝いのビールをおごりあい、これで少なくとも息子たちの一部は帰郷できる喜びを語りあう人々もいた。しかし、今がまだ、真珠湾以来ずっと待ち続けていた瞬間ではないことを、だれもが知っていた。

第四四二連隊は、ヨーロッパにおける戦争終結の知らせが届いたとき、ポー渓谷の南のはずれに位置するノーヴィ・リーグレにいた。その晩遅く通信用テントにいた従軍牧師のヒグチは、第二大隊でいちはやくドイツ降伏の知らせを聞いた。彼は大隊長に、その知らせが正式な発表であれば、自分から兵士たちに伝えたいと許可を求めた。

翌朝、知らせは正式なものだと確認され、ヒグチは第二大隊の兵士を前に登壇した。兵士たちは戸惑った。日曜でもないのにヒグチが兵士全員に話をするというのは妙だ。ヒグチは開口一番、兵士たちに「アメリカ」〔「星条旗」が一九三一年に正式な国歌として法制化されるまで、事実上国歌の位置づけにあった〕を歌うよう促し、先に立って、だれもが知っている最初の数小節を歌った。

われらの祖国、汝のことを、
美しき自由の大地、
汝のことを、われらは歌う。

そして、ヒグチは言った。「兵士諸君。戦争のあいだ私たちとともに眠り、ともに食べ、命を落とした友人すべてが見たいと願っていたこの日が来た……戦争が終わった」。だれ一人、歓声を上げなかった。静かな溜息が――長く、かすかな、大勢の口から吐き出される息の音が――さざ波のように隊列を伝わった。それだけだった。ヒグチは兵士たちを見渡した。顔を上げてこちらに視線を戻した彼らの頬には、涙が流れている。ヒグチは自分が目にしているものが理解できた。彼もまた同じ思いだった。彼は一分間黙禱を捧げるよう求めた――戦争から解放されたことを神に感謝し、この場にいない兵士たち、この日をもたらすために命を落とした兵士たちに思いを馳せるとともに、息子の帰還を決して見ることのない祖国の人々にも思いを馳せるよう求めた。ヒグチが兵士たちを解散させると、数人は声を上げて軍帽を宙に投げ上げた。だがそれはほんの一握りの交代要員で、戦闘を見たことがなく、友人を失ったことがなく、若者の引き裂かれた遺体を目にしたことのない者たちだった。ほかの兵士たちは、戦争が終わったことを喜びながらも、険しい表情のまま自分の任務に戻った。ウクレレを取り出す者も、フラを踊る者もいなかった。

フレッド・シオサキは、第三大隊の野営地にいるときに知らせを受けた。第二大隊の兵士たちと同じく、彼は知らせに胸を躍らせるような状態にはなかった。あまりにいろいろなことがありすぎた。あまりに多くの友人が命を落とした。眠れば、血なまぐさい夢に絶えずうなされた。「やれやれ、どうやら切り抜けたんだ」と彼は思い、宿営場所である古びた校舎に戻り、仮眠をとった。

フレッドにとって、そしてヨーロッパにいる二世兵士の大半にとって、ヨーロッパにおける戦争終結の知らせに影を落としていたのは、深い悲しみや極度の疲労だけでなく、彼らが待ち望む瞬間は――故郷の人々にとってと同様――まだはるか先だという思いだった。あとどのくらい待たねばならないのか、だれにもわからなかった。それは、太平洋での状況によって左右される。それについては、ドイツの降伏を知らせるAP通信の同じ記事に太字でたった一行、「ジャップに対する戦争は続く」とそっけなく書かれていた。

ドイツにいたカッツたち第五二二野砲大隊の砲兵はドイツの降伏に対して、イタリアにいる歩兵らと同様の反応をした。彼らの反応は冷ややかなわけではなかった。疲れ果てた溜息をつき、自分たちは少なくともこのおぞましい状況をともかく生き延びたという感謝の念を抱いた。だがカッツは、知らせを聞いたあとで初めてトラックに乗り込んだざい、戦友たちの行動の突然の変化に気づいた。それまでは、第五二二野砲大隊の運転手らはふつう、動きの重い車両を血気盛んに荒っぽく運転していた。アウトバーンを無謀な速度で疾走し、村の狭い通りの曲がり角では車体を左右に傾かせ、山あいの曲がりくねった道の障害物には急ハンドルを切っていた。それが今、トラックの荷台に乗った兵士たちは、運転席の屋根をバンバン叩きながらこう叫んでいる。「おい！　のんびり行けよ！　みんな、国に帰りたいんだ！」二世の多くは——特にブッダヘッズは——日本人の父親との会話や少年時代に見たサムライ映画から学んだ心構えや信念を携えて出征していた。彼らは大部分が、そうした武人たちの伝統にのっとり、自分が生きて帰れるとはあまり思っていなかった。だが今、彼らは生きて帰りたいと願っていた。我が家をふたたびこの目で見、母親の手料理を味わい、恋人にキスをし、子どものころに遊んだ浜辺をもう一度歩きたい——。今、不注意なだれかがハンドルを急に切ったせいで、それらすべてが奪われるなど、冗談ではなかった。

ポストンでもまた、戦時転住局の管轄するすべての強制収容所と同じく、ドイツ降伏の知らせは、特に第四四二連隊に所属する若者の一世の両親には安堵とともに受けとめられたが、その反応は控えめだった。ドイツ降伏後の数週間、《ポストン・クロニクル》など収容所で発行される新聞はまだ、この数カ月にヨーロッパで死傷した兵士の記事で溢れていた。無事な兵士たちの多くはやがて帰郷できると知ってだれもが喜ぶ

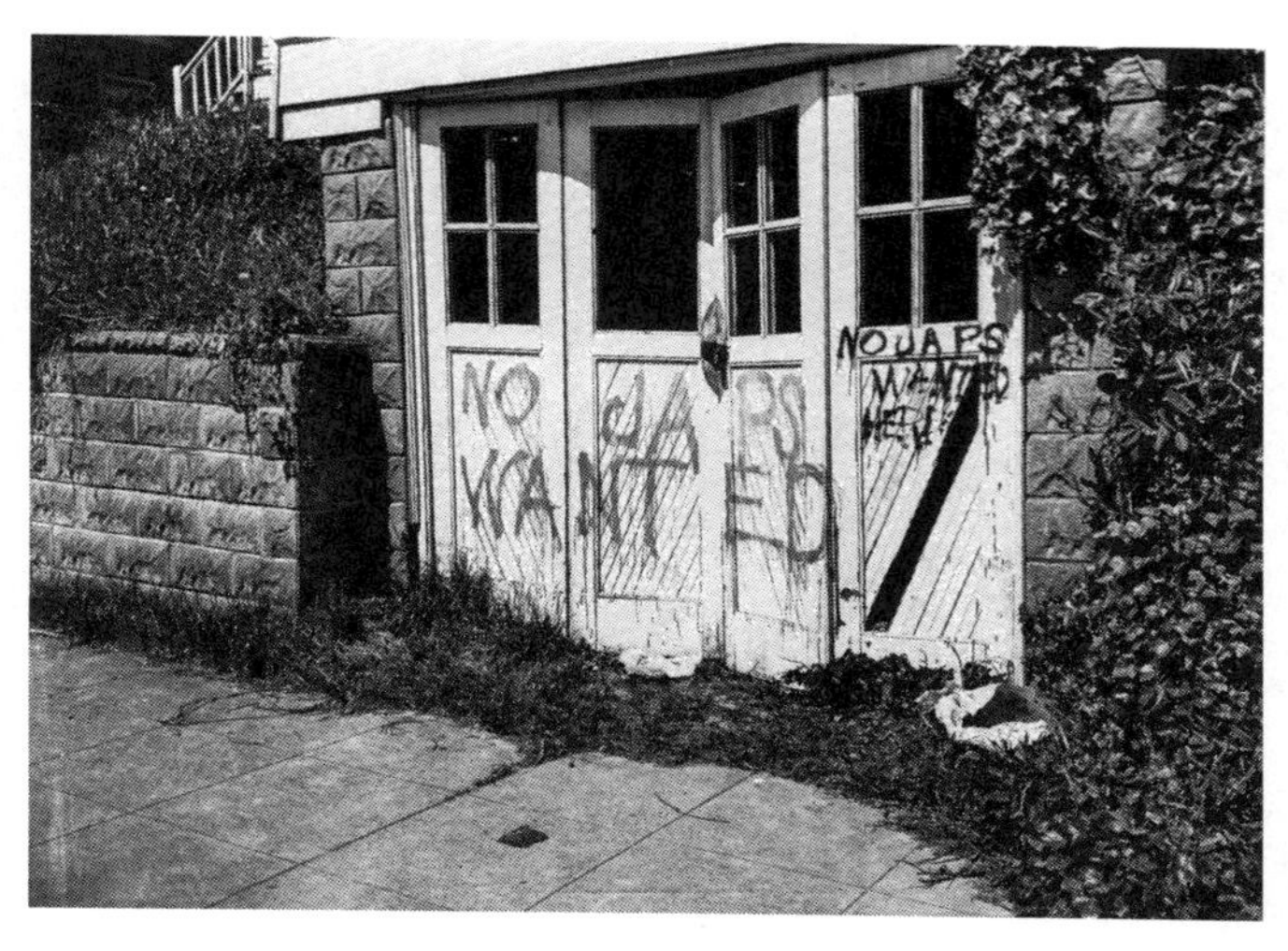

車庫に書かれた落書き。シアトルにて

いっぽう、戻れる家がないかもしれないという不安が募っていた。

一九四二年、ルディ・トキワの故郷であるサリーナスの商工会議所は調査を行い、モントレー＝サリーナス地区への日系アメリカ人の帰還を支持したのは「約一万人」のサリーナス住民のうちたった一人だったという調査結果を発表した。ある回答者は、「過去においても将来においても、アメリカ合衆国に忠実だった、もしくはこれからずっと忠実であるだろうジャップは一人もいない」と書いた。一九四五年二月には「モントレー湾岸日本問題協議会」と称する組織が、「太平洋沿岸へのいかなる日系人の帰還をも阻止する」ためだけに設立される。そして、同年四月に最初の数家族がモントレー＝サリーナス地区に戻り始めると、《モントレー・ペニンシュラ・ヘラルド》に脅迫的な声明が載り始めた。匿名のその声明は、人々に資金援助を要請し、「太平洋岸への日系人の帰還を阻止する組織」に加わるよう呼びかけていた。彼らは日系人の帰還に反対するよう議員に働きかけるのみならず、帰還する日系人家族の経歴を調査し、忠誠心が疑わしい者の国外追放をめざし、さらには日本語学校や日系人社会の法的監視を強く求め、二重国籍の廃止をめざすことを約束していた。

多くの地域社会のリーダーたちはこうした流れにあぜんとし、反対の請願に動き出した。五月一一日、《モントレー・ペニンシュラ・ヘラルド》には「万人にとっての民主的な生き方」という見出しの下にページ一面に、件の声明に示された意見を厳しく非難すると同時にその広告をそもそも載せた《ヘラルド》を咎める公開状が掲載された。公開状は第四四二連隊の貢献を特筆し、「これらの家族は長年にわたってこの地に居を構え、地域社会の暮らしの一部となってきた。彼らの息子たちは、われわれの息子たちと同じ犠牲を払っている」と記していた。公開状の署名者四四〇人の中には、ジョン・スタインベックやスタインベックの缶詰横丁（キャナリー・ロウ）〔かつてイワシ缶詰工場が並んでいたモントレーの通りのあだ名で後に正式名称になる。スタインベックの小説の題名でもある〕以来の親しい友人で海洋生物学者のエド・リケッツ、写真家のエドワード・ウェストン、詩人のロビンソン・ジェファーズがいた。

しかしそれまでに、件の声明が載った《ヘラルド》はポストンにも届いており、トキワ一家ら日系家族は声明を読んで身震いし、無事に戻って残りの財産や昔の暮らしを取り戻すことは二度とできないのではないかと案じた。

ヨーロッパにおける戦争が終結したからといって、二世兵士たちはすぐ故郷に帰れるわけではなかった。兵役に就いていた期間や扶養家族の人数、戦闘での功績に与えられた栄誉にもとづくポイント制によって、帰郷して除隊になる順番が定められた。兵士によっては、船でアメリカへ戻るのが一年半も先ということもあった。

戦争に勝利することは、ナチスの所業の結果を――大規模な人道的危機を――連合国が引き受けることにほかならなかった。ヨーロッパの多くの地域は廃墟と化しており、何十万人もの民間人が貧窮し、家を失い、ほとんどあてもないまま地方をさまよっていた。人々は生まれた国に戻る手立てや、それ以上に、自力で食べてゆく手立てを早急に考え出そうとしていた。いっぽうで、何十万人ものドイツ人捕虜が捕虜収容所に収容されていた。何百万人もの人々に対して行われたナチスの残虐行為のいちばんの責任者を連合国が特定するあいだ、そうした捕虜たちに食事を供給し、監視し、尋問する必要があった。

第四四二連隊はトラックで列を組んでノーヴィ・リーグレからミラノ東方の広大で埃っぽいゲーディ軍用飛行場に移動し、イタリア各地から連行された八万五〇〇〇人以上のドイツ人捕虜を調査する任務に就いた。ドイツ人の多くは健康状態が悪かった。不潔で栄養不良で、さまざまな種類の医学的疾患にかかっていた。フレッド・シオサキは、長くて暑い日々を過ごした。捕虜たちの所持品検査をし、イタリア人から盗んだ物を没収し、頭から足までＤＤＴを振りかけてシラミを駆除し、広い柵の中に移す毎日だった。彼らはやがてそこからもっと狭い捕虜収容所に送られ、さらに尋問を受けてから、最終的には本国に送還されることになる。

ドイツでは、第五二二野砲大隊の砲兵たちがミュンヘンの北西の町ドナウヴェルトへ移動し、ドナウ川にかけられた舟橋の警備や、住む場所を失って何とか祖国へ帰ろうとドナウ川を渡る何千人もの人々にまぎれたナチの親衛隊員を見つけ出す任務にあたった。退屈な仕事だったが、良いこともあった。三日パスを使ってたびたび、ケーニヒス湖に設けられた陸軍保養所を訪れることができたのだ。ケーニヒス湖はチロリアン・アルプスの山々ののこぎりの歯のような花崗岩の頂きに囲まれた非常に美しい湖で、かつてはナチの高官たちの高級静養地だった。その湖から曲がりくねった道を一マイル（一・六キロ）ほど上ったベルヒテスガーデンでは、ポーズをとって写真を撮ったり、かつてのヒトラーの私的な隠れ家ケールシュタインハウスを覗いたりもできた。ドナウヴェルトの基地のもっと近くにはドイツ最良のビールの醸造所の一つがあった。彼らはそこで容量二五ガロン（約九五リットル）のゴム加工したいくつものズック袋にビールを入れ、その袋を兵舎じゅうの便利な場所に掛けた。そうすることで、昼夜いつでもドイツ最良の醸造したてのビールで水筒やブリキのコップを満たすことができた。

夏がゆっくりと過ぎゆくうち、ようやく兵士たちが、任務の交代や本国への帰国のために基地から去り始めた。最初に去った兵士の中には、太平洋ですぐまた任務に就くことを志願した兵士たちがいた。彼らは配置転換前の追加訓練のために米国本土へ向かった。一九四三年の秋からずっとイタリア半島を駆け抜けてきた第一〇〇歩兵大隊の若い兵士たちも、同じころ、帰郷し始めた。

その後やっと、第四四二連隊の最初の一陣が荷造りを始めた。別れは辛かった。だれも予想できなかったほど、辛かった。故郷に帰るのは嬉しかったが、どのような暮らしが待ち受けているにせよ、それがともに乗り越えてきたような強烈な日々ではないことも、そしてこの先だれを愛するにせよ、彼らがたがいに抱いたのとまったく同じような愛情を抱くことは決してないことも、兵士たちにはわかっていた。

戦争で分断された世界の反対側では、一九四五年八月六日の朝、フミエ・ミホが広島市内に向かう次の列車をじりじりと待ちわびていた。フミエは焦っていた。蒸し暑い朝で、弱く光るまばらな雲だけが太陽の光をさえぎっていた。昼までにはきっと息苦しい暑さになるだろう。林で松根油を採集する早朝の強制作業にツキエが参加するあいだ、ツキエの子どもたちの面倒を見ていたフミエは、いつもの七時二〇分の列車をすでに逃していた。そして八時一五分の列車にもぎりぎりで乗り遅れてしまった。これで、仕事には大幅に遅れてしまうだろう。

この数カ月、フミエの暮らしも日本のすべての人々の暮らしも、困難の一途をたどっていた。三月にはツキエの家族とフミエは、焼夷弾による壊滅的な東京大空襲をかろうじて生き延びた。歯科医だったツキエの夫は仕事道具を荷造りして、広島市から一五マイル（二四キロ）離れた村にフミエを含む家族全員で移り住んだ。そこは、三四年前にハワイに移住したカツイチとアヤノがあとにした村だった。

だが、東京を離れたあとも、状況は悪化するばかりだった。村では東京から避難してきた他の四家族と一緒に、一軒の寺で居住空間をカーテンで仕切った共同生活を送った。唯一使える水は、濁った小川からバケツで苦労して運んで来なければならなかった。その水を飲んだことで、すでに義理の兄は腸チフスにかかっていた。ツキエの二人の幼い子どもたちは始終体調が悪く、いつもお腹を空かしていた。食料は、イモや大根以外はほとんど手に入らなかった。村役場は、都会の人間に移り住まれるのをあまり歓迎しておらず、一家の成人全員は、毎朝五時に起床して林で神風特攻機の燃料製造用の松根油を採集する作業にかり出された。唯一の救いは、フミエが広島市の中心部で、英語のニュース放送を日本政府のために翻訳する仕事を確保できたことだった。そして八月のその朝、彼女は仕事に遅刻した。

フミエが広島市内に向かう次の列車について尋ねようと切符売り場に近寄ったとき、それまでに見たこともないような閃光がきらめき、ほとんど何も見えなくなった。一瞬、すべてが真っ白に、ほぼ半透明になった。その後、夏の朝のいつもの黄色い光がゆらゆらと戻った。あたり一帯が、音を失った。フミエは本能的に、白い光が光った方角を振り向いた。年老いた女性が何かで正気を失ったかのように、ホームをあたふたと這っている。遠くで長く低い轟音が湧き起こったかと思うと、その音はどんどん大きくなり、ついには持続的なうなりになった。ホームの下の地面が小刻みに震えているようだった。そして、広島の街を覆う朝の灰色の空は、その姿を変え始めた。フミエはその瞬間、これほど美しいものはかつて見たことがないと思った。チューリップのような形の雲が高くそびえてゆく。雲はスミレ色がかっていたが、どこか虹のすべての色を帯びているようにも見えた。雲は空高くそびえ続け、最後は黒ずんで、キノコのような形に平らに広がった。驚きうろたえたフミエは、寺に駆け戻った。寺ではツキエが恐ろしさに震えていた。フミエと同じくツキエも、何が起きたのか分からず頭が混乱していた。

その日の午後までには、知らせが村に届いた。広島の街の上空に一機のアメリカ軍爆撃機があらわれるや、市の中心部全域が破壊されたという知らせだった。村役場から住民全員に、午後五時に鉄道の駅に行き、市の中心部から避難してくる負傷者に手を貸すよう指示が出た。村の学童の多くは夏休み中で、その日は市の奉仕活動で広島市内に行っていたために、フミエが駅に着いたときには、ホームは不安げな親たちで溢れていた。最初の列車が到着すると、群衆から悲嘆の長いうめき声が起きた。親たちのほぼ全員が、列車からよろよろ降りて来るか担架で運ばれてくる、黒ずみ変わり果てた子どもたちを見分けることができなかった。

翌日、フミエは職場の友人たちを捜しに広島市から二マイル（三・二キロ）の場所まで列車で行き、あとは歩いて向かった。何も姿をとどめていない平らな荒れ地になった市の中心部に入る前から、焼けた肉のにおいが鼻を突き、焼け跡から黒い煙が幾筋も立ち上っているのが見えた。八月で遺体の腐敗が病気の蔓延を引き起こすおそれがあるために、すでに男たちが遺体を積み重ね、崩壊した建物から集めた木材を遺体の山のあいだに入れて、大きな炎を上げて燃やしていた。元安川では、モーターボートに乗った男たちが浮いている膨らんだ遺体のあいだを進みながら遺体を川から引き上げ、岸にいる男たちがそれを積み薪のところまで運んでいた。

次の一週間、フミエは広島の廃墟を歩きまわった。人間とは見分けられないほどの損傷を負った人々がさまよう中を歩き、夜はかつて公園だった場所の焦げた芝生の上で眠り、何か自分が役立てることを見つけようとした。漏斗を使って、顔のない人々の口の中に水やオレンジジュースを流し込んだ。母親を見つけようと遺体の山を捜し回る子どもたちを手助けした。肌が紫色や青に変色し、もはや死にかけている老女の心をなぐさめようともした。老女の変色は放射線障害によるものだったと、フミエはあとで初めて知る。

広島から三日後の八月九日の午前、アメリカは二発目の原子爆弾を長崎に投下した。同じ日の朝、夜明け前の暗がりの中で汽船ウォーターベリー・ヴィクトリーは——右舷には「ゴー・フォー・ブローク」と塗料で書かれていた——ホノルル港の第四〇埠頭に停泊した。船には第四四二連隊戦闘団の第一陣としてハワイに帰還する士卒総勢二四一名が乗っていた。オアフ島に日が昇るころ、船の拡声器からハワイアンが流れ始めた。米軍慰問協会の若い女性たちが乗船し、ドーナツやパイナップルジュースを配った。だが、兵士らから喝采が起きたのは、続いてタラップを上ってきた女性たちの姿が見えたときだった。それは、グラスカートと水着のトップス姿の若い女性の一団で、髪にプルメリアとハイビスカスの花を飾り、レイを腕に掛けていた。彼女たちは、胸にメダルや勲章をたくさん付けたカーキ色のパリッとした軍服姿のにこやかな若者

ウォーターベリー・ヴィクトリー船上にて帰還兵を歓迎するフラダンサー

たちの首にレイをかけた。その後、彼女たちが前甲板でフラを踊り出すと、兵士たちはギターやウクレレを持ち出してハッチに上り、共に踊ったり、故郷の馴染みの歌を歌ったりした。

市当局の人たちの演説が終わると、アルフレッド・パーサルに先導されて兵士たちはタラップを下りて車に乗り込み、車列はまたたく間にイオラニ宮殿の広大な庭に到着した。そこで待ち受けていた何千人もの人々──親、きょうだい、友人、恋人たち──は、兵士たちにさらにレイをかけ、キスをし、抱擁をして出迎えた。しばらくして、ようやく彼らはバニヤンの木陰の青々した芝生に座り、カルア・ピッグやラウラウ〔肉や魚の切り身をタロイモとティの葉で包んで蒸した料理〕を食べた。頭上をシロアジサシたちがハワイの青空を背に、今日もまた優雅な白い輪を描いて旋回していた。

八月一四日──アジアでは一五日──に、日本が降伏したというニュースが世界中を駆け巡った。今ようやくアメリカ人は、国家の歴史上かつてなかったほど盛大に祝うことができた。ニューヨークでは、見たことのないような大群衆がタイムズスクエアに押し寄せた。男たちは街灯によじ登ってアメリカ国旗を振った。若い女性たちは、見ず知らずの海兵隊員や陸軍兵や水兵たちにキスをした。サンフランシスコでは、二人連れの若い女性が服を脱ぎ捨てて一糸まとわぬ姿で噴水池に飛び込み、近くにいた水兵たちは大喜びだった。シアトルでは、空が真っ青に晴れ渡っていた。サイレンが響き、車のクラクションが鳴り、大勢の人々がオフィスや店先から通りに出てきた。市民や軍服姿の若者が列をなして、「やあ、やあ、ギャングのお通りだ」と歌いながら三番街の群衆のあいだを行進した。頭上を「超空の要塞」の愛称をもつB－29が一機、轟音を立てて飛んで行った。ニューオリンズやボストン、シカゴ、ロサンゼルスをはじめ、アメリカの都市や中規模な町や小さな村落などあらゆる場所でも、同じような状況だった。ほとばしり出た巨大な解放感と喜びは、もはや止めようがなかった。

ハワイではその晩、ヒサコ・ヒグチがパールシティのアパートの窓辺に走り寄った。彼女は真珠湾のほうを見渡し、港の戦艦がそれぞれ大きなサーチライトで空をくまなく照らし始めるのを、驚きと喜びとともに見つめた。サイレンが甲高く鳴り響き、太く低い汽笛が鳴った。夜空は花火や照明の光で美しく輝いた。窓の下では、水兵たちが街に繰り出し、歓声を上げ、喝采し、「家に帰れるんだ！　カリフォルニアに、すぐに帰るよ！　食事の支度を頼むね、母さん！」と叫んでいた。あちこちで教会の鐘が鳴っていた。近所の住人たちが――サトウ一家もタテカワ一家もヨシダ一家も――ヒサコの部屋のドアを勢いよく叩いて喜びを分かちあった。ヒグチ家の息子のピーターは母親のヒサコを見上げ、わくわくした声で嬉しそうに言った。

「ねえ、ママ。これで金属やゴムのおもちゃがまた買えるね！」

その夜遅くにあたりが静まると、ヒサコは座って夫のヒロに手紙を書いた。「ニュースを聞いて思ったのは、あなたのことだけでした。私は、あなたが今どこにいるのだろうかと思い、今の私と同じようにあなたも感謝の気持ちでいますように、あなたをふたたび抱きしめて、あなたのそばにいられますようにと願いました」。手紙を書きながら彼女は、姑が目に涙を浮かべ、部屋の片隅にひっそりと座っているのに気がついた。おそらく義母は、広島と長崎にいる家族や友人たちのことを考えていたのだろう。

フレッド・シオサキの帰郷は、一〇月下旬に承認された。リヴォルノではその秋、大西洋を渡ろうとする米軍兵士が多すぎて、米軍は、浮かぶものならほぼ何にでも兵士を乗せた。フレッドは数週間待った末に結局、とりわけ小型で古くて速度の遅いリバティ船に乗るはめになった。狭いために寝るときは乗組員たちと同室で、彼らと同じ食べ物を食べた。食事は主として傷んだ肉と黒いコクゾウムシがたかった古いビスケットだった。このころにはすでに一二月で、船は二〇日以上も北大西洋の荒海をのろのろと進んだ。だが、船上で過ごすのについに慣れたフレッドは、船酔いをまったくせずにすんだ。船はクリスマス・イヴにニューポート・ニューズに着いた。そこからフレッドは列車でワシントンＤＣへ向かった。ユニオン駅でテキサス師団の徽章を付けた兵士がフレッドに近寄り、第四四二連隊の徽章を指して言った。「君、四四二連隊だね」

「ああ」

「『失われた大隊』のときにいたのか？」

「ああ、いた。その場にいた」

兵士は手を差し出して、自分はその山にいたテキサス大隊の一人だと言った。フレッドは差し出された手をじっと見た。そして、口ごもりながら言った。「君らを救出するのに、われわれが何人の兵士を失ったか知っているかい？　あの戦いでぼくの友人が何人死んだか知っているかい？」

「だが、ともかく、君に礼を言いたい」

フレッドは顔をそむけて、窓の外を見た。相手の手を握る気にはなれなかった。あとでよく、彼はそのときのことを恥じていると言って、己のふるまいを後悔していたが、ユニオン駅に立っていた時点では、まだそんな気分ではなかった。

一月四日、彼はシアトルの南のフォート・ルイスに向かう軍用輸送機に乗り込んだ。途中で輸送機はスポケーンに立ち寄った。そこからヒルヤードのクリーニング店までは四マイル（六・五キロ）ほどの距離だった。フレッドは大急ぎで飛行機から降り、家に手早く電話をした。電話の向こうで、母親と姉のブランチの歓声が聞こえた。「車で、すぐに行くわ！」とブランチが大声で言った。しかし、フレッドは除隊の手続きのために、また輸送機に乗り込んでカスケード山脈を越え、フォート・ルイスまで行かねばならなかった。

二日後に、フレッドはスポケーンに帰ってきた。ドアを開けてクリーニング店の温かい、蒸気の立ち込める、慣れ親しんだにおいの中に足を踏み入れると、家族全員がその場にいた。兄のロイもヨーロッパでの兵役から戻ったばかりだった。母親と姉は大喜びで笑いながら、彼を抱きしめた。父親はフレッドの手を握り、彼の目を覗き込んで一言、「よくやったな」と言った。そして、店先に行き、窓にかかっていた青い二つ星のサービス・フラッグを下ろした。

ルディは故郷に向けてイタリアを出発したとき、怪我の影響でまだ足をひきずっていた。それだけでなく、多くの帰還兵と同じくルディは、自分の傷が身体的な傷だけではないことに徐々に気づいた。西へ向かう途中でシカゴを通ったとき、車がバックファイアを起こし、彼とそばにいた一人の兵士は同時に地面に体を伏せた。ルディは立ち上がって埃を払ったが、そのときに初めて、戦争から身体的にも精神的にも立ち直るには、しばらくかかりそうだと悟った。

ユタ州のフォート・ダグラスに着いたルディは、ボストン収容所が閉鎖になったことを知った。一人残ず収容所を去り、収容されていた人々についてはだれも何も知らなかった。まるで全員が消えてしまったかのようだった。彼はサリーナスの友人たちに電話をしてみたが、だれも彼の両親がどこへ行ったのか知らなかった。驚き、不安になり、落胆したルディは、常々父親が最終的に落ち着きたいと話していた場所、サンノゼへ行ってみることにした。

サンノゼのバスターミナルに着くと、帰還兵の支援のために設けられた赤十字の簡易案内所に若い女性がいた。近寄ったとき女性は背を向けていたが、彼は女性に話しかけた。

「あの、お尋ねしたいんですが」

「なんでしょう？」

「じつは自分は海外から戻ったばかりで、両親が強制収容所にいたんですが、収容所が閉鎖になっているんです。それで両親を捜しているのですが、どうすればよいとか、どこにいけばよいとかがわからなくて……それについてうかがうことはできますか？」

女性はようやく振り向いて、初めてルディの顔を見た。一瞬彼をまじまじと眺めてから女性は言った。

「五番街にありますよ。ジャップが大勢住んでいる地区が」

ルディの後ろに並んで待っていた水兵が、前に進み出た。

「君は、この男性をジャップって呼ぶのか？　彼の勲章や何やらが見えるだろう？　彼は海の向こうで戦ってきたんだ！　君は何様のつもりだ？」

そう言うなり水兵はカウンターに身を乗り出し、女性の顔を平手打ちした。ルディは水兵の腕をつかんで言った。「よしてくれ！　もめごとを起こしたくはない。今はとにかく、両親を捜し出したいだけなんだ」

ルディは水兵が乗せてくれたタクシーで、五番街の寺に向かった。寺に着き、足をひきずりながら二階の小さな寝室に行くと、果たしてそこには両親がいた。父親は座ったままルディの姿を眺め、「こうしておまえに会えて本当に嬉しいよ。傷の具合は悪いのか？」とだけ言った。ルディは、そのうち良くなるよと答えた。いっぽうで母親はすぐに立ち上がり、腕をルディの身体に回した。ルディの予想に反して母親は泣いたりはせずに、こうつぶやいた。「これはカミサマから私へのご褒美だよ。私がしてきたことへの」

ルディは母親の言葉の意味が分からなかったが、母親から、ポストン収容所で毎朝早く冷水を浴びて厳しい願掛けをしていたと聞かされた。「兵士の母親ならだれでも、できることは何でもするものよ。それが馬鹿げたことに見えようが、そんなことをしてバカタレだと思われようが、息子の帰郷のためなら何でもするものなの」

ルディはその日は勲章の件には触れなかったが、座って家族と話をしていたとき、彼の胸には名誉戦傷章と戦闘歩兵章とともに、青銅星章が留められていた。イタリアを去る前、エンポリでの大々的な式典で一万五〇〇〇人の兵士たちと多くの連隊長や将官たちが見守るなか、ルディは青銅星章を授与された。壇上に立つ彼の前を兵士たちが行進して彼に敬礼したときは、少し気恥ずかしかった。しかし、兵士らを見つめながらその場に立っていたルディの中に、三年前にボストンを去ったときにはなかった何かが込み上げた。三年前の彼は怒っていた――家族を強制収容し、両親に屈辱を与え、農場や生計の手段を奪い、彼を二級市民として扱った祖国に対して怒っていた。多くの意味で彼はまだ怒っていたし、この先も長らく怒ったままだろう。しかし、軍楽隊が背後で演奏し、第四四二連隊の連隊旗とアメリカ国旗がそよ風にはためくなか、青銅星章を胸にして立ちながら、彼は安らぎと誇りを感じていた。そのことに驚きもしたし、当時の気持ちをその先もずっと忘れなかった。彼は思った。「そうだ、いずれ明らかになる。どう見えるかは、重要ではない。大切なのは、国のために何をしているか、何をしてきたかだ」

カッツたちB砲兵中隊の兵士の大半が故郷へと出発できたのは、一九四五年の一二月になってからだった。彼らは故国に向かう他の六〇〇〇人の兵士たちと共にマルセイユからスウェーデンの定期船ジョン・エリクソンで海を渡り、その後、東海岸から双発プロペラ機DC－3でカリフォルニアへ向かった。南カリフォルニアでのある晩、彼らは暗いホールへ連れて行かれた。明かりが点くと、驚いたことに、そこはCBSの防音スタジオの中だった。フランク・シナトラがラジオのリスナーに彼らを紹介し、その場には、彼らが海外にいるあいだにまたたく間に人気歌手になったペギー・リーもいた。ホールをあとにするまでに、カッツは配給券の裏に、シナトラとペギー・リーからサインをもらっていた。

その後ようやく――彼らがホノルルをあとにしてから二年九カ月後に――彼らを乗せた船がハワイに向けて出航した。一九四六年一月一五日の午前三時、船がオアフ島のダイヤモンドヘッド沿いに来ると、乗船していた二三二人の兵士のうち、カッツを含むほぼ全員が船の手すりに群がった。彼らはだれも眠れずにいた。

満月に近い月が西の海の上に低く傾いている。彼らはみな、とにかく早く、月光を浴びたアロハタワーやホノルルのスカイラインやワイキキの白い砂浜を見たいと思っていた。午前八時、カッツは背嚢を肩に担いで海タラップを下りた。今回は、兵士らを出迎えるフラ・ダンサーたちはいない。すでに何カ月にもわたって海軍や陸軍の兵士たちがハワイに帰還していたために、また帰還兵が到着したことを取材しに新聞社のカメラマンが数人来ていただけだった。カッツの部隊の砲兵ロイ・フジイは、戦争中ずっと首に下げていたホノルルのバス・トークンを鎖から外してカッツに手を振り、バスに乗って丘の上の両親の家へ向かった。

カッツはあたりを見回して、両親を探した。両親がいた。待って手を振ってくれている。二人揃って。戦時中のこの数年が家族にとって過酷な月日だったことをカッツは知っていた。父親はサンタフェの収容所から解放されたばかりだった。母親はミホ・ホテルを売却せざるを得なかった。今は二人で、何十年も前に彼らがハワイに移住したときにカツイチがしていたように、オアフ島の生産農家でマカダミアナッツの収穫作業をして、生活費を捻出していた。カツアキは亡くなったし、広島にいるカッツの姉たちがどのように暮らしているのかだれにも分からない。一家の生活を立て直すのは容易なことではないだろう。だが今は、この瞬間をカッツは味わっていた。両親とこうしてともにいて、熱帯の暖かなそよ風に吹かれ、海の香りを嗅ぎ、街の向こうにそびえる緑の山々に残る朝もやを見ている、それだけで充分だった。心の底からの、この上ない喜びの瞬間だった。

三日後、カッツはアサートン・ハウスからユニバーシティ・アベニューを渡ってハワイ大学のキャンパスに足を踏み入れ、教室に入った。彼は、足元ですべてが突然崩れ去った一九四一年一二月のあの朝に自分があとにしたものを、取り戻そうとしていた。

エピローグ

もちろんわれわれは、ありがたいという気持ちと神への感謝で胸が一杯だった。だが同時に、あとに残してゆく戦友たちと、異国の地に白い十字標が立てられた彼らの眠る場所に、敬意と特別な愛（アロハ）を感じていた。

コンラッド・ツカヤマ

本を執筆するとき私はいつも、自分の語る出来事が繰り広げられた場所をできるだけ多く訪れるようにしている。そういうわけで二〇一九年のうららかな春の朝、私は妻と一九四二年製の米陸軍のジープの荷台に乗り込み、同じようなジープの車列に加わって北イタリアの轍だらけの未舗装の道を出発した。ジープを運転していたのは笑顔あふれるイタリア人の若者で、オリーブグリーンのヘルメットをかぶり、第二次世界大戦当時の米陸軍の軍服をまとい、第四四二連隊戦闘団の赤白青の袖章をつけていた。彼は十数人のイタリア人とともに、ここで第二次世界大戦を――第四四二連隊の功績を専門に――再現している。彼らのその日の任務は、二世の退役軍人の息子や娘や孫たちをモンテ・フォルゴリートの頂上に案内することだった。そこは第四四二連隊が恐るべきゴシック線を突破した場所で、部隊はその後、ドイツ軍をポー渓谷へ追い詰め、イタリアからの撤退を余儀なくさせた。妻と私は光栄にも、その場所へ向かう一行に加わることができた。

一行が山を登ってゆくと、轍のついた道はすぐに大きな石だらけのヤギの通り道も同然になった。ジープは不安定な足場から足場へと跳ねるように進んだ。妻の側では、車体が少し宙に浮くたびに妻が両目を閉じて私の手を握りしめた。私の側からは小道の端をこわごわ覗き込むと、タイヤの数インチ横は急斜面で、何百フィートも下に大きな石だらけの地面が見える。やっとのことで、われわれはモンテ・フォルゴリートの頂上まで数百フィートほどのところにある青々とした美しい小さな草地に出た。そこからは徒歩で残りの道のりを、岩棚を這い、低木や木の根をつかみながら登った。途中で足を止め、七五年前にドイツ軍が岩がちな山腹に掘った小さな洞穴を観察した。洞穴は、三、四人の兵士が機関銃を手にかがんで、眼下の草地を横切ろうとする敵を待ち伏せできる広さがあった。

一行はようやく山頂までよじ登り、私はそこに立って、しばし息をついた。それから、まわりを見回してあぜんとした。西を見下ろすと、山麓の緑豊かな丘陵が、ターコイズブルーに輝く広々としたリグーリア海へと傾斜していた。南西はリヴォルノまで、北はチンクエ・テッレの淡黄褐色の断崖まで、見渡すことができた。北東に目を転じると、モンテ・アルティッシモの壮大な峰々が間近にそびえていた。それらは、新たにきのう灰色の石を削って造られたばかりのような、かみそりの刃ほどに鋭い石の牙に見えた。しかし、いちばん私の注意を引いたのは、それらの峰々と私とのあいだに横たわっていた深い谷だ。黒っぽい草木で覆われた急な斜面が六〇度はあろうかと思われる角度で、私の立っている場所から数千フィート下へ向かっていた。谷底には、おもちゃのような村の家々の赤い瓦屋根が見えた。

その村がアッツァーノだった。その深い谷底から、第四四二連隊戦闘団の二世兵士たちは七五年前の真夜中に重い武器を携え、戦闘のために、必要とあらば死ぬ覚悟で、斜面を登ったのだ。私はそこにたたずみながら、彼らの勇猛果敢そのものの行動を何とか理解しようとした。いったいどうして、その若者たちにそのようなことができたのだろうか。だが考え始めるのとほぼ同時に、答えがわかった。簡単で説得力があり、これ以上要約できない答えだ。その行動を可能にしたのは、彼らの根本的な人間性だ。その若い兵士らは、アメリカを今まで常に鼓舞してきた精神を、そして二世紀以上にわたってわれわれアメリカ人を団結させてきた精神を体現していた。その精神とは、努力、何かを切望する気持ち、勇気、飽くなき楽観、協力や手助けをいとわぬ姿勢、公正な心、そして包容だ。彼らは自分たちが、単純だが深い意味のある一連の理想——アメリカと西洋民主主義諸国が掲げる何よりも高い理想の数々——を守るために召集されたとわかっていた。そして召集を知ると、一九四〇年代前半の何百万人もの若者と同じく、それに応えた。彼らの多くは戦場で理想のために闘い、一部の若者たちは、ゴードン・ヒラバヤシのように法廷で理想のために闘った。

しかし、次のことを忘れないでほしい。彼らはアメリカ人ではあったが、程度の差はあれ、いろいろな意味で日本人としての誇りももっていた。彼らが立ち上がって戦火に身を投じたとき、彼らの多くは、移民である両親から教えられた価値観を——「武士道（ブシドウ）」というサムライの行動規範のみならず、「義理（ギリ）」「人情（ニンジョウ）」「我慢（ガマン）」など、それに関連する数多くの信念や心構えを——携えていた。事実、課せられた任務を彼らの多くが果たすことができたのは、そういった、いわば「外来の」価値観をもち続けていたのが大きな要因だ。モンテ・フォルゴリートで、ヴォージュの森で、トスカーナの丘陵で、モンテ・カッシーノで、何度も彼らは私心なく、最高の自己を捧げた。彼らが捧げた自己と彼らが危険にさらした命は、アメリカ人と日本人の両方のルーツから生まれたものだった。懸命な努力の中で生き延びたにせよ命を落としたにせよ、彼らは今一度われわれに、われわれアメリカ国民は多様な要素から構成されており、国家の苦難と勝利の試練の中でともに築かれた多様な背景やアイデンティティをもとに成り立っていることを、思い出させてくれる。

最終的に彼らは、一九四一年一二月七日の朝に日本の爆撃機が真珠湾上空に突如あらわれたときにいた世界よりもはるかに良い世界を、われわれのために勝ち取ることに貢献した。一世代以上が過ぎた今、彼らが勝ち取ったものを大切に守り、彼らが守り抜いた理念に身を捧げ、現在抱える山ほどの困難を乗り越え、共有する運命の長い坂をともに登り続けることは、われわれの責務である。

大半の計算によると、第四四二連隊戦闘団は、その規模と兵役期間からすれば米国史上もっとも多くの勲章を授与された部隊となる。だが、戦争遂行努力への彼らの真の貢献は、半世紀以上ものあいだ世間に知られずにいた。戦後まもなく第四四二連隊の中で名誉勲章を与えられたのは、ゴシック線の強襲のさいにピエトラサンタの近くで手榴弾の上にわが身を投げ出した、サダオ・ムネモリただ一人だ。勲章は一九四六年三月一三日に、彼の母親に手渡された。連隊のさらに二〇名の隊員に名誉勲章が授与されたのは、半世紀以上の月日と連邦議会での継続的な働きかけを経た二〇〇〇年六月二一日のことだった。クリントン大統領が隊員たち――そのうちの数名はすでに亡くなっていた――に名誉勲章を授与し、「国家からこれほど冷遇された人々によって、これほどに尽くされた国家はめったにない」と述べた。その日に名誉勲章を授与されたのは、ダニエル・イノウエ、衛生兵のジェームズ・オオクボ、K中隊からはテッド・タノウエとジョー・ハヤシの二名、そしてウィリアム・ケンゾウ・ナカムラなどだった。ゴードン・ヒラバヤシにかつて有罪判決を下した連邦裁判所の庁舎はこの翌年、ナカムラを称えてウィリアム・ケンゾウ・ナカムラ連邦裁判所と改称された。

名誉勲章がようやく授与されたことで、戦時中の二世兵士たちが不釣り合いなほど多くの武勇をあげていたことが、改めて劇的に強調された。第二次世界大戦に従軍した約一六〇〇万人のアメリカ人の中で名誉勲章を授与されたのは、わずか四七三人。それらの受章者のうちの二一人は第四四二連隊の出身であり、最終的に同連隊に所属していた兵士は一万八〇〇〇人。つまり、数ではアメリカ軍のわずか〇・一一パーセント余にすぎない第四四二連隊が、名誉勲章の四・四パーセントを受章したわけだ。

第四四二連隊はさらに、殊勲十字章を二九、銀星章を五六〇、（二つ目の銀星章の代わりとして）オーク・リーフ・クラスターの添えられた銀星章を二八、勲功章を二二、青銅星章を四〇〇〇、（二つ目の青銅星章の代わりとして）オーク・リーフ・クラスターの添えられた青銅星章を一二〇〇、陸軍称揚章を三六、師団褒章を八七、そして、四〇〇〇を超える名誉戦傷章を受章した。一九六三年一〇月二一日、テキサス州知事ジョン・コナリーは第四四二連隊戦闘団の全員をテキサス州の名誉市民とした。

しかしそうした勲章はどれも、二世兵士の大半が帰郷したさいに――とりわけ米国本土に帰還した兵士たちが――経験した厳しい現実にさほど影響を及ぼさなかった。彼らとその家族がアメリカ社会で正当な立場を完全に獲得するには、その先まだ数十年の月日がかかることになる。当時はまだ何百万人もの雇用主が彼らを雇うことを拒んだ。就ける数少ない仕事は、たいていは低賃金で熟練を要しないものだった。彼らはあいかわらず、行く先々で軽視され、軽蔑された。結局のところ、圧倒的多数の同国人にとって彼らは「ジャップ」のままだったのだ。

さらに、息子や兄弟が勲章や栄誉を得たからといって、何千という家庭が強制収容所で負った深い心の傷が癒えるわけではなく、収容所から帰郷しようとしたさいに受けた衝撃が和らぐこともほとんどなかった。西海岸のいたる所で、彼らが家に残してきた物は泥棒によって略奪されていた。心ない人々によって温室のガラスは粉々に割られ、商品は壊され、建物にはスプレー塗料で「ジャップは出ていけ！」といった脅し文句が書かれていた。不法居住者は家を占拠し、出て行こうとはしなかった。この機に乗じた人々はわずかな処分価格を支払って繁盛していた事業を買い取ったり、一世の移住者が開拓して作物を栽培してきた数千エーカーの豊かな農地の借地権を獲得したりした。戦争前に協定や条例で日系人が排除されていた近隣地域は、まだ法的に彼らの立ち入りが禁止されていた。そのうえ、彼らがかつて住んでいた界隈は不在のあいだに他の少数派（マイノリティ）に占有され、彼らが住める住居はほとんどなくなっていた。彼らがもといたこの地域でさえ、多くの家主が彼らに家やアパートを貸すことを拒んだために、日系家族は友人宅の屋根裏部屋や教会や仏教寺院、あるいは学校で暮らさねばならなかった。シアトルでは、ほかに手立てのないおよそ三〇の家族がインターナショナル地区にある日本語学校に詰めかけ、場所はハントホテルと名付けられた。[*38] 彼らは簡易ベッドで眠り、その暮らしは多くの面で収容所と大差がなかった。数カ月が過ぎるにつれて、家を失った人々、特に一世の人々のあいだで自殺が多発し、多くの死者が出始めた。

アメリカの指導部がこうした人々に対する不当な行為を広く認め、問題に正式に取り組むには、その先何十年もかかることになる。だが、政府の最高レベルの一部の人々のあいだでは――とりわけ二世兵士らの功績を知る人々のあいだでは――早くから少なくとも考え方に変化の兆しが生まれ始めた。ハリー・トルーマン大統領の新政権は、日系アメリカ人の財産と公民権の回復に向けて根気強く努力した。トルーマンは自警団員が帰還家族を襲ったといういくつもの報告に衝撃を受け、前大統領夫人エレノア・ローズヴェルトへの手紙にこう書いた。「これらの不名誉な行為を知るにつけ、私たちアメリカ人の多くの中にナチ的な一面が

＊38　そこで暮らした人々の大半が、郵便の送付先住所が「ハント、アイダホ」だったミニドカ強制収容所から来ていたために、ハントホテルと名付けられた。

あるのだと思わざるをえません」。一九四八年、トルーマンは連邦議会で日系人退去補償請求法を制定させたが、法律の煩雑さと官僚的形式主義のために、日系人への損害補償という点では結果的にほぼ実効性のない法律と化した。トルーマンはまた、第四四二連隊の功績を一般の人々に広めることにも努めた。一九四六年七月、風が吹きすさぶ曇り空のある日、ホワイトハウスの南にある五二エーカー（約二一ヘクタール）の楕円形広場「エリプス」で、トルーマンはパーサル中佐とともに第四四二連隊を閲兵したさいに、二世兵士たちにこう言った。「君たちは敵と闘ったのみならず、偏見とも闘い、そして勝利した。これからも闘い続けてほしい。そうすれば、われわれは勝利するだろう」。それは気高く、善意からの誠実な言葉であることは確かだったが、アメリカの都会でも小さな町でも農村でも多くの人々は今もかたくなで、人種差別が根強くはびこり、日系アメリカ人の大半は、市民も退役軍人もともに、前途が厳しいことに変わりはなかった。

トルーマンは収容所に強制収容された人々の公民権の回復と二世兵士たちに対する評価の向上に努めると同時に、徴兵を拒否したことで収監された二世の人々への政府の対応を見直した。そして最終的に彼らへの有罪判決をめぐる根本的に不当な状況を認め、恩赦委員会の勧告に従って、一九四七年一二月、トルーマンは二世の徴兵拒否者全員を赦免した。しかし、徴兵拒否者らが日系アメリカ人の多数派から許しや敬意や理解を得るまでには、長い年月がかかった。日系アメリカ人市民同盟（ＪＡＣＬ）などの団体だけではなく息子が第四四二連隊で戦った多くの家族も、戦時中は徴兵拒否者を厳しく非難しており、彼らが二世の公民権を守ろうとしていたのだと認識するのに時間がかかったからだ。二〇〇二年五月、ＪＡＣＬはサンフランシスコで行われた式典で、徴兵を拒否した人々に対して正式に謝罪を表明した。

フレッド・シオサキは両親の住むヒルヤード・クリーニング店の上の住まいに戻り、ふたたびゴンザガ大学に通い始めた。その直後から、彼は自分の確たる居場所を見つけるのに苦労した。夜中に目を覚ますと、母親が彼のほうへかがみこんでいて、「また大声で叫んでいたわよ」と言うことが何度もあった。大学での授業にも、集中できなかった。心はいつの間にか戦争のころをさまよい、そうした記憶を忘れ去ることはできなかった。そんなある日、イエズス会の司祭である教授が「ジャップの一団」について述べた。フレッドは、戦争前に大学が海軍士官候補生で溢れていたときと同じように椅子に身を深く沈めて、可能なかぎり人目を避けた。友人のビル・ニシムラが、高校をクラスで最優等で卒業したばかりのリリー・ナカイという快活な女性に彼を紹介してくれた。ところが、フレッドが彼女とスケート場でデートをしたとき、あたりのだれかが「汚らしい腐ったジャップ」の話をし出した。友人たちはその罰当たりな男からフレッドを引き離さなければならなかった。

一年が経つころには悪夢は次第に収まり始め、大学の成績も上ってきた。フレッドとリリーはデートを重ねるようになった。一九四九年に彼は化学の学位を取得して卒業したものの仕事がなかなか見つからず、家族を養えそうにないという不安からリリーと別れ、クリーニング店の仕事に戻った。その後やっとスポケーンの製薬会社に就職し、リリーともふたたび会うようになった。二人は結婚し、フレッドはカイザー・アルミニウムに転職したのち、最終的にはスポケーン市当局で化学者として職を得た。

一九五二年、マッカラン＝ウォルター法の成立によって日系一世の市民権申請がようやく認められると、フレッドときょうだいは、両親のキサブロウとトリに公民と米国史の小テストをして、受験指導をした。両親がともにアメリカの市民権を得たとき、フレッドは心の底から誇らしく思った。第四四二連隊の業績がこの誇らしい瞬間への道を開いたことを、彼はよくわかっていた。一九五三年五月の宣誓式で両親が宣誓の挙手をしたとき、彼は思った。「きっと、僕も少しは役に立ったんだろうな」

キサブロウは一九五八年にがんで他界し、トリはその約二〇年後の一九七七年にこの世を去った。そのあいだにフレッドとリリーは二人の子――ナンシーとマイケル――をもうけ、フレッドは公務員としてのキャリアを重ねていった。一九六七年にスポケーン郡大気汚染管理局の局長になり、その後、ワシントン州環境保護委員会の委員長に就任した。一九九九年にはワシントン州知事ゲーリー・ロックからワシントン州魚類野生生物委員会の委員に任命された。その職は、父親が家族をスポケーン郊外の湖に連れて行ってくれた昔からフライ・フィッシングと毛針作りが大好きだったフレッドにとって、ことに嬉しいものだった。息子のマイケルがシアトルに移り住むと、フレッドはマイケルが手入れをしていた広い裏庭を引き継いで園芸に夢中になり、ダリアから大きなカボチャまでさまざまなものを栽培した。カボチャは、毎年一〇月にハロウィーンのジャック・オ・ランタン用に近所の子どもたちに提供した。一九八〇年代には、フレッドとリリーは毎年冬にハワイへ旅行するようになり、現地でK歩兵中隊の戦友の多くと再会した。そのころになってようやく――家族のあいだでは触れてはいけない話題だった数十年を経て――フレッドは自分が戦争中にしたことや見たことについて話すようになった。

父親が亡くなったあと、ヒルヤード・クリーニング店の経営はフレッドの兄のロイが引き継いだ。そして一九九〇年代にほかのクリーニング会社に売却するまで、店を続けた。二〇一一年、フレッドと生存している戦友たちの多くは、ワシントンDCへ赴いた。そこで、第二次世界大戦に従軍した二世兵士たちは議会名誉黄金勲章を授与された。リリーは二〇一六年七月四日に他界し、フレッドは今、シアトルの老人ホームで暮らしている〔フレッド・シオサキは二〇二一年四月一〇日に死去〕。彼は今も元気がよく、辛抱強く、情に厚い。そしてかつて自称したように「五フィート六インチ（一・七メートル）の体に住む六フィート八インチ（二メートル）の木こり」であり続けている。

帰郷したルディは、この戦争で戦ったほぼすべての人と同様、以前とは変わった。姉のフミが当初、ショックを受けたのは、彼の言葉遣いが荒っぽくなったことだ。戦友たちと一緒のときには特にそうだった。ルディは前々から短気ではあったが、今は短い導火線が太いダイナマイトに付いているようなものだった。ほかの退役軍人の多くと同じように、ルディも悪夢に悩まされた。ほとんどいつも同じ夢だった。毎晩、彼は一四〇高地にいて、何かは分からないが、言いようのない恐ろしいものから逃げていた。

その後の数年間、ルディはさまざまな仕事をやってみた。一時はカリフォルニア州サニーヴェールで農場労働者として働いた。その後、ディーゼルエンジンの技師になる勉強をして、南アメリカ行きのバナナ輸送船に技師として乗船した。サンノゼのキャタピラー社で職を得ようとしたときは、労働組合に加入する必要があると言われた。その労働組合には、西海岸の多くの労働組合と同じく、長年にわたって日系アメリカ人に対する差別があり、彼の加入を認めようとしなかった。最終的にルディは、トゥーリーレイクで収容されていた日系アメリカ人家族が所有し経営している大きな園芸会社マウント・イーデンで働き始めた。結婚して四人の子――ロイ、ロビン、ラッセル、ロシェル――の父親になったが、結局は離婚をし、二度目の結婚生活も短く終わった。やがて一九八〇年代に、その後の人生のパートナーとなる、コロラド州のアマチ強制収容所で生まれた言語聴覚士で地域社会活動家のジュディ・ニイザワと身を固めた。

ルディが人生を送ってゆくうえで、あることが大きな妨げとなった。月日とともに、体内に残っていた砲弾の破片が周期的に位置を変え、身体が衰弱するような激しい痛みや時には麻痺症状をもたらすようになった。あまりに症状がひどくて「鉄の肺」と呼ばれる人工呼吸器に入ったこともあったし、全身用のギプスを使ったこともあった。そして最後は松葉杖に頼ることになった。最終的には九つの破片を外科手術によって体内から除去できたが、痛みはその先も絶えなかった。

それでもルディはすさまじくタフで、粘り強かった。野球のリトルリーグやPTA、ボーイスカウト・アメリカ連盟での活動を開始し、ボーイスカウトの西部地区代表理事にまでなった。さらに、サンフランシスコの全米日系アメリカ人歴史協会の初代会長になり、二世の戦没者らを追悼するためにワシントンDCに国定記念碑の建設を求めるなど、日系アメリカ人のために尽くした。だが、戦後に彼が行った最大の業績は、一九八〇年代の全国的な賠償請求活動における貢献だった。

終戦直後から、強制収容に対する正式な謝罪と、被害家族に対する国からの賠償金の支払いをアメリカ政府に求めるさまざまな努力がなされてきた。一九八〇年までにはこうした努力は、「戦時における民間人の転住・抑留に関する連邦委員会」の設置によってようやく弾みがついていた。一九八三年、同委員会は連邦議会と大統領に対して、正式な謝罪の表明、アメリカの歴史におけるこうした隠された部分について国民を啓蒙するための事業団の設立、生存している元抑留者それぞれに賠償金の一部として二万ドルを支払うことを勧告した。だが、そのためには法案が可決されねばならず、強力なロビー活動が必要だった。

一九八七年、一二〇〇人のロビー活動家が請願のために議員会館を訪れ始めた。彼らの中には、第四四二連隊の退役軍人が大勢いた。パートナーのジュディに促されて活動に参加したルディは、ほどなく連邦議会議事堂の廊下を松葉杖で歩き回るようになり、大勢の戦友たちと再会した。彼らはこの任務にも、戦争中のあまたの任務と同様、「ゴー・フォー・ブローク」の精神で取り組もうと決心した。「われわれは手を尽くして目的を果たすつもりだ」。ルディは地元の新聞にそう語った。彼らはノーマン・ミネタやロバート・マツイといった日系アメリカ人の下院議員らと戦略を練り、上院議員のスパーク・マツナガやダニエル・イノウエに支援を求め、さらに、迷っている議員たちを執拗に探し出しては、大胆にも重い木製扉の中の絨毯敷きの秘書室へ入り込み、丁重ながら断固たる態度で、是非とも話を聞いてほしいと頼んだ。

一九八七年の重大な票決の日が近づいたある日、ルディと二世の退役軍人の代表団は、フロリダ州の下院議員チャールズ・エドワード・ベネットのオフィスに赴いた。ベネットは第二次世界大戦中、ニューギニアの蒸し暑いジャングルにおける日本兵との戦いで功績を挙げていた。海外出征中にポリオにかかり、今は歩くのに下肢装具や松葉杖が必要だった。その日、オフィスに入ってきたベネットはルディとその戦友らを見て、怒った口調で言った。「おい、お前たち、私のオフィスでいったい何をやっている？」

二世の退役軍人たちは、来た目的を説明し始めた。しかし、ベネットはそれをさえぎった。「政府はどんなやつにも謝罪する必要なんてない。私の言っていることはわかるな？」

戦友たちは部屋を出始めたが、ルディはまだその場にいた。ベネットが彼に出て行くように合図した。ルディは出て行く代わりに、松葉杖で相手に歩み寄った。ルディは前もって調べていたので、ベネットがズボンの下に下肢装具を付けていることを知っていた。

「あなたに一言お礼を言いたいのです」。ルディはそう言って、片手を差し出した。

「何に対しての礼だ？　私はあんたらのために何一つするつもりはない」

「そうではなく……戦争が終わってすぐ議員になられたことにお礼を言いたかったのです……たまたま知ったのですが……あなたは朝、目が覚めるたびに、身体がひどく痛むそうですね。それでも、そうした痛みやあらゆることに耐えて、我が国の国政に尽力なさっている。心から感謝します。あなたはじつにすばらしい方だ……本当に感謝します。どうか握手をさせてください」

ルディはベネットの手を握り、部屋をあとにした。

いよいよ法案の採決が始まるとき、ルディは議場の障害者用傍聴席で、松葉杖をついて立っていた。議場に入ってきたベネットは、ルディに目をとめた。ベネットは南部の民主党員で総じて保守的で、議員歴は長く、議会では影響力があった。ルディを見て、彼は一瞬足を止めた。賠償法案に対する三分間の反対演説をする予定になっていたベネットはしかし、議場の下までおりていくと、その場にしばしたたずみ、やがて横の扉から出ていった。賛成と反対の各票数が表示され始めたとき、ルディには、ベネットが賛成票を投じたとわかった。少しして、表示される賛成票数が反対票を上回り始めた。法案は可決された。

票決のあとでルディはオフィスにいるベネットに会って、礼を述べた。「あなたに直接、心からの感謝の意を伝えたくて来ました。どうしてお考えを変えたのかわかりませんが、本当に嬉しく思います」

「はん、しかたないだろう。目を上げたら松葉杖姿のあんたがいたんだから」

一九八八年八月一〇日、法案に当初反対だったレーガン大統領は「一九八八年市民の自由法」に署名した。この法律は、日系アメリカ人の強制収容は「相当な保安上の理由もなく、スパイ行為や破壊行為が何も行われていないにもかかわらず実施され、主として人種的偏見、戦時下の異常な興奮状態、政治的統率力の機能不全によるものだった」ことを明言している。だが、当時賠償金の受給資格のあった八万二二一九人の大半が一人当たり二万ドルの小切手を受け取るには、まだ三から五年の月日を要した。

その後ずっと、ルディは自分の戦争体験について語り、第四四二連隊の功績をより広く認識してもらうことに努めた。亡くなる少し前のインタビューで、自分と第四四二連隊は次の世代にどのような遺産を残したと思うかと尋ねられ、彼はただこう答えた。「自分のすべきことはしたと思う。もうやり残したことはないと感じている。われわれは――私、ではなくわれわれは――自身の力を証明した」。ルディは二〇〇四年一二月四日にこの世を去った。


フレッドと同じく、カッツ・ミホも大学に戻ったが、学生生活に復帰するのに苦労した。とても勉学に集中できそうにはなかった。兄のカツロウと暮らしていたカッツは、暇な時間のほとんどは第五二二野砲大隊の戦友たちと出かけては、ホノルルの繁華街のアウル・カフェの奥で話をしたりビリヤードをしたり、ココ・ヘッドの東のサンディ・ビーチでビールパーティーを開いたりして過ごした。前期が終わるころには、五科目のうち四科目で単位を落としそうなありさまだった。当時の彼には、書物と時間を過ごすよりも戦友たちと過ごすほうが大切に思われた。

しかし後期までには、何かにかかわり、人々をまとめ、意見を述べ、それを実現させようとする本能が次第に蘇ってきた。勉学にも懸命に取り組んだ。第四四二連隊の退役軍人のクラブを組織する活動にも加わり、退役軍人の寮に引っ越して、その管理者にもなった。大学全体のカーニバルの開催にもかかわり、最終学年までにはふたたびクラス代表になった。

卒業するころにはカッツは、もっとはるかに大きなもの――やがてハワイの未来を形成する一助となるもの――にもかかわり始めた。第四四二連隊の兵士は、搾取的なプランテーション制度の中で育ち、国のために戦い、国のために血を流した。そして中でもとびぬけて優秀で聡明な人々は、ハワイに戻り、地域の権力構造を根本的に変えようと決心して、まずロースクールに通い始めた。ダニエル・イノウエ、スパーク・マツナガ、ジョン・ウシジマ、そしてカッツは、退役軍人援護法（GI法）を活用して本土の東海岸のロースクールへ向かったハワイの日系二世退役軍人のごく一部だった。カッツとイノウエは最終的にジョージ・ワシントン大学に入学し、週に少なくとも一度は夕食を共にした。同じ時期に、ほかに二五人ものハワイの日系二世退役軍人が、ジョージ・ワシントン大学か、その近くのジョージタウン大学で法律を学んでいた。こうして法律家となった二世たちはハワイに戻ると、次第に実業界や政界、法曹界で権限のある地位に就くようになり、そうなることで、自身が育ったハワイとはまったく異なるハワイの基礎を築き始めた。

カッツは司法試験に合格したあと、兄のカツロウがいるフォン・ミホ・チョイ・ロビンソン弁護士事務所で働き始めた。まもなくカッツは手ごわいが公正な弁護士として名声を得、ハワイじゅうの人々から注目されるようになった。一九五六年に彼は、オアフ島の著名な実業家兼銀行家の子女、ローラ・イイダと出会う。カッツが彼女を最初に見かけたのは、ローラの父親であるイイダ氏が頭取をつとめるセントラル・パシフィック銀行の開業パーティーの席だった。イイダ氏は娘たちを全員、あでやかな着物姿でそばに一列に並ばせて、すばらしい視覚的な効果を引き出していた。だが、カッツがローラのことをよく知って結婚したいと思うようになったのは、彼女がホノルルの復員軍人庁で働いていたときだった。イイダ氏が本土でカッツの父親と同じ収容所におり、互いを尊敬していたことが、カッツとローラの結婚への下地にもなった。結婚式は豪華だった。メイン州産ロブスターが東海岸から空輸され、参列者は一〇〇〇人を超えた。ミホ兄弟の成功もあって、この結婚はオアフ島の著名な二家族の合併だと、広く受けとめられた。

一九五〇年代の半ばには、地域ですでに政治的権力の座にあった二世退役軍人の代表団の主導で、ハワイの多くの人々がハワイの州昇格に向けて努力していた。そうした取り組みの一環として、ハワイの州昇格委員会の一員になっていたカツロウはワシントンDCに赴き、一九五七年四月七日に議員たちの前で力強く説得力のある証言をした。六月には州昇格に関する住民投票が有権者によって行われ、賛成一三万二九三八票、反対七八五四票という結果になった。票数の上では大差がついたが、州昇格への熱い思いは住民全体の総意とはいえない。多くのハワイ先住民は特に、アメリカの支援による一八九三年のクーデターでハワイ王国が倒されたのち、一八九八年にハワイがアメリカに併合されたさいに経験した主権喪失に対して、当然ながら憤りを感じていた。だが、一九五七年の住民投票のころにはハワイ先住民はほぼ周辺に追いやられていた。彼らの総数は北米からの移民やアジア系——特に日系——移民の数に圧倒され、大半は辺鄙な地域の小さな孤立した社会で暮らし、ホノルルの権力の座からは完全に隔絶されていた。彼らは自分たちの先祖代々の土地にいながら、ほとんど選挙における影響力を有していなかった[*39]。

一九五九年八月二一日にハワイは連邦への加盟が認められ、カッツは新たなハワイ州議会下院の第一期目に当選した（彼は最終的に五期つとめた）。一九五九年八月三一日の朝、大きな赤いレイを首に掛けたカッツは、下院の第一回議会が開かれるイオラニ宮殿の正面の壇上に上がった。彼の前の一段低い壇上で、ハワイやタ

＊39　しかし、ハワイ人の主権国家の記憶と主権国家を望む気持ちは、けっして消滅したわけではなかった。一九七〇年代の文化復興運動に始まり、近年ではハワイ人への主権返還を求める声がふたたび高まっている。

ヒチのダンサーたちが太鼓の音に合わせて踊り、ホノルル警察合唱団がハワイの伝統的な歌を歌った。舞台の先の芝生には議員の家族らがバニヤンの木の下に敷物を敷いて座り、花を抱えた女性たちが彼らのあいだを回ってレイを手渡したり、長いポールにティー・リーフやハイビスカスの花を編んで、儀式に用いる古来のハワイの象徴「カヒリ」を作ったりしていた。カッツは、一〇年以上前にカーキ色の軍服姿でその芝生の上に立ち、海外に派遣されるのを待ち望んでいた日を思い出しながら、あたりを見回した。壇上で彼のまわりにいる同僚議員たちは、出身の島々と同じように多様だった。ハワイは主権国家にはほど遠かったが、その政府はようやく、以前よりもその住民をあらわしているように見えた。

カッツは議員の職を終える前に、下院の少数党院内総務にまでなっていた。一九七〇年に議員を退任した彼は州知事ジョン・バーンズからハワイ州家庭裁判所の裁判官に任命され、引退するまで一〇年間在任したのち、ハワイ住宅公社で勤めた。カッツはマウイ高校時代に初めて目指した公職に就きながら、ローラとともに子どもたち——キャロライン・マリコ、アーサー・ケンゴ、セリア・ユキコ、アン・タカコ——を育てあげた。いっぽうでカッツは、ホノルルの第四四二連隊退役軍人クラブの共同設立とその発展のために精力的に活動し、さらに自由時間の多くをハワイでの相撲の普及に注いだ。一九六八年七月にカッツの父親が他界し、アヤノは夫の遺骨を一家の墓地に埋葬するために、広島に戻った。しかし彼女は広島滞在中に、医師の診断によればうっ血性心不全で、子どもたちによれば失意から、この世を去った。二人の遺骨は一緒に埋葬された。

二〇一一年九月一一日、カッツが息を引き取る少し前に、旧友のダニエル・イノウエは病院に彼を訪ねた。カッツは、「パンチボウル」と呼ばれる国立太平洋記念墓地〔パンチボウルは火砕丘の名で、その火口部分に墓地がある」に埋葬された。その墓の近くには今、兄のカツアキ、ヒロ・ヒグチ、マサオ・ヤマダほか、彼の友人や第四四二連隊戦闘団の戦友たちの多くが眠っており、真珠湾が攻撃されたさいに戦死した多数の兵士もそこに埋葬されている。二〇一一年九月二九日、州知事ニール・アバークロンビーは、カッツを追悼してハワイ州全土でアメリカ国旗とハワイ州旗を半旗掲揚するよう命令を発した。ローラ・ミホは今もマノア渓谷のホノルルを見下ろす丘陵にある自宅で暮らし、B砲兵中隊の兵士だった数人とその家族たちとの定期的な昼食会や懇親会に出席している。

フミエ・ミホは一九四七年にハワイに戻った。広島での体験で変わったフミエは、仏教の信仰を捨ててフレンド教会に加わり、クエーカー教徒になった。そして、弟のカツソ（ポール）にならって、イェール大学の神学校に入学した。こうして神学の学位を取得した彼女はその後終生にわたって平和と公正を求める運動に尽力し、折に触れてはアメリカ東海岸の貧困地区や孤児院で働き、マウイ島では牧師として、日本に戻ってからは東京の難民センターの所長として活動した。一九九一年にフミエはふたたびハワイに戻ったが、その後も平和主義や人種平等に関する講演をしながら世界各地を巡った。一九九二年には弟のポールを記念して、イェール神学校にカツソ・ミホ平和貢献奨学金制度を設立した。フミエは二〇一〇年一〇月三一日に亡くなった。

戦後、ヒロ・ヒグチは第四四二連隊に従軍したさいに目の当たりにした残虐さに混乱すると同時に幻滅し、聖職を退くことを真剣に考えた。しかし、一九五〇年までには同僚たちから考え直すよう説得され、オーバーリン・カレッジで神学のさらなる研究に取り組んだのちにカウアイ島に戻り、ワイメアで喜びと新たな信心をもって小さな教会を主宰した。その後も彼は州となったハワイ各地にさらに五つの教会を設立する先頭に立つと同時に、米陸軍予備役の従軍牧師になり、大戦中に牧師として支えてきた若い兵士たちに最後まで献身した。彼は一九八一年一一月一〇日に亡くなった。

マサオ・ヤマダはハワイに戻ると、六カ月のあいだ牧師の職を休職し、民間人の生活への順応に苦労する二世退役軍人の手助けをした。その後、ハワイ島に移り住んでヒロ市の聖十字架教会で牧師を務めたのち、オアフ島のハワイ州立病院に所属し、精神障害を抱える患者のために活動した。ランの花の熱心な愛好家になった彼と妻のアイは、多くの新たな交配種を開発したり、病院の患者に治療の一環としてランの栽培や交配の方法を教えたりした。彼は一九八四年五月七日に亡くなった。

ジョージ・オイエは、フレッドやカッツ、ルディら第四四二連隊の退役軍人の多くと同じく、民間人の生活に適応するのに苦労した。モンタナ州に戻ると、両親は畑で採れた野菜を売って糊口を凌いでいた。日本人名をもつ者には、いまだに仕事を見つけるのは容易でなかった。モンタナ州の各地に野菜を販売しようとしても、大半の買い手は彼と話をしようとさえしなかった。そこで、彼はモンタナ州立大学に再入学した。ちょうどそのころ、悪夢やフラッシュバックが始まった。毎夜、銃剣から逃れようとして叫んだり、砲弾が炸裂したときの戦友たちの叫び声を寝室の夜の闇の中で耳にしたりしては、目が覚めた。勉強には身が入らなかった。何よりも、絶えず耳鳴りがした。第五二二野砲大隊で榴弾砲を扱っていた影響だった。とうとう、四学期制の第二学期の途中で神経症になり、退学せざるを得なくなった。

その後の数年間、彼はアメリカ西部をまわり、しばらくアリゾナのトゥーソンで土地の開墾作業に携わったのちに南カリフォルニアに行った。そこで青年時代の航空学への興味が蘇った。その後ジョージはグレンデールのカリフォルニア航空工科大学を卒業し、同州の成長著しい航空宇宙産業でエンジニアの仕事を探し始めた。いっぽうで、キリスト教徒としての信仰を新たにした。一九五一年に彼はメアリー・トヨダと結婚し、二人の子ども、トムとナンシーをもうけた。ジョージは一九七〇年代に胃癌を克服し、二〇〇六年二月二八日に亡くなったが、それまで毎年のように森や小川の豊かなモンタナに帰っては、狩りや釣りをしたり、旧友たちと再会したりして過ごした。

サス・イトウが一九五二年に結婚したときは、ジョージ・オイエが新郎の付添人になった。サスは戦後しばらくクリーブランドで機械工として働いたが、やがてそういった職種に満足できず、退役軍人援護法（GI法）を活用して大学の生物学科に入学することにした。そこから、彼のキャリアは躍進した。彼は当時のウェスタン・リザーブ大学で生物学と発生学の博士号を取得し、一九五五年にコーネル大学の博士研究員になったのち、一九六〇年にはハーバード大学医学大学院で教鞭を執ることになった。その三〇年後、比較解剖学におけるジェームズ・スティルマン教授の称号を得ていた彼はハーバードを退職した。だが、退職後も二〇一四年までハーバードの研究室で先駆的な研究を続けた。彼は二〇一五年九月二九日に九六歳で亡くなった。サスの母親が息子のために用意して彼が戦地へ携えていった、赤い絹糸で千針が縫われた「千人針（センニンバリ）」は現在、ロサンゼルスの全米日系人博物館に収められている。

ソリー・ガノールの父親はソリーと同じくダッハウからの死の行進を生き延び、第四四二部隊に救出されてまもなく、ヴァーキルヒェンでソリーと再会した。だが母親は一九四四年一二月二五日にシュトゥットホーフの死の収容所で腸チフスのために亡くなっていた。その時、ソリーの姉はかがみこんで、濡れた冷たい布を母親の熱い頭に当てていたという。それはまさに、同じ日に第一〇収容所でソリーの父親が夢で見た光景だった。戦後、ソリーはアメリカ陸軍のために働き、ドイツで市民のあいだに潜んでいるナチ党員の捜索に協力した。

イスラエルが建国されると、ソリーはイスラエルに移り住んでイスラエル国防軍に加わった。その後イスラエルの商船で働いたのちにイギリスのロンドン大学で英文学を学び、イスラエルに戻ってから一九六三年に結婚した。その後の一四年、イスラエルで織物工場を経営しながら、妻のポーラとともに二人の子ども、ダニエルとレオラを育てた。一九七七年からガノール一家はしばらくカリフォルニアのラホヤで暮らし、最終的には一九八四年にイスラエルに戻った。一九九二年の春、第四四二連隊の退役軍人の一行は——そこにはルディ・トキワとジョージ・オイエもいた——ソリーに会いに、歴史家エリック・ソールとともにイスラエルへ向かった。テルアビブのホテルのロビーで彼らに会い、話をするソリーの目に涙が溢れた。退役軍人たちの目にも涙が溢れた。戦争以来初めて、ソリーは声をあげて泣くことができた。

それ以後、ソリーはホロコーストでの体験について各地で講演し、自分の人生を物語った本——*Light One Candle*〔邦訳『命のロウソク——日本人に救われたユダヤ人の手記』大谷堅志郎訳、祥伝社、二〇〇二年〕——を執筆した。一九九四年四月二八日に彼はドイツのヴァーキルヒェンに戻り、一九四五年に自分を救出した二人の二世兵士、クラレンス・マツムラとジョン・ツカノに再会した。その場に集まった人々に向かって、ソリーはこう言った。「収容所からの、そしてドイツ人の仕打ちからの生還者は、己の血なまぐさい過去を記憶しており、それを忘れようという気持ちなどありませんが、われわれはともにあなたがたに友情をもって、次の世代のために手を差し出します（……）アウシュヴィッツ以来、われわれは人間が何をなしうるかを知りました。そして広島以来、われわれは何が問われているかを知りました」

ソリーの妻ポーラは二〇一九年五月に、ソリーは二〇二〇年八月に亡くなった。

現在、毎年トゥーソン郊外のプリズン・キャンプ・ロードにやって来る多くのロッククライマーやキャンパー、ハイカー、バードウォッチャーたちが、一九四三年にゴードン・ヒラバヤシが収監されたカタリナ連邦名誉キャンプを目にすることはもうない。その代わりに、昔の収容所の土台の石のあいまに「ゴードン・ヒラバヤシ・レクリエーショナル・サイト」と書かれた米国林野部の表示板や、第二次世界大戦での日系アメリカ人の物語を紹介する説明板が並んでいるのを目にするだろう。その銘板の一つには、ゴードンの人生における努力を端的に表わす彼の次の言葉が引用されている。「私は常に誇り高く胸を張ることができた。なぜなら、私はただ反対して『ノー』と言ってばかりいたのではなく、優先すべき原則、もっとも高潔な原則には『イエス』と言っていたからだ」

ゴードンは戦後まもなく、連邦労働収容所から釈放された。彼はワシントン大学に戻り、六年間で社会学の学士号、修士号、博士号を取得した。彼が教師として最初に一家で赴いたのはベイルートとカイロだったが、そこでは初めて同僚や学生たちから日系アメリカ人としてではなく単にアメリカ人と見なされたことに驚いた。一九五九年に一家でカナダに移ったゴードンはアルバータ大学で教鞭を執ることになり、最終的には社会学部の教授になった。彼と妻のエスターは双子の娘——マリオンとシャロン——と息子のジェイを育てたが、一九七〇年代に円満に離婚して別々の道を歩むことになった。一九八六年にゴードンは、エドモントンでのクエーカー教徒の集会で出会ったフリーのライターで写真家のスーザン・カーナハンと再婚した。

その翌年、第九巡回区控訴裁判所において、ゴードンの当初の裁判での政府による証拠の隠匿、改竄、破棄を被告側弁護士が立証した結果、彼に対する有罪判決は無効となった。

教師の職を退いたあともずっと、ゴードンは公民権の擁護に向けて発言し続けた。彼は二〇一二年一月二日に、アルバータ州のエドモントンで亡くなった。その一〇時間後に一ブロックしか離れていない病院で、エスター・シュモーもこの世を去った。二〇一二年五月二九日、オバマ大統領は――ホワイトハウスのイースト・ルームで刺繡が施された金色のカーテンの前に立ち、スーザン・カーナハンらゴードンの家族が見守るなか――亡きゴードンに、米国における民間人の最高位の勲章である大統領自由勲章を授与した。オバマ大統領は勲章を贈呈するさいに、ゴードンの言葉を引用した。「国民に合衆国憲法を守るために立ち上がる気持ちがなければ、憲法は紙くず同然である」

謝辞

多くの書籍がそうであるように、本書もまたたくさんの方々の力添えによって世に送り出された。本書の執筆にあたってその方々が私とともにいてくれたことがどれほど幸運だったか、計り知れない。皆様には心から感謝申し上げる。

まず初めに、シアトルのデンショウ（伝承）・プロジェクトのトム・イケダに感謝したい。第二次世界大戦の前と戦時中の日系アメリカ人の体験をより深く理解することがわれわれすべてにとって――特にわれわれの生きているこの時代において――いかに重要かを私が充分に把握するようになったのは、主としてトムとの初期の会話を通してだった。デンショウのウェブサイト上で世界に開示された膨大な量の口述歴史（オーラル・ヒストリー）資料や書簡、新聞、写真、その他の資料の中に闇雲に飛び込んだ私に、トムは非常に貴重な説明や助言をしてくれた。同時に彼は多くの扉を開いて私を多岐にわたる人々に紹介してくれた。次に記すそれらの多くの方々に大変ご助力いただいた。デンショウのスタッフの方々――特にデンショウのすぐれた歴史家ブライアン・ニイヤと業務部長デーナ・ホシデ――にも、彼らが根気強く収集し、整理・公開している資料を活用するうえで私に力を貸してくれたことに感謝申し上げたい。

第四四二連隊の一員で今も元気に「ゴー・フォー・ブローク」の精神を体現しているフレッド・シオサキ〔シオサキは二〇二一年四月一〇日に死去〕、そして私が本書でその人生を記した若き兵士たちの親友や家族の方々——とりわけマイケル・シオサキ、マリコ・ミホ、ジュディ・ニイザワ、ロビン・トキワ——にも大変お世話になった。私と多くの時間をともにし、話をし、書簡や学年アルバムや写真を私に見せ、私を家庭や暮らしに迎え入れ、そして何よりも、愛する人のすばらしい物語を私に委ねていただいたことに、心から感謝申し上げる。私がそれらの物語のすばらしさをいくらかでも伝えられていることを願うばかりである。

ハワイの多くの方々には、いろいろな面でご尽力いただいた。ハワイ大学マノア校のレイラニ・ドーソン、ウォーレンとミチコのコダマ＝ニシモト夫妻、グウェン・フジエ、シャリ・Y・タマシロ、そして卓越した二人の紳士、第五二二野戦砲兵大隊のB砲兵中隊の退役軍人であるフリント・ヨナシロとロイ・フジイの諸氏に、特に御礼申し上げる。

本土では、ジャネットとジムのオオタ夫妻、ディヴィッド・タカミ、ジョン・C・ヒューズ、L・スチュアート・ヒライ、ジェイミー・ヘンリックス、クリステン・ハヤシ、アン・バローズ、ジュディ・ランツ・ウィルマンにお世話になった。そしてキヨミ・ハヤシにはクエーカー教徒に関することのほか、さまざまな面での教示に深く感謝する。

大学関連では、ブラウン大学のエリン・アオヤマ、オレゴン大学のタラ・フィクル、カリフォルニア大学リヴァーサイド校のメガン・アサカに心から感謝の意を表したい。各位には、原稿を丹念に読んでいただき、貴重な意見、提案、訂正の数々を賜った。いつもと同じく、本書になお脱落や誤りがある場合はすべて著者である私の責任である。

出版に関しては、私のエージェントであるドリアン・カーシュマーと編集者のウェンディ・ウルフというタフで心温かく、きわめて才気溢れる二人の女性に、今回もまた、言葉では言いあらわせないほどの感謝を抱いている。今回も、あなたがた二人があなたがたであってくれて本当にありがとうとだけ、言っておこう。ルイーズ・ブレイヴァマン、テレジア・シセルをはじめ、ヴァイキング社のすばらしいチームの方々にも大変お世話になった。ロンドンのヴァイキング社のダニエル・クルーには、本文を精読し、いかにもイギリス人らしい批評をし、そこからすばらしい洞察を導き出してくれたことに深謝したい。

最後に、我が家では今回もまた、娘のエミリーとロビン、そして妻のシャロンという家族からの愛と励ましに恵まれた。今回の道のりでシャロンは、あらゆる段階において私とともにいてくれた。私が家じゅうを大量の本や紙で散らかしてもいつもどおり寛大でいてくれたばかりか、もっと重要なことに、その鋭い洞察力と、物語を紡ぐすばらしい素質を私に貸し与えてくれた。遠く離れたイタリアの古戦場へ行く私に同行し、私が退役軍人にインタビューしているあいだはメモを取り、大学の埃っぽい公文書館で書類を仕分けして目を通す作業に多くの時間を費やし、何箱ものコピーを取り、草稿を次々と巧みに編集し、写真を分類し、貴重な一次資料を——特に従軍牧師のヤマダとヒグチの大量の往復書簡を——注記を付けて整理した。今まで以上に、彼女なしには本は一冊も書けないだろうと思い知った。

訳者あとがき

本書はダニエル・ジェイムズ・ブラウンの *Facing the Mountain: A True Story of Japanese American Heroes in World War II*（Viking, 2021）の翻訳です。ブラウンは、一九三六年のベルリン・オリンピックにボート競技で出場した若者らを描いた *The Boys in the Boat*（Viking, 2013。邦訳は『ヒトラーのオリンピックに挑んだ若者たち』森内薫訳、早川書房、二〇一四年。文庫版［二〇一六年］は『ヒトラーのオリンピックに挑め』に改題）で一躍名を馳せた作家です。累計三〇〇万部を超えるベストセラーになり、映画化もされた同作の次に書かれたのが、第二次世界大戦中の在米日系人をテーマにした本書 *Facing the Mountain* です。二〇二一年五月にアメリカで発売されると、翌週には《ニューヨーク・タイムズ》のベストセラーリストにランク入りし、「人間の精神の最高の価値を肯定する」書籍や映像作品に与えられるクリストファー賞を受賞するなど高い評価を得、映像化の話も出ています。

ブラウンがこの本を書くきっかけになったのは、本書の「序文」にあるように、あるレセプションの席で「デンショウ（Densho）」の当時の事務局長トム・イケダと知り合ったことでしたが、それ以前から彼がこのテーマに興味をもつ土壌は存在していました。ブラウンは、父親が花屋業界で働いていたサンフランシスコのベイエリアで育ちましたが、当時の思い出を次のように語っています（ディスカバー・ニッケイの記事［Esther Newman "Telling the Story to Understand the History", 2022 April 26, URL：https://discovernikkei.org/en/journal/2022/4/26/daniel-james-brown/］より引用。翻訳は森内）

「取引先の多くは日系アメリカ人の花屋や苗木職人だったので、若いころ私には、日系アメリカ人の友人や仲間がたくさんいた。だが、肝心なのは次の点だ。私の父は、とても穏やかで温厚な人物だった。父が怒りをあらわにするところを、ほとんど見たことがない。数少ない例外が、戦時中や戦後に日系人の取引先に何が起きたかを話すときだった。収容所から戻ってきた日系人の多くは、温室が叩き壊され、自分たちが耕作してきた土地が奪われ、事業が破壊されたのを目の当たりにした。それについて語るとき、父ははっきりと怒りに震えていた。それが普段の穏やかさとはあまりにかけ離れていたので、まだ幼かった私にも強い印象を残した」

そして、トム・イケダとの出会いから「デンショウ」の膨大な記録を前にしたブラウンは、いよいよ本書の執筆計画を立てます。その時の思いは次のように語られます。

「私はすぐに理解した。デンショウのアーカイブと、これまでに集められた他のすばらしい資料のあいだには、とんでもない量の情報がある。そして私が書きたいのは、日系アメリカ人の経験の包括的な歴史ではなかった。一つの理由は、日系アメリカ人でもなければ、厳密な意味では歴史家としての訓練を受けてもいない私のような人間がそんな本を書くのは、かなりおこがましく思えたからだ。だがそれ以上に、それは私の仕事ではなかった。私が試みていたのは、歴史のある局面を生き抜いた個人の深い物語を書くことであり、彼らの物語を通じて歴史に光を当てることだった」

歴史の教科書で一九四一年一二月の真珠湾攻撃について学んではいても、ではそのときハワイにどんな人々が住んでいたかについて、私は考えを巡らせたことがありませんでした。当時ハワイの人口の三分の一は日系人で占められており、本書の第一章にあるように真珠湾攻撃の当日、日本兵の操縦する軍用機に日系人が攻撃されるという事態も起きていました。米本土の西海岸に住んでいた日系人はそうした攻撃こそ受けませんでしたが、米国の市民権を持つ日系二世も含めて「敵性外国人」とされ、多数が自宅を追われ、収容所に入れられ、戦況が進めば徴兵され、徴兵を拒むと刑務所に送られました。米国内でもあまり知られていないこうした事実を著者のブラウンは研究書のように概説するのではなく、開戦当時二〇歳前後だった四人の若者に焦点を当て、それぞれの視点に寄り添いながら、戦争によって引き起こされた彼らの——そして家族や友人の——運命の変転を語っていきます。氏の前作にも共通する、膨大な調査やインタビューにもとづく語りの再生のおかげで読者は、主人公それぞれの体験を追いかけながら、個人の人生が戦争によってどのように捻じ曲げられてしまうのか、戦争が終わった後までどのような影響が生じるかを、自分のことのように追体験できるでしょう。そうした「没入的」体験をもたらしてくれるのが読書の醍醐味であり、SNSにあふれる短文が私を含めた多くの人々にとってデフォルトになりつつある今もなお、決して手放してはいけないものではないかと思います。

＊　＊　＊

いろいろな事情があり、本訳書の完成には思いのほか長い時間がかかりましたが、翻訳に着手した数日後に、ロシアによるウクライナ侵攻が起きたのを記憶しています。テレビに映る信じられないような光景を見て、プーチン大統領による「特別軍事作戦」という言葉を聞きながら私は、当時訳したばかりの「政治的な言語は（……）嘘を真実らしく見せるように、そして殺人を尊敬すべきものに見せかけるようにつくられている」という本書の「著者からの言葉」に登場するオーウェルの言葉を思い出していました。そして、本が完成するころにはきっとこの戦争は過去のものになっているだろうと思っていました。しかし本が完成した今、ウクライナ戦争は終わっておらず、加えてイスラエルのガザ侵攻という事態まで起きており、本書の今日的意義は残念ながらと言うべきか、いっこうに薄れていないように感じます。少なくとも私たちの国では戦争を直接に知る人がますます少なくなる今、戦争を語り継ぐ意味は確実に高まっており、本書もその一助になることを願ってやみません。

ブラウン氏の前作に引き続き、本書をご紹介くださった三村純さんには、軍事用語のチェックをはじめ、たいへんお世話になりました。この場を借りて深くお礼申し上げます。

二〇二五年一月

森内　薫

ダニエル・ジェイムズ・ブラウン
遥かなる山に向かって
日系アメリカ人二世たちの第二次世界大戦
森内薫訳

2025 年 2 月 10 日　第 1 刷発行

発行所 株式会社 みすず書房
〒113-0033 東京都文京区本郷 2 丁目 20-7
電話 03-3814-0131（営業） 03-3815-9181（編集）
www.msz.co.jp

本文組版 キャップス
本文印刷・製本所 中央精版印刷
扉・表紙・カバー印刷所 リヒトプランニング
装丁 國枝達也

ISBN 978-4-622-09647-4
［はるかなるやまにむかって］

著者略歴

（Daniel James Brown）

アメリカのノンフィクション作家．サンフランシスコ湾岸地域で育ち，ディアブロ・ヴァレー・カレッジ，カリフォルニア大学バークレー校，同ロサンゼルス校に学ぶ．サンノゼ州立大学，スタンフォード大学でライティングを教えたのち，テクニカルライター＆エディターをへて，専業のノンフィクション作家となる．前著『ヒトラーのオリンピックに挑め（*The Boys in the Boat*）』（Viking, 2013．邦訳早川書房）は発行部数300万部超のミリオンセラーとなり，22か国以上で刊行され，2023年にジョージ・クルーニー監督によって映画化された（「ボーイズ・イン・ザ・ボート——若者たちが託した夢」）．本書（Viking, 2021）も《ニューヨーク・タイムズ》ベストセラーリスト入りし，人間精神の最高の価値を肯定するメディアにおくられる「クリストファー賞」を2022年に受賞している．ほかの著書に *The Indifferent Stars Above*（2009），*Under a Flaming Sky*（2006）がある．シアトル郊外在住．

訳者略歴

森内薫〈もりうち・かおる〉翻訳家．上智大学外国語学部フランス語学科卒業．訳書にブラウン『ヒトラーのオリンピックに挑め』（早川書房，2014/文庫2016），ヴェルメシュ『帰ってきたヒトラー』（2014/文庫2016），『空腹ねずみと満腹ねずみ』（2020），ムーティエ『ドイツ国防軍兵士たちの100通の手紙』（2016），ヘス『レストラン「ドイツ亭」』（2021．以上，河出書房新社），ポムゼルほか『ゲッベルスと私』（石田勇治監修，共訳．紀伊國屋書店，2018），ガロー『格差の起源』（柴田裕之監訳，NHK出版，2022）ほか．

写真クレジット

P. 7, 17, 75, 180：AP 通信

P. 31, 34, 238, 367, 401, 508：カツゴ・ミホの家族の所蔵写真

P. 38, 188：シオサキ家の写真より

P. 52：AP 通信／ Ira W.Guldner

P. 81, 196：トキワ家の写真より、厚意にて

P. 100：MOHAI（歴史産業博物館）：《シアトル・ポスト＝インテリジェンサー》のコレクション，2000.107.098.21.01

P. 104, 121, 122, 149, 285, 322, 354, 411, 423, 443, 454, 535：アメリカ国立公文書記録管理局の厚意にて

P. 109：MOHAI（歴史産業博物館）：《シアトル・ポスト＝インテリジェンサー》のコレクション，1986.5.6680.1

P. 128：ワシントン大学図書館、特別コレクションより。SOC9328

P. 159, 228：アメリカ議会図書館より、厚意にて

P. 220, 246, 378：米陸軍シアトル二世退役軍人委員会のコレクションより。デンショウ・デジタル・リポジトリ所蔵（ddr:densho.org）

P. 257, 389, 402, 450：Critical Past

P. 271：ジョージ・シルク撮影。《ライフ》写真コレクションより（ゲッティ・イメージズ）

P. 287：ドロシア・ラング撮影。アメリカ国立公文書記録管理局の厚意にて

P. 328：全米日系人博物館（ススム・イトウの寄贈。94.306. ITO_08_05）

P. 369：ベットマン撮影（ゲッティ・イメージズ）

P. 445：全米日系人博物館（ススム・イトウの寄贈。94.306. ITO_201）

P. 462：全米日系人博物館（ススム・イトウの寄贈。94.306. ITO_41_07）

P. 527：全米日系人博物館（ジョージ・オイエの寄贈。95.158.48_26r_c）

P. 531：AKG-images/Benno Gantner

P. 533：全米日系人博物館（ジョージ・オイエの寄贈。96.190.44a）

P. 538：全米日系人博物館（ジョージ・オイエの寄贈。96.190.44b）

P. 543：MOHAI（歴史産業博物館）：《シアトル・ポスト＝インテリジェンサー》のコレクション，pi28084

P. 550：Hawaii War Records Depository/U.S.Army Signal Corps

資　料

もっと詳しく知りたい人のために

本書に登場する人々、場所、出来事に関する一連の資料については、ルディ・トキワ、フレッド・シオサキ、ゴードン・ヒラバヤシ、カッツ・ミホへのビデオ・インタビューを含めて、DanielJamesBrown.com の“Beyond the Book”をご参照いただきたい。

デンショウ（伝承）とは

デンショウ（Densho）は1996年に設立された非営利団体で、当初の目的は、第二次世界大戦中に強制収容された日系アメリカ人から聞き取った口述歴史（オーラル・ヒストリー）資料を彼らの家系ごとに記録することだった。やがて、その活動目的は、公平公正をめざす行動の啓発や持続、協力、鼓舞へと発展した。デンショウは、第二次世界大戦中の日系アメリカ人の強制収容に関する一次資料を保存して閲覧可能にするために、デジタル技術を活用している。それらの資料と関連資料は、歴史的に価値あるものとして、さらには民主主義、不寛容、戦争ヒステリー、公民権、そしてグローバル化が進む今日の社会における市民としての責任といった問題の探究の手立てとして、インターネット上に無料で公開されている。「デンショウ（伝承）」は、「次世代に伝えてゆくこと」、すなわち、遺産を残していくことを意味する日本語である。

デンショウの膨大な数の写真や文書、書簡、新聞、ビデオ・インタビューなどの閲覧、あるいは、日系アメリカ人の歴史の保存活動への寄付については、Densho.org にアクセスしていただきたい。なお、本書の売上による著者の収益の一部は、デンショウの活動支援に充当される。

[原書巻頭クレジットより]本文に以下の転載を許可していただいたことに感謝する：ヒロ・ヒグチ牧師とヒサコ・ヒグチ夫人が取り交わした書簡は、ロイス・フクナガの許諾に、サイトウ家の書簡は、全米日系人博物館の厚意による。

原　注

簡潔にするために、頻繁に引用される以下の新聞の表記には次の略語を使用する。《ニューヨーク・タイムズ》は*NYT*、《ロサンゼルス・タイムズ》は*LAT*、《シアトル・タイムズ》は*ST*とする。

頻繁に引用されるインタビューに関しては、インタビューを行った組織、もしくは現在その記録を保持している組織をあらわすために、次の略語を使用する。Densho（デンショウ・アーカイブ。densho.org/archives/ を参照）、GFB（ゴー・フォー・ブローク・ナショナル・エデュケーション・センター・アーカイブ。www.goforbroke.orgを参照）、ホロコースト博物館（アメリカ合衆国ホロコースト記念博物館。www.ushmm.org を参照）。他のインタビューのソースまたは所在は個別に記す。

序　文、著者からの言葉、プロローグ

ルディ・トキワの引用は、2002 年 3 月 24 日に行われた GFB のインタビューより。オーウェルの引用は、1946 年 4 月に文芸雑誌《ホライズン》に初めて掲載された「政治と英語（Politics and the English Language）」より。冒頭の言葉は 2006 年 4 月 26 日と 27 日に行われた Densho によるフレッド・シオサキへのインタビューから引用。

第 1 章

冒頭の言葉は 2001 年 1 月 5 日に Densho がテッド・ツキヤマに行ったインタビューから引用した。この章を含め、本書全体におけるカッツの性格描写は、本人が残したいくつかの口述歴史資料をはじめとする多くの情報源にもとづいているが、とりわけ多くを依拠したのは、2018 年 1 月 19 日に私がマリコ・ミホに行ったインタビューである。1941 年 12 月 7 日のカッツの行動と思考についての詳細は、2002 年 1 月 20 日に行われた GFB のインタビューおよび、1989 年 11 月 16 日にミチ・コダマ＝ニシモトとウォーレン・ニシモト（以下、ニシモト夫妻と表記）がカッツ・ミホに行ったインタビュー、さらにはハワイ二世物語ウェブサイト（Hawai'i Nisei Story website：以下、ハワイ二世物語）に掲載された、編集済みの本人の語りにもとづいている。

オアフ島への日本軍の攻撃に関する詳細は、複数の情報源をもとにしている。それらの中には、Gordon W. Prange, *December 7, 1941: The Day the Japanese Attacked*

Pearl Harbor, with Donald M. Goldstein and Katherine V. Dillon (New York: Open Road Media, 2014), および Steven M. Gillon, *Pearl Harbor: FDR Leads the Nation into War* (New York: Basic Books, 2011) などがある。オパナ移動式レーダー基地での出来事は、国立公園局（National Park Service）の Pearl Harbor のウェブサイトで見つけることができる。カーミット・タイラー中尉の「心配はいらない」という発言は、1991 年 12 月 8 日にジョン・マティーニがタイラーに行ったインタビューで記録されたもので、前記のウェブサイトにも記載がある。2011 年 12 月 5 日にテレビ局 C スパンにおいてマイケル・ウェグナーが行った講演では、カネオヘ湾海軍航空基地への攻撃について、さらに多くの詳細な情報が提供された。「これは演習ではない」という発言は、「ちきしょう！」という発言と同様に、Gillon, *Pearl Harbor* からの引用。「神を称え、武器を遣わせ！」という発言は、Prange, *December 7, 1941* より引用。B-17 の悲惨な到着については、2017 年 12 月 6 日付の《オレンジ・カウンティ・レジスター》の Fred Swegles による記事 "B-17 Pilot Flew Unexpectedly into the Middle of Japanese Attack on Pearl Harbor" に生々しい記録がある。死亡者数は、国立公園局のウェブサイトの「民間人の犠牲者（Civilian Casualties）」に依拠している。日本語学校での悲劇については、ウェイン・ヨシオカが 2016 年 12 月 3 日にハワイの公共ラジオで放送された「真珠湾攻撃 75 周年の物語」という音声作品の中で説明している。その日、複数の海軍艦艇で発生した死傷者の詳細は、Prange, *December 7, 1941* および Gillon, *Pearl Harbor* に記されている。損害の詳細とそれぞれの艦船の対応は、"Proceedings of the Hewitt Inquiry—Congressional Investigation Pearl Harbor Attack: Hewitt Inquiry Exhibit No. 73" より引用。アキジ・ヨシムラの発言は、James M. McCaffrey, *Going for Broke: Japanese American Soldiers in the War Against Nazi Germany* (Norman: University of Oklahoma Press, 2013) より引用。「ちきしょう！」という発言は、ハワイ二世物語のロナルド・オオバの語りから引用。「これはテストではありません！」というくだりは、Lyn Crost, *Honor by Fire: Japanese Americans at War in Europe and the Pacific* (Novato, Calif.: Presidio Press, 1994) およびテレビ局 C スパンで 2011 年 12 月 5 日にテッド・ツキヤマが行った講演から引用した。真珠湾攻撃の日にダニエル・イノウエが考えたことや行ったことについてのさらなる詳細は、Crost, *Honor by Fire* および John Tsukano, *Bridge of Love* (Honolulu: Hawaii Hosts, 1985) を参照。フリント・ヨナシロは私が 2018 年 10 月 20 日にホノルルでインタビューをしたとき、攻撃が行われているあいだの自分の思いや行動について説明してくれた。「こいつはジャップだ！」という発言は、Hawaii Nikkei History Editorial Board, comp., *Japanese Eyes, American Heart: Personal Reflections of Hawaii's World War II Nisei Soldiers* (Honolulu: University of Hawai'i Press, 1998), 51〔邦訳『日本人の目、アメリカ人の心——ハワイ日系米兵の叫び　第二次世界大戦・私たちは何と戦ったのか』荒了寛編著、大川紀男訳、開拓社、2017 年〕から引用。「戦争、戦争！　コーヒー、コーヒー！」という発言は、ハワイ二世物語によるタケジロウ・ヒガのインタ

ビューから引用。「おい、下で何が起きているんだ？」という発言は、1989年11月16日のニシモト夫妻のインタビューや、ハワイ二世物語におけるカッツの語りから引用。その朝のハワイ大学での光景をテッド・ツキヤマは、1987年12月21日に記録されたホロコースト博物館の口述歴史資料の中で説明している。

第2章

冒頭の言葉はフミエ・ミホの未発表の回顧録より引用。カッツ・ミホはマウイの幼年時代について、ニシモト夫妻とのインタビューおよび、1989年6月21日に記録されたホロコースト博物館の口述歴史資料、およびハワイ二世物語の語りの中で説明している。2018年1月19日に私がマリコ・ミホに行ったインタビューおよび、フミエ・ミホの回顧録からさらに詳細な情報が追加された。20世紀初頭のカフルイの町のようすに関する多くの情報は、ハワイ大学の無記名の学生がクラス課題のために作成したきわめて詳細な地図と、筆者自身が今日の町を探索した観察結果から得られた。この詳細な地図は現在、ハワイ大学マノア校ハミルトン図書館の特別コレクションに収められている。マウイ島の社会構造に関しては、1989年11月16日にニシモト夫妻がカツロウ・ミホに行ったインタビューのほか、フミエの未発表の回顧録や、私がマリコ・ミホに行った前述のインタビューから情報を収集した。マウイ島の社会的階層化と島の白人住民の生活様式に関する追加の情報は、一部には Irma Gerner Burns, *Maui's Mittee and the General* (Honolulu: Ku Pa'a, 1991) や Tom Coffman, *The Island Edge of America: A Political History of Hawai'i* (Honolulu: University of Hawai'i Press, 2003) から収集した。そのほかに、1937年6月2日に当時ハワイ大学に在学していたカツソ・「ポール」・ミホが執筆した学術論文 “An Ecological Dissertation of My Little Community” および、およそ1929年から1941年の《ザ・マウイ・ニュース》の多くの記事を通読したことも役に立った。

ハワイの住民の民族構成に関する統計は、Coffman, *Island Edge of America*, 41 を参照した。「日の照りつけるサトウキビ畑に行けと言われたら」の発言は1921年8月13日にウォルター・ディリンガム上院議員が行ったもので、“Hearings Before the Committee on Immigration”, U.S. Senate, on S.J. 82 (Washington, D.C.: Government Printing Office, 1921) に記載がある。マウイ島における子どもたちの暮らしと、同地のカウンティ・フェアについての詳細な情報は、2018年6月29日に私がジャネット・オオタとジム・オオタに行ったインタビューと、《ザ・マウイ・ニュース》の当時の記事を読んだことから得られた。マウイ高校での学生生活についての私の理解は、カッツ・ミホの卒業アルバムや Jill Engledow, *The Spirit Lives On: A History of Old Maui High at Hamakaupoko* (2007) を熟読することでさらに深まった。

第3章

冒頭のローラ・ミホの言葉は、ハワイ日本文化センターのために制作された映画 *Voices Behind Barbed Wire* (written, directed, and edited by Ryan Kawamoto, executive producer Carole Hayashino) におさめられた本人の発言である。当時4,500万台のラジオがあったという数字は、Gillon, *Pearl Harbor*, 66による。ヒルヤードの生活についての描写は、2016年4月10日と7月2日に私がフレッド・シオサキに行ったインタビューや、2006年4月26日と27日にDenshoが行ったインタビューのほか、John C. Hughes, "Fred Shiosaki: The Rescue of the Lost Battalion" (Legacy Washington, Office of Secretary of State, Olympia, Wash., 2015) および2008年12月11日付の《スポケーン・スポークスマン＝レビュー》に掲載されたStefanie Pettitによる記事 "Hillyard Laundry Building Has Colorful Past" をもとにしている。その日のフレッドの個人的な経験についての描写は主に、私が2016年に彼に行った前述のインタビューやDenshoによるインタビュー、さらには前述のJohn C. Hughesの著作をもとにした。「日本軍がハワイの真珠湾を空襲」というジョン・チャールズ・デイリーの有名なラジオ放送の興味深い背景については、1999年12月7日に録音された米公共ラジオNPRのニュース番組 *All Things Considered* を参照されたい。番組の中でベテランの放送記者ロバート・トラウトは、真珠湾攻撃の日の朝、CBSニュース内で事態がどのように進んだかについての現場の証言を紹介している。

フミエ・ミホのマウイ島での幼年時代、日本での生活、そして1941年12月8日の経験については、本人による未発表の回顧録や2000年にミチ・コダマ＝ニシモトが行ったインタビュー、そして1992年のホノルル・フレンズ・ミーティングのさいに本人が行った講演の録音、そして2018年に私がマリコ・ミホに行ったインタビューをもとにした。追加の詳細は、1947年4月13日付の《ホノルル・アドバタイザー》に掲載されたElaine Foggによる記事 "Honolulu Is Home, Sweet Home, After Hiroshima" をもとにしている。真珠湾攻撃のニュースに対する町の人々のさまざまな反応はすべて、Time-Life Bureau, *War Comes to the U.S.—Dec. 7, 1941: The First 30 Hours as Reported from the U.S. and Abroad* (Norwalk, Conn.: Easton Press, 2014) を参照した。

ホノルルでの戒厳令施行にまつわる詳細は、Gillon, *Pearl Harbor* およびGail Honda, ed., *Family Torn Apart: The Internment Story of the Otokichi Muin Ozaki Family* (Honolulu: Japanese Cultural Center of Hawai'i, 2012) より。その夜のホノルルの雰囲気に関するその他の詳細は、Tamotsu Shibutani, *The Derelicts of Company K: A Sociological Study of Demoralization* (Berkeley: University of California Press, 1978)、1941年12月10日付の《オークランド・トリビューン》の記事 "Blacked Out Liner Wins Race with War"、および1941年12月8日付の《ホノルル・スター＝ブレティン》

の全般的な記事を参考にした。カッツの個人的な経験はハワイ二世物語における彼の語りやニシモト夫妻のインタビュー、2002年のGFBによるインタビューをもとにしている。「恥になることは決してするな」というカツイチ・ミホの言葉は、1989年11月16日にニシモト夫妻がカツロウ・ミホに行ったインタビューから引用した。

「すべての日本国籍保持者および非保持者」というフランクリン・ローズヴェルト大統領の発言は、Densho百科事典の“Custodial Detention/A-B-C-List”の記事の中や、私がここに示した多くの歴史的情報の中に見つけることができる。さらに多くの歴史的背景は、同じくDensho百科事典の“German and Italian Detainees”の項目に認められる。日系一世の男性が連行された件についての描写は、次の文献を参考にした。Time-Life Bureau, *War Comes to the U.S.*、Richard Reeves, *Infamy: The Shocking Story of the Japanese American Internment in World War II* (New York: Henry Holt, 2015), 12〔邦訳『アメリカの汚名――第二次世界大戦下の日系人強制収容所』園部哲訳、白水社、2017年〕、Franklin Odo, *No Sword to Bury: Japanese Americans in Hawai'i During World War II* (Philadelphia: Temple University Press, 2004), 112、Denshoがスミ・オカモトに2006年4月26日に行ったインタビュー、Thelma Chang, *I Can Never Forget: Men of the 100th/ 442nd* (Honolulu: Sigi Productions, 1991), 84。

第4章

冒頭の言葉は、Honda, *Family Torn Apart*, 45のラジオ台本からの抜粋。真珠湾攻撃後の数日間、フレッド・シオサキの身辺に起きたことの描写は、2016年に私が彼に行ったインタビューやHughesの著作およびDenshoのインタビューにもとづいている。「戦争被害甚大」という見出しは1941年12月8日付の《スポケーン・スポークスマン＝レビュー》より。「カイ、これを見ろよ！」という発言はDenshoがフレッドに行ったインタビューからの抜粋。その日のキサブロウ・シオサキの以降の発言も、引用元は先と同じ。

19世紀後半の日本の描写は、大部分を次の文献から引用した。Yuji Ichioka, *The Issei: The World of the First Generation Japanese Immigrants, 1885–1924* (New York: Free Press, 1988), 42–45〔邦訳『一世――黎明期アメリカ移民の物語り』富田虎男・条井輝子・篠田左多江訳、刀水書房、1992年〕, Donald Y. Yamasaki, *Issei, Nisei, Sansei: Three Generations of Camp Life Pu'unene, Maui, Hawaii* (Kahului, Hawai'i: D&S, 2013), 42。カナダにおける鉄道労働者の労働条件の詳細は、ブリティッシュ・コロンビア大学図書館のウェブサイトに掲載された短い記事、“The Chinese Experience in British Columbia: 1850–1950”を参照した。ダヴェンポート・ホテルの内装の描写は、宣伝パンフレットに掲載された当時の写真をもとにした。キサブロウ・シオサキのワシントン州における初期の生活については、私がフレッド・シオ

サキに行ったインタビューやHughesの著作、Denshoがフレッドに行ったインタビュー、さらには2019年1月13日付の《ノスタルジア》の記事、Blanche Shiosaki Okamoto, "Promising New Future: Memories of Tori and Kisaburo Shiosaki" をもとに基本的な語りを構成した。

酒巻少尉が捕虜になったことについては、Gary Coover, ed. *I Attacked Pearl Harbor* (Honolulu: Rollston Press, 2019)における本人の記述を参照されたい〔日本語版『酒巻和男の手記――真珠湾奇襲攻撃　捕虜第一号　増補　復刻合本改訂版』青木弘亘編集、田辺健二校訂、イシダ測機プリント事業部、2021年〕。カッツは準州警備隊のためにパトロールをした最初の夜のことについて、ハワイ二世物語の語りの中で説明している。カツイチ・ミホとアヤノ・ミホの日本およびハワイにおける幼年時代については、主として私がマリコ・ミホに行ったインタビューから情報を得たが、そのほかに、ニシモト夫妻がカッツ・ミホとカツロウ・ミホの両者に行ったインタビューからも重要な追加の詳細が得られた。カツイチが逮捕され、サンド・アイランドに拘留されたことは、2002年にGFBがカッツに行ったインタビューに記録されており、さらに、私がマリコ・ミホに行ったインタビューからも多くの追加情報が得られた。サンド・アイランド抑留センターの状況については、Honda, *Family Torn Apart* に記載があった。

戦艦レパルスとプリンス・オブ・ウェールズの沈没に関する詳細な説明は、Gabe Christy,"The WW2 Sinking of Two Mighty War Ships" (the War History Online website) を参照されたい。マウイ島への潜水艦〔正しくは特殊潜航艇〕攻撃については、2016年12月7日付の《マウイ・ニュース》に掲載されたColeen Uechiによる"Remembering Pearl Harbor: We Were Scared" を参照。人種差別的な兆候やコメント、漫画などは、同時代の写真やReeves, *Infamy*, 19–21〔『アメリカの汚名』〕をはじめとする多くの情報源をもとにした。「毒蛇は、たとえどこで卵から孵ろうと」という引用を含む*LAT*の社説は、国立公園局のオンライン記事"A Brief History of Japanese American Relocation During World War II" に掲載されている。「日本人を残らず」の引用はHughesの著作より。「これは人種戦争だ」のくだりはジェド・ジョンソンとチェイス・クラークの発言とともに、Reeves, *Infamy*〔『アメリカの汚名』〕から引用。島嶼における戒厳令施行については、Densho百科事典の"Martial Law in Hawaii" に詳しい記述がある。「これらの人々はわれわれの敵だ」という言葉は、Reeves, *Infamy*, 19〔『アメリカの汚名』〕からの引用。真珠湾攻撃後の日系アメリカ人の生活に戒厳令の制限が及ぼした影響については、Bill Hosokawa, *Nisei: The Quiet Americans* (Boulder: University Press of Colorado, 2002)〔邦訳『二世――このおとなしいアメリカ人』井上勇訳、時事通信社、1971年〕を参照。フレッド・シオサキはDenshoによるインタビューの中で、「人が群れているところには行くな」という父親の言葉を引用している。

カッツ・ミホは、ニシモト夫妻によるインタビューとハワイ二世物語における語りの中で、準州警備隊に参加した誇りについて話している。カッツの娘の

マリコに私がインタビューしたときも、マリコはそのことをしきりに語った。警備隊の歴史については、Densho 百科事典の "Hawaii Territorial Guide" の中で詳説されている。カッツは 1989 年 6 月 21 日のニシモト夫妻によるインタビューおよびホロコースト博物館のインタビューの中で、準州警備隊から除隊された夜について詳しく語っている。「爆弾が爆発したとしても」というテッド・ツキヤマの言葉は、Odo, *No Sword to Bury*, 128 から引用した。

第 5 章

冒頭の言葉は 2009 年 12 月 14 日にニシモト夫妻がリリー・ユリコ・ハタナカに行った口述歴史資料のインタビューから引用。ルディ・トキワは 1941 年 12 月 7 日の行動と思考について、Densho による 1998 年のインタビューの中で語っている。他の詳細の多くは、ルディのパートナーであるジュディ・ニイザワに 2017 年 3 月 17 日に私が行ったインタビューおよびジュディが 1995 年 12 月 30 日にルディの姉であるフミ・トキワ・フタマセに行ったインタビューをもとにしている。ルディの日本での生活の詳細については、前述の三つの情報源をもとにした。戦前の日本の生活の詳細については、Eri Hotta, *Japan 1941: Countdown to Infamy* (New York: Vintage, 2013)〔日本語版『1941 決意なき開戦――現代日本の起源』堀田江理著、人文書院、2016 年〕および Winston Groom, *1942: The Year That Tried Men's Souls* (New York: Grove Press, 2018) を参照した。デューク・トキワがアメフトチームでクォーターバックをつとめていたことは、1942 年のサリーナス高校の卒業アルバムによって確認されている。人形やその他の貴重な品々が燃やされたことについてのさらなる情報は、ダンカン・ルーケン・ウィリアムズの感動的な作品 "Thus Have I Heard: An American Sutra," *Tricycle: The Buddhist Review* (Spring 2019) を参照。「こいつらは汚ねえジャップだ」という言葉とその後のやりとりは、一部は Densho がルディに行ったインタビューからの、別の一部は 2001 年 6 月 3 日に GFB が行ったインタビューからの引用である。ルディがトキワ家で FBI と遭遇した描写は、前述の二つの情報源とジュディ・ニイザワに私が行ったインタビューにもとづいている。サリーナス渓谷に住む日系アメリカ人に課せられた制限については、Sandy Lydon, *The Japanese in the Monterey Bay Region: A Brief History* (Capitola, Calif.: Capitola Book Company, 1997), 100–101 およびジュディ・ニイザワがフミ・トキワ・フタマセに行ったインタビューを参照した。

戦時中のマウイの各種軍事施設の詳細は、国立海洋保護区（National Marine Sanctuaries）のウェブサイトの "The History of Maui During the War" の中に見つかる。カッツがプウネネ海軍飛行場で働いていたときの話は、ニシモト夫妻によるインタビュー、ハワイ二世物語での本人の語り、および私がマリコに行ったインタビューをもとにしている。フレッド・シオサキと両親が FBI に受けた仕

打ちについては、Denshoによるインタビュー、私が行ったインタビュー、およびHughesの著作にもとづいて描写をした。サリーナスの仏教の寺から鐘が撤去されたという言及は、Lydon, *Japanese in the Monterey Bay Region*, 99に見つかる。「最強の第五列」というフランク・ノックスのコメントは、2001年9月30日付の*LAT*に掲載された"Remember Pearl Harbor and Learn"という記事をはじめ、さまざまな文献に見つかる。ジョン・ランキンの「すべての日本人を捕まえ」という言葉は1941年12月15日の議事録から引用。大統領令を巡るやりとりについては、Densho百科事典の"Executive Order 9066"および"Franklin Roosevelt"の項を参照。1942年2月12日付で発表されたウォルター・リップマンの「日本による戦争が勃発して以来」という驚くべき文章は、全国配信された彼のコラム"Today and Tomorrow: The Fifth Column on the West Coast"に掲載された。ペグラーの「カリフォルニアに住む日本人は」という発言は、*LAT*のペグラーのコラム"Fair Enough"に掲載され、1942年2月16日にも紙面に載った。大統領令9066号が「陸軍長官もしくは軍司令官らに『すべての人間を排除できる』地域の指定を許可した」という文章は、マリスト・カレッジ（Marist College）のオンライン・アーカイブで見つけることができる。日系一世と二世の排除に関する全米世論調査センターのデータは、Shibutani, *The Derelicts of Company K*, 50に掲載されている。日系人の排除と大統領令に対してエレノア・ローズヴェルトが抱いた感情は、Densho百科事典の"Eleanor Roosevelt"の項に記載がある。戦時転住局（WRA）の活動の詳細については、David A. Takami, *Divided Destiny: A History of Japanese Americans in Seattle* (Seattle: University of Washington Press, 1998) を参照。「おい、てめえらジャップども！」の発言はReeves, *Infamy*, 70〔『アメリカの汚名』〕より引用。

第6章

冒頭の言葉はLouis Fiset, ed., *Imprisoned Apart: The World War II Correspondence of an Issei Couple* (Seattle: University of Washington Press, 1997) より。ジスケとフサのトキワ夫妻の置かれた状況と心情は主に、私がジュディ・ニイザワに行ったインタビューをもとにした。ロックスプリングスでの暴動の詳細の多くは、"To This We Dissented: The Rock Springs Riot" (the History Matters website) および1885年9月8日付の*NYT*に掲載された"The Wyoming Massacre"から引用。《サンフランシスコ・クロニクル》の見出しは、Hosokawa, *Nisei*, 82–83〔『二世』〕に転載されている。「彼らは疲れ知らずに働く」というフェランのひねくれたコメントは、"Statement of Hon. James D. Phelan of California Before the Committee on Immigration and Naturalization, House of Representatives, Friday, June 20, 1919" (Washington, D.C.: Government Printing Office, 1920) に見つかる。ポッジ兄弟に関する情報の一部は1940年の連邦国勢調査から得られた。トキワ家との関係やトキ

ワ家が農場を去る前に交わされた会話は、Denshoによるルディへのインタビューや、ジュディ・ニイザワがフミ・トキワ・フタマセに1995年に行ったインタビューや、私がジュディに行ったインタビューをもとにしている。ポッジ兄弟の今日の農場の情報は、Dunn & Bradstreet business profile onlineから引用した。ルディは2001年のGFBのインタビューで、一家がサリーナス集合センターに移ったときのことを話している。その日とサリーナスでの最初の日々についての追加の詳細は、私がジュディ・ニイザワに行ったインタビューや、ジュディがフミ・トキワ・フタマセに行ったインタビュー、2014年9月10日にDenshoがマリオン・I・マサダに行ったインタビュー、そして2008年7月28日にDenshoがチヨコ・ヤギに行ったインタビューにもとづく。収容所の物理的状況の詳細の一部は、Jeffery F. Burton et al., *Confinement and Ethnicity: An Overview of World War II Japanese American Relocation Sites* (Tucson, Ariz.: Western Archeological and Conservation Center, 1999), 368から引用した。

ここでの「ジャップ・キャンプ」への言及は1942年5月13日付の*ST*からの引用だが、この言葉は戦時中、他の新聞でも使用されていた。サンタ・アニタのさらなる詳細については、Densho百科事典の"Santa Anita (Detention Facility)"の項を参照。ジョージ・オイエは2002年3月24日のGFBのインタビューで、サンタ・アニタにおける姉の経験について説明している。キャンプ・ハーモニーについての本書の描写は部分的には、Takami, *Divided Destiny*, 52および1998年3月15日にDenshoがルイーズ・カシノに行ったインタビューをもとにしている。一世の被拘留者が米艦グラントおよび他の艦船で本土へ移送された件、そして彼らがフォート・シルに到着したさいの経験は、Honda, *Family Torn Apart* にかなり詳しく記録されている。オオシマ氏の殺害とその後の出来事は、1950年6月3日に放送されたオトキチ・オザキのラジオ台本に関連情報がある。Otokichi Ozaki Collection at the Japanese Cultural Center of Hawai'i in Honolulu, box 4, folder 13, item Aを参照。「われわれは生きる屍になってしまうだろう」という言葉は、Honda, *Family Torn Apart*, 66より引用。

第7章

冒頭の言葉は、Gordon Hirabayashi, *A Principled Stand: The Story of Hirabayashi v. United States* (Seattle: University of Washington Press, 2013), 127より引用。ゴードンの描写および、彼が夜間外出禁止令を破ろうと決意した晩の描写は、以下の三つの情報源をもとにした。1999年4月から2000年5月までの間にDenshoがヒラバヤシに行った一連のインタビュー、1990年にロイス・ホーンが行ったインタビュー、そしてヒラバヤシ本人が著した*A Principled Stand*である。フレッド・シオサキはヒルヤード・ランドリーの戦後の状況と、父とシンプソンとのやりとりについて、私とのインタビューおよびDenshoとのインタビューで語ってい

る。ジュディ・ニイザワはサリーナス集合センターでのルディの初期の経験を私に話してくれた。その他の詳細と、「ああ、ルディはジャップの一味だ」という言葉は、2001年にGFBがルディに行ったインタビューからの引用であり、「いいとも、教えてやろう」という発言も同様である。ゴードンは、人々の強制移住の準備を手伝ったことを、Denshoによるインタビューや*A Principled Stand*の中で語っている。ゴードンの母親の「今回は主義を横に置いて」という発言と、その後の親子の話し合いは、Hirabayashi, *A Principled Stand*, 61–62から引用。ゴードンの「なぜ私は退避登録を拒否したか」という声明文は、1942年5月13日付の単独の文書であり、ワシントン大学図書館の特別コレクションで見つけることができる。彼とFBIとのやりとりは、私が本書で言及したものも含め、Hirabayashi, *A Principled Stand*, 67–68およびホーンのインタビュー、Denshoがゴードンに行ったインタビュー、1971年にドロレス・ゴトウがアーサー・バーネットに行ったインタビューでそれぞれ語られている。ドロレス・ゴトウのインタビューはワシントン大学のデジタル・コレクションで閲覧可能。

第8章

冒頭の言葉はReeves, *Infamy*, 107–8〔『アメリカの汚名』〕からの引用。このときは、二人目の兵士が最初の兵士を怒鳴りつけ、トクシゲ夫人が赤子を連れてバスから降りるのを手伝ったが、この事件は当局がいかに気まぐれに、悪意をもって被収容者を扱うことができたかを、そして実際にそういう扱いをしたかを示している。

シアトルの金屑の山については、1942年10月20日付の*ST*に掲載された "Seattle's 'Scrap Mountains' Landmarks for Sightseers" に長い記述がある。その他の金属回収の取り組みは、1942年7月4日付の*LAT*および1942年10月20日付の*LAT*に掲載された "Scrap Brigade Scrapped All but 35 Piles" という記事で述べられている。入隊した野球選手の名前は、James C. Roberts, the American Veterans Center websiteより。別の一部はGroom, *1942*より引用。

ルディのポストン到着時の描写は主に、1998年にDenshoが行ったインタビューと2001年にGFBが行ったインタビュー、ジュディ・ニイザワがフミ・トキワ・フタマセに行ったインタビュー、そして私がジュディに行ったインタビューをもとにしているが、キャンプの状況についての詳細は、その夏ポストンに到着したさまざまな人の口述歴史資料も参考にした。コロラドインディアン保留地とそこを故郷と呼ぶ人々についての詳細は、Jay Cravath, "History of the Colorado River Indian Tribes"(the Poston Preservation website)を参照。ポストンの成り立ちに関するさらなる詳細は、Burton et al., *Confinement and Ethnicity*, 215–16およびDensho百科事典の "Poston" の項を参照。「袋に麦藁を詰めて」という言葉は、1998年にDenshoがルディに行ったインタビューによる。「ルディ、ここで

料理をしてもらえないか？」というやりとりやその後の会話も、同じインタビューから引用。ルディがポストンで年長者を喜ばせようと決意したことについては、ジュディ・ニイザワが私に語ってくれた。

ゴードンはキング・カウンティ刑務所での最初の数日について、Hirabayashi, *A Principled Stand*, 79–81に記している。刑務所にいる間に彼が書いた1942年6月22日から10月12日までの日付の日記からも、この拘留時期についての多くの情報が引き出された。この日記はワシントン大学図書館の特別コレクションに収められている。ゴードンは、獄中の「監房長」としての経験を、1999年12月にDenshoが行ったインタビューおよびHirabayashi, *A Principled Stand*の中で語っている。1942年7月4日に出された声明文のテキストは、ゴードンの日記からの直接の引用。ゴードンの両親がトゥーリーレイクに到着したこと、母親がそこで受けた挨拶、そして母親がゴードンのために祈ったことも、彼の日記のほかに1999年12月にDenshoが行ったインタビューやHirabayashi, *A Principled Stand*, 114に記されている。

1942年の夏がカッツにとって満たされないものであったことは、ニシモト夫妻によるインタビューやハワイ二世物語におけるカッツの語り、そして私がマリコ・ミホに行ったインタビューにもとづいている。その夏のフレッド・シオサキの生活と入隊を拒否されたことについては、Hughesの著作、私がフレッドに行ったインタビュー、Denshoが彼に行ったインタビューから引用した。キャンプ内で働く人々の賃金表は、Densho百科事典のGreg Robinson, “War Relocation Center”の項を参照。ルディはポストンでコックとして過ごしたことについて、DenshoのインタビューとGFBのインタビューの両方で語っている。追加の詳細は、私がジュディ・ニイザワに行ったインタビューをもとにした。ポストンにおける即席のレクリエーション施設に関する情報の一部は、2008年7月29日にDenshoがトム・ミネに行ったインタビューと、Densho百科事典のThomas Y. Fujita-Rony, “Poston”の項を参考にした。「マック、命が惜しけりゃ」という言葉は、Denshoがルディに行ったインタビューをもとにした。ハリー・マドコロと彼の母親に関する伝記的情報は、1945年3月2日付の《サン・ベルナルディーノ・カウンティ・サン》および2019年7月12日付の《パシフィック・シチズン》に掲載されたMas Hashimotoによる“Onward”、および1944年9月7日付の《ポストン・クロニクル》にもとづいている。ジュディ・ニイザワはまた、ハリーがルディに与えた影響について、私とのインタビューで長く語った。

ゴードンは、両親が自分のいるキング・カウンティ刑務所に到着したときのことを、Hirabayashi, *A Principled Stand*, 120–21および1990年にロイス・ホーンが行ったインタビューの中で語っている。「本件は明快である」という言葉は、前述した彼の刑務所日記からの引用。ゴードンの裁判の開始については1942年10月20日付の《シアトル・スター》に掲載された“Hirabayashi Trial Opens”に記載されている。ゴードンはその件について、ロイス・ホーンとのインタビューや

1999年12月にDenshoが行ったインタビュー、さらにはHirabayashi, *A Principled Stand*, 124-25で述べている。法廷での会話は、前記の三つの情報源をもとにしている。ブラック判事の所見は、"46 F. Supp. 657 (1942) United States v. Gordon Hirabayashi, No.45738 U.S. District Court W.D. Washington N.D. September 15, 1942" (the Justia website) で見つけられる。

第9章

冒頭の言葉はFiset, *Imprisoned Apart*より引用。1942年のクリスマスの詳細の一部は、2017年12月25日付の《カルフーン・タイムズ》に掲載されたDonnie Hudgensによる "World War II Diary: Remembering Christmas, 1942 … 75 Years Later" を参照した。ポストン収容所でのクリスマスの描写は主に、1942年12月24日付の《ポストン・クロニクル》に掲載された "7,000 Children in Yuletide Remembrances" および1942年12月27日付の《ポストン・クロニクル》に掲載された "'Twas the Night Before Christmas" を参考にした。アウシュヴィッツのクリスマスにおける親衛隊員たちの残虐なふるまいは、アウシュヴィッツ＝ビルケナウ記念博物館のウェブサイトの "Christmas Eve in Auschwitz as Recalled by Polish Prisoners," Dec. 22, 2005にもとづいている。日系アメリカ人だけで構成される戦闘部隊創設に関連する政府のメモの多くは、現在は機密解除され、国立公文書館から復刻されており、ハワイ大学ハミルトン図書館の特別コレクションとして収蔵されているほか、テッド・ツキヤマ文書（Ted Tsukiyama Papers）のbox 9, folder 9でも見つかる。「アメリカ人とは」という言葉はローズヴェルト大統領が1943年2月1日にスティムソン陸軍長官に宛てたメモからの引用で、前述のツキヤマ文書にもその写しが掲載されている。

カツアキ・ミホの将来についての思索「どんな男も生涯に一度」の文章は、彼の日記からの引用で、その写しはマリコ・ミホから私に提供された。カッツは兄との徹夜の議論について、ハワイ二世物語の語りの中で説明している。カッツはそれをマリコにも語っており、マリコがさらなる詳細を私に教えてくれた。二世男子の入隊ラッシュについてはCoffman, *Island Edge of America*およびCrost, *Honor by Fire*をもとにしており、1万人の入隊志願者がいたことがそこからわかる。ただし、1万人が全員入隊できたわけではなかった。

ポストン収容所の年長者についての描写は、一部はジュディ・ニイザワと私との会話を、別の一部はPaul Okimoto, *Oh! Poston, Why Don't You Cry for Me?* (Xlibris, 2011) を参考にした。ルディの密輸入者としての経験は主に、1998年にDenshoが行ったインタビューから引用した。ボルトン中尉のポストン訪問の記録は、1943年2月9日付の《ポストン・クロニクル》からの引用。メスキートの木陰での会合とその後のトキワ家内の会話は、2001年にGFBがルディに行ったインタビューと1998年にDenshoが行ったインタビュー語られている。ジュ

ディ・ニイザワは私が行ったインタビューの中で、この会合についての、とりわけルディの意思決定においてハリー・マドコロとロイド・オノエが果たした役割についての、追加の情報を提供してくれた。

Densho百科事典のCherstin M. Lyon, “Loyalty Questionnaire” の中には、忠誠登録と、とりわけ質問27と28に関する詳細が記載されている。93.7パーセントという数字は、全米日系人博物館（Japanese American National Museum）のウェブサイトから引用。「ノー」と答えた人、および回答しなかった人については、Densho百科事典の Brian Niiya, “No-No Boys” の項が情報豊かで役に立つ。

ゴードン・ヒラバヤシは拘置所での食事や保釈金による釈放について、また、フロイド・シュモーに会うためにスポケーンに向かったことについて、1981年2月10日のロジャー・ダニエルズとのインタビューで説明している。このインタビューはワシントン大学の特別コレクションに収蔵されている。エスター・シュモーの描写は当時の写真から、さらには1944年8月13日付の《ニューヨーク・デイリー・ニュース》に掲載された “'I Love Him,' Says Bride of Japanese American” や “Hirabayashi 'Bowled Over' as Wife Has Twins” および日付不明の新聞の切り抜きや、全加日系人協会のウェブサイトで公開された Jay Hirabayashi, “Remembering Gordon and Esther Hirabayashi” をもとにした。ゴードンはまた、2000年2月17日の Densho のインタビューの中で、エスターとの関係について詳しく述べている。

フレッド・シオサキは2016年の私とのインタビューおよび2006年の Densho のインタビューの中で、ゴンザガ大学での日々と入隊の決意について話をした。John Hughes のすばらしい著作からさらなる詳細な情報を引き出すことができた。

イオラニ宮殿での送別式典に関する描写の多くは、1943年3月29日付の《ホノルル・スター＝ブレティン》の “2,600 New U.S. Soldiers Get Public Aloha” という記事および、その日に撮影された写真を参考にした。「良い兵士になれ」という言葉は、ハワイ二世物語に掲載されたスタン・アキタの語りから引用したが、彼の父親の言葉とよく似た話は、他の多くの二世兵士が別れ際に父親から受け取った言葉としてたびたび登場する。カッツは港への行進とラーライン号の出航について、ハワイ二世物語の語りで説明している。ほかにも同様の記述が、Chang, *I Can Never Forget* に見つかる。「僕らはあのとき、兵士ではなかった」という言葉は、1998年6月30日に Densho がダニエル・イノウエに行ったインタビューから引用。ラーラインの状態についての描写の一部は、ハワイ二世物語のハーバード・イソナガの語りを参照した。戦況についての概要は部分的には、Rick Atkinson, *The Day of Battle: The War in Sicily and Italy, 1943–1944* (New York: Henry Holt, 2007), 5–6 を参照した。アウシュヴィッツ＝ビルケナウの悲惨な統計は、2020年1月27日に《タイムズ・オブ・イスラエル》のウェブサイトに掲載された “Timeline: The History of Auschwitz-Birkenau” を参照した。

カッツはハワイ二世物語の語りの中で、ホノルルからサンフランシスコへの航海について説明している。追加の詳細は、1998年のDenshoがダニエル・イノウエに行ったインタビューやChang, *I Can Never Forget*, 53および2004年4月17日にGFBがトーマス・タナカに行ったインタビューを参考にした。シェルビーへの列車の旅についての描写のいくつかは、Chang, *I Can Never Forget* およびニシモト夫妻がホワイティ・ヤマモトに行ったインタビュー、そしてハワイ二世物語での彼の語りの中に登場する。1998年のDenshoのインタビューの中でダニエル・イノウエは、ミシシッピーに行くことについて一部の人々が抱いた緊張感を語っている。

フレッドのスポケーンでの最後の日々と出発についての描写は、2017年に私が行ったインタビューとDenshoが行ったインタビューにもとづいている。フレッドの兄のロイの入隊に関する情報は、2016年1月2日付の《スポケーン・スポークスマン・レビュー》に掲載された死亡記事から得た。フレッドの姉であるブランチ・シオサキ・オカモトは自身の書いた"Promising New Future"という記事の中で、実家のクリーニング店について、そして二つの青い星のサービス・フラッグについて描写している。

第10章

冒頭の言葉は、後に多く登場するものと同じく、ヒロ・ヒグチ牧師が戦時中、妻のヒサコに書いた多数の手紙からの引用である。これらの手紙は娘のジェーンによってハワイ大学に寄贈され、ハミルトン図書館の特別コレクションに収蔵されている。

ハワイ系二世兵士の多くはハティスバーグに到着したとき、強い印象を抱いた。ここでは、Denshoがダニエル・イノウエに行ったインタビューや、Crost, *Honor by Fire* におさめられた多数の記述を参考にした。リンチ事件については、2016年12月28日付の《ピッツバーグ・ポスト・ガゼット》の"Shubota, Mississippi"という記事、および当時の多くの新聞記事に記載がある。その一例が、1942年10月13日付の《フィラデルフィア・インクワイアラー》に掲載されたUnited Press, "Two Boys, 14, Lynched by Mob in Mississippi"である。デウィットの「ジャップはジャップだ」という言葉は、Bill Yenne, "Fear Itself: The General Who Panicked the Coast" (the HistoryNet website)をはじめ、多くの場所で引用されている。青年たちのキャンプ・シェルビーに対する第一印象は、Chang, *I Can Never Forget* の記述やニシモト夫妻がホワイティ・ヤマモトに行ったインタビューから引用した。ルディの母親が息子のズボンを買っていたというエピソードは、GFBのインタビューより引用。ルディがMISの訓練学校でサダオ・ムネモリと出会ったことや、その後のニューオリンズとキャンプ・シェルビーへの旅については、1998年のDenshoのインタビューと、2001年のGFBのインタビューに記録があ

る。追加の詳細は、私がジュディ・ニイザワに行ったインタビューから得られた。ルディは1998年のDenshoのインタビューの中で、ハワイの青年たちとの最初の出会いと、「おい、このカバンはだれのだい？」というやりとりについて語っている。ヤスオ・タナカのキャット・アイランドでの経験や「われわれには日本人の匂いはしなかった」という言葉は、Jason Morgan Ward, "'No Jap Crow': Japanese Americans Encounter the World War II South," *Journal of Southern History* 73, no. 1 (Feb. 2007) に記録されている。キャンプ・シェルビーでの二世兵士にまつわる詳細の多くは、《ホノルル・スター＝ブレティン》の記者、ジョン・テリーによって書かれた当時のパンフレット *With Hawaii's AJA Boys at Camp Shelby* (1943) を参照した。キャンプ・シェルビーに新しく来た二世兵士のほぼ全員が後年、ブッダヘッズとコトンクスの対立について語った。そうした記述の多くは、Chang, *I Can Never Forget* の中に登場する。さらに、フレッド・シオサキに対するDenshoと私の双方のインタビュー、ルディ・トキワに対するDenshoのインタビュー、ヒグチ牧師とヤマダ牧師の手紙、*The 442nd Combat Team Presents: The Album* (Atlanta: Albert Love Enterprises, 1945)、ダニエル・イノウエに対するDenshoのインタビュー、その他多くの情報源をもとに私は物語のこの部分を記述した。スタン・アキタはハワイ二世物語で、プランテーション・タウンで育つことがどのようなものであったかについて、説得力のある詳細な語りをしている。サトウキビ畑での生活についての詳しい情報の多くは、Franklin Odo, *Voices from the Canefields: Folksongs from Japanese Immigrant Workers in Hawai'i* (New York: Oxford University Press, 2013) およびYamasaki, *Issei, Nisei, Sansei* を参照した。「写真花嫁」については、Densho百科事典の "Picture Brides" の項を参照。

フレッド・シオサキは私の行ったインタビューの中で、シェルビーでの最初の日々について語った。「なんだよ、間抜けなコトンク野郎」という引用もこのインタビューから。ジョージ・オイエの伝記的情報およびシェルビーでの最初の日々の描写については、彼自身の著書 *Footprints in My Rearview Mirror: An Autobiography and Christian Testimony of George Oiye* (Camarillo, Calif.: Xulon Press, 2003) のほか、GFBが2002年3月24日に行ったインタビュー、2004年5月20日にスチューデント・プロジェクトで彼が受けたインタビュー（Telling Their Stories websiteで公開）から引用した。彼が高校時代にアメフトチームのクォーターバックをつとめていたことは、1938年10月30日付の《モンタナ・スタンダード》に掲載された "Southern Six Man Grid" に書かれている。「こいつらはだれだ？」という引用は、第522野戦砲兵大隊の退役軍人が自分たちのために発行していた日付不明のニュースレター "高角（ハイアングル）" にジョージが著した "Anecdotes for the 522nd" をもとにしている。アーカンソーでの銃撃事件は、Ward, "'No Jap Crow'" に記載されている。

エスター・シュモーとクリーニング店の店主との「日本人を雇うつもりはないぞ！」というやりとりについては、ゴードン・ヒラバヤシがHirabayashi, *A*

Principled Stand, 139 で語っている。アイダホでのレストランのオーナーとのやりとりは、2000 年 5 月 4 日に行われた Densho とのインタビューで説明している。ゴードンは、最高裁によって訴えを退けられたと知ったときのことについて、1981 年 2 月 10 日のロジャー・ダニエルズとのインタビューで語っている。ストーン判事の「戦時中は」という言葉は、Oyez website に掲載された彼自身による要約 *Hirabayashi v. United States* から引用した。判決に対するゴードンの失望と、「最高裁判所の存在事由は」という言葉は、Hirabayashi, *A Principled Stand*, 134 から引用。

ハティスバーグで兵士らが利用できた施設と彼らが直面した誘惑に関する描写の大部分は、1943 年春に発行された《ハティスバーグ・アメリカン》のさまざまな号の広告を参考にした。ルディの母親がハリー・マドコロに「どうぞあの子に気をつけてやってくださいな」と頼んだことは、1998 年に Densho がルディに行ったインタビューから引用した。同じインタビューの中でルディは、黒人兵士とのやりとりや、バスをのっとった事件について、そして「おーい、何をしているんだ？」で始まる会話についても語っている。私が 2017 年にジュディ・ニイザワにインタビューをしたときも、ジュディはこのエピソードを私に語った。

第 11 章

冒頭の言葉はヒロ・ヒグチ牧師の手紙より引用。「マダニをアソコに近寄らせるなよ」というエピソードは、Dorothy Matsuo, *Boyhood to War: History and Anecdotes of the 442nd Regimental Combat Team* (Honolulu: Mutual, 1992), 67〔邦訳『若者たちの戦場——アメリカ日系二世第 442 部隊の生と死』新庄哲夫訳、ほるぷ出版、1994 年〕から引用した。ここに挙げられたニックネームは、Oiye, *Footprints in My Rearview Mirror*, 119 および 2004 年 3 月 28 日に日系アメリカ人軍事調査研究会 ndajams.omeka.net がハリー・カナダに行ったインタビュー、Terry, *With Hawaii's AJA Boys at Camp Shelby*、さらに私がジュディ・ニイザワに行ったインタビューをもとにした。第 522 野戦砲兵大隊がいくつかの火器につけたあだ名は、*Fire for Effect: A Unit History of the 522 Field Artillery Battalion* (Honolulu: 522nd Field Artillery Battalion Historical Album Committee, 1998), 150 より引用。ヒグチ牧師とヤマダ牧師はこの時期のコトンクスの落胆した態度について、妻への一連の手紙の中で言及している。フリント・ヨナシロは私が 2018 年に行ったインタビューの中で、「いったいなぜおまえたちは」という引用とそれに付随するエピソードを語った。フレッド・シオサキは、レジンスキ大尉と銃剣についてのエピソードを私に語ってくれた。この一件は、Matsuo, *Boyhood to War*, 190〔『若者たちの戦場』〕の中でも紹介されている。「この戦争が終わったら」というくだりは、Terry, *With Hawaii's AJA Boys at Camp Shelby* から引用。ペンスの経歴情報は the DePauw

University Athletics Hall of Fame website を参照した。ペンスの「われわれは最初からタフになり」という言葉は、日付不明の新聞の切り抜きより。アーカンソー州の二つの収容所の詳細については、Densho 百科事典の "Rohwer" および "Jerome" の項を参照。シェルビーでのダンスに関する詳細の一部は 1943 年 5 月 3 日付の《ハティスバーグ・アメリカン》に掲載された "Hawaiians Start Work After 1st Open House" を参照した。そのほかに、ヤマダ牧師が妻に宛てた手紙（1943年9月19日および20日付）も参考にした。訓練の詳細については *The 442nd Combat Team Presents: The Album* から引用。その他の詳細は、Terry, *With Hawaii's AJA Boys at Camp Shelby* およびヤマダ牧師が妻に宛てた手紙（1943 年 8 月 28 日付）を参考にした。二世兵士の成績に関する統計およびペンスの「私はやつらを」という言葉は、Terry, *With Hawaii's AJA Boys at Camp Shelby* より引用。「ジャップがここを買ったんだってな？」という言葉は、Hirabayashi, *A Principled Stand*, 141 から、「この石、使わせてもらいましょう」という言葉は *A Principled Stand*, 142 から引用。ゴードンはまた、2002 年 5 月 4 日の Densho のインタビューで、スズキ夫妻の事件について簡略に述べている。彼は、1981 年のダニエルズのインタビューと 1990 年のホーンのインタビューの両方で、トゥーソンへの移動についてスポケーンで議論したことを説明している。彼は南に向かい、トゥーソンに到着し、カタリナ連邦名誉キャンプに無事入所したことを、Hirabayashi, *A Principled Stand*, 148–50 およびホーンとのインタビューで語っている。

アラバマ州におけるドイツ人捕虜に対する地元民の反応および「彼らは美しい外観の小ぎれいな若者たちで」という発言の大部分は、1943 年 9 月 9 日付の《ジェニーヴァ・カウンティ・リーパー》に掲載された "510 Prisoners of War Here to Help in Harvesting Peanuts" より引用した。ドイツ人捕虜に対する一般的な反応についてのさらなる情報は、1997 年 9 月 10 日付の《ワシントン・ポスト》に掲載された Michael Farquhar による "Enemies Among Us: German POWs in America" を参照。落花生を収穫する捕虜を見張ることについての詳細は、ニシモト夫妻がホワイティ・ヤマモトに行ったインタビューおよびハワイ二世物語でのスタンリー・アキタの語りをもとにしている。カッツはカツアキの死について、ハワイ二世物語と、2002 年に GFB が行ったインタビューの中で語っている。1943 年 9 月 16 日の天気と月の情報は、ウェザー・アンダーグラウンド・ウェブサイトに記録されていたドーサン地方空港のものである。事故の詳細の一部は、1943 年 9 月 17 日付の《ドーサン・イーグル》に掲載された "Two Nisei Killed as Truck Overturns" を参照した。ヤマダ牧師は 1943 年 9 月 23 日付の妻に宛てた手紙の中で、カツアキの葬儀をしたことを書いている。私がマリコ・ミホに行ったインタビューからは、兄の死後のカッツの心の状態について、さらなる洞察が得られた。カツイチ・ミホと他の投獄された日系ハワイ人一世に関する情報の一部は、Tomi Kaizawa Knaefler, *Our House Divided: Seven Japanese American Families in*

World War II (Honolulu: University of Hawai'i Press, 1995)〔邦訳『引き裂かれた家族——第二次世界大戦下のハワイ日系七家族』尾原玲子訳、日本放送出版協会、1992年〕を参考にした。フォート・ミズーラの施設についての情報は、"Fort Missoula Alien Detention Center" (the Historical Museum at Fort Missoula website) より。その他の詳細は1942年8月3日付の《サンダスキー・レジスター・スター・ニュース》に掲載されたSigrid Arneによる"Japs, Italians Don't Mix in Concentration Camp"を参照した。収容所におけるイワオ・マツシタの役割については、Yasutaro Soga, *Life Behind Barbed Wire: The World War II Internment Memoirs of a Hawai'i Issei* (Honolulu: University of Hawai'i Press, 2008) で述べられている。フォート・ミズーラにいるあいだのカツイチの全般的な心境描写は、主にマリコ・ミホへのインタビューにもとづいている。カッツは兄の遺骨をもってモンタナに向かったことについて、ニシモト夫妻とのインタビュー、ハワイ二世物語のウェブサイト、GFBのインタビューで説明している。

第12章

冒頭の言葉はヒグチ牧師が妻に宛てた手紙からの引用で、Hawaii Nikkei History Editorial Board, *Japanese Eyes, American Heart*, 233〔『日本人の目、アメリカ人の心』〕にも収録されている。ヒグチ牧師の伝記的情報の多くは、第100歩兵大隊退役軍人教育センターのウェブサイトの"Hiro Higuchi, How the 442nd Regimental Combat Team Brought Him Full Circle"に掲載されている。同様に、マサオ・ヤマダ牧師の伝記的情報の多くは、同じサイトの"Masao Yamada, America's First Japanese American Chaplain Served America's First All-Volunteer Japanese American Military Unit"に掲載されている。追加の情報は、GFBウェブサイトの"Chaplains"の項および、二人の牧師の広範な往復書簡から得られた。名前のわからない司令官とヤマダとの「おまえのことなど信用できるか」というやりとりは、John Tsukano, *Bridge of Love* (Honolulu: Hawaii Hosts, 1985), 65に記録されている。ブッダヘッズに収容所を見学させるのが父親の発案であったという事実を証言したのは、ヒグチの娘のジェーンである。カッツはジェローム収容所への訪問について、ハワイ二世物語のサイトで語っている。追加の詳細は、Matsuo, *Boyhood to War*, 72–73〔『若者たちの戦場』〕におけるダニエル・イノウエの記述、およびDenshoがイノウエに行ったインタビューから得られた。ヤマダが妻に「彼らは抜け殻のようだ」と書いたのは、1943年10月4日付の手紙である。「にわかに信じられないかもしれないが」というイノウエの発言は、Matsuo, *Boyhood to War*, 73〔『若者たちの戦場』〕に転載されている。名前のわからないブッダヘッドとルディとの「おい、ルディ」というやりとりは、1998年にDenshoがルディに行ったインタビューから引用。

カタリナ連邦名誉キャンプでゴードンが過ごした日々についての描写は、ロ

イス・ホーンおよびロジャー・ダニエルズが行ったインタビュー情報にもとづいている。キャンプについての追加情報は、Burton et al., *Confinement and Ethnicity* を参照した。FBIがゴードンの書簡を盗み読んでいたことは、1944年3月31日付の部分的に編集された、無記名の捜査員によってまとめられたFBIレポートからわかる。そのレポートの写しは、ワシントン大学の太平洋岸北西部歴史文書コレクションに収められている。「なぜ自分が白人のバラックに割り当てられ」というくだりは、Hirabayashi, *A Principled Stand*, 153からの引用。腹を立てた看守の「この戦争が終わってほしいとつくづく願う」という発言は、ダニエルズのインタビューより引用。

ジョン・テリーの「月光が草地に青白い光を注ぎ」の一節は、Matsuo, *Boyhood to War*, 128〔『若者たちの戦場』〕に引用されている。ヒグチは1943年11月26日付の妻への手紙の中で、部下の士気の向上について述べている。カッツは豚狩りについてハワイ二世物語の語りの中で言及し、Matsuo, *Boyhood to War*, 69〔『若者たちの戦場』〕でもそのことがふれられている。マリコ・ミホも追加の情報を提供した。「高尚な話題から馬鹿げた話題まで」というヤマダのコメントは、1943年11月6日付の彼の手紙から引用した。「もしおれらが占領軍の一部になるだけで終わったら」という発言は、Terry, *With Hawaii's AJA Boys at Camp Shelby* より。「おまえが選んだことだ」というルディの父親の発言は、1983年7月29日付の《サンノゼ・マーキュリー・ニュース》に掲載された "Go for Broke Memories of Real Heroes" より。ヒグチとヤマダがそれぞれ妻に宛てた一連の手紙には、その秋と冬のミシシッピー州の寒さについて頻繁な言及がある。「私が眠りにつく前に」のくだりをヤマダが書いたのは、1943年12月16日付の手紙である。ヒグチは1944年1月7日付の手紙で、「今から兄弟はおれとおまえの二人だけだ」という無記名の兵士の言葉を引用している。1944年2月4日、ヒグチはすぐにイタリアに行くことになると予想して、「練習を始めたほうがよさそうだ」と手紙に書き、ヤマダは1944年3月5日付の手紙でジョージ・C・マーシャルのシェルビー訪問について言及した。フレッド・シオサキは私とのインタビューで、マーシャルの訪問が何を意味するかを全員が理解していたと指摘した。ヒグチから妻への「どうかあの子を」という懇願は、1944年4月付の手紙からの引用。彼が息子に宛てた手紙は、1944年3月28日付である。ヴァージニア州の米軍慰問協会での壮大な喧嘩についての描写は、1998年にDenshoがルディに行ったインタビュー、2001年にGFBが行ったインタビュー、およびその場にいた他の数人の二世兵士の説明をもとにしている。中でももっとも重要なのは、1999年1月30日にGFBがトーマス・エピネスダに行ったインタビューである。

ニューポート・ニューズとハンプトン・ローズからの出発についての描写は、Reeves, *Infamy*〔『アメリカの汚名』〕、McCaffrey, *Going for Broke*, 177–86の情報および私が2016年にフレッド・シオサキに行ったインタビュー、さらには2017年6月17日付の《ニューポート・ニューズ・デイリー・プレス》に掲載されたMark

St. John Erickson による "Hampton Roads, Nonstop Pipeline to World War Two" および *Fire for Effect*, 31 をそれぞれ参照した。ローズヴェルト大統領からの手紙の「希望、感謝、信頼」というくだりは、McCaffrey, *Going for Broke*, 177 に記載されている。気象データは、ウェザー・アンダーグラウンド・ウェブサイトの歴史記録から引き出した。ヤマダは 1944 年 5 月 1 日付の妻への手紙でオレンジの皮のレイについて説明し、「今やわれわれは」のくだりを書いた。

モンテ・カッシーノ強襲において第 100 歩兵大隊が果たした役割は、Chester Tanaka, *Go for Broke: A Pictorial History of the Japanese American 100th Infantry Battalion and the 442d Regimental Combat Team* (Richmond, Calif.: Go for Broke, 1982), 34–36 および "Rome-Arno (January 22–September 9, 1944)" (GFB website) で説明されている。死傷者数の統計は、Hawaii Nikkei History Editorial Board, *Japanese Eyes, American Heart*, 75〔『日本人の目、アメリカ人の心』〕にもとづく。「小さな鉄人」というあだ名についてタナカは、*Go for Broke*, 39 の中で記述している。第100大隊のヨスト牧師は花を集めたことを、Israel A. S. Yost, *Combat Chaplain: The Personal Story of the World War II Chaplain of the Japanese American 100th Battalion* (Honolulu: University of Hawai'i Press, 2006), 144 の中で述べている。

第 13 章

冒頭の言葉はヒサコ・ヒグチからヒロへ宛てた手紙からの引用。ゴードンの靴底のメモの件は、Hirabayashi, *A Principled Stand* における彼自身の記述および 1944 年 3 月 31 日付の前述の FBI のレポートより。「この国のどこであれ」というくだりは、Hirabayashi, *A Principled Stand*, 158 からの引用。忠誠登録の質問書の写真は、Densho のデジタル・リポジトリで見ることができる。「私があなたがたに無記入で返却しようとしている」というくだりは 1944 年 2 月 15 日付の *ST* に掲載された "Nisei Rejects Draft Board's Questionnaire" から引用。1944 年 7 月 5 日付の《トパーズ・タイムズ》の記事 "Failure to Return Form Charged" も参考にした。ゴードンは 2000 年 2 月 17 日の Densho のインタビューの中で、自身の結婚を巡る懸念について語っている。各収容所の徴兵拒否者数は、Densho 百科事典の "Draft Resistance" から調べられる。

ヨーロッパへの航海の詳細の多くは、フレッド・シオサキへのインタビューをもとにした。ほかに断片的な情報を、Minoru Masuda, *Letters from the 442nd: The World War II Correspondence of a Japanese American Medic* (Seattle: University of Washington Press, 2008), 24、Oiye, *Footprints in My Rearview Mirror*, 127–31 および、ヤマダ牧師とヒグチ牧師の手紙から引用した。ジュディ・ニイザワは、ルディに「パンチ・ドランク」というあだ名がついた経緯を話してくれた。ルディは2001年のGFBのインタビューで、自分が「仕留められ」たときのことを語っている。

サス・イトウに関する伝記的情報の一部は、1991 年 12 月 11 日にホロコース

ト博物館で行われたインタビューから得ており、別の一部は1998年7月3日のDenshoのインタビューから引用した。加えて全米日系人博物館の*Before They Were Heroes*（同サイト上のビデオとプロフィール）、および2015年1月3日にディスカバー・ニッケイ・ウェブサイトに掲載された彼のインタビュー記事もおおいに参考にした。ロイ・フジイは私とのインタビューで、バス・トークンのことを話した。サス・イトウは自分の持ち物（千人針を含む）について、*Before They Were Heroes*の中で語っている。ルディは1998年のDenshoのインタビューの中で、一粒の玄米について語っている。収容所内の経済については、Densho百科事典の“War Relocation Authority”の項を参照。ルディは2002年のGFBのインタビューの中で、ボストンでの父親の状況について語っている。事務員としての彼の立場は「1942年10月から1945年8月5日までの退避者従業員リスト」という題の名簿に記録されている。陸軍婦人部隊、陸軍看護婦隊、カデット・ナース・コーに勤務した二世女性に関する情報は、GFBウェブサイトの“Japanese American Women in the U.S. Military During WWII”、および“Making a Difference: The U.S. Cadet Nurse Corps” (the National Women's History website) およびDenshoウェブサイトの“Japanese American Women in Military”から引用した。

ヤマダ牧師はウェスト牧師との諍いについて、1944年5月21日付の妻への手紙に書いている。第522野砲大隊のイタリアへの到着については、Oiye, *Footprints in My Rearview Mirror*, 130–32およびハワイ二世物語におけるカッツの語りを参考にした。ヒグチは新たに到着したほぼすべての二世と同様、イタリア市民の窮状についてのコメントを、1944年6月4日付の妻への手紙にしたためた。フレッド・シオサキのナポリの第一印象は、Denshoのインタビューで語られた。追加のさらに多彩な描写が、2002年8月30日にGFBがローソン・サカイに行ったインタビューや、Masuda, *Letters from the 442nd*, 26に認められる。ヤマダの「ユー・アー・ファット」というくだりは1944年6月1日付の妻への手紙に書かれており、その一日前の日付の手紙にはナポリの中心部に足を延ばしたことが書かれている。カッツもまたナポリ地方での最初の日々について、ハワイ二世物語の語りで述べている。フレッド・シオサキはナポリからアンツィオへの旅について、私とのインタビューやDenshoのインタビューで説明した。その春のアンツィオでの生活の詳細の一部は、Ernie Pyleの素晴らしい本*Brave Men* (New York: Henry Holt, 1944)〔邦訳『勇敢な人々――ヨーロッパ戦線のアーニー・パイル』村上啓夫訳、早川書房、1969年〕を参照した。それらを除けば、青年たちの到着とアンツィオでの最初の経験についての描写は、おもにフレッド・シオサキとのインタビュー、ニシモト夫妻がカッツに行ったインタビュー、ハワイ二世物語でのカッツの語り、およびOiye, *Footprints in My Rearview Mirror*, 133をもとにした。「おい！　おれはものすごく深く掘ったから」というくだりは、Yost, *Combat Chaplain*からの引用。フレッド・シオサキはDenshoのインタビューで、第100歩兵大隊の兵士は兄のような存在だったと語っている。こうした感覚は、

Denshoが1998年にルディに行ったインタビューをはじめ、他の多くの同様のインタビューや記述にも認められるが、第442連隊の他の多くの兵士も同じ感情を表明している。サスの幸福な酩酊については、チャンが*I Can Never Forget*, 142の中で言及している。ほぼすべての兵士がドイツ兵の死体を初めて見たときの衝撃についてコメントした。典型的なのは、ホワイティ・ヤマモトがニシモト夫妻とのインタビューで語った言葉だ。

第14章

冒頭の言葉は、記載された日付にハリー・マドコロが母親に宛てた手紙からの引用であり、ディスカバー・ニッケイのウェブサイトをはじめ、複数の場所で公開されている。第522野戦砲兵大隊の最初の砲撃については、*Fire for Effect*, 35に記録がある。スヴェレートとその先の丘陵地帯での戦闘に関する描写は、キャンプ・シェルビーで第3大隊の指揮官だったシャーウッド・ディクソン大佐にウォルター・レジンスキ大尉が1944年8月20日付で送った手紙で明かされた詳細に部分的にもとづいている。戦闘中にK歩兵中隊の指揮を執ったレジンスキ大尉はその手紙の中で、その日、彼が感じた数人の上級将校の無能さについて激しい不満を吐露している。第442連隊の最初の数日の戦闘についての描写は、2016年に私がフレッドに行ったインタビューのほか、2006年のDenshoによるフレッドのインタビュー、1998年のDenshoによるルディのインタビュー、GFBによるカッツのインタビュー、さらには*Fire for Effect*, 33–35やMasayo Umezawa Duus, *Unlikely Liberators: The Men of the 100th and 442nd* (Honolulu: University of Hawai'i Press, 1987)およびOrville C. Shirey, *Americans: The Story of the 442nd Combat Team* (Washington, D.C.: Washington Infantry Journal Press, 1946)〔邦訳『四四二部隊——二世部隊物語』永田稠訳、東京堂、1950年〕を参考にした。これらの期間の部隊の移動および死傷者の詳細の一部は、第442連隊司令部スタッフが編集した月次報告にもとづいており、それらの月次報告はハワイ大学マノア校の日系アメリカ人退役軍人コレクションに収蔵されており、オンラインで閲覧が可能。この章で説明した出来事は、1944年7月の月次報告に記録されている。同種の追加的情報は、www.ajawarvets.org websiteの“Battle Campaigns: Excerpts from the 442nd Journals”で公開されている（以降、「戦闘抄録」として引用）。ルディが初めて兵士を殺害したときのことと、オコナー少佐とのやり取りは、Denshoが行ったインタビューからの引用であり、私がジュディ・ニイザワに行ったインタビューからもいくつかの詳細を補完した。1945年2月21日付のルディの母校のニュースレター*El Bulador*（エル・ブルラドール：色事師）には、彼がボストンにおけるスクール・アドバイザーのメアリー・カレッジ夫人に宛てた手紙が掲載されており、その中でルディは最初の戦闘後どれだけ気分が悪くなったかを説明している。フレッド・シオサキは2006年のDenshoのインタ

ビューの中で、レジンスキをシェル・ショックに陥らせた弾幕砲火について語っている。1944年7月8日付の妻への手紙の中でヒグチはその日の出来事を「文字通り、地獄だ」ったと総括した。マリコ・ミホは私に、グローヴァー・ナガジの受け取ったラブレターについて話してくれた。フレッド・シオサキは2016年のインタビューの中で、ゴードン・ヤマウラの死について語っている。

ルディ・トキワは2002年のGFBのインタビューの中で、彼や他の新兵が第100大隊の中で学んだサバイバルの秘訣について語っている。同じインタビューの中で彼は、食糧さがしの旅について、そしてウサギを殺せなかったことについても語っている。ジュディ・ニイザワはまた、そうした食糧に関するルディの嗜好について、他の詳細を私に語ってくれた。マリコ・ミホは、とりわけチキン・ヘッカがハワイの二世兵士にとってどんなに重要なものであったかを説明してくれた。この料理については、Masuda, *Letters from the 442nd*, 45にも記載がある。

第15章

ローマにアメリカの国旗が掲揚されたことは、"Flag of U.S. Capitol Flies in Rome Today," *NYT*, July 4, 1944 に記載されている。祝日を人々がどう過ごしたか、および群衆の規模に関する詳細は1944年7月4日付の *NYT* に掲載された "Holiday Crowd on Homeward Trip Easily Handled" から引用。ガラパン陥落の詳細は同じ日付の同紙の一面に掲載されている。ポストン収容所での独立記念日の描写は、主に1944年7月4日付の《ポストン・クロニクル》から引用した。「彼らはいつか、……帰還するでしょう」「撃たれてしかるべきだ」という発言も、同紙からの引用。ポストンでのゼネストの詳細については、Densho百科事典の "Poston (Colorado River)" の項を参照。収容所内の分裂についてのさらなる情報は、Eric L. Muller, *Free to Die for Their Country: The Story of the Japanese American Draft Resisters in World War II* (Chicago: University of Chicago Press, 2001), 39–40〔邦訳『祖国のために死ぬ自由――徴兵拒否の日系アメリカ人たち』飯野正子・監訳、飯野朋美・小澤智子・北脇実千代・長谷川寿美・訳、刀水書房、2004年〕を参照。ポストン収容所の状況に対する政府の懸念は、1944年7月8日にスコット・ローリー（プロジェクト弁護士）が戦時転住局のフィリップ・グリック（弁護士）に宛てた手紙と、1944年11月6日にローリーがエド・ファーガソン（代理弁護士）に宛てた手紙の中で概説されている。ポストンでの抵抗運動に関する詳細な研究は、Eric Muller, "A Penny for Their Thoughts: Draft Resistance at the Poston Relocation Center," University of North Carolina School of Law Scholarship Repository, 2005を参照。

トゥーリーレイク収容所の詳細な状況については、Densho百科事典の "Tule Lake" の項を参照した。オカモトの銃撃事件についてはReeves, *Infamy*, 197–99〔『アメリカの汚名』〕に記載があるが、本書で描写した詳細の多くは、1944年7

月3日に戦時転住局の同意を得て収容所住民による委員会がスペイン大使館のために作成した"Report of the Investigation Committee on the Shoichi Okamoto Incident"という報告書および、多くの目撃証言を含む1944年5月25日のモドック郡検視官の検視審問の写しを参考にした。その後の軍法会議の詳細の一部は1944年7月7日付の《トゥーソン・デイリー・シチズン》に掲載された"Sentry Found Innocent on Manslaughter Charges"より引用。

140高地への接近戦と丘への強襲は、生き延びた全兵士に強烈な印象を残した。この件についての描写は、次にあげる多数の情報源にもとづいている。2002年にGFBがカッツに行ったインタビューや、Denshoがフレッドに行ったインタビュー、私がフレッドに行ったインタビュー、2002年にGFBがルディに行ったインタビュー、そして*Fire for Effect*, 35–36、Shirey, *Americans*, 36–38〔『四四二部隊』〕、McCaffrey, *Going for Broke*, 201–5における詳細な記述などである。カルヴァン・サイトウとジョージ・サイトウ兄弟についての伝記的情報の一部は、1991年12月6日付の《ワシントン・ポスト》に掲載されたJay Mathewsによる"California Family Took Fear, Not Anger, to Camps"から引用した。ジョージ・サイトウは1944年11月11日付の父親への手紙の中で、カルヴァンの死の背景情報を簡単に記している。キヨジ・モリモトは2002年2月29日のGFBのインタビューの中でドイツ軍の逆襲について論じている。ハリー・マドコロのその日の英雄的行為は、彼の殊勲十字章の賞記と、第442連隊司令部が1944年12月15日に発行した"Monthly Historical Report"に記載されている。テッド・タノウエの同様の英雄的行為は、「フォールン・ヒーローズ（Fallen Heroes）」のウェブサイトの"Ted T. Tanouye"の項目および、ドキュメンタリー映画*Citizen Tanouye* (Hashi Pictures, 2005)に概説されている。140高地への弾幕「時限射撃」については、*Fire for Effect*, 117–18に詳説されている。ハンリー中佐が歓喜のあまり何度も跳びあがっていたという言及は前掲書のほか、Matsuo, *Boyhood to War*, 102〔『若者たちの戦場』〕およびMcCaffrey, *Going for Broke*, 203にも登場する。丘の上の悲惨な状況を見にいくことを思いとどまらせた兵士らへの言及は、Matsuo, *Boyhood to War*, 103〔『若者たちの戦場』〕に見つかる。各地の月の出と月の満ち欠けについてのデータは、the timeanddate.com siteより。

カルヴァン、ジョージ、キイチのサイトウ一家で交わされた手紙は、メアリー・サイトウ・トミナガがロサンゼルスの全米日系人博物館に寄贈したものであり、博物館の許可を得てここに掲載されている。ルディは1998年のDenshoとのインタビューと2002年のGFBのインタビューで、パーサルとの最初の出会いと、彼に対して抱いた印象を語っている。ジュディ・ニイザワは私がインタビューをしたときに、ルディが問題についてどう考えるかにパーサルが大きな影響を及ぼしたことを、詳細な情報とともに語ってくれた。ルディは1998年のDenshoのインタビューで、ドイツ人将校の捕捉について語っている。インタビューに同席していたジュディ・ニイザワも、そのエピソードについてのさらな

る詳細を教えてくれた。

140高地以降の第442連隊の動きは、Shirey, *Americans*, 38–42〔『四四二部隊』〕に記載されている。同連隊の戦闘工兵中隊の重要な役割については、"232nd Engineer Combat Company" (the National Museum of the United States Army's website) を参照。フレッドは私との二度のインタビューで、ルチアーナへの攻撃で自分が果たした役割を詳説し、Denshoのインタビューでもそれについて語っている。ルチアーナでのハリー・マドコロの行動は、彼の殊勲十字章の賞記で言及され、Shirey, *Americans*, 41–42〔『四四二部隊』〕および第442連隊司令部が1944年12月15日に発行した"Monthly Historical Report"の中でも詳細に説明されている。ルチアーナの戦いの描写には、Crost, *Honor by Fire*, 155 および Tanaka, *Go for Broke*, 54–55 も参考にした。ヤマダは1944年7月30日付の妻への手紙の中でドイツ人捕虜について説明した。「われわれは支配民族なのだ！」という引用はこの手紙から。Shirey, *Americans*, 41〔『四四二部隊』〕には犬のルーシーの記述と写真が掲載されている。同書は続く数ページの中で、リヴォルノ陥落についても説明している。ヒグチ牧師は1944年7月25日に妻に宛てて「あるドイツ兵の母君へ」という手紙を送ったが、これはイタリアにおけるドイツ兵の野蛮な行為についてのアメリカ軍の認識の高まりを反映している。ナチスが7500人を虐殺したという数字は、2004年7月2日付の《インディペンデント》に掲載された"SS Massacre: A Conspiracy of Silence Is Broken"より。

第16章

冒頭の言葉に関しては、ジェーン・ヒグチが父親のヒロがハワイから出征後に生まれたため、終戦後にハワイに戻るまで父親に会えなかったことに留意が必要である。ジョージ、カルヴァン、キイチのサイトウ一家で交わされた切ない手紙は、メアリー・サイトウ・トミナガによって全米日系人博物館に寄贈され、同博物館に収蔵されている。ジョージが1944年7月11日に書いた手紙は Andrew Carroll, ed., *Letters of a Nation: A Collection of Extraordinary American Letters* (New York: Broadway Books, 1997) を含む多くの場所に転載されている。

フミエは自身の回顧録やニシモト夫妻のインタビューの中で、戦時中の日本での経験を回想している。ゴードンは2000年2月のDenshoのインタビューの中で、自身の結婚式と、それをあまり公表したくなかった気持ちについて語っている。エスターの「私は彼を愛しています」という言葉は、日付のない新聞の切り抜きの"'I Love Him,' Says Bride of Japanese-American"という記事より。「人種の壁」という言葉も、同じ記事から引用した。「魅力的な白人娘」という言葉はAP通信の"White Girl Weds Japanese Youth"という記事に登場するもので、この記事は1944年8月2日付の《リノ・ガゼット・ニュース》のほか各所で配信された。エスター・シュモーに関する私の簡単な描写は、第9章で引用済みの

"'I Love Him,' Says Bride of Japanese-American"、"Hirabayashi 'Bowled Over' as Wife Has Twins" および Jay Hirabayashi, "Remembering Gordon and Esther Hirabayashi" をもとにしている。ゴードンは 2000 年の Densho のインタビューの中で、匿名の嫌がらせの手紙と 50 ドルの贈り物について語っている。

ピサへの任務に関する詳細は、Shirey, *Americans*, 42–43〔『四四二部隊』〕で述べられている。ルディは 2002 年 3 月の GFB のインタビューで、このときの自分の任務について語っている。ジュディ・ニイザワはルディがそれを再話したときに取ったメモをもとに、「ノー・ノー・ノー・ノー。ヒトラー・アンド・ジャパン・セイム・サイド」の引用を含め、追加の詳細な情報を提供してくれた。フレッド・シオサキは 2016 年のインタビューで、ヴァーダでの滞在について説明している。追加の詳細は、ハワイ二世物語でのカッツの語りのほか、Bill Yenne, *Rising Sons: The Japanese American GIs Who Fought for the United States in World War II* (New York: Thomas Dunne Books, 2007), 119、およびヤマダ牧師とヒグチ牧師が戦時中に書いたさまざまな手紙から得られた。とりわけ重要なのは、1944 年 7 月 22 日にヒグチが妻に宛てた手紙と、1944 年 7 月 26 日にヤマダが妻に宛てた手紙だ。ヨスト牧師は *Combat Chaplain*, 139 の中で、「枢軸（アクシス）サリー」の放送を耳にしたことを書いている。ルディもまた、1998 年の Densho のインタビューの中で、「枢軸サリー」の放送を何度か聞いたと述べており、彼ら二世兵士が枢軸サリーから直接「あなたがた小さな鉄人」と呼びかけられたことを回顧していた。ヒグチは 1944 年 8 月 14 日付の妻への手紙の中で、兵士が花を墓地に持っていったことを書いている。

ハリー・マドコロが偵察中に戦死した件の情報は、ジュディ・ニイザワへのインタビューのほか、Shirey, *Americans*, 42〔『四四二部隊』〕および「戦闘抄録」の "Aug. 25–26" の項、さらには an obituary/memorial posted on the Remembering Our Own: Santa Cruz Veterans Project website hosted by the Santa Cruz Public Libraries を参照した。

ヤマダ牧師の負傷を含め、第 422 連隊がアルノ川を渡河して強襲したことについては、1944 年 8 月および 9 月の第 442 連隊の公式「経過概要」に記録されている。追加の詳細は Shirey, *Americans*, 49〔『四四二部隊』〕を参照した。だが私の描写のほとんどは、1944 年 9 月 1 日と 3 日にヤマダが事件について妻に宛てて書いた手紙と、1944 年 9 月 16 日のディクソン大佐への手紙をもとにしている。ルディもまた、1998 年の Densho のインタビューの中で、ヤマダが死にかけたことについて言及している。ヒロ・ヒグチは 1944 年 9 月 27 日付の妻への手紙の中で、兵士たちがヤマダ牧師の身の安全をどれだけ気にかけているかを語っている。

第 422 連隊の南仏への大規模な移動は、1944 年 9 月の連隊公式「経過概要」、Shirey, *Americans*, 51〔『四四二部隊』〕および Crost, *Honor by Fire* に記されている。McCaffrey, *Going for Broke*, 225–26 も参照。「故郷に帰るのが待ちきれない」とい

う言葉は、ジョージ・サイトウがミヨコ・ハヤシに1944年9月7日付で送った手紙より。

第17章

オイエはジープの一件について、*Footprints in My Rearview Mirror*, 139–40の中で説明している。カッツは南仏への到着について、ハワイ二世物語の語りで説明している。ヤマダ牧師は1944年9月30日付の父親への手紙の中で、簡易テントの中で惨めな思いをしたことと、青年たちが毛布を差し出してくれたことについて語っている。ジョージ・サイトウも同様に、1944年10月1日付の父親への手紙の中で、悲惨な天候について語っている。エスター・シュモーがゴードンの保釈金を支払ったことは1944年10月6日付の《スポケーン・スポークスマン＝レビュー》に掲載された"Bail Is Posted for Japanese"に書かれている。ハリー・マドコロの追悼式については、1944年10月7日付の《ポストン・クロニクル》に記載されている。

第442連隊がフランスを北上したことは、1944年10月の連隊公式「経過概要」に詳述されているほか、Shirey, *Americans*, 51〔『四四二部隊』〕にも記録がある。ここに述べられている200万人の兵士と3000のトーチカという統計的数字は、Rick Atkinson, *The Guns at Last Light: The War in Western Europe, 1944–1945* (New York: Henry Holt, 2013)より。フレッド・シオサキは私のインタビューおよびDenshoのインタビューの中で、家畜運搬用貨車で北に向かったことを説明している。カッツはハワイ二世物語の語りの中で、第522野砲大隊の北への旅と、イノウエとの出会いについて語っている。マリコ・ミホはカッツとイノウエの関係について、そしてそれがカッツにとって何を意味したかについて私に話してくれた。1945年ごろの兵士と将校の名簿を含む第36歩兵師団についてのさらなる詳細は、テキサス軍事博物館（Texas Military Forces Museum）のウェブサイトで見つかる。イノウエのヴォージュに対する第一印象は、Hughes, "Fred Shiosaki"に記録されている。ジョージ・サイトウとキイチ・サイトウの手紙はどちらも1944年10月14日付のものである。第522野砲大隊のヴォージュの戦いへの参加については、大隊のニュースレター"高角"1945年7月14日号の記事"522d Fought Five Month in France"に詳述されている。

McCaffreyは*Going for Broke*, 241の中で、出陣前にヒグチ牧師が行った礼拝について述べている。「君たちはすでに良きアメリカ人であり」というくだりは、日系アメリカ人退役軍人協会のウェブサイトにあるヒグチの伝記より引用。ブリュイエールの戦いの描写は、Shirey, *Americans*, 51–58〔『四四二部隊』〕のほか、1944年10月の連隊公式経過概要、そしてPierre Moulin, *U.S. Samuraïs in Bruyères* (France: Peace & Freedom Trail, 1993)に非常に詳しい記述がある。同書はフランス語で書かれた*U.S. samuraïs en Lorraine* (Vagney, France: Gérard Louis, 1988)の英訳

である。ヒグチは1944年10月18日付の妻への手紙の中で、ジョージ・サイトウの遺体を見たときの「その若者の遺体からは、顔がなくなっていた」というくだりを書いている。「もう三週間が過ぎた」という父親の手紙は、ジョージの死から1週間後の1944年4月4日に書かれた。ブリュイエールへの第3大隊の直接強襲は、McCaffrey, *Going for Broke*, 246–47、Shirey, *Americans*, 56〔『四四二部隊』〕およびChang, *I Can Never Forget*, 30で述べられている。追加の詳細は、Masi Okumura, "I Remember Company L 442nd RCT 1943–1945"、ある未発表の草稿、そして私がフレッド・シオサキに行ったインタビューと2006年にDenshoが行ったインタビューをもとにしている。ルディ・トキワは1998年のDenshoのインタビューで、村人が二世を中国人と思い込んでいたことを述べており、2001年のGFBのインタビューでは、村人たちが二世兵士をキスで迎えたことを語っている。フレッドはDenshoのインタビューと私のインタビューの中で、ソーダ水の瓶を渡してくれた女性について述べている。ジョージ・オイエは町に入ったことについて、そして箒で殴られていた女性について、Oiye, *Footprints in My Rearview Mirror*, 140–42および2002年のGFBのインタビューの中で語っている。ブリュイエール以降の第442連隊の進撃については、1944年10月の連隊公式経過概要、およびShirey, *Americans*, 58–62〔『四四二部隊』〕に記録されている。オオハマに対する残虐行為は、Chang, *I Can Never Forget*, 34に描かれている。ドイツの高級将校への銃撃は、Chang, *I Can Never Forget*, 33およびMcCaffrey, *Going for Broke*, 251–52の中でも語られている。「おれのことを、怒らないでくれよ」という言葉は、「わからない」という言葉と同様、1998年にDenshoがルディに行ったインタビューからの引用。ジュディ・ニイザワはまた、戦争が彼を人間でなくするかもしれないというルディの不安について、私に語ってくれた。

最初に第2大隊が、次に第3大隊がたたき起こされた件については、Shirey, *Americans*, 58–63〔『四四二部隊』〕に記述がある。2001年6月3日のGFBのインタビューの中で、ルディは当時の状況を説明し、K歩兵中隊の青年らを起こすように言われたのは自分だったと述べている。フレッドは1998年のDenshoのインタビューと2016年の私のインタビューの両方で、その瞬間のことを語ってくれた。

第18章

冒頭の言葉は、ヤマダが1944年10月30日にシャーウッド・ディクソン大佐に宛てた手紙からの引用で、C. Douglas Sterner, *Go for Broke: The Nisei Warriors of World War II Who Conquered Germany, Japan, and American Bigotry* (Clearfield, Utah: American Legacy Historical Press, 2015), 53に収められている。ダールキストについての伝記的情報は、アーリントン国立墓地のウェブサイトの"John Ernest Dahlquist"および、Densho百科事典の"John E. Dahlquist"の項、さらには1982年

7月16日付の《ハワイ・ヘラルド》に掲載された“100th Bn Losses Attributed to Poor Leadership”という記事（ハワイ二世物語でも公開）をもとにした。ヨンオク・キムの一件は、Chang, *I Can Never Forget*, 30より引用。

この章の主題である戦闘に焦点を当てた本は複数存在し、私はそれらすべてを参考にし、なおかつ多くの一次資料に依拠しながら、失われた大隊の救出について語った。そうした資料の中でも重要度が高いのは、Major Nathan K. Watanabe, *The 110/442D Regimental Combat Team's Rescue of the Lost Battalion: A Study in the Employment of Battle Command* (BiblioScholar, 2012) およびScott McGaugh, *Honor Before Glory: The Epic World War II Story of the Japanese American GIs Who Rescued the Lost Battalion* (Boston: Da Capo Press, 2016) そしてSterner, *Go for Broke* である。テキサス大隊のもとに到達する最初の試みの描写は、Watanabe, *Lost Battalion*、Shirey, *Americans*〔『四四二部隊』〕、McCaffrey, *Going for Broke*、Sterner, *Go for Broke*、Crost, *Honor by Fire*, 191–93および1944年10月の連隊公式経過概要、さらにはフレッド・シオサキとルディ・トキワにそれぞれDenshoが行ったインタビューという直接の回想をもとにした。

フレッド・シオサキは私のインタビューやDenshoのインタビューの中で、夜に山を登ったこととその後の戦いについて説明した。サス・イトウは、第522野砲大隊がヴォージュのドイツ軍陣地を火器で効果的に猛射するのに苦労したことを、*Fire for Effect*, 86の中で語っている。McGaughの*Honor Before Glory*は失われた大隊の救出に焦点を当てており、包囲されたテキサス大隊の苦境について、とりわけマーティ・ヒギンズの視点から優れた詳細な説明をしている。マツイチ・ヨギの英雄的行為についてはHall of Valor Project websiteの殊勲十字章賞記に記されており、オンラインで閲覧可能。ジョージ・オイエはほぼ偶然ドイツ兵を捕捉したことを、*Footprints in My Rearview Mirror*, 114および2002年3月24日のGFBのインタビューの中で語っている。ルディは2001年のGFBのインタビュー、2002年のGFBのインタビュー、および1998年のDenshoのインタビューの中で、テキサス大隊救出に参加したことを語っている。ジェームズ・オオクボと他の衛生兵が直面した状況の詳細については、Masuda, *Letters from the 442nd*, 110を参照。テキサス大隊に空中投下で物資を届ける試みが失敗した描写は、主にMcGaugh, *Honor Before Glory*、McCaffrey, *Going for Broke*、およびWatanabe, *Lost Battalion*より引用。カッツはニシモト夫妻のインタビューの中で、砲弾の弾頭に物資を詰めたことを語った。この話は、Shirey, *Americans*〔『四四二部隊』〕、McGaugh, *Honor Before Glory*、および多数の目撃談にも登場する。致命傷を負った兵士が日本語で「お母さん、お母さん」と叫んでいたことは、McGaughの前掲書p.140でも述べられている。その夜そこにいた兵士の何人かは、あるドイツ兵が助けを呼ぶ声が翌朝亡くなるまで聞こえていたことを覚えていた。ヒグチ牧師の信仰心に迷いが生じ始めたのはこの10月のことである。「もう、説教壇に立って」のくだりは、1944年10月6日付の妻への手紙からの引用。「僕にと

って神とは」という言葉は「君が殺さなければ、殺される状況だった」という言葉と同様、日系アメリカ人退役軍人協会のウェブサイトに掲載されているヒグチの伝記から引用した。

ダールキストの「前進させろ」という言葉は、McGaugh, *Honor Before Glory*, 141より引用。頻繁に繰り返される「おい、パンチ・ドランク。行くぞ」という文言は、1998年にDenshoがルディに行ったインタビューより引用。その後のパーサルとダールキストの対立の描写はさまざまな情報をもとにしているが、ルディがDenshoとGFBのインタビューで語った話が主要な情報源になっている。ウェールズ・ルイスの死は、McCaffrey, *Going for Broke*、McGaugh, *Honor Before Glory*、Moulin, *U.S. Samuraïs in Bruyères* および、多少の差異はあるものの多くの目撃談にもとづいている。ダールキストが発した「ルイスが死んだ」という言葉は、McGaugh, *Honor Before Glory*, 149より。「あなたが殺そうとしているのは、私の部下たちだ」という言葉で終わるパーサルとダールキストの最後のやり取りは、Denshoによるルディのインタビューから引用。「自分にはわかりません。自分はボスではなく」というルディの言葉は、2001年にGFBがルディに行ったインタビューより。「神よ！　あの罰当たりが」というチェスター・タナカの言葉は、McCaffrey, *Going for Broke*, 266とCrost, *Honor by Fire*, 193の両方に登場する。フレッド・シオサキが次にとった思考と行動は、主に私が彼に行ったインタビューとDenshoのインタビューから引用した。ジョージ・オイエが次にとった思考と行動は、2002年のGFBのインタビューから引用。パーサルの「それでこそ男だ！」という叫びは、*Fire for Effect*, 176でユウキ・ミナガが出来事について語った箇所から引用した。「マケ！　マケ！　マケ！」という言葉は、McGaugh, *Honor Before Glory*, 158から引用。オイエは一時的に聴力を失ったことについて、*Footprints in My Rearview Mirror*, 146で語っている。フレッドの突撃中の心境および「やられちまった」という言葉は、「母ちゃんにお別れを言いな」という言葉と同じく、Denshoおよび私が彼に行ったインタビューから引用。オーヴィル・シャーリーは1944年11月30日付のディクソン大佐への手紙の中で、ドイツ軍の撤退について説明している。ルディは戦闘後にパーサルと交わした「大佐殿、……撃たれちまいますよ！」という会話について、1998年のDenshoのインタビューの中で語っている。K歩兵中隊の死傷者数は、McGaugh, *Honor Before Glory*, 167に詳述されている。ルディは、自分が任務を代わりに頼んだ兵士が死んだことについて、そして「ああ、あそこの蛸壺壕を見てこいや」というくだりについて、1998年のDenshoのインタビューの中で語っている。カッツは、ダールキストが誤った座標を要求したことで引き起こされた衝撃について、2002年1月20日のGFBのインタビューで語っている。ビリー・タイラー大尉もまたこの事件について、1987年8月5日付の手紙およびハワイ大学のテッド・ツキヤマ文書の中で、非常に詳細に論じている。ドイツの煙幕についての説明は、McGaugh, *Honor Before Glory*, 172にある。失われた大隊への突破口の描写は、

Chang, *I Can Never Forget,* 54–55、2004 年 8 月 7 日に GFB がエドワード・ガイに行ったインタビュー（「タバコはいるか？」という言葉もここからの引用）、当時のニュース映画、ヤマダ牧師が 1944 年 11 月 1 日にディクソン大佐に書いた手紙、McGaugh, *Honor Before Glory*、McCaffrey, *Going for Broke*、Masuda, *Letters from the 442nd,* 111 を参照した。「おおい、四四二の連中が来たぞ！」というくだりは Moulin, *U.S. Samuraïs in Bruyères,*108 から引用。「ほんとうの話、彼らは私たちの目には、巨人のように見えた」というヒギンズの言葉は、Mc Gaugh, *Honor Before Glory,* 180 から引用。「おまえらはなかなか骨があるな」というくだりは、Moulin, *U.S. Samuraïs in Bruyères,* 109 から引用。

第 19 章

冒頭の言葉は 1944 年のクリスマス・イヴにヒグチが妻に宛てた手紙からの引用。アリゾナ州パーカーでマツダ二等兵が理髪店から締め出されたことと、店主のアンディ・ヘイルの「日本人とはいっさい関わりたくない」から始まる発言は、1944 年 11 月 11 日付の *LAT* に掲載された "Wounded Nisei Reported Shoved out of Shop" および 1944 年 11 月 18 日付の《パシフィック・シチズン》に掲載された "Wounded Nisei War Veteran Ejected from Barber Shop" に記されている。ルディの母親は戦時中、毎朝早くに水垢離（みずごり）をしていたことを、戦後になってからルディに打ち明けた。「本当に皮肉だった」という言葉は 1944 年 11 月 11 日付の《ポストン・クロニクル》に掲載された "442nd Unit Saves 'Lost Battalion'" からの引用。

失われた大隊の救出後、第 442 連隊がすぐまた戦闘行動に入ったことは、1944 年 11 月の連隊の公式経過概要に詳述されている。K 歩兵中隊および I 歩兵中隊の生存者数は Shirey, *Americans,* 71〔『四四二部隊』〕より引用したが、Hughes によるフレッド・シオサキの描写でも言及されている。ヴァージル・ミラーの簡単な描写は主に、第 100 歩兵大隊のウェブサイトに掲載されている Joy Teraoka, "Memories of Col. Virgil Miller" をもとにした。ルディは残存部隊をダールキストが閲兵したことについて、1998 年の Densho のインタビューで述べている。「中佐、私は……言ったはずだ」というくだりも同じインタビューからの引用。「将軍、これが連隊全員です」という言葉は、Densho がダニエル・イノウエに行ったインタビューより。ヤマダ牧師をはじめその場にいた人々は、中佐の目に涙が浮かんでいたことを記憶していたが、問題の中佐をミラーではなくパーサルと記憶している人も数人いた。同場面についての詳細はまた、この章に掲載されている四人の日系人兵士が軍旗を掲げている象徴的な写真からも読み取ることができる。

ポストン収容所から出征した男女の数と死傷者に関する情報は、1944 年 11 月 12 日から 12 月 12 日までの《ポストン・クロニクル》の記事から引用。この時

期、《パシフィック・シチズン》や他の収容所の新聞でも同様の記事が掲載されていた。ポストンや他の収容所の人々が作った多様ですばらしい芸術品や手工芸品は、Denshoのデジタル・リポジトリのほか、ロサンゼルスの日系アメリカ人博物館や、他の多くの機関のコレクションでも見ることができる。個々の工芸品に関する興味深い記事については、スミソニアン・アメリカ美術館のウェブサイトの “Gaman and the Story of the Bird Pins” を参照。収容所を閉鎖するというローズヴェルト大統領の決定に関する説明は、主にDensho百科事典の “Franklin D. Roosevelt” の項にもとづいた。

1944年10月の死傷者数は、Watanabe, *Lost Battalion* および McCaffrey, *Going for Broke*, 271から引用。ジョージ・オイエはリヴィエラから山への旅について、*Footprints in My Rearview Mirror*, 141で述べている。*Fire for Effect* の中でも大勢の第522野砲大隊の兵士がこの旅について言及している。とりわけ言及が多いのは、同書p.174の反抗的なラバにてこずらされた一件だ。カッツはニシモト夫妻とのインタビューやハワイ二世物語の中で、「スタジオ・エルペ」での経験をはじめ、リヴィエラでの出来事について詳しく語っている。「おい、ロージー。大尉が呼んでるぞ」という言葉とその後の会話は、Denshoがフレッド・シオサキに行ったインタビューから引用。シャンペン作戦についての多くの詳細は、*Fire for Effect*, 191–94を参照した。

ヒグチは1944年12月18日のクリスマスパーティーについて、翌日、妻に宛てた手紙の中で詳しく書いている。ヤマダ牧師は12月23日の祝祭について同日付の妻への手紙の中で詳述し、ヒグチは12月24日の燭火礼拝について、同日の夜遅くに妻への手紙の中にしたためた。

第20章

冒頭の言葉は1945年2月14日にヒグチが妻に宛てた手紙からの引用で、信仰についてヒグチが葛藤し続けていることがうかがえる。

ソリー・ガノールの人生とその経験に関する描写の多くは、彼の非常に感動的な自伝 *Light One Candle: A Survivor's Tale from Lithuania to Jerusalem* (New York: Kodansha International, 1995)〔邦訳『命のロウソク――日本人に救われたユダヤ人の手記』大谷堅志郎訳、祥伝社黄金文庫、2002年〕から引用したが、1993年4月27日に行われたホロコースト博物館とのインタビューや、1995年11月21日にハワイ大学およびホノルルのエマヌエル寺院で彼が行った講演の書下ろしからも追加の詳細な情報を得た。「やめろ。全員下着はつけたままにしろ」という言葉と続く恐ろしい会話は、前掲書p. 66–68から引用。コヴノ・ゲットーの詳細については、ホロコースト博物館のウェブサイトにあるホロコースト百科事典の “Kovno” の項を参照。「母さんが死んだ！」という言葉は、前掲書p. 316より引用。

原　注

ゴードンのマクニール島への到着と滞在に関する描写は主に、1981年2月10日のロジャー・ダニエルズとのインタビューにもとづいている。一部の詳細は1944年12月28日付の《クラマスフォールズ・ヘラルド・アンド・ニュース》に掲載されたAP story, "Hirabayashi Taken to McNeil Island" から引用。二世徴兵拒否者の起訴に関する描写は、二つの主要な情報源—— Densho百科事典の"Draft Resistance"の項、およびEric Muller, *Free to Die for Their Country*, 100–112, 124–46〔『祖国のために死ぬ自由』〕——にもとづいている。「おまえたちジャップ・ボーイ」という言葉はMuller前掲書p. 104〔『祖国のために死ぬ自由』〕から、「衝撃である」というくだりはMuller前掲書p. 143〔『祖国のために死ぬ自由』〕からの引用。MISに関する背景情報の多くは、Densho百科事典の"Military Intelligence Service"から引用。「われわれはただ」というくだりは、「あなたの心はアメリカの中に」というくだりと同様に、1944年12月2日付の《スポケーン・スポークスマン・レビュー》に掲載された"Legion Erases Names of Nisei"からの引用。フッドリヴァーの事件はその年の12月に全国の大小さまざまな新聞で掲載された。事件の背景をより深く知るには、Densho百科事典の"Hood River Incident"の項を参照。

フランク・ハチヤの伝記的情報は、オンラインのオレゴン百科事典ウェブサイトの"Frank Hachiya (1920–1945)"を参照。ハチヤの話には別のバージョンがあることを特記しておく。1963年5月21日にハイラム・フォン上院議員が読みあげ、連邦議会議事録の中に残した発言は、ハチヤが進攻の1カ月前にレイテ島の敵陣の背後に潜入しており、日本の守備隊の地図を手に、米軍が進攻してきたとき、彼らに合流しようとして撃たれたというものだ。これが事実である可能性もあり、だとすればハチヤの役割は機密であり、当時はマスコミから隠されていたのかもしれない。だが、彼が撃たれた日付は米軍の進攻から2カ月以上過ぎており、ゆえに私は、この非常にドラマチックな説を採用しなかった。フッドリヴァーの事件の詳細と、本書で引用した新聞の見出しは、Densho百科事典のそれぞれ対応する項目を参照されたい。いくつかの追加の詳細は、戦時転住局によって書かれた"Prejudice in the Hood River Valley, a Case Study in Race Relations"という題の、1945年6月6日付の分析（オレゴン州立図書館アーカイブで閲覧可能）から引用した。二世女性の軍務に関する数字は、日系アメリカ人退役軍人協会のウェブサイトの"Japanese American Women in World War II"より引用。

ドイ家に関する情報の一部は、1940年の国勢調査をもとにしている。一家のカリフォルニアへの帰還、地所への攻撃、その後の裁判に関する追加の情報は以下の文献を参考にした。1945年1月11日付の《オーバーン・ジャーナル》に掲載された"Sumio Doi, First to Arrive"、1945年2月1日付の《オーバーン・ジャーナル》に掲載された"Arrests Are Made in Japanese House Fire and Dynamiting"、1945年4月26日付の《オーバーン・ジャーナル》に掲載された"Jury Frees Terror

Raiders"、Gary Noy, *Red Dirt: A Journey of Discovery in the Landscape of Imagination* (San Jose, Calif.: Writers Club Press, 2002)、Shibutani, *Derelicts of Company K*, 67。

その冬、リヴィエラの山々（マリティム・アルプス）で二世兵士が経験した小競り合いや散発的な戦闘については、official "442nd Infantry Battle Casualty Report—January 1–31" に詳述されている。同記事の写しは、the 442nd Regimental Combat Team Legacy website で閲覧可能。ジョージ・オイエは、鉄道車両に搭載された巨大なドイツの大砲の排除に貢献できた件について、Oiye, *Footprints in My Rearview Mirror*, 149–50 および GFB のインタビューの中で語っている。

マリコ・ミホには、この時期および戦争を通しての父親の心境を私と共有してくれたことに感謝する。ジョージ・オイエは、第522野砲大隊の北フランスへの再展開について Oiye, *Footprints in My Rearview Mirror*, 151 で説明しており、また、両牧師がその月に故郷へ送った手紙にもその件が述べられている。第442連隊の次の任務にまつわる謎は、Masuda, *Letters from the 442nd*, 173、Crost, *Honor by Fire*, 235、Shirey, *Americans*, 76〔『四四二部隊』〕に記されている。

第21章

冒頭の言葉はヤマダの手紙からの引用で、彼は、ゴシック線で起こったことを振り返って書いている。

東京の空襲に関する統計は、Brad Lendon and Emiko Jozuka, "History's Deadliest Air Raid Happened in Tokyo During World War II and You've Probably Never Heard of It" (CNN.com, March 8, 2020) から引用した。ゴードン・ヒラバヤシがマクニールで刑務所当局と対峙した描写は、主にロジャー・ダニエルズがゴードンに行ったインタビューから引用した。「荷物をまとめて移動しろ！」から始まるやりとりも同様である。

第522野砲大隊のドイツへの進軍は Crost, *Honor by Fire*, 239 に記録されているほか、*Fire for Effect*, 11 にも非常に詳細なタイムラインが記されている。その夜の月明かりの状態は、timeanddate.com を参考にした。ジョージ・オイエはその夜の地雷原での恐ろしい経験について、Oiye, *Footprints in My Rearview Mirror*, 151–52および、ニュースレター "高角" のために書いた記事の草稿（1998年2月5日にオイエからテッド・ツキヤマに宛てた手紙に同封。ハワイ大学マノア校のテッド・ツキヤマ文書に収蔵）の中で語っている。地雷を踏んだ兵士の件については、*Fire for Effect*, 169 にも記載がある。

フレッド・シオサキは私が2016年に行ったインタビューの中で、この時や別の時の船酔いについて話してくれた。Densho とのインタビューの中でフレッドは、リヴォルノへの到着や、クラーク将軍が彼らを第5軍に戻そうと熱望したことや、装備の支給や、彼らの動きが機密にされていたことについて語った。マーク・クラークの「勇気と決意」という言葉は、1944年9月7日にクラークか

らペンス大佐に宛てた手紙からの引用。マイケル・E・ハスキューは“Breaching the Gothic Line” (the Warfare History Network website)の中で、第442連隊の任務のより広範な背景を説明している。それについては、Shirey, *Americans*, 78〔『四四二部隊』〕にも記載がある。フレッドはDenshoのインタビューと私のインタビューの両方で、アッツァーノへの移動について説明したが、村の名前は思い出せなかった。同じ動きは、関連する日付ですでに引用した「戦闘抄録」の中で詳しく述べられている。マサハル・オクムラはアッツァーノの滞在について、特にパンケーキの件に言及しながら、“I Remember Co. L 442nd RCT 1943–1945”および1995年に書かれた未発表の草稿の中で語っている。Crost, *Honor by Fire*, 252–53には、兵士らのすすをこすりつけた顔や、戦闘が始まる前の詳細についての記述がある。

「もし転げ落ちても」の発言はMcCaffrey, *Going for Broke*, 301より引用。彼らがモンテ・フォルゴリートの裏側を登ったことについては主に、Shirey, *Americans*, 82–83〔『四四二部隊』〕、Chang, *I Can Never Forget*, 125、およびヤマダが1945年4月19日に妻に宛てた手紙や、前述の「戦闘抄録」を参照した。「午前五時一〇分前」の言葉は、1945年4月10日にヤマダが妻に宛てた手紙から引用。フレッドは、K歩兵中隊による山への強襲が不吉な始まりをしたことについて、Denshoとのインタビューおよび私との二度のインタビューの中で語っている。追加の詳細は、連隊の公式経過概要（1945年4月）およびMcCaffrey, *Going for Broke*, 302、およびShirey, *Americans*, 83〔『四四二部隊』〕から引用した。

ルディはサダオ・ムネモリとの関係について2001年のGFBのインタビューで語っているが、Sterner, *Go for Broke*, 109–10も参照。その日のムネモリの驚くべき行動の詳細は多くの場所に記載されているが、私は主にShirey, *Americans*, 83〔『四四二部隊』〕、ムネモリの勲章の賞記、Chang, *I Can Never Forget*、Tanaka, *Go for Broke*, 123、「戦闘抄録」、1985年3月15日付の《ハワイ・ヘラルド》に掲載されたBen M. Tamashiroによる“From Pearl Harbor to the Po, the Congressional Medal of Honor: Sadao Munemori”（ハワイ二世物語に再録）を参考にした。ジュディ・ニイザワはルディの怪我の程度と、彼が怪我で苦しんでいたのはどこでのことだったのか、本人も正確に理解していなかったことを私に説明してくれた。

第22章

第522野砲大隊のドイツへの進攻は、*Fire for Effect*, 51–65の中に登場する数多くの目撃談によって克明に記録されており、同書のp. 76には連隊司令部がそれぞれの日にどこに置かれていたかを示す非常に有益な地図もある。部隊の大まかな動きを追うために、私はOiye, *Footprints in My Rearview Mirror*, 151–56におけるオイエの記述と、ハワイ二世物語の語りと1989年のホロコースト博物館のインタビューの双方でのカッツの回想を利用した。フリント・ヨナシロは、彼と

カッツがさまざまな場所で行ったニワトリ泥棒遠征について、非常に楽しそうに私に話してくれた。カッツはハワイ二世物語の語りの中で、青年たちがドイツの倉庫の中で見つけた戦利品について、長々と語っている。オイエもまたそれについて、もっと簡潔にではあるが、Oiye, *Footprints in My Rearview Mirror*, 153の中で語っている。シルクハットと燕尾服についての言及は *Fire for Effect*, 175にある。二人の裸の女性についての言及は、*Fire for Effect*, 177にある。カッツは、服に星を縫い付けられた娘を見つけたときのことを、2002年のGFBのインタビューで語っている。追加の情報は、1993年3月19日付の《ハワイ・ヘラルド》に掲載されたWayne Muromotoによる "The 522nd and Dachau: The Men of the 522nd Encounter the Holocaust" より。

ルディは2002年のGFBのインタビューで、補充要員編成所での経験を詳しく説明している。ジュディ・ニイザワはルディの人生のこの時期について、追加の詳細な情報を私に提供してくれた。ダニエル・イノウエの負傷にまつわる行動については主に、1998年にDenshoが行ったインタビューと、名誉勲章の賞記をもとにした。「戦争は終わっていないぞ！」という言葉は、国立公園局のウェブサイトの "Daniel Inouye: A Japanese American Soldier's Valor in World War II" から引用した。ロイド・オノエが潜んでいた坑道に砲弾が命中した悲劇は、前述の1945年4月の「戦闘抄録」に記録されている。ジュディ・ニイザワは私とのインタビューで、この事件についてさらに詳しく説明してくれた。テンドラおよび周辺地域での戦いは、連隊公式「経過概要」に記録されている。地形と町の説明の一部は、2019年4月にこの地域を私自身が訪れたさいの観察にもとづいている。背中を撃たれた二世兵士についてのマリオ・ポミニの劇的な説明は、マリオ・マリアーニの通訳を介して、私や他の人々に伝えられた。マリオ・ポミニがその死を目撃した二世兵士の名前は不明だが、その日の損耗人員報告にもとづくと、タカシ・イトウ上等兵かジェームズ・S・オカモト上等兵のいずれかであった可能性がある。タダオ・「ビーニー」・ハヤシの死は、2014年9月11日付の《ホノルル・スター＝ブレティン》"WWII Vet Lived for Slain Comrade" で詳述されており、1945年5月12日付の《ボストン・クロニクル》にも記載がある。フレッドはDenshoのインタビューと私の二度のインタビューの両方で、ドイツ人捕虜を連行したことを、そしてその捕虜を撃ちたいと感じたことについて話した。「フレッド、ピートを連隊司令部に連れていってくれないか？」から始まる会話は、Denshoのインタビューをもとにしている。

第23章

冒頭の言葉は、Oiye, *Footprints in My Rearview Mirror*, 155より引用。第10収容所からの強制行進とダッハウへの到着に関する描写は主に、Ganor, *Light One Candle*, 335–38〔『命のロウソク』〕からの引用であり、いくつかの細部を1993年4

月 27 日にホロコースト博物館でソリーに対して行われたインタビューから補っている。第 522 野砲大隊のバイエルン地方への移動は、*Fire for Effect*, 11 のタイムラインに加えて、同書全体に散らばる目撃談でも記されている。詳細の一部は、ハワイ二世物語のカッツの語りより引用。第 442 連隊が比較的速いスピードでジェノヴァに進軍および入城できたことは、Shirey, *Americans*, 86–91〔『四四二部隊』〕に詳説されている。サス・イトウもまた 1991 年 12 月 11 日にホロコースト博物館で行われたインタビューで、自分たちの前でドイツ軍がどう動き、どう崩れたかを語っている。ジェノヴァの場面についての詳細は、Masuda, *Letters from the 442nd*, 201 より引用。ダッハウからのいわゆる「死の行進」についての描写は主に、Ganor, *Light One Candle*, 339–43〔『命のロウソク』〕からの引用であり、追加の詳細を 1993 年のホロコースト博物館でのソリーのインタビューと、1995 年のハワイでの講演から得た。ダッハウの解放に関する描写は多くの情報源にもとづいており、それらすべてがいくつかの点でたがいに一致しているわけではないが、私がもっとも重きを置いたのは、1984 年 3 月 20 日にフェリックス・スパークスが第 157 歩兵協会のレターヘッドに記した小論 "Dachau and Its Liberation" の記述である（同論文のコピーは、ハワイ大学の特別コレクションに収蔵）。*Fire for Effect*, 11 に p. 76 の地図と合わせて概説されている第 442 連隊司令部の動きからは、二世の砲兵が 4 月 29 日の午後にはすでにダッハウのメインキャンプ付近にいたことが示されているが、防御線を最初に突破したのが彼らであることを示す証拠は十分ではない。だが、その日のどこかの時点で、少なくとも数人の二世兵士が収容所の中に入ったのは事実であるようだ。*Fire for Effect*, 63 の中で紹介されているヨーゼフ・エルプスの回想や、Chang, *I Can Never Forget*, 168 や、第 100 歩兵大隊のウェブサイトの "The Liberation of Dachau" の中でトシオ・ニシザワが述べていることからも、それがうかがえる。私はまた、学術論文である Linda K. Menton, "Research Report: Nisei Soldiers at Dachau, Spring 1945"（ハワイ大学特別コレクションに収蔵）にも多大な注意を払った。ダッハウ収容所のメインキャンプが解放される前後およびその最中に二世兵士が収容所に遭遇し、ダッハウという複合施設のいくつかのサブキャンプの中に入ったり解放したりしたことに疑問の余地はない。この事件を記録した資料には次のようなものがある。*Effect*, 61–70、ハワイ大学特別コレクション収蔵の Tadashi Tojo, "Dachau-1945"、1993 年 3 月 19 日付の《ハワイ・ヘラルド》の "The 522nd and Dachau" における Wayne Muromoto の記述集、Knaefler, *Our House Divided*, 40、ハワイ二世退役軍人ウェブサイトの "522 Liberates Dachau Prisoners"、同サイトにおけるカッツ・ミホの語り、2003 年 8 月 18 日に Densho がミノル・「ミン」・ツボタに行ったインタビュー、Melissa Tanji, "Nisei Veteran Recounts WWII Memories of Dachau"、2015 年 11 月 8 日付の《マウイ・ニュース》、McCaffrey, *Going for Broke*, 317–18、1997 年 6 月 16 日にホロコースト博物館で行われたジョゼフ・イチジュイのインタビューなどである。

ソリー・ガノールと死の行進の生存者の救出についての描写はふたたび主に、Ganor, *Light One Candle*, 344–49〔『命のロウソク』〕をもとにし、追加の詳細を1993年4月27日のホロコースト博物館における彼のインタビュー、2002年にホロコースト博物館で行われたカッツ・ミホのインタビューの個人的述懐、1991年にホロコースト博物館で行われたサス・イトウのインタビュー、Oiye, *Footprints in My Rearview Mirror*, 155、および*Fire for Effect*, 68から引用した。また、死の行進の別の生存者であるラリー・ルベツキーがソリーと非常によく似た説明をしていること、そしてサス・イトウに命を救ってもらったと言っていることは特筆に値するだろう。ルベツキーの話は*Fire for Effect*, 66–67および1998年7月3日にDenshoがイトウに行ったインタビューに記録されている。1945年6月27日、ルベツキーはイトウに次のような感謝の電報を送っている。「あなたが家に帰っても、私のことを覚えていてくれるよう願います（原文ママ）あなたは米軍の一人として、神に呪われしドイツでの苦しみから私たちを救うという役割を果たしてくれました。どうもありがとう！」彼の息子ダニエルはその電報の写真を、"Kind Snacks Founder: The Japanese American Hero Who Saved My Family" という題の記事とともに公開している（CNN.com, 2020年4月29日）。オイエとイトウの二人はその後、解放された被収容者の写真を撮った。それらの一部はDenshoのデジタル・リポジトリでオンラインで閲覧可能。「君は自由だよ」で始まる会話は、Ganor, *Light One Candle*, 346–47〔『命のロウソク』〕からの引用。

第24章

1945年5月2日付の*NYT*に載った「ベルリン、ロシア人の手に落ちる」という見出しや他の新聞の同様の見出しは、無数のアメリカ人に4年を超える年月の中でもっとも喜ばしい知らせをもたらした。その5日後、5月7日付のAP通信に載った「史上最大の戦争は本日……終結した」という輝かしいリードを掲げた記事や他の新聞の同種の記事が、人々にさらに喜ばしい知らせをもたらした。当時の高揚した祝賀のようすに関する詳細の多くは、この2つの記事にもとづいている。カッツ・ミホはハワイ二世物語の語りの中で、サス・イトウはホロコースト博物館の1991年のインタビューの中でそれぞれ、ダッハウの生存者らの絶望的な状況とその苦しみを目の当たりにしたトラウマについて語っている。戦争終結の報に接したヒロ・ヒグチの反応と、彼が戦争の終結を伝えた兵士たちの反応は、1984年にアジア系アメリカ人メディアセンター（the Center for Asian American Media）によって制作されたロニ・ディン監督の映画*Nisei Soldier: Standard Bearer for an Exiled People*と、ヒグチから妻への1945年5月8日付の手紙に詳しく記録されている。フレッドは私のインタビューとDenshoのインタビューの両方で、戦争終結の知らせを受けたときには「やれやれ、どうやら切り抜けた」と思ったと語った。「ジャップに対する戦争は続く」という見出

しも、上記の5月7日付AP通信の記事の中の見出しである。「おい！　のんびり行けよ！」というカッツが紹介した言葉は、ハワイ二世物語の語りから引用した。

戦争終結から数日および数週間のあいだにポストンに（ほかの収容所と同様に）絶え間なく届いた死傷者に関する報告については、1945年5月5、9、12、16日の《ポストン・クロニクル》を参照のこと。「過去においても将来においても……ジャップは一人もいない」の引用は、2013年11月9日付《モントレー・ヘラルド》のGeoffrey Dunnの記事“Forgotten Documents Reveal Views on Return of Japanese Internees to Monterey Peninsula”からの引用。脅迫的な声明は、1945年4月23日付《モントレー・ペニンシュラ・ヘラルド》の“Organization to Discourage Return of Japanese to the Pacific Coast”に記載されている。「これらの家族は長年にわたってこの地に居を構え……」の引用を含め、スタインベックやジェファーズらが署名者として名を連ねた反論は、1945年5月11日付《モントレー・ペニンシュラ・ヘラルド》に掲載されている。

Shirey, *Americans*, 93–98〔『四四二部隊』〕では、ドイツ降伏後のイタリアにおける第442連隊の行動がたどられている。カッツはハワイ二世物語の語りの中で、ジョージ・オイエは*Footprints in My Rearview Mirror*, 156–58で、それぞれ、ドナウヴェルトとその周辺での第522野砲大隊の活動について語っている。広島への原爆投下に至るまでとその後のフミエ・ミホの体験の詳細の幾らかは、1947年4月13日付《ホノルル・アドバタイザー》の“Honolulu Is Home Sweet Home After Hiroshima”の記事に記載されている。しかし、本書に記した私の情報の大半は、2000年の夏にミチ・コダマ＝ニシモトがフミエに行った一連のインタビューと、フミエの未発表の手記、そして1992年のホノルルのクエーカー教徒の集会所で行われたフミエの講演録音に依拠している。マリコ・ミホからも、彼女へのインタビューのおりに重要な詳細を幾つか聞くことができた。当日の天候その他、原爆投下時の状況に関する情報の一部は、パメラ・ロトナー・サカモトの*Midnight in Broad Daylight: A Japanese American Family Caught Between Two Worlds* (New York: HarperPerennial, 2016), 300–392〔邦訳『黒い雨に撃たれて——二つの祖国を生きた日系人家族の物語』池田年穂・西川美樹訳、慶應義塾大学出版会、2020年〕から得た。

第442連隊のハワイへの帰還兵の第一陣の到着は、1945年8月9日付《ホノルル・スター＝ブレティン》の“Honolulu Acclaims 442nd”と“Huge Crowd Greets 442nd at Ceremonies at Iolani Palace Grounds”に取り上げられている。V-J Day〔Victory over Japan Day。第二次世界大戦で日本が降伏した日〕に関する描写は、*NYT*、*ST*、*LAT*など米国各地の1945年8月14日と15日の新聞を参照した。「ねえ、ママ。これで金属やゴムのおもちゃがまた買えるね！」というピーター・ヒグチの言葉とそれに続く引用など、パールシティのヒサコ・ヒグチの家庭や近隣の反応の描写は、8月16日にヒサコがヒロに書いた長い手紙に依拠している。

フレッドは私とのインタビューとDenshoのインタビューで、テキサス大隊の兵士との出会いと、それに続く「君、四四二連隊だね」で始まる会話など、家に帰るまでの詳しい話を物語った。彼はDenshoのインタビューの中で、家で迎えられたときのようすやそこでの会話についても語っている。ルディは1998年のDenshoのインタビューで、故郷までの道のりや、サンノゼでの赤十字の女性との出来事、家族との再会について語っている。ルディが青銅星章を授与された式典については、1945年6月9日付の機関紙《パシフィック・シチズン》の"Utah Soldier Honored at Italy Ceremony"に掲載されている。ルディはその出来事に際しての気持ちを2002年のGFBのインタビューで語っており、「そうだ、いずれ明らかになる」という発言も、そこからの引用である。

カッツは故郷へ向かう旅とフランク・シナトラとの出来事を、ハワイ二世物語の語りの中で話している。ホノルルに到着したときの詳細の一部は、1946年1月15日付《ホノルル・スター＝ブレティン》の"432 Soldiers and 46 Civilians Arrive Aboard Mexico"にも依拠した。マリコ・ミホも父親の帰還や彼の感情、家族の状況、家族の再会に関して、さらなる情報を提供してくれた。ロイ・フジイは2019年に私がホノルルでインタビューしたおりに、バス・トークンにまつわるエピソードを話してくれた。

エピローグ

冒頭のコンラッド・ツカヤマの言葉は、Hawaii Nikkei History Editorial Board, *Japanese Eyes, American Heart*, 28〔『日本人の目、アメリカ人の心』〕からの引用である。第442連隊は、その規模と従軍期間からすると、ほかのどの部隊よりも多くの勲章を授与されたことで高く評価される場合が多い。勲章の多さに関しては、たしかにそのとおりだろう。ただ実証が非常に難しいだけに、Denshoの歴史家ブライアン・ニイヤと話し合った結果、ここでは断定的な記述を多少避けた。ブライアンが指摘する通り、このように言われ始めたのは1944年の秋で、それは第100歩兵大隊に関してだったが、その後範囲が広がり、第442連隊戦闘団全体を含むようになった。第二次世界大戦でこの連隊全体が不釣り合いなほど多くの勲章を受章したことに疑問の余地はないが、もっと多くの勲章を受章した部隊がほかにないと証明する統計的な対照比較分析は、私は見たことがない。サダオ・ムネモリへの名誉勲章授与については、1946年3月16日付《パシフィック・シチズン》の"Nation's Highest Honor Given Japanese American Who Gave Life to Save Comrades in Italy"に詳しく記された。勲章の受章数は、GFBのサイトの"Hall of Honor Statistics"に依拠した。ハントホテルに関する私の知識の一部は2007年6月8日付《シアトル・ポスト＝インテリジェンサー》のAubrey Cohenの"Japanese Center Holds Memories of Hunt Hotel"から得た。「これらの不名誉な行為を知るにつけ」というトルーマンの言葉は、Densho百科事典のサイト

の“Harry S. Truman”の項目など、多くの資料に見られる。「君たちは敵と闘ったのみならず……」も同じ出典。二世の徴兵拒否者の戦後の処遇の概略は主に、Densho百科事典の“Draft Resistance”および“JACL Apology to Draft Resisters”の項目による。

フレッドは1998年のDenshoのインタビューと私が行ったインタビューで、帰郷後の苦労について語った。「また大声で叫んでいたわよ」という引用は、「ジャップの一団」の件と同じく、Denshoのインタビューより。リリー・ナカイについては、2016年にHarvey Family Funeral Homeのサイトに掲載された追悼記事も参照した。「汚らしい腐ったジャップ」の引用は、「きっと、僕も少しは役に立ったんだろうな」の引用と同じく、Hughesの著作による。シオサキ一家のその後に関する詳細の一部は、マイケル・シオサキと筆者とのEメールのやり取りと、Patricia Baynne-Johnsonのオンライン記事“Northwest Railroad Pioneer Kisaburo Shiosaki”（the 4comculture.com）をもとにした。クリーニング店についてのさらなる情報は「六フィート八インチの木こり」の引用とともに、2008年12月11日付の《スポケーン・スポークスマン・レビュー》に掲載されたStefanie Pettitの“Hillyard Laundry Building Has Colorful Past”による。

悪夢など、ルディの帰郷したさいの精神状態の描写は、ジュディ・ニイザワとの私のインタビュー、および1995年12月30日のジュディによるルディの姉のフミ・トキワ・フタマセに対するインタビューによる。ルディのその後の人生の概略も主にジュディへの私のインタビュー、ならびに、1998年とそれ以前の1997年9月13日のDenshoのインタビューによる。ジュディはルディとともに全国的な賠償請求運動に参加していたので、彼の怪我の後遺症との闘いについてのみならず、賠償請求運動に関しても多くの情報を与えてくれた。「われわれは手を尽くして目的を果たすつもりだ」というルディの言葉は、1987年7月27日付の《サリーナス・カリフォルニアン》による。「おい、お前たち、私のオフィスでいったい何をやっている？」という引用とそのときの出来事の描写は、Denshoが1997年にルディに行ったインタビューによる。「相当な保安上の理由もなく……」の文言は「一九八八年市民の自由法」からの引用で、Densho百科事典のSharon Yamatoの執筆による同名の項目（the Civil Liberties Act of 1988）に記載されている。ルディの「自分のすべきことはしたと思う」の引用は、2002年のGFBのインタビューによる。

カッツはハワイに戻ったさいの虚脱感について、ハワイ二世物語の語りの中で話している。マリコ・ミホも、私がインタビューしたさいに同様の話を数多く語ってくれたと同時に、両親がどのように出会い、交際し、結婚生活を送ってきたかを話してくれた。彼女からは、カッツの政治家としてのキャリアに関する知識も数多く得た。州昇格に関する住民投票の開票結果は、*The Island Edge of America*, 290による。ハワイの政治史に関する私の記述の一部は、同書の351–55にもとづいている。ハワイ州議会第一回議会の日のようすは、主として

1959年8月31日付《ホノルル・スター＝ブレティン》の "State Legislators Well Aware They're Making Island History" に、一部は同日付同紙の "First Hawaii State Legislature Convenes" による。カツイチとアヤノの死、イノウエ上院議員との最後の面会、カッツの死については主に、マリコへの私のインタビューによる。

フミエ・ミホのその後の人生の詳細は、彼女の姪のマリコが記した未発表の短い伝記による。ヒロ・ヒグチとマサオ・ヤマダのその後の人生の概略は、the 100th Infantry Battalion Veterans' Education Center のサイトにおける各々の伝記による。ジョージ・オイエのその後の人生の概要は、オイエの *Footprints in My Rearview Mirror*, 163–262 の抜粋と、Densho 百科事典の彼の名前の項目とによる。サス・イトウに関する資料は、the American Society for Cell Biology のサイトの John Fleischman による "Extraordinary Life of ASCB Founding Member Susumu Ito"、Japanese-American in Boston のサイトの "Exhibit: Before They Were Heroes: Sus Ito's World"、2015年10月4日付《ボストン・グローブ》の死亡記事 "Susumu 'Sus' Ito 1919–2015" による。ソリー・ガノールは *Light One Candle*, 317〔『命のロウソク』〕で、母親の死について語っている。ソリーのその後の人生に関するその他の事柄、および、「収容所からの、そしてドイツ人の仕打ちからの生還者は」の引用は、Eric Saul のサイト www.easaul.com の "Biography of Solly Ganor, the Author of '*Light One Candle*'" による。ジュディ・ニイザワは私がインタビューしたさいに、ルディがソリーに再会したイスラエルへの旅についても詳しく語ってくれた。ゴードン・ヒラバヤシ・レクリエーショナル・サイトについての多くの事柄は、1999年11月8日付《アリゾナ・デイリー・スター》に掲載され、2012年1月6日に Tucson.com に転載された、レクリエーショナル・サイトの名称の由来に関する Jim Erikson の記事から知った。「私は常に誇り高く胸を張ることができた……」の引用は、Open Range News のサイトの Mark Duggan の記事 "The Kinds of Things He Believed, He Tried to Live" の中の銘板の写真に見られる。ゴードンに関するその他の略歴は、2012年3月1日付《ワシントン大学雑誌》の Julie Garner の "Gordon Hirabayashi, 1918–2012" による。さらに詳しくは、Archives West のサイトでゴードン・K・ヒラバヤシ文書（Gordon K. Hirabayashi Papers）を紹介するページの "Biographical Note" を参照されたい。さらに、ゴードンの最後の日々の詳細については、National Association of Japanese Canadians のサイトに掲載された、両親を偲ぶジェイ・ヒラバヤシの感動的な記事 "Remembering Gordon and Esther Hirabayashi" が大変参考になった。本書の最後の一節、「国民に合衆国憲法を守るために立ち上がる気持ちがなければ、憲法は紙くず同然である」は、2012年5月29日にオバマ大統領がホワイトハウスで引用したゴードンの言葉である。